BASTEI LÜBBE

Madeleine Brent *ist das streng gehütete Pseudonym einer wechselweise in England und an der Mittelmeerküste lebenden Autorin. Durch ihre unverwechselbare Kunst, Spannung und Abenteuer mit einem romantischen Handlungsfaden zu verknüpfen, wurde sie weltweit bekannt und erzielte mit ihren Büchern Millionenauflagen.*

Bei BASTEI-LÜBBE sind von Madeleine Brent erschienen:

10 008 – Die Tochter des Magiers
10 483 – Das Mädchen von Jacaranda
10 753 – Hoffnung im Tal der Tränen
10 943 – Die Lady vom Hindukusch
10 966 – Wenn im Tal der Mondbaum blüht
10 973 – Wilde Blume Glück
11 207 – Cadi, Tregarons Tochter
11 327 – Wohin der Wind die Blüten trägt
11 439 – Wildes Herz Mitji

MADELEINE

BRENT

Wilde Blume Glück

Aus dem Englischen von
Irene Kohlhass

BASTEI
LÜBBE

BASTEI-LÜBBE-TASCHENBUCH
Band 10973

1. Auflage 1978
2. Auflage 1979
3. Auflage 1980
4. Auflage 1982
5. Auflage 1983
6. Auflage 1985
7. Auflage 1986
8. Auflage 1988
9. Auflage 1989
10. Auflage 1990
11. Auflage 1992
12. Auflage 1996

Titel der Originalausgabe:
KIRKBY'S CHANGELING

Übersetzung aus dem Englischen von Irene Kohlhass

Lizenzausgabe: Gustav Lübbe Verlag GmbH, Bergisch Gladbach
Printed in Great Britain
Einbandgestaltung: Zembsch Werkstatt
Satz: hanseatenSatz-bremen, Bremen
Druck und Verarbeitung: Cox & Wyman Ltd.
ISBN 3-404-10973-2

Der Preis dieses Bandes versteht sich einschließlich
der gesetzlichen Mehrwertsteuer.

1

MEIN GESICHT TAT zwar nicht mehr sehr weh, aber auf der einen Seite war es immer noch angeschwollen von den Schlägen, die mir Strabo am Abend zuvor versetzt hatte. Behutsam strich ich mit den Fingerspitzen über meine Wangen, als ich durch den Wald zum Bach hinunterging. Während ich mir den Vorfall ins Gedächtnis rief, bäumte sich wieder alles in mir auf. Ich war völlig wehrlos gewesen. Er hatte mich mit einer seiner riesigen Hände festgehalten und mir mit der anderen langsame, wohlgezielte Schläge verpaßt.

Wenn ich mich noch ein weiteres Mal dieser Tortur aussetzen würde, wäre es dann das vierte Mal, und es wurde jeden Tag schlimmer. Anfangs hatte ich angenommen, daß Strabo sich vor den anderen schämen würde, mich zu schlagen, doch inzwischen hatte ich einsehen müssen, daß sein Stolz ihm verbieten würde, klein beizugeben.

Ich hätte nur nachgeben müssen, dann wäre die ganze Angelegenheit längst begraben gewesen. Aber als ich mir das vorzustellen versuchte, wußte ich ganz genau, daß ich im entscheidenden Augenblick wieder so handeln würde. Auf die Hilfe der anderen brauchte ich gar nicht erst zu hoffen. Sie würden allenfalls ein bißchen protestieren, aber mehr auch nicht. Daß sie nicht bereit waren, in unserem Streit Partei zu ergreifen, lag einerseits daran, daß sie Angst hatten, sich mit Strabo anzulegen, und andererseits an dem weisen Grundsatz, sich nie in anderer Leute Streitigkeiten einzumischen. Selbst Mr. Kayser griff grundsätzlich nie in Auseinandersetzungen ein, es sei denn, sie behinderten uns bei der Arbeit.

Ich hatte zugleich gehofft und gefürchtet, Strabo so weit zu reizen, daß er außer sich geriet und mich auf Arme oder Beine schlagen würde, weil sich dann alle gegen ihn gestellt hätten und Mr. Kayser bald hätte eingreifen müssen. Mit steifen Armen oder Beinen hätte ich unmöglich arbeiten können. Strabo war zwar dumm und brutal, aber schlau genug, es darauf nicht ankommen zu lassen. Und deshalb hatte nur mein Gesicht zu leiden.

Innerlich kochte ich vor Wut über mein aufbrausendes Wesen, denn ich wußte, daß ich es nicht lassen konnte. Erst vor zehn Minuten hatte ich mich zu der kleinen Lichtung am Bach begeben, wo ich mich nach dem langen Morgen ausruhen und sammeln konnte. Es kam mir selbst lächerlich vor, daß ich, ein achtzehnjähriges Mädchen, von einem Mann wie Strabo erwartete, mich und meinesgleichen fair zu behandeln. Diese Hoffnung war einfach übertrieben, obwohl man jetzt, zu Beginn des zwanzigsten Jahrhunderts, angefangen hatte, die Frauen als gleichwertig zu betrachten, und ich außerdem in einem Milieu lebte, in dem die Frauen sowieso nie als Menschen zweiter Klasse behandelt worden waren. Aber ich ahnte schon, daß es nur bei meinen guten Vorsätzen bleiben würde. Anstatt einen kühlen Kopf zu behalten, würde ich hier über Strabos Verhalten brüten und immer verbissener und wütender werden, bis schließlich mein Zorn stärker wäre als meine Angst und ich zurückginge mit dem festen Entschluß, ihm wieder zu trotzen.

Ich ließ mich seufzend auf dem von der Sonne warmen Gras am Bachufer nieder. Zwei kleine purpurne Schmetterlinge tanzten in der Luft. Ich konnte mich nicht erinnern, solche Schmetterlinge schon einmal gesehen zu haben, obwohl wir vorletzten Sommer auf der Reise von Budapest nach Prag die gleiche Route gefahren waren. Die Leichtigkeit, mit der sie sich bewegten, erinnerte mich an Maria, und das lenkte meine Gedanken eine Weile von Strabo ab. Ich machte mir ein wenig Sorgen um Maria. Sie war jetzt fünfzehn und war im letzten Jahr sieben Zentimeter gewachsen. Das war an sich nicht schlimm, denn sie war immer noch leicht und grazil, aber wenn sie weiter so wuchs, mußte sie bei ihrer Arbeit Schwierigkeiten bekommen.

Ich tröstete mich damit, daß ich vor einem Jahr selber unbegründete Angst gehabt hatte, zu sehr in die Höhe zu schießen, aber offenbar hatte ich jetzt aufgehört zu wachsen. Dabei war ich erst einsfünfzig groß.

Plötzlich fiel mir ein Satz aus meiner Vergangenheit ein. Er erinnerte mich an jenes andere Leben, jene andere Welt, die auch mal die meine gewesen war. Jener hochgewachsene, traurige, nachdenkliche Mann hatte ihn gesprochen, den ich für meinen Vater gehalten hatte, und er hatte die Worte, die ich zufällig mithörte, nicht im Bösen gesagt, sondern voll Mitleid: » . . . Sie ist dick, käsig, pikkelig, rothaarig und immer schlecht gelaunt. Ich werde das nie verstehen.«

Hätte er nur einen Monat länger gelebt, wäre es ihm vielleicht zumindest teilweise begreiflich gewesen, dann hätte er nämlich gewußt, daß ich nicht seine Tochter war. Ich fröstelte und verscheuchte rasch die Erinnerung an jene Jahre, in denen ich ein anderer Mensch gewesen war. Es war mir einmal furchtbar schwer gefallen, diese Gedanken zu unterdrücken, aber jetzt berührten sie mich kaum mehr, und selbst dann schienen sie mir völlig unwirklich. Diese andere Welt war lange schon tot, und das Mädchen, das ich einmal gewesen war, war mit ihr gestorben.

Ich stand auf und trat ans Ufer des Baches. Der Bach machte hier eine kleine Biegung, in der das Wasser fast keine Strömung hatte, und ich versuchte, mein Spiegelbild zu erkennen, als wollte ich mich vergewissern, daß ich wirklich so war, wie ich mich jetzt kannte. Ich konnte aber nur einen zitternden verkürzten Umriß erkennen, in dem Grün und Schwarz ineinander verschwammen. Ich trug ein altes grünes Hemd mit kurzen Ärmeln, das Leo gehörte, und einen schwarzen, handgewebten Rock, der nur knapp meine Knie bedeckte. Er war so kurz, damit ich mich ungehindert bewegen konnte; die meisten Frauen bei uns waren tagsüber ähnlich gekleidet, denn wir arbeiteten genauso hart wie die Männer und hatten oft dieselben Aufgaben. Unter dem Rock trug ich einen Kaliko-Unterrock und dann noch ein Kleidungsstück, das Maria und ich unser *petit caleçon* nannten. Wir schnitten die Beine von einem Paar wollener Strumpfhosen ab und hatten auf diese Weise kurze, engsitzende Schlüpfer. Ich trug bequeme Schuhe, die der alte Sven für mich gemacht hatte. Sie waren aus weichem Leder, wie Mokassins, hatten aber Ösen, durch die kurze Schnürsenkel gezogen wurden.

Ich überlegte mir, daß ich zwar immer noch rothaarig und oft schlecht gelaunt war, daß aber bestimmt niemand mehr von mir behaupten konnte, ich sei dick, käsig und pickelig. Im Gegenteil – mein Körper war sehnig und schlank, und mit meinem kurzgeschnittenen Haar hätte ich mich als Junge ausgeben können, obwohl Leo sich vor Lachen gebogen hatte, als ich diesen Gedanken einmal äußerte. Er fand nämlich, daß ich für einen Jungen völlig falsch gebaut sei.

Bis auf die lästigen Sommersprossen war meine Haut jetzt makellos rein. Arme, Beine und auch mein Gesicht waren von der Sonne gebräunt, was einen wenig damenhaften Eindruck machte.

In meinen Tagträumen malte ich mir manchmal aus, daß ich noch einmal ein neues Leben anfangen würde – diesmal mit einem wunderschönen Teint ohne Sommersprossen, einem ausgeglichenen, heiteren Wesen und vornehmer Haltung, für die ich dann allerdings noch ein paar Zentimeter wachsen müßte –, dazu wünschte ich mir langes Haar, das ich zu einem Knoten aufstecken würde.

Ich lachte über meine Phantastereien leise auf und hörte ganz in meiner Nähe eine Stimme, die auf Deutsch fragte: »Darf ich mitlachen, junges Fräulein?«

Erschrocken wandte ich mich um. Mein Blick fiel auf einen Mann, der mit aufgestützten Ellbogen unter einer Buche im Grase lag, so als ob er gerade ein Schläfchen gemacht hätte. Er trug einen zerrissenen grauen Pullover, zerknüllte blaue Hosen und kurze Gummistiefel. Der Mantel, der neben ihm lag, war mit Teer und Farbe verschmiert. Sein braunes Haar hing ihm wirr in die Stirn und die Bartstoppeln ließen darauf schließen, daß er sich seit Tagen nicht mehr rasiert hatte. Das Gesicht war hager und von unnatürlicher Blässe. Wenn nicht die Stimme gewesen wäre, hätte ich ihn für einen Landstreicher gehalten. Sie war schwer zu beschreiben, tief und angenehm; man hätte fast sagen können, daß es die Stimme eines englischen Adligen war. Wie dem, auch sei – ich war mit diesem Fremden allein im Wald, und sein Äußeres war eindeutig das eines Landstreichers. Ich verhielt mich völlig still, war aber bereit, jeden Augenblick meinen Rock zusammenzuraffen und davonzurennen, sobald es mir angeraten erschien.

Er lächelte mich an: »Es tut mir leid, – ich wollte Sie nicht erschrecken. Bitte – Sie brauchen keine Angst zu haben.«

Es überraschte mich nicht, daß er Deutsch sprach. Ich hatte schon festgestellt, daß die Hälfte aller Ungarn ihre Muttersprache gar nicht kannte und statt dessen Deutsch, Serbisch oder Slowakisch sprach. Ich konnte mehrere Sprachen ein bißchen, erstens weil ich in den vergangenen Jahren viel herumgekommen war, und zweitens wurde bei uns auch ein Kauderwelsch aus den verschiedensten Sprachen gesprochen. Mit Französisch und Italienisch kam ich ganz gut zurecht, besonders mit Italienisch, weil sich Maria und Leo in der ersten Zeit, wo ich bei ihnen lebte, meist in dieser Sprache unterhielten. Auf Deutsch und Spanisch konnte ich einfache Sätze verstehen, hatte aber im Sprechen wenig Übung.

Eher zurückhaltend erwiderte ich: »Guten Morgen – ich fürchte mich nicht.«

»Dann ist es ja gut – ich sehe wohl etwas . . .« Die letzten Worte des Satzes konnte ich nicht verstehen, wenngleich klar war, was er sagen wollte. Während er sprach, lächelte er wieder. Sein Lächeln gefiel mir, und ich hatte das Gefühl, daß ich nicht mehr so argwöhnisch zu sein brauchte. Er stand langsam auf und sagte: »Sie stammen nicht aus dieser Gegend. Gehören Sie zu den Leuten da oben?« Er warf einen Blick zu dem bewaldeten Hügel hinauf und kam langsam näher. Plötzlich taumelte er. Seine Beine schienen nachzugeben, er sackte langsam in die Knie und fiel nach vorn.

Ich rannte auf ihn zu und kauerte mich neben ihn, um seinen Arm zu fassen. Ich vergaß, daß wir ja eben Deutsch gesprochen hatten, und fragte auf Englisch: »Sind Sie krank?«

»Verdammt noch mal«, seine Stimme zitterte. Er richtete sich auf und wischte sich den Schweiß von der Stirn. »Entschuldigen Sie – es geht gleich wieder –.«

Erstaunt hielt er inne und blickte mich an. Seine Augen waren von einem eigenartig dunklen Blau. »Sind Sie Engländerin?« fragte er.

»Ja. Und Sie?«

Er zögerte einen Augenblick, bevor er nickte. »Ja«, erwiderte er nachdenklich. »Ja, ich bin Engländer.« Es klang fast, als ob er sich nicht ganz sicher wäre, was mich eigenartig berührte – aber es war letztlich auch nicht eigenartiger als der Gegensatz zwischen seinen zerlumpten Kleidern und seinem Benehmen. Mehrere Fragen kamen mir in den Sinn, aber ich stellte sie nicht, denn bei uns ist man nicht neugierig. Überdies vergaß ich meine Neugierde auch schnell, als ich ihn näher betrachtete und Anzeichen an ihm bemerkte, die ich nur allzugut zu deuten wußte.

»Sie sind ja halb verhungert«, rief ich. »Wann haben Sie denn zuletzt etwas gegessen?«

»Wenn Sie mich schon fragen . . ., ich glaube, es ist eine ganze Weile her.«

Es klang ganz ernst, aber in seinen Augen blitzte ein Lachen auf, und das gefiel mir sehr. Ich selbst wurde immer mißmutig und böse, wenn es mir schlecht ging – aber ich wußte, daß ich darauf nicht stolz sein konnte.

»Haben Sie denn kein Geld?« fragte ich.

»Ich kann nicht abstreiten, daß ich vorübergehend in Schwierigkeiten bin«, räumte er mit gespielter Zerknirschung ein. Ich zog den kleinen Beutel vor, den ich auf dem Rücken trug, und entnahm ihm zwei dicke Scheiben Schrotbrot und ein Stück Käse.

»Hier. Essen Sie das!«

Gierig streckte er die Hand aus. Dann hielt er inne. »Ich möchte Ihnen das Mittagessen nicht wegnehmen.«

»Stellen Sie sich doch nicht so an. Essen Sie, dann wird es Ihnen gleich besser gehen. Ich habe auch noch ein paar Stück Zucker dabei. Das hilft.«

Er grinste und nahm Brot und Käse aus meiner Hand. Ich sah, daß er beides am liebsten auf einmal verschlungen hätte, aber er zwang sich, langsam zu kauen. Dabei musterte er mich mit einer Mischung aus Neugier und Belustigung. Ich fühlte, wie ich unter diesem Blick errötete, und fragte:

»Finden Sie mich sehr komisch?«

»Mein Gott, nein – wie kommen Sie denn darauf?«

»Weil Sie mich so angeschaut haben.«

»Ich bitte um Vergebung. Ich habe Sie nicht ausgelacht. Ich amüsierte mich nur über Ihre direkte Art, sich auszudrücken.«

»Was soll das denn heißen?«

Er lachte. »Das ist ein gutes Beispiel! Die meisten jungen Damen würden sagen: ›Ich fürchte, ich kann Ihnen nicht ganz folgen‹, oder so was ähnliches. Sie sagen Sachen wie ›Haben Sie kein Geld?‹ oder ›Stellen Sie sich doch nicht so an‹. Daran bin ich nicht gewöhnt, aber mir gefällt es.«

»Ach so. Tut mir leid, daß ich Sie mißverstanden habe. An was sind Sie denn gewöhnt?«

»Da fangen Sie schon wieder an. – Ich weiß nicht recht ... Was glauben Sie denn, woran ich gewöhnt bin?«

Während ich über seine Frage nachdachte, wurde mir plötzlich bewußt, daß mir das Zusammensein mit diesem Fremden Spaß machte. »Sie sind völlig ausgehungert und abgerissen und haben keinen Pfennig in der Tasche – das deutet normalerweise auf einen Landstreicher hin. Sie sind aber keiner. Sie sprechen wie ein englischer Gentleman. Ich glaube, Sie sind eher daran gewöhnt, vormittags zwischen elf und zwölf Besuch zu machen und sich in Salons bei Gurkenbrötchen und Tee höflich mit Damen der Gesellschaft zu unterhalten.«

Er lachte und schüttelte den Kopf, als ob ich etwas Unglaubliches gesagt hätte. Dann wurde sein Gesicht wieder ernst, und nach kurzem Überlegen gab er zu: »Ja, ja, das kommt mir bekannt vor.«

»Sie sollten lieber essen, anstatt zu reden.«

Eine Zeitlang herrschte Ruhe. Als er alles vertilgt

hatte, wandte er sich mir zu: »Ich würde gern Ihren Namen wissen.«

Ich nahm ein Dutzend Zuckerstückchen aus meinem Beutel und gab sie ihm. Zufrieden stellte ich fest, daß sein Gesicht schon etwas Farbe bekommen hatte. Der Zucker würde seine Kräfte vollends wiederherstellen, zumindest für eine Weile. Das wußte ich aus eigener Erfahrung.

»Ich heiße Chantal«, erwiderte ich.

»Chantal? Das ist aber kein englischer Name.«

»Das ist mein Künstlername.«

»Aha. Auf jeden Fall ist er sehr hübsch. Ich sah die Plakate von Kaysers Riesenzirkus heute früh in einem Dorf, und als ich über den Hügel kam, hab' ich die Spitze vom Zirkuszelt über den Bäumen gesehen.«

»Ja.« Ich zögerte. »Eigentlich sind wir kein richtiger Riesenzirkus, aber es gibt viel kleinere als wir, die haben nur ein Zelt mit nur einem Mast und ganz wenigen Tieren. Und wir haben immerhin eine Arena mit 15 Meter Durchmesser und ein Zelt mit vier großen Masten, achtzehn Wagen und dazu noch elektrisches Licht. Wir sind also auch nicht gerade klein. Wir nennen uns Kaysers Riesenzirkus, damit es nach mehr klingt.«

Er nickte nachdenklich. »Sie können ja auch schlecht als Kaysers mittelgroßer Zirkus Reklame machen.«

»Sie brauchen sich nicht über uns lustig zu machen«, entgegnete ich heftig.

Er sah verwirrt aus.

»Hat sich das so angehört?«

»Ja. Das heißt, ich weiß nicht. Zuerst dachte ich . . ., aber vielleicht haben Sie es nicht so gemeint. Tut mir leid, wenn ich zu empfindlich bin.«

»Nein, ich muß mich für meinen schlechten Witz entschuldigen. Was tun Sie denn im Zirkus, Chantal?«

»Ich gehöre zu den Fliegenden Gallettis, aber ich bin

von allen dreien am wenigsten wichtig. Maria macht alle schwierigen Tricks. Ich fülle die Pausen aus, bis sie wieder zu Atem kommt.«

»Und was tun Sie da?«

Ich zuckte die Schultern. »Es ist ein fliegender Trapezakt. Ich kann einzelne Saltos und Überschläge, Pirouetten und Überschlagsaltos, aber Maria ist viel besser, deshalb macht sie die schwierigen Sachen. Sie würde bestimmt einen Dreifachen hinkriegen, wenn wir genug Platz hätten. Sie macht das natürlich schon fast, seit sie laufen kann, und Leo auch. Leo ist Marias Bruder. Er fängt uns beide auf. Sie wurden im Zirkus geboren, und das macht viel aus. Wenn man zu spät anfängt, kann man das nie aufholen.«

»Wann haben Sie denn angefangen, Chantal?«

»Ich war schon ziemlich alt – über dreizehn.«

»Donnerwetter, das ist aber wirklich sehr alt«, meinte er lächelnd und steckte das letzte Stück Zucker in den Mund.

Dann fragte er:

»Sie haben doch sicher auch einen richtigen Namen?«

»Nein. Ich heiße nur Chantal.«

»Ich meine den Namen, den Sie hatten, bevor Sie Chantal hießen.«

»Die Zeit, bevor ich Chantal hieß, interessiert mich nicht mehr.«

»O Pardon – ich wollte Sie nicht ausfragen.« Er schwieg einen Augenblick. »Das muß doch sehr gefährlich sein. Haben Sie denn nicht manchmal Angst?«

»Angst? . . . Nein, ich glaube nicht. Lampenfieber schon, aber keine Angst. Wir arbeiten mit Netz.«

»Die Netze im Zirkus sehen immer furchtbar klein aus. Was ist denn, wenn Sie runterfallen, während Sie sich gerade über das Netz hinausgeschwungen haben?«

»Dafür muß man schon sehr ungeschickt sein. Das Auffangen und Springen passiert doch immer dann, wenn die Trapeze sich am nächsten sind, und das ist mitten über dem Netz. In diesem Augenblick ist die Wahrscheinlichkeit, daß man runterfällt, am größten.«

»Trotzdem würde ich Todesängste ausstehen.«

Ich schüttelte den Kopf. »Sie stellen sich das ganz falsch vor. Man fängt ja schließlich nicht damit an, daß man in die Zeltkuppel hinaufklettert und sich dort von einem Trapez zum andern schwingt. Als Mr. Galletti anfing, mich zu trainieren, habe ich monatelang Bodenübungen und Gymnastik gemacht, bevor ich überhaupt einmal auf die Plattform hinaufsteigen durfte. Dann machte ich wochenlang ganz einfache Übungen an einem einzelnen Trapez, um mich an die Höhe zu gewöhnen« – ich brach plötzlich ab, weil mir zum Bewußtsein kam, wie ungezwungen ich mit diesem Fremden sprach. Das war eigentlich gar nicht meine Art.

»Erzählen Sie weiter – bitte«, sagte er. Ich riß einen Grashalm aus und betrachtete den Fremden eingehend. Dann kam mir in den Sinn, daß mir seine Fragerei das Recht gegeben hatte, meinerseits eine Frage zu stellen. Daher sagte ich, anstatt fortzufahren: »Sie haben mir immer noch Ihren Namen nicht gesagt.«

»Da haben Sie recht«, meinte er entschuldigend und kratzte seine Bartstoppeln. »Wir wär's mit Martin?«

Ich rührte mich nicht und blickte zu Boden, damit er meine Augen nicht sehen konnte, denn ich wußte, daß bei diesem Namen Argwohn in ihnen aufblitzen mußte.

Einen wildfremden Engländer an einem Fluß in Ungarn zu finden und ihn darüber hinaus noch den Namen aussprechen zu hören, den ich in den letzten Jahren mühsam aus meinem Gedächtnis verbannt hatte, das konnte ja wohl kein Zufall mehr sein? Außerdem hatte er nicht klar gesagt, ob das auch wirklich sein Name war – er hatte nur gesagt: »Wir wär's mit Martin?«

Ich hörte ihn lachen. »Zerbrechen Sie sich nicht den Kopf, Chantal. Das ist doch völlig unwichtig.«

Ich kaute auf dem Grashalm herum und versuchte, meine Gedanken zu sammeln. Jetzt merkte ich, wie dumm meine Aufregung war. Martin war ja schließlich in England alles andere als ein ungewöhnlicher Name. Ich stand auf, strich meinen Rock glatt und schlug vor: »Ich glaube, Sie sollten mit mir nach Hause kommen, Mr. Martin. Sie brauchen etwas Ordentliches zu essen, und sicher kann ich für heute nacht ein Bett für Sie organisieren, selbst wenn es nur ein Heuhaufen im Stall ist.«

»Das ist wirklich sehr nett.« Er erhob sich. »Sind Sie sicher, daß es Ihren Kollegen nichts ausmacht?«

»Meine Kollegen sind Zirkusleute, und Sie gehören nicht dazu. Deshalb wird man wohl kaum viel mit Ihnen reden, aber jeder wird höflich sein und Ihnen ein Abendessen und einen Platz zum Übernachten nicht streitig machen – solange Sie sich ordentlich benehmen. Wenn Sie keine Fragen stellen, wird man Sie in Ruhe lassen.« Ich zögerte. »Wenn man Sie beim Stehlen erwischt, müssen Sie sich auf eine Tracht Prügel gefaßt machen, die Sie nicht so schnell vergessen werden.«

»Ich bin ganz brav«, erwiderte er gehorsam.

Wir waren ziemlich schweigsam, während wir durch den Wald den Hügel hinaufgingen. Ich ging langsam, weil ich mir dachte, daß er sich noch immer schwach fühlen mußte. Zehn Minuten später traten wir aus den Bäumen hervor und erblickten das Zelt. Jetzt ging es gerade ruhig zu, doch auf einen Fremden mußte die Szene wohl trotzdem sehr geschäftig wirken. Sechs Männer gingen mit großen Holzhämmern von einem großen Halteseil zum andern, um nachzuprüfen, ob die Stahlverankerungen festsaßen. Mr. McLeod und sein Gehilfe probierten die Zugmaschine aus, die Mr. Kayser erst vor sechs Monaten gekauft hatte und die sein ganzer Stolz war. Wenn wir unterwegs waren, zog sie ganz allein den Wagen mit den Elefanten, für den wir zuvor sechs Pferde gebraucht hatten, und wenn das Zelt aufgeschlagen war, lieferte die Maschine Strom für über hundert wunderbar helle Lampen in der Zeltkuppel, obwohl wir für den Notfall nach wie vor unsere alten Petroleumlampen in Reserve hatten.

Mr. Albertini hatte seine täglichen Übungen absolviert und brachte seine Pferde vom Zelt zurück in die Ställe. Aus Sàrvàr waren zwei mit Vorräten bepackte Karren eingetroffen, die gerade abgeladen wurden. Pepe war auf hohen Stelzen mit seiner üblichen Arbeit beschäftigt. Sie bestand darin, nachzuprüfen, daß an der Stelle, wo die Tuchwand des Zeltes auf das Dach stieß, keine losen Ringe oder Haken herumhingen. Der alte Sven, der dafür verantwortlich war, alle Requisiten in Ordnung zu halten, und der jeden Tag neue Wunder vollbrachte, stand an seiner langen Werkbank und gab einem seiner Männer Anweisungen, wie er eine Sitzreihe zu reparieren hatte. Die drei kleinen Khalafbuben hatten einen dicken Haufen Stroh auf dem Boden ausgebreitet und sprangen von einer notdürftig zusammengezimmerten Plattform aus anderthalb Meter Höhe herunter und vollführten dabei Saltos vorwärts und rückwärts. Ihre Eltern hatten eine Sprungbrettnummer mit Saltos, und wenn die Buben größer waren, sollten sie mit ihnen zusammenarbeiten.

Als wir an ihnen vorbeigingen, sagte der Fremde neben mir: »Die sprechen ja Englisch.« Er schaute die kleinen Buben an. »Spricht denn hier alles Englisch?«

»Eigentlich unterhält sich jede Familie in ihrer eigenen Sprache, aber Englisch können alle ein bißchen, in dieser Sprache verständigen wir uns untereinander. Ich glaube, es kommt daher, daß Mr. Kayser vor Jahren den Broadwells Circus geleitet hat, und dort wurde Englisch gesprochen. Die meisten wollen, daß ihre Kinder Englisch lernen, und ich verbringe viel Zeit damit, Unterricht zu geben.« Ich lächelte vor mich hin. »Fast in jedem andern europäischen Zirkus wird Französisch gesprochen, und wir kommen uns deshalb ein bißchen vor wie etwas Besseres.«

Der Wohntrakt lag am andern Ende des großen Zelts, das wir durchquerten, um den Weg abzukürzen. Ein paar Männer und Frauen waren damit beschäftigt, neues Sägemehl auszustreuen und Abfälle einzusammeln. Zu einer andern Tageszeit wäre hier vielleicht mehr losgewesen, wenn mehrere Leute ihre Nummern geprobt hätten – jetzt aber übte Gustave gerade seine Löwendressur, und dabei durfte er nicht abgelenkt werden.

Ich sah Mr. Kayser, der sich mit dem Zeltmeister unterhielt, und ging um die Arena herum zu ihm hin. Einen Augenblick hielt ich inne, um auf den Fremden zu warten, der stehengeblieben war und zu den Plattformen und Trapezen hoch oben in der Kuppel hinaufstarrte. Als er mich eingeholt hatte, sagte er: »Komisch – ich kann mir kaum vorstellen, wie Sie in einem Flitterkostüm auf einem Trapez durch die Luft fliegen. Irgendwie paßt das nicht zu Ihnen, Chantal.«

»Das paßt sehr wohl zu mir«, erwiderte ich heftig. »Ich kann mir kaum vorstellen, daß Sie als Landstreicher ohne einen Pfennig in der Tasche herumlaufen, Mr. Martin. Wenn jemand nicht hierherpaßt, dann sind Sie das.«

Wir sahen uns an, und nach einer kleinen Weile meinte er: »Mr. Martin klingt irgendwie komisch. Nennen Sie mich doch einfach Martin.«

»Gut. Warten Sie bitte einen Augenblick.« Ich ging

weiter und stand neben Mr. Kayser und dem Zeltmeister, bis dieser mich ansah und fragend eine Augenbraue hob. »Chantal?«

»Tut mir leid, wenn ich Sie störe, Mr. Kayser. Ich habe unten am Fluß jemand gefunden. Er ist Engländer und spricht wie ein Gentleman, hat aber keinen Pfennig Geld und ist halb verhungert. Darf ich ihm was zu essen geben und ihn heute nacht hier schlafen lassen?«

Mr. Kayser schaute an mir vorbei zu Martin hinüber, der in einer kleinen Entfernung wartete. Dann fragte er in seinem fließenden, aber nicht gerade akzentfreien Englisch: »Was wissen Sie über ihn?«

»Er sagt, er heißt Martin. Mehr weiß ich auch nicht.«

»Das ist ein bißchen wenig.« Er lächelte mich über seine Brillengläser hinweg an. »Aber ihr Engländer seid ja auch komische Leute, nicht? Ich traf in Tunis einmal einen Schlangenbeschwörer, der sich als ein englischer Baron entpuppte. Nein, wenn ich es mir recht überlege, war er Ire. Ist ja auch nicht so wichtig. Dein Gesicht ist schief, Chantal. Wieso ärgerst du denn Strabo immer so?«

»Weil er ungerecht ist.«

»Ungerecht? Mein Gott, auf der Welt geht es doch nirgends gerecht zu! Und du glaubst, du kannst sie ändern?«

»Nein, eigentlich nicht.«

»Schön. Dann wirst du also Strabo nicht mehr ärgern?« Ich schwieg. Es hatte keinen Sinn, etwas zu versprechen, wenn ich es sowieso nicht halten konnte. Mr. Kayser seufzte und legte seine Hand auf meine Schulter. »Hör zu, Chantal. Vielleicht bin ich sogar auf deiner Seite. Aber ich mische mich nicht in die Angelegenheiten meiner Leute ein, bevor es wirklich nötig ist. Aber merk dir eins: wenn ich vor die Entscheidung gestellt werde, entweder dich oder Strabo zu verlieren, kann ich es mir eher leisten, mich von dir zu trennen. Klar?«

»Jawohl.« Ich warf einen Blick über die Schulter. »Was ist jetzt mit dem Mann?«

»Was ist das denn für einer? Ich will niemand, der mir Scherereien macht.«

»Er scheint in Ordnung zu sein, Mr. Kayser. Sehr ruhig und freundlich.«

»Also, dann gib ihm für heute nacht eine Schlafstelle. Sag Sammy, daß ich es erlaubt habe.«

Ich hatte Mr. Kayser kaum gedankt, da war er schon wieder in sein Gespräch mit dem Zeltmeister vertieft. Wir verließen das Zelt durch den Künstlerausgang, über dem während der Vorstellungen das rotgekleidete Orchester spielte, und gelangten in den Bühnenraum, wo alle Requisiten und Geräte für die verschiedenen Nummern bereitstanden – Leitern, Podeste, buntbemalte Fässer, Papierreifen, Käfigteile, Pepes explodierendes Klavier und ein Haufen anderer Utensilien.

Hinter dem Bühnenraum verlief nach rechts und links ein langer Gang aus Segeltuchwänden. Das war der Raubtiergang, der die eine Seite eines großen Platzes bildete, in dessen Mitte ein offener Hof lag. Wir gingen nach links an den Käfigen vorbei, in denen Strabos Bären ihren Mittagsschlaf hielten. Der Löwenkäfig war leer, weil Gustave gerade probte, aber die Wildkatzen, ein Leopard und ein Puma, gingen ruhelos auf und ab und warteten auf die Fütterung.

Schon zweimal hatte Martin den Mund geöffnet und wieder geschlossen, ohne etwas zu sagen. Mir fiel ein, daß ich ihm gesagt hatte, er sollte keine Fragen stellen, und ich hatte das Gefühl, daß ich ihm vielleicht diese Zirkuswelt ein bißchen erklären sollte. Ich sagte daher: »Der Raubtiergang ist immer gleich neben dem Artisteneingang, weil die Tiere über einen geschlossenen Durchgang von den Käfigen in die Arena gebracht werden müssen. Die Entfernung muß daher so gering wie möglich sein.«

»Ah! Vielen Dank.«

Wir bogen nach rechts ab, und ich hielt einen Augenblick inne, um mit Sunbeam zu schwatzen, die sich gegen die Gitterstäbe drückte, um mich nach Zucker abzuschnuppern. »Nichts zu machen, meine Hübsche«, sagte ich zu der sanften Riesendame. »Der Herr hier hat all deinen Zucker aufgegessen.«

Martin, der neben mir stand, lachte und tätschelte sie vorsichtig. »Ich hoffe, sie nimmt es mir nicht übel,«

»O nein. Sunbeam hat ein Herz aus Gold, stimmt's, Süße? Ich verspreche auch, daß ich dir gleich nachher noch was vorbeibringe.«

Wir gingen weiter, an Zugpferden, Ponys und dem Kamel für die Tierschau vorbei, bis wir rechts in den Gang einbogen, der die Stirnseite des Platzes bildete. Hier befanden sich die Affenkäfige und das Seelöwenbecken. Durch eine Öffnung zwischen den Segeltuchplanen konnten wir einen Blick in den Hof werfen, wo die Zelte der Stallknechte und Tierwärter standen. Ich deutete auf die andere Seite des Platzes. »Das ist die vierte Seite, der Gang, in dem die Pferde gehalten werden. Aber wir gehen jetzt zu den Wohnwagen.« Ich schob eine Plane beiseite und ging über eine Wiese voraus zu den Wohnwagen, die in einer langen Reihe aufgestellt waren.

Martin bemerkte: »Das ist alles sehr verwirrend.«

»Ja. Aber man gewöhnt sich daran.«

Das stimmte. Obwohl wir von Spanien bis Rußland quer durch Europa reisten, veränderte sich unsere Welt nicht. Wo immer wir auch anhielten, um unsere kleine Zeltstadt aufzubauen – sie war immer gleich, jeder Wagen und jedes Zelt hatte seinen bestimmten, zugewiesenen Platz. Ich hätte mit verbundenen Augen durch den Zirkus wandern können, ohne auch nur über ein Seil oder eine Stahlverankerung zu stolpern.

»Ich wohne mit Maria und Leo und Mr. Galletti zusammen«, erklärte ich. »Er ist der Großvater der beiden und war in seiner Jugend ein großer Trapezkünstler. Leo ist ein Jahr jünger als ich, und Maria ist drei Jahre jünger. Ihre Eltern kamen bei einem Unfall ums Leben, bevor ich zum Zirkus kam.«

»Bei einem Unfall am Trapez?«

»Nein, unterwegs. Die Zugpferde vor ihrem Wagen gingen in einem Gewitter durch. Der Wagen stürzte kopfüber in einen Fluß, und nur Maria und Leo wurden gerettet. Sehen Sie, das ist Maria.«

Sie hängte gerade hinter dem Wagen Wäsche auf die Leine und lächelte strahlend, als sie uns sah. Ich liebte Maria, obwohl sie dauernd an mir herumnörgelte.

»Hallo, *carissima*«, begrüßte ich sie. »Das ist Martin, ich habe ihn im Wald getroffen, und Mr. Kayser hat erlaubt, daß er hier übernachtet.«

Sie warf ihm einen kurzen Blick zu und sagte: »Guten Tag, Mr. Martin.«

Sie sprach besser Englisch als Leo, was hauptsächlich daran lag, daß er zu faul war, es zu üben, besonders jetzt, wo ich den beiden nicht mehr wie früher Unterricht erteilte.

Martin reichte ihr höflich die Hand und sagte: »Guten Tag, Maria.«

»Wo sind Leo und Mr. Galletti?« fragte ich.

»Großvater ist im Wagen und liest wie immer, und Leo ist mit denen vom Orchester und ein paar Clowns in die Stadt gegangen. Sie machen einen kleinen Umzug durch den Park.« Sie stemmte die Hände in die Hüften und machte ein finsteres Gesicht. »Chantal, ich hatte dir ausdrücklich gesagt, daß du mir das zerrissene Kostüm zum Nähen geben sollst, aber du hast es trotzdem selber gemacht.«

»Ich weiß. Du kannst nicht alles machen.«

»Aber du nähst so schlecht. Du machst scheußliche, große Stiche.«

»Das ist doch egal. Das Publikum kann sie nicht sehen, wenn ich in der Arena bin.« Mr. Galletti erschien mit einem Buch in der Hand in der Wagentür und kam die Stufen herunter. Er konnte in drei Sprachen lesen und war der gebildetste Mann, den ich kannte, denn er las dauernd Bücher über alle möglichen Themen und jede Zeitung, derer er habhaft werden konnte.

Er war klein und grauhaarig. In seinem braunen Gesicht leuchteten dunkle, freundliche Augen, die immer traurig aussahen. Die Augen täuschten, denn er war zwar ruhig und geduldig, aber nicht traurig. Als ich Martin vorgestellt hatte, begrüßte er ihn höflich und schaute ihn aufmerksam an, ohne jedoch irgendwelche Fragen zu stellen. Dann wandte er sich an mich. »Ich glaube, Chantal, du solltest deinen Landsmann gleich in die Küche führen. Er sieht hungrig aus. Hast du schon mit Mr. Kayser gesprochen?«

»O ja, Mr. Galletti.«

»Ich will niemandem zur Last fallen, Sir«, beteuerte Martin, »Chantal war so nett, mir ihr Mittagessen zu geben; ich kann gut warten, bis alle das nächste Mal essen.«

Ich kannte Mr. Galletti gut genug, um zu erkennen, daß ihn der Gegensatz zwischen Martins Aussehen und seinen Manieren in Erstaunen versetzte. Aber er war ein höflicher Mann und ließ sich nichts anmerken. Lächelnd erwiderte er: »Da müßten Sie sehr lange warten, Martin. Die Artisten essen erst, wenn die Abendvorstellung vorbei ist. Ein voller Magen ist ein schlechter Freund für jeden Akrobaten. Lassen Sie sich jetzt von Chantal begleiten. Vielleicht haben Sie Lust, mir heute abend nach dem Essen bei einem Glas Wein Gesellschaft zu leisten.«

»Das ist sehr liebenswürdig.« Martin rieb sich sein stoppeliges Kinn.

»Wenn Sie mir vielleicht irgendwann einmal ein Rasiermesser leihen könnten, wäre ich Ihnen überaus dankbar.«

»Aber sicher. Sie können kommen, sobald Sie gegessen haben.«

Als wir an den Wagen vorbeigingen, meinte Martin: »Sie leben bei einer ungewöhnlich netten Familie.« Die alte Wahrsagerin Solange saß auf den Stufen ihres kleinen Wagens und rief mir auf Französisch zu: »Holà, Chantal. Komm her und erzähl mir was. Wir wollen ein paar Teeblätter aufgießen.« Wir blieben einen Augenblick neben ihr stehen. »Später, Solange. Ich habe gerade ein paar Dinge zu erledigen.«

»Wann läßt du mich mal aus deiner Hand lesen, Herzchen?« Das war ein altes Spiel zwischen uns, und ich gab ihr die übliche Antwort:

»Wenn der Elefant seine Trapeznummer kann.«

»Na, fein.«

Ihr braunes Gesicht legte sich in viele möge Fältchen, als sie kicherte. Dann schaute sie Martin an und sprach ihn auf Englisch an: »Sie haben uns verstanden, nicht wahr, *Anglais*? Unsere Chantal will ihre Zukunft nicht wissen – sie wartet lieber ab.«

»Vielleicht tut sie gut daran, Madame.«

Solange blickte ihn aus ihren kleinen, schwarzen Augen fest an. »Vielleicht. Und was ist mit Ihnen, junger Mann? Werden Sie mir ein paar Silberstücke geben, um etwas über die Zukunft zu erfahren – oder über die Vergangenheit . . .?«

Einen Augenblick lang herrschte Schweigen, und ich fühlte, daß Martin aus irgendeinem Grunde verblüfft war.

Dann erwiderte er lächelnd: »Das werde ich entscheiden, wenn ich das Silber habe, Madame.«

»Ganz wie Sie wollen.«

Als wir ein Stück weitergegangen waren, fragte Martin: »Wie konnte sie wissen, daß ich Engländer bin und daß ich Ihre Unterhaltung auf Französisch verstanden habe?«

»Das kann ich Ihnen nicht sagen. Sie beobachtet sehr genau und zieht ihre Schlüsse, aber ich glaube, sie hat auch das zweite Gesicht. Mr. Galletti macht sich darüber viele Gedanken.«

»Warum das?«

»Er sagt, wenn es möglich ist, daß jemand in die Zukunft blicken kann, dann heißt das, daß die Zukunft in irgendeiner Form schon da ist. Und das nennt man dann – verflixt, jetzt hab' ich schon wieder das Wort vergessen.«

»Prädestination?«

»Genau. Und daran glaubt Mr. Galletti nämlich nicht.«

»Erstaunlich.« Martin schüttelte den Kopf. »Sophokles' Vorstellung, daß das Leben des Menschen mit einem ›eisernen Schiffchen‹ gewoben sei, hat ja ihre Gegner, aber ich hätte nie gedacht, daß ich auch einen Exakrobaten unter den Philosophen finden würde.«

»Machen Sie sich nicht über ihn lustig!«

Martin schaute mich an. »Ich habe mich nicht über ihn lustig gemacht, Chantal. Ich bewundere ihn. Bitte seien Sie nicht so empfindlich!« –

»Ich fürchte, ich werde gegenüber allem, was Mr. Galletti betrifft, immer empfindlich sein, aber wenn Sie sich wirklich nicht über ihn lustig machen wollen, tut es mir leid, daß ich Sie so angefahren habe.«

Wir waren beim Eßzelt angelangt. Es war nicht besonders groß, denn viele der Familien hatten ihre eigenen Küchen in ihren Wagen und kochten für sich selbst. Nach dem Tod von Leos und Marias Eltern war Mr. Galletti in einen kleineren Wohnwagen gezogen, und wir aßen immer im Eßzelt, zusammen mit den andern Mitgliedern der Truppe, die keine Frau hatten, die für sie kochte. Abends waren wir etwa dreißig, denn die Stallknechte, Zeltleute und Tierwärter aßen zu anderen Tageszeiten. Als wir eintraten, rief ich: »Sammy, wo steckst du?«

Er tauchte aus der angrenzenden Küche auf und wischte seine Hände an der Schürze ab. Sammy war eine kleine, drahtige Person von etwa fünfzig, mit kahlem Kopf und hellen, freundlichen Augen. Er war in Lambeth geboren und reiste seit dreißig Jahren als Wanderzirkuskoch durch die Welt. Als sich Mr. Kayser selbständig gemacht hatte, war er mit ihm vom Broadwells Circus weggegangen.

»Hallo, Chantal«, rief er. »Was darf's sein? Wie wär's mit Ente?«

»Einen schönen großen Teller von deinem Eintopf für Martin.« Ich deutete auf meinen Begleiter. »Mr. Kayser weiß Bescheid.«

Es gab selten etwas anderes als Eintopf. Nur sonntags bekamen wir gebratenes Fleisch. Nach den ersten Tagen im Zirkus hatte mein Magen revoltiert, aber das hatte sich schnell gelegt, und nun kam es mir schon seit Jahren ganz normal vor, jeden Tag dasselbe zu essen – besonders wenn es um Sammys Eintopf ging, der immer bekömmlich und wohlschmeckend war.

Ich hatte gewußt, daß Sammy Einwände erheben würde: »Ich kann nicht zu jeder Tageszeit jedem, der hier reinmarschiert, ein Essen servieren«, entrüstete er sich. »Ich hab' was Besseres zu tun.«

»Ich weiß schon, Sammy«, beschwichtigte ich ihn. »Ich frage mich oft, wie du das überhaupt alles schaffst. Aber nur dies eine Mal, bitte! Und kannst du etwas Brot und Käse für mich mitbringen? Martin hat mein Mittagessen verzehrt. Ach, und ein bißchen Zucker für Sunbeam. Den hat er auch gegessen, und ich habe ihr versprochen, daß ich noch welchen vorbeibringe.«

Sammy schnaubte verächtlich, verschwand in der Küche und erschien wenig später wieder mit einem großen Teller Eintopf, Brot und Käse. Er stellte alles auf der Theke ab.

»Besteck ist im Kasten dort«, wies er Martin an. »Bedienen Sie sich.«

»Vielen Dank.« Martin holte sich Messer, Gabel und Löffel aus dem Kasten am anderen Ende der Theke.

Ich sagte: »Setzen Sie sich irgendwohin und essen Sie in Ruhe. Ich gehe jetzt zu Sunbeam und bin dann für den Rest des Nachmittags beschäftigt.«

»Kann ich Ihnen irgendwie behilflich sein?«

Ich mußte lachen. »Nein. Wir üben.«

»Oh – darf ich zuschauen?«

»Ich fürchte, nein. Sie können heute abend die Vorstellung anschauen, wenn Sie Lust haben. Ich werde mit Mr. Galletti reden, damit er Ihnen zeigt, wo Sie sitzen können. Ach ja, und dann werde ich dafür sorgen, daß Sie im Stall übernachten können.«

»Danke. Was soll ich denn in der Zwischenzeit tun?«

»Was Sie wollen – solange Sie niemandem im Weg stehen. Ich sehe Sie heute abend hier beim Essen wieder.«

»Gut . . . es ist sehr nett, daß Sie sich so viel Mühe um mich gemacht haben, Chantal.« Er zögerte. Dann ging er zu einer der Bänke, die an den beiden langen Tischen standen.

Sammy blickte ihm mit hochgezogenen Augenbrauen nach. »Feiner Pinkel, was?« murmelte er. »Erlebt man nicht oft, daß solche um was zu essen bitten. Ich schätze, er ist das schwarze Schaf seiner Familie und hat grade 'ne Pechsträhne. « Ich zuckte die Achseln und nahm das Brot, den Käse sowie die Zuckerstückchen, die er für mich aus der Küche gebracht hatte.

»Danke, Sammy. Bis später.«

»Warte mal, Chantal.« Er stützte sich mit beiden Händen auf die Theke, beugte sich vor und sah mich bedeutsam an. »Heute abend werden wir ja hoffentlich keine Schwierigkeiten haben?«

Ich zuckte zusammen, doch gelang es mir zu lächeln. »Ich hoffe nicht, Sammy.«

Er seufzte ärgerlich. »Also, ich weiß wirklich nicht, was dich dazu treibt. Ehrlich.«

Wieder fühlte ich heißen Zorn in mir hochsteigen. »Gar nichts treibt mich dazu, Sammy. Ich sehe nur einfach nicht ein, wieso alle warten sollen, bis Strabo erscheint, damit er als erster essen kann. Und ich sehe auch nicht ein, warum die Mädchen und die jungen Leute zuletzt drankommen. Da ist dann grade noch etwas Brühe übrig.«

»Brühe!« Sammy starrte mich fassungslos an. »Nennst du meinen Eintopf etwa Brühe?«

»So habe ich es nicht gemeint. Aber du tauchst den Schöpfer immer ganz nach unten, und bis wir dran sind, ist einfach nicht mehr viel drin. Die besten Stücke sind weg. Wer zuerst kommt, sollte auch zuerst essen. Wir sind alle Artisten, jeder von uns arbeitet, und keiner ist wichtiger als die andern.«

»Aber Strabo ist doch ein Mann!«

»Da haben wir's wieder. Du bist genauso schlimm wie er. Auguste, Raoul, Pepe und all die andern sind auch Männer, aber sie benehmen sich nicht wie Strabo.«

»Ich weiß. Aber sie sind klug genug, ihm nicht in die Quere zu kommen. Strabo ist genau wie seine Bären. Er ist bösartig.« Er hob warnend den Zeigefinger. »Alles was es dir einbringen wird, ist noch mal 'ne Tracht Prügel, und du kannst nicht erwarten, daß dir die andern helfen. Ich meine, ich weiß, daß sie Strabo alle nicht leiden können, deshalb sind sie im Grunde vielleicht auf deiner Seite, aber für eine Göre wie dich gehört es sich einfach nicht, so unverschämt zu einem ausgewachsenen Mann zu sein.«

»Ich bin nicht unverschämt zu ihm, Sammy«, erwiderte ich wütend. »Ich war nie unhöflich zu ihm, nicht einmal, als er mich verprügelt hat.«

Sammy zog an seinem Ohrläppchen. »Trotzdem – es ist nicht in Ordnung«, sagte er etwas unsicher. Ich zog eine Grimasse.

»Ich finde es eben in Ordnung.«

Er blickte mich verwirrt an. »Ich weiß auch nicht. Was sagt denn Mr. Galletti dazu?«

»Er sagt überhaupt nichts, Sammy. Du weißt, daß er sich nie einmischt, weil das gegen seine Prinzipien ist.«

»Das kommt davon, daß er all diese Bücher liest. Wenn du mich fragst – davon kommt er nur auf komische Gedanken. Aber es fiel mir auf, daß er in den letzten Tagen nicht mehr hierher zum Essen kam. Er kann es nicht sehen, daß man dich schlägt.« Er schüttelte traurig den Kopf. »Aber das Reden nützt nichts. Ich habe schon immer gesagt, daß den Rothaarigen keine Vernunft beizubringen ist.«

»Ich muß jetzt gehen, Sammy. Vielen Dank für den Zucker. Ich werde Sunbeam sagen, daß er von dir ist.« Ich hatte Martin ganz vergessen und blieb einen Augenblick an seinem Tisch stehen. »Sie wollten doch ein Rasiermesser von Mr. Galletti ausborgen. Finden Sie allein zu unserem Wagen zurück?«

Er lächelte und nickte, wobei seine dunkelblauen Augen mit einem eigentümlichen Ausdruck an mir hafteten. »Ja, ganz sicher, Chantal. Vielen Dank.«

Fünf Minuten später hatte ich Sunbeam ihren Zucker

verabreicht und saß bei Solange in ihrem kleinen Wagen. Ich kaute mein Brot und den Käse, während sie ihre Näherei beiseite legte, um Tee aufzugießen.

»Hast du hier ein Geschäft gemacht, Solange? Ich glaube, mit der Tierschau haben sie nicht viel verdient.«

»Pah. Hier gibt es hauptsächlich Bauern und wenig feine Leute. Auch kaum Händler oder Geschäftsleute. Aber die alte Solange kommt überall auf ihre Rechnung. Bauer oder Edelmann – alle wollen ihre Zukunft wissen. Die Bauern vielleicht noch mehr als die Edelleute.« Sie kicherte. »Die sind nicht wie Chantal.«

»Du hast den Fremden nicht gefragt, ob er seine Zukunft wissen will – du hast ihn gefragt, ob er die Vergangenheit kennenlernen wolle. Warum?«

Sie ließ sich auf der andern Seite des kleinen Tisches nieder.

»Wer weiß? Glaubst du denn, daß jemand mit dem zweiten Gesicht die Zukunft wie ein Bild vor sich sieht oder darin lesen kann wie in einem Buch?« Sie schnaubte verächtlich. »Nein, wir sehen nichts. Wir fühlen. Und auch das nur einen winzigen Augenblick, wie einen Lichtstrahl, der aufschimmert und schon wieder verschwunden ist. Dann muß man Worte finden, um dieses Gefühl auszudrücken, und das ist nicht leicht, Chantal. Als ob man versucht, sich an eine halb vergessene Melodie zu erinnern. Du solltest es eigentlich wissen, denn du hast etwas von der Gabe in dir.«

»Ich? Aber Solange, ich überhaupt nicht.«

»Du achtest nicht darauf, mein Kind, weil dein Geist nicht ruhig ist.«

Ich zuckte die Achseln. »Also, wieso hast du ihm das gesagt?«

Sie schüttelte den Kopf. »Das weiß ich jetzt nicht mehr. Vielleicht sah ich eine innere Leere in ihm und ein Bedürfnis, sie zu füllen.«

»Ich verstehe nicht, was du meinst.«

Lächelnd entblößte sie ihre wenigen verbliebenen Zähne.

»Ich auch nicht. Wenn mich die Gabe überkommt, spreche ich, wie mir die Worte einfallen, das ist alles.«

»Aber Solange, du liest doch die Zukunft aus Karten und Teeblättern und aus der Kristallkugel!«

»Ja, sicher. Das ist mein Gewerbe. Wenn du einem Mann oder einer Frau erzählst, daß ihr Glück vor dem Neumond kommt, finden sie bestimmt einen Grund zu glauben, daß es tatsächlich so geschah – selbst wenn es nicht mehr ist, als daß ihre Hennen besser legen.«

»Dann ist das alles nur Theater?«

Sie rührte ihren Tee um, während sie an mir vorbei durch das kleine Wagenfenster ins Leere starrte. »Nein, Kind. Ich gebe, was in mir ist, wenn es gut ist und Hoffnung bringt. Und ich halte den Mund, wenn ich etwas Böses sehe ..., nur wenn es übermächtig wird, spreche ich es aus.«

»Aber ich verstehe nicht, wie du etwas in den Karten oder den Teeblättern erkennen willst. Ich meine, wie sie gerade zu liegen kommen, ist doch ganz zufällig.«

Zu meiner Überraschung nickte sie. »Ganz richtig. Und ich sehe auch nichts in der Kristallkugel. Aber die Leute erwarten dieses Drum und Dran, und da ich sowieso Hilfsmittel brauche, benutze ich einfach die, die meine Kunden sehen wollen.«

»Wie meinst du das, daß du irgendwelche Hilfsmittel brauchst?«

Sie kicherte wieder und beugte sich vor, um meine Hand zu tätscheln. »Heute sind wir aber neugierig, was? Also, ich will es dir erklären: Das zweite Gesicht hat man nur, wenn der Geist ruhig ist. Damit er ruhig bleibt, müssen die Augen auf einem festen Punkt haften. Dann kann sich das Innerste des Geistes öffnen. Es ist genau, wie man ein Küken hypnotisiert, indem man seinen Schnabel auf einen Kreidestrich richtet. Ich könnte genauso gut arbeiten, wenn ich dabei auf . . .«, sie blickte sich um. Ihre Hand ruhte immer noch auf der meinen, »wenn ich meinen Blick auf eine brennende Kerze oder einen Regentropfen am Fenster heften würde.« Sie nahm eine Nadel aus der Nähschachtel, die auf dem Tisch stand. »Oder auf eine Nadel. Die Kristallkugel, die Teetasse, die Karten, sie sind alle austauschbar, sie haben keinen Eigenwert . . .« Ihre Stimme verklang, und ich sah, wie ihr Blick starr und leer wurde, nicht länger auf die Nadel geheftet, sondern weit, weit in den Raum gerichtet war. Langsam und tief sog sie den Atem ein und begann sich leise zu wiegen. Als sie wieder sprach, war ihre Stimme zu einem eigenartigen, monotonen Flüstern geworden. Ich wollte mich rühren, aber ich saß wie verzaubert. »Ich sehe zwei in einem«, murmelte sie. »Zwei in einem, der Wolf und noch ein anderer. Der Wolf schläft, doch im Schlafe geht er, denn er trägt die Maske des andern. Und sie haben nur einen Herzschlag. Es liegt unter den nachtschwarzen Schlangen. Dort sind sieben eins und eins ist sieben. Der Ring ist im Dunkeln verborgen und bringt Tod, wenn der Donner ertönt. Bevor noch der Pflug zwei Furchen gezogen hat, ist einer tot, der andere flieht, und einer fällt. Sie tragen Masken, und der Tag, an dem die Verlorenen sich von Angesicht zu Angesicht gegenüberstehen, wird schwer sein vor Angst. Sei wachsam . . . sei wachsam, wenn der schlafende Wolf erwacht . . .«

2

SOLANGES FLÜSTERNDE STIMME erstarb, aber ihre Lippen bewegten sich noch immer, als ringe sie nach Worten. Langsam verschwand die Leere in ihrem Blick, und sie schien ihre Umgebung wieder wahrzunehmen. Die Hand, die die Nadel hielt, sank schlaff auf den Tisch und blieb zitternd dort liegen. In einem langen Seufzer atmete sie aus, dann krächzte sie. »Vorbei. Ich sehe nichts mehr.«

Meine Stimme schwankte, als ich sie fragte: »Solange, fehlt dir auch nichts?«

Müde schüttelte sie den Kopf. »Mir geht es ganz gut. Schon seit vielen Tagen hat mich die Gabe nicht mehr so stark überkommen.« Sie zog ihre Hand zurück und rieb sich die Augen. Dann blickte sie mich beunruhigt an. »Verzeih, Chantal, es war nicht absichtlich. Ich weiß, daß du nicht hinter den Schleier blicken möchtest.«

»Es ist schon gut, Solange. Aber . . ., was hat das alles zu bedeuten? Es klang so eigenartig.«

»Was habe ich denn gesagt, mein Kind?«

Ich hatte die Worte noch frisch im Gedächtnis und wiederholte sie stockend. Wieder seufzte sie und nickte. »Ja, so sind mir die Worte gekommen, aber sie sind nur armselige Werkzeuge, und ich kann es nicht noch einmal versuchen. Der Weg ist versperrt.« Ängstlich blickte mich das alte Gesicht an. Sie versuchte zu lächeln. »Nur Wahrsagerunfug, Kindchen . . ., aber man muß immer auf der Hut sein, immer wachsam.«

Ich wußte, daß sie selbst ihre Worte nicht für Unsinn hielt, aber sie wirkte so verängstigt, daß ich mich zwang, meine eigene Beklemmung zu verbergen und die Sache zu verharmlosen. »Ich bin sowieso immer wachsam, Solange, du brauchst dir keine Gedanken zu machen. Meine Zukunft kannst du sowieso erst richtig lesen, wenn Sunbeam erst einmal ihre Trapeznummer vollbracht hat. Erzähl mir jetzt lieber noch einmal, wie du mit dem großen Zirkus in Paris warst und dich Napoleon der Dritte holen ließ, um auf einer Soireê die Zukunft zu lesen.«

»Ach was, das hab' ich dir doch schon oft erzählt!«

»Aber jedesmal fällt dir mehr darüber ein. Erzähl es mir noch mal, Solange. Ich habe noch eine halbe Stunde Zeit, bis ich mich für die Probe umziehen muß.«

»*Eh bien.* Also . . ., ich war jung, und vielleicht konnte man damals sogar sagen, daß ich schön war . . .«

Ich sah, wie ihr Blick freier wurde, während sie die Geschichte erzählte, die ich schon oft gehört hatte. Zugleich verflog auch das unheimliche Gefühl, das mich bei ihren eigenartigen Worten überkommen hatte. Als es Zeit zum Umziehen war, hätte ich fast über mich selbst lachen können, daß mich eine Nadel und ein paar zusammenhanglose Worte so durcheinandergebracht hatten. Als ich in meinem Trikot die lange Strickleiter zu der großen Plattform unter der Zeltspitze hinaufkletterte, wo Maria auf mich wartete, hatte ich den Vorfall schon ganz vergessen. Die Probe an diesem Nachmittag klappte gut. Leo war guter Laune, weil er vorher am Umzug teilgenommen hatte, und erging sich daher nicht in seinen üblichen Klagen, daß ich zu früh oder zu spät oder zu schnell aus meinen Saltos herauskäme und es ihm dadurch schwer mache, mich sauber aufzufangen. Ich machte mir aus seiner Krittelei sowieso nie etwas, denn im Vergleich zu Maria mußte ich einfach schwer und unbeholfen wirken. Maria schwebte durch die Luft wie ein Vogel und machte jede Bewegung im richtigen Augenblick. In Mr. Gallettis Schule hatte ich zwar genug Geschicklichkeit erworben, um dem Publikum durch eine saubere und halbwegs graziöse Darbietung zu gefallen, aber beim Auffangen war ich um Klassen schlechter als Maria.

Als wir fertig waren, ließen wir uns einer nach dem andern in das Netz fallen, stürzten dabei wie Schwalben in die Tiefe und drehten uns erst im letzten Moment um, um auf dem Rücken zu landen, emporzufedern und auf die Füße zu springen. Jetzt fand ich das herrlich und konnte mir kaum mehr vorstellen, daß ich mich am Anfang nicht einmal aus einer Höhe von sechs Metern fallen lassen konnte, ohne falsch zu landen und hilflos wieder in die Luft geschleudert zu werden, um dann mit wild schlagenden Armen und Beinen zu versuchen, wieder Herr über meine Bewegungen zu werden.

Mr. Galletti stand auf seinem üblichen Platz am Rande der Arena und schaute zu. Als wir uns vom Netz herabgeschwungen hatten, stellten wir uns wie immer in einer Reihe vor ihm auf, um sein Urteil zu hören. »Sehr gut, Kinder. Nur ein oder zwei Kleinigkeiten. Chantal, du hast für den letzten Salto rückwärts etwas zu spät losgelassen. Leo mußte dich ein bißchen holen. Maria, du kannst nach deinem ersten offenen Einzel ein ganz klein bißchen länger in aufrechter Position bleiben.« Bei Mr. Gallettis Bemerkungen ging es meist um »Kleinigkeiten«.

Er sah Leo an: »Bitte steh während der Zwillingsnummer nicht so krumm, Leo, sondern halte dich gerade.« Das bezog sich auf den ersten Teil unserer Nummer, wo Maria und ich an zwei Trapezen nebeneinander herschwangen und gemeinsam verschiedene Schwünge durchführten, so daß die eine das Spiegelbild der andern zu sein schien.

»Keine Anzeichen von Steifheit oder Muskelschmerzen?« Diese Frage stellte Mr. Galletti zum Schluß immer.

»Nein, Großvater.«

»Nein, Mr. Galletti.«

»Gut. Also, ab mit euch.«

Im Umkleidezelt der Frauen legten Maria und ich unsere Trikots ab, wuschen uns in der bereitstehenden Wanne mit warmem Wasser und zogen die roten Jacken und blauen Hosen unserer Soldatenuniform an, in der wir die Leute empfingen, die bald aus der nahen Stadt und den umliegenden Dörfern herbeiströmen würden. Fast jeder im Zirkus hatte mehr als eine Aufgabe zu erfüllen, aber die Artisten mußten im allgemeinen nur den sogenannten leichten Dienst verrichten, wie z. B. Eintrittskarten verkaufen oder die Zuschauer zu ihren Plätzen geleiten. Maria und ich sollten bis eine halbe Stunde vor Beginn der großen Vorstellung während zwei kleineren Darbietungen Geld einnehmen und dann Programme und Konfekt verkaufen. Wenn das Orchester mit der Ouvertüre einsetzte, gingen wir zu unserem Wagen und ruhten uns zwanzig Minuten aus, bevor wir anfingen, uns für unsere Nummer umzuziehen und zu schminken. Unser Auftritt lag in der Mitte der zweiten Hälfte des Abends.

Maria saß vor dem großen Spiegel im Umkleidezelt und schwatzte in ihrer üblichen Art daher, während ich ihr die Haare bürstete und wie immer nur mit halbem Ohr zuhörte. Ich horchte auf, als sie sagte: » . . .,aber ich finde, daß er jetzt sehr nett aussieht, meinst du nicht auch, Chantal?«

Ich konnte mir nicht denken, wovon sie sprach und fragte: »Wer sieht jetzt nett aus?«

»Dieser Mann natürlich, du Dummchen. Er hat sich rasiert und sieht jetzt sehr nett aus.«

»Ach, du meinst Martin. Ich habe ihn gar nicht mehr gesehen, seit ich ihn ins Eßzelt brachte.«

»Ein richtig gutaussehender Mann«, schwärmte sie.

»Ich glaube, er ist ein englischer Graf. Er hat dich in der Arena gesehen und sich unsterblich in dich verliebt, Chantal, und jetzt hat er sich als Landstreicher verkleidet.«

Ich wußte, daß Maria eine Träumerin war, und lächelte sie im Spiegel an. »Warum sollte er sich denn verkleidet haben?«

»Um eine Arbeit im Zirkus zu bekommen, natürlich. Er will, daß du ihn um seiner selbst willen liebst, und nicht, weil er ein englischer Graf ist.«

Ich brach in schallendes Gelächter aus: »Also wirklich, Herzchen, du bist komischer als der Clown Pepe.«

»Aber er ist ganz sicher kein Landstreicher, er tut bestimmt nur so. Und wenn er kein englischer Graf ist – was ist er denn dann?«

»Ich weiß es nicht. Und es ist mir auch ziemlich egal.«

»Ach du! Du bist eine richtige kühle Engländerin.«

»Wahrscheinlich. So, jetzt siehst du wirklich hübsch aus.« Jetzt war ich an der Reihe. Ich setzte mich auf den Hocker, und Maria begann, meine Haare auszubürsten. Nach wenigen Augenblicken hielt sie inne und warf mir im Spiegel einen beunruhigten Blick zu. »Chantal, du wirst heute abend Strabo nicht wieder ärgern, oder?«

»Fang nicht schon wieder an, mir Vorhaltungen zu machen, *piccina*. Letzte Nacht hast du mich stundenlang am Einschlafen gehindert.«

»Mir wurde fast schlecht, als er dich schlug.« Sie schlang die Arme um meinen Hals und lehnte ihre Wange an die meine. »Liebe Chantal, bitte, versprich mir, daß du es nicht tust.«

Ich seufzte und tätschelte ihre Hand. »Es hat keinen Sinn, Herzchen. Es überkommt mich einfach, und ich kann gar nichts dagegen machen.« Maria richtete sich auf und blinzelte ein paarmal rasch hintereinander, als ob sie die Tränen zurückhalten müsse. Ich wagte nicht, ihr zu sagen, daß sie der eigentliche Grund dafür war, daß ich vor drei Tagen plötzlich den Streit mit Strabo angefangen hatte. Sie war an diesem Abend hungrig gewesen, und wir mußten im Eßzelt sitzen und warten, bis es diesem mürrischen, anmaßenden Kerl paßte, endlich zu erscheinen. Maria war für mich wie eine jüngere Schwester, und ich hielt sie für die größte Künstlerin im ganzen Zirkus. Natürlich war ich voreingenommen, denn es war unmöglich, ihr Können mit dem eines Löwendompteurs oder eines Kunstreiters zu vergleichen, aber ihre Darbietung schien mir die vollkommenste von allen. Wie sie an diesem Abend dagesessen hatte und geduldig mit dem Essen wartete, bis der bärenstarke Strabo bedient war, hatte ich es plötzlich nicht mehr ausgehalten. Ich war so wütend gewesen, ich mußte einfach etwas tun. Und wenn ich zurückblickte, bedauerte ich es nicht, so gehandelt zu haben.

Maria schleuderte die Bürste zu Boden: »Ich hasse diesen Kerl.«

Ich zuckte die Achseln. »Er ist sicher kein besonders angenehmer Mensch, aber seine Nummer ist gut. Ist dir noch nicht aufgefallen, daß er in letzter Zeit viel mehr Applaus bekommt?«

Maria rümpfte die Nase. »Das liegt nur daran, daß wir in Ungarn sind. Er stammt von hier, und das wissen die Leute. Im eigenen Land bekommt man immer mehr Applaus. Denk nur daran, wie sie uns in Italien beklatscht und umjubelt haben. Und wenn wir nach England gehen, wirst du sehen . . ., ach so, nein, die werden überhaupt nicht merken, daß du Engländerin bist, sie werden denken, du gehörst zu einer italienischen Gruppe. Aber vielleicht läßt dich Mr. Kayser besonders ansagen!«

Ich fühlte Unbehagen in mir aufsteigen: »Gehen wir denn nach England?«

»Ich weiß nicht, aber Sammy nimmt an, daß wir nächstes Frühjahr dort gastieren, und Sammy weiß eigentlich immer alles. Außerdem wäre England auch mal wieder an der Reihe – wir waren jetzt schon mehr als drei Jahre nicht mehr dort.«

»Mehr als vier – über vier Jahre«, murmelte ich, während ich langsam meinen dunkelroten Rock zuknöpfte.

»Bist du schon so lange bei uns? Ja, natürlich, jetzt erinnere ich mich. Leo und ich waren gerade zum ersten Mal aufgetreten. Wir konnten nur ganz einfache Sachen, aber die Leute klatschten, weil wir noch richtige Kinder waren.«

Der Gedanke, nach England zu gehen, rief zwiespältige Gefühle in mir hervor. Einerseits sehnte ich mich danach, mein Land wiederzusehen, und zugleich fürchtete ich mich – ohne recht zu wissen, wovor. Vielleicht hatte ich Angst, daß alte Erinnerungen wach würden, Erinnerungen an alles, was ich hinter mir gelassen hatte, an die bittere Scham, die ich für die Mutter und den Vater empfunden hatte, die ich nie kannte; an das Elend und die Einsamkeit, die mein unausstehliches Wesen mir eingebracht hatte und schließlich an den Verlust meines Zuhause und all derer, die ich als die Meinen betrachtet hatte. Jetzt war ich ein neuer Mensch und wollte nicht an das Vergangene erinnert werden.

Maria stupste mich an: »Los, Chantal, sonst kommen wir zu spät.«

Die ersten Zuschauer traten durch den Eingang im Norden des großen Zeltes. Einige waren im Wagen gekommen, die meisten aber in Bauernkarren oder zu Fuß. Wir hatten hier ziemlich oft ausverkaufte Vorstellungen gehabt. Wenn das Zelt heute abend dreiviertel voll würde, konnten wir schon froh sein. Die meisten Landedelleute, die besser situierte Stadtbevölkerung und die Bauern waren schon in den vergangenen zwei Wochen mit ihren Familien dagewesen. Jetzt waren die Preise herabgesetzt worden, und das Publikum würde daher aus Leuten bestehen, die nur wenig Geld ausgeben konnten. Das erkannte man immer daran, wenn die Eintrittspreise mit Kleingeld bezahlt wurden. Wir hatten schon am Abend zuvor bemerkt, daß weniger Kronen dabei waren – dafür aber viel mehr Heller und auch alte Kreuzer, die noch immer in Umlauf waren, obwohl sie eingezogen werden sollten.

Eine Nachmittagsvorstellung gab es nur an drei Wochentagen, und heute war keine gewesen. Anderthalb Stunden widmeten wir uns unseren üblichen Pflichten und warteten dann in Ruhe, bis wir an der Reihe waren. Maria und ich schliefen im Vorderteil des Wagens, Leo und Mr. Galletti im rückwärtigen Teil. Dazwischen war eine Bretterwand. Tagsüber waren unsere Betten an den Seitenwänden des Wagens hochgeklappt, und wir benutzten den größten, rückwärtigen Teil als Aufenthaltsraum.

Kurz bevor wir anfangen mußten, uns umzuziehen und zu schminken, rief Leo aus dem andern Raum: »Chantal! Da kommt jemand für dich!«

Ich zog mir einen Morgenrock über und ging durch die Tür. Leo lag auf seinem Bett. Die Tür an der Rückseite des Wagens stand offen, und auf der Schwelle stand ein Mann, den ich zunächst nicht erkannte. Dann sah ich, daß es Martin war, der sich inzwischen sauber rasiert hatte und ein frisches Hemd trug, das fast zu eng war, als daß er es über der Brust zuknöpfen konnte. Ich vermutete, daß Sammy es ihm geliehen hatte.

Im Gegensatz zu Maria konnte ich nicht finden, daß er besonders gut aussah. Sein Mund war ziemlich breit und die Ohren im Verhältnis zu seinem schmalen Gesicht etwas zu groß. Aber es war ein freundliches Gesicht, und die Augen hatten einen eigenartigen Blick, den ich nur als nach außen gerichtet beschreiben kann – es waren die Augen eines Mannes, der sich weniger für sich selbst als für all das interessierte, was sich um ihn her abspielte.

Er schaute mich an. »Ich hoffe, ich störe Sie nicht. Ich habe dem Zirkus zugeschaut und wollte Sie jetzt in der Pause besuchen, um Ihnen . . .«, er zögerte.

»Ich kenne mich mit Ihren Gebräuchen nicht aus. Es bringt doch hoffentlich kein Unglück, wenn ich Ihnen Glück wünsche?«

Leo kicherte und hob seinen dunklen Lockenkopf, um mich anzuschauen.

»Nein«, gab ich zurück, »das sagt man so, aber es stimmt nicht.«

»Dann ist's ja gut. Also ich wünsche Ihnen viel Glück für heute abend. Für alle Abende.«

»Danke, Martin. Hat Ihnen Sammy genug zu essen gegeben?«

»So viel ich mit meinem geschrumpften Magen bewältigen konnte. Er sagte, ich soll heute abend nach der Vorstellung wiederkommen, wenn die Artisten essen. Ich hoffe, Sie dort zu sehen. Jetzt will ich Sie nicht länger aufhalten.«

Er verbeugte sich leicht, ging hinaus und schloß die Tür hinter sich. Leo richtete sich auf einem Ellbogen auf und sah mich an.

»Machst du heute beim Abendessen wieder so ein Theater, Chantal?«

»Ich weiß noch nicht, Affengesicht. Wart's ab.« Leo haßte es, wenn ich ihm Kosenamen gab, und Affengesicht war einer geworden, nachdem ich das Wort jahrelang als Beleidigung gebraucht hatte.

»Wart's ab, wart's ab«, äffte er mich nach. »Wieso sind eigentlich die Mädchen alle so blöde?«

»Ach, nun gib schon Ruhe. Dir kann es sowieso egal sein.«

»Natürlich ist es mir egal! Wieso sollte es mir auch etwas ausmachen, wenn du Prügel kriegst? Und wenn das so weitergeht, wird dich Mr. Kayser hinauswerfen. Jawohl! Dann haust du ab, und ich muß endlich nicht mehr nach einem Sack Kartoffeln angeln, der durch die Luft auf mich zufliegt, und darüber werde ich wirklich nicht traurig sein!«

Einen Augenblick lang war ich wirklich gekränkt, aber dann dachte ich daran, daß Leo noch keine siebzehn und ein richtiger Junge war. In Wirklichkeit machte er sich Sorgen um mich, und deshalb wurde er so ausfällig.

Ich lachte. »Laß mich heute abend beim Ausschwingen nicht fallen, sonst gibt's Kartoffelbrei.«

Er drehte sich auf den Bauch, und ich ging wieder zu Maria hinüber, als ich ihn sagen hörte: »Chantal, ich hab's nicht so gemeint.«

»Ich weiß, Affengesicht, ist schon gut.«

Zwanzig Minuten später war ich wieder mit Maria im Umkleidezelt. Wir hatten Arme und Beine gepudert sowie Fettcreme und Schminke aufgetragen, die verhindern sollten, daß die Zuschauer unsere Gesichter nur als weiße Flecken wahrnahmen. Nun schlossen wir die letzten Haken an unseren über und über mit Pailletten übersäten rotseidenen Kostümen. Leo erwartete uns hinter dem großen Vorhang, der von der Orchesterempore über dem Eingang zur Arena herabhing. Er grinste mich an und sagte:

»Hallo, dicke Engländerin!« Das war eines der Schimpfwörter aus der Vergangenheit, und ich antwortete entsprechend:

»Hallo, du affengesichtiger Italiener!«

Der Vorhang öffnete sich, die Clowns, die während der Pause das Publikum unterhalten hatten, kamen aus der Arena gestolpert, und wir hörten, wie draußen die phantastischen, atemberaubenden, todesmutigen Fliegenden Gallettis angesagt wurden.

Während das Orchester einen großen Tusch spielte,

rannten wir in die Arena, verbeugten uns, knicksten und lächelten, bevor wir zu den beiden Strickleitern liefen und anfingen hinaufzuklettern. Leo war auf der einen, Maria und ich auf der andern Seite der Arena. Jedesmal, wenn ich auf der kleinen Plattform stand, überkam mich noch immer eine Welle der Erregung. Die Kuppel aus Segeltuch, die sich über mir wölbte, schien wie ein lebendiges Wesen, das sich langsam bewegte. Unter mir ein Meer aufwärtsgerichteter Gesichter, blasse Flecken im grellen Lampenschein, und in der Mitte die gelbe Arena, die von hier oben ganz klein aussah und quer vom langen Netz überspannt wurde.

Maria und ich hakten unsere parallelschwingenden Trapeze aus, und während das Orchester einen langsamen Walzer begann, schwangen wir uns gleichzeitig los, als hätten wir einen gemeinsamen Körper. Als ich mich nach monatelangen Bodenübungen das allererste Mal auf das Trapez geschwungen hatte, hatte ich sofort den Halt verloren und war geradewegs im Netz gelandet. Nun schien mir dieser Teil unserer Nummer kinderleicht. Wir schwangen uns vor und zurück, hängten uns mit den Knien an der Stange ein, ließen uns bis zu den Füßen durchrutschen, um die Spannung beim Publikum zu steigern. Dann schwangen wir uns hoch, um wieder die Stange mit unseren geharzten Händen zu umfassen und wieder neuen Schwung zu bekommen, drehten uns einmal um die Stange, balancierten mit ausgebreiteten Armen quer darüber und vollzogen all das genau gleichzeitig, bis wir schließlich zu unserer Plattform zurückkehrten, wo wir ohne Hilfe absteigen mußten. Das schien für den Zuschauer bestimmt der einfachste Teil der ganzen Nummer, in Wirklichkeit war es aber der schwierigste.

Jetzt war ich dran. Leo hielt sich schon bereit, er schwang mit nach unten hängendem Kopf hin und her. Ich übernahm Marias Trapez, das in einer Linie mit dem von Leo lag, und wartete. Er klatschte kurz in die Hände, und ich stieß mich ab. Ich schwang viermal hin und her, um Höhe zu gewinnen und Leo die Möglichkeit zu geben, die Bewegung der beiden Trapeze genau aufeinander abzustimmen. Dann klatschte er wieder in die Hände. Ich schwang mich hoch und ließ die Stange los. Die Kuppel, der Zuschauerring und der kleine Fleck der Arena drehten sich im Kreis, während ich einen Salto machte, mich zusammenrollte, dann wieder streckte und abwärts stürzte. Ich hielt die Arme weit ausgestreckt, damit mich Leo, der sich mir in einem Bogen entgegenschwang, an den Handgelenken fassen konnte. Mit einem beruhigenden Geräusch umschloß er meine Handgelenke. Er blickte grinsend auf mich herab, als wir über die Arena hinwegschwangen. »*Bene*«, lobte er mich.

Mit einer einfachen Pirouette kehrte ich zum leeren Trapez zurück, erreichte die Plattform und winkte, um mich für den Applaus zu bedanken. Maria schwang sich mit lächelndem Mund und sehr ernsten Augen von der Plattform. Nach einem doppelten Salto kehrte sie wieder zu ihrem Trapez zurück. Ein einfacher offener Salto, eine schöne Bewegung, in der sich ihr geschmeidiger Körper, wie ein Bogen gekrümmt, langsam um sich selbst drehte.

Dann schien sie einen Augenblick über ihrem Trapez zu schweben und kam mit einer wunderbaren Doppelpirouette zur Plattform zurück. Ich übernahm das Trapez. Ein Rückwärtsschwung brachte mich in die Ausgangsposition für einen Vorwärtssalto; dann mußte ich in der Luft herumwirbeln, um mich von Leo auffangen zu lassen. Wieder schwang ich mich zu meinem Trapez zurück, und dann kam meine beste Nummer, in der es allerdings mehr auf gute Balance und Stärke ankam als auf Können – im Handstand vom Trapez zu springen.

Nachdem Leo mich wieder aufgefangen hatte, setzte er mich auf seiner Plattform ab und begann nun sein eigenes Solo, bei dem er von einem Trapez zum andern springen mußte, ohne daß ihn jemand auffing. Das war der spannendste Moment, denn Maria und ich mußten abwechselnd das jeweils leere Trapez wegstoßen; das mußte genau im richtigen Augenblick geschehen, und ich fürchtete immer, mich zu verschätzen.

Am Ende von Leos Solo schwang ich mich ihm entgegen, ließ mich auffangen und auf der anderen Plattform absetzen. Dann begannen die Vorbereitungen zum Finale. Ich stülpte Maria eine schwarze Samtkappe über den Kopf und band sie lose mit einer Schnur fest. Nun war sie bereit für ihren doppelten Salto. Sie war nicht ganz blind, denn sie konnte ein bißchen durch ein Stück schwarze Gaze durchsehen, das in die Kappe eingenäht war. Dennoch war es eine sehr schwierige Nummer. Sie hob ab und schwang sich immer höher. Die Musik hielt inne. Gespanntes Schweigen herrschte im Zelt. Leo saß auf der andern Stange und beobachtete Maria aufmerksam, während, er hin- und herschwang. Dann ließ er sich rückwärts fallen und hing mit den Füßen am Trapez. Ein letzter Schwung, und er klatschte in die Hände. Am höchsten Punkt ließ Maria los, vollführte einen tadellosen Doppelten und ließ sich von Leo so leicht auffangen wie ein Schmetterling, der sich auf ein Blatt niedersetzt.

Die Kapelle spielte einen Tusch, das Publikum schrie Beifall. Noch ein begeisterter Aufschrei, als Maria, noch immer mit der Kappe über dem Kopf, mit einer einzigen Pirouette zu ihrem Trapez zurückkehrte. Ich schwang mich auf das Paralleltrapez, flog an Maria vorbei, ließ mich fallen und flog mit Armen, die ausgebreitet waren wie Flügel, auf das Netz unter mir zu.

Erst im letzten Augenblick vollzog ich eine halbe Drehung, um auf dem Rücken zu landen. Ich federte hoch, landete auf den Füßen und ging zum Netzrand.

Maria schwang immer noch mit verbundenen Augen hin und her. Vom höchsten Punkt ließ sie sich in ihren unvergleichlichen offenen Salto fallen, in dem sie sich langsam, wie die Speiche eines Rades drehte, so langsam, daß sie einen Augenblick schwerelos im Raum zu hängen schien, eine winzige dunkelrote Gestalt, die mit dem Kopf nach unten mitten in der Zeltkuppel schwebte. Dann sauste ihr ausgestreckter Körper wie ein Pfeil nach unten, die Hände an die Hüften gelegt, so schnell wie ein Falke, der auf eine Beute herabstößt.

Im allerletzten Bruchteil der allerletzten Sekunde zog sie den verhüllten Kopf ein, um auf den Schultern zu landen. Sie federte empor und zog die Kappe vom Kopf, während sie aufstieg und wieder auf den Füßen landete.

Leo und ich schwangen uns vom Netz herab, um Maria den Hauptanteil des Beifalls zu überlassen, wie sie ihn verdiente. Dann kam sie selbst auch herunter, und wir liefen vor und zurück, lächelten und verbeugten uns erst in die eine, dann in die andere Richtung. Ich war nie sicher, ob es Maria und Leo genauso ging, aber in diesem Augenblick war mein Lächeln echt. Ich war immer atemlos vor Glück und über mich selbst erstaunt, denn jetzt schien alles wie ein Traum, und ich konnte es kaum fassen, daß dieses Mädchen, das da knickste und durch die mit Sägemehl bestreute Arena hüpfte, ich selber sein sollte.

Wir wußten, daß wir an diesem Abend eine gute Vorstellung gegeben hatten, und Mr. Galletti, der uns hinter dem Vorhang erwartete, hatte nicht eine einzige »Kleinigkeit« zu erwähnen. Wir mußten noch in unseren Kostümen bleiben, um an der Schlußparade teilzunehmen. Während wir warteten, ging Leo ins Umkleidezelt der Männer, denn er liebte es, an den Gesprächen der Artisten teilzunehmen und sich dabei wie ein Mann zu fühlen. Maria und ich zogen es vor, hinter dem Vorhang zu bleiben. Wir hüllten uns in Decken, beobachteten die scheinbar wirre Geschäftigkeit um uns herum, während eine Nummer auf die andere folgte, und lauschten auf den Beifall des Publikums.

Später, während der Schlußparade, fiel mir ein, daß Martin da war, aber ich konnte ihn in der Menge nicht ausfindig machen, während wir im Kreis um die Arena marschierten. Während wir im Umkleidezelt der Frauen warteten, bis eine der Wannen frei wurde, schwatzten wir mit Violette, der hübschen blonden Kunstreiterin, und Fiama Khalaf, die mit dem Sprungbrett arbeitete. Dann wuschen wir uns gründlich, hängten unsere Kostüme sorgfältig auf die Bügel und nahmen die Trikots mit in unseren Wagen, um sie auszuwaschen.

Ich zündete die Lampe in unserem Schlafzimmer an und legte mich aufs Bett. Um mich her waren lauter vertraute Geräusche: das entfernte Pochen der Zugmaschine, die die großen Leuchten im Zelt mit Strom speiste, hin und wieder das Brüllen eines Tieres aus dem Raubtiergang, die Geräusche von Zaumzeug und scharrenden Hufen, vermischt mit dem unbestimmten Murmeln der Menge, die sich langsam verlief.

Während wir uns nach der Abendvorstellung ausruhten, widmete ich mich meinen medizinischen Lehrbüchern, während Maria an einer Stickerei arbeitete. Diese Stunde war so ziemlich der einzige Augenblick des Tages, an dem sie nicht schwatzte. Schließlich klappte ich die Bücher zu.

»Zeit zum Essen, Kindchen.«

Sie beugte den Kopf tiefer über ihre Stickerei. »Laß uns noch ein bißchen warten, Chantal.«

»Nein. Ich bin hungrig, und du auch. Um diese Zeit hast du immer Hunger.«

Sie blickte auf und biß sich auf ihre Unterlippe: »Also gut. Du kannst ja schon vorausgehen. Ich will nur noch dieses Stück hier fertigmachen.«

Ich nahm an, daß sie beschlossen hatte, erst später zum Essen zu kommen, wenn das Theater mit Strabo vorbei wäre, aber zu meiner Überraschung holte sie mich ein, als ich am Eßzelt anlangte. Es saßen nur etwa ein Dutzend Leute da, und mir wurde ganz flau, als ich entdeckte, daß Strabo nicht dabei war. Ich hatte törichterweise gehofft, daß er früh kommen würde, um eine Wiederholung der drei letzten Abende zu vermeiden. Leo rutschte auf einer Bank hin und her und wirkte sehr nervös. Er lehnte mit dem Rücken gegen den Tisch und unterhielt sich mit Martin, der neben ihm saß. Ich sah, wie Martin aufstehen wollte, um mich zu begrüßen, aber Leo packte ihn schnell am Arm und zog ihn wieder auf seinen Platz zurück. Einen Augenblick stand ich ganz still und versuchte, mich zur Vernunft zu bringen; ich krümmte mich innerlich bei der Erinnerung an Strabos Schläge. Aber eben dieser Gedanke rührte den alten Haß wieder in mir auf, und verbissen ging ich an den Tischen vorbei zur Theke.

Das Gespräch im Zelt verstummte. Sammy, der hinter der Theke stand, warf mir einen fast verzweifelten Blick zu, als ich sagte: »Ich habe Hunger, Sammy, und Maria auch. Wir möchten jetzt bitte essen.«

Er rührte mit der Schöpfkelle in dem großen kupfernen Topf herum, der neben ihm stand, und blickte finster vor sich hin. »Es ist noch ein bißchen heiß, Kinder, wartet lieber noch ein Momentchen.«

»Nein, wir mögen's gerne heiß. Zwei Essen bitte, Sammy.« Innerlich zitterte ich vor Angst, aber selbst wenn es um mein Leben gegangen wäre, hätte ich jetzt nicht mehr zurückgekonnt.

Sammy knurrte wütend: »Von mir aus. Aber es ist deine Sache, Chantal. Zieh Maria da nicht mit rein.«

»Na gut. Tut mir leid. Also ein Essen, bitte, Sammy.« Er füllte einen Teller mit Eintopf, legte einen Brotanschnitt auf einen kleinen Teller und reichte mir beides über die Theke. Ich holte mir Besteck; setzte mich ans Ende eines Tisches und begann zu essen, ohne jemanden anzusehen. Langsam und gezwungen hob das allgemeine Gemurmel wieder an.

Ich hatte mir den Mund verbrannt und begann, etwas von dem Brot zu kauen, während ich auf meinen Teller starrte.

Ich hörte, wie Leo in der Nähe mit jemandem flüsterte, und fragte mich einen Augenblick, ob er wohl Martin erklärte, was zu erwarten sei. An dem plötzlich eintretenden Schweigen erkannte ich, daß Strabo gekommen war. Man hörte nur das Schleifen seiner Stiefel auf den Holzlatten, als er durchs Zelt ging. Dann stand er neben mir, und ich sah auf und begegnete seinem wütenden Blick. Er war untersetzt und kräftig, mit glattrasiertem Kopf und kleinen, verschlagenen Augen in einem großflächigen Gesicht. Seine Stimme war tief und häßlich.

Er sagte: »Du ißt also wieder vor Strabo, Kleine?«

Wenn mir nicht so schwach in den Beinen gewesen wäre, wäre ich in diesem Augenblick bestimmt aufgestanden und fortgelaufen, aber ich blieb wie angewurzelt sitzen und starrte ihn an, bis mir ein neuer Anfall von Zorn die Kraft zum Sprechen gab und ich mit krächzender Stimme sagen konnte: »Ich hatte Hunger. Warum darf ich nicht essen?«

»Glaubst du, daß du hier etwas Besseres bist?«

»Nein. Ich glaube, daß wir alle gleich sind, und keiner warten muß.«

Sein Gesicht verfärbte sich. »Du bist ein Mädchen! Ein unverschämter kleiner Fratz.«

»Wir sind hier alle Artisten, die hart arbeiten. Wir sind alle gleich.« Vor Angst drohte mir die Stimme zu versagen. »Wenn Sie schon zwischen Männern und Frauen einen Unterschied machen wollen, dann wäre es höflich, den Damen den Vortritt zu lassen, Mr. Strabo.«

»Du bist keine Dame!« brüllte er, und seine Augen wurden zu Schlitzen, bis sie kaum mehr zu sehen waren. Eine große Hand packte mich an der Schulter und riß mich auf die Füße. Mit der anderen Hand versetzte er mir einen wohlgezielten Schlag, der meinen Kopf zum Summen brachte. Ich kochte vor Zorn. Obwohl alles vor meinen Augen verschwamm, versuchte ich, seine Hand zu fassen und hineinzubeißen, bevor mich der nächste Schlag traf. Blitzschnell tauchte eine kleine Gestalt neben Strabo auf. Es war Maria. Ihre Hand umklammerte einen hölzernen Zeltpflock. »Du Biest!« kreischte sie, und der Zeltpflock krachte mit voller Wucht seitlich auf Strabos Schädel nieder.

Das war Wahnsinn. Mir war, als würde sich mein Magen vor Entsetzen umdrehen. Strabo taumelte ein oder zwei Schritte zurück und hielt seinen Kopf mit beiden Händen umklammert. Maria stand zwischen uns, geduckt wie eine Katze, die zum Sprung ansetzt. Wie rasend packte ich sie von hinten, wirbelte sie mit aller Kraft herum und schrie: »Lauf, Kleine, lauf schnell!« Dann fuhr ich wieder herum und stand Strabo gegenüber.

Aus dem Augenwinkel sah ich Leo, der mit blitzenden Augen am Tisch entlang auf uns zurannte. Er rief etwas auf italienisch. Strabo tappte schwerfällig auf mich zu. Ich kauerte nieder, um ihn an den Beinen zu erwischen. So konnte ich mich zumindest an ihn klammern, bis er mich bewußtlos geschlagen hatte und Maria in Sicherheit war. Wie durch ein Wunder rutschte plötzlich eine der langen Bänke nach vorn und schlug Strabo gegen die Knie. Er stolperte und schlug mit einem dumpfen Laut auf dem hölzernen Lattenboden auf. Gleich darauf verstellte mir eine andere Gestalt den Weg, ein Mann mit einem zu engen Hemd. Es war Martin. Er trat nach vorn und sagte dabei in freundlichem Ton, als wäre überhaupt nichts geschehen: »Bitte halten Sie mich nicht für unverschämt, Mr. Strabo, aber ich wollte nur sagen . . .«

Er schien über Strabo zu stolpern, der gerade versuchte, aufzustehen, und riß ihn wieder mit sich zu Boden. Sie lagen mit verschränkten Armen und Beinen übereinander. Strabo schäumte vor Zorn, und Martin entschuldigte sich andauernd, während beide versuchten, wieder auf die Beine zu kommen. Aber jedesmal, wenn Strabo aufstehen wollte, brachte ihn ein Puff oder ein Fußtritt von Martin wieder aus dem Gleichgewicht, so daß es fast so aussah, als ob zwei Clowns eine Privatvorstellung für uns gäben.

Leo war neben dem Tisch stehengeblieben und starrte auf die beiden Gestalten herab; plötzlich fing er an zu lachen. Es war ansteckend. Im nächsten Augenblick hallte das ganze Zelt von Gelächter wider. Strabo versuchte gerade im Sitzen, seinen Fuß freizubekommen, der sich in Martins Kniekehle verfangen hatte. Er hielt inne und blinzelte erstaunt und wie betäubt umher. Ein großes rotes Mal zeichnete sich auf einer Seite seines glattrasierten Kopfes ab.

Martins Stimme klang ruhig. »Es tut mir wirklich leid, bitte entschuldigen Sie – ich bin furchtbar ungeschickt.«

Strabo blickte wütend um sich, dann bellte er: »Ruhe!« Das Lachen erstarb. Mit bedrohlicher Langsamkeit befreite Strabo seinen Fuß und stand auf. Aber jetzt kam auch Martin hoch, packte seine Hand, zerrte sie mit bewunderndem Lächeln auf und ab und hörte immer noch nicht auf zu reden. »Was ich nämlich eigentlich sagen wollte, Mr. Strabo, Ihre Darbietung heute abend fand ich einfach phantastisch. Einzigartig. Wirklich einzigartig. Ich bin mir natürlich völlig darüber im klaren, daß Ihnen mein Urteil völlig gleichgültig ist . . .«

Mit klopfendem Herzen sah ich, wie Strabos Augen sich mißtrauisch zu bösen Schlitzen verengten. Wütend blitzte er Martin an. Mit einem Ruck versuchte er, die Hand wegzuschleudern, die die seine festhielt, aber wiederum erinnerte mich die Szene an zwei Clowns, denn die Hände blieben zusammen, und Martin fuhr fort, höflich auf ihn einzureden.

» . . . ich wäre im höchsten Maße daran interessiert, Ihre Dressurmethoden kennenzulernen. Natürlich will ich Ihnen in keiner Weise zur Last fallen, aber vielleicht könnten wir uns während des Essens darüber unterhalten«, er lächelte immer noch, aber meine erregte Phantasie glaubte in seinem Blick plötzlich etwas zu erkennen, was mich an einen drohenden Wolf erinnerte.

Strabo blickte auf die beiden Hände hinab, holte tief Luft und begann, seine freie Hand in einer bedrohlichen Geste zu heben. – Plötzlich erstarrte er. Ich stand näher bei den beiden Männern als die andern und sah Strabos Blick. Er schaute auf Martins rechtes Handgelenk, oder genauer auf das enge schwarze Band, von dem es umschlossen war. Es schien aus schwarzen Lederriemen zu bestehen, die kunstvoll zu einem etwa zwei Zentimeter breiten Band verflochten waren. Eine Schnalle oder einen Verschluß konnte ich nicht entdecken. Als ich Martin im Wald getroffen hatte, mußte es unter dem Ärmel seiner zerrissenen Jacke verborgen gewesen sein, aber jetzt, wo er ein Hemd trug, das ihm zu klein war, sah man es.

Die Wirkung, die es auf Strabo ausübte, war erstaunlich. Seine Augen weiteten sich, während er darauf starrte, und seine Hängebacken wurden kreidebleich. Ich wußte, daß es ihm nicht an körperlichem Mut fehlte, denn sonst hätte er nicht mit Bären umgehen können, die ja von allen wilden Tieren die gefährlichsten sind. Aber jetzt war Furcht in seinen Zügen. Er blickte zu Martin auf, sah dann wieder auf das merkwürdige schwarze Armband, und alle Kraft schien ihn zu verlassen. Martin hatte wohl erkannt, daß die Gefahr vorüber war, denn er ließ Strabos Hand los und trat einen Schritt zurück, während er ihn neugierig beobachtete.

Der Bärenzähmer wischte sich den Schweiß von der Stirn und stöhnte auf, als er versehentlich die große Schramme berührte, die der Zeltpflock hinterlassen hatte. Es schien, als hätte er sie in der letzten halben Minute ganz vergessen. Mit unsicheren, langsamen Schritten begann er zurückzuweichen. Er torkelte wie seine Bären und bewegte sich seitlich, um Martin im Auge zu behalten. Dann bekreuzigte er sich plötzlich hastig und ging mit schwerem Schritt durch das Zelt in die Dunkelheit hinaus.

Sammy brummte mit ehrfurchtsvoller Stimme »Gottverdammich!«, und im nächsten Augenblick war das Zelt erfüllt vom Lärm aufgeregter Stimmen. Innerlich zitterte ich noch, als ich zu Martin sagte: »Danke. Vielen Dank.«

Dann wandte ich mich Maria zu. Sie hielt immer noch den Zeltpflock umklammert, und ihr ganzes Gesicht schien nur aus weit aufgerissenen Augen zu bestehen.

Erleichterung und Zorn drohten mich zu ersticken und ich schrie sie an: »Bist du eigentlich völlig wahnsinnig, Maria? Er hätte dich umbringen können!«

»Ich? Ich soll plötzlich wahnsinnig geworden sein?« Wütend und empört blitzte sie mich an. »Und was ist mit dir? Jeden Abend kriegst du Prügel von dieser Riesenpranke!« Sie ließ den Zeltpflock fallen, um mit beiden Händen gestikulieren zu können. »Ich habe dir gesagt, daß mir beim Zuschauen immer ganz übel wird! Da hab' ich mir gesagt, wenn Strabo heute abend Chantal wieder schlägt, dann bekommt er Prügel von mir. Das habe ich getan, und du kannst herumschreien, soviel du willst, ich bin sogar froh, daß ich es getan habe!«

Einen Augenblick zuvor hätte ich sie vor Zorn am liebsten geschüttelt, aber jetzt traten mir plötzlich Tränen in die Augen, und ich fühlte mich ganz elend. Ich war sicher, daß es in Zukunft keine Schwierigkeiten mit Strabo mehr geben würde. In gewissem Sinne hatte ich meine Schlacht gewonnen, aber ich konnte mich nicht darüber freuen. Mein Trotz hatte Maria dazu gebracht, sich aus Zuneigung zu mir höchster Gefahr auszusetzen, und das hatte ich nie gewollt.

Tränen rollten über meine Wangen, so zerknirscht war ich: »Es tut mir leid, *piccina*. Ich habe dich nur angeschrien, weil ich solche Angst um dich hatte.«

Rasch legte sie ihre Arme um mich. »Jetzt wein doch nicht, du Dummchen. Es ist ja alles gut.« Sie lachte leise. »War das nicht zu komisch, wie Martin sich mit Strabo am Boden wälzte? Ich finde, er sollte Clown werden.« Sie sah zu Leo hinüber, der noch immer am Tischende stand, und fuhr ihn ungeduldig an: »Was tust du denn immer noch dort, du Dummkopf?«

Leo kratzte sich am Kopf. »Ich wollte ihm gerade auf den Rücken springen, aber Martin ist mir zuvorgekommen.«

»Bah!« Maria warf verachtungsvoll den Kopf zurück. »Du bist eben ein bißchen spät gekommen. Hol mir sofort etwas zu essen.«

»Ich?« Leo sprang vom Tisch. »Und wieso holst du dir dein Essen nicht selber?«

»Hast du nicht gehört, was Chantal gesagt hat? Ein Herr sollte immer zuerst der Dame behilflich sein, bevor er an sich selbst denkt. Und es wird wirklich höchste Zeit, daß du lernst, dich wie ein Herr zu benehmen.«

»Oh!« Leo trollte sich mit verdutztem Gesichtsausdruck. Er war noch nie auf den Gedanken gekommen, Maria als eine Dame zu betrachten. Aber es war offensichtlich, daß er nicht die Absicht hatte, sich mit seiner temperamentvollen Schwester zu streiten, wenn sie gerade in Fahrt war. Sammy war nun eifrig mit der Essensausgabe beschäftigt, und die Stimmung im Zelt war bald wieder wie immer. Der Appetit war mir zwar vergangen, doch ich zwang mich trotzdem zum Essen, weil ich wußte, daß mich Maria sonst ausschimpfen würde.

Gustave blieb einen Augenblick an unserem Tisch stehen. Er war ein ruhiger, freundlicher Mann, sogar, wenn er mit seinen Raubkatzen arbeitete. »Jetzt ist es also gut ausgegangen, Chantal«, murmelte er. »Aber bitte, such dir keinen neuen Anlaß zum Streit. Ärger ist Ärger; am besten vermeidet man ihn – besonders in einem Zirkus.« Er warf einen Blick zu Martin hinüber, der gerade bei der Essensausgabe an der Reihe war. »Hast du gesehen, wie der Fremde mit ihm fertiggeworden ist? Der sollte Raubtierzähmer werden. Er hat das Talent dazu.«

Martin kam mit seinem Teller an unseren Tisch und fragte, ob er sich zu uns setzen dürfe. »Aber natürlich«, sagte Maria herzlich. »Wir sind Ihnen sehr dankbar, Martin.«

Seine Augen weiteten sich vor Überraschung.

»Wofür?«

»Oh, tun Sie nicht, als ob Sie es nicht wüßten. Gustave meint, Sie sollten Raubtierzähmer werden, aber ich glaube, als Clown wären Sie noch besser.«

Lachend schüttelte er den Kopf. »Ich glaube, ich würde zu keinem von beiden taugen. Aber ich bin ein guter Zuschauer. Ich fand Ihre Trapeznummer heute abend sehr schön.«

Mir wurde ganz warm ums Herz, als er das sagte. Ich

hatte schon gehört, wie Leute unsere Nummer aufregend, unglaublich, atemberaubend genannt hatten, aber Martin hatte das richtige Wort gefunden. Ich schloß mich selbst übrigens nicht in das Kompliment mit ein, weil jeder, der von unserer Nummer sprach, eigentlich Maria meinte, die die Hauptperson war. Und Marias Darbietung war einfach schön.

Ich fühlte mich ganz erschöpft und sprach während des Essens sehr wenig. Maria schwatzte in ihrer üblichen Art daher und Martin stellte ihr viele Fragen. Sie betrafen ausschließlich ihre Arbeit, und keine davon war persönlich. Ganz offensichtlich hatte er sich meine Warnung zu Herzen genommen, daß Zirkusleute Neugierige nicht mögen.

Eine halbe Stunde später kam Mr. Kayser herein. Ich hatte noch nie erlebt, daß er das Eßzelt betrat, während die Artisten beim Essen waren, und nahm an, daß ihm schon etwas zu Ohren gekommen war, vermutlich durch einen von Sammys Küchengehilfen.

Alle verstummten und begannen, sich von den Bänken zu erheben; er bedeutete uns jedoch mit einer Geste sitzen zu bleiben und ging vor bis zum Ende des Tisches, an dem ich mit Maria und Martin saß. Es war unmöglich zu sagen, ob er wütend war, denn sein Gesicht drückte nur selten Gefühle aus.

Er räusperte sich: »Bitte entschuldigen Sie die Störung, meine Damen und Herren. Heute abend hat hier eine ernste Auseinandersetzung stattgefunden. Ich kann derartiges unter meinen Artisten nicht zulassen. Maria . . .«, er blickte sie an.

Sie stand auf. »Ja, Mr. Kayser. Er hat Chantal geschlagen. Er wollte nicht erlauben, daß jemand zu essen bekam, bevor er selbst seinen Teller geholt hatte. Das war nicht gerecht, und deshalb ließ sich Chantal ihr Essen geben.

Dann hat Strabo auf sie eingeschlagen, und deshalb schlug ich ihn.«

Mr. Kayser sah mich ernst an. »Chantal, ich habe dir doch gesagt, du sollst nicht mit Strabo streiten.« Ich stand auf. Mir war von innen her ganz kalt.

»Jawohl.«

»Und trotzdem hast du weiter Schwierigkeiten gemacht?«

Maria sagte: »Es ist nicht gerecht zu behaupten, daß Chantal Schwierigkeiten gemacht hat. Sie hat hier noch mit überhaupt niemandem gestritten, außer mit Strabo, und der ist ein Schwein.«

Mr. Kayser strich sich mit einer Hand übers Kinn, so als ob er sich bei Marias Worten ein Lächeln verkneifen müsse. Seine Stirn legte sich in tiefe Falten.

»Ich habe es satt, mir von kleinen Gören sagen zu lassen, was gerecht ist und was nicht! Chantal, du hast großes Glück gehabt, daß Maria heute abend nicht verletzt wurde.«

»Jawohl, Mr. Kayser. Es tut mir leid.«

»Sei ruhig und hör mir gut zu. Ich habe beschlossen, daß Strabo in Zukunft in seinem Wagen ißt. Maria, du verlierst einen Wochenlohn zur Strafe dafür, daß du ihn geschlagen hast. Chantal, du bekommst vier Wochenlöhne gestrichen, weil du die ganze Streiterei vom Zaun gebrochen hast, und wenn die Sache damit nicht aufhört, wirst du entlassen. Und bitte sag mir jetzt nicht, daß das nicht gerecht sei!«

»Nein, Mr. Kayser, das wollte ich auch gar nicht sagen.«

»Gut.« Er blickte mit strengem Gesicht in die Runde. Dann wandte er sich Martin zu, der ruhig neben Maria saß. »Sind Sie der Mann, den Chantal heute aus dem Wald mitgebracht hat?« Martin folgte unserem Beispiel und stand auf. »Ja, Mr. Kayser«, erwiderte er höflich.

»Ich habe gehört, daß Sie durch Ihr Eingreifen Schlimmeres vermieden haben. Ich danke Ihnen dafür. Kommen Sie bitte zu meinem Wagen, bevor Sie morgen weggehen. Ich lege einen Sovereign bereit, der Ihnen für die Weiterreise nützlich sein wird.«

»Das ist sehr liebenswürdig von Ihnen. Danke.«

»Gute Nacht allerseits.« Während sein Gruß im Chor beantwortet wurde, verließ Mr. Kayser das Zelt.

Leo blickte vom anderen Ende des Tisches zu mir herunter. »Glaub bloß nicht, daß ich dir aushelfe, wenn dir deine Wochenlöhne fehlen, Dicke. Das wäre nämlich nicht gerecht!« Er verschluckte sich fast vor Lachen über seinen eigenen Witz, und ich streckte ihm die Zunge heraus und wurde rot, als ich merkte, daß Martin mich beobachtet hatte. Derartiges Benehmen ließ sich wohl kaum mit Marias Behauptung, daß wir beide Damen seien, vereinbaren.

Später saßen wir auf Klappstühlen unter dem sternenbesäten Himmel vor unserem Wagen. Die Nacht war lau. Martin und Mr. Galletti leerten eine Flasche Tokaier und unterhielten sich miteinander. Niemand hatte Mr. Galletti gegenüber die Szene im Eßzelt auch nur mit einem Wort erwähnt, aber er wußte sicher schon die ganze Geschichte. Ich spürte seine Erleichterung, und mir wurde klar, wie groß seine Angst gewesen sein mußte. Ein Gefühl der Schuld überkam mich, weil ich ihm solche Sorge bereitet hatte.

Das Gespräch drehte sich hauptsächlich um den Zirkus. Martin schien die Gabe zu besitzen, Leute zum Reden zu bringen, denn nie zuvor hatte ich Mr. Galletti so viel aus seiner Jugend erzählen hören, in der er bei verschiedenen Zirkusunternehmen gearbeitet hatte.

Die Aufregung mußte Maria müde gemacht haben, denn sie war ganz ungewöhnlich still, und um halb zehn stand sie auf und verkündete, sie wolle zu Bett gehen.

»Weck mich nicht auf, wenn du kommst, *mia cara*«, sagte sie gähnend.

»Ich bin ganz leise:« Als ich ihre Hand nahm, fiel mir wieder ein, wie sie mir heute abend zu Hilfe geeilt war. »Schlaf gut, Herzchen.« Leo folgte ihr fünf Minuten später, und bald warf auch Mr. Galletti einen Blick auf die Uhr.

»Guter Wein macht einen alten Mann müde«, meinte er lächelnd. »Ich glaube, ich werde mich jetzt auch zurückziehen. Zeigst du Martin, wo er schlafen kann, Chantal?«

»Ja, ich werde ihn zum Stall begleiten. Ich habe schon mit Mr. Albertini gesprochen. Dürfen wir noch ein Weilchen sitzen bleiben, Mr. Galletti? Ich bin noch kein bißchen müde.« Das stimmte. Irgendwie erschien mir alles um mich her unwirklich, und mein Kopf schwirrte von unzusammenhängenden Gedanken.

»Ganz wie du magst.« Mr. Galletti nickte. Martin hatte sich halb erhoben, und ich bemerkte auf seinem Gesicht einen Anflug von Überraschung, als er sich wieder setzte. Mr. Galletti wünschte uns eine gute Nacht, ging in den Wagen und schloß die Tür hinter sich. Da an jedem Wagenende eine Tür war, konnte ich in mein Schlafzimmer gelangen, ohne durch das Zimmer zu gehen, in dem Leo und sein Großvater schliefen.

»Zu Hause würde man eine junge Dame niemals so ganz unbeaufsichtigt lassen«, ließ sich Martins Stimme hören.

»Oh, Zirkusleute sind in dieser Hinsicht so streng wie Zigeuner. Aber ich gehöre nicht zu Mr. Gallettis Familie, und als er mich damals aufgenommen hat, sagte er, daß er niemals irgendeine Verantwortung für mich übernehmen werde.«

»War das nicht sehr hart?«

»Aber nein – es war unglaublich nett von ihm, mir wieder ein Zuhause zu geben.«

»Wie alt waren Sie damals?«

»Dreizehn.« Ich war absichtlich wortkarg, denn ich wollte keine Fragen über meine Vergangenheit beantworten.

Vielleicht spürte Martin das, denn er wechselte das Thema: »Ich kann gar nicht sagen, wie sehr mir Ihre Nummer heute abend gefallen hat.«

»Meine? Sie meinen die von Maria.«

»Beide. Ich habe ihr schon gesagt, wie gut mir das gefiel, was sie zeigte. Und jetzt sage ich es Ihnen, Chantal.«

»Das ist sehr nett von Ihnen, Martin, aber ich weiß sehr wohl, daß meine Arbeit nichts ist, verglichen mit der von Maria.«

Er sah mich mit dem gleichen forschenden Blick an, der mir schon vorher aufgefallen war und der mir langsam vertraut wurde. »Wie können Sie das wissen?« fragte er.

»Was wissen?«

»Wie wollen Sie wissen, wie Sie in der Luft aussehen, verglichen mit Maria? Sie haben sich doch niemals selbst gesehen.«

Ich schaute ihn erstaunt an. Er hatte eigentlich recht. »Nun, ich glaube, ich kann fühlen, wie ich aussehe.«

»Vielleicht. Aber Leute mit großem Können sind sich auch immer ihrer Fehler sehr bewußt. Ich bin sicher, daß selbst Maria mit ihrer Leistung selten zufrieden ist.«

Das stimmte. Sie versuchte andauernd, sich in Einzelheiten zu vervollkommnen, die ich sowieso schon perfekt fand. Ich dachte gerade noch darüber nach, als Martin fortfuhr. »Lassen Sie mich erzählen, was ich heute abend sah. Ich sah Maria, die durch die Luft glitt, als ob es keine Schwerkraft gäbe, die schwebte und sich drehte wie ein Blatt im Wind – ein Blatt, das nach seinem eigenen Willen tanzt und nicht dem Wind folgen muß. Es war wirklich schön. Und ich sah Chantal, deren Haar im Lampenschein glänzte wie ein Helm, ganz anders als Maria; sie ist nicht frei von Schwerkraft, aber sie lehnt sich dagegen auf, sie fliegt durch die Luft wie ein kraftvoll geschleuderter Speer, mit Bewegungen, von denen jede so knapp und präzise ist wie ein Peitschenhieb. Nicht mit Marias elfenhafter Schönheit, nein, irgendwie anders . . .« Er schien nach Worten zu suchen, dann zuckte er die Achseln: »Für Maria spielt das Orchester Mendelssohns Frühlingslied. Für Sie spielen sie Marche Militaire.«

Bis zu diesen letzten Worten hatte ich vorgehabt, mit einem Lachen auf seine poetischen Ergüsse zu antworten. Aber nun war mir plötzlich nicht mehr zum Lachen zumute, und ich fragte: »Sie meinen, ich wirke eher wie ein Junge, als wie ein Mädchen.«

»Nein, Chantal, nein. Sie wirken sogar sehr wie ein Mädchen.«

»Was Sie da sagen, ist sowieso alles Unsinn. Jeder, der etwas von der Trapezarbeit versteht, kann Ihnen sagen, daß ich nicht besonders gut bin.«

»Ich habe Ihnen nur erzählt, wie ich es gesehen habe.«

»Ja. Und ich danke Ihnen, daß Sie so nette Sachen gesagt haben, Martin. Ich sehe, daß Sie mir nicht schmeicheln wollten, sondern daß Sie einfach nichts davon verstehen.«

Er lachte: »Chantal, Sie haben wirklich eine seltene Begabung, sich direkt auszudrücken.«

Ich hörte seine Worte kaum. Sein leicht zurückgebogener Kopf war mir im Profil zugewandt. Über uns hing der Orion tief am Himmel, sein aus Sternen geformter Gürtel und das Schwert schienen Martins Kopf zu umrahmen, und ich hatte das Gefühl, daß ich diesen Augenblick schon einmal erlebt hatte. Dieses lächelnde Gesicht – aber war es denn überhaupt ein Lächeln, oder war es wieder der Blick des Wolfes? Der Blick, den ich an ihm entdeckt hatte, als er Strabo gegenüberstand? Das Licht warf unbestimmte Schatten, und ich konnte nur erkennen, daß seine Zähne zwischen den leicht geöffneten Lippen blitzten. Das mußte aber noch nicht heißen, daß er lächelte. Ich lebte in zu enger Nachbarschaft mit wilden Tieren, um das nicht zu wissen.

Die Sterne, die Martins Kopf vor dem Hintergrund des Nachthimmels umrahmten, formten ein Bild, das ich erkannte, ohne mich zu erinnern, wo ich es schon einmal gesehen hatte. Eine plötzliche Angst überkam mich. Mir schien, als ob mich tief in meinem Innern etwas vor einer Gefahr warnen wollte.

3

ALS MARTIN DIE Hand ausstreckte, um den Docht der Lampe zu richten, war der Augenblick vorüber. Alles schien wieder normal, und das Gefühl des Wiedererkennens ließ sich nicht zurückrufen, obwohl ich es versuchte. Ich sagte in möglichst beiläufigem Ton: »Ich habe mir gerade überlegt, ob Martin Ihr Familienname oder Ihr Vorname ist.«

Er überlegte eine Weile. Dann schien er einen Entschluß gefaßt zu haben. »Um ehrlich zu sein«, erwiderte er betreten, »ich bin nicht einmal sicher, ob es überhaupt einer von beiden ist.«

Vor Überraschung vergaß ich die unerklärliche Angst, die mich plötzlich befallen hatte. »Sie sind nicht sicher? Was soll das denn heißen?«

»Das soll heißen, daß ich mich nicht erinnern kann. Als Sie mich unten im Wald nach meinem Namen gefragt haben, habe ich angestrengt nachgedacht, und da mir gerade Martin in den Sinn kam, habe ich das gesagt. Er ist nicht schlechter als andere Namen.«

Ich starrte ihn entgeistert an. »Sie meinen, Sie können sich an Ihren eigenen Namen nicht erinnern?«

»Genau. Ein ziemlich komisches Gefühl.«

Er schien eher verwundert als beunruhigt zu sein. Vorsichtig legte er eine Hand an seinen Hinterkopf.

»Ich hatte kürzlich so etwas wie einen Unfall, und dabei bekam ich einen bösen Schlag auf den Kopf.«

»Aber wie schrecklich, Martin! Was war das für ein Unfall?«

»Keine Ahnung. Ich kann mich an nichts erinnern.«

»An überhaupt nichts?«

»Nur Bruchstücke, die vermutlich aus anderen Zeiten meines Lebens stammen, kommen mir ins Gedächtnis. Einige Gesichter, ein Stück Landstraße, ein Schultisch, ein Zimmer, das wohl irgendwann einmal mein Schlafzimmer gewesen sein muß, Landschaften – Orte, an denen ich gewesen bin, und von denen ich einige wiedererkenne. Ich weiß zum Beispiel, daß ich in Rom war. Aber diese ganzen Bruchstücke ergeben keinen Sinn.«

Mitleid überkam mich, als ich mir vorzustellen versuchte, wie beängstigend es sein mußte, das Gedächtnis zu verlieren und sich selbst ein Fremder zu werden. Zugleich imponierte mir die Gelassenheit, die Martin zur Schau trug. Er schien über sein Unglück eher erstaunt als entsetzt, als ob er daneben stünde und zuschaute.

»Aber Sie haben doch bestimmt etwas in Ihren Taschen gehabt«, wandte ich ein, »Papiere, Briefe oder . . . irgend etwas?«

Er schüttelte den Kopf. »Als ich erwachte, hatte ich keine Taschen, denn ich hatte überhaupt nichts mehr auf dem Leib. Das war kurz vor Tagesanbruch, und ich lag unter einem Heuhaufen in einer Scheune. Ich kann mich vage erinnern, daß ich von einem Fluß in der Nähe dorthin gekrochen war.«

»War es derselbe Fluß, an dem ich Sie gefunden habe?«

»O nein, er war viel größer und muß etwa 100 Meilen östlich von hier vorbeifließen. Ich erwachte unter dem Heuhaufen gerade, bevor die ersten Sonnenstrahlen durchbrachen, und ging zum Ufer, wo ein kleines Bootshaus stand. Dort fand ich auch die Anziehsachen.« Er blickte mich entschuldigend an. »Wahrscheinlich könnte man sagen, daß ich sie gestohlen habe, aber im Augenblick machte ich mir darüber keine Gedanken. Dann fing ich an zu gehen. Am ersten Tag kam ich allerdings nicht sehr weit. Ich hatte Fieber, und wahrscheinlich auch eine Gehirnerschütterung.«

Ich schaute ihn erstaunt an. »Es ist ein Wunder, daß Sie das überhaupt überlebt haben! Sie sollten sich von einem Arzt untersuchen lassen, sogar jetzt noch. Warum haben Sie nicht im nächsten Bauernhaus um Hilfe gebeten? Warum sind Sie nicht zur Polizei gegangen?«

Er nickte und schaute dabei abwesend zum großen Zelt hinüber, das sich über den Dächern der Wagen gegen den nachtdunklen Himmel abhob.

»Ja, das würde man wohl normalerweise tun. Die Sache ist nur die – obwohl ich mich an nichts erinnern kann, sagt mir mein Instinkt, daß ich mich möglichst klein machen und verborgen halten soll. Ich habe keine Ahnung, weshalb ich nach Ungarn kam, aber ich bin ziemlich sicher, daß die Reise einen Grund hatte, der den Behörden gar nicht gefallen würde.«

»Sie meinen . . . es hatte mit einem Verbrechen zu tun?«

Er zuckte mit den Achseln und lächelte: »Wer weiß? Ich nehme an, daß es so gewesen ist, weil ich es mir anders nicht erklären kann. Wohlgemerkt – ich glaube nicht, daß ich ein Verbrecher bin, aber soviel ich weiß, glauben das die wenigsten Verbrecher von sich selbst.« Er kniff die Augen zusammen und blickte zu den Sternen hinauf. »Wenn man es sich recht überlegt, ist das eine ganz interessante Frage.«

»Aber Sie haben doch wohl wichtigere Überlegungen anzustellen?« Meine Stimme klang ungeduldig, denn seine Ruhe fing an, mich nervös zu machen. Er legte den Kopf zur Seite und fragte unerwartet:

»Warum sind Sie so gereizt, Chantal?«

»Wieso denn?« Ich starrte ihn entgeistert an. »Ich bin nicht gereizt. Warum sollte ich?« Er wandte seinen Blick nicht ab und sein Lächeln verwirrte mich.

»Ich weiß auch nicht. Vielleicht bin ich nur ein bißchen nervös. Sie haben nichts zu essen und keinen Pfennig Geld. Sie sind in einem fremden Land, Sie haben ihr Gedächtnis verloren und halten sich versteckt, weil Sie glauben, daß Sie vielleicht ein Verbrecher sind. Aber bei alledem sitzen Sie nur hier und denken darüber nach, ob Verbrecher sich wohl als Verbrecher fühlen. Das reicht doch aus, um einen nervös zu machen.«

Er nickte.

»Ja, vermutlich reicht es aus.«

»Nein, es stimmt nicht«, erwiderte ich abrupt. »Was mich eigentlich ärgert, ist . . ., ich meine, ich gehe immer auf die Dinge los, wie ein Stier auf ein rotes Tuch, ohne vorher zu überlegen. Und wenn man so ist, wird man nervös, wenn andere etwas besonnener sind.«

Einen Augenblick herrschte Schweigen, dann meinte er leise:

»Sie sind ein eigenartiges Mädchen, Chantal.«

»Wahrscheinlich. Und Sie sind ein eigenartiger junger Mann, Martin. Was wollen Sie jetzt tun?«

»Morgen werde ich mich wieder auf den Weg machen. Ich danke Ihnen sehr für alles, was Sie für mich getan haben. Ich bin Ihnen mehr als dankbar.«

»Es war wenig genug. Wo wollen Sie denn hingehen?«

»Ich will sehen, daß ich so schnell wie möglich aus Ungarn herauskomme. Deshalb werde ich in Richtung auf die österreichische Grenze weitergehen. Vielleicht ist es aber besser, ich wandere gleich in die Schweiz, um dort ein britisches Konsulat aufzusuchen. Ich hoffe, ich hab' bis dahin mein Gedächtnis wiedergefunden. Ein- oder zweimal war es mir, als stünde ich kurz davor, die Nebelwand zu durchstoßen.« Er grinste und zuckte die Achseln. »Aber bis jetzt hat es noch nicht geklappt.«

»Wie wollen Sie Nahrung und Unterkunft finden?« gab ich zu bedenken.

»Das wird sich schon finden. Wenn ic erst mal über die Grenze bin, kann ich vielleicht hier und da auf einem Bauernhof Gelegenheitsarbeiten verrichten. Ich habe überhaupt Glück, daß jetzt nicht Winter ist.« Er schaute einem Nachtfalter zu, der die Lampe umflog.

»Können Sie diesen Nachtfalter deutlich erkennen, Martin?«

»Ja.« Er zog eine Augenbraue hoch. »Was für eine komische Frage!«

»Wenn Sie noch immer eine Gehirnerschütterung hätten, würde alles vor Ihren Augen verschwimmen. Haben Sie Kopfschmerzen?«

»Ganz selten, aber während der ersten Tage waren sie sehr unangenehm.«

Ich stand auf und trat hinter ihn. »Ich schaue es mir lieber einmal an. Können Sie die Lampe bitte hochheben? Ein bißchen mehr hier herüber. Ja, so ist es gut.«

Unter dem Haar am Hinterkopf fühlte ich eine Beule, so groß wie meine Handfläche. Ich strich so vorsichtig wie möglich darüber und drehte seinen Kopf zuerst nach rechts und dann nach links, um zu sehen, ob er aus den Ohren geblutet hatte. Dann stellte ich mich vor ihn, um in seine Augen zu sehen. Unsere Gesichter waren ganz nah aneinander. Er lächelte mich an.

»Sie scheinen sich ja auszukennen.«

»Hier im Zirkus gibt es ziemlich viele Unfälle. Alles mögliche. Nicht so sehr bei den Artisten, dafür aber bei den Zelt- und Wagenleuten. Ich helfe Mr. Brunner oft und habe mir einige medizinische Bücher von ihm geben lassen, die ich studiere. Halten Sie die Lampe etwas höher, bitte.« Ich bog seinen Kopf zurück, um besser sehen zu können, und stellte erleichtert fest, daß seine Pupillen normal waren.

»Ist Mr. Brunner Arzt?« wollte er wissen.

»Eigentlich ist er Tierarzt, aber er kennt sich auch bei Menschen ganz gut aus. Haben Sie Nasenbluten gehabt?«

Er schüttelte den Kopf. »Nein.«

Ich ließ seinen Kopf los und setzte mich wieder.

»Gut. Ich bin sicher, daß Sie keinen Schädelbruch haben. Es wäre aber trotzdem mehr als dumm, wenn Sie in diesem Zustand versuchten, ohne einen Pfennig in der Tasche Hunderte von Kilometern zu wandern und nicht zu wissen, wo Sie nachts schlafen werden.«

Er gab keine Antwort, sondern saß ganz still und betrachtete meine Hände, die ich in den Schoß gelegt hatte. Nach einer Weile erwiderte er langsam: »Sie haben Zauberhände. Ich konnte diese Beule nie berühren, ohne daß es furchtbar weh tat –, aber Sie scheinen den Schmerz herausgezogen zu haben – ist das nicht unglaublich?«

»Sie reden einen solchen Unsinn zusammen!« rief ich aus und fühlte, wie ich dabei rot wurde. »Wann hören Sie endlich auf, sich völlig unwichtige Dinge zu überlegen und fangen an, über Ihre Zukunft nachzudenken?«

»Ich habe schon über meine Zukunft nachgedacht«, sagte er einfach. »Ich glaube nicht, daß es mich weiter bringt, wenn ich wieder und wieder darüber nachdenke.«

Bevor ich böse werden konnte, mußte ich lachen. »Martin, Sie sind wirklich völlig unmöglich.«

»Und Sie, Chantal, – Sie sollten viel öfter lachen. Es ist eine Freude, Sie lachen zu sehen.« Er lächelte dabei, und doch wußte ich, daß er es ernst meinte. Einen Augenblick lang freute ich mich so, daß meine Augen ein bißchen feucht wurden, obwohl ich mir nicht recht erklären konnte, warum seine Worte eine solche Wirkung auf mich ausübten. Eine Weile schwiegen wir, aber es war ein vertrauliches Schweigen, das in keiner Weise peinlich wirkte.

Plötzlich kam mir ein Gedanke: »Martin, können Sie sich erinnern, ob Sie irgend etwas über Pferde wissen?«

»Pferde?« Er hielt einige Sekunden lang die Augen geschlossen. Dann öffnete er sie wieder: »Ich kann mich nicht genau erinnern, aber ich weiß, daß ich im Umgang mit Pferden sehr vertraut bin. Warum fragen Sie?«

Das überlegte ich mir auch gerade. Ich fragte mich, warum mir so viel daran lag, diesem Mann zu helfen, der, wie er selbst sagte, vermutlich ein Gesetzesbrecher war. Ich war tief in seiner Schuld, weil er mich an diesem Abend vor Strabo gerettet hatte, aber das war nicht der einzige Grund. Ob er ein Verbrecher war oder nicht – er war dringend auf Hilfe angewiesen, und ich fragte mich, warum mir das Grund genug schien. Dann erinnerte ich mich, wie ich vor Jahren in England unter einem Baum neben einem grauhaarigen Italiener gesessen hatte, der mich nicht kannte. Damals war ich es gewesen, die Hilfe brauchte, und sie war mir gewährt worden.

»Mr. Albertini sucht einen Stallknecht«, erklärte ich.

»Zur Zeit hat er jemanden, der hier am Ort wohnt, aber er braucht jemanden, der mit uns weiterreist. Sie müßten natürlich auch bei allen möglichen anderen Arbeiten mithelfen. Das tut jeder hier.«

Martins Augen glänzten vor Aufregung. »Was für andere Arbeiten sind das?«

»Im Zirkus passieren immer ein Dutzend Sachen zugleich, beim Aufschlagen und beim Abbauen und unterwegs. Vom Einschlagen eines Zeltpflocks bis zum Abschrubben von Sunbeam fallen alle möglichen Arbeiten an. Sunbeam ist unsere Elefantendame.«

»Ich weiß. Sie haben uns schon miteinander bekannt gemacht, und ich habe sie später bei der Vorstellung noch einmal gesehen!« Er lächelte. »Ich bin ziemlich sicher, daß ich noch niemals einen Elefanten gebadet habe. Aber ich glaube, es würde mir Spaß machen.« Für einen Augenblick überlegte er sich die Sache. Sein Gesicht war friedlich und ruhig.

»Wann ziehen Sie weiter, Chantal?«

»Übermorgen. Zuerst geht es nach Graz, und danach durch einige kleinere Städte donauaufwärts nach Bayern. Wenn Sie nicht entdeckt werden wollen, könnten Sie nichts Besseres finden, als mit einem Zirkus zu reisen.« Ich deutete auf die Wagenreihe. »Wir haben Leute der verschiedensten Nationalitäten, wie Sie ja selbst schon gesehen haben, und es gibt nie Schwierigkeiten an den Grenzen, wenn wir von einem Land ins andere ziehen.«

»Das wäre eine ausgezeichnete Idee«, meinte er. »Wohin ziehen Sie von Bayern?«

»Nach Frankreich. Dort haben wir Engagements für mehrere Wochen, und dann schlagen wir in der Nähe von Reims unser Winterquartier auf.« Ich sah ihn erwartungsvoll an. »Es geht natürlich alles sehr langsam. Wir arbeiten eine Woche hier und zwei Wochen dort, manchmal sogar noch länger. Aber Sie könnten, sobald wir Ungarn und Österreich verlassen haben, jederzeit eine britische Botschaft aufsuchen. Ich glaube, es hängt vor allem davon ab, ob Sie es eilig haben, nach England zurückzukehren.«

Er schüttelte den Kopf. »Ich weiß nicht, ob ich es eilig habe, Chantal. Ich weiß nicht wer ich bin und was man von mir erwartet. Ich bin noch nicht einmal sicher, ob es klug wäre, bei einer britischen Botschaft um Hilfe zu bitten. Mein Instinkt rät mir, mich verborgen zu halten, mit niemandem zu sprechen und abzuwarten, bis mein Gedächtnis wieder zurückkehrt.«

»Das haben Sie mir schon gesagt«, bemerkte ich.

Er schaute mich eine lange Weile ziemlich verwundert an, dann streckte er langsam den Arm aus und ergriff meine Hand. Er betrachtete sie einige Sekunden, so als sei sie ein fremder Gegenstand, den er noch nie gesehen hätte, und blickte mir dann mit derselben Aufmerksamkeit ins Gesicht. Schließlich erwiderte er: »Ja, ich habe es Ihnen gesagt, Chantal. Auch dazu hat mich irgendein Instinkt getrieben.«

Ich betrachtete das eigenartige schwarze Band, das sein Handgelenk umschloß. Mein erster Eindruck war richtig gewesen. Es saß ganz fest und war aus schwarzen Lederstreifen, die zu einem Zopf aus sieben Strängen verflochten waren, ohne daß irgendwo eine Nahtstelle zu entdecken gewesen wäre. Es sah aus, als ob der Zopf ein einziger, fortlaufender Streifen wäre, ohne Anfang und Ende.

Er sah meinen Blick, legte meine Hand sanft auf meinen Schoß zurück und schaute dann selbst auf das schwarze Armband, während er mit den Fingern darüberstrich.

»Eigenartig, nicht?« murmelte er. »Ich möchte wissen, was es bedeutet, und wie man es über die Hand streifen konnte.«

»Wollen Sie damit sagen, daß Sie es nicht wissen?«

Er schüttelte den Kopf. »Ich kann mich überhaupt nicht daran erinnern. Ich weiß nur, daß es mir in keiner Weise bekannt vorkommt. Ich nehme an, daß es aus einer Art Rohleder verfertigt und naß über meine Hand gestreift wurde. Dann zog es sich beim Trocknen zusammen und sitzt nun ganz eng.«

»Glauben Sie, daß Sie es selbst angezogen haben? Oder hat es Ihnen die Person übergestreift, die Sie überfallen hat?«

»Ich kann mir in beiden Fällen keinen vernünftigen Grund denken.«

»Für Strabo schien es eine Bedeutung zu haben. Ich glaube, er wollte gerade auf Sie losgehen, als er das Armband sah. Es hat ihm Angst eingejagt.«

Martin warf mir einen raschen Blick zu. »Sie haben das also auch bemerkt? Ich dachte, ich hätte es mir nur eingebildet.«

»Nein. Es hat ihm große Angst eingejagt, und ich habe noch nie zuvor erlebt, daß Strabo sich gefürchtet hat.«

»Würde er Ihnen wohl sagen, was es für ihn bedeutet?«

»Das bezweifle ich, Martin. Strabo redet fast nie und schon gar nicht mit mir. Ich glaube auch nicht, daß sich jemand anders bereit finden würde, ihm Fragen zu stellen.«

Martin nickte ruhig. Er blickte noch immer auf das Armband. »Ich glaube, ich werde es abnehmen, es ist irgendwie unheimlich. Ich will versuchen, es im Wasser zu dehnen. Wenn das nichts nützt, muß ich es eben aufschneiden, obwohl das eigentlich schade wäre. Es ist sehr hübsch gearbeitet.«

Plötzlich mußte ich gähnen. Er sah, wie ich versuchte, es zu unterdrücken, und erhob sich sofort.

»Entschuldigen Sie, ich bringe Sie um Ihren Schlaf.

Werden Sie Mr. Kayser morgen fragen, ob ich die Stelle als Stallknecht haben kann?«

»Ja. Ich bin sicher, daß es klappt.« Ich stand auf, um ihn zum Stall zu begleiten. Ohne recht zu wissen warum, freute ich mich, daß er mit uns reisen wollte. »Mr. Kayser war dankbar für Ihr Eingreifen, genau wie ich. Ich hätte mir nie verzeihen können, wenn Maria etwas zugestoßen wäre.«

Er wandte den Kopf, sah mich an und sagte leise: »Maria war gar nicht in Gefahr. Sie haben ihm ja den Weg verstellt.« Er lachte in sich hinein. »Sie sahen aus wie eine Füchsin, die ihr Junges beschützt.«

»Ich bin keine Füchsin«, entgegnete ich aufgebracht. »Ich bin – ich bin nur manchmal vielleicht etwas heftig.«

»Ich wollte Ihnen ein Kompliment machen, Chantal.«

Wir betraten den Stall, und ich zündete die Lampe an, die dort hing. Dabei sprach ich beruhigend auf die Pferde ein. In einer leeren Box lag ein Haufen Heu und zwei Decken. Mr. Albertini hatte sein Versprechen gehalten.

»Morgen früh können Sie zum Waschen und Rasieren in unseren Wagen kommen«, schlug ich vor. »Wenn Mr. Kayser Sie einstellt, bekommen Sie ein Bett bei den anderen Stallknechten in einem der Schlafzelte. Achten Sie darauf, daß Sie das Licht löschen, bevor Sie einschlafen.«

»Ich werd' dran denken.«

Ich zögerte einen Augenblick und fragte dann: »Darf ich Mr. Galletti sagen, daß Sie Ihr Gedächtnis verloren haben und nicht wissen, wer Sie sind? Er wird bestimmt nichts weitererzählen, und ich mag keine Geheimnisse vor ihm haben. Es scheint mir einfach nicht richtig.«

»Ja, sicher.«

»Dann spreche ich morgen mit ihm. Also, gute Nacht, Martin.«

»Gute Nacht, Chantal.«

Ich ging zu unserem Wagen zurück und zog mich im Dunkeln aus, um Maria nicht zu wecken. Normalerweise schlief ich ein, sobald ich im Bett lag, aber obwohl ich unglaublich müde war, konnte ich keinen Schlaf finden, sondern glitt in einen halbwachen Zustand über, in dem die Ereignisse des vergangenen Tages in Gedanken noch einmal an mir vorüberzogen.

Es war ein ungewöhnlich ereignisreicher Tag gewesen. Das Zusammentreffen mit Martin, die unheimlichen Augenblicke, in denen Solange mit blicklosen Augen vor sich hingestarrt und ihre düsteren Weissagungen gemurmelt hatte, der Auftritt mit Strabo, die erstaunliche Wirkung, die das geheimnisvolle schwarze Armband auf ihn ausgeübt hatte, und schließlich die Enthüllung, daß Martin sich selbst und seine Vergangenheit nicht kannte – all das fügte sich in meinem schläfrigen Kopf langsam zu einem phantastischen Gedankengebilde zusammen. Ich versuchte, mich auf einen festen Punkt zu konzentrieren, um besser einschlafen zu können, und rief mir Solanges Worte ins Gedächtnis zurück. Es gelang mir leichter, als ich erwartet hatte, und es war fast, als ob sie neben mir säße und ich ihre rauhe Stimme wispern hörte.

»Ich sehe zwei in einem. Zwei in einem, der Wolf und noch ein anderer. Der Wolf schläft, doch im Schlafe geht er, denn er trägt die Maske des andern, und sie haben nur einen Herzschlag. Es liegt unter den nachtschwarzen Schlangen. Dort sind sieben eins und eins ist sieben.«

Plötzlich war mir, als ob ein greller Funke die Verbindung zwischen zwei Gedanken herstellte, und ich setzte mich mit klopfendem Herzen im Bett auf.

Die nachtschwarzen Schlangen. Dort sind sieben eins und eins ist sieben ...

In der letzten Stunde hatte ich etwas gesehen, wo sieben eins waren – das schwarze Armband an Martins

Handgelenk. Es schien aus sieben ineinander verflochtenen, schwarzen Strängen zu bestehen, aber in Wirklichkeit war es nur ein einziger fortlaufender Streifen. Schwarze Stränge waren natürlich keine schwarzen Schlangen, aber hatte Solange nicht gesagt, daß das, was sie sah – oder vielmehr, was sie fühlte, wenn die Gabe sie überkam, schwer in Worte zu fassen war? Aber was kam dann? ... *Sie haben nur einen Herzschlag. Es liegt unter den nachtschwarzen Schlangen* ... Nichts lag unter den schwarzen Schlangen, außer Martins Handgelenk. Ich hielt den Atem an. Sein Puls. Sein Herzschlag.

Zwei in einem ... Der Wolf schläft, doch im Schlafe geht er, denn er trägt die Maske des anderen.

Was noch? War Martin zwei in einem? Und schlief der Wolf in ihm?

Zwei Tage später waren wir auf dem Weg nach Graz. Ich war inzwischen zu der Überzeugung gekommen, daß ich nur aus Müdigkeit und Überanstrengung so viel Sinn in die rätselhaften Worte der alten Solange gelegt hatte. Bevor wir loszogen, hatte ich Martin vorgeschlagen, daß wir zusammen beim Abbau des großen Zeltes zuschauten. Es war ein Anblick, der mich noch immer faszinierte, und ich war sicher, daß Martin, der allem Neuen gegenüber so empfänglich war, sehr beeindruckt sein würde.

An diesem Morgen ließen ihm seine Aufgaben im Stall eine halbe Stunde freie Zeit, während der wir den Zeltleuten zuschauten, die bei ihrer Arbeit die Anweisungen von Hauptmann Lefevre, dem Zeltmeister, befolgten. Niemand wußte genau, ob er wirklich Hauptmann war; auf jeden Fall war er ein ausgezeichneter Zeltmeister. Ich bemerkte, daß das schwarze Band von Martins Handgelenk verschwunden war, und überlegte mir, ob es sich im Wasser weit genug gedehnt hatte oder ob er es aufgeschnitten hatte. Aber irgend etwas hielt mich davor zurück, ihn danach zu fragen. Ich war froh über das Verschwinden des unheimlichen schwarzen Armbandes und wollte nicht länger darüber nachdenken.

Die Raubtiere in ihren Käfigen waren schon in Wagen verladen, die Pferde und Violettes Schimmel in ihren Reiseboxen, die Wohnzelte waren abgebrochen und in Gepäckwagen verstaut, zusammen mit den Sitzreihen und der ganzen Ausrüstung des Zuschauerraums. Sunbeam, auf deren Rücken Rama Singh herumturnte, ruhte sich von der Arbeit aus, indem sie sich ganze Heuhaufen ins Maul schaufelte und sich dabei von Zeit zu Zeit verächtlich nach der tuckernden Zugmaschine umblickte, die rumpelnd einen beladenen Wagen auf die Straße hinüberzog.

Nur die riesige Segeltuchkuppel stand noch aufgerichtet, nachdem die Bahnen, die die Seitenwände bildeten, schon vor den Sitzen und dem Gerüst, auf dem diese standen, abgenommen, zusammengerollt und verstaut worden waren.

Die durchdringende Stimme von Hauptmann Lefevre bellte den Männern an den Seilen einen Befehl zu, und die sich bauschende Kuppel begann sich langsam zu senken, wobei sie auf und ab schwankte wie ein harpunierter Wal. Einige Zeltleute, die sich in Filzpantoffeln bereitgehalten hatten, rannten vorwärts, traten das Segeltuch zu Boden und begannen dann, die Nähte aufzuhaken, bevor sie die langen Tuchbahnen zusammenrollten, aus denen sich die Kuppel zusammensetzte. Mit diesem Segeltuch würden wir uns während der ganzen Reise beschäftigen, denn jeden Abend wurden zwei oder drei Bahnen vom Wagen genommen und einer sorgfältigen Untersuchung unterzogen, um eventuelle schadhafte Steilen zu entdecken. Das Zelttuch gut instand zu halten, war eine nie endende Aufgabe.

Nun standen nur noch die vier Hauptpfeiler, große, an die zwanzig Meter hohe Stahlröhren, von denen jede aus drei Segmenten zusammengeschraubt war. Wir vernahmen das Schlagen des Flaschenzugs an den Röhren. Die Männer an den Seilen gingen behutsam vorwärts, und die beiden Pfeiler rechts von uns schwangen langsam nach unten und landeten weich auf dem festgetretenen Boden. Eilige Füße trappelten, ein weiterer Flaschenzug klirrte, und auch der dritte Pfeiler neigte sich und glitt am letzten noch stehenden Pfeiler entlang langsam zu Boden.

Martin sagte erstaunt: »Wie wollen sie denn bloß den letzten runterkriegen?«

Ich brauchte gar nicht erst zu antworten, denn Rama Singh dirigierte Sunbeam schon in Stellung, mit dem Rükken zum Pfeiler. Eine Kette verlief von ihrem Zaumzeug zum rückwärtigen Stützpfeiler, und auf ein Wort von Hauptmann Lefevre rannten einige Männer zu den Vertäuungen.

Rama Singh blickte über die Schulter und sprach beruhigend auf Sunbeam ein, die langsam und immer noch kauend rückwärts ging. Der große Mast vollführte langsam eine Vierteldrehung und landete sanft auf dem Boden. Wir hörten das Klirren des Metalls, als die Bolzen herausgetrieben wurden, die die Segmente verbanden, und Martin lachte vor Begeisterung. »Das war phantastisch, und alles ging so rasch.« Dann blickte er nachdenklich drein. »Bei Regen ist es bestimmt viel schwieriger, das Segeltuch hat dann das doppelte Gewicht, und der Boden ist rutschig – das heißt, unter der Kuppel wäre er natürlich noch trocken.«

Ich war erstaunt, wie schnell er die Schwierigkeiten einer Sache erkannte, die ihm gänzlich neu war, und fügte hinzu: »Ich habe sie das schon im Gewitter machen sehen.«

»Besteht da nicht die Gefahr, daß die Stützpfeiler den Blitz anziehen?«

»Hauptmann Lefevre sagt, daß ihm das einmal passiert sei. Der Pfeiler wurde etwas beschädigt, aber niemand wurde verletzt, weil er immer Seilvertäuungen verwendet und keinen Draht, so daß der Blitz durch den Pfeiler in den Boden geht und nicht in die Vertäuungen geleitet wird.«

»Ja, an was man da alles denken muß. Ich freu' mich schon, beim nächsten Aufstellen zu sehen, wie die Kuppel nach oben steigt.«

Mr. Galletti kam herbeigeschlendert und blieb neben uns stehen. Er trug eine zusammengefaltete Zeitung unter dem Arm und begrüßte Martin mit der gleichen liebenswürdigen Höflichkeit, die er gegenüber jedermann zur Schau trug, von Mr. Kayser bis hinunter zum kleinsten Laufburschen.

»Haben Sie alles, was Sie brauchen, Mr. Martin?« fragte er.

»Ja, vielen Dank. Mr. Kayser war so freundlich, mir einen Sovereign zu schenken – auf diese Weise konnte ich mir in der Stadt diese Sachen und ein paar Toiletteartikel kaufen.«

»Ausgezeichnet.« Mr. Galletti deutete auf die Zeitung, die er bei sich trug. »Ich glaube, es ist gut, daß wir weiterziehen. In Zeiten politischer Schwierigkeiten werden die Leute vorsichtig und geben ihr Geld nicht mehr gerne aus.«

Martin sah Mr. Galletti aufmerksam an. »Was für Schwierigkeiten gibt es denn?«

Mr. Galletti entfaltete die Zeitung, die auf Deutsch gedruckt war. »Das ist ein Blatt aus Budapest, das schon eine Woche alt ist«, erklärte er. »Man hat jemanden umgebracht. Eine dieser anarchistischen Gruppen hat eine

Bombe in den Wagen des österreichischen Gesandten von Dreyer geworfen und ihn getötet.«

»Eine Bombe? Das ist ja entsetzlich!« entfuhr es mir.

»Ein Mord ist immer etwas Entsetzliches«, bemerkte Mr. Galletti. »Die Methode macht es nur insofern schlimmer, als eine Bombe möglicherweise noch weitere Opfer fordert, wie es bei diesem Anschlag der Fall war.«

Martin stand mit halbgeschlossenen Augen da, wie um sich zu konzentrieren. »Weiß man etwas über das Motiv des Anschlags?« fragte er.

Mr. Galletti zuckte die Schultern. »Wenn es sich tatsächlich um eine Anarchistengruppe handelt, ist das Motiv einfach, nämlich, daß sie jede Art von Regierung zerstören wollen. Wenn jemand anders verantwortlich ist, kann es ein Dutzend Gründe geben in diesem zusammengewürfelten Land mit seiner langen, friedlosen Geschichte. Die Magyaren haben eine Erbfeindschaft mit den Pangermanen, ebenso wie die Serben mit den Kroaten. Einige befürworten die Zollunion mit Österreich, andere sind leidenschaftlich dagegen. Dasselbe gilt für das dualistische System und die Habsburgmonarchie. Es gibt Streitereien über die Landessprache, die Erziehung, das Steuerwesen . . .«

Ich hörte nicht mehr zu, denn immer wenn Mr. Galletti über Politik sprach, war ich nach einer Weile ganz durcheinander. Das ging aber nicht nur mir so. Die meisten Zirkusleute lebten in ihrer eigenen kleinen Welt und interessierten sich nicht sonderlich für das, was draußen vor sich ging. Mr. Galletti war eine Ausnahme. Ich war erleichtert, als ihn Martin höflich unterbrach: »Nur ein einzelner Mann kann eine Bombe werfen. Ist er von der Polizei gefaßt worden, Mr. Galletti?«

»Nein. Sie schreiben, daß die Polizei glaubt, ihn bald fassen zu können, aber ich weiß nicht, was man darauf geben darf.« Er hob die Zeitung hoch und ließ seinen Zeigefinger eine der Spalten hinabgleiten, indem er gleichzeitig übersetzte, was er las. »Hier heißt es . . . die Behörden haben Anlaß zu der Annahme, daß ein Fremder – äh – ein Fremder – ein gedungener Fremder sei – äh – für dies barbarische – äh, ja, für dies barbarische Verbrechen verantwortlich.« Er verzog zweifelnd das Gesicht. »Das sagen Regierungen in solchen Fällen natürlich immer gern. Es hilft ihnen, die Aufmerksamkeit vom eigentlichen Problem abzulenken und zu behaupten, daß alle Schwierigkeiten nur von den Ausländern herrührten.«

Ein Schauer lief mir über den Rücken. Einen Augenblick wußte ich nicht warum, doch dann wurde mir bewußt, daß mir einige Worte durch den Sinn gingen:

»Der Ring ist im Dunkeln verborgen und bringt Tod, wenn der Donner ertönt . . .«

Es waren Solanges Worte, als die Gabe sie überkommen hatte. Sie konnte sie nicht deuten und mir war es auch nicht gelungen. Aber das schwarze Armband konnte den Ring ohne Licht bedeutet haben, und der Tod hatte diesen armen Mann in Budapest getroffen, als der Donner ertönte und ihn die Bombe zerriß. Es war natürlich nur ein Zufall. Wie Solange gesagt hatte, konnte man immer irgend etwas finden, das in eine vage Voraussage zu passen schien.
Während der folgenden Tage, in denen unsere lange Wagenreihe sich stetig nach Westen bewegte, sah ich Martin tagsüber nur selten. Er hatte sich jedoch angewöhnt, abends nach dem Essen eine Stunde bei uns im Wagen zu sitzen. Er aß und schlief bei den Stallburschen, aber ich erfuhr von Sammy, daß er sich gut eingelebt hatte und bei allen recht beliebt zu sein schien.

Eines Abends, als Leo mit seinen Freunden weg war und Maria schon schlief, saßen wir in der lauen Dunkelheit vor dem Wagen, als Mr. Galletti leise fragte: »Haben

Sie irgendwelche Anzeichen gespürt, daß Ihr Gedächtnis langsam zurückkehrt, Martin?«

»Nein, nichts dergleichen.« Martin sprach, als ob ihm die Sache ganz unbedeutend schiene. »Manchmal habe ich ein Gefühl, als ob mir gleich etwas einfiele, aber dann geht es wieder vorbei, ohne daß etwas geschieht.« Er zuckte lässig mit den Schultern. »Es macht ja nichts.«

Ich war enttäuscht. Irgendwie hatte ich erwartet, daß Martin sich anstrengen und die Situation nicht einfach so hinnehmen würde. Ich fand, daß er keine Mühe scheuen dürfe, um herauszufinden, wer er eigentlich war, und sich nicht damit zufrieden geben dürfe, als Stallknecht mit einem Zirkus durch die Lande zu ziehen. Was war denn mit seiner Familie? Gesetzt den Fall, er war verheiratet – was sollte denn in der Zwischenzeit aus seiner Frau werden? Der Gedanke, daß er verheiratet sein könnte, berührte mich unangenehm. Er kam mir zum ersten Mal. Daß er mir noch nicht früher gekommen war, lag vermutlich an Marias romantischen Träumereien, in denen er ein englischer Graf war, der sich hoffnungslos in die Trapezkünstlerin Chantal verliebt hatte.

Mr. Galletti sog an seiner Pfeife und sagte nachdenklich: »Wissen Sie, Martin, es ist ein Glück, daß der Schlag, den man Ihnen versetzt hat, keine anderen Folgen hatte. Ich erinnere mich ... das muß nun schon dreißig Jahre her sein. Ein großer Flaschenzug fiel herunter und traf einen der Zeltleute auf den Kopf. Sie nähten die Wunde mit vielen Stichen. Er war immer ein ganz ruhiger Kerl gewesen, aber nach dieser Sache war er wie umgewandelt. Er wurde sehr streitsüchtig und machte Schwierigkeiten, wo er nur konnte. Er wurde rücksichtslos und verwegen.«

Martin sagte ruhig: »Ja, ich glaube auch, es ist besser, das Gedächtnis zu verlieren, als ein ganz anderer Mensch zu werden. Das ist mir jedenfalls erspart geblieben.«

»Wie wollen Sie das so genau wissen?« Mr. Gallettis Augen blitzten. »Vielleicht waren Sie vorher rücksichtslos und verwegen.«

Martin lächelte träge: »Daran habe ich gar nicht gedacht.«

Wir blieben zwei Wochen in Graz und zogen dann nach Norden. Unterwegs machten wir ab und zu für ein paar Tage in kleineren Städten halt. Martins Aufgaben ließen ihm keine Zeit, während der Vorstellung die Nummer der Fliegenden Gallettis zu sehen, aber dafür kam er jeden Tag zur Probe und schaute auch oft ein paar Minuten bei den Bodenübungen zu, denen wir jeden Tag mindestens eine Stunde widmeten, um unsere Muskeln stark und geschmeidig zu erhalten. Da ich mehr Training brauchte als Leo und Maria, die von Kindesbeinen an dabei waren, half ich oft den kleinen Khalafbuben bei ihren Sprungübungen. Auch hier entdeckte ich oft Martin, der uns zuschaute, sobald er ein paar Minuten übrig hatte.

In einem Zirkus hat man wenig Zeit für sich selbst. Ob wir unterwegs waren oder das Zelt aufgeschlagen hatten, es gab immer viel zu tun, um alles in Ordnung zu halten, und jeder hatte seine festen Pflichten. Bei kurzen Aufenthalten wurde die Arbeit doppelt schwer, weil wir fast andauernd mit Auf- und Abbauen beschäftigt waren.

Selbst bei Nacht hielten immer einige Männer Wache. Die Artisten waren davon ausgenommen, aber die Stallknechte, Zeltleute und Aufpasser lösten sich nach einem ganz bestimmten Plan bei der Patrouille ab. Es gab zwar nur selten Zwischenfälle, aber ich erinnere mich an einige Situationen, die leicht hätten gefährlich enden können – so zum Beispiel, als zwei oder drei kleine Buben versuchten, bei Nacht in den Tiergang zu gelangen, um dort irgend etwas anzuzetteln, oder als eine Gruppe betrunkener junger Männer ein paar Pferde stehlen wollte.

Die schlimmste Geschichte, die ich erlebt hatte, ereignete sich zwei Jahre zuvor, als wir unser Zelt außerhalb von Sevilla aufgeschlagen hatten. Dort schwelte schon seit langer Zeit ein Zwist zwischen einem Fabrikbesitzer und seinen Arbeitern, der eines Nachts offen zum Ausbruch kam. Etwa fünfzig Männer marschierten zur Fabrik und drohten, sie niederzubrennen. Sie wurden von Polizeitruppen aufgehalten und niedergeknüppelt. Es war alles entsetzlich brutal, und die Leute wurden rasend vor Wut. Unser Zirkus war auf einem Feld in der Nähe aufgeschlagen, das wir vom Fabrikbesitzer gepachtet hatten, und der Haß der Menge richtete sich gegen uns, vielleicht weil wir Fremde waren.

Die Polizei sah ihre Aufgabe nur darin, die Fabrik zu beschützen, und wir mußten in dieser Nacht eine zweistündige, erbitterte Schlacht liefern, um unseren Zirkus zu retten. Die Männer kämpften in der Dunkelheit mit Lederriemen und Prügeln, während sich Frauen und Kinder im großen Zelt versammelt hatten und gespannt abwarteten, ob den Angreifern der Durchbruch gelingen würde; für diesen Fall hatte sich jede von uns mit einem eisernen Pfahl oder einem Zeltpflock bewaffnet, denn wir wußten, daß wir im schlimmsten Falle Mr. Kaysers letzte Hoffnung waren, um den Zirkus zu retten. Darin sah auch niemand etwas Unrechtes. Eine Zeltstadt kann nur allzu leicht zerstört werden, und der Zirkus kämpfte um sein Leben. Die alte Solange erinnerte sich sogar noch, wie vor langer Zeit ein anderer Zirkus tatsächlich von Frauen und Kindern gerettet wurde.

Martin konnte nach der Tagesarbeit stundenlang still

dasitzen und den Geschichten der alten Zirkusleute zuhören. Auch das ärgerte mich. Ich konnte nicht verstehen, wie sich ein junger Mann damit zufriedengeben konnte, Erzählungen aus der Vergangenheit anzuhören, anstatt seine Zukunft zu planen.

Ich sprach ihn darauf sogar einmal an, als er wie üblich bei unserer Probe zugesehen hatte und wir am Rand der Arena standen, um uns ein paar Minuten zu unterhalten, bevor ich mich umzog.

Er gab mir keine Antwort, sondern fragte nur: »Haben Sie denn Pläne für Ihre Zukunft, Chantal?«

»Ja, natürlich habe ich die. Ich habe nicht vor, Trapezkünstlerin zu bleiben, bis ich eines Tages zu alt dafür bin. Ich möchte Ärztin werden.« Schon als mir das Wort über die Lippen kam, wünschte ich, ich hätte es für mich behalten, weil ich fürchtete, daß er mich auslachen würde. Doch ich täuschte mich. Sein Lächeln verschwand, und einen Moment lang starrte er geradewegs durch mich hindurch. Seine Gesichtszüge veränderten sich und wurden härter, und ich empfand dabei eine eigenartige Mischung von Furcht und Freude. Es war, als ob ich in diesem Augenblick den Martin entdeckte, den ich in ihm zu sehen wünschte. Zugleich erschreckte es mich.

»Ärztin . . .«, flüsterte er. Er wandte seinen Kopf von einer Seite zur anderen und kniff die Augen zusammen, so als versuche er, den Schleier zu zerreißen, der seine Vergangenheit verhüllte. Einen Augenblick lang wurden seine Lippen schmal, und seine Zähne wurden sichtbar. Dann hörte ich ihn leise seufzen – die Spannung wich, und er war wieder der alte. »Ärztin . . .«, wiederholte er leise. »Einen Augenblick schien es, als erinnerte ich mich an etwas . . . Nun ja . . .« Er zuckte achtlos die Achseln und schaute mich aufmerksam an. »Wie wollen Sie es denn anstellen, Ärztin zu werden, Chantal?«

Wenigstens hatte er mich nicht ausgelacht, und ich sagte: »Ich habe einige Bücher, die ich studiere. Ich meine, medizinische Bücher, die ein italienischer Arzt Mr. Galletti für mich empfohlen hat, und ich helfe Mr. Brunner bei seinen täglichen ärztlichen Verrichtungen im Zirkus.«

»Meint denn Mr. Galletti, daß Sie auf diese Weise Ärztin werden können?«

»Nein, natürlich nicht. Ich muß auf die Universität gehen und richtig studieren und Examina ablegen. Das weiß ich, und ich weiß auch, daß es für eine Frau sehr schwierig ist, weil die meisten männlichen Ärzte gegen sie sind, aber wie dem auch sei – je mehr ich jetzt schon lerne, indem ich lese und die Abbildungen betrachte, desto besser. Gerade habe ich alle Knochen der Hand gelernt – es sind siebenundzwanzig.«

Martin blickte über die gelbliche Arena hinweg zu den leeren Sitzreihen hinüber. »Sie wollen also den Zirkus irgendwann aufgeben?«

»Ja, in zwei oder drei Jahren, sobald ich genug Geld gespart habe, um davon leben zu können, solange ich auf die Universität gehe. Ich nehme an, daß das in England sein wird, wegen der Sprache.«

»Da brauchen Sie aber eine ganze Menge Geld.«

»Zirkusartisten verdienen auch eine ganze Menge Geld.

Mr. Kayser zahlt Mr. Galletti etwas für meinen Unterhalt, und bis auf ein kleines Taschengeld, das ich bekomme, tut er alles auf eine Bank. Ich spare jährlich fast 250 Pfund.«

Er pfiff anerkennend vor sich hin: »Ein Butler braucht dafür fünf Jahre!«

Dann blickte er in die Kuppel hinauf und fügte lächelnd hinzu: »Ich bin sicher, daß das sauer verdientes Geld ist, Chantal – aber könnten die Gallettis überhaupt ohne Sie weitermachen?«

»Natürlich. Sie finden leicht jemanden, der so gut ist wie ich, falls sie jemanden Neuen brauchen.«

»Und wird Ihnen das Zirkusleben nicht fehlen? Das Zusammenleben mit den Gallettis?«

»Ja.« Der Gedanke an eine Trennung, die unausweichlich sein würde, bedrückte mich, und ich versuchte, ihn abzuschütteln. »Ich mag gar nicht daran denken, so schrecklich ist es, und ich werde alle furchtbar vermissen, aber da ist nichts zu machen. Sehen Sie, solange Maria nicht zu groß wird, werden sie und Leo mit der Zeit immer besser. Aber ich kann nicht mehr besser werden, weil ich nicht ihr natürliches Talent habe, und außerdem habe ich zu spät angefangen. Eines Tages wäre ich nicht mehr gut genug für ihre Nummer.«

»Haben Sie ihnen das gesagt?«

»Nein, aber das weiß jeder, und ich selber auch, und deshalb werde ich gehen, bevor ich es soweit kommen lasse. Ich möchte nicht einfach als ›Mädchen für alles‹ beim Zirkus weiterarbeiten. Die meisten Leute würden mich für verrückt halten, wenn sie wüßten, daß ich Ärztin werden will, aber Mr. Galletti findet es richtig.«

»Ich nehme an, das kommt daher, daß er Sie kennt. Es kann auch nicht schwerer sein, als mit dreizehn zum Zirkus zu kommen und Trapezkünstlerin zu werden.« Seine dunkelblauen Augen sahen mich so durchdringend an, daß mir unbehaglich wurde. »Ich bin ganz sicher, daß Sie es schaffen, Chantal, Sie sind aus gutem Holz geschnitzt.«

Der heftige Schmerz der plötzlich aufsteigenden Erinnerungen trieb mir die Tränen in die Augen, und meine Stimme zitterte, als ich sprach: »Bitte sagen Sie das nicht. Ich schäme mich für das Holz, aus dem ich geschnitzt bin.« Ich stand rasch auf. »Sie gehen jetzt besser wieder an die Arbeit, Martin. Ich muß mich umziehen.«

Fünf Tage später hielt unsere lange Wagenkolonne

plötzlich auf einer Straße, die sich in ein Tal hinabschlängelte und dort über einen Nebenfluß der Enns führte. Das war an sich nichts Ungewöhnliches, aber nachdem wir eine Stunde gewartet hatten, ohne daß sich etwas ereignete, ging ich mit Maria zu den ersten Wagen vor, um zu sehen, was los war.

Mr. Kayser, Hauptmann Lefevre und der Wagenmeister standen in einer kleinen Gruppe von Männern auf der schmalen Brücke. Mr. Kayser stritt sich mit zwei österreichischen Polizisten, die andauernd den Kopf schüttelten. Martin und Rama Singh standen an das hölzerne Geländer gelehnt und redeten und gestikulierten aufgeregt. Als wir bei der Gruppe angelangt waren und von der Brücke in den Fluß schauten, sahen wir die Ursache ihrer Aufregung. Ein großer Baumstamm hatte sich quer vor zwei alte Steinpfeiler gelegt, die die Brücke stützten. Zweige und Treibgut hatten sich darin verfangen und wuchsen zu einem Berg an. Die zwei Polizisten wollten nicht zulassen, daß unsere schweren Wagen über die Brücke fuhren, solange die Pfeiler einer so starken Belastung ausgesetzt waren. Die Lage war prekär, denn ein Umweg hätte uns völlig von der geplanten Reiseroute abgebracht und unsere Tournee durcheinandergeworfen. Es war daher kein Wunder, daß Mr. Kayser ganz verstört wirkte, denn die Polizisten zuckten ungerührt die Achseln und sagten, daß sie nicht wüßten, wann dieses Hindernis beseitigt werden könne.

Martin begrüßte uns flüchtig und wandte sich dann wieder Rama Singh zu.

»Alles was wir brauchen, ist ein starkes Seil, das um den Stamm geschlungen wird und schräg auf das Ufer zuläuft.« Er zeigte auf die Stelle, die er meinte. »Wenn wir Sunbeam davorspannen, bekommen wir den Baum schnell frei.«

Ich blickte hinunter. Die Strömung war sehr schnell und das Wasser schäumte gegen das Hindernis an. Ich wandte mich Martin zu: »Man braucht auch jemanden, der gut genug schwimmt, um das Seil um den Stamm zu legen, Martin.«

Er lächelte mich an. »Ich bin ein guter Schwimmer. Wir wollen mal hören, was Mr. Kayser dazu sagt.«

Zehn Minuten später stand Sunbeam etwa fünfzig Meter flußaufwärts am Ufer. Eines unserer stärksten Seile war an ihrem Zaumzeug festgemacht, und das andere Ende war zur Mitte der Brücke gebracht worden, wo es drei Männer über das hölzerne Geländer auslegten. Martin war barfuß und hatte sein Hemd ausgezogen. Er schwang sich über das Geländer und kletterte an dem Seil hinunter, bis er sich neben dem Stamm ins Wasser ließ.

Dreimal tauchte er unter und versuchte das Seil durch eine Lücke in der Anschwemmung nach oben zu schieben, um es dann um den dicken Stamm zu schlingen, aber es gelang ihm nicht. Ich beobachtete ihn ängstlich, denn ich wußte, wie anstrengend diese Versuche sein mußten. Ich war selbst eine gute Schwimmerin – vielleicht das einzige Talent, das ich mitgebracht hatte, als ich zum Zirkus kam. Hier konnte kaum jemand schwimmen. Ich hatte es einmal während der Ferien von meinem Kindermädchen gelernt. Es war mir leichtgefallen, denn ich liebte das Wasser, und wann immer der Zirkus in der Nähe des Meeres oder an einem See haltmachte, verpaßte ich keine Gelegenheit, um schwimmen zu gehen.

Martin ruhte sich einen Augenblick aus und hielt sich an einem dicken Ast fest, um nicht von der Strömung mitgerissen zu werden. Ich drängelte mich am Geländer durch die kleine Menschenansammlung hindurch, bis ich neben Mr. Kayser stand, und sagte: »Er braucht jemanden, der oben auf dem Stamm steht und das Seilende durchzieht, wenn er es heraufreicht. Darf ich hinuntergehen?«

Mr. Kayser strich sich unruhig über das Kinn, dann nickte er. »Danke, Chantal. Aber sei vorsichtig.«

Ich hatte vorher, als wir angehalten hatten, eine Weile mit den kleinen Khalafbuben geübt und hatte dann nur rasch ein Kleid über mein Trikot gestreift, als ich mit Maria losging, um zu sehen, was fehlte. Nun schlüpfte ich aus dem Kleid, warf es Maria über den Arm und glitt schnell an dem Seil nach unten, bevor sie versuchen konnte, mich davon abzuhalten.

Ich kauerte auf dem dicken Baumstamm und spürte die ungeheure Gewalt des Wassers, das ihn knirschend an den Pfeiler rieb. Hinter der immer höher werdenden Anschwemmung wurde Martins Stimme laut: »Ein bißchen mehr links, Chantal. Ja, da . . . Moment!« Einen Augenblick lang erschien wieder der wolfsähnliche Ausdruck auf seinem Gesicht.

Dann holte er tief Luft und verschwand im schäumenden Wasser, um unter der Anschwemmung durchzutauchen. Ich zitterte vor Aufregung, als ich endlich neben mir seine Hand zwischen dem Stamm und einem dicken Ast hervorkommen sah. Ich griff nach dem Seil und zog es schnell heraus. Sekunden später hörte ich ihn hinter mir nach Luft schnappen und wandte mich um. Er hielt sich unter der Brücke an einem Ast fest und kämpfte gegen das Wasser, das an dieser engen Stelle noch heftiger durchschoß.

»In Ordnung . . .«, hustete er. »Machen Sie das Seil fest.«

Schnell schlang ich das lose Ende um das herabhängende Seil und knotete es fest. Dann blickte ich zu den ängstlichen Gesichtern auf, die sich über das Geländer beugten. »Das Seil ist fest!« rief ich. »Anziehen!«

Als ich den Blick wieder nach unten wandte, sah ich, wie Martin grinste, mir zuwinkte und sich dann losließ. Sofort hatte ihn das Wasser mitgerissen. Da er gegen die Strömung nicht ankam und unter der Brücke nicht herausklettern konnte, ließ er sich vom Fluß ein Stück weitertragen.

Ein Gefühl großer Freude überkam mich, als ich das lose Tauende ins Wasser klatschen hörte. Ich blickte nach oben und rief Maria zu: »Mach dir keine Sorgen, *piccina*!« dann ließ ich mich ebenfalls los und tauchte unter der Brücke ins schäumende Wasser. Im ersten Augenblick wurde ich herumgeschleudert wie ein Korken, aber dann beruhigte sich die Strömung, und ich konnte in der Mitte des Flusses schwimmen.

Neben mir tauchte Martin auf. Er warf das nasse, schwarze Haar aus dem Gesicht und keuchte: »Ich wußte gar nicht, daß Sie schwimmen können.« Er grinste immer noch. »Ich glaube, wir haben es geschafft, meine kleine rote Füchsin.«

Ich klatschte ihm eine Ladung Wasser ins Gesicht, und er lachte.

»Man soll nicht gegen die Strömung kämpfen. In dieser Richtung werden wir direkt am Ufer abgesetzt.« Drei Minuten später zogen wir uns an einigen hervorstehenden Baumwurzeln auf eine niedrige Uferböschung. Lachend und atemlos schlang Martin seine Arme um mich und drückte mich einen Augenblick lang fest an sich. Dann fielen wir keuchend auf einen Flecken dichtes, von der Sonne erwärmtes Gras. »Das war gut«, seufzte er zufrieden und hob den Kopf. »Mir hat es Spaß gemacht.« Er streckte die Hand aus und legte sie freundschaftlich auf meine. »Was können Sie denn noch, außer Trapezfliegen und querliegende Baumstämme flottmachen?«

»Nichts, Martin.« Ich schnitt eine Grimasse. »Damit sind meine Talente bereits erschöpft.«

Er setzte sich auf und zeigte auf den Fluß: »Sehen Sie, da kommt das ganze Treibgut den Fluß herunter. Sunbeam muß den Stamm weggezogen haben.«

»Ja.« Ich war sehr glücklich. Martin und ich hatten zusammen eine kleine Schlacht geliefert und wir hatten sie gewonnen; doch das Glücksgefühl, das mich durchströmte, schien in keinem Verhältnis zu der Leistung zu stehen, die wir vollbracht hatten. »Was können Sie denn noch, Martin?«

Er schüttelte den Kopf. »Keine Ahnung. Ist ja auch egal.«

Bevor ich etwas erwidern konnte, hörte ich Maria nach mir rufen, und im nächsten Augenblick rannte sie auch schon mit meinem Kleid über dem Arm am Ufer entlang auf uns zu.

»Chantal! Da bist du ja. *Mio Dio,* du hättest ertrinken können! Martin, ich bin ganz böse mit Ihnen. Sie sollten sie nicht zu sowas ermutigen. Mr. Kayser führt einen Freudentanz auf, und er will euch beiden Geld schenken.« Sie wandte sich zu mir. »Zieh sofort dies nasse Trikot aus und dein Kleid an, *carissima,* komm schnell in den Wagen zurück. Verschwinden Sie, Martin. Wir müssen uns beeilen, die Wagen fahren schon an.«

Drei Wochen später fuhren wir über die Grenze nach Bayern. Martin begleitete uns immer noch und hatte keinen Versuch unternommen, ein britisches Konsulat in einer der größeren Städte aufzusuchen. Nur Mr. Galletti wußte, daß er das Gedächtnis verloren hatte. Eines Abends ließ ich eine ungehaltene Bemerkung über ihn fallen, als Maria und ich zu Bett gingen. Ich sagte, ich fände es lächerlich, daß ein Mann wie Martin als Stallknecht bei einem Zirkus arbeite.

Sie blickte mich überrascht an. »Aber er tut es doch nur so lange, bis du dich in ihn verliebt hast, Chantal. Ich weiß wirklich nicht, warum du das nicht längst getan hast, denn er ist einfach unwahrscheinlich nett.«

»Du mit deinen Träumereien, Maria. Du siehst das völlig falsch.«

»Jetzt bist du böse mit mir.«

»Nein, gar nicht.«

»Bist du doch.« Sie kletterte in ihr schmales Bett und deckte sich zu.

»Maria nennst du mich nur, wenn du böse mit mir bist.«

Ich lächelte und beugte mich über sie, um sie fest in ihre Decken zu packen.

»Mit ihm bin ich böse, *carissima*, aber nicht mit dir.«

Sie sah mich über den Rand der Decken mit ihren großen schwarzen Augen an. »Wenn er tatsächlich kein englischer Graf sein sollte, ist er vielleicht ganz zufrieden, als Stallknecht in einem Zirkus zu leben. Nicht alle Leute sind wie du, Chantal, daß sie die ganze Zeit kämpfen und immer mehr erreichen wollen.«

»Bin ich wirklich so?«

»Natürlich, und ich bin auch froh, daß du so bist. Am Anfang, als du gekommen bist, mochte ich dich nicht besonders, und als du die ersten Bodenübungen gemacht hast, fand ich das urkomisch. Das ging allen so, außer Großvater, und Leo hat dich erbarmungslos nachgemacht. Aber du hast nicht lockergelassen und hast monatelang geübt, um einen einfachen Rückwärtsüberschlag zu lernen, und da wurde ich langsam stolz auf dich.«

»Ich weiß noch, wie du jeden Tag Stunden damit zugebracht hast, mir zu helfen, Herzchen.«

»Ja, aber ich hab' nie geglaubt, daß du es jemals schaffst, an einem Trapez zu arbeiten, und schau, wie weit du es gebracht hast. Du bist wirklich toll, wenn du fliegst, Chantal.«

Ich lachte. »Leo ist nicht ganz deiner Meinung.«

»Ach, laß ihn, er ist doch nur ein dummer Junge. Ich will nur sagen, daß du etwas Unmögliches geschafft hast, weil du einfach immer gekämpft hast und vorwärtskommen wolltest. Du mußt aber nicht denken, daß alle so wie du sind. Nicht jeder ist so hartnäckig.«

Ihre Worte rührten mich, aber ich schüttelte den Kopf. »Dafür kann ich nichts. Ich bin unzufrieden mit mir, und das zwingt mich zum Weitermachen.« Ich tätschelte ihre Wange. »Du warst heute bei der Abendvorstellung so phantastisch, *mia cara.* Ich habe dich noch nie so gut gesehen.«

»Wirklich?«

»Wirklich. Und jetzt schlaf schön und träume süß.«

Ich löschte die Lampe und kletterte in mein Bett. In der Dunkelheit hörte ich Maria sagen: »Träume auch süß, Chantal. Weißt du noch, was du in der ersten Zeit für grauenhafte Alpträume gehabt hast?«

»Ja, ich weiß es noch gut.«

»Hast du dich denn damals vor dem Leben im Zirkus gefürchtet?«

»Nein, ich hab' schon immer Alpträume gehabt. Als ich klein war, erzählte mir meine Kinderfrau Märchen. Es waren schreckliche Geschichten mit Kobolden und Riesen, die furchtbare Dinge taten. Ich versuchte immer, wach zu bleiben, weil ich zu große Angst vor dem Einschlafen hatte.«

»Das war aber sehr schlecht von ihr.«

»Vielleicht war sie sich nicht im klaren darüber, welchen Eindruck solche Geschichten auf Kinder machen.

Viele Leute sind dazu unfähig. Aber das ist ja jetzt alles vorbei.«

»Abgesehen von diesen schrecklichen Kindergeschichten – wünschst du manchmal, daß du wieder dort wärest, wo du hergekommen bist?«

»Nein, niemals. Schlaf jetzt, Kleines.«

»Ja. Gute Nacht, Chantal.«

Zwei Wochen später arbeiteten wir in Regensburg. Über dem Zirkus lastete eine bedrückende Atmosphäre, weil zwei Dinge vorgefallen waren, die uns alle beschäftigten. Als erstes war ein junger Mann vom Orchester, der auch bei den Zeltleuten mitarbeitete, eines Morgens tot aufgefunden worden. Er lag mit dem Gesicht nach unten in einem großen Wassertrog und war ertrunken. Hans war ein unfreundlicher junger Mann gewesen, den keiner recht gemocht hatte, aber deshalb waren wir alle nicht weniger entsetzt, denn er war trotzdem einer von uns. Die vorherrschende Ansicht war, daß er sich betrunken hatte und in den Trog gestolpert war. Dabei mochte er sich den Kopf angeschlagen und für einige Augenblicke das Bewußtsein verloren haben – lange genug jedenfalls, um zu ertrinken, bevor er wieder zu sich kam.

Am nächsten Tag verschwand Martin. Kurz vor der Abendvorstellung kam Mr. Albertini in unseren Wagen und fragte nach ihm. Martin hatte an diesem Vormittag seine Arbeiten im Stall nicht erledigt. Nachdem Mr. Albertini jedoch erfahren hatte, daß Mr. Kayser ihn mit dem Verpflegungstrupp und dem Vorratswagen in die Stadt geschickt hatte, weil zu wenig Leute zum Aufladen dabei waren, hatte er sich eine Zeitlang keine Gedanken über seine Abwesenheit gemacht. Vom Verpflegungstrupp konnte sich keiner mehr genau erinnern, ob Martin wieder mit zurückgefahren war oder nicht. Fest stand jedenfalls, daß er seitdem nirgends im Zirkus gesehen worden war.

Ich war überrascht, daß mich die Nachricht so verwirrte, und zum ersten Mal erkannte ich, wie sehr ich Martins Gesellschaft genossen hatte, obwohl mich die ruhige Gelassenheit, mit der er seine Lage akzeptierte, oft ungeduldig gemacht hatte. Durch sein plötzliches Verschwinden fühlte ich mich teils gekränkt, teils beunruhigt. Wenn er aus freiem Entschluß weggegangen war, so war es sehr verletzend, daß er sich nicht von uns verabschiedet hatte, da wir seine Freunde waren. Aber wenn er nicht freiwillig gegangen war, so fand ich das sehr beruhigend: Vielleicht war sein Gedächtnis zurückgekehrt, und er war weggelaufen, weil ... aber hier ließ mich meine Vorstellungskraft im Stich. Ich konnte mir nicht denken, warum. Wenn er sich vor der Polizei fürchtete, und ich wußte jetzt weshalb, dann war der Zirkus immer noch der beste Platz, um sich zu verstecken. Was mich vielleicht am meisten beunruhigte, waren Solanges dunkle Worte *»... sei wachsam, wenn der schlafende Wolf erwacht«*. Ich konnte mir nicht erklären, warum mir diese Worte ausgerechnet jetzt in den Sinn kamen, denn ich hatte sie längst vergessen gehabt. Ich wußte aus meinen medizinischen Büchern, daß man den Verlust des Gedächtnisses als Amnesie bezeichnet. Sie trat in verschiedener Form auf, aber offenbar war es ein eigenartiger Zustand, über den nur sehr wenig bekannt war, und nichts von allem, was ich gelesen hatte, half mir zu entscheiden, ob Martin vielleicht sein Gedächtnis wiedergefunden hatte. Während wir uns umzogen, spann Maria eine neue romantische Variante über Martin aus, die sein Verschwinden erklären sollte und die auch nicht zur Zerstreuung meiner Ängste beitrug. Er war immer noch ein englischer Graf, der mich während einer Vorstellung erblickt und sich hoffnungslos in mich verliebt hatte und nun vorgab, ein Landstreicher zu sein, damit er sich mir nähern konnte. Aber in der neuen Geschichte hatte er eine Frau, die er widerstrebend geheiratet hatte, um dem Willen seines Vaters, eines Herzogs, zu gehorchen. Zwischen Liebe und Pflichterfüllung hin- und hergerissen, hatte er sich schließlich für den Pfad der Tugend entschieden und mich für immer verlassen, um zu seinem weinenden Weib zurückzukehren, das auf ihn wartete.

Wenn sie nicht Maria gewesen wäre, hätte ich sie gepackt und geschüttelt, bis ihr die Zähne klapperten. So aber wartete ich, bis ich es einfach nicht länger ertragen konnte, und fuhr sie an: »Hör auf, andauernd von ihm zu sprechen, *piccina*. Es macht mich ganz krank, und ich will keine schlechte Vorstellung geben.«

Sie sah mich zuerst überrascht, dann völlig bestürzt an, flog in meine Arme und drückte mich fest an sich. »Ah, Chantal, es tut mir so leid, ich bin so dumm! Um nichts auf der Welt möchte ich dich kränken. Hast du ihn denn so sehr geliebt?«

»Was? Nein, natürlich nicht. Ich finde es nur komisch, daß er sich gar nicht verabschiedet hat. Hoffentlich ist ihm nichts zugestoßen.« Sie starrte mich mit großen, runden Augen an.

»Was soll ihm denn zustoßen?«

»Ich weiß nicht. Und genau darüber will ich auch überhaupt nicht nachdenken.«

Sie schaute mich verwirrt an, zuckte die Achseln und begann wenig später, mich auszuschimpfen, weil ich mein Haar zwei Zentimeter länger hatte wachsen lassen, als sie es für richtig hielt. Das störte mich aber nicht. Fast fünf Jahre lang hatte ich Maria bemuttert, aber sie tat immer so, als ob es umgekehrt gewesen wäre, und das dauernde Schimpfen war ihre Art, es darzutun.

In Regensburg machten wir ein sehr gutes Geschäft. Seit unserer Ankunft vor einer Woche war das Zelt bis auf den letzten Platz gefüllt gewesen, und auch der heutige Abend machte keine Ausnahme. Es war ein gutes Publikum, und das feuert jeden Artisten an und bringt ihn dazu, das Beste zu geben. Als ich mit Maria oben auf der Plattform stand, war jeder Gedanke an Martin wie weggewischt, und das vertraute Gefühl der Erregung stieg in mir auf. Aus den Reihen, die wie Ringe um die Arena lagen, wandten sich die Gesichter mir zu. Wir waren der Blickpunkt von tausend Augenpaaren. Das war ein Gefühl, das nur wenige Menschen kannten, und immer wieder versetzte es mich in einen Zustand freudigen Erstaunens.

Es ist keine Angabe, wenn ich behaupte, daß ich nie Angst gehabt habe. Genau wie bei Leo und Maria waren auch meine Nerven aufs äußerste gespannt, und jeder meiner Sinne hellwach. Mein ganzes Denken war auf das gerichtet, was ich zu tun hatte. Aber Angst hatten wir nicht. Es war unmöglich, am fliegenden Trapez zu arbeiten, wenn man ängstlich war.

Maria und ich lächelten und winkten dem Publikum zu. Dann klinkten wir unsere Trapeze aus. Maria sagte ruhig: »Jetzt«, und wir stießen uns für unsere Zwillingsnummer von der Plattform ab. Wir hatten uns etwa dreißig Sekunden lang im Gleichklang bewegt, als es geschah. Wir hingen beide an den Händen und schwangen kräftig, um Höhe für die nächste Bewegung zu gewinnen, als ich einen kleinen, scharfen Laut vernahm und fühlte, wie die Stange über mir nachgab. Ich hatte den Eindruck, daß ein Seil gebrochen oder die Stange an einem Ende aus der Halterung geglitten war. Aber ich hatte keine Zeit, darüber nachzudenken.

Einen Augenblick lang glitt ich noch in der gleichen Bewegung vorwärts wie Maria neben mir. Den Bruchteil einer Sekunde später wurde ich ruckartig von ihr weg nach außen geschleudert. Verzweifelt versuchte ich, mich mit einer Hand an der Stange festzuhalten, die nun senkrecht an einem einzigen Seil herabhing, und wußte, daß mein Sturz unvermeidlich war.

4

EIN EISIGER SCHRECK fuhr mir wie ein Speer durch den Magen. Ich wußte, daß ich stürzen würde, denn als das eine Ende der Stange sich gelöst hatte, und ich herabgesackt war, hatte ich mit der rechten Hand den Halt verloren, und auch die Linke begann abzurutschen. Was immer auch gebrochen sein mochte, es lag auf der linken Seite, die Maria zugewandt war, so daß ich nun nach außen schwang, von ihr weg – wenn die andere Seite gerissen wäre, hätten wir unweigerlich zusammenstoßen müssen. Durch den Schwung, den ich im Augenblick des Unglücks hatte, und die Richtung, die mir der Bruch des Trapezes gab, wurde ich nach außen geschleudert, auf die Netzkante zu. Ich versuchte verzweifelt, mich festzuklammern, bis die lose Stange zurückzuschwingen begann, und mich wieder über die Netzmitte brachte, aber schon glitt das Ende der Stange durch meine Hand und ich hing hilflos, mit ausgestreckten Armen und Beinen in der Luft. Ich bog mich, um nach unten sehen zu können und erkannte, daß ich bis zum äußersten Ende des Netzes unter mir geschleudert worden war.

Nicht mehr als eine Sekunde war seit dem Augenblick vergangen, in dem das Unheil geschehen war. Wie aus weiter Entfernung vernahm ich den Laut, der aus dem Publikum aufstieg, der gemeinsame Entsetzensschrei von tausend Kehlen. Mein Gehirn war völlig leer und meine Sinne und Muskeln gehorchten nur noch dem Instinkt.

Kurz bevor ich den Halt verlor, hatte der Rückschwung eingesetzt, und ich fiel kaum merklich nach innen ... aber nicht genug. Mein Körper rollte sich zu einer Kugel zusammen, ich machte einen schnellen Salto vorwärts, um dann wie eine Schwalbe hinabzustoßen – nicht genau senkrecht, sondern schräg nach vorn.

Das Netz schoß mir entgegen – ich mußte es verpassen ... ich würde auf der Kante aufschlagen ... Ich bog den Oberkörper ab, vollführte mit ausgestreckten Armen und eingezogenem Kopf eine Drehung und schlug mit dem Rücken hart auf, den Kopf nur um Zentimeter vom äußersten Ende des Netzes entfernt, das hier straffer war als in der Mitte. Der Aufprall war entsprechend härter. Ich wurde in die Luft zurückgeschleudert, hing mit dem Kopf nach unten einen Augenblick lang direkt über dem äußeren Netzpfeiler und fiel wieder zurück. Ich erwischte den Pfeiler mit den Händen, mein Körper schwang im Kreis herum und berührte das Netz von unten; dann ließ ich wieder los und fiel die wenigen Meter hinab in das Sägemehl der Arena. In diesem letzten Augenblick machten sich die jahrelangen Bodenübungen bezahlt, denn ich fiel locker und mit völlig entspannten Muskeln. Doch verschlug mir der harte Aufprall für einen Augenblick den Atem, und ich lag wie betäubt mit ausgestreckten Armen und Beinen und sah die Lichter der Manege, die sich verschwommen über meinem Kopf drehten.

Das nächste, was ich realisierte, war, daß die Lichter ausgingen. Ich blickte in Marias Gesicht, das sich über mich beugte, die Augen vor Entsetzen geweitet. Einen Augenblick später tauchte Leos Kopf neben ihrem auf. Ich konnte mir nicht erklären, wie sie hierherkamen. Erst später erfuhr ich, daß sie ins Netz gesprungen waren, noch bevor ich am Boden angelangt war, und schon beim ersten Emporfedern herausgesprungen waren, um bei mir zu sein, bevor jemand anders sich rühren konnte.

Maria hatte eine Hand auf meine Stirn gelegt und rief mit schriller Stimme, die sich vor Angst überschlug: »Chantal? Chantal? Wie geht es dir, *carissima*?«

»Es ist alles in Ordnung«, brachte ich atemlos heraus. »Hilf mir aufstehen.«

Im Tumult, der sich jetzt aus den Reihen des Publikums erhob, konnten meine Worte kaum verständlich gewesen sein, aber sie mußte sie von meinen Lippen abgelesen haben. Ich stand langsam auf und versuchte dabei, gar nichts zu denken, sondern mich ganz auf meine Muskeln zu konzentrieren, um zu überprüfen, ob keiner beschädigt war. Ich fühlte keinen Schmerz. Ich war starr vor Schreck, aber abgesehen von den Handflächen, die sich beim Abgleiten an der Stange wundgerieben hatten, war ich unverletzt. Maria preßte die Hände unter meine Rippen und schob sie in regelmäßigen Bewegungen auf und nieder, um meine Atmung wieder in Gang zu bringen. Da war auch plötzlich Mr. Kayser, Schweiß perlte von seiner Stirn, und auch Mr. Galetti, der erleichtert aufatmete, als er sah, daß ich schon wieder stand.

Mr. Kayser blickte wild gestikulierend um sich und rief: »Pepe!« Im nächsten Augenblick hatte sich Pepe ins Netz geschwungen, eine groteske Gestalt mit einer großen roten Nase, einem schwarzen Hut und riesigen Hosen. Er begann, auf dem Netz herumzuhüpfen, und versuchte dabei, mit lächerlichen Schwimmbewegungen und mißglückten Saltos Herr über seine zappeligen Bewegungen zu werden. Das Orchester hatte einen fröhlichen Marsch angestimmt, und die Zuschauer ließen sich wieder auf ihre Plätze nieder. Wir entfernten uns vom Netz. Mr. Galletti legte die Hände auf meine Schultern und blickte mir in die Augen. »Keine Schmerzen, Chantal?«

»Nein, ich hatte mich nur einen Augenblick ganz verkrampft, aber es ist alles in Ordnung, Mr. Galetti.«

»Zeig mir einen Salto rückwärts.«

Ich trat ein paar Schritte zur Seite, atmete tief durch, um mich zu konzentrieren, und vollführte dann drei Saltos rückwärts hintereinander. Mr. Galletti, Maria und Leo beobachteten mich mit Argusaugen. Als ich wieder neben ihnen stand, nahm Leo meine beiden Hände und blickte sie an. Sie zitterten. Er wandte sich zu seinem Großvater und sagte: »Am besten geht sie gleich wieder hinauf.«

»Ja.«

Mr. Galletti schaute mich an. »Schaffst du das, Kind?«

Ich hätte viel dafür gegeben, nein sagen zu können, aber dann würde ich möglicherweise nie wieder den Mut aufbringen, am Trapez zu arbeiten, wenn ich mich jetzt nicht dazu zwang. Ich nickte, und Mr. Galletti drängte: »Also schnell. Hinauf mit euch, Kinder. Chantal fängt mit ihrem Solo an, sobald ihr in Position seid. Beeilt euch!«

Leo grinste mich an. »Keine Angst, Dicke. Ich fang dich schon.« Er wandte sich ab und kletterte eilig an seiner Strickleiter hinauf, während Maria und ich zu der unsrigen liefen. Einen Augenblick später hielt die Musik auf ein Zeichen von Mr. Kayser inne, und Pepe schwang sich aus dem Netz. Alle Gesichter waren wieder nach oben gerichtet, und die Musik für mein Solo begann.

Maria drückte meinen Arm. Ich nahm das große Trapez, schaute zu Leo hinüber, der sich bereits mit dem Kopf nach unten losgeschwungen hatte, hörte, wie er in die Hände klatschte, und stieß mich ab.

An diesem Abend gab ich die schlechteste Vorführung meines Lebens, aber nur die scharfen Augen der erfahrenen Zirkusleute konnten das erkennen, denn Leo vollbrachte wahre Wunder. Ich kam ständig zu früh oder zu spät an und hatte nie den richtigen Abstand zum Auffangen. Aber immer war er da, streckte die Arme nach mir aus und fing mich auf. Es schien fast, als beschleunigte er sein Tempo, um meine Fehler wettzumachen. Und jedesmal, wenn wir zusammenkamen und ich an seinen Händen hing, redete er mir aufmunternd zu und verzog sein dunkles Affengesicht zu einem Grinsen. »Gut, gut! Schlaue Dikke! Sehr fein. Du sollst die Hände nicht nach mir ausstrekken, *piccina*, überlaß das ruhig Leo. Ganz ruhig jetzt, *Bene!* Bravo!«

Mein zweites, abschließendes Solo war eine Spur besser. Die Notwendigkeit, mich ganz auf meine Nummer zu konzentrieren, hatte die gefährliche Angst ferngehalten, – ich mußte sie nur lange genug abhalten, dann würde sie ganz vergehen. Die Gallettis mit ihrer langen Erfahrung wußten dies. Maria zeigte ihr wunderbares Finale mit verbundenen Augen und kehrte in einer Pirouette zu ihrem Trapez zurück. Jetzt war der Augenblick gekommen, in dem ich mich normalerweise auf das Paralleltrapez schwang, um von dort wie eine Schwalbe nach unten zu stürzen, aber das Trapez war zerbrochen und hinter unserer Plattform festgehakt. Ich wollte mich gerade daranmachen, die Strickleiter hinabzuklettern, da sah ich, wie sich Maria zum Sitzen auf ihr Trapez emporschwang, die schwarze Kappe abnahm und wegwarf, bevor sie zu mir herüberflog und sanft auf der Plattform landete. Ihr Gesicht glänzte vor Aufregung, während sie das Trapez mit der Hand festhielt. »Heute abend kommst du als letzte herunter. Halt dich mit dem Haken bereit.« Kaum hatte sie sich umgewandt, schwebte sie schon wieder davon.

Verwirrt griff ich nach der langen, leichten Bambusstange, die an der Seitenstütze der Plattform hing, und die am einen Ende mit einem Haken versehen war. Leo stieß sich von der gegenüberliegenden Plattform ab und tauchte nach unten, Maria folgte ihm Augenblicke später.

Ich brauchte ein paar Sekunden, um mit dem Haken Marias leeres Trapez einzufangen, das auf mich zuschwang. Dann zog ich es heran und ergriff es. Leo und Maria standen inzwischen schon in einer unserer gut eingeübten Posen neben dem Netz: Beide blickten nach oben und hielten eine Hand in die Hüfte gestützt, während die andere nach oben auf mich deutete. Die Augen des Publikums folgten.

Das Licht wurde dunkler, und ich erkannte, daß sie mir den Ehrenplatz zugestanden, der normalerweise Marias Vorrecht war. Ich spürte einen Kloß im Hals, und einen Augenblick verschwamm die Arena und das Publikum vor meinen Augen. Ich blinzelte, um wieder richtig sehen zu können, dann nahm ich die Stange in beide Hände und stieß mich ab. Am höchsten Punkt des Schwunges ließ ich los und vollführte den besten offenen Salto meiner ganzen Laufbahn, bevor ich mit dem Kopf voraus im Netz landete. Dieser Abschluß war fast so gut wie eine von Marias schlechtesten Darbietungen, und als ich mich über die Netzkante schwang und zwischen die beiden hinabsprang, war ich sehr zufrieden mit mir.

Bei unserer Schlußverbeugung stand im allgemeinen Maria in der Mitte, aber heute faßte jeder der beiden mich für die erste Verbeugung an der Hand, dann traten sie seitlich zurück und wandten sich zu mir, zeigten mit großer Geste auf mich, klatschten und machten mich so zum Mittelpunkt des ganzen Beifalls. Und ich lächelte und knickste und verbeugte mich, während mir die Tränen über die Wangen rannen.

Schließlich liefen wir hinaus, und sobald wir hinter dem Vorhang angekommen waren, fielen wir uns überschwenglich in die Arme, küßten uns und redeten wild durcheinander.

»*Benissimo!* Eh, Maria?«

»Chantal, du warst einfach . . .«

»O Affengesicht, ohne dich . . .«

»Wunderbar, nicht Leo?«

»Ich weiß überhaupt nicht, wie du mich gefangen hast!«

»Du hast uns vielleicht einen Schrecken eingejagt!«

»Prima Abschluß, Dicke!«

»Du sollst nicht Dicke zu ihr sagen!«

»Aber es macht mir doch gar nichts aus!«

»Paßt mal auf, ich habe eine tolle Idee« Leo überschrie uns beide, seine Augen sprühten vor Begeisterung. »Habt ihr das Publikum gehört? Das hat sie von den Sitzen gerissen! Und in Zukunft machen wir es absichtlich! Vielleicht nicht jeden Abend, aber einmal an jedem Ort, wo wir auftreten. Chantal hängt in der Luft, das Trapez bricht – pfft! Dafür gibt es doch bestimmt irgendeinen Apparat, und mit etwas Übung – aaahhh!« Seine Ausführungen endeten in einem langgezogenen Schmerzensschrei, denn Maria war ihm wütend auf den großen Zeh getreten.

»Du Vollidiot!« schrie sie. »Bist du noch bei Trost? Chantal ist gerade mit dem Leben davongekommen, und du willst, daß sie alles noch einmal durchmacht?«

»Aber das ist doch nicht dasselbe! Du kapierst auch gar nichts. Ein gut geübter Trick.« Er vollführte einen Satz nach rückwärts und wehrte sie mit beiden Armen ab, als sie versuchte, auf seinen anderen Fuß zu stampfen. Ich fing an zu lachen. Wenn die sanfte Maria einmal die Geduld verlor, war sie noch schlimmer als ich selbst – Strabo konnte ein Lied davon singen!

»Maria, bitte! *Mio Dio!* Sag ihr, sie soll aufhören, Chantal!«

»Idiot! Es wäre gescheiter, ein Schwein zu halten, als sich mit einem solchen Bruder herumschlagen zu müssen – ein Schwein kann man wenigstens essen!«

Ich lachte und weinte zugleich, als uns eine tadelnde Stimme unterbrach.

»Kinder!« rief Mr. Galletti, der in Begleitung von Mr. Kayser zu uns trat.

Maria ließ von Leo ab und hängte sich immer noch schimpfend an meinen Arm. Leo stand etwas verwirrt da und fuhr sich mit der Hand durch die Haare.

Mr. Galletti fragte streng: »Leo, hast du heute nach den Proben die Geräte überprüft?«

Die Frage brachte uns in die Wirklichkeit zurück. Ein Trapez war gebrochen, und das war etwas, das auf keinen Fall geschehen durfte. Unsere Geräte waren aus bestem Material. Die Seile waren nicht aus verstärktem Hanf oder Jute, sondern aus vielen geflochtenen Strängen von Baumwolltauwerk, das stärker und elastischer war. Die Stangen waren aus Esche. Jedes Seilende war gespleißt und eng in eine Rille eingepaßt, die nahe an jedem der beiden Enden um die Stange lief. Die Knoten wurden von einem schmalen, L-förmigen Stück weichen Leders bedeckt, um unsere Fußgelenke zu schützen, wenn wir mit dem Kopf nach unten hingen. Alle Geräte in der Kuppel wurden täglich von einem der Mechaniker kontrolliert, und die Trapez- und Seilkünstler überprüften ihre Ausrüstung zusätzlich selbst noch einmal vor der Vorstellung.

Leo entgegnete rasch: »Ja, Großvater. Alle drei Trapeze. Ich habe das noch nie vergessen.«

Mr. Galletti blickte den Zirkusbesitzer an. »Wir wissen noch nicht genau, was passiert ist. Sobald die Vorstellung vorüber ist, werde ich selbst hinaufklettern und jede Schraube, jeden Knoten und jedes Stück Seil untersuchen.«

Mr. Kayser nickte. »Gut. Bitte berichten Sie mir sofort, was Sie entdeckt haben.« Er wandte sich an mich. »Chantal, ich bin sehr froh, daß du nicht verletzt worden bist. Du warst sehr geschickt, junge Dame. Leo, ich gratuliere dir. Nur der beste Fänger konnte Chantal heute durch ihr Solo bringen. Ich bin mit euch allen sehr zufrieden. So, und jetzt lauft, und streitet nicht gleich wieder. Ich sehe euch nachher noch.«

Nach dem Abendessen saßen wir lange in Mr. Kaysers Wohnwagen. Stumm vor Entsetzen blickten wir auf die Stange und das Stück Seil, die auf dem Tisch lagen. Sogar Maria brachte kein Wort heraus und hielt meine Hand so fest umklammert, daß es fast schmerzte.

»Großer Gott!« Mr. Kayser seufzte und blickte Mr. Galletti an. »Ist kein Zweifel möglich?«

»Völlig ausgeschlossen. Das war geplant.« Mr. Gallettis Gesicht war sehr blaß und seine Hand zitterte, als er die Stange und das dünne Holzstück aufhob, das einmal dazugehört hatte.

»Die Seile und Knoten sind in Ordnung, aber die Stange ist mit einer dünnen Säge angesägt worden.« Er tippte mit dem Finger an die Stelle.

»Und zwar hier, ganz nahe am Seil, wo man es nicht sehen kann.«

Wieder herrschte bedrücktes Schweigen, das schließlich von Leo gebrochen wurde. Seine Augen funkelten, und seine Stimme war rauh, als er fragte: »Wer war's? Ich nehme ein Messer und bringe ihn um.«

»Wir dürfen nicht so unbesonnen reden.« Mr. Kaysers Stimme klang entschlossen, aber nicht unfreundlich. »Aber Leo hat eine Frage gestellt, für die wir die Antwort finden müssen. Wer war es?«

Meine Hand fühlte sich eisig an, und Maria begann, sie sanft zu reiben. »Es sollte Chantal treffen.« Ihre Stimme zitterte. »Sie ist die einzige, die dieses Trapez benutzt.«

Mr. Kayser blickte auf den Tisch. »Ich will niemanden verdächtigen, aber ich muß euch die Frage stellen, ob ihr an jemand Bestimmten denkt . . . ich meine Strabo.«

Ich fuhr erschreckt hoch. »Strabo? Nein, Mr. Kayser. Auf keinen Fall.«

Ich schaute zuerst Leo, dann Maria an. Beide schüttelten den Kopf.

»Nein«, protestierte ich noch einmal, »wir haben uns zwar gestritten, aber ich bin sicher, daß Strabo niemals so etwas Schreckliches tun würde.«

Mr. Kayser seufzte erleichtert. »Der Ansicht bin ich auch. Strabo ist dumm und kann brutal werden, wenn er fürchtet, das Gesicht zu verlieren. Aber er ist nicht böse, und so etwas würde er bestimmt nicht tun.« Mit Abscheu zeigte er auf die gebrochene Stange. »Wir müssen überlegen, wer Gelegenheit hatte, mit einer Säge an die Stange zu kommen, und wann das möglich gewesen wäre.«

Mr. Galletti rieb sich die Augen. Er hatte noch nie so alt und müde ausgesehen. »Es muß bei Nacht geschehen sein.«

»Die Stange hat während der Probe heute nachmittag gehalten, wir können also nicht mit Bestimmtheit sagen, wie lange sie schon angesägt ist. Sicher nicht länger als zwei, drei Abende.«

»Diese Woche war Hans für die Geräte zuständig«, meinte Mr. Kayser, »aber ihn können wir nicht mehr fragen.« Hans war der junge Mann, der im betrunkenen Zustand in den Wassertrog gefallen war.

»Er wäre dazu imstande gewesen«, sprudelte Maria hervor. »Der wäre sogar zu einem Racheakt fähig. Die Zeltleute können es Ihnen bestätigen.«

Mr. Kayser sah mich mit hochgezogenen Augenbrauen an.

»Chantal? Hat Hans dich jemals gefragt, ob du mit ihm gehen willst?«

Im Zirkus war es durchaus üblich, daß ein junger Mann ein Mädchen fragte, ob es mit ihm gehen wolle, und wenn die Eltern keine Einwände erhoben, konnte sie selbst darüber entscheiden. Wenn sie nein sagte, wurde eben nichts daraus. Ein Mann, der eine Frau im Zirkus belästigte, mußte damit rechnen, daß er von den anderen zur Ordnung gerufen wurde.

»Er hat mich einmal gefragt, aber das war schon letztes Jahr, als wir im Winterquartier waren, und ich glaube nicht, daß er ernstlich damit gerechnet hatte, daß ich ja sagen würde. Alle jungen Männer wissen, daß ich kein Interesse daran habe. Ich kannte Hans nur wenig, und das wenige gefiel mir nicht, aber wir haben nie Streit miteinander gehabt.«

»Nur ein Verrückter bringt ohne Grund einen Menschen um«, sagte Mr. Galletti, »und verrückt war Hans nicht.«

Mr. Kayser nickte. »Wer war es dann?«

Mein Kopf war ganz leer, und am liebsten hätte ich ihn vor Müdigkeit auf Marias Schulter gelegt und geweint. Die Anspannung der Vorstellung hatte mich erschöpft, und das Bewußtsein, daß jemand mich so haßte, daß er mich umzubringen versuchte, brachte mich völlig außer Fassung. Ich hörte Leo sagen: »Martin ist heute verschwunden.«

Die Worte versetzten mir einen Schlag, und mir wurde übel. Das Sprechen kostete mich Überwindung, und ich stammelte: »Aber . . . aber Martin war mein Freund.«

»Ich habe ja auch nicht gesagt, daß er es war, Chantal, aber er war ein Fremder, und irgendwie geheimnisvoll.«

Leo zuckte die Achseln. »Ich weiß auch nicht. Mir fiel nur gerade ein, daß er heute verschwunden ist, mehr wollte ich damit nicht sagen.«

Wieder herrschte Schweigen. Mr. Kayser blickte uns der Reihe nach an. Dann seufzte er. »Ich weiß nicht, wie wir die Wahrheit finden können. Wenn wir Strabo ausschließen, können wir uns niemanden denken, der Chantals Feind wäre. Und keiner von uns glaubt, daß Strabo dazu fähig wäre.« Er schaute Mr. Galletti an. »Sie und die Kinder müssen sehr vorsichtig sein, alter Freund. Wenn der Mann noch immer unter uns ist, wird er es vielleicht noch einmal versuchen, aber vermutlich nicht auf die gleiche Weise. Und wenn . . .«, er zögerte, bevor er weitersprach, »wenn er tot ist, oder den Zirkus verlassen hat, dann werden wir ja in Zukunft unsere Ruhe haben, Gott sei Dank.« Er schaute mich an. »Glaubst du, daß du in nächster Zeit Angst hast, wenn du an den Geräten arbeiten mußt, Chantal?«

Ich überlegte einen Augenblick, denn dies war eine wichtige Frage. Wenn ich den Geräten mißtraute, war meine Nummer nicht mehr durchführbar, und ich würde dauernd Fehler machen. Schließlich erwiderte ich: »Nein, Mr. Kayser, ich habe keine Angst. Ich bin sicher, daß es nie wieder passiert.«

»Dennoch werde ich in Zukunft immer jemanden im Zelt Wache halten lassen.« Er beugte sich nach vorne, um mich genau anzusehen. »Bring sie ins Bett, Maria. Das arme Kind ist ganz erschöpft.«

Ich konnte kaum mehr ohne Hilfe zum Wagen gehen und erinnerte mich nur noch schwach daran, wie Maria mich auszog und ins Bett brachte. In dieser Nacht träumte ich furchtbare Dinge. Dabei ging es in diesen Träumen nicht darum, daß ich vom Trapez fiel, denn diese Furcht hatte ich überwunden, indem wir die Vorstellung fortgesetzt hatten. Mir träumte, daß ich hinter dem Vorhang zur Arena stand. Das große Zelt lag im Dunkeln, aber ich konnte sehen, wie jemand eilig an der weißen Strickleiter bis zur Plattform hinaufkletterte, wo die Zwillingstrapeze eingehängt waren. Es war nur ein dunkler Schatten ohne Gesicht. Ich mußte den Vorhang bewegt haben, denn ein schmaler Lichtstreif schien ins große Zelt zu fallen. Dann entdeckte ich, daß die Arena nicht mehr von der niedrigen Brüstung aus bunt bemalten, geschwungenen Holzteilen eingefaßt wurde, sondern von schwarzen, ineinander verflochteten Riesenschlangen, einer überdimensionalen Nachbildung des unheimlichen schwarzen Armbandes, das Strabo so in Schrecken versetzt hatte.

Ich versuchte zu schreien, aber mein Hals war wie zugeschnürt. Wie unter einem Zwang hob ich den Kopf und schaute wieder hinauf. Die schattenhafte Gestalt war auf der Plattform angelangt, und ich hörte das leise Quietschen der Säge im Holz. Der Kopf wandte sich um und wurde von einem schwachen Lichtstrahl erhellt. Mein Mund öffnete sich zu einem stummen Schrei, und ich erwachte, aufrecht im Bett sitzend. Mein Herz klopfte wie rasend, und ich war in Schweiß gebadet. Ich hielt die Hände vor den Mund gepreßt, um den Schrei zu unterdrücken. Der Kopf, den die Gestalt auf der Plattform gehabt hatte, war nicht der eines Menschen gewesen, sondern der eines Wolfes.

Es kostete mich große Anstrengung, während der nächsten Tage so zu tun, als sei nichts vorgefallen. Das Herz war mir schwer, und eine tiefe Traurigkeit hatte mich erfaßt. Daß ich dem Tode nur so knapp entronnen war, konnte nicht der einzige Grund dafür sein. Ich hatte keine Angst mehr, wenn ich auf dem Trapez war, und meine Darbietung war genauso gut wie früher. Doch konnte ich nicht vergessen, daß jemand versucht hatte, mich kaltblütig zu ermorden.

Meine Stimmung besserte sich erst, als wir Regensburg verließen und uns Ingolstadt näherten. Trotzdem hatte der Vorfall eine nachhaltige Veränderung in mir bewirkt. Zum ersten Mal seit vielen Jahren fühlte ich eine Art Entfremdung – ich spürte, daß ich doch nicht ganz zur Zirkusfamilie gehörte, in der ich lebte. Das war nicht ihre Schuld, es mußte an mir liegen. Vielleicht war es die Erkenntnis, daß jemand es fertig gebracht hatte, mein Trapez anzusägen, was mich und die Sicherheit meiner kleinen Welt zutiefst erschüttert hatte.

Auf der Reise nach Ingolstadt kam Strabo eines Abends in unseren Wagen. Es wurde schon dunkel, und ich saß auf den Stufen zum Eingang. Mr. Galletti und Maria waren beim alten Sven, um über ein Paar neue Stiefel zu sprechen, und Leo war wie üblich seine eigenen Wege gegangen.

Ich hatte den Grund für Strabos Besuch halb erraten. Mr. Kayser hatte uns zwar gesagt, daß wir nicht über den Zwischenfall am Trapez reden sollten, aber schon am nächsten Morgen wußte jeder im Zirkus, was geschehen war, vermutlich von den Leuten, die gesehen hatten, wie Mr. Galletti mit dem zerbrochenen Trapez in der Hand die Strickleiter herabgeklettert war.

Strabo trat finster blickend von einem Bein auf das andere und wußte offenbar nicht recht, wie er anfangen sollte.

Ich unterbrach das Schweigen: »Guten Abend, Mr. Strabo. Wollen Sie sich nicht setzen? Ich gehe Ihnen schnell einen Stuhl holen.«

»Nein, nein«, knurrte er und winkte ungeduldig ab. »Ich bin nur gekommen . . .«, er strich sich über den glattrasierten Schädel. »Jemand hat dein Trapez zum Brechen gebracht. Die Leute wissen, daß wir miteinander gestritten hatten. Vielleicht glauben sie, daß Strabo es getan hat. Ich bin gekommen, weil ich wissen will, ob du das glaubst.«

Ich schüttelte den Kopf. In seiner offensichtlichen Ratlosigkeit tat er mir aufrichtig leid. »Nein, Mr. Strabo. Ich habe das keinen Augenblick lang geglaubt, und auch niemand sonst von den Gallettis.«

Ganz erstaunt starrte er mich mit seinen kleinen Augen an. »Meinst du das ehrlich?«

»Ganz ehrlich. Wir haben Streit miteinander gehabt, und es tut mir leid, aber ich glaube nicht, daß irgend jemand im Zirkus Sie verdächtigen könnte, das Trapez angesägt zu haben. Ich werde mit Mr. Galletti reden. Er soll den Leuten sagen, daß wir überzeugt sind, daß Sie nichts damit zu tun hatten.«

Er stieß einen tiefen Seufzer der Erleichterung aus und rieb sich wieder den Kopf. »Du bist gar keine so garstige kleine Göre.«

»Ich bin froh, daß Sie mit mir darüber gesprochen haben.«

Er nickte und runzelte die Stirn. »Ist es wahr, daß die Stange angesägt war?«

»Ja, es stimmt, aber Mr. Kayser will nicht, daß man darüber spricht.«

Ratlos fragte er: »Wer tut denn sowas?«

»Ich weiß nicht, Mr. Strabo. Ich möchte die ganze Sache am liebsten vergessen.«

»Ja, aber wenn du den Kerl findest, mußt du es Strabo sagen.« Sein Blick verfinsterte sich. »Ich breche ihm das Genick.«

Bevor ich überlegen konnte, fuhr mir die Frage heraus:

»Mr. Strabo, was bedeutet das seltsame schwarze Armband, das Martin trug?«

»Nichts. Gar nichts«, murmelte er und warf mir einen mißtrauischen Blick zu.

»Bitte, Mr. Strabo.«

Eine Weile blickte er schweigend zu Boden, dann zuckte er die Achseln und deutete mit dem Kinn in die Richtung, aus der wir gekommen waren – nach Osten. »Es ist nur eine Erinnerung an früher – als ich ein kleiner Junge war. Wenn wir was Böses getan hatten, haben sie gesagt: Die Wölfe kommen dich holen!«

»Wölfe?« Ich versuchte gegen das Gefühl der Beklemmung anzukämpfen, das plötzlich in mir aufstieg. »Was hat denn das Armband mit den Wölfen zu tun?«

Er schüttelte den Kopf. »Keine Tiere. Es sind Menschen. In meinem Land, in Siebenbürgen, gibt es . . .«, er suchte nach Worten, » . . . geheime Männer, die zueinander gehören, wie Brüder, aber sie sind nicht verwandt. Das ist aber schon viele, viele Jahre her. Zwei- oder dreihundert Jahre, glaube ich.«

»Ein Geheimbund? Eine Bruderschaft?«

Er nickte. »Ja. Die Bruderschaft der Wölfe.«

»Und was tun sie, Mr. Strabo?«

Er blickte mit gerunzelter Stirn zu Boden. »Ich komme vom Land. Ich weiß von diesen Dingen nicht sehr viel. Ich glaube, früher gehörten sie zu den großen Magyarenfamilien, den wahren Ungarn. Sie kämpften heimlich gegen all die Fremden, die ins Land kamen. Gegen die Türken, die unser Land einhundertfünfzig Jahre besetzt hielten. Dann gegen die Habsburger aus Österreich.« Er blickte vorsichtig über die Schulter und dämpfte seine Stimme. »Aber das war früher. Jetzt sind sie anders, diese Männer von der Bruderschaft.«

Ich verspürte einen großen Drang, so viel wie möglich über das eigenartige schwarze Armband zu erfahren, das Martin getragen hatte. Dies war vermutlich die erste und einzige Gelegenheit dazu. Sobald Strabo aufhören würde zu sprechen, war ich sicher, daß ich ihn nie wieder dazu bewegen konnte, sich zu diesem Gegenstand zu äußern. Ich platzte heraus: »Inwiefern ist es denn jetzt anders?«

Er trat näher. »Jetzt geht es ihnen um Geld«, flüsterte er. »Geld, Land, Macht. In meinem Dorf war ein Bauer mit vierzig Morgen Land. Das Land grenzt an den Besitz des

Grafen an. Eines Tages wünscht der Graf, ihm sein Land abzukaufen. Aber Kuthen will nicht verkaufen.« Strabo streckte mir sein dickes Handgelenk entgegen und fuhr mit einem Finger darüber. »Später kommt ein Mann, der das Zeichen der Bruderschaft trägt. Die sieben schwarzen Streifen. Er lächelt viel und sagt Kuthen, es ist besser, er verkauft. Kuthen bleibt hart. Ist tapfer. Hetzt seinen Hund auf diesen lächelnden Mann.« Strabo hielt inne. Schweißperlen standen auf seiner Stirn. »Drei Tage später gehe ich durch den Wald und finde Kuthen. Ich bin ein kleiner Junge. Er ist an einen Baum gebunden. Tot. Sie haben etwas Entsetzliches mit ihm getan. Ich lief zu meinem Vater. Er sagte, ich darf nichts sagen. Ich habe nichts gesehen. Er hat große Angst, mein Vater. Das ganze Dorf hat große Angst.« Strabo schüttelte den Kopf und fuhr sich mit der Hand über die Lippen.

Ich fröstelte in der schwülen Abendluft. Strabos Erzählung erinnerte mich an etwas, das Mr. Galletti einmal erzählt hatte, als wir in Italien waren. Er hatte in der Zeitung von einem furchtbaren Mord gelesen, den Männer begangen hatten, die man *mafiosi* nannte. Sie gehörten einem Geheimbund in Sizilien an, und er hatte dann von der Camorra gesprochen, die geheime Macht in Neapel ausübte. Nach allem was ich von der Bruderschaft der Wölfe wußte, schien sie mir etwas Ähnliches zu sein.

Ich gab zu bedenken: »Aber Martin trug das Armband, und er ist Engländer. Er konnte doch nicht einem ungarischen Geheimbund angehören.«

Strabo zuckte die Achseln. »Wer weiß? Heute kommt man durch die Politik zu Geld und Macht. Die Geheimleute gebrauchen Angst und Tod. Messer, Halseisen, Bomben. Wer kann behaupten, daß sie nicht einen Ausländer für ein Verbrechen bezahlen?«

»Glauben Sie, daß Martin . . .?«

»*Nem!*« unterbrach er mich rasch. Und dann: »Nein! Ich denke gar nichts. Ich bin ein Dummkopf, daß ich den Mund so weit aufgerissen habe. Ich sage nur – einen Mann, der das Zeichen des Wolfs trägt, soll man sich nicht zum Feind machen.« Er klopfte mit einem seiner dicken Zeigefinger auf sein Handgelenk, und sein Gesicht hatte sich wieder verfinstert.

»Sie können ganz sicher sein, daß ich nichts von dem, was Sie mir eben erzählt haben, weitersage, Mr. Strabo, das verspreche ich Ihnen.«

»Gut.« Erleichterung breitete sich auf seinen Zügen aus. »Das ist besser.«

Einen Augenblick starrte er vor sich hin, dann schien er sich an den eigentlichen Grund seines Kommens zu erinnern und begann wieder, verlegen von einem Fuß auf den andern zu treten.

»Und Sie reden mit Mr. Galletti, damit die Leute wissen, daß es nicht Strabo war, der versucht hat, dich vom Trapez stürzen zu lassen?«

»Ja, bestimmt. *Jó éjszakát,* Mr. Strabo.«

Daß ich ihm in seiner eigenen Sprache gute Nacht wünschte, überraschte ihn offenbar. Er schien es aber auf jeden Fall als freundliche Geste zu empfinden. Seine Miene kam einem Lächeln näher, als ich es je gesehen hatte, und er antwortete: »*Jó éjszakát,* Chantal.«

Ich blieb mit einem Durcheinander von Gedanken zurück, die ich langsam in meinem Hirn drehte und wendete, ohne daß es mir gelang, Klarheit hineinzubringen.

Erinnerungen an Martin, an das schwarze Armband. Solanges unverständliche Prophezeihung und alles, was ich eben von Strabo erfahren hatte, waren auf undurchschaubare Weise miteinander verknüpft. Strabo hatte gesagt, daß das Armband das Zeichen des Wolfes war, und Solange hatte mich gewarnt, ich müsse auf der Hut sein, wenn der schlafende Wolf erwache. War es also Martin? Und wenn er es war – wie kam es, daß trotz seines verlorenen Gedächtnisses ein Instinkt in ihm wach wurde, der ihm befahl, sich verborgen zu halten? Messer, Halseisen ... *Bomben?* Ein Mann namens von Dreyer war nur wenige Tage, bevor ich Martin gefunden hatte, durch eine Bombe ums Leben gekommen. *Der Ring ist im Dunkeln ...* sollte das der Zirkus bei Nacht sein, als jemand, der mir den Tod wünschte, zum Trapez hinaufgeklettert war? Oder war der schwarze Kreis des Armbandes damit gemeint? Plötzlich ärgerte ich mich über mich selbst, weil ich diese dummen Gedanken im Kopf wälzte. Solange mochte vielleicht die Gabe haben, aber sie war eine Zirkuswahrsagerin, und vieles von dem, was sie erzählte, war so unklar, daß man es mit tausend verschiedenen Deutungen füllen konnte.

Nur ein Punkt schien tatsächlich der Wirklichkeit zu entsprechen, und das war die Beschreibung des schwarzen Armbandes ... »die nachtschwarzen Schlangen. Dort sind sieben eins und eins ist sieben.« Aber sie hatte Martin gesehen, als ich auf dem Weg zum Eßzelt mit ihm an ihrem Wagen vorbeigegangen war. Ihre Augen waren scharf und erfaßten jede Einzelheit. Vielleicht hatte sie ganz unbewußt das Lederband an Martins Handgelenk wahrgenommen, und später war das Bild in ihrem Gedächtnis aufgetaucht. Wenn ich es mir richtig überlegte, hatte, abgesehen von der Warnung vor dem schlafenden Wolf, in ihren Worten überhaupt keine Vorhersage gelegen, außer ...

Mein Herz begann wie wild zu schlagen, und ich hielt den Atem an. *»Bevor noch der Pflug zwei Furchen gezogen hat, ist einer tot, der andere flieht, und einer fällt.«*

Solange studierte die Sterne, um Horoskope zusammenzustellen. Vielleicht bedeuteten die zwei Furchen des

Pfluges so viel wie das zweimalige Erscheinen eines Sternbildes, das man den Pflug nannte. Zwei Nächte. Und in diesem Zeitraum war Hans gestorben, Martin geflohen und ich vom Trapez gefallen.

Mr. Galletti kam zum Wagen geschlendert, und ein Gefühl der Erleichterung überkam mich. Ich mußte ihm von Strabos Besuch erzählen, und das würde meine Gedanken von dem törichten Versuch ablenken, einen Zusammenhang zwischen ganz zufälligen Ereignissen und Solanges Vorhersagen herzustellen. Ich machte mir schon seit zwei Tagen Sorgen um Mr. Galletti. Irgend etwas schien ihn zu beschäftigen, und er lief herum, als drücke ihn eine schwere Bürde nieder, die er zu verheimlichen suchte.

Er hörte mir schweigend zu, als ich ihm von Strabo erzählte. Dann nickte er müde. »Ja, ich werde sagen, daß wir ihn für unschuldig halten.«

»Ist etwas nicht in Ordnung, Mr. Galletti? Sie scheinen irgendwie besorgt.«

»Oh . . .«, er machte eine wegwerfende Handbewegung und schaute auf seine Pfeife. »Manchmal scheint die Welt einfach nicht mehr im Lot zu sein.« Er zuckte die Schultern, lächelte wehmütig und hielt mir die Pfeife entgegen. »Und dieser Tabak zieht auch nicht.«

»Sie stopfen die Pfeife auch nie richtig, Mr. Galletti.« Ich nahm die Pfeife und sein Taschenmesser, kratzte den Tabak heraus und stopfte den Pfeifenkopf neu, wie ich es schon oft für ihn getan hatte.

»So. Jetzt versuchen Sie es noch einmal.«

Er lächelte wieder, und dieses Mal schien es mir nicht so gezwungen. »Wo du das bloß gelernt hast.«

»Das ist schon lange her.« Ich setzte mich auf einen Bettkasten ihm gegenüber. »Es war einmal ein alter Mann, der sich um einen großen Garten kümmerte, und er war mein bester Freund. Oder besser gesagt, er war mein einziger Freund. Ich habe ihm oft zugeschaut, wie er seine Pfeife stopfte. Er hatte die Angewohnheit, jede einzelne Tabakfaser so hineinzustopfen. Und als er krank war, in dem Winter bevor ich . . . bevor ich dann zu Ihnen kam, da habe ich immer die Pfeife für ihn gestopft.«

Er saß mit geschlossenen Augen da und sog langsam an seiner Pfeife. Nach einer Weile fragte ich: »Darf ich in unser Zimmer gehen und an meinen Büchern arbeiten, Mr. Galletti?«

»Natürlich, Kind, aber natürlich.« Er öffnete die Augen. »Kommst du denn vorwärts?«

»Ich glaube schon, aber ich habe noch so viel zu lernen. Na ja, ich habe ja mindestens noch zwei Jahre Zeit, bevor ich mich um einen Platz an einer medizinischen Fakultät bewerben muß.«

»Ja.«

Seine Stimme hatte eigenartig traurig geklungen, und ich sollte schon bald erfahren, daß ich selbst die Ursache dieses Kummers war. Jedoch, bevor ich dies herausfinden konnte, sollte das Schicksal noch einmal eine neue, verblüffende Wendung nehmen, die er selbst sich nicht hätte träumen lassen.

Wir schlugen unsere Zelte außerhalb von Ingolstadt auf. Am Tage nach unserer zweiten Vorstellung, als ich gerade half, eines der Pferde von Mr. Albertini zu trainieren, kam Maria quer über das Feld auf mich zugerannt und rief schon von weitem: »Chantal! Chantal! Es ist Besuch für dich da, ein Engländer mit einer Dame! Er sieht unglaublich gut aus, Chantal, und sie ist nicht seine Frau, sondern seine Schwester, und beide sind sehr elegant – und sie sind bestimmt *furchtbar* reich!« Sie hielt inne, um Luft zu schöpfen, und blickte mich aufgeregt an.

»Und du glaubst bestimmt wieder, daß er mich im Zirkus gesehen hat und unsterblich in mich verliebt ist? Es ist doch nicht zufällig Martin, oder?« Ich lachte zwar, aber innerlich war ich beklommen.

»Nein, es ist ein anderer Engländer, und er hat dich bei der Vorstellung gestern abend gesehen, und er glaubt, daß du jemand bist, den er *sucht!* Jetzt spricht er gerade mit Großvater, und sie warten auf dich. Wer kann das denn sein, Chantal? Er sagt, daß du ihn nicht kennst.«

»Dann kann ich mir auch nicht denken, wer es sein kann«, erwiderte ich kurz angebunden, und das Gefühl der Beklemmung wurde plötzlich übermächtig. »Es tut mir leid, *piccina*, ich wollte nicht unfreundlich sein.« Ich nahm ihre Hand. »Also, komm mit, wir wollen uns die beiden einmal ansehen.«

5

MARIA NAHM MEINE ausgestreckte Hand und sprang mit der Leichtigkeit einer Feder in den Sattel, und das Pferd setzte sich in Trab. Als wir die Ställe erreicht hatten, saßen wir ab, und ein Stallknecht übernahm das Pferd. Meine Vorahnung mußte sich auf Maria übertragen haben, denn sie ging schweigend neben mir her, als wir auf den Wagen zuschritten. Nur einmal sagte sie ängstlich: »Du glaubst doch nicht etwa, daß sie dich mitnehmen wollen?«

Ich zuckte die Achseln. »Wer sie auch sein mögen, sie können mich nicht dazu bringen, mit ihnen zu gehen.« Aber mir war ganz flau im Magen, als ich die Stufen hinaufging und in das kleine Wohnzimmer unseres Wagens trat. Mr. Galletti saß auf dem langen Bettkasten. Die beiden Besucher hatten die Ehrenplätze auf den beiden Faltstühlen inne, die gegen die Trennwand gelehnt waren. Erleichtert stellte ich fest, daß mir ihre Gesichter nicht bekannt vorkamen.

Die Frau mußte etwa Mitte Zwanzig sein. Sie war sehr schön und hatte ihr dunkles Haar streng nach hinten gekämmt. Sie trug ein wadenlanges Kostüm aus feinem dunkelblauem Tweed, dazu einen hübschen runden Hut, der mit winzigen Stoffblumen garniert war. Ihre behandschuhte Rechte war auf einen Sonnenschirm gestützt.

Der Mann war bei meinem Eintreten aufgestanden. Er mochte vier oder fünf Jahre älter sein als seine Schwester und war auch dunkelhaarig. Während jedoch ihr Gesicht oval und lieblich war, wirkte seins schmal und habichtartig. Es hätte mir Angst eingejagt, wenn er nicht ein warmes Lächeln gehabt hätte und die fröhlichsten Augen, die ich je gesehen hatte. Er trug einen Maßanzug aus feinem grauem Kammgarn, eine bunte Weste und hatte einen kurzen, dicken Stock in der Hand.

Die Zeiten, in denen ich Kleider von ebenso guter Qualität getragen hatte wie die junge Frau, lagen schon lange zurück, und ich hatte seitdem auch keine Anzüge mehr gesehen wie den, den der Mann trug. Ich hätte mir in meinem alten Rock und dem ärmlichen Pullover schäbig vorkommen können, aber ich tat es nicht und war froh darüber.

Der Mann begrüßte mich: »Guten Tag. Mein Name ist Gideon Sumner, und das ist meine Schwester Belinda.«

Ich verbeugte mich flüchtig vor der Dame und erwiderte: »Guten Tag. Bitte nehmen Sie doch Platz, Mr. Sumner.«

»Danke.«

Ich ging hinüber zum anderen Bettkasten, gefolgt von Maria. Mr. Galletti sah mich an: »Falls es sich hier um eine Privatangelegenheit handelt, Chantal, ist es dir vielleicht lieber, wenn wir dich mit den beiden Herrschaften allein lassen?«

Ich kannte ihn gut genug, um zu merken, daß sich unter seiner äußerlichen Gelassenheit große Unruhe verbarg. Ich lächelte und entgegnete rasch: »Nein, bitte, bleiben Sie, Mr. Galletti. Es kann sich um keine Privatangelegenheit handeln.«

Belinda Sumner schaltete sich ein: »Vielleicht doch. Wenn Sie nämlich die Person sind, für die wir Sie halten, meine Liebe.« Sie hatte eine leise, ziemlich dunkle Stimme und freundliche Augen.

Mein Magen krampfte sich bei ihren Worten zusammen, und ich schüttelte nachdrücklich den Kopf: »Ich möchte, daß Mr. Galletti und Maria bleiben.«

Gideon Sumner nahm etwas aus seiner Tasche. Es war eine längliche weiße Karte, die er eingehend betrachtete. Dann schaute er mich prüfend an. Erst da sah ich, daß er eine Fotografie in der Hand hielt. Er beugte sich vor und reichte sie mir mit einem entschuldigenden Lächeln: »Es ist Ihnen nicht mehr besonders ähnlich, aber die Züge sind doch recht klar erkennbar.«

Und ich sah mich selbst, so wie ich vor sechs Jahren gewesen war, und erinnerte mich sogar daran, wie die Fotografie aufgenommen worden war. Mr. Taylor, der Pfarrer, hatte uns besucht und mit meiner Gouvernante Tee getrunken. Ich konnte mich an meine damalige Gouvernante nicht mehr genau erinnern, denn es hatten sich mehrere nacheinander abgelöst. Fast niemand kam mit einem verwöhnten Geschöpf wie mir aus, bei dem man immer darauf gefaßt sein mußte, daß es im nächsten Augenblick ein Tintenfaß durchs Zimmer warf, wenn es gerade einen Wutanfall hatte. Der Pfarrer hatte an diesem Tag seine neue Kamera mitgebracht, und wir waren in den Garten gegangen, um uns von ihm fotografieren zu lassen. Ich konnte mich genau an das Kleid erinnern, das ich trug. Es war aus blaßgelber Seide mit einem gefältelten Oberteil gewesen. Ich stand neben einer Eiche, stützte mich mit einer Hand gegen den Stamm und sah sehr trotzig aus. Die Fotografie ließ nicht erkennen, daß ich käsig und pickelig war, aber man sah ganz deutlich, daß ich dick und wenig ansehnlich war. Maria, die neben mir saß, studierte die Aufnahme eingehend und flüsterte ganz erstaunt:

»Aber Chantal, da siehst du genauso aus wie damals, als du zu uns kamst. Ich hatte es ganz vergessen.«

»Bitte misch dich nicht ein, Maria«, ließ sich Mr. Gallettis Stimme hören.

Ich gab das Foto zurück und fragte: »Was wollen Sie, Mr. Sumner?«

»Ich möchte gerne bestätigt wissen, daß Sie dasselbe Mädchen sind wie das auf der Fotografie«, erwiderte er höflich.

»Ich bin ein anderes Mädchen.«

In seinen Augen blitzte es belustigt auf, und er tauschte einen raschen Blick mit seiner Schwester. Sie schienen zu erkennen, daß man ihnen ihre Aufgabe nicht leicht machen würde, und seltsamerweise schienen sie das sogar zu schätzen.

»Gewiß«, pflichtete er in liebenswürdigem Ton bei. »Es ist mir durchaus klar, daß Sie in gewissem Sinne jetzt ein anderes Mädchen sind. Lassen Sie mich also die Frage anders stellen: Ihr wirklicher Name ist doch Roberta Armitage, nicht wahr?«

»Nein.«

Er blickte zu Mr. Galletti, der ganz ruhig sagte: »Ich kann Ihnen keine Auskünfte geben, denn ich weiß nichts. Ich kann Ihnen nur sagen, daß Chantal nicht lügt.«

Gideon Sumner wandte sich wieder zu mir. »Wollen Sie mir bitte ihren Namen sagen?«

»Ich heiße Chantal.«

Er lächelte: »Aber das ist doch wohl ein Künstlername?«

»Jeder nennt mich Chantal.«

»Ich verstehe. Und Sie wollen also sagen, daß Ihr richtiger Name nicht Roberta Armitage ist?«

Wir kämpften um Worte, und ich wußte, daß ich nicht gewinnen konnte, aber ich war wild entschlossen, nicht aufzugeben.

»Es ist nicht mein richtiger Name.«

Einen Augenblick schien er verblüfft und ratlos. »Wie ist denn Ihr richtiger Name?« fragte er schließlich.

»Ich habe keinen richtigen Namen, Mr. Sumner.«

»Ach so!« Wieder blitzten die dunklen Augen über der Habichtsnase verständnisvoll auf. »Sollte ich lieber sagen, daß Sie dreizehn Jahre lang *glaubten*, Roberta Armitage zu sein?«

Belinda Sumner lachte vergnügt auf. »Sehr gut, Chantal! Ich habe nur selten Gelegenheit, meinen überheblichen Bruder außer Fassung zu sehen – und eben haben Sie es geschafft!«

Ihr Bruder legte eine Hand auf ihren Arm: »Sei nicht unfair, Belinda!« Aber seine Augen, die auf mir ruhten, warteten noch immer auf Antwort. Das Schweigen wurde drückend, und schließlich lenkte ich ein:

»Mr. Sumner – gesetzt den Fall, ich wäre das Mädchen, das Sie suchen –, was hätten Sie mir zu sagen?«

Sein Gesicht wurde sehr ernst. »Wenn Sie das Mädchen sind, das sich einmal für Roberta Armitage hielt, die einzige Tochter von Charles Armitage aus Farleigh Hall in der Grafschaft Surrey, dann hätte ich Ihnen eine Menge zu sagen.«

»Vielleicht würde das Mädchen gar nichts davon wissen wollen, Mr. Sumner!«

»Vielleicht, aber möglicherweise könnte ich es über einen Irrtum aufklären, in dem es in den letzten Jahren gelebt hat. Ich glaube, die Wahrheit würde es schon interessieren.«

»Einen Irrtum?«

»Ja. Er betraf Sie und Ihre Eltern. Es ist übrigens eine ganz erstaunliche Geschichte. Vielleicht ist es von Nutzen, wenn ich Ihnen erst einmal erzähle, was ich über das Mädchen auf der Fotografie weiß, dann können Sie entscheiden, ob Sie dieses Mädchen sind oder nicht.«

Ich nickte. Mein Hals war ganz trocken, so daß ich mich räuspern mußte: »Ja, das wäre sicher ganz gut.«

»Also . . . fangen wir einmal nicht ganz am Anfang an. Roberta Armitage kam nach Farleigh Hall, als sie erst wenige Tage alt war. Ihre Eltern waren Charles Armitage, ein reicher Grundbesitzer, der besonders gerne auf Reisen ging, und dessen junge Frau Lucille, die tragischerweise bei der Geburt der Tochter ums Leben kam. Es scheint, daß Roberta ziemlich einsam aufwuchs. Sie verfügte zwar über alles, was sie sich wünschen konnte, und hatte auch zahlreiche Bedienstete zu ihrer Verfügung, aber die Liebe und Zuneigung einer Familie mußte sie gänzlich missen. Charles Armitage war die meiste Zeit auf Reisen, und wenn er einmal zu Hause war, kümmerte er sich nur wenig um seine Tochter. Es wird behauptet, er habe ihr nie vergeben können, daß sie den Tod ihrer Mutter verursacht hatte.«

Gideon Sumner machte eine unbestimmte Geste. »Sie werden gewiß verstehen, daß ich viel Zeit darauf verwendet habe, Erkundigungen von den Leuten einzuholen, die Charles Armitage und seine Tochter gekannt oder im Hause gearbeitet haben?«

Als ich schwieg, fuhr er fort: »Das Kindermädchen, dem Robertas Erziehung in den ersten Jahren anvertraut war, war für diese Aufgabe in jeder Hinsicht absolut ungeeignet. Das Kind wuchs einsam heran und wurde verwöhnt und aufsässig. Sie hatte keine Freunde, und niemand mochte sie.«

»Aber es gab doch Adam«, flüsterte ich, ohne zu bedenken, daß ich damit etwas zugab.

Aber Gideon Sumner ging nicht darauf ein. Er nickte nur zustimmend. »Ja. Der alte Mann, der sich um die Gärten kümmerte, scheint ihr einziger Freund gewesen zu sein, und der einzige Mensch, dem sie Zuneigung entgegenbrachte.«

Belinda Sumner fiel ihm ins Wort: »Lieber Gideon, ist es denn wirklich nötig, ein derart unerfreuliches Bild zu zeichnen?«

»Ich bitte um Vergebung.« Er lächelte mich entschuldigend an. »Ich fühle mich verpflichtet, ein genaues Bild zu zeichnen, denn erst so wird verständlich, wie es weiterging, als Roberta dreizehn war, und ihr Vater in Indien an Malaria starb.«

Jetzt waren die Schranken gefallen, und die Tore, hinter denen ich die Erinnerungen an die Vergangenheit verschlossen hatte, waren gesprengt. Ich saß da und blickte in mein Inneres und rief mir den Tag ins Gedächtnis zurück, an dem Miß Lipton in die Stallungen gekommen war, um mir zu sagen, daß mein Vater gestorben sei, und ich erinnerte mich an die Gewissensbisse und die Scham, die ich empfand, als ich erkannte, daß mich der Tod des alten Adam vor sechs Monaten mehr bewegt hatte als der meines eigenen Vaters.

Gideon Sumner fuhr fort: »Vielleicht war sich Charles Armitage bewußt gewesen, wie sehr er sein einziges Kind vernachlässigt hatte, denn zumindest versäumte er es nicht, das Mädchen in seinem Testament großzügig auszustatten. Er hinterließ ihm sein gesamtes Vermögen in einem Fonds, der von einer Bank treuhänderisch verwaltet wurde. Er hatte noch andere Verwandte, einen Bruder und zwei Schwestern, aber Roberta hatte sie selten gesehen. Der Bruder diente als Offizier bei der Armee in Ägypten, eine Schwester hatte geheiratet und war nach Südafrika ausgewandert, und die andere war mit einem Mann verheiratet, der als Diplomat in Kenia tätig war.«

Gideon Sumner griff in die Innentasche seines Jacketts und zog einen steifen, braunen Umschlag heraus. »Einige Wochen später, während das Testament noch überprüft wurde, kam ein Brief für Charles Armitage, der ungeöffnet an den Anwalt weitergeleitet wurde, der mit der Abwicklung seiner Angelegenheiten betraut war. Der Absender war ein Anwalt aus Canterbury. Der Brief enthielt ein Dokument, das von einer Frau namens Daisy Minchin geschrieben war und die Anweisung trug, daß man es im Falle ihres Todes, der vor kurzem eingetreten war, an Charles Armitage übersenden solle.«

Ich starrte wie hypnotisiert auf den Umschlag in seiner Hand und fühlte, daß sich jeder Nerv in mir so spannte, daß ich es wie einen körperlichen Schmerz empfand. Der Umschlag war lang und prall gefüllt, groß genug, um fünf dicke, eng beschriebene Blätter zu umschließen, die ich einmal in der Hand gehalten hatte und die mein ganzes Leben zerstört hatten – wenigstens hatte ich das damals gedacht. Daß dieses Leben kaum wert gewesen war, gelebt zu werden, hatte ich erst später erkannt.

Ich fühlte ganz deutlich, daß meine Nerven reißen würden, sobald Gideon Sumner diese Blätter aus dem Umschlag zog. In dem kleinen Raum schien es plötzlich unerträglich heiß, und ich rang nach Luft. Gideon Sumners Stimme unterbrach das Schweigen: »Vielleicht sollte ich jetzt einen Augenblick auf den eigentlichen Anfang der Geschichte zurückkommen, zu der Zeit, als Roberta Armitage geboren wurde. Charles und Lucille Armitage kehrten gerade von einer langen Auslandsreise zurück. Sie waren in Folkestone an Land gegangen und fuhren mit dem Nachtzug nach Hause. Kurz nachdem sie Folkestone verlassen hatten, setzten bei Mrs. Armitage die Wehen ein. Das Baby kam früher als erwartet.«

Er zögerte und blickte zu Mr. Galletti. »Ihre Tochter ist noch sehr jung, – vielleicht halten Sie es für unpassend, dieses Thema in ihrer Gegenwart zu besprechen?«

»Maria lebt im Zirkus«, sagte Mr. Galletti einfach. »Wir halten hier die Geburt eines Kindes nicht für etwas Unpassendes.« Er blickte mich an. »Aber wenn es Chantal lieber ist, werde ich mich jetzt mit meiner Tochter zurückziehen.«

»Nein«, ich brachte nur mit Mühe einen Ton heraus. »Sie sollen alles mit anhören, Mr. Galletti. Sie haben nie Fragen gestellt, aber jetzt will ich, daß Sie die Wahrheit erfahren.«

»Wie du willst, mein Kind.«

Er blickte zu Gideon Sumner, der fortfuhr: »Ich will die Sache zusammenfassen: Charles Armitage ließ den Zug an einem kleinen Bahnhof in Kent anhalten. Es war schon lange nach Mitternacht. Man trieb einen Wagen auf, der seine Frau ins Krankenhaus bringen sollte, aber es war keine Zeit mehr, das Reiseziel zu erreichen. Sie hielten unterwegs an einem kleinen Bauernhof an, und in der Bauernstube erblickte mit der Hilfe eines Dorfarztes, der in aller Eile herbeigerufen worden war, die Tochter von Charles und Lucille Armitage das Licht der Welt.«

Im Wagen herrschte Totenstille. Selbst die Zirkusgeräusche, die von außen zu uns drangen, schienen verstummt zu sein, und es war, als ob es außer unserer kleinen Gruppe niemanden auf der Welt gäbe. Belinda Sumner hatte den Kopf gesenkt, und ihr Gesicht war nun sehr ernst. Mr. Galletti hatte seine Augen geschlossen, wie um alles, was er gerade gehört hatte, deutlicher zu sehen. Ich hielt Marias Arm fest umklammert.

Gideon Sumners Stimme unterbrach die Stille: »Mrs. Armitage ging es sehr schlecht. Sie konnte nicht weggebracht werden und war auch nicht in der Lage, das Kind zu stillen. Man brauchte also eine Amme, und der glückliche Zufall wollte es, daß ausgerechnet zur selben Zeit, auf dem gleichen Bauernhof, im Nachbarzimmer eine junge Frau namens Elizabeth Martin lag, die nur einen Tag zuvor eine Tochter geboren hatte.« Er hielt inne, schaute mir fest in die Augen. »Eines der beiden Babys waren Sie, Chantal.«

Er war sich seiner Sache jetzt ganz sicher, und ich nickte zögernd. Es hatte keinen Sinn, sich weiterhin zu wehren. Er neigte den Kopf:

»Danke. Ich glaube, die Fortsetzung der Geschichte ergibt sich am besten aus diesem Brief.« Er zog die zusammengefalteten Blätter aus dem Umschlag. Ich erhob mich und stieß atemlos hervor:

»Bitte – ich kenne den Brief.«

Er blickte rasch auf: »Mein Gott, Sie sind ja kreidebleich! Soll ich diese Seiten lieber nicht vorlesen?«

»Ja, ich meine . . . nein, . . . ich will, daß Mr. Galletti erfährt, was darin steht, aber ich . . . ich muß einen Augenblick Luft schöpfen, kann ich mal kurz rausgehen?« Ich rieb mir mit der Handfläche über die Brust und rang keuchend nach Atem. Gideon Sumner, seine Schwester und Mr. Galletti erhoben sich, um mir zu Hilfe zu eilen, aber ich flüsterte: »Nein, . . . bitte . . . nein. Mir ist gleich wieder besser, Sie müssen mich nur für einen Moment entschuldigen.«

»Natürlich«, erwiderte Gideon freundlich. »Aber, Chantal . . .«, er hob die zusammengefalteten Blätter,

»denken Sie daran, daß hier die Geschichte steht, wie Sie sie kennen.

Meine Schwester und ich sind ja gekommen, um Ihnen mehr zu sagen, und das, was wir zu erzählen haben, ist sehr viel erfreulicher.«

Ich nahm seine Worte kaum zur Kenntnis, sondern murmelte nur ein »Ja«, bevor ich mich umwandte, die Stufen hinabrannte und nach Luft schnappte. In dem engen Raum, in dem mir die Atmosphäre immer drückender erschienen war, hatte ich aus irgendeinem Grunde gedacht, daß es draußen dunkel sein müsse, und nun war ich völlig verblüfft, als ich entdeckte, daß die Nachmittagssonne noch immer am Himmel stand. Maria war bei mir. Während ich nach Luft rang, hatte sie ihre Hände auf meine Rippen gelegt und hob und senkte sie regelmäßig, genau wie wir es beim Training taten, wenn einer von uns gestürzt war und sich verspannt hatte.

»Es ist schon wieder gut«, keuchte ich, als der Druck in meiner Brust sich langsam zu lösen begann. »Ich will nur ein Stück laufen. Geh wieder zu den andern hinein, *carissima.*«

»Nein«, gab sie heftig zur Antwort. »Es ist mir ganz gleichgültig, wer du gewesen bist oder was sie sonst noch erzählen. Ich verstehe es sowieso nicht. Du bist unsere Chantal, das genügt. Wieso müssen sie hierherkommen und dich so aufregen? Ich finde sie abscheulich!«

»Ich weiß auch nicht, warum sie gekommen sind. Bitte, sprich jetzt eine Weile nicht mit mir, ich will nur laufen und versuchen nachzudenken, Kleines!«

»Ich bin ganz still.«

Ich wandte mich langsam von dem Wagen ab, und die Umgebung um mich herum schien zu versinken. Die Zeit drehte sich zurück, ich war wieder dreizehn und trug mein dunkles Kleid mit der schwarzen Jettbrosche und saß in dem muffigen Büro von Mr. Blythe in der Kanzlei von Carstairs, Blythe und Carstairs, Rechtsanwälte und Notare.

Mr. Blythe, eine dünne Gestalt mit einem länglichen Gesicht, saß hinter seinem Schreibtisch und blickte mich über den Rand seines Nasenzwickers an. Links hinter mir saß Miß Lipton, meine neueste Erzieherin, die Hände im Schoß gefaltet, und schaute mit geschürzten Lippen schweigend geradeaus, ohne zu zeigen, daß sie hörte, worum es ging.

Ein hochgewachsener Mann mit schütterem Haar und blassem Gesicht stand mit dem Rücken zum Kamin. Obwohl es draußen warm war, hatte er seinen Perfect, einen Übermantel mit seitlichen Falten, nicht abgelegt, sondern nur aufgeknöpft und hielt die Hände unter diesem Mantel auf dem Rücken verschränkt. Man hatte mir gesagt, daß dies Major Armitage sei, der sich auf Heimaturlaub aus Indien befand, um Familienangelegenheiten zu regeln, die sich aus dem Ableben seines Bruders ergeben hatten. Als einzigem Mitglied der ganzen Familie war es ihm möglich gewesen, dem Begräbnis von Charles Armitage beizuwohnen, der dort begraben worden war, wo er gestorben war, nämlich in Indien.

Mr. Blythe räusperte sich: »Sie meinen also, Major Armitage, daß wir die Erklärung von Mrs. Minchin jetzt Fräulein – ich meine, der jungen Dame zu lesen geben sollen?«

Der hochgewachsene Mann nickte und zupfte nervös an seinem Schnurrbart. »Gewiß«, dröhnte seine durchdringende Stimme. »Schätze keine mündlichen Befehle. Besser schriftlich festlegen und vorlesen. Dann können Fragen gestellt werden. Ist zweifellos am einfachsten so. Alles schriftlich. Keine Zeit mit Geschwätz verlieren.«

»Sehr wohl, Herr Major.« Mr. Blythe streckte seinen langen Arm über das Pult und reichte mir einige Blätter

Papier, die an einer Ecke zusammengeheftet waren. »Sie verstehen, Fräulein – äh, junges Fräulein, daß Sie natürlich als Minderjährige eigentlich nicht das Recht haben, diese Papiere zu lesen oder Fragen zu stellen. Major Armitage als Vertreter der Familie hat jedoch liebenswürdigerweise vorgeschlagen, daß man Ihnen dies im Hinblick auf die ungewöhnlichen Gegebenheiten dennoch gestattet, damit Sie – äh – Verständnis aufbringen für – äh – gewisse Tatsachen, die Ihre Zukunft in einschneidendem Maße beeinflussen werden.«

Langsam erhob er sich zu seiner vollen Größe und ging zum Kamin hinüber, wo er sich mit Major Armitage in eine Unterhaltung vertiefte. Ich starrte auf die Papiere in meiner Hand. Das erste Blatt trug das Datum vom 14. Dezember 1897. Es war ungelenk, aber offensichtlich mit großer Sorgfalt beschrieben worden, denn der Text war gut leserlich und enthielt nur wenige Fehler. Ich hatte den Eindruck, daß mehrere schwierige Wörter aus dem Lexikon stammten. Nachdem ich die erste Seite überflogen hatte, achtete ich nicht mehr auf das Gemurmel am Kamin und vertiefte mich ängstlich, aber ohne zu wissen, was auf mich zukam, in das Dokument.

Ich bin Daisy Minchin von der Five Elms Farm bei Barham in Kent. Ich habe zehn Jahre lang als Hausmädchen bei Mr. und Mrs. Leonard Martin in Chatham gearbeitet und kannte ihre Tochter Elizabeth schon als Kind. Dann habe ich geheiratet, und mein Mann wurde Pächter auf diesem Hof. Elizabeth kam zu uns, weil sie ein Kind erwartete und nicht wußte, wo sie sonst hingehen sollte. Ihrer Mutter und ihrem Vater durfte sie nie wieder unter die Augen kommen, nachdem sie mit John Kirkby davongelaufen war. Als sie zu uns kam, war sie zweiundzwanzig. Das war im Juli 1885. John Kirkby war bei der Marine irgendwo im Ausland, der Ort hieß Malta, oder so ähnlich. Aber er wollte aus der Marine austreten und einen andern Beruf lernen, damit er mit Elizabeth leben könnte, erzählte sie uns. Sie hatte ihm nicht gesagt, daß sie ein Kind bekam, weil er sich keine Sorgen machen sollte.

Es war ein Mädchen, und am Tag, nachdem es geboren war, wurden wir in der Nacht geweckt. Es waren Mr. und Mrs. Armitage. Er hieß Charles, und sie Luzille, so ähnlich klang es jedenfalls. Sie waren von Folkestone aus auf dem Weg nach Hause, und sie bekam ihr Kind, es war aber zu früh. Deshalb ließen sie den Zug in Barham halten und nahmen einen Wagen, wahrscheinlich um irgendwo ins Krankenhaus zu fahren. Aber es ging alles sehr schnell, deshalb klopften sie bei uns und baten um Hilfe. Wir gaben ihnen ein Zimmer, und gleich darauf bekam sie ihr Kind. Es war ihr erstes und war auch ein kleines Mädchen. Mrs. A. war nicht besonders kräftig und überstand die Geburt sehr schlecht. Wir holten den Doktor, und er sagte, daß sie liegen bleiben müsse, und er kam die ganze Zeit und tat, was er konnte, aber sie wurde immer schwächer. Er gab Elizabeth das Baby zum Stillen, bis Mr. A. eine Amme gefunden hätte, denn sie hatte genug Milch und gab ihm deshalb die Brust. Dr. Foreman sagte, daß ihr Mr. Armitage etwas dafür bezahlen würde, und das hat sie gefreut, weil sie kein Geld hatte, aber sie hätte es auch so getan. Dann kam für Elizabeth ein Brief mit einer ausländischen Briefmarke. Sie hatte John Kirkby geschrieben, daß sie jetzt bei uns wohnte, hatte aber nichts über das Baby gesagt. Der Brief war von einem Offizier, der ihr schrieb, daß er ihr leider sagen müsse, ihr John sei an irgendeinem Fieber gestorben, das man Malta-Fieber nenne. Elizabeth wurde ganz sonderbar und lief herum, als ob sie nicht mehr bei sich wäre, und sagte die ganze Zeit, was soll ich denn jetzt tun, und am gleichen Tag starb das Baby von Mrs. Armitage. Es hatte wahrscheinlich schon von Anfang an etwas gehabt, aber ich weiß nicht was. Es war furchtbar, weil alles zusammen passierte und Elizabeth so schrecklich verzweifelt war, weil der Vater von ih-

rem Kind tot war. Ich versuchte, sie zu trösten, und dann haben wir besprochen, was wir tun sollten, und dann erzählten wir Dr. Foreman, daß das andere Baby gestorben sei, also das Baby von Elizabeth. Er kannte sie sowieso nicht auseinander, weil er sie kaum gesehen hatte und doch die ganze Zeit so viel mit Mrs. A. beschäftigt war. Ich weiß, daß es schlecht war, und Gott möge uns vergeben, aber ich sagte, es ist viel besser als ein Heim. Ich bin als Kind in einem Heim gewesen, und das ist sehr schwer, und deshalb haben wir es so gemacht. Zwei Tage später starb Mrs. A. und Mr. A nahm die Leiche mit, damit er sie zu Hause begraben konnte, und ein Kindermädchen und eine Amme kamen, um das Baby zu holen, von dem er dachte, es sei seines.

Elizabeth hat furchtbar geweint. Als Mr. A. hier war, hat er kaum einmal geredet, und das Baby hat er kein einziges Mal angesehen, wahrscheinlich, weil er solchen Kummer mit seiner Frau gehabt hat. Als sie das Baby mitnahmen, bekam ich Angst, daß er es vielleicht nicht mögen würde, weil doch seine Frau deshalb gestorben war, aber da war es schon zu spät. Als es Elizabeth besser ging, ging sie fort, und wir haben sie nicht wieder gesehen. Sie schrieb aber zu Weihnachten fast immer einen Brief, und immer aus dem Ausland, aber nie vom gleichen Ort. Dann, letzte Weihnachten, hat sie nicht geschrieben, und später hat mein Mann in der Zeitung gelesen über dieses Schiff, das in einem Sturm unterging, ich glaube, es kam von Ägippten. Viele Leute sind ertrunken, und Elizabeth stand in der Zeitung – auf der Vermißtenliste.

Was ich hier geschrieben habe, ist alles zwölf Jahre her. Der Arzt sagt, daß ich es auf der Lunge habe und daß es schon wieder in Ordnung kommt, aber das glaube ich nicht, das sagt er nur so. Ich mache es nicht mehr lange, und deshalb schreibe ich jetzt alles nieder und gebe es meinem Mann, dann soll er damit zum Rechtsanwalt, und der soll es an Mr. A. schicken, wenn ich gestorben bin. Ich denke immer darüber nach, und ich kann bloß hoffen, daß ich nicht wieder etwas falsch mache, aber ich will doch nicht sterben, ohne daß ich die Wahrheit gesagt habe. Mr. Davis und Mr. Tucker sollen meine Unterschrift auf diesem Blatt bezeugen, damit alles seine Ordnung hat, aber den Brief zeige ich ihnen nicht. All das ist die Wahrheit und ich schwöre es bei Gott dem Allmächtigen. Amen.

Lange nachdem ich aufgehört hatte zu lesen, starrte ich immer noch blicklos auf die Blätter in meiner Hand. Meine Gedanken waren ein wildes Durcheinander, und durch das Chaos fühlte ich einen glühenden Schmerz, wie ich ihn nie zuvor empfunden hatte. Elizabeth Martin, meine Mutter, hatte ihr Neugeborenes für immer weggegeben. Mein Leben lang hatte ich mich an die Vorstellung geklammert, daß mir meine Mutter all die Liebe und Fürsorge geschenkt hätte, nach der ich mich verzehrte, wenn sie nur nicht gestorben wäre. Und nun wußte ich, daß die junge Frau, deren Bild im großen Salon in Farleigh Hall hing, gar nicht meine Mutter war – ebensowenig, wie Charles Armitage mein Vater war. Ich war das uneheliche Kind eines Mannes, mit dem meine richtige Mutter durchgebrannt war. Sie war nicht gestorben – sie hatte mich im Stich gelassen.

Mr. Blythe sah mich an: »Sind Sie fertig, Fräulein – äh, junges Fräulein?«

Mir wurde bewußt, daß er es vermied, mich mit meinem Namen anzureden, der ja nicht mehr meiner war. Ich war nicht das Kind von Charles und Lucille Armitage. Als ich den Kopf hob, konnte ich den Raum um mich her nur verschwommen wahrnehmen. Ich war unfähig zu sprechen und nickte nur. Eine dröhnende Stimme sagte irgend etwas wie: » . . . kleiner Schock« und dann »Becher Brandy in ein halbes Glas Wasser, Blythe.«

Man nahm mir die Papiere aus der Hand und hielt mir ein Glas an die Lippen. Ich trank ein wenig und schob das

Glas weg. Mit der größten Anstrengung, die ich jemals in meinem Leben gemacht hatte, versuchte ich, meine verstörten Gedanken zu sammeln. Ich konnte den Raum wieder deutlicher erkennen und sah, wie Mr. Blythe das Glas auf seinen Schreibtisch zurückstellte. Major Armitage, der immer noch am Kamin lehnte, dröhnte: »Schon besser, Kleine? Üble Angelegenheit, muß ich schon sagen. Leider nichts zu machen.« Er blickte zu Miß Lipton hinüber. »Hören Sie mal, junge Frau, habe Ihnen eine Frage zu stellen, und bitte kein schamhaftes Erröten. Weiß das Mädchen, was ein uneheliches Kind ist?«

Ich hörte, wie Miß Lipton einen entsetzten Aufschrei unterdrückte. Es dauerte mehrere Augenblicke, bis sie in der strengen, mißbilligenden Stimme, die ich so gut kannte, zu sprechen begann: »Ich fürchte sehr, daß sie derartige Dinge bereits versteht, Herr Major. Man hat Roberta entgegen jeder Vernunft gestattet, ohne Einschränkung die Bibliothek ihres Vaters zu benutzen und auch die Tageszeitung zu lesen, ohne daß man vorher gewisse Artikel herausgeschnitten hätte. Da ja auch die Dienerschaft nicht weiß, was sich gehört, hat sie bestimmt alles mögliche unanständige Geschwätz von den Hausmädchen aufgeschnappt. Meiner Ansicht nach ist ihre Kenntnis unerfreulicher weltlicher Themen viel zu ausgedehnt für ein Mädchen ihres Alters. Ich habe mein möglichstes getan, dies zu verhindern, aber sie ist ungewöhnlich halsstarrig.«

»Danke, Miß Lipton, darum brauchen dir uns ja nicht mehr zu kümmern«, unterbrach sie Major Armitage. Wieder wandte er sich an mich. »Du weißt also, daß du ein illegitimes, untergeschobenes Kind bist? Und weder die Tochter meines Bruders noch die seiner Frau?«

Die Worte trafen mich wie Peitschenhiebe, aber jetzt begann ein wilder Stolz in mir emporzukochen. Ich brachte es fertig, den Kopf zu heben und seinem Blick standzuhalten. »Jawohl. Ich verstehe.«

»Gut, sehr gut.« Er zupfte wieder an seinem Schnurrbart.

»Also, fahren Sie fort, Blythe.«

Mr. Blythe ließ sich wieder hinter seinem Schreibtisch nieder, indem er seine hagere Gestalt zusammenklappte. Dann nahm er seinen Nasenzwicker ab und wandte sich langsam zum Major.

»Ganz wie Sie wünschen, Herr Major, aber ich bitte um weitere Weisung.«

»Wie meinen Sie? Ich dachte, die Sachlage wäre eindeutig genug. Der arme Charles ist ohne leibliche Nachkommen verschieden. Dieses unglückliche Geschöpf hier ist nicht seine Tochter, sie ist nicht Roberta Armitage. Sie kann also das Erbe nicht antreten. Sie hat überhaupt keine Rechte geltend zu machen. Die Vermögensverwalter werden ja wohl nicht die falsche Person vertreten, nicht wahr?«

»Gewiß nicht, Major Armitage. Das wäre äußerst unüblich. Man kann zwar in Betracht ziehen, daß Ihr verstorbener Herr Bruder das Mädchen für seine Tochter *hielt*, jedoch glaube ich, daß dies nur wenig ins Gewicht fallen würde. Es bestünde auch die Möglichkeit, das Minchin-Dokument anzufechten.«

»Und wer sollte das tun? Das Mädchen hier? Verdammt kostspielige Angelegenheit – und wer würde sie vertreten?«

»Sie hat natürlich niemanden – ich erlaube mir nur, auf die verschiedenen Möglichkeiten hinzuweisen.«

»Und was käme Ihrer Meinung nach heraus, wenn das Dokument angefochten würde?«

Mr. Blythe klopfte mit seinem langen, knochigen Finger auf die Papiere und schüttelte den Kopf. »Ich bin sicher, daß eine Anfechtung erfolglos bliebe. Das Bekenntnis der Frau Minchin scheint mir stichhaltig.«

»Dann ist es jetzt genug mit der Haarspalterei. Erklären Sie dem Mädchen seine Lage.«

»Habe ich dabei davon auszugehen, daß die Familie Armitage keinen Anlaß sieht, sich irgendwie für sie verantwortlich zu fühlen? Ich will damit in keiner Weise andeuten, daß Sie das sollten, Herr Major, ich frage nur . . .«

Major Armitage starrte ihn verblüfft an. »Man muß wohl auf derartig dumme Fragen gefaßt sein, wenn man mit einem Rechtsanwalt zu tun hat. Man hat meinem Bruder dieses Mädchen dreizehn Jahre lang aufgehalst – warum, zum Teufel, sollte die Familie sie nun noch länger durchfüttern?«

Ich stand auf und hielt meinen Blick fest auf den Anwalt gerichtet, während ich zornig hervorstieß: »Ich will von niemandem durchgefüttert werden. Wollen Sie mir bitte meine Lage erklären?«

Ich hörte, wie Major Armitage schnaubte. »Hoch zu Roß die junge Dame«, dröhnte er pikiert. »Sie hatten recht, Miß Lipton. Sie ist ganz schön anmaßend. Dreizehnjähriges Mädchen? Nie etwas Derartiges gehört!«

Ich sah ihn nicht an. Mr. Blythe stützte die Ellbogen auf seinen Schreibtisch und verschränkte die Finger ineinander. »Ich muß Ihnen leider sagen«, begann er in mißbilligendem Ton, »daß Sie von jetzt an ohne – äh – Familie und auch ohne – äh – finanzielle Unterstützung sein werden, äh junges Fräulein. Das Vermögen von Charles Armitage wird zwischen seinem Bruder und den beiden Schwestern aufgeteilt, wie es in seinem Testament für den Fall vorgesehen war, daß Sie vor ihm sterben sollten. Major Armitage wäre völlig im Recht, wenn er Sie auf die Straße setzen würde, wie Sie hier stehen.

Jedoch . . .«, er warf einen Blick zur Seite, »jedoch glaube ich nicht, daß er die Dinge in dieser Weise überstürzen wird.«

»Gewiß nicht«, knurrte Major Armitage. »Als Offizier und Gentleman würde ich derartiges niemals tun. Kann mich eines gewissen Mitgefühls für das Mädchen überdies nicht erwehren, wenngleich sie verdammt unverschämt ist. Werde Ihnen was sagen, Blythe. Sie haben einen Monat Zeit, um so etwas wie ein Heim oder Waisenhaus ausfindig zu machen, wo man sie unterbringen kann. Spesen auf meine Rechnung. Bis dahin kann sie noch in Farleigh Hall bleiben. Anständiger kann ich wohl kaum sein.«

»Das ist wirklich eine sehr großzügige Regelung, Herr Major.« Mr. Blythe nickte unterwürfig.

»Man muß da schon anständig sein. Kann schließlich nichts dafür, nehme ich an. Und Sie kündigen das Personal zum nächsten Ersten, wie ich Ihnen schon gesagt habe.«

»Gewiß, Herr Major.«

»Nun, das wäre dann wohl alles.« Er löste sich vom Kamin, um seinen Hut und die Handschuhe zu ergreifen, die er auf dem Garderobenständer in der Ecke abgelegt hatte. »Recht eigenartig alles, nicht? Armer alter Charles. Erinnere mich, wie er mal sagte, daß er sich nie erklären könne, wie das Mädchen zu den roten Haaren kommt. Dachte, es müsse von irgendeiner Urgroßmutter herkommen. Jetzt haben wir's ja. Hinterlassen Sie Nachricht für mich im Club. Danke, danke, finde schon selbst hinaus.«

Ich hielt die Augen noch immer fest auf Mr. Blythe geheftet, als ich die Tür ins Schloß fallen hörte.

Ganz in der Nähe war das Brummen einer Zugmaschine zu hören. Das Geräusch brachte mich in die Gegenwart zurück. Ich lief langsam über das weiche Gras, auf dem die

Pferde weideten. Neben mir ging Maria, die immer noch meine Hand festhielt. Ich blieb blinzelnd stehen und schaute mich verwundert um. »Wie lange laufe ich schon herum?«

»Du bist nur zweimal um das Feld herumgegangen. Aber ich bin froh, daß ich bei dir war, sonst wärest du bestimmt im Graben gelandet.«

»Es tut mir leid, *piccina.* Ich war weit, weit weg, und viele Jahre zurück.«

»Ja. Aber jetzt siehst du wieder besser aus.«

»Ich fühle mich auch wieder besser.« Das stimmte. Es schien, als ob das Nachvollziehen dieser Szene die unerträgliche Spannung gelöst hatte. Es war in gewisser Weise vergleichbar mit der Wirkung, die die Fortsetzung der Vorstellung gehabt hatte, als ich damals vom Trapez gestürzt war. Ich tat einen tiefen Atemzug und lächelte Maria an: »Dann laß uns jetzt am besten wieder zurückgehen.«

Mr. Galletti stand vor dem Wagen und wartete auf uns. Er schaute mich zunächst besorgt, dann aber offensichtlich erleichtert an.

»Hast du dich wieder etwas beruhigt, Chantal?«

»Ja, Mr. Galletti. Haben Sie den Brief inzwischen gelesen?«

»Ja.«

»Ich habe Ihnen die Wahrheit erzählt, als ich damals sagte, daß es niemandem etwas ausmache, wenn ich mit Ihnen ginge.«

»Sicher. Ich habe auch nie daran gezweifelt. Es hat mir nie besonders daran gelegen, den Grund zu erfahren. Und jetzt, wo ich ihn kenne, finde ich ihn nur sehr traurig.«

»Es liegt alles schon lange zurück. Hat Mr. Sumner sonst noch etwas erzählt?«

»Nein. Er wartet auf dich. Ich habe ihnen Tee gemacht.«

Als wir in das kleine Wohnzimmer traten, tranken Gideon und Belinda Sumner Tee aus unseren besten Tassen, die sonst nur zu Weihnachten und Ostern benutzt wurden. Ich war jetzt wieder ganz ruhig und entschuldigte mich für mein Benehmen. Gideon Sumner setzte seine Tasse ab und lächelte. »Aber das ist doch nur zu verständlich. Fühlen Sie sich jetzt imstande, den Rest der Geschichte zu hören? Den Teil, den Sie noch nicht kennen?«

»Bitte.«

»Er ist rasch erzählt. John Kirkby, Ihr Vater, stammte aus einer begüterten Familie. Sein Großvater hatte eine Schiffahrtslinie gegründet, die mit großem Gewinn arbeitete, und sein Vater, James Kirkby, übernahm die Firma. John war der jüngste von drei Brüdern und der einzige, der sich weigerte, in das Familienunternehmen einzutreten, was seinen Vater sehr erzürnte. Er ging zur Marine und lernte in Chatham Ihre Mutter Elizabeth kennen. Die beiden verliebten sich . . . und heirateten.«

»Heirateten?« wiederholte ich fassungslos. »Aber ich dachte . . .«

»Ja. Sie heirateten in London mit einer Sondergenehmigung. Und die einzigen, die davon wußten, waren zwei Marineoffiziere, Freunde ihres Vaters, die als Trauzeugen fungierten. Sie sind also kein uneheliches Kind, Chantal, und brauchen sich deswegen nicht mehr zu schämen.«

Er hatte offenbar meinen glücklichen Gesichtsausdruck mißverstanden, und ich erklärte schnell:

»Ich habe mich nie geschämt, Mr. Sumner. Ich war gekränkt und böse, weil ich angenommen hatte, daß mein Vater meine Mutter nicht genug liebte, um sie zu heiraten. Aber warum haben sie es geheimgehalten?«

»Aus mehreren Gründen. Elizabeth Martin war noch nicht ganz volljährig, und ihre Eltern waren gegen die Heirat. Ebenso wie der Vater von John Kirkby. Außerdem war einem jungen Marineoffizier die Heirat nur mit Erlaubnis seines kommandierenden Offiziers gestattet, und die hätte er in Anbetracht der elterlichen Einwände niemals erhalten. Aber ich glaube, daß sich die beiden sehr geliebt haben und daß überdies ihr Vater kein Mann war, der sich von etwas abbringen ließ, was er sich einmal in den Kopf gesetzt hatte.« Gideon Sumner lächelte mich flüchtig an. »Er hatte rotes Haar wie seine Tochter und ein ziemlich ähnliches Temperament, nehme ich an. Er hatte bestimmt nicht die Absicht, zwei Jahre zu warten, bis er von seinem Dienst im Ausland zurückkam, um das Mädchen zu heiraten, an das er sein Herz verloren hatte.«

»Warum hatten sie denn kein Geld?« fragte ich.

»Die meisten Offiziere brauchen ein gewisses Privatvermögen, da der Sold nicht für zwei ausreicht. John Kirkby hatte aber nichts. Und er hatte sich vorgenommen, während der zwei Jahre im Ausland jeden Pfennig zu sparen, um sich danach aus der Marine loszukaufen. Elizabeth hatte ihm versichert, daß er ihr kein Geld zu schicken brauche, weil sie Maschinenschreiben gelernt hatte und sicher war, daß sie in London Arbeit finden könnte, um sich durchzubringen.«

»Ich verstehe.« Ich versuchte, mir ein Bild von meinen Eltern in der damaligen Zeit zu machen und mir vorzustellen, wie sie diese Probleme bewältigt hatten. Mir schien es töricht, daß sie nicht lieber ein bißchen gewartet hatten. Ganz offensichtlich hatten sie nicht die Absicht gehabt, während der kurzen Tage oder Wochen, die sie zusammen verbrachten, ein Kind zu zeugen, aber in dieser Hinsicht verliefen die Dinge wohl manchmal nicht ganz nach Plan. Dann fiel mir ein, daß ich ja erst noch lernen mußte, wie stark sich Menschen zueinander hingezogen fühlen konnten, wenn sie sich liebten. Ich wußte nicht, ob ich das jemals erfahren würde. Auf jeden Fall war ich bestimmt die letzte, die jemandem törichte Impulsivität vorwerfen konnte, denn das war mein eigener, allergrößter Fehler. Während ich über diese Fragen nachdachte, überlegte ich mir auch, wie Gideon Sumner dazu kam, in meiner komplizierten Vergangenheit Nachforschungen anzustellen. Aber diese Frage war weniger dringend; es gab etwas viel Wichtigeres, was ich unbedingt wissen mußte.

»Was haben Sie denn gemeint, Mr. Sumner, als Sie vorher sagten, Sie hätten eine weit glücklichere Geschichte zu erzählen? Ich bin froh, daß meine Eltern verheiratet waren, aber das ändert ja eigentlich wenig.« Meine Stimme zitterte ein bißchen. »Ich war ihr Kind, und meine Mutter gab mich zu fremden Leuten. Ich weiß, sicher, sie dachte, daß es das Beste für mich sei, aber ich kann es trotzdem noch nicht verstehen. Ich bin bestimmt kein besonders guter Mensch, aber ich glaube, wenn ich ein Kind hätte, würde ich es mir nicht wegnehmen lassen. Es könnte stehlen oder andere Dinge tun, was weiß ich . . . aber ich würde mich selbst um dieses Kind kümmern, was auch geschehen würde. Als ich entdeckte, daß sie mich weggegeben hatte, da . . . ich glaube, da habe ich meine Mutter wirklich gehaßt, weil sie mich nicht haben wollte. Ich weiß, das darf ich nicht, und ich schäme mich auch dafür, aber ich konnte einfach nichts dagegen machen. Und seitdem konnte ich den Gedanken daran nicht ertragen.«

Gideon Sumner seufzte und schüttelte den Kopf. »Arme Chantal«, murmelte er. »Und arme Elizabeth Martin. Ich fürchte, das alles war die Schuld von Daisy Minchin. Sie konnte zwar lesen und schreiben, aber besonders klar ausgedrückt hat sie sich trotzdem nicht.« Er nahm die unheilvollen Papiere nochmals zur Hand und entfaltete sie. »Sie sprach von Elizabeth und sich selbst und fährt dann fort: . . . und dann haben wir besprochen, was wir tun sollten, und dann erzählten wir Dr. Foreman, daß das andere Baby gestorben sei.«

Sumner blickte auf. »Als sie hier von *wir* spricht, meint sie nicht sich und Elizabeth, sondern sich und ihren Mann, der seit Beginn des Briefes nicht mehr erwähnt wurde. Tatsächlich geht die Entscheidung, die Babys zu vertauschen, auf Daisy Minchin und ihren Mann zurück . . . und Elizabeth hatte keine Ahnung davon! Neugeborene sehen sehr ähnlich aus, und Ihre Mutter war ganz benommen von der Nachricht über den Tod ihres Mannes, wie Sie ja wissen.«

Meine Kehle schien zugeschnürt, und das Sprechen fiel mir sehr schwer. Schließlich brachte ich flüsternd hervor: »Wie wissen Sie das denn, Mr. Sumner?«

»Ganz einfach. Ich habe mit Albert Minchin gesprochen. Das ist Daisys Mann. Er ist jetzt über sechzig, aber noch ganz gesund und rüstig. Ich hoffe, daß Sie sich bald einmal selbst mit ihm unterhalten können. Ich vermute, daß es eigentlich Daisy war, die die Entscheidung fällte, und sie hat sicherlich ihr Leben lang daran zu tragen gehabt. Aber Sie dürfen nicht vergessen, daß sie annahm, Elizabeths Baby sei unehelich, und das kann ihren Entschluß ganz entscheidend beeinflußt haben. Wie dem auch sei, Albert ist absolut sicher, daß Elizabeth weder zur damaligen Zeit noch irgendwann bis zu ihrem Tod, zwölf Jahre später, auch nur entfernt geglaubt haben könnte, daß ihr Kind noch am Leben sei.«

6

ICH SASS MIT geschlossenen Augen da und fühlte, wie die Tränen unter meinen Augenlidern hervorquollen und über meine Wangen liefen. Dann zog Maria meinen Kopf an ihre Schulter, und ich hörte Mr. Galletti sagen:

»Vielleicht sollten wir sie eine Weile mit Maria allein lassen. Wollen Sie beide nicht ein bißchen mit mir spazierengehen?«

»Es wäre noch besser, wenn wir die Sache für heute überhaupt auf sich beruhen ließen«, meinte Gideon Sumner. Er erhob sich. »Chantal hat für den Augenblick schon genug gehört und braucht jetzt Ruhe, um wieder zu sich selbst zu finden. Belinda und ich wohnen in Ingolstadt, da können wir morgen leicht wieder vorbeischauen, falls es Ihnen paßt, Mr. Galletti. Wollen Sie uns hinausbegleiten?«

Sie verließen uns ohne großes Abschiedszeremoniell, und ich war ihnen sehr dankbar dafür. Maria hatte die Arme um mich geschlungen, klopfte mir auf den Rücken und murmelte dabei in einem Gemisch aus Englisch und Italienisch beschwichtigende Worte, wie um ein Kind zu beruhigen.

Ich richtete mich auf und wischte mir die Augen trokken. Dann holte ich tief Luft und seufzte: »Ach, du meine Güte, was werden sie bloß von mir denken? Und dabei hasse ich Heulsusen.«

Maria starrte mich mit weit aufgerissenen Augen an. »Ich habe dich nie so weinen sehen, Chantal. Niemals. Ist es wegen etwas Schönem oder etwas Traurigem?« Ich war so durcheinander, daß ich gar nicht merkte, worum es eigentlich ging.

»Es ist etwas Schönes, *mia cara.* Ich meine, in vieler Hinsicht ist es sehr schön, wenn man so dumm ist wie ich.

Ich hatte immer geglaubt, meine Mutter sei um Vaters willen ihren Eltern davongelaufen und er hätte sie dann im Stich gelassen, und ich dachte, meine Mutter hätte mich als Kind weggegeben. Oh, ich weiß, vorbei ist vorbei und deshalb sowieso ganz egal, aber trotzdem . . . Siehst du, der Mann, den ich für meinen Vater hielt, wollte eigentlich nichts von mir wissen, und als ich erfuhr, wer meine richtige Mutter war, dachte ich, sie hätte mich auch nicht haben wollen. Und das war für mich einfach zuviel.«

»Ich verstehe dich gut. Wenn mich gar niemand haben wollte, würde ich mich umbringen.«

Ich lächelte sie an. »Ich bin so froh, daß ich das nicht getan habe. Ich bin einfach fortgelaufen.«

»Ja. Und Großvater hat dich gefunden. Wie ist das eigentlich passiert, Chantal?«

»Hat er es dir denn nie erzählt?«

»Nein. Ich war damals noch klein. Ich kann mich nur erinnern, daß wir unterwegs zu einer englischen Hafenstadt waren, von der wir auf das Festland übersetzen wollten, und eines Abends, als wir für die Nacht haltmachten, machte Großvater einen Spaziergang. Als er zurückkam, brachte er dich mit. Er sagte bloß: ›Diese kleine Engländerin lebt jetzt bei uns. Sie hat keinen Namen, und deshalb müssen wir einen für sie suchen.‹«

»Ich war zwei Tage vorher von zu Hause weggelaufen, als er in Somervale gastierte, das war ganz in der Nähe. Ich nahm nur ein paar Hosen mit, die dem Gärtnerburschen gehörten, und meinen ältesten Mantel und versteckte mich in einem der Gepäckwagen.«

Maria fragte: »Hast du denn nicht furchtbare Angst gehabt?«

»Doch, ich hatte schreckliche Angst. Auf der Fahrt waren die Wagen so entsetzlich laut, und wenn sie dann hielten, herrschte Totenstille. Und immer war es dunkel. Aber ich hatte noch mehr Angst davor, zu den Leuten zurückzukehren, vor denen ich davongelaufen war.« Ich lachte nervös. »Ich war so kopflos, daß ich nicht einmal etwas zu essen oder eine Flasche Wasser mitgenommen hatte. Als mich dein Großvater abends am Bachufer fand, war ich in einem unbeobachteten Augenblick aus dem Wagen geklettert, um etwas zu trinken zu finden.«

Maria kicherte. »Großvater nannte dich ›die kleine Engländerin‹, aber uns kamst du gar nicht klein vor. Du warst nämlich ganz schön dick. Leo machte nur einen Witz, als er dich Chantal nannte – zu Großvaters Zeiten war das der Name einer berühmten Trapezkünstlerin gewesen.«

»Ja, er hat es mir später einmal erzählt, als er ein bißchen Englisch gelernt hatte und ich schon etwas Italienisch verstand.«

»Hat dich Großvater eigentlich mit zu uns genommen, damit Leo und ich besser Englisch lernten?«

»Nein, bestimmt nicht. Das kam ihm zwar gelegen, aber der eigentliche Grund war das nicht. Er hat mich aufgenommen, weil ... weil er wahrscheinlich der netteste Mensch auf der ganzen Welt ist, und weil er nicht so ist wie die anderen Leute. Er denkt viel nach und hat seine ganz besonderen Vorstellungen von der Welt. Du weißt schon, was ich meine.«

Ich hatte schon seit Jahren nicht mehr an diesen Tag gedacht, aber jetzt erinnerte ich mich daran, als ob es erst gestern gewesen wäre. Ich sah mich selbst am Bach sitzen, den Rücken an einen Baum gelehnt, furchtbar verängstigt und mit knurrendem Magen. Ich starrte vor Schmutz, und mein Haar hing in verklebten Büscheln um meinen Kopf. Der weißhaarige alte Mann mit dem komischen Akzent setzte sich neben mich und stopfte bedächtig seine Pfeife. Wir hatten schon ein paar Minuten miteinander geredet. Er stellte seine Fragen so scheu, fast bittend, und wartete dann aufmerksam und geduldig auf meine Antworten.

»Wo willst du hin, *signorina?*«

»Irgendwohin. Ich muß Arbeit finden. Zuerst wollte ich auf einem Bauernhof arbeiten, aber ich habe Angst, daß sie die Polizei rufen und mich wieder nach Hause schikken.«

»Vermutlich tun sie das.«

»Bitte . . . kann ich nicht im Zirkus arbeiten?«

Schweigen. »Der Zirkus gehört mir nicht, *signorina*, und du bist bestimmt keine schwere Arbeit gewöhnt.«

»Ich werd' es lernen.« Meine Stimme war schrill vor Verzweiflung. »Es macht mir nichts aus, wenn ich arbeiten muß, bis meine Hände wund sind. Ich gehe nicht zurück! Und wenn sie mich zwingen, laufe ich wieder weg.«

Er sah mich lange an und zündete dann umständlich seine Pfeife an. »Kinder haben manchmal Streit mit ihren Eltern, aber das geht vorbei. Weglaufen ist keine gute Lösung.«

»Ich habe keine Eltern, und ich laufe auch niemandem davon.« Ich wischte mir mein verschmiertes Gesicht mit einem Taschentuch ab, von dem es kaum sauberer werden konnte. Ich war todmüde, krank, abgehetzt und verängstigt, aber keine Macht der Welt würde mich dazu bringen, zurückzugehen. Eher würde ich weiterlaufen, bis ich vor Hunger oder Kälte starb.

Der alte Italiener neben mir fragte: »Willst du mir nicht sagen, warum du vor niemandem davonläufst?«

»Weil sie mich in ein Heim stecken wollen.«

»Wer sind ›sie‹?«

»Der Rechtsanwalt und ein Mann, der der Bruder des Mannes ist, den ich für meinen Vater hielt. Er selber dachte das auch. Jeder glaubte es, aber er war gar nicht mein Vater, und das haben sie jetzt gerade herausgefunden, und deshalb wollen sie mich in ein Heim stecken. Ich bin überhaupt niemand, und ich habe keine Eltern, keine Verwandten und keine Freunde, und niemand macht sich was draus, wenn ich weglaufe.«

Lange herrschte Schweigen, bevor mein Freund vom Zirkus langsam fragte: »Sagst du mir auch die ganze Wahrheit, *signorina?* Meinst du wirklich, daß sich niemand die Mühe macht, nach dir zu suchen?«

Ich wollte gerade ja sagen, aber als ich in die sanften dunklen Augen blickte, zögerte ich. Schließlich gab ich widerstrebend zu: »Wahrscheinlich haben sie der Polizei gesagt, daß ich verschwunden bin, aber das ist auch alles. Sie werden mich bestimmt nicht suchen, genausowenig, wie sie ein Waisenkind suchen, das aus einem Heim weggelaufen ist. Und das bin ich jetzt auch, nur daß ich weggelaufen bin, bevor sie mich ins Heim gesteckt haben.«

Wieder dauerte das Schweigen eine Ewigkeit. Ich hatte keine Angst vor einem Nein, denn ich hatte ohnehin nur einen winzigen Funken Hoffnung gehegt, daß dieser alte Zirkusmann mir helfen würde. Ich hatte überhaupt keine Empfindungen mehr. Ganz entkräftet vor Hunger und Müdigkeit saß ich da. Meine gestohlenen Hosen waren zu eng, das Oberteil bestand nur aus Lumpen, und der zusammengefaltete Mantel, auf dem ich saß, war zu warm, um ihn jetzt zu tragen, und zu leicht, als daß er mich bei Nacht genügend gewärmt hätte. Meine Hände und mein Haar waren schwarz von Wagenschmiere. Das war passiert, als ich unter dem Wagen durchgekrochen war, damit man mich nicht sah. Mein ganzer Körper schmerzte vom Schlafen auf der harten Kiste im Gepäckwagen. Ich fühlte mich wie eine geschundene Kröte, die sich unter einem Blatt verbarg dick, häßlich, fleckig und schleimig, das unansehnlichste Geschöpf, das es auf der

Erde gab. Aber zurückgehen würde ich nicht. Ich wußte eigentlich auch nicht, wohin ich hätte zurückgehen sollen.

Der Mann neben mir klopfte seine Pfeife am Absatz aus und murmelte vor sich hin, wie jemand laut denkt: »Eine Pflanze braucht Boden, auf dem sie wachsen kann. Für ein Kind ist die Familie dieser Boden. Ohne sie muß es verkümmern oder verwachsen. Wenn man dies zuläßt, begeht man eine Sünde wider das Leben, eine Sünde, für die man nie Vergebung erlangen kann. Und ein Mensch muß die Aufgabe annehmen, die ihm gestellt wird.« Dann erhob er sich. »Meine Familie ist nicht mehr so groß, wie sie einmal war. Komm, iß mit uns, *signorina,* mit der kleinen Maria und mit Leo. Dann wollen wir weitersehen.«

Der alte Adam war mein Freund gewesen, aber Mr. Galletti war der erste Mensch in meinem Leben, den ich liebte, und danach kam gleich Maria. Als ich aus meiner Träumerei auftauchte, schwärmte sie gerade vor sich hin: ». . . und stell dir nur vor, wie aufregend das wird, Chantal! Jetzt kannst du deine richtige Mutter suchen, und . . .«

»Aber nein, *piccina,* nein. Hast du nicht zugehört? Ach ja, du warst nicht dabei, als Mr. Sumner den Brief vorlas. Meine Mutter lebt nicht mehr. Sie ist mit einem Schiff in einem Sturm ertrunken.«

»Oh, Chantal, wie traurig!«

»Ja. Ich hätte sie so gern gefunden. Ich glaube es jedenfalls . . . ich meine, wenn wir uns gerngehabt hätten. Das kann man nicht vorher wissen, nicht wahr?«

»Pah! Warum bist du bloß immer so romantisch, Chantal? Ich könnte mir eine herrliche Geschichte ausdenken, wie du sie findest und dich in ihre Arme wirfst, und . . .«

»Ja, Süße, ich weiß, daß du das könntest. Du denkst dir immer die schönsten Geschichten aus.«

»Ich werde mir heute abend eine ausdenken, vor dem Einschlafen. Wieso weiß Mr. Sumner über dich und über alles so gut Bescheid? Und warum ist er wohl hergekommen?«

»Das habe ich mich auch schon gefragt. Wahrscheinlich wird er mir das morgen sagen.«

Die Vorstellung, die ich an diesem Abend gab, war weit davon entfernt, eine Glanzleistung zu sein. Ich machte zwar keine groben Fehler, aber ich schätzte die Zeit schlecht ab, und die Zwillingsnummer mit Maria wäre sehr wenig zwillingsmäßig ausgefallen, wenn sie nicht so geschickt gewesen wäre, ihre Bewegungen den meinen anzupassen, anstatt, wie es eigentlich sein sollte, selbst das Zeitmaß zu bestimmen. Noch lange, nachdem sie sich an diesem Abend in den Schlaf geschwatzt hatte, lag ich wach und dachte über Gideon Sumner nach. Jetzt, wo ich Zeit zum Überlegen hatte, erkannte ich, wie gut und umsichtig er seine schwierige Aufgabe gemeistert hatte. Ganz abgesehen von dem, was er mir vielleicht noch zu sagen hatte, freute ich mich darauf, ihn am nächsten Tag wiederzusehen. Er kam aus meiner Heimat, die ich fast fünf Jahre lang nicht mehr gesehen hatte, und mir gefiel das belustigte Funkeln, das so oft in seinen Augen aufblitzte.

Es war eigenartig, dachte ich mir, daß innerhalb weniger Wochen zwei Engländer in mein Leben getreten waren. Plötzlich erkannte ich, wie sehr mir Martin seit seinem Verschwinden gefehlt hatte. Ich hatte jeglichen Gedanken an ihn verdrängt, weil sonst immer der grauenhafte Verdacht in mir aufstieg, daß er für meinen Sturz vom Trapez irgendwie verantwortlich gewesen war. Zwar hatte ich mir niemals vorstellen können, weshalb er so etwas hätte tun sollen, es sei denn, sein Geist wäre durch den Schlag, der ihm auch das Gedächtnis geraubt hatte, irgendwie verwirrt worden. In seiner ruhigen, bedächtigen Art war er ein wunderbarer Freund gewesen, und ich hatte den Eindruck gewonnen, daß auch er mich ganz gern mochte. Der Tag, an dem wir uns beide mit dem angeschwemmten Baumstamm abgemüht hatten, war mir als einer der glücklichsten meines Lebens in Erinnerung geblieben.

Nachdem ich mich seit seinem rätselhaften Verschwinden gezwungen hatte, nicht mehr an ihn zu denken, erkannte ich jetzt, als ich im Dunkeln wach lag, daß ich ihn nicht vergessen konnte. Ich überlegte, ob ich mit Gideon Sumner über ihn sprechen sollte, obwohl ich eigentlich keine Ahnung hatte, weshalb. Ich schlief erst lange nach Mitternacht ein und schreckte mehrmals in der Nacht aus unruhigen Träumen hoch, an die ich mich am Morgen bereits nicht mehr erinnern konnte.

Als Gideon Sumner an diesem Nachmittag weggefahren war, hatte er ausgemacht, daß er am nächsten Tag mit seiner Schwester nicht wieder in den Zirkus kommen würde, sondern daß mich Mr. Galletti nach Ingolstadt in das Hotel bringen sollte, wo die beiden wohnten und wo wir uns ungestörter und bequemer unterhalten konnten. Es war Mr. Gallettis Vorschlag gewesen, und Gideon Sumner hatte sich sogleich damit einverstanden erklärt und gesagt, daß er uns in einem Wagen abholen lassen werde.

Am nächsten Morgen um neun zog ich mir mit Marias Hilfe meine besten Kleider an. Einen hellgrauen Rock, den ich vor einem Jahr in Barcelona gekauft hatte, eine dunkelrote Samtjacke mit Puffärmeln aus Mailand und lederne Damenstiefel, die an der Seite geknöpft waren und mir ziemlich unbequem schienen nach den ausgetretenen Mokassins des alten Sven, die ich fast ständig trug. Unter die Jacke zog ich eine hübsche weiße Bluse von Maria, die am Hals mit einer breiten dunkelroten Schleife abschloß. Maria hatte mein kurzes Haar gebürstet, bis es glänzte, und ich setzte einen kleinen grauen Filzhut in der Form eines Homburg darauf, an dessen vorderer Krempe ein kleines Büschel schwarzer und grauer Feder festgesteckt war. Maria hatte diesen Hut bei der jungen Mrs. Albertini für mich ausgeliehen. Nun hüpfte sie aufgeregt um mich herum, zupfte an meinem Kostüm und rief begeistert: »Du siehst wunderbar aus, Chantal! Hier, zieh die Handschuhe an. So ist's recht. Ich wünschte, wir hätten einen Sonnenschirm für dich. Aber vielleicht ist es doch nicht so schlimm ohne. Und vergiß nicht, daß du kleine Schritte machen mußt – schau her, so. Du darfst nicht dahergehen, als ob du gerade einen Überschlag machen wolltest. Was hast du denn drunter an?«

»Meinen besten Unterrock, meine grauen Strümpfe und mein *petit caleçon.*«

»Du meine Güte!« Ratlos legte sie einen Finger an den Mund.

»Du müßtest ein Korsett und richtige Unterhosen haben.«

»Die einzige, die hier ein Korsett trägt, ist die alte Solange, und in das passen wir alle beide zusammen hinein. In einem engen Korsett könnte ich sowieso nicht atmen.«

Maria nickte widerstrebend. »Wir könnten aber wenigstens ein Paar anständige Unterhosen für dich ausborgen.«

»Bloß nicht. Ich habe die Dinger vor langer Zeit getragen, und sie sind nicht annähernd so bequem wie das *petit caleçon.* Außerdem wird sowieso niemand sehen, was ich drunter anhabe, und deshalb ist es auch ganz gleichgültig.«

»Ich weiß was! Ich werde den Sonnenschirm ausborgen, den Pepe in der Hand hat, wenn er über das Seil geht. Eine Dame muß einfach einen Sonnenschirm haben, um sich vor der Sonne zu schützen, damit ihr Gesicht schön blaß bleibt.«

Ich kicherte nervös. »Mein Gesicht ist fast so braun wie das von Rama Singh. Ich glaube nicht, daß es jetzt noch hilft, wenn ich mit einem Sonnenschirm herumlaufe, *carissima!*«

Zehn Minuten später saß ich mit Mr. Galletti, der seinen besten Anzug trug, im Wagen. Während das Gefährt den gewundenen Weg hinunterratterte, fragte ich ihn, ob Gideon Sumner irgendeine Andeutung darüber gemacht hatte, was er mir heute zu erzählen habe.

Mr. Galletti schüttelte den Kopf. »Nein, mein Kind. Ich habe ihn allerdings auch nicht gefragt.« Er lächelte. »Du solltest eigentlich wissen, daß es nicht meine Art ist, Fragen zu stellen oder mich einzumischen.«

Ich schob meinen Arm unter seinen. »Ja, ich weiß. Ich wünschte, ich könnte ausdrücken, was ich sagen mochte, Mr. Galletti, aber Worte genügen einfach nicht, um zu sagen, wie dankbar ich Ihnen immer schon bin. Am meisten dafür, daß Sie mir damals geglaubt haben, als Sie mich am Fluß fanden. Ich hätte es mir nicht träumen lassen.«

»Ich habe deinen Augen geglaubt, Chantal. Du konntest gar nicht lügen.«

»Kann man das immer an den Augen erkennen?«

»Im allgemeinen schon, aber man kann sich auch mal irren.«

»Mr. Sumner hat nette Augen. So freundlich, und sie funkeln zwischendurch richtig, nicht?« Als ich keine Antwort erhielt, blickte ich Mr. Galletti an und fragte: »Finden Sie nicht?«

»Vielleicht. Ich habe irgendwie das Gefühl, daß sie manchmal ganz anders aussehen.«

Ich war erstaunt. »Meinen Sie, er tut nur so freundlich?«

»Nein, nein, Kind. Das wollte ich nicht sagen. Ich meinte nur, daß sein Charakter nicht gleich beim ersten Zusammentreffen ganz offenliegt, und daß ich nicht weiß, was er noch verbirgt.« Er hielt inne, bevor er nachdenklich hinzufügte: »Und ich glaube, für seine Schwester gilt dasselbe.«

Ich fragte Mr. Galletti nicht, was er meinte. Er würde mir keine bestimmte Erklärung geben, sondern sich womöglich in eine seiner langen Betrachtungen verlieren, in denen vom menschlichen Charakter im allgemeinen, im Gegensatz zum Individuum, die Rede sein würde. Ich fragte daher nur:

»Ich weiß, daß Sie sich nie einmischen, aber werden Sie mir Ihren Rat geben, wenn ich ihn brauche?«

»Gewiß. Dazu bin ich immer gern bereit.« Er lächelte wieder. »Obwohl du eigentlich sehr selten darum gebeten hast. Du wirst mit deinen Problemen auf deine eigene Weise fertig, meine Liebe.«

Gideon Sumner und seine Schwester wohnten in einem vornehmen Hotel an der Donau und hatten eine Suite mit einem hübschen Salon zwischen ihren beiden Schlafzimmern. Sie erwarteten uns im Foyer des Hotels und begrüßten uns mit ungezwungener Herzlichkeit, die mir gleich meine Aufregung nahm. Ihre Zimmer lagen im ersten Stock, und die großen Fenster des Salons führten auf einen Balkon mit schmiedeeisernem Geländer. Unten floß die Donau. Alle möglichen Schiffe, angefangen mit kleinen Segelbooten bis zu großen Lastkähnen, zogen gemächlich den Fluß hinauf und hinunter.

Bei diesem zweiten Zusammentreffen mit Belinda fand ich, daß sie mich fast zu sehr beeindruckte. Sie trug ein Kleid in einem auffallendem Gelb mit einem tiefen Ausschnitt, in dem weder eine Spitzenbordüre noch eine Rüsche den Brustansatz verhüllten. Sie sah sehr elegant aus und bewegte sich mit ganz natürlicher Sicherheit, war aber dabei sehr liebenswürdig. Sie machte mir ein Kompliment darüber, wie hübsch ich in meinen schönen Kleidern aussähe, und meinte lächelnd, daß man mich schwerlich für die Trapezkünstlerin halten könne, die auf dem Zirkusplakat abgebildet sei, das überall in der Stadt aushing.

Ich erklärte ihr, daß es sich bei dem Mädchen auf dem Plakat ja nur um eine Zeichnung handle, und wenn sie überhaupt jemand darstelle, dann allenfalls Maria, die Hauptperson unserer Nummer. Belinda lachte und fand es trotzdem phantastisch, daß ich eine Zirkusartistin geworden sei, und fragte, wie lange ich gebraucht habe, bis ich am fliegenden Trapez arbeiten konnte. Gideon Sumner schien sich ruhig mit Mr. Galletti zu unterhalten und hatte offenbar keine Eile, zum eigentlichen Zweck unseres Besuches zu kommen. Vermutlich wollte er mir Zeit geben, mich erst einmal zu beruhigen und mich an die neue Umgebung zu gewöhnen. Ich wandte mich also wieder Belinda Sumner zu und fuhr fort: »Ich hab fast achtzehn Monate gebraucht, bis ich gut genug war, um vor Publikum aufzutreten.«

»Guter Gott! Und haben Sie jeden Tag geübt?«

»O ja. Jeden Tag mehrere Stunden, Miß Sumner!«

»Das müssen Sie mir erzählen!«

»Na ja . . . Am Anfang stellte Mr. Galletti einen Barren in Schulterhöhe auf, und an dem mußte ich Überschläge und andere leichte Übungen machen. Daneben gab es noch unzählige Übungen, damit ich meinen Speck loswurde. Dann durfte ich Bodensaltos und Rückwärtssaltos machen. Maria hat mir unwahrscheinlich geholfen.«

»Sind Sie andauernd hingefallen und haben sich blaue Flecken geholt?«

»Massenhaft. Aber etwas Ernstes ist mir nie passiert.

In der ersten Zeit verwendete ich ein Sicherheitsseil und einen Gürtel, bis ich gelernt hatte, meinen Körper unter Kontrolle zu halten. Später ist es wirklich nur noch eine Frage des Selbstvertrauens. Mr. Galletti ist der beste Lehrer, den man sich vorstellen kann, und so konnte ich schon ziemlich bald anfangen, an einem niedrigen Trapez zu üben. Aber es hat doch fast ein Jahr gedauert, bis ich überhaupt erst einmal die Strickleiter zur Plattform oben in der Kuppel hinaufsteigen durfte, und dann noch drei Monate, bis ich zum ersten Mal durch die Luft flog und Leo mich auffing.« Ich hielt inne und fügte dann etwas zerknirscht hinzu: »Er konnte mich aber nicht auffangen. Ich hatte meine Bewegung so schlecht abgeschätzt, daß ich in ihn hineinflog und anschließend im Netz landete.«

»Du meine Güte«, murmelte Belinda Sumner. »War das nicht ein wahnsinniger Schreck?«

»Der Sturz selber nicht. Ich hatte gerade zwei Wochen lang geübt, wie man ins Netz fällt. Ich dachte nur daran, was Leo und Mr. Galletti sagen würden, aber sie waren beide furchtbar nett. Dann probierte ich es noch einmal, und diesmal fing mich Leo auf. Danach ging es nur noch darum, Saltos und Pirouetten im Flug zu üben und den Zeitablauf der Bewegung richtig abschätzen zu lernen.«

In den schönen grauen Augen war fast so etwas wie eine Spur von Neid zu erkennen, als sie mich anblickte: »Das muß ein unvergleichbar schönes Gefühl sein.«

»Ja. Wenn man fliegt, das ist wirklich unbeschreiblich schön. Aber es gibt vieles, woran die Zuschauer nie denken, wenn sie etwas Schönes sehen, wie zum Beispiel Marias doppelten Salto. Sie wissen nicht, wie sehr die Stangen in den Kniekehlen weh tun oder wie die Handgelenke beim Auffangen gezerrt werden und von Leos festem Griff schmerzen, oder daß der Aufprall auf das Netz dem Rükken einen Schlag versetzt. Ich habe daran gedacht, als Mr.

Galletti uns letztes Jahr in Rom ins Ballett mitnahm. Die Tänzer schienen auf ihren Spitzenschuhen zu schweben, und alles sah so leicht und mühelos aus, aber Maria und ich mußten immer daran denken, wie ihnen die Zehen weh taten und welche Muskelschmerzen sie hatten . . .«

Ich brach ab, als ich mir plötzlich bewußt wurde, daß Gideon Sumner und Mr. Galetti ihre Unterhaltung unterbrochen hatten und meiner Erzählung folgten. Ich errötete vor Verlegenheit und stammelte: »Entschuldigung – ich wollte eigentlich nicht über mich reden.«

»Belinda kommt immer auf die faszinierendsten Themen!« meinte Gideon Sumner mit einem raschen, freundlichen Lächeln. »Ich habe leider nur den letzten Teil gehört und bin gespannt zu erfahren, was vorher kam, aber ich werde mich wohl gedulden müssen. Auf jeden Fall brauchen Sie sich keineswegs zu entschuldigen; Sie sind ja schließlich diejenige, um die es hier geht, Chantal. Wollen Sie übrigens, daß wir Sie so nennen, oder wäre Ihnen Roberta jetzt doch lieber?«

»Nein«, erwiderte ich schnell. »Das war nur ein angenommener Name. Meine richtigen Eltern haben mir keinen Namen gegeben, ich möchte einfach Chantal bleiben.«

»Schön. Jetzt haben Sie bestimmt den Kopf voller Fragen, aber vor allem wollen Sie sicher wissen, warum ich mich auf die Suche nach dem Mädchen gemacht habe, das vor fünf Jahren aus Farleigh Hall verschwunden ist. Soll ich einmal damit anfangen?«

»Ja, bitte, Mr. Sumner.«

»Im Grunde ist das sehr einfach, obwohl es im einzelnen etwas komplizierter wird. Ich komme hierher, weil mich Ihre Angehörigen gebeten haben, Sie zu suchen.«

»Meine Angehörigen? Aber Sie haben doch gesagt, daß meine beiden Eltern tot sind?«

»Ich spreche jetzt gerade von der Familie Ihres Vaters,

John Kirkby. Wie ich schon gestern erwähnte, hatte er zwei Brüder. Sie wären jetzt beide Ende Fünfzig, denn sie waren sehr viel älter als John, aber sie starben beide an einer Lebensmittelvergiftung in Hongkong, und deshalb müssen wir noch weiter zurückgehen, nämlich zu deren Vater, James Kirkby, der Ihr Großvater war. Dessen Bruder Rupert heiratete eine Dame aus dem europäischen Kleinadel – eine Ungarin, genauer gesagt. Ihrer Ehe entstammten zwei Söhne, die demnach Vettern Ihres Vaters waren. Können Sie mir bis hierher folgen?«

»Ja, ich glaube schon. Sind diese beiden Vettern noch am Leben?«

»Sie erfreuen sich bester Gesundheit. Benedict ist ein Junggeselle von etwa fünfzig Jahren. Sein Bruder Arthur ist ein oder zwei Jahre jünger, verheiratet und hat zwei Kinder. Sie leben alle in einem sehr hübschen Haus in Dorset. Der Besitz heißt Wildings. Der Verkauf der Anteile an der Schiffahrtslinie, die im Besitz der Familie war, hat ihnen ein großes Vermögen gebracht. Der Anwalt, der ihre Angelegenheiten wahrnahm, wurde in den letzten Jahren zufällig Teilhaber der Firma Carstairs, Blythe und Carstairs. Erinnern Sie sich an diesen Namen?«

»O ja. Ich erinnere mich nur zu gut daran, Mr. Sumner. In Mr. Blythes Büro wurde mir der Brief von Daisy Minchin vorgelegt, und dort erfuhr ich zum ersten Mal, daß ich nicht . . . daß ich nicht das Mädchen war, das ich zu sein glaubte.«

»Das ist richtig. Mr. Blythe hat sich inzwischen von den Geschäften zurückgezogen, und sein Platz wurde von Benedict Kirkbys Anwalt, einem Mann namens Quillan, eingenommen. Vor nicht ganz sechs Monaten geriet er an die Akte, die Ihre eigenartige Geschichte enthält, und weil er dachte, daß sie für Benedict Kirkby von Interesse sein könnte, erwähnte er sie ihm gegenüber und wies darauf hin, daß es sich bei dem Mädchen, das aus Farleigh Hall seinerzeit spurlos verschwunden war, um die Tochter seines Vetters, John Kirkby, gehandelt hatte.«

»Eine uneheliche Tochter, wie man damals noch annahm«, fügte Belinda Sumner hinzu.

»Ja, Lindy, aber unterbrich mich bitte nicht«, bemerkte Gideon Sumner freundlich, aber bestimmt. »Benedict Kirkby wollte nun natürlich gern in Erfahrung bringen, was aus Ihnen geworden war, und es trifft sich, daß Mr. Quillan, der Anwalt, sich besonders für psychische Phänomene interessiert. Verstehen Sie, was ich damit meine?«

»Geister?« riet ich etwas verwirrt.

»Nicht gerade Geister. Quillan befaßt sich eher mit Dingen wie Telepathie und Hellseherei als mit körperlosen Geistern. Die Fotografie, die ich Ihnen gestern zeigte, befand sich immer noch mit den anderen Dokumenten in der Akte, und er legte sie einem Hellseher vor.«

»Warum hat er das denn getan, Mr. Sumner?«

»Es war ein Gegenstand, der zu Ihnen in Beziehung stand und es daher dem Hellseher ermöglichen sollte ... etwas zu fühlen, vermute ich, Impulse zu empfangen.«

»Ach so.«

Gideon Sumner grinste. »Ich habe den Eindruck, Sie glauben nicht an solche Sachen?«

»Ich weiß nicht recht. Auf jeden Fall ist mir nicht wohl dabei.«

»Man übergab dem Hellseher die Fotografie in einem verschlossenen Umschlag ohne irgendwelche Erklärungen. Ob es jetzt Raterei oder Glück, oder tatsächlich Hellseherei war – der Mann behauptete, daß die Fotografie ein junges Mädchen zeige, dessen Leben sich vor einigen Jahren sehr plötzlich verändert habe, daß sie nun eng mit Tieren zusammenlebe und viel Zeit auf einer Schaukel verbringe. Dann ging er offenbar in die Vergangenheit zurück und gab eine ziemlich genaue Beschreibung Ihres Vaters John Kirkby und nannte seine Initialen, J. K. Er erwähnte eine Hochzeitsfeier, bei der Männer in Marineuniformen dabeigewesen seien, und sagte, daß die Braut ihr Kind verlieren werde und dennoch das Kind nicht verloren sei. Er war nicht fähig, die Braut zu beschreiben, sagte jedoch, daß ihr Name mit E anfinge. Mehr konnte er uns nicht sagen.«

Schweigend wartete Gideon Sumner, bis ich seine Worte in mich aufgenommen hatte. Die alte Solange hatte mir erzählt, wie schwierig es war, psychische Eindrükke in Worte umzusetzen. Es war durchaus natürlich, wenn ein Hellseher meine Arbeit am Trapez beschrieb, indem er sagte, ich verbrächte viel Zeit auf einer Schaukel. Ich fühlte dieselbe Beklemmung, die mich überkommen hatte, als Solange zufällig einen Blick in meine Zukunft warf, und flüsterte: »Bitte, fahren Sie fort, Mr. Sumner.«

»Man kann sich nur schwer vorstellen, daß Benedict Kirkby einmal aus dem Häuschen gerät, aber ich glaube, es war tatsächlich der Fall, als er erfuhr, daß man allen Grund hatte anzunehmen, daß Sie noch am Leben seien. Auch beschäftigte ihn die Erwähnung der Hochzeitsfeier sehr, und er fragte sich, ob John Kirkby und Elizabeth Martin vielleicht heimlich geheiratet hatten.« Gideon Sumners Augen blitzten. »Das war der Zeitpunkt, an dem ich auf dem Schauplatz des Geschehens erschien; das liegt nun fast drei Jahre zurück.«

Belinda lächelte mir rasch zu: »Entschuldige, wenn ich unterbreche, mein Lieber, aber ich glaube, bevor du fortfährst, solltest du schon einige Erklärungen zu deiner eigenen Person abgeben.«

»Genau das hatte ich eben vor, meine Beste«, erwiderte Gideon Sumner mit einer kleinen spöttischen Verbeugung. »Obwohl ich zugeben muß, daß es mir schwerfällt, über mich selbst zu sprechen.«

»Dann werde ich das für dich tun.« Belinda schaute mich an, während sie fortfuhr: »Gideon ist ein Dummkopf. Wir haben in London ein Haus am Melton Square, wo wir ein sehr angenehmes Leben führen. Den Winter verbringen wir meist auf dem Kontinent. Unsere Eltern hinterließen uns ein Vermögen, das so umfangreich ist, daß Gideon nicht zu arbeiten braucht. Wäre er ein vernünftiger Mensch, würde er eines der netten Mädchen heiraten, mit denen ich ihn bekannt gemacht habe, und seßhaft werden. Aber Gideon ist einfach widerspenstig. Er kneift. Und er hat eine unerschöpfliche Energie, die ihn dazu treibt, dauernd irgend etwas zu unternehmen, was er als »interessante Nebenbeschäftigung« bezeichnet. Manchmal ist er wochenlang verschwunden und reist irgendwo auf dem Kontinent herum, während ich mich zu Hause in Kummer verzehre.«

»Na, nun übertreibe aber nicht, Lindy«, warf ihr Bruder ein. »Du hast dich im Leben noch nie in Kummer verzehrt. Und abgesehen davon, habe ich dich ja auf diese Reise mitgenommen, oder?«

»Aber auch nur, weil ich das Rätsel für dich gelöst habe und einfach nicht lockerließ, Gideon«, dann wandte sie sich wieder an mich. »Er hat auf irgendeiner verlassenen Insel nach einem verborgenen Schatz gesucht, er hat eine sogenannte ›geheime Mission‹ für De Beers, die Diamantenleute in Südafrika, erledigt. Da weiß ich weiter nichts drüber. Er hat eine große Geldsumme aufgespürt, die eine Amerikanerin auf einem Ozeandampfer an Falschspieler verloren hatte. Er hat entscheidend zur Festnahme von mindestens drei Verbrechern beigetragen, das weiß ich mit Bestimmtheit. Gideon ist ein Freund von Mr. Quillan, das ist der Anwalt der Kirkbys, für den er schon mehrere

›interessante Nebenbeschäftigungen‹ erledigt hat, und der hat ihn an Benedict Kirkby empfohlen.« Sie lachte ihren Bruder herausfordernd an. »War das ein guter Überblick, Gideon?«

»Gar nicht so übel, Lindy. Außer daß du diejenige bist, die sich vor dem Heiraten und dem ruhigen Leben drückt. Aber darüber können wir uns ein andermal wieder streiten.« Er wandte sich mir zu. »Benedict Kirkby sagte mir, ich solle davon ausgehen, daß die Aussagen des Hellsehers zuträfen, und zweierlei tun: erstens herausfinden, ob John und Elizabeth M rtin tatsächlich verheiratet gewesen waren, und zweitens, ihre Tochter suchen.«

Ich bemerkte, daß ich meine Handschuhe zu einem Knäuel zusammengeballt hatte, und begann, sie glattzustreichen, während ich sagte: »Wahrscheinlich wußten Sie gar nicht, wo Sie anfangen sollten.«

»Das war nicht so schwer. Ich begann in Somerset House, wo alle Geburten, Todesfälle und Eheschließungen registriert sind, und für einen Shilling erhielt ich eine Abschrift von der Heiratsurkunde Ihrer Eltern. Sie enthielt auch die Namen der Zeugen. Es waren zwei junge Offiziere, die damals mit John Kirkby befreundet waren. Ich brachte bei der Admiralität die augenblicklichen Aufenthaltsorte dieser beiden Offiziere in Erfahrung, schrieb ihnen und erhielt binnen kurzem von jedem eine Antwort, die mir bestätigte, was schon aus der Heiratsurkunde hervorging. Es kann kein Zweifel darüber bestehen, daß Ihre Eltern fast schon ein Jahr vor Ihrer Geburt verheiratet waren, Chantal.«

Ich wußte, daß ich mich irgendwann später darüber freuen würde, doch im Augenblick schämte ich mich nur für all die Jahre, in denen ich geglaubt hatte, ich sei das Kind einer zufälligen Verbindung zwischen einer unbesonnenen jungen Frau und einem Mann, der sie nicht genug geachtet hatte, um sie zu heiraten.

Gideon Sumner erhob sich und trat ans offene Fenster, um auf den Fluß hinauszusehen. »Der zweite Teil meiner Aufgabe war schwierig«, fuhr er fort. »Ich fing mit den Zeitungsarchiven an. Über Ihr Verschwinden war seinerzeit ein Artikel in der Lokalzeitung erschienen, und allgemein wurde angenommen, daß Sie weggelaufen waren und ein unglückliches Ende genommen hatten – entweder durch einen Unfall oder, wie es der Journalist ausdrückte, durch eine schändliche Untat. Ich sprach mit ihrer Erzieherin, mit dem Pfarrer, mit allen Leuten, die Sie gekannt hatten, und deren ich irgendwie habhaft werden konnte, sogar mit Ihrem Kindermädchen – dem schlimmsten Ungeheuer, das mir in meinem ganzen Leben begegnet ist. Und bei alledem begann ich, mir langsam eine Vorstellung von Ihnen zu machen.«

»Wohl kaum eine sehr schmeichelhafte«, murmelte ich, und zerrte dabei an meinem Handschuh.

»Nein«, gab er offen zu. »Aber ich erfuhr auch viel, was mir Ihre Entwicklung erklärte. Dann fuhr ich nach Barham und sprach mit Albert Minchin, wie ich Ihnen ja gestern schon sagte. Er berichtete, daß Ihre Mutter Elizabeth nie gewußt hatte, daß die beiden Kinder vertauscht worden waren und daß ihr Baby noch lebte.«

Gideon Sumner entfernte sich vom Fenster und begann, langsam mit gesenktem Kopf im Zimmer auf und ab zu gehen, die Hände in den Hosentaschen vergraben. »Das war eine erstaunliche Entdeckung, aber bei der Suche nach Ihnen half es uns dennoch nicht weiter. Ich ging natürlich davon aus, daß Sie noch immer am Leben waren, und so reiste ich nach Farleigh zurück und streifte durch die ganze Gegend, um herauszufinden, in welche Richtung Sie weggelaufen sein konnten und welches Ziel Sie wohl gewählt hatten. Ich ging auch noch mal in das Zeitungsarchiv zurück.« Mit einem hilflosen Lächeln schüttelte er den Kopf. »Ich wußte eigentlich gar nicht, wonach ich suchte, Chantal. Es war unwahrscheinlich, daß Sie weit gekommen waren, Sie hatten ja überhaupt kein Geld bei sich. Und wenn Ihnen nichts zugestoßen war – warum hatte man Sie dann nicht gefunden? Ich glaube, ich suchte einfach nach einem Hinweis, einem winzigen Anhaltspunkt, der mir hätte weiterhelfen können – und ich fand keinen. Aber glücklicherweise war Belinda auf dieser Reise mitgekommen und sie fand, was ich vergeblich suchte.«

Er lächelte seiner Schwester zu: »Jetzt kannst du fortfahren, Lindy.«

Belinda Sumner lächelte mich an: »Der Hinweis war so unübersehbar, daß nur ein Mann ihn nicht erkennen konnte. In einer der Zeitungen war eine Woche vor Ihrem Verschwinden eine große halbseitige Anzeige erschienen, die eine Zirkusvorstellung in Somervale ankündigte. Der Zirkus baute am selben Tag, an dem Sie verschwanden, seine Zelte ab und zog weiter. Die Anzeige zeigte Abbildungen von Löwen, Tigern und Clowns . . . und einem Mädchen auf einem Trapez. Als ich das Trapez entdeckte, sagte ich zu Gideon: ›Da ist ja deine Schaukel! Das muß der Hellseher gemeint haben!‹«

Ihr Bruder fuhr fort: »Ich wußte, daß sie recht hatte. Auch die Tiere waren da. Sie mußten nach Somervale gelaufen sein und hatten sich irgendwo in den Zirkuswagen verborgen. Das war die einzige Erklärung für ein so spurloses Verschwinden. Und wenn der Hellseher recht hatte, dann hatten Sie es irgendwie geschafft, beim Zirkus aufgenommen zu werden, und waren immer noch dabei. Es war Kaysers Riesenzirkus.«

Ich blickte auf: »Ja, so war es, Mr. Sumner.«

»Und Mr. Galletti hat Sie aufgenommen?«

»Ja. Ich erklärte ihm, daß sich keiner was draus machte, was mit mir geschähe, und daß man mich in ein Heim stecken wollte, und er hat es mir geglaubt.«

Gideon Sumner nickte. »Damit bin ich fast am Ende meiner Geschichte angelangt. Wir brachten in Erfahrung, daß Kaysers Riesenzirkus den Kanal überquert hatte und seitdem durch Europa zog. Es war erstaunlich schwer, herauszufinden, wo er sich genau aufhielt oder wo er zu einer bestimmten Zeit hinkommen würde. Wir sind mindestens zwei Wochen lang quer durch Europa und die Donau herauf hinter Ihnen hergejagt. Aber schließlich haben wir Sie doch gefunden, Chantal.«

Es war auf einmal ganz still im Raum. Auf dem Fluß ertönte die Sirene eines Lastkahns. Meine Handschuhe waren nun wirklich tadellos glatt. Ich hatte das Gefühl, daß ich jetzt etwas sagen sollte, aber ich wußte nicht was. Ich blickte Mr. Galletti an. Er nickte mir aufmunternd zu und machte eine kleine Handbewegung. Langsam begann ich, meine Handschuhe überzustreifen und sagte: »Ich bin Ihnen und Ihrer Schwester sehr dankbar, Mr. Sumner. Was Sie mir erzählt haben, macht mich sehr glücklich, und ich hoffe, daß Mr. Kirkby mit allem, was Sie erreicht haben, zufrieden sein wird. Ich kenne ihn natürlich nicht, denn ich habe ja nie jemanden von meiner Familie gesehen, aber ich bitte Sie, ihm ganz herzliche Grüße von mir auszurichten, wenn Sie wieder in England sind.«

Gideon Sumner rieb sich das Kinn und tauschte einen raschen Blick mit seiner Schwester.

»Aber Chantal, wir sind gekommen, um Sie mit nach Hause zu nehmen. Ihre Familie, die Kirkbys, warten schon sehnlichst auf Sie!«

Ich schaute ihn verblüfft an und stotterte: »Nein, o nein, Mr. Sumner!«

Es folgte ein peinliches Schweigen. Mr. Galletti erhob

sich. Ich meinte, eine eigenartige Mischung von Trauer und Erleichterung in seinen Augen zu erkennen, als er neben meinen Stuhl trat und eine Hand auf meine Schulter legte. »Du willst uns nicht verlassen, Chantal, aber ich muß dir jetzt etwas anderes sagen, etwas, was mir in den letzten Tagen viele Sorgen gemacht hat.« Er seufzte leise, bevor er fortfuhr: »Letzte Woche sagte mir Mr. Kayser, daß er in finanziellen Schwierigkeiten steckt. Ein Teil eines Darlehens, das er erhalten hatte, wurde früher zurückgefordert als erwartet, und wir wissen ja gut genug, wie hoch die laufenden Kosten im Zirkus täglich sind. Also . . . also muß man sich jetzt einschränken, muß an hundert Kleinigkeiten sparen, um sowenig wie möglich auszugeben.«

Er zögerte, aber ich wußte, was kommen mußte, noch bevor er es aussprach. »Liebes Kind, Mr. Kayser kann dich nur noch wenige Wochen bei den Fliegenden Gallettis beschäftigen – auf keinen Fall kann er dich weiterbezahlen, wenn wir das Winterquartier aufgeschlagen haben. Danach müssen Maria und Leo allein weiterarbeiten.«

Ein rasender Schmerz durchfuhr mich. Ich hatte immer gewußt, daß dies eines Tages geschehen mußte, aber es schien keinen Grund zu geben, warum ich nicht noch ein oder vielleicht zwei Jahre weitermachen sollte, bis ich soviel gespart hatte, wie ich für mein Studium brauchte. Selbst dann würde es noch schlimm genug sein, mich von der Familie trennen zu müssen, die ich liebte, aber bis dahin wäre ich dafür gewappnet. Und jetzt blieben mir nur noch wenige Wochen.

Mr. Galletti fügte hinzu: »Es tut sehr weh, mein Kind, ich weiß. Aber alles hat einmal ein Ende.« Er blickte zu Gideon und Belinda Sumner hinüber. »Und vielleicht fällt dieses Ende mit einem guten Anfang zusammen.«

An diesem Abend waren wir noch lange auf. Mein erster Impuls war gewesen, daß die Gallettis jetzt meine Familie waren, und daß ich bei ihnen bleiben wollte, selbst wenn ich dafür in Sammys Küche arbeiten müßte, um meinen Lebensunterhalt zu verdienen. Aber Mr. Galletti gab seiner Meinung nachdrücklich Ausdruck, als wir vier an diesem Abend beim sanften Licht der Öllampe in unserem kleinen Wohnzimmer zusammensaßen. Wir hatten jede Diskussion über das Thema zurückgestellt, bis die Abendvorstellung vorüber war, die viel besser verlief, als ich bei all der Ablenkung zu hoffen gewagt hatte.

»Aber ich kann es nicht ertragen, wenn Chantal uns verläßt«, seufzte Maria mit zitternden Lippen.

»Kleines, es geht jetzt aber um Chantal«, entgegnete Mr. Galletti geduldig. »Überleg doch mal! Wir wissen, daß sie leider nur noch wenige Wochen in unserer Nummer mitwirken kann. Wenn es einmal so weit ist, wird es für sie einfacher sein, den Zirkus zu verlassen, als bei uns zu bleiben . . . sie hat einen richtigen Artistenstolz. Es ist besser, daß sie nach England zu ihrer Familie zurückkehrt, wenn sie jetzt die Gelegenheit dazu hat.«

Maria hielt meinen Arm fest und meinte: »Aber du wolltest doch Ärztin werden, Chantal. Wie willst du das denn machen, wenn du jetzt nach England zurückgehst?«

Ich war selbst den Tränen nahe, aber ich lächelte, während ich beschwichtigend ihre Hand drückte: »Das ist dort einfacher, *piccina*. Mr. Sumner sagte, daß die Familie viel Geld und Einfluß hat. Er ist sicher, daß sie mir mein Studium bezahlen kann.«

Leo wandte düster ein: »Mir ist es gar nicht recht, daß Chantal aus der Nummer ausscheidet, Großvater. Das bringt uns vielleicht Pech. Nach Maria fühlt sie sich natürlich beim Auffangen wie ein toter Esel an, aber die Leute wissen das ja nicht, und in der Luft sieht sie wirklich sehr gut aus.«

Er konnte gerade noch blitzartig seine Hand zurückziehen, bevor Maria daraufschlug.

»Trau dich bloß nicht, sie noch einmal einen toten Esel zu nennen!« schrie sie. »Au, jetzt habe ich meine Hand angeschlagen!«

»Ich habe doch nur gesagt . . .«

»Ich habe gehört, was du gesagt hast! Halt den Mund, du Affengesicht!«

»Du sollst mich nicht so nennen!«

»Chantal nennt dich so, nicht ich!«

»Bei Chantal ist es mir egal, sie sagt es viel netter. Deshalb brauchst du es noch lange nicht zu sagen.«

Mr. Galletti unterbrach die beiden: »Kinder, Kinder! Bitte Schluß jetzt! Es ist wirklich nicht der Augenblick für eure Streiterei! Unsere Wünsche haben keinen Einfluß darauf, daß Chantals Zirkuskarriere ihrem Ende zugeht.« Er blickte auf den Tisch. »Ich werde sie vermissen . . . mehr vermissen, als ich sagen kann. Aber ich habe mir viele Sorgen darum gemacht, was aus ihr werden sollte, wenn sie einmal von uns fortginge. Jetzt bietet sich eine gute Gelegenheit. Es ist besser für sie, mit Mr. Sumner und seiner Schwester zurückzufahren, das steht fest.«

Maria stammelte: »Aber . . . aber das wäre ja schon morgen, Großvater Du hast doch gesagt, sie fahren *morgen!*«

Mit großer Anstrengung wehrte ich mich gegen den Widerwillen, der mich beim Gedanken an einen so plötzlichen Übertritt in ein neues Leben befiel.

Mr. Galletti hatte ohne Zweifel recht. Ich legte meinen Arm um Maria: »Es ist bestimmt besser so, Kleines. Eine langsame Trennung ist etwas sehr Trauriges. Ich werde euch bestimmt besuchen kommen, wenn der Zirkus in England gastiert. Ich verspreche es dir!«

Leo erhob sich mit finsterer Miene. »Ich habe einen Riesenhunger von dem ganzen Gerede. Ich hol mir einen Teller Suppe.« Er seufzte, zuckte ungelenk die Achseln und lächelte mich schief an. »Du wirst mir fehlen, Dicke. Wann mußt du morgen weg?«

»Der Zug nach Augsburg fährt um vier Uhr, und dort steigen wir in den Orient-Expreß um. Ich muß Mr. Sumner eine Nachricht ins Hotel schicken, damit er weiß, daß ich mit ihnen komme, und mir ein Schlafwagenabteil reservieren lassen kann – oh!« Ein neuer Gedanke drängte alles andere beiseite: »Kommt ihr dann morgen in der Vorstellung allein zurecht, Affengesicht?«

»Ja, ich glaub schon.« Er blickte zu Mr. Galletti hinüber. »Ich kann ein paar Tage lang zwei Solos geben, bis wir die Nummer neu arrangiert haben.«

Mr. Galletti nickte zustimmend. »So habe ich es mir auch gedacht. Auf jeden Fall darf diese Frage Chantal in ihrer Entscheidung nicht beeinflussen.«

An der Tür wandte sich Leo um. »Wenn Maria und ich morgen schon zeitig proben, können wir mit dir an die Bahn kommen.«

»Nein, ich möchte mich lieber hier von euch verabschieden.« Ich wollte Maria nicht durch einen langen Abschied aufregen. »Aber es ist sehr lieb von dir, Leo, danke.«

Er verdrehte seine Augen: »Siehst du, endlich wirst du mal ein bißchen freundlicher.« Dann verschwand er in der Dunkelheit.

Maria hatte die Ellbogen auf den Tisch gestützt und verbarg das Gesicht in den Händen. Schließlich seufzte sie kummervoll: »Ich kann einfach nicht glauben, daß wir nie wieder zusammen am Trapez fliegen sollen.«

»Du sollst nicht traurig sein, Kleines. Paß auf, wir wollen morgen früh noch einmal fliegen. Wir machen die ganze Nummer noch einmal durch, ohne Publikum, wir beide ganz allein. Hast du Lust?«

Sie nahm ihre Hände vom Gesicht. »Ja, o ja! Das wäre eine richtig schöne Erinnerung.«

»Gut. Wir müssen nur noch Leo fragen, ob er einverstanden ist.«

»Oh, natürlich.« Sie wischte sich mit einem Finger die Augen aus. »Manchmal ist er komisch. Bei ihm kann man es nie so genau wissen.«

»Doch, ich schon! Er hat viel zuviel Angst, daß ich ihm auf den Fuß stampfe oder seine Ohren zerre, wenn er nein sagt. Das mag er nämlich gar nicht.«

Mr. Galletti seufzte. »Manchmal bist du schon recht garstig, Maria. Leo mag Chantal auf seine Weise sehr gern. Du wirst ihn also zu nichts zwingen müssen.«

Ich hatte mich geirrt, als ich sagte, daß wir bei unserer letzten Vorstellung am Trapez ganz allein sein würden. Es hatte sich im Zirkus herumgesprochen, und als wir am nächsten Morgen in unseren richtigen Kostümen, und nicht nur mit den Trikots bekleidet, auf den Plattformen standen, war fast der ganze Zirkus in den Zuschauerreihen versammelt – sogar Strabo war gekommen. Maria zeigte eine atemberaubende Leistung, ich hatte sie noch nie so gut gesehen. Es war wohl irgendwie ansteckend, denn ich spürte, wie all meine Muskeln und Sehnen mit einer Leichtigkeit arbeiteten, die ich nie zuvor empfunden hatte, und meine Nummer verlief so nach Plan, daß ich sogar von Leo ein lautes Lob erntete.

Schließlich sprangen wir unter Beifallsrufen unserer Zirkusfreunde ins Netz, und damit war es vorbei. Zum letzten Mal ging ich aus der Arena.

Während der nächsten Stunden war ich vollauf damit beschäftigt, zu baden und die Kleider anzuziehen, die Maria für meine Reise ausgesucht hatte. Sie stammten teilweise von den Frauen im Zirkus, denn Zeit zum Einkaufen hatten wir natürlich nicht gehabt. Kurz nach zwölf gelang es mir mit Mühe, ein Mittagessen hinunterzuwürgen, das Sammy extra für mich zubereitet hatte, und dann ging ich von einem Wagen zum andern, um mich zu verabschieden. Mr. Kayser hatte mir einen schönen Koffer gegeben, in den all meine Habe schon verpackt war – einschließlich meiner medizinischen Bücher. Ich hatte auch meine Trikots, Strumpfhosen, Stiefel und beide Flitterkostüme eingepackt. Es wäre mir unmöglich gewesen, sie wegzuwerfen oder einfach dazulassen.

Ich war fast erleichtert, als man mir schließlich sagte, daß ein Wagen auf mich warte. In unserem kleinen Wohnzimmer umarmte ich zuerst den finster blickenden Leo und dann Mr. Galletti, dem ich gerade zum allerletzten Mal seine Pfeife gestopft hatte, und der ohne großen Erfolg versuchte, durch ein Lächeln die Traurigkeit in seinen Augen zu verbergen. Ich schloß Maria fest in meine Arme, versicherte ihr, daß es keinen Grund zum Weinen gebe, brach dabei selbst in Tränen aus, bat sie, nicht mit zum Wagen zu kommen, und rannte schließlich hinaus.

Draußen wartete als einziger Strabo am Fuße der Stufen. Er stand neben meinem Koffer, den er für mich zum Wagen tragen wollte. »Die andern lassen dir sagen, daß sie nicht winken, weil es zu traurig für dich wäre, Chantal.«

»Ja. Bitte, sag ihnen, daß ich dankbar dafür bin.«

»Du bist heute gut am Trapez geflogen. Schade, daß du gehst.«

»Es ist nicht zu ändern, Mr. Strabo. Es tut mir leid, daß wir uns damals gestritten haben.«

»War meine Schuld. Ist jetzt alles vorbei. Wiedersehen, Chantal.«

Er stellte meinen Koffer in den Wagen, schüttelte mir feierlich die Hand und trat zurück. Der Kutscher schlug mit den Zügeln und schnalzte mit der Zunge. Der Wagen fuhr an, und einen Augenblick später waren wir schon auf der Straße nach Ingolstadt. Als ich zurückblickte, sah ich die einsame, untersetzte Gestalt immer noch mit erhobener Hand dort stehen. Ich winkte, dann fuhr der Wagen um eine Kurve und ich war außer Sicht.

Ich schloß die Augen und lehnte mich zurück. Ich war ganz durcheinander und entsetzlich aufgeregt, und der Abschiedsschmerz trieb mir die Tränen in die Augen. Kaysers Riesenzirkus, der fünf Jahre lang mein Zuhause gewesen war, lag nun hinter mir, und ich fragte mich, was das neue Leben, dem ich entgegenfuhr, wohl für mich bereithalten mochte.

7

DIE MEISTE ZEIT während dieser Reise nach England verlebte ich in einer großen inneren Leere, ohne Gedanken und Gefühle. Ich war weder glücklich noch unglücklich, freute mich nicht auf das, was kam, und trauerte auch dem Vergangenen nicht nach. Gideon und Belinda Sumner mußten meine Stimmung erraten haben, denn nach einigen anfänglichen Versuchen, eine Reiseunterhaltung mit mir anzuknüpfen, ließen sie mich bald in Ruhe, und ich war ihnen dankbar dafür.

Ich schlief sehr schlecht und hatte wirre Träume. Erst auf der Fähre, die uns am nächsten Tag von Le Havre nach Southampton brachte, gelang es mir, die Lethargie abzuschütteln, die mich seit Beginn der Reise befallen hatte.

Plötzlich war alles wieder Wirklichkeit. Ich hatte das alte Leben und meine Freunde hinter mir gelassen. Bald würde ich bei meiner eigenen Familie leben, aber zunächst würden es lauter Fremde für mich sein. Ich hatte Angst, und um sie zu verbergen, lächelte ich Gideon und Belinda strahlend an, während wir darauf warteten, den Landesteg hinunterzugehen.

Jetzt war ich in England, meinem Heimatland, das mir in diesem Augenblick fremder vorkam als jedes andere Land, das ich in den letzten fünf Jahren kennengelernt hatte. Ich war mir klar darüber, daß dieses Gefühl nicht ganz richtig war, denn in all diesen Jahren war ich immer mit dem Zirkus gereist, der ganz unabhängig von dem Land, in dem wir uns jeweils aufhielten, mein Zuhause gewesen war. Wenn ich mit dem Zirkus nach England gekommen wäre, hätte ich der Landung voller Spannung entgegengesehen, aus der Sicherheit meiner eigenen kleinen Welt heraus. Jetzt, wo ich allein war, war alles ganz anders.

Auf der Zugreise von Southampton fing ich langsam an, mich besser zu fühlen. Mehr als einmal hatte Mr. Galletti erwähnt, daß die englische Landschaft anders sei als alle, die er kannte, und jetzt erinnerte ich mich daran und sah, daß er recht hatte. Die Straßen, die sich von einer Ortschaft zur andern schlängelten, schienen ziellos und unregelmäßig zwischen Feldern und Hecken zu verlaufen. Alles wirkte kleiner: die Bauernhöfe, die Dorfkirchen, die Flüsse und Felder. Es war schon Herbst, und große Waldstücke hatten sich golden verfärbt, denn hier waren die Laubbäume noch nicht von den schnellwachsenden Nadelbäumen verdrängt worden.

Ich war so in die Betrachtung der Landschaft vertieft, daß ich die Gegenwart von Gideon und Belinda fast vergessen hatte und aufschreckte, als er fragte: »Ist es schön, wieder zu Hause zu sein, Chantal?«

Ich wandte mich um und sah ihn an. Er saß am andern Ende des Abteils, hatte seine langen Beine weit von sich gestreckt und lächelte mich an.

»Ja«, sagte ich, »es ist schön . . . einerseits. Aber meine Freunde werden mir fehlen.«

Immer noch lächelnd zuckte er die Achseln. »Irgend etwas fehlt einem immer.«

»Wahrscheinlich. In ein oder zwei Jahren hätte ich mich sowieso von ihnen trennen müssen.«

Belinda schlug vor: »Du solltest Chantal etwas über die Kirkbys erzählen, Gideon. Wenn sie alle auf einmal kennenlernt, würde es ihr bestimmt helfen, vorher ein bißchen Bescheid zu wissen.«

»Ach ja, das ist eine gute Idee«, meinte Gideon. »Soll ich Ihnen Ihre Familie ein bißchen beschreiben, Chantal?«

»Ja, bitte. Ich wußte gar nicht, daß Sie sie so gut kennen.«

»Als ich anfing, nach Ihnen zu suchen, führte ich einige Gespräche mit Benedict Kirkby, und er lud uns ein, für ein paar Tage nach Wildings zu kommen. Benedict ist der Familienvorstand. Er ist unverheiratet. Dann kommt der Bruder Arthur, der mit Prudence verheiratet ist – der stolzen Mutter zweier Kinder.«

»Wie alt sind die Kinder denn?«

»Ich kann es nicht ganz genau sagen, aber Adrian dürfte so um zweiundzwanzig, und Theresa etwa sechzehn sein.«

»Hoffentlich mögen sie mich auch leiden! Gideon, wie soll ich sie denn alle anreden?«

»Nun, Benedict und Arthur Kirkby sind Vettern Ihres Vaters, aber ich glaube, Sie können ruhig Onkel zu ihnen sagen. Dann können Sie Arthurs Frau mit Tante Prudence anreden, und bei Adrian und Theresa gibt es ja keine Probleme.«

Noch keine vierundzwanzig Stunden waren vergangen, seitdem ich Kaysers Riesenzirkus verlassen hatte, und schon fühlte ich Heimweh in mir aufsteigen. Vielleicht würde mich meine Familie gar nicht mögen. Vielleicht mochte ich sie nicht. Und wie würde denn mein zukünftiges Leben aussehen? Wie sollte ich mich den ganzen Tag über beschäftigen? Obwohl ich es nach besten Kräften versuchte, konnte ich mir nicht vorstellen, was wohl gewöhnliche Leute den ganzen Tag über mit sich anfingen.

Gewöhnliche Leute. Für mich waren das alle Leute, die nicht zum Zirkus gehörten. Aber von jetzt an sollte ich auch zu den gewöhnlichen Leuten gehören und hatte keine Ahnung, wie ich es anpacken sollte. Ich versuchte, mir in Erinnerung zu rufen, was ich in Farleigh Hall den ganzen Tag über getan hatte, in den Jahren, bevor ich weggelaufen war. Natürlich hatte ich mit meinen Erzieherinnen für die Schule gearbeitet, aber abgesehen davon konnte ich mich kaum erinnern, irgend etwas Sinnvolles getan zu haben. Ich hatte die meiste Zeit damit verbracht, meine Erzieherinnen zu ärgern, Klavierstunden zu schwänzen, absichtlich scheußliche Stikkereien zu verfertigen, und den Bediensteten so viel Kummer wie möglich zu bereiten. Das war aber auch alles gewesen.

Mir wurde ganz flau vor Scham, als ich mir all das in Erinnerung rief.

»Fehlt Ihnen etwas, Chantal?« Gideons Stimme klang besorgt.

Ich kehrte in die Gegenwart zurück. »Nein, es ist alles in Ordnung. Das heißt . . . ich glaube, ich bin ein bißchen aufgeregt, sonst nichts.« Plötzlich fiel mir etwas ein. »Oh! Werden Sie und Belinda gleich wieder nach London zurückkehren, wenn Sie mich nach Wildings gebracht haben?«

»Nein – wir werden für ein paar Wochen ganz in der Nähe wohnen.«

Gideon lächelte und blickte zu seiner Schwester hinüber. »Wenn ich gerade nichts zu tun habe, sind Lindy und ich immer ganz gerne auf dem Land. Wir haben uns ein Häuschen in Osburne gemietet, und wir hoffen, daß wir Sie recht häufig sehen.«

Ich war ganz erleichtert. »Da bin ich aber froh. Ich fange erst an zu begreifen, wie anders jetzt alles für mich sein wird.«

»Ich glaube aber nicht, daß Ihnen das sehr lange zu schaffen machen wird«, beruhigte Gideon mich. »Schließlich sind Sie ja bis zum Alter von dreizehn Jahren im gleichen Milieu wie die Kirkby-Kinder aufgewachsen, und es ist für Sie nichts Neues. Ich bin sicher, daß Sie sich bald gut eingelebt haben.«

Er lächelte und blickte zu seiner Schwester hinüber. »Zumindest ist das alles viel weniger gefährlich, als auf einem Trapez zu fliegen, nicht wahr, Lindy?«

Belinda hob den Kopf von der Zeitschrift und blickte ihn einen Augenblick lang ernst an. Dann zuckte sie lässig die Achseln und entgegnete: »Das kann man nie wissen.«

Das war eine eigenartige Bemerkung, doch sie schien sie ganz ernst gemeint zu haben. Während ich noch zögerte und überlegte, ob ich sie fragen sollte, was sie damit sagen wollte, fragte Gideon leichthin: »Meinst du, daß sich alle jungen Männer jetzt sehr eingehend mit Chantal befassen werden – aber das ist für eine junge Dame doch wohl eher aufregend als gefährlich?«

»Solange sie sich nicht den Kopf verdrehen läßt und auf keinen egoistischen Schuft hereinfällt«, jetzt lächelte Belinda, als sie mich ansah. »Und ich bin sicher, Chantal ist viel zu vernünftig, als daß man so etwas befürchten müßte.«

Ich hatte immer noch das Gefühl, daß ihre Worte einen Doppelsinn gehabt hatten, doch blieb mir keine Zeit mehr, darüber nachzudenken, denn der Zug begann, seine Fahrt zu verlangsamen, und im nächsten Augenblick fuhren wir auch schon in den Bahnhof von Pellridge ein.

Gideon warf einen Blick auf seine Uhr: »Wir sind auf die Minute pünktlich. Ich habe gestern ein Telegramm geschickt, also wird sicher jemand von den Kirkbys zu Ihrer Begrüßung am Bahnhof sein.«

Innerlich machte ich einen Luftsprung, dann bemühte ich mich um Haltung. Der Augenblick, in dem ich mit meiner Familie zusammentreffen sollte, war gekommen. Es waren Menschen, deren Namen ich zwar kannte, die aber noch keine Gesichter hatten, und ich war wild entschlossen, einen guten Eindruck auf sie zu machen. Zwei Minuten später gingen wir auf dem Bahnsteig des kleinen Bahnhofes entlang, gefolgt vom Gepäckträger, der unsere Koffer auf einen kleinen Wagen geladen hatte.

Ich erinnerte mich an Marias Anweisungen und versuchte, mich mit kleinen, weiblichen Schritten und damenhafter Haltung zu bewegen. Das nahm meine Aufmerksamkeit so vollständig in Anspruch, daß ich für nichts anderes Augen hatte, bis ich hörte, wie Gideon ausrief: »Da sind Sie ja, Mr. Kirkby, guten Tag! Ich freue mich sehr, Sie wiederzusehen, Mrs. Kirkby. Ah! Theresa! Wie geht es uns denn, junges Fräulein?«

Seine Worte waren an ein Paar mittleren Alters gerichtet, das ein dunkelhaariges Mädchen bei sich hatte, in dessen rundlichem Gesicht freundliche, braune Augen glänzten.

Ich vermutete, daß es sich um Mr. Arthur Kirkby mit Frau und Tochter handelte. Er war mittelgroß und ziemlich beleibt, mit fülligem rotem Haar, das an den Schläfen schon ergraut war. Er mußte früher wohl gut ausgesehen haben, aber jetzt war das Gesicht zu fleischig. Er lächelte zerstreut, und ich hatte den Eindruck, daß er mit seinen Gedanken ganz woanders war. Später sollte ich herausfinden, daß dieser erste Eindruck richtig war, denn Arthur Kirkby war immer geistesabwesend. Er trug eine Tweedjacke mit Gürtel, dazu passende Knickerbocker. Seine Mütze hatte er abgenommen, als wir näher kamen.

Seine Frau war ebenso groß wie er, ihr flächiges Gesicht war von schönem dunklem Haar umrahmt. Sie hatte sanfte Augen und lächelte mich freundlich an, aber auch sie schien sich in Gedanken in diesem Augenblick mit ganz anderen Dingen zu beschäftigen, wenngleich nicht mit denselben wie ihr Mann. Während er sich mit irgendeiner schwerwiegenden Angelegenheit zu befassen schien, wirkte sie so, als ob sie ständig von einer Menge kleiner Probleme abgelenkt sei. Sie trug ein braunes Komplet und eine Samtkappe. Die Kostümjacke reichte ihr bis zu den Knien und war am Kragen und an den Manschetten mit Persianer besetzt. Ich war sicher, daß ihre Kleider vom Schneider stammten und aus bestem Material gefertigt waren, aber sie trug sie längst nicht mit der gleichen Eleganz wie Belinda. Welcher der beiden Frauen würde ich wohl ähnlich sein, wenn ich jemals so schöne Kleider hätte? Ich kam betrübt zu der Erkenntnis, daß es mir an Eleganz mangelte und ich wohl eher wie Mrs. Kirkby aussehen würde.

Das Mädchen trug einen runden, hellen Strohhut und eine weiße Bluse unter einer langen Jacke, die zu einem Volantrock aus hellblauem Wolltuch paßte. Sie lächelte, und im Gegensatz zu ihren Eltern vermittelte sie mir den Eindruck, daß sie in der Gegenwart lebte, und daß ihr Lächeln nicht nur eine höfliche Maske war, sondern wirklich mir galt.

Erst später konnte ich die Eindrücke, die auf mich einstürmten, während Gideon und Belinda meine Verwandten begrüßten, verarbeiten. Zu dem Zeitpunkt war ich so unglaublich aufgeregt, daß ich das meiste nur verschwommen wahrnahm.

Ich hörte Gideon sagen: »Hier ist sie also, Mr. Kirkby. Das ist Chantal.«

Er wandte sich zu mir: »Chantal, das ist Ihr Onkel Arthur und Ihre Tante Prudence, und die hübsche junge Dame ist ihre Cousine Theresa.«

Theresa kicherte verlegene während ich höflich »Guten Tag« sagte und einem nach dem andern die Hand schüttelte.

Onkel Arthur brummte: »Ah, ja. Ausgezeichnet. Sehr gut gemacht, mein lieber Sumner. Gut wieder angekommen, was? Hübsch braune meine Liebe, was? Zirkus, nicht wahr! Unglaublich!« Seine Stimme verlor sich, aber er lächelte weiter, obwohl er mich schon längst nicht mehr ansah.

Tante Prudence sagte: »Willkommen zu Hause, Chantal. Was für ein hübscher Name! Ich bin sicher, daß du dich bei uns in Wildings wohl fühlen wirst. Theresa, hast du nicht gesagt, daß ich Dixon anwies, Mrs. Forster Bescheid zu geben . . .«

»Ja, Mama«, unterbrach Theresa hastig. »Du hast es ihm dreimal gesagt. Er weiß, daß Chantal heute nachmittag ankommt, und daß Mr. Sumner und Miß Sumner heute mit uns zu Abend essen, und er hat auch in der Küche Bescheid gesagt.« Sie verdrehte die Augen. »Wollen wir nicht gehen? Ich bin sicher, daß wir alle nach einer Tasse Tee lechzen!«

Onkel Arthur erwachte aus seiner Tagträumerei und brummelte: »Zwei Wagen – bißchen eng.«

»Wir sind mit zwei Wagen gekommen«, erklärte Tante Prudence, »sonst wäre es auf der Rückfahrt ziemlich eng geworden. Arthur, sag dem Gepäckträger, wo er mit den Koffern hin soll. Wie verteilen wir uns?«

»Ich fahre mit Chantal«, bestimmte Theresa und faßte mich so heftig am Arm, daß ich meine Handtasche zu Boden fallen ließ. In den folgenden Monaten sollte ich mich noch oft über Theresa ärgern, denn sie war unglaublich ungeschickt und so taktlos, wie eben ein Schulmädchen sein kann, das nur Stroh im Kopf hat. Ich vergaß aber nie, mit welcher Wärme sie mich begrüßt hatte und blieb ihr immer dankbar für die Zuneigung, die sie mir vom ersten Augenblick an entgegenbrachte. »Ich war ja so gespannt, seit Onkel Benedict uns gesagt hat, daß du kommen würdest«, schnatterte Theresa. »Er hat es erst gestern verraten, weil es eine Überraschung werden sollte, und heute konnte ich vor Aufregung den ganzen Tag keine Minute stillsitzen. Das stimmt doch, nicht wahr, Mama? Du kannst bestimmt lauter aufregende Geschichten erzählen, Chantal – wenn ich mir vorstelle, im Zirkus zu leben! War es nicht schrecklich aufregend? Ich war erst zweimal im Zirkus und mußte wegschauen, wenn die Leute hoch oben über der Arena auf dem Seil gingen. Hast du das auch gemacht? Ich glaube, mir gefielen die Clowns am besten, Papa ist dabei eingeschlafen, nicht wahr, Mama? Er fand die Musik scheußlich – er ist nämlich sehr musikalisch, mußt du wissen – deshalb fand er sie so scheußlich. Bist du im Stehen um die Arena geritten, Chantal?«

»Nein, ich . . .«

»Sie hatten auch Affen, nicht wahr, Mama? Die waren sehr lustig. Vielleicht gefielen die mir sogar noch besser als die Clowns. Dein Zimmer liegt direkt neben meinem, Chantal, ich zeige es dir, sobald wir zu Hause sind. Ich habe ein Pferd – es heißt Jericho, und als ich aus dem Zirkus kam, versuchte ich, auf seinem Rücken zu stehen, aber ich habe es nicht geschafft und wäre beinahe runtergefallen. Dafür muß man bestimmt jeden Tag stundenlang üben, nicht?«

Sie hielt inne, um Luft zu schöpfen, aber ich war nicht darauf vorbereitet, etwas zu sagen, weil ich längst die Hoffnung aufgegeben hatte, daß ich einmal die Gelegenheit zu einer Antwort bekäme. Statt dessen mischte sich Belinda ein: »Chantal hat nicht mit Pferden gearbeitet. Sie war Trapezkünstlerin.«

»Das Trapez!« kreischte Theresa. »Mein Gott, mußt du tapfer sein! Bist du denn nie runtergefallen?«

»Ich . . .«

»Wir haben eine Frau auf einem Trapez gesehen, und ich konnte einfach nicht hinschauen, weil ich so furchtbare Angst hatte, daß sie gleich runterfiele. Sie trug ein rosafarbenes Kostüm mit Flitter darauf, und nur ein winziges Röckchen. Mama fand es ziemlich gewöhnlich, wegen ihrer – ich meine, weil man die Beine ja ganz sehen konnte, aber ich fand sie eigentlich sogar recht hübsch. Schließlich konnte sie ja am Trapez keinen richtigen Rock tragen, nicht? Sag mal, mußtest du denn Strumpfhosen tragen, Chantal? Ja, wahrscheinlich, wenn du tatsächlich am Trapez warst . . .«

An diesem Tag war mir Theresas Gewohnheit, Fragen zu stellen und dann weiterzureden, ohne eine Antwort abzuwarten, keineswegs unangenehm. Ich war ganz zufrieden, nur mit halbem Ohr ihrem Wortschwall zuzuhören, während ich meine Aufmerksamkeit auf die Umgebung richtete. Wir hatten Pellridge hinter uns gelassen und fuhren auf einer Straße, die sich durch Wiesen schlängelte, auf denen Schafe weideten. Zur Rechten erhob sich eine sanfte, grüne Hügelkette. Zur Linken gingen die Wiesen bald in Wälder über. Wir fuhren leicht bergan, ließen einen Bauernhof und eine Gruppe kleiner Häuser hinter uns und gelangten zu einer Kreuzung, von wo aus uns der Weg bergab zu dem Dörfchen Osburne führte.

Die Hauptstraße war zuerst recht schmal, erweiterte sich jedoch bald zu einem rechteckigen, gepflasterten Marktplatz. Auf beiden Seiten standen dichtgedrängte, niedrige Häuser, und am andern Ende erhob sich eine alte normannische Kirche. Wir waren gerade an der Schmiede am Dorfrand vorübergefahren, als unser Wagen anhielt.

»Hier müssen wir aussteigen.« Belinda erhob sich. »Vielen Dank für die freundliche Einladung zum Abendessen – wir werden mit großem Vergnügen kommen.«

Ich hatte ganz vergessen, daß sie und Gideon nicht direkt mit uns nach Wildings kamen. Im nächsten Augenblick schon öffnete er die Tür und half seiner Schwester beim Aussteigen. Hinter uns hob der andere Kutscher die Koffer und Reisetaschen der beiden vom zweiten Wagen. Jetzt erst sah ich das weißgekalkte Häuschen, das etwas abseits von der Straße stand. Gideon steckte seinen Kopf durchs Fenster in den Wagen und sagte: »Hier sind wir für die nächsten Wochen zu Hause, Chantal. Ich hoffe, Sie besuchen uns oft. Mrs. Kirkby hat uns eine ausgezeichnete Haushälterin empfohlen, die jeden Tag kommt, es wird also alles sehr gemütlich sein.«

Ich dankte ihm ziemlich unbeholfen für alles, was die beiden für mich getan hatten. Die Aufgabe wurde mir erschwert durch Theresa, die ununterbrochen über die Jagd daherschwatzte, die in wenigen Wochen beginnen sollte. Sie redete immer noch, obwohl ihr niemand zuhörte, als der Kutscher die Koffer zu dem Häuschen getragen hatte und Gideon lächelnd meine Hand berührte: »Wir sehen uns heute abend, Chantal. Willkommen zu Hause!«

Die beiden Wagen fuhren an und bogen nur wenige Minuten später in eine Auffahrt ein, die von sorgfältig beschnittenen Eibenhecken eingefaßt war. Hinter den Eiben erstreckte sich auf beiden Seiten ein gepflegter Rasen, der von hohen Linden und Ulmen begrenzt war. Das Haus schaute nach Süden, und die Herbstsonne glänzte auf den steinernen Mauern und dem graugrünen Schieferdach. Später sollte ich erfahren, daß die Kirkbys erst seit vierzehn Jahren in diesem Hause lebten und von den Leuten in der Gegend immer noch als Fremde betrachtet wurden. Das Haus jedoch stammte aus der Tudorzeit. Im Lauf der Jahrhunderte war es oft umgebaut worden, aber die ursprünglichen Grundmauern waren erhalten geblieben. Bevor wir das große Tor erreichten, wurde die Tür von einem Butler geöffnet, einem hochgewachsenen, schlanken Mann mit angegrautem Haar.

»Schau!« schrie Theresa und stieß mir ihren Ellbogen in die Seite, während sie auf einen hölzernen Verschlag deutete, der auf der einen Seite in den Tordurchgang eingelassen war. »Das ist unser Almosenschrank, Chantal. Ist das nicht lustig? Dahinter führt ein Gang in die Küche, und man legte früher etwas zu essen für vorbeiziehende Wandersleute hinein.«

»Hüpf nicht dauernd hin und her, Kind!« seufzte Tante Prudence. »Für so etwas bist du nun einfach zu groß. Ich komme mir vor, als ob ich einen Tanzbären im Hause hätte.«

»Ich kann doch nichts dafür, daß ich groß bin, Mama«, erwiderte Theresa unbeeindruckt. »Ich hab eben große Knochen. Schau, Papa sitzt immer noch im Wagen, ich glaube, er hat noch gar nicht bemerkt, daß wir angekommen sind. Wahrscheinlich ist er wieder in Gedanken vertieft. Papa! Papa!« Sie raffte ihren Rock zusammen und rannte zu ihrem Vater, der gerade langsam aus dem zweiten Wagen auftauchte.

Als sie zusammen das Tor erreicht hatten, sagte Onkel Arthur: »Ah, da sind Sie ja, Dixon. Guter Mann.

Dies ist gleich hab ich's wieder – äh, ja, dies ist Chantal. Ja, Miß Chantal.«

Der Butler neigte den Kopf, als wir eintraten. »Willkommen in Wildings, Miß Chantal.« Er war sehr höflich, aber etwas in seiner Stimme, oder vielleicht ein kaum wahrnehmbarer Ausdruck in seinen Augen brachte mir längst vergessene Erinnerungen zurück. Fünf Jahre lang hatte ich keine Dienstboten mehr gesehen, aber ich erinnerte mich genau an das Personal in Farleigh Hall, wo ich meine Kindheit verbracht hatte. Es waren schlechte Diener gewesen, weil ihr Herr die meiste Zeit nicht da war und weil ich, die Tochter des Hauses, ein widerliches Geschöpf war, das es auch nicht verdiente, daß sie sich anständig betrugen. Aber ich hatte gelernt, Verachtung aus einem höflichen Wort herauszuhören oder sie in einem ausdruckslosen Gesicht zu erkennen, und ich durchschaute Dixon im ersten Augenblick. Er wußte, daß ich im Zirkus als Artistin gearbeitet hatte, und das reihte mich in seinen Augen in die unteren Klassen ein, viel tiefer als die Klasse der Dienstboten. Ich war weit unter seiner Würde als Butler, der vielleicht ein Dutzend andere Bedienstete zu befehligen hatte. Er wagte es natürlich nicht, seine Gefühle zu zeigen, und wenn er ein guter Butler war, würde er nicht einmal dem Personal gegenüber etwas erwähnen. Aber die andern Dienstboten würden es ebenso bemerken wie ich selbst und würden sich vermutlich seine Haltung zu eigen machen.

Dagegen konnte ich nichts tun. Möglicherweise würde man mich nicht aufmerksam bedienen, aber schließlich war ich während der vergangenen fünf Jahre überhaupt nicht bedient worden, und so würde es mir kaum etwas ausmachen. Ich war angenehm überrascht, als ich feststellte, daß ich deshalb nicht sofort eine heftige Abneigung gegenüber Dixon faßte. Vielleicht gelang es mir doch mit der Zeit, mein ungestümes Temperament etwas zu zügeln.

Theresa war schon die breiten steinernen Stufen des geschwungenen Treppenhauses hinaufgerannt. Jetzt lehnte sie sich über das schmiedeeiserne Geländer und rief: »Komm, Chantal, ich zeig dir dein Zimmer! Schicken Sie bitte Miß Chantals Gepäck herauf, Dixon, und sagen Sie Molly, daß sie zum Auspacken kommen soll.«

Mein Zimmer hatte einen Blick auf den Rasen und war mindestens zweimal so groß wie unser Wohnwagen und dabei nur halb so hoch.

Theresa stieß einen Leuchter um, als sie mir den Klingelzug neben dem Bett zeigte, und sagte dabei, sie hoffe, daß ich wegen des kleinen Zimmers nicht enttäuscht sei – sie habe dieses ausgewählt, weil es nett und gemütlich sei und neben ihrem liege. Überdies verfüge es über einen eisernen Heizkörper, der durch heißes Wasser aus dem Küchenboiler erhitzt werde und den ich nach Belieben an- oder abdrehen könne.

Mein Koffer wurde heraufgebracht, und bald darauf erschien ein Zimmermädchen, um ihn auszupacken. Theresa war erstaunt, daß meine ganze Habe Platz in einem einzigen Koffer fand. »Wo hast du denn deine Abendkleider gelassen?« fragte sie, als Molly begann, die Lederriemen zu lösen. »Du wirst sie doch nicht etwa dort gelassen haben? Und deine Jagdausrüstung? Du kannst doch auf die Fuchsjagd reiten, oder etwa nicht?«

Ich lächelte über ihre plötzliche Besorgnis. »Ich bin ziemlich viel geritten, aber ich war nie auf der Jagd. Und Abendkleider haben wir im Zirkus nicht gebraucht.«

»Ach, stimmt. Wie dumm von mir, daß ich nicht daran gedacht habe. Aber irgend etwas mußt du doch beim Reiten angehabt haben? Ich darf Knickerbocker tragen. Mama findet zwar, daß es nicht ganz anständig sei, aber als

Onkel Benedict sagte, sie sei verrückt, erhob sie natürlich keine Einwände mehr. Aber vielleicht hast du überhaupt einen Damensattel gehabt?«

»Nein, ich bin fast immer ohne Sattel geritten.«

»Oh, dann hattest du ja auch Knickerbocker.«

»Maria hat für jede von uns ein paar Hosen geschneidert, aber die haben wir nur angezogen, wenn wir lange geritten sind. Sonst haben wir einfach unsere Röcke ein bißchen hochgezogen.«

Theresas Augen weiteten sich. »Ooh! Es muß schon etwas sehr Besonderes sein, im Zirkus zu leben.«

»Ja, es ist sicher etwas Besonderes, aber man gewöhnt sich daran.«

»Onkel Benedict wird sich freuen, wenn er erfährt, daß du reiten kannst. Er ist ganz versessen auf die Jagd. Er unterhält zusammen mit Mr. Mortinger eine Meute, und wir haben unsere eigenen Ställe und ein paar sehr schöne Pferde. Ich durfte letztes Jahr zum ersten Mal mit auf die Jagd. Es war alles schrecklich aufregend.«

Mit einem Satz stand sie an der Tür. »Ich werde mich ein bißchen frisch machen, solange du dich hier einrichtest, und dann führe ich dich in Wildings herum, bevor wir Tee trinken.« Sie ging hinaus und kurz darauf hörte ich im Nebenzimmer etwas klirrend zu Boden fallen.

Molly hielt eines meiner Trikots empor und starrte es fassungslos an. »Was ist das denn bloß, Miß Chantal?«

»Das nennt man Trikot. Lassen Sie den Koffer nur, Molly, ich mache das lieber selbst. Vielleicht sind Sie so freundlich und gießen mir etwas Wasser in die Waschschüssel.«

Sie blickte die große Porzellankanne an: »Aber das ist kaltes Wasser, Miß Chantal«, sagte sie mit ihrem weichen Dorset-Akzent.

»Das macht mir nichts aus.«

»Aber Sie können sich doch nicht mit kaltem Wasser waschen, Miß! Alfred wird Ihnen heißes Wasser holen.« Entsetzt blickte sie mich an.

»Ja . . . ja, gewiß«, entgegnete ich langsam und machte mir dabei klar, daß ich eins in meinem neuen Leben lernen mußte: Junge Damen waren dazu auf der Welt, um verhätschelt und bedient zu werden. Ich lächelte darüber, doch plötzlich schien mir der Gedanke gar nicht mehr so lustig, sondern eher bedrückend.

Molly sagte: »Im Schrank hängen genügend Kleiderbügel, und die Schubladen habe ich neu mit Papier ausgelegt. Die Sitzbadewanne ist hier unten im großen Schrank, und Streichhölzer für das Gas brauchen Sie nicht, weil es von selber angeht, wenn man hier an der kleinen Kette zieht. Ah, da kommt ja der Alfred mit dem Wasser.«

Bis Theresa zurückkam, hatte ich mich gewaschen, umgezogen und gekämmt. Im Verlauf der nächsten Stunde empfand ich ihr dauerndes Gerede als ziemlich ermüdend, aber bald betrachtete ich sie, wie der Rest der Familie auch, als natürliche Lautkulisse, wie das Rattern eines Zuges oder das Trommeln des Regens auf dem Wagendach.

Nachdem ich ihr Zimmer gesehen hatte, zeigte sie mir, wo die Zimmer der andern Familienmitglieder lagen. »Hier schlafen Mama und Papa, und Adrian bewohnt ein Zimmer am Ende dieses Ganges. Oh, er ist übrigens mein älterer Bruder und ungeheuer gebildet – er ist Dichter, da muß er ja gebildet sein. Ich nehme an, daß er zum Tee herunterkommen wird. Jetzt gehen wir hier entlang . . .«

Onkel Benedicts Zimmer befand sich in einem Gang auf der andern Seite des Treppenaufganges, und sein Arbeitszimmer lag gleich daneben. Zu meiner großen Überraschung mußten wir uns auf Zehenspitzen daran vorbeischleichen. Theresa legte einen Finger an die Lippen. »Onkel Benedict arbeitet nachmittags immer«, flüsterte sie, als wir an der engen Treppe anlangten, die zu den Räumen der Dienerschaft hinunterführte. »Und wir dürfen ihn nie stören. Aber er sagte, daß er heute nachmittag zum Tee herunterkommen wolle, um dich zu sehen.«

»Was arbeitet er denn?« fragte ich.

»Oh, er schreibt Briefe und addiert lange Zahlenkolonnen und lauter solches Zeug«, meinte sie unbestimmt. Dann fügte sie in ehrfurchtsvollem Stolz hinzu: »Außerdem spricht er ins Telefon! Jetzt haben wir schon fast ein Jahr das Telefon im Haus, und dazu mußte man extra einen Draht von hier bis nach Dorchester legen!«

Das machte mir großen Eindruck, denn ein Telefon hatte ich bisher noch nicht einmal gesehen und konnte mir nur in etwa vorstellen, wie eigenartig es sein mußte, mit jemandem zu sprechen, der womöglich meilenweit entfernt war. Ich hätte gedacht, daß Dixon sich mißbilligend darüber äußern würde, daß Theresa mich nach unten brachte, aber er stellte mir höflich den Koch und die übrige Dienerschaft vor, und ich gewann den Eindruck, daß unter ihnen allgemeine Zufriedenheit herrschte – ganz im Gegensatz zu der Stimmung, die ich aus den Räumen der Dienerschaft in Farleigh Hall kannte.

Wir stiegen wieder ins Parterre hinauf, und ich hörte, wie jemand Klavier spielte. Ich vernahm einige eigenartige Akkorde – dann folgte eine Pause, bevor wieder und wieder die gleichen Töne erklangen, jedesmal kaum merklich abgewandelt.

»Papa ist im Musikzimmer und komponiert seine Symphonie«, erklärte Theresa. »Damit ist er eigentlich die meiste Zeit beschäftigt, aber am Klavier arbeitet er nur zwischen drei und vier Uhr nachmittags, weil Onkel Benedict behauptet, daß wir sonst alle wahnsinnig würden.«

Sie redete immer noch weiter, während sie eine Tür öffnete und mir in ein ziemlich unordentliches Zimmer vorausging. In einer Ecke standen ein großer Flügel und mehrere Tische, auf denen zahllose Blätter wild verstreut waren. Onkel Arthur saß mit einem Bleistift im Mund am Klavier, hatte ein Blatt Papier vor sich festgeklemmt und ließ seine Finger mit geschlossenen Augen über die Tasten gleiten.

»Wir gehen hier durch zur Bibliothek«, erklärte Theresa und stolperte dabei über einen Stuhl, ohne sich die Mühe zu machen, ihre Stimme zu dämpfen. »Auf Papa brauchst du keine Rücksicht zu nehmen, er kann sich ausgezeichnet konzentrieren. Papa? Siehst du? Er kann uns nicht hören. Dies hier ist also die Bibliothek . . .«

Wir kamen durch den Salon, das Empfangszimmer, einen kleinen gesonderten Raum, in dem Onkel Benedict Geschäftsbesuche empfing, und erreichten schließlich die Halle. Hier wurde gegessen. Der Raum war nicht so groß, wie sein Name vermuten ließ, aber dennoch sehr repräsentativ und schön in den Proportionen. Er hatte eine herrliche gewölbte Decke und einen offenen Kamin, dessen Einfassung aus einem einzigen Stein gehauen war.

Als wir eintraten, waren ein Mädchen und ein Diener gerade dabei, frisch geputztes Silberbesteck in grün ausgeschlagene Kästen zu räumen. Beim Anblick des glänzenden Silbers stockte mir der Atem, denn es brachte die Erinnerung an Farleigh Hall überstark zurück. Jeden Abend hatte ich mit meiner Erzieherin gegessen – jede an einem Ende des langen Tisches, an dem auf jedem Platz ein vollständiges Gedeck stand. Bei den seltenen Gelegenheiten, wo mein Vater – oder der Mann, den ich dafür hielt – zu Hause war, waren wir zu dritt. Wenn wir einmal Gäste hatten, was noch viel seltener geschah – und dann waren es nur Männer –, gebrauchten wir acht oder neun verschiedene Bestecke. Doch während der letzten fünf Jahre hatte ich von einem Blechteller gegessen und dabei nur je ein Messer, Gabel und Löffel benutzt.

Wir machten einen Gang durch den Garten und kehrten fünf Minuten nach vier Uhr zum Tee in den Salon zurück. Tante Prudence war schon da und Onkel Arthur trat wenige Augenblicke nach uns ins Zimmer. Er schien überrascht, als er mich sah, doch dann überzog ein schwaches Lächeln sein Gesicht, als er sich erinnerte, wer ich war. »Ah, Chantal! Bißchen Tee, ja?« Er ließ sich auf einem Stuhl gegenüber seiner Frau nieder, die ständig damit beschäftigt war, die Teetassen, die neben ihr auf einem kleinen Tischchen standen, auf ihren Untertellern zurechtzurücken.

Die nächsten fünf Minuten waren verblüffend. Onkel Arthur gab wahllos Bemerkungen von sich, in denen die wichtigsten Worte fehlten, und Tante Prudence schien es als ihre Aufgabe zu betrachten, diese geheimnisvollen Sätze verständlich zu machen und von sich zu geben, als ob es ihre eigenen seien.

»Bißchen gedreht«, sagte Onkel Arthur, während er zum Fenster schaute. »Morgen westlich.«

»Ich glaube, der Wind dreht sich etwas«, führte Tante Prudence aus, während sie die silberne Teekanne zurechtrückte. »Es ist gut möglich, daß wir morgen etwas Regen von Westen bekommen.«

Onkel Arthurs Kopf begann, leise hin und her zu wiegen, wie im Takt einer Musik, die an seinem inneren Ohr vorbeistreifte. »Gehen nach, – äh – weißt schon. Nächste Woche«, bemerkte er. »Weiß nicht, wer dann kommt.«

Tante Prudence blickte auf die prächtige alte Uhr. »Ich habe gehört, daß die Dennisons schon bald nach Amerika reisen. Ich möchte wissen, wer dann in White Lodge einzieht?«

Nachdem sie einige Minuten auf diese Weise die Unterhaltung bestritten hatten, zogen sich Onkel Arthur und Tante Prudence in ein Zwiegespräch zurück. Während er weiterhin Bemerkungen machte, die für mich keinen Sinn ergaben, begann sie, eine Reihe von häuslichen Problemen aufzuzählen, die sie beschäftigten. »Neue Kirchengesangbücher, sagte mir seine Frau«, erklärte Onkel Arthur.

»Ich habe Molly bestimmt schon gesagt, daß sie diese Tücher wenden soll«, seufzte Tante Prudence, »aber sie tut nichts dergleichen.«

»Sagt, daß die vierundachtziger knapp werden. Glaube ich nicht.«

»Wir brauchen unbedingt neue Vorhänge im Salon, Arthur. Wahrscheinlich muß ich deshalb nach Dorchester fahren.«

»Massenhaft. Selbst Keller. Wenn ich Zeit habe.«

Und daneben redete Theresa nahezu ununterbrochen auf mich ein: »Wir machen morgen vormittag bei den Bentleys Besuch. Machst du gern Besuch, Chantal? Ich finde es eigentlich immer nett, außer bei den Manstons; die alte Mrs. Manston ist ein richtiger Drachen und sagt mir andauernd, ich solle stillsitzen. Hoffentlich ist Roger Bentley da. Der gefällt dir bestimmt, Chantal. Er sieht nicht besonders gut aus, aber er reitet einfach phantastisch!«

»Ah, da bist du ja, Adrian«, sagte Tante Prudence. »Komm her und sag Chantal guten Tag.«

Adrian Kirkby durchquerte das Zimmer. Mit einem eher traurigen Gesichtsausdruck reichte er mir seine schlaffe Hand. »Meine liebste Chantal, wie sehr bitte ich Sie um Vergebung !« sagte er mit schleppender Stimme. »Verzeihen Sie, daß ich Sie nicht früher willkommen hieß, aber ich lag in den Armen des Genius.«

Ich brauchte einen Augenblick, bis ich mich gefaßt hatte und mich daran erinnerte, daß Theresa mir erzählt hatte, Adrian sei Dichter und sehr gebildet. Er war mir sofort äußerst unsympathisch, und ich ärgerte mich deshalb über mich selbst. Ich bemühte mich, ihm mein liebenswürdigstes Lächeln zu schenken und schüttelte ihm kräftig die Hand: »Guten Tag, Adrian!«

Seine Hand fühlte sich schlaff und schwammig an, und er zuckte zusammen und sagte dann mit einem eigenartig schniefenden Lachen: »Der Himmel und alle Heiligen mögen uns beschützen! Für eine junge Dame haben Sie recht kräftige Hände, Chantal.«

Ich errötete schuldbewußt. Am Bahnhof war ich darauf bedacht gewesen, allen sehr damenhaft die Hand zu reichen – außerdem hatte ich dabei Handschuhe angehabt. Ich war mir sehr wohl der Tatsache bewußt, daß meine Hände alles andere als sanft und weich waren, wie man es von einer Dame erwartete.

Ich stotterte: »Verzeihung!«

»Aber bitte!« Adrian bewegte seine Finger, um sie wieder zu lockern, und legte dann affektiert den Kopf zurück, um mich einer eingehenden Betrachtung zu unterziehen. »Schimmernd«, meinte er schließlich. »Ihr Haar, die Krone Ihres Hauptes, glänzt, liebe Chantal. Schimmernd: Das ist das treffende Wort. Aber Sie müssen es natürlich wachsen lassen.«

»Und was sagst du zu ihren Händen?« schrie Theresa entsetzt, während sie mich an den Handgelenken packte. »Meine Güte, die Haut ist ganz hart und ledern. Wie kommt das denn, Chantal?« Ich mochte Theresa ganz gerne, aber dennoch mußte ich mir Mühe geben, meine Stimme nicht gereizt klingen zu lassen, als ich antwortete: »Das kommt daher, daß ich während der letzten Jahre täglich viele Stunden am Trapez gearbeitet habe, Theresa. Das ist alles.«

»Aber warum – warum hast du denn bloß keine Handschuhe getragen?«

Das Geräusch, das ich verursachte, als ich versuchte, meinen Lachanfall zu unterdrücken, muß schon sehr eigenartig gewesen sein. Es war mir gerade gelungen, so etwas wie ein Hüsteln daraus zu machen, als sich die Türe wieder öffnete.

Der Mann, der eintrat, war grau. Sein Anzug, seine Augen, das schüttere Haar, ja selbst sein hohlwangiges Gesicht schien von dieser Farbe überzogen. Dennoch machte er einen kräftigen Eindruck, denn er bewegte sich rasch und schien kein überflüssiges Gramm Fett am Körper zu haben.

Flüchtig wurde mir bewußt, daß jemand, der in dieser Umgebung meine Gedanken hätte lesen können, diese Beobachtung sehr eigenartig gefunden hätte, aber für Zirkusartisten war nichts so wichtig, wie ein gut durchtrainierter Körper, und ich mußte mich erst noch von der Gewohnheit freimachen, diese Maßstäbe an Menschen anzulegen. Onkel Arthur war zu dick und Tante Prudence zu dünn. Adrian war schlaff. Theresa war zwar ein bißchen zu schwer, aber sie hatte auch noch einigen Babyspeck zu verlieren. Jetzt klopfte sie mir gerade auf den Rücken und fragte: »Ist alles in Ordnung, Chantal? Soll ich dir ein Glas Wasser holen?«

»Nein, nein, danke sehr . . . es tut mir leid.« Ich kam wieder zu Atem, fand mich sehr albern und lächelte dem Mann zu, der gerade hereingekommen war. Das mußte Onkel Benedict sein. Ich registrierte erstaunt, daß alle aufgehört hatten zu sprechen, selbst Theresa hielt den Mund, und ich sah hierin die Bestätigung meiner Vermutung – daß nämlich Benedict Kirkby der eigentliche Hausherr war.

»Willkommen in Wildings, Chantal.« Er blickte mich durchdringend an, während er meine Hand festhielt. »Ich bin Benedict Kirkby.« Er war sehr liebenswürdig, aber ich hatte den Eindruck, daß mit seinen Augen irgend etwas nicht stimmte. Seine Stimme war grau und unbewegt wie alles an ihm.

»Guten Tag, Onkel Benedict«, antwortete ich, und machte dabei einen kleinen Knicks. »Es ist furchtbar nett von dir und der ganzen Familie, daß ihr mich bei euch aufnehmt.«

»Du gehörst ja auch zur Familie, Kind«, wandte er ein und hielt noch immer meine Hand. »Wir freuen uns, dich wiedergefunden zu haben. Komm, setz dich.« Er legte den Arm um meine Schultern und führte mich zu einem tiefen Sofa. Das war eine liebe Geste, und dennoch lief es mir bei seiner Berührung kalt den Rücken hinunter. »Wir werden uns später noch in meinem Arbeitszimmer miteinander unterhalten«, fügte er hinzu und sah sich im Raum um, während er sich niederließ. »Guten Tag, Prudence. Willst du nun bitte den Tee eingießen?« Sein Blick wanderte zu Theresa. »Hast du dich deiner neuen Cousine angenommen, mein Fräulein?«

»Ja, Onkel Benedict. Ich habe sie im Haus und im Garten herumgeführt. Ach, weißt du, sie kann gut reiten, aber sie war noch nie auf der Jagd.«

»Ausgezeichnet«, entgegnete Onkel Benedict und hob dabei die Hand, um ihren Wortschwall zu unterbrechen. »Dann werden wir ja das Vergnügen haben, sie in diese Kunst einzuführen.«

Er blickte Onkel Arthur an, der sagte: »Auf die Minute, Benedict. Kommen zum Abendessen, weißt du.«

Tante Prudence, die gerade Tee einschenkte, interpretierte strahlend: »Chantals Zug war ganz pünktlich, und wir haben ausgemacht, daß der nette Mr. Sumner mit seiner Schwester heute zum Abendessen herüberkommt, wie du vorgeschlagen hast, Benedict.«

Er nickte. »Es wird mir ein Vergnügen sein, den netten

Mr. Sumner wiederzusehen.« Dann blickte er zu Adrian hinüber, der mit halbgeschlossenen Augen in einen Sessel gelehnt war und sich dabei mit einem Ausdruck äußerster Konzentration das Kinn strich. »Nun, Adrian, hast du dein neuestes Meisterwerk vollendet?«

Adrian öffnete die Augen, und seine Stirn schien sich leicht zu umwölken.

»Nicht ganz, Onkel Benedict, ich feile noch immer daran herum.«

»Schöne Schmuckstücke müssen poliert werden.«

Onkel Benedict nahm eine Tasse Tee aus den Händen von Tante Prudence in Empfang und reichte sie mir weiter. Während ich etwas vor mich hinmurmelte, um mich zu bedanken, fuhr er fort: »Darf man nach dem Inhalt dieses Werkes fragen, Adrian?«

»Nun . . .« Adrian vollführte eine weitausholende Geste und rang nach Worten. »Es ist über – man kann vielleicht sagen, daß es über das Leben ist.«

»Ein weites Feld, in der Tat. Aber welcher Gattung ist das Opus zuzuordnen? Ein Drama in Blankversen in der Art Shakespeares? Ein erzählendes Gedicht? Oder ist es vielleicht nach Milton oder nach Homer?«

»Es ist ein Sonett, Onkel Benedict.«

Benedict Kirkby rührte seinen Tee um. Nach kurzem Schweigen fuhr er fort: »Wenn mich mein Gedächtnis nicht trügt, arbeitest du nun seit fast zwei Monaten an dieser Schöpfung.«

»Adrian strebt immer nach Vollkommenheit«, bestätigte seine Mutter voll Stolz.

»Ganz sicher, Prudence. Ich gehe doch richtig in der Annahme, mein lieber Junge, daß ein Sonett aus vierzehn Zeilen besteht?«

»Ja, gewiß, Onkel Benedict.« Adrian verzog schmerzlich das Gesicht.

Wieder herrschte Schweigen. Verwundert wartete ich ab, was als nächstes kommen würde. Niemand schien zu verstehen, daß Benedict Kirkbys Worte die schiere Ironie waren. Schließlich fuhr er nachdenklich fort: »Das sind fast zwei Zeilen pro Woche. Du solltest achtgeben, daß du dich nicht übernimmst, Adrian.« Obwohl er den Ton seiner Stimme nicht verändert hatte, war sie plötzlich voller Schärfe: »Glaubst du, daß du bei alledem noch genügend Kraft hast, um mir die Gurkenbrötchen zu reichen?«

Tante Prudence erschrak und ließ ein Stück Zucker fallen, das sie gerade mit einer Zange aus der Dose genommen hatte. Theresa hob ruckartig den Kopf und lächelte unsicher. Onkel Arthur blinzelte etwas verwirrt, und Adrian erhob sich mit einer Geschwindigkeit, die ich ihm nicht zugetraut hätte, und sagte: »Ja, gewiß doch, Onkel Benedict.«

Es war eine eigenartige Szene, aber ich sollte sie in Zukunft mit kleinen Abweichungen immer wieder beobachten können.

Ich hatte mich selbst immer als von Grund auf töricht betrachtet, weil ich in meinem ganzen Leben kaum einmal fähig gewesen war, eine vernünftige Entscheidung zu treffen. In Wildings jedoch kam ich mir ganz klug vor, denn abgesehen von Onkel Benedict schienen alle Mitglieder der Familie Kirkby von einer so schwerfälligen Auffassungsgabe zu sein, die an Dummheit grenzte. Wie ich später entdeckte, waren Onkel Arthur und Adrian nicht deshalb so geistesabwesend, weil sie mit ihren künstlerischen Begabungen beschäftigt waren, sondern ganz einfach, weil ihr Geist eben überhaupt abwesend war. Tante Prudence war immer mit so vielen Problemen beschäftigt, daß ihr zum Denken keine Zeit blieb, und Theresa, die keine Probleme hatte, verspürte einfach keinerlei Neigung, ihr Gehirn zu betätigen.

Sarkastische Bemerkungen von Onkel Benedict glitten unbemerkt an ihnen ab, und sie reagierten überhaupt nur, wenn seine Stimme jenen Ton schneidender Schärfe annahm, den ich schon an diesem ersten Tage wahrgenommen hatte. Dann wurden sie nervös und ängstlich, ohne jedoch zu erkennen, was sie falsch gemacht hatten.

Der seltsame Umgangston in meiner Familie befremdete mich. Doch Onkel Benedict begann, mir liebenswürdig über Wildings und die Umgebung zu erzählen, über die Jagd, die Adelsfamilien am Ort und über seine Pferde. Gelegentlich bezog er das eine oder andere Familienmitglied mit in die Unterhaltung ein, indem er um einen Kommentar bat, aber sonst hörten sie schweigend zu. Während er sprach, erkannte ich, was mir an seinen Augen so sonderbar vorkam. Die Lider waren fast wimpernlos und verschwanden völlig, wenn er die Augen geöffnet hielt, so daß er blinzelte wie eine Eidechse.

Nach einer Weile blickte er auf die Uhr: »Danke, Prudence. Ich glaube, jetzt sollten Chantal und ich uns ein wenig in meinem Arbeitszimmer unterhalten. Wir brauchen nicht länger als zehn Minuten. Theresa wird hier oder im Salon auf dich warten, Chantal, und dann könnt ihr beiden Hübschen euch die Zeit bis zum Abendessen vertreiben, wie es euch paßt.«

»Wir können Mühle spielen«, sagte Theresa eifrig, »oder Halma.«

Onkel Benedict sah sie an. »Ja, aber Chantal soll sich an ihrem ersten Tag hier nicht übernehmen. Wenn sie Glück hat, ist Adrian vielleicht in Stimmung, ihr einige seiner Gedichte vorzulesen.«

»Kopf noch Schwanz«, meinte Onkel Arthur zweifelnd.

»Es sind ungewöhnlich schwierige Gedichte«, übersetzte Tante Prudence.

»Ich muß gestehen, daß es mir oft nicht gelingt, ihren

Sinn zu erfassen, was aber gewiß sehr für ihre Qualität spricht.«

Onkel Benedict sah mich an: »Komm jetzt, Chantal.«

Ich war plötzlich sehr schlecht gelaunt, obwohl ich dafür kaum einen Grund hätte angeben können, außer vielleicht den Sarkasmus von Onkel Benedict. Selbst wenn seine Bemerkungen eine Spur gütigen Humors enthalten hätten, hätten sie ihn mir unsympathisch gemacht, denn ich war selbst allzuoft Gegenstand spöttischer Bemerkungen gewesen, als ich noch dick, blaß und pickelig gewesen war, und die Erinnerung daran brannte heute noch in mir.

Wir durchschritten die alte Halle mit ihrer schönen Täfelung, und während wir die große Treppe hinaufschritten, erklärte Onkel Benedict: »Osburne ist ein sehr kleiner Ort, und inzwischen weiß bestimmt jeder hier von deiner Ankunft in Wildings – die adligen Familien ebenso wie die Dorfbewohner. Ich fürchte, du wirst in den ersten Tagen der Gegenstand allgemeiner Neugier sein, Chantal.«

»Ach, meinst du, weil ich vom Zirkus komme, Onkel Benedict?«

»Jeder Neuankömmling erregt Aufmerksamkeit, und deine Vorgeschichte macht dich natürlich zu einer besonders geeigneten Zielscheibe für Tratsch und Klatsch. Aber wenn du dich erst einmal eingelebt hast, wird das bald vorbei sein.« Er öffnete die Tür zu seinem Arbeitszimmer, ging mir voraus und setzte sich hinter einen Schreibtisch aus herrlich geschnitztem Eichenholz. Dann wies er auf einen lederüberzogenen Stuhl ihm gegenüber. »Setz dich, meine Liebe.«

Während ich mich niederließ, blickte ich mich rasch um. Der Boden war mit dicken Teppichen belegt, und an den dunkel getäfelten Wänden hingen zahlreiche Stiche mit Jagdszenen. An einer Wand standen ein Bücherschrank und mehrere Aktenschränke mit Rolltüren, wie ich sie an jenem schrecklichen Tag vor fünf Jahren auch im Büro von Mr. Blythe gesehen hatte. Auf dem Schreibtisch sah ich kein Stück Papier, nur einen Löscher mit einem Ledergriff sowie einen Notizblock und einen Gegenstand, der mir völlig fremd war – das Telefon.

An der Wand gegenüber dem großen Fenster waren in einer Nische Glasfächer angebracht, auf denen viele kleine und zum Teil seltsame Gegenstände aufgestellt waren. Sie waren aus Ton, Glas, Holz, Stein sowie Materialien, die ich nicht kannte. Nach meinem ersten Eindruck handelte es sich um eine Raritätensammlung aus aller Welt, da viele der Stücke nicht aus England zu kommen schienen.

Ich hatte kaum Platz genommen, als ich ein schrilles Pfeifen vernahm, das aus der Wand hinter dem Schreibtisch ertönte. Onkel Benedict zog ärgerlich die Brauen zusammen, stand auf, ging zur Wand und nahm dort ein Sprechrohr von einem Haken. »Ja?« Sein Gesichtsausdruck veränderte sich, während er zuhörte. »Lahmt? Wie, zum Teufel, konnte das passieren? Nein, lassen Sie nur, ich werde selbst mit Harridge darüber sprechen. Hat er schon dem Tierarzt Bescheid gegeben? Gut. Ich komme sofort herunter und werde ihn mir ansehen.«

Er hängte das Sprechrohr ein, schaute mich an, wobei er ärgerlich mit den Fingern schnippte, und ging dann zum Bücherschrank. »Ich muß dich zehn Minuten alleine lassen, Chantal. Der Tierarzt kommt, um eines meiner Pferde zu behandeln, und ich gehe rasch in den Stall, um mir das Tier selbst anzusehen. Hier: du kannst inzwischen in dieser Geschichte von Wildings blättern, bis ich zurück bin.«

Als er mir das große Buch in die Hand drückte, bemerkte ich: »Das tut mir sehr leid mit dem Pferd. Darf ich mit dir zum Stall kommen, Onkel Benedict? Im Zirkus habe ich oft geholfen, wenn . . .«

»Nein, nein«, unterbrach er mich ungeduldig. »Pegasus ist ein übernervöses Tier, und in einer derartigen Situation will ich keinen Fremden an ihn heranlassen.« Mit schnellen Schritten ging es zur Tür.

Ich kam mir in Benedict Kirkbys Arbeitszimmer eigenartig fehl am Platze vor. Die Familie, in die ich da geraten war, wirkte sehr seltsam auf mich, aber vielleicht war ich diejenige, die seltsam war – ein Mädchen, das offenbar vergessen hatte, wie es war, in einem englischen Haushalt zu leben. Wie dem auch sein mochte – der Gedanke, daß ich für immer bei den Kirkbys leben sollte, stimmte mich nicht besonders fröhlich. Ich verdrängte dieses Mißbehagen und empfand Ärger über mich selbst. Mit dieser Einstellung konnte man kein neues Leben anfangen. Ohne besonderes Interesse schlug ich das Buch auf, das vor mir lag, und überflog die erste Seite.

Ich erfuhr, daß Wildings seinen Namen daher hatte, daß der Abhang, auf dem das Haus stand, einst eine unbebaute Gegend gewesen war, auf der nur Holzäpfel und sonstige Wildlinge gewachsen waren, und daß das Haus im Jahre 1534 von Sir William de Varre erbaut worden war. Dann versickerte mein ohnehin geringes Interesse vollends. Ich las über die Worte hinweg, ohne ihre Bedeutung zu erfassen.

Ich war unruhig. Fast den ganzen Tag hatte ich im Sitzen verbracht, was für mich völlig unnatürlich war, und meine Arm- und Beinmuskeln begannen mich zu jucken. Ich legte das Buch auf den Schreibtisch zurück, trat ein Stück vom Fenster weg, blickte mich flüchtig um und machte dann einige von den Übungen, mit denen Maria und ich uns immer auf das eigentliche Training vorbereitet hatten. Sie dienten dazu, unsere Muskeln vor der Vorstellung anzuwärmen und zu lockern, und bestanden im wesentlichen darin, Arme und Beine abwechselnd zu schwingen, Kniebeugen zu machen und leicht auf der Stelle zu hüpfen.

Mein langer Rock war für derartige Bewegungen natürlich denkbar ungeeignet, und ich mußte kichern, als ich mir vorstellte, wie ich wohl aussah. Aber nach ein paar Minuten war mir schon sehr viel wohler, und ich begann, im Zimmer umherzugehen und die Stiche an den Wänden näher zu betrachten. Jeder zeigte irgendeine Jagdszene, aber auf mich wirkten die Pferde steif und ohne jedes Gefühl für Bewegung. Es war ganz offensichtlich, daß Onkel Benedict ein leidenschaftlicher Jäger war, und nach allem, was ich von Theresa gehört hatte, gewann ich den Eindruck, daß er es gerne sähe, wenn ich an der Fuchsjagd teilnähme. Ich hatte große Lust dazu, denn dabei konnte ich wenigstens meinen Körper frei bewegen.

Bei meinem langsamen Rundgang durch den Raum kam ich auch zu der Nische mit den Glasfächern und begann, die kleinen Gegenstände dort zu betrachten. Zwei Porzellanstücke kamen mir bekannt vor. Eines davon war ein winziges Meißner Nähkästchen, das andere eine unglasierte Porzellanfigur, die möglicherweise aus Sèvres stammte, denn Mr. Galletti hatte mir einmal erklärt, daß man so etwas Sèvres Biscuit nannte.

Eine kleine Uhr war auch aufgestellt, deren silbernes Gehäuse so dünn war, daß ich kaum glauben konnte, daß sie Platz für ein richtiges Uhrwerk bot; daneben standen mehrere Dosen, die ich für Tabaksdosen hielt und von denen zwei einen emaillierten Deckel hatten, auf dem orientalische Gestalten abgebildet waren. In einem andern Fach standen kleine Flaschen, Riechfläschchen vielleicht, aus Jade, Rosenquarz und anderen Steinen, die ich nicht kannte. Ich entdeckte ein oder zwei große, antike Münzen und mehrere Holzschnitzereien und Steinmetzarbeiten, die sehr primitiv wirkten. Bei manchen Stücken war schwer zu entscheiden, ob sie einem praktischen Zweck dienen sollten oder nur zur Zierde da waren – so zum Beispiel bei einem eigenartig getriebenen und verschlungenen Bronzestück, bei einer Kugel aus durchbrochenem Elfenbein, die eine zweite, kleinere Kugel einschloß, und bei einem beweglichen Silberfisch mit Schuppen.

Ich beugte mich zum untersten Fach hinunter, wo ich ein Stück uralter Stickerei entdeckte, das hinter Glas gerahmt war, ebenso wie eine alte Spielkarte, zwei dünne, feingeschnitzte Bambusstöcke, ein hölzernes Rohr, das wie ein einfaches Musikinstrument aussah.

Mir stockte der Atem, und ich hatte das Gefühl, daß mein Herz in der Kehle saß, wie während der allerersten Male, wo ich mich vom Trapez ins Netz hatte herabfallen lassen. Auf dem Brett dort lag ein Gegenstand, den ich erst ein einziges Mal gesehen hatte – ein Armband aus schwarzem Leder, das kunstvoll aus einem einzigen Strang geflochten war. Genau das gleiche Armband hatte Martin getragen, als ich ihn am Fluß in der Nähe vom Zirkus fand – einen Mann ohne Gedächtnis.

Er hatte die Bedeutung dieses Armbandes nicht gekannt – oder jedenfalls hatte er so getan, als ob er sie nicht kenne, ich konnte schwer entscheiden, was zutraf. Aber dieses geheimnisvolle schwarze Band hatte in Solanges Prophezeiungen eine Rolle gespielt, und sein Anblick hatte Strabo zu Tode erschreckt. Er hatte es wiedererkannt, weil er es aus seiner Kindheit kannte und wußte, daß es das Zeichen war für die Bruderschaft des Wolfes.

8

EINE WEILE STAND ich wie betäubt da und starrte auf das Armband, ohne einen Gedanken fassen zu können. Dann kam ich langsam wieder zu mir.

Wie geriet dieser Gegenstand in Benedict Kirkbys Raritätensammlung? Kannte er seine Bedeutung? Ich fröstelte, während Erinnerungsfetzen in wilder Unordnung auf mich einstürmten . . . Solange, die ihre Prophezeiung über die schwarzen Schlangen murmelte: *Dort sind sieben eins, und eins ist sieben* . . . – Martins Kopf, der sich in der Dunkelheit gegen den Orion abhob und der flüchtige Ausdruck eines Wolfes in seinen Zügen – Mr. Galletti, der aus der Zeitung über dieses schreckliche Bombenattentat vorlas. Solange hatte gesagt, daß einer sterben würde, der andere fliehen und der dritte stürzen, und genauso war es gekommen. Ich erinnerte mich an den Augenblick, als ich erfuhr, daß Martin verschwunden war, und wie mein Herzschlag aussetzte, als das Trapez über mir nachgab, weil die Stange von unbekannter Hand angesägt worden war.

Und nun stieß ich hier in Wildings auf das unheimliche schwarze Band, das auf geheimnisvolle Weise mein Leben zu beeinflussen schien. Ich starrte immer noch darauf, als sich die Tür öffnete und Benedict Kirkby eintrat.

Ohne recht zu wissen warum, fühlte ich mich ertappt und sagte schnell: »Ich habe mir gerade deine Raritätensammlung angesehen, Onkel Benedict. Ich hoffe, du hast nichts dagegen.«

»Wie bitte? Nein.« Beunruhigt ging er auf das Regal zu. »Du hast hoffentlich nichts angefaßt?«

»Nein, das hätte ich nie gewagt. Du hast da ein paar recht wertvolle Stücke.«

»Ja, sie kommen aus ganz verschiedenen Teilen der Welt.«

Einen Augenblick lang zögerte ich, dann deutete ich auf das Armband: »Das ist ein eigenartiges Ding. Was ist es denn, Onkel Benedict?«

Er verlor den besorgten Gesichtsausdruck und stellte sich neben mich. »Wieso interessiert dich das?«

Die ganze Wahrheit wäre zu kompliziert gewesen, und so beschloß ich, sie zu verschweigen, und empfand dabei wieder eine Art Schuldgefühl.

»Nun . . . es sieht aus wie ein Armband, aber die sind ja gewöhnlich nicht aus Leder – und außerdem kann ich keinen Verschluß entdecken.«

Er nahm den schwarzen Reif in die Hand und betrachtete ihn mit gerunzelter Stirn.

»Ich habe es von einem ungarischen Adligen geschenkt bekommen. Es hat an sich keinen besonderen Wert, aber soviel ich weiß, ist es eine ziemlich seltene Grabbeigabe.«

»Grabbeigabe?« wiederholte ich erstaunt.

»In gewissen abgelegenen Gegenden pflegte man es vor der Beerdigung auf die Leiche zu legen. Es muß ursprünglich eine Bedeutung gehabt haben, aber darüber weiß ich nichts Genaues.« Ich schaute beklommen zu, wie er das Armband wieder an seinen Platz zurücklegte. Ich hatte das Gefühl, daß eine Art böse Ausstrahlung von dem verflochtenen schwarzen Band ausging. Gewiß barg es ein Geheimnis, denn die Erklärung, die ich gerade von Onkel Benedict gehört hatte, stimmte nicht mit dem überein, was ich von Strabo wußte – außer in einem Punkt, nämlich, daß das Band aus Ungarn stammte.

Plötzlich wollte ich nicht mehr darüber nachdenken und fragte: »Was fehlt denn Pegasus, Onkel Benedict?«

»Es ist nicht schlimm – er war gestern beim Beschlagen, und ein Nagel war kaputt.« Er ging zum Pult hinüber. »Setz dich, Chantal.«

Während er sich hinter dem Schreibtisch niederließ, blickte er mich aus seinen scheinbar wimpernlosen, grauen Augen an. »Jetzt, wo du zur Familie gehörst, müssen wir auch dafür sorgen, daß du alles hast, was du brauchst, und ich dachte mir, wir gehen am besten methodisch vor.« Er nahm eine Mappe aus einer Tischschublade und öffnete sie. Sie enthielt einige Blätter Papier, und auf dem Kopf des obersten Blattes konnte ich eine zittrige Überschrift erkennen. »Wie sieht es denn mit deiner Garderobe aus, Kind?«

Einen Augenblick wußte ich nicht, was ich sagen sollte, dann antwortete ich: »Ich – ich habe genug anzuziehen, Onkel Benedict.«

»Ein einziger Koffer kann unmöglich eine ausreichende Garderobe für eine junge Dame deines Standes enthalten. Bitte mache eine Aufstellung von all deinen Kleidungsstücken und gib sie Tante Prudence. Sie wird mir dann mitteilen, was du noch brauchst.« Er nahm eine Feder zur Hand, schrieb ein oder zwei Worte auf das Papier und legte dann das oberste Blatt beiseite.

»Theresa erhält ein wöchentliches Taschengeld von vier Shilling für persönliche Ausgaben. Da du aber älter bist, würde ich einen Betrag von fünf Shilling vorschlagen. Wirst du damit auskommen?«

»Oh – gewiß, ja«, brachte ich stockend hervor. »Ich meine, ich habe nicht erwartet . . .«

»Also fünf Shilling.« Er machte sich eine Notiz. Ich hatte ihm gerade sagen wollen, daß ich eigene Ersparnisse auf einer Bank in Frankreich hatte, auf einem Konto, das Mr. Kayser für mich angelegt hatte, und daß ich ihm schreiben wollte, um das Geld auf eine Bank in England überweisen zu lassen; aber bevor ich den Mund aufmachen konnte, läutete das Telefon wieder. Onkel Benedict zog den Apparat zu sich heran und nahm den Hörer ab.

»Hallo? Ja.« Es folgte eine lange Pause. »Hier ist Benedict Kirkby.« Die nächste Pause war noch länger. »Ausgezeichnet. Kaufen Sie fünftausend Stück und verkaufen Sie, sobald sie vier Punkte gestiegen sind. Ja. Auf Wiederhören.«

Er hängte den Hörer wieder an den Haken, kritzelte etwas auf seinen Notizblock und wandte sich dann wieder seiner Mappe zu: »Ich habe mit Vergnügen gehört, daß du reiten kannst. Sobald ich gesehen habe, wie du mit einem Pferd zurechtkommst, werden wir dich ordentlich ausrüsten, damit du mit auf die Fuchsjagd kommen kannst.« Zum ersten Mal blitzte in seinem Gesicht etwas wie Begeisterung auf. »Die besten Jagdgebiete sind natürlich etwas weiter im Norden, aber hier ist es auch nicht übel. Ich hoffe, wir können stolz auf dich sein.«

Die Begeisterung war wieder verschwunden, als er sich einem andern Blatt zuwandte. »War es dir während deiner äh – während deiner Abwesenheit möglich, regelmäßig zur Kirche zu gehen?«

»Ich habe meist den katholischen Gottesdienst besucht, Onkel Benedict.«

Seine Augenbrauen schossen in die Höhe. »Du bist doch nicht etwa katholisch geworden?«

»Nein. Aber Mr. Galletti und seine ganze Familie waren katholisch, und die meisten andern im Zirkus auch. Wenn sich die Gelegenheit bot, eine Messe zu besuchen, nahmen sie mich im allgemeinen mit, aber ich ... ich war eben nur dabei. Mr. Galletti sagte, es wäre falsch, mich zu einem andern Glauben bekehren zu wollen, aber er fand, es sei besser, zwischendurch in irgendeiner Kirche zu sitzen, als überhaupt nicht mehr zur Kirche zu gehen.«

Onkel Benedict runzelte die Stirn.

»Ich glaube, das vergessen wir am besten. Ich nehme doch an, daß du in Farleigh regelmäßig die Messe besucht hast und mit den Bräuchen der englischen Hochkirche vertraut bist?«

»Ja. Ich habe immer noch das Gebetbuch, das ich mitnahm, als ich . . . als ich davonlief.«

»Ausgezeichnet. Wir gehen hier regelmäßig zum Sonntagsgottesdienst. Bis nächsten Sonntag bleibt dir also Zeit genug, dein Gedächtnis aufzufrischen.« Wieder schob er ein Blatt beiseite. »Womit vertreibst du dir für gewöhnlich die Zeit, wenn du nicht reitest?«

»Wir hatten im Zirkus sehr wenig Freizeit, Onkel Benedict. Ich kann nicht besonders gut nähen, aber ich lese sehr gern, und dann beschäftige ich mich natürlich mit meinen Studien.«

»Was heißt Studien?«

»Meine medizinischen Lehrbücher.« Ich war froh, daß sich so rasch die Gelegenheit bot, über meine Zukunftspläne zu sprechen. Allerdings war ich nicht ganz sicher, was man hier darüber denken würde. Zum Glück hatte ich mir schon oft ausgedacht, wie ich die Sache darlegen wollte, denn sonst hätte ich meine Geschichte jetzt sicher nur sehr wirr vorgebracht.

»Ich möchte Ärztin werden«, sagte ich. »Ich weiß, daß es sehr schwierig ist, weil viele Leute etwas gegen Frauen in diesem Beruf haben, und ich weiß, daß ich dafür mehrere Jahre an einer medizinischen Fakultät studieren muß. Aber es gibt doch immer mehr Frauen, die diesen Beruf ergreifen, und es ist jetzt schon einfacher als früher, weil es allein in England inzwischen zehn medizinische Fakultäten gibt, an denen Frauen zugelassen werden, und sechs Universitäten, an denen Frauen in Medizin promovieren können.« Ich sah, wie Benedict Kirkbys Augenbrauen immer höher stiegen und er Luft holte, um mich zu unterbrechen. Aber ich ließ ihn nicht zu Wort kommen. »Ich bin bestimmt nicht besonders intelligent, aber das kann ich durch großen Fleiß wettmachen. Ich habe vor zwei Jahren angefangen, medizinische Bücher zu lesen, und weiß also schon ein bißchen etwas. Natürlich kann man aus Büchern allein nicht genug lernen, aber es ist doch zumindest ein Anfang. Ich hatte eigentlich vor, mein Studium in zwei Jahren in Rom aufzunehmen, und ich hoffte, daß ich bis dahin genügend Geld gespart hätte. Mr. Galletti ist dort mit einem Arzt befreundet, der versprochen hat, mir zu helfen. Aber da ich jetzt in England bin, ist es wahrscheinlich besser, wenn ich hier studiere.« Bei den letzten Worten ging mir die Luft aus, und so hielt ich inne und blickte Benedict Kirkby ängstlich an. Er schien sich von seiner ersten Überraschung erholt zu haben und betrachtete mich ausdruckslos.

»Das ist ein ungewöhnliches Vorhaben«, sagte er. »Warum willst du denn ausgerechnet Ärztin werden?«

»Nun ... einerseits, weil mich Medizin sehr interessiert, und andererseits, weil ich es mir sehr schön vorstelle, Menschen von ihren Krankheiten heilen zu können, Onkel Benedict.« Ich zögerte. »Es gibt noch einen andern Grund ... Ich schäme mich, es zu sagen, aber ... ich bin ziemlich unausstehlich, wenn ich nichts zu tun habe. Bevor ich zum Zirkus kam, habe ich meine ganze Zeit verplempert. Ich mag gar nicht daran denken, wie unausstehlich ich war.«

»Jetzt bist du sicher ganz anders.«

Vielleicht waren die übrigen Familienmitglieder gegenüber Benedict Kirkbys Sarkasmus unempfindlich, aber ich war es nicht. Ich unterdrückte meinen rasch aufflammenden Zorn und erwiderte lächelnd:

»Du machst dich über mich lustig, Onkel Benedict! Ich will ja gar nicht behaupten, daß ich jetzt vollkommen bin.

Aber ich habe mich bestimmt geändert. Ich weiß, daß ich schwierige Aufgaben bewältigen kann, wenn ich mich genügend anstrenge, und daß ich sehr unglücklich und für meine Umwelt unerfreulich bin, wenn ich nichts zu tun habe.«

Seine Eidechsenaugen beobachteten mich scharf, während ich sprach, und als ich geendet hatte, war sein Blick wachsamer geworden, so, als ob er sein Urteil über mich revidiert hätte. Ich konnte seine Gedanken natürlich nicht lesen, aber viel später wurde mir klar, daß Onkel Benedict an diesem Tage zum ersten und letzten Male versucht hatte, mich zur Zielscheibe seines Spotts zu machen. Schließlich fragte er: »Wie hast du dir denn die Finanzierung deines Medizinstudiums vorgestellt?«

»Ich habe ausgerechnet, daß ich insgesamt etwa achthundertfünfzig Pfund brauche –«

»Wieviel?« Es war mir gelungen, ihn aus der Fassung zu bringen.

»Achthundertfünfzig Pfund. Aber das würde nicht nur für alle Studiengebühren, sondern auch für Unterkunft und Verpflegung während meiner Ausbildung reichen. Die Gebühren sind ja unterschiedlich hoch, aber in England belaufen sie sich auf etwa einhundertdreißig Pfund, und ich habe fünfhundert Pfund vorgesehen, um für die Dauer von sechs Jahren meinen Unterhalt und alle Nebenausgaben zu bestreiten, so daß immer noch genügend übrig bleiben müßte, damit ich mich nach erfolgreichem Abschluß der Ausbildung in eine Praxis einkaufen kann.«

»Aha.« Er kritzelte etwas auf seinen Notizblock. »Und wie wolltest du eine solche Summe zusammenbekommen?«

»Ich habe sehr viel gespart. Am Anfang bekam ich im Zirkus überhaupt nichts bezahlt, aber in den letzten drei Jahren verdiente ich ziemlich viel Geld. Zuerst habe ich

Mr. Galletti etwas dafür gegeben, daß er mich die ganze Zeit ernährt hat, und dann begann ich zu sparen. Ich habe fast fünfhundert Pfund auf ein französisches Bankkonto eingezahlt.« Wieder sah er mich prüfend an.

»Erstaunlich. Wo wolltest du die restliche Summe hernehmen – ich meine jetzt, wo du doch nicht mehr arbeitest?«

»Ich . . .«

»Nur zu, Kind.«

Ich spürte, daß ich in der schwächeren Position war, und hätte viel darum gegeben, daß das Gespräch anders verlaufen wäre. Aber jetzt blieb mir nur der Weg nach vorn. »Gideon Sumner sagte, daß . . . er meinte, du würdest mir vielleicht helfen.«

»Hat er das gesagt?«

»Du mußt nicht denken, daß ich das erwarte, Onkel Benedict«, sagte ich rasch. »Ich hätte es gar nicht erwähnen sollen. Ich kann ja arbeiten, um die restliche Summe zusammenzusparen.« Ich sprach ohne Überlegung, denn jetzt war ich völlig durcheinander. Es war töricht von mir gewesen, mich auf Gideons Annahme zu verlassen, daß die Familie Kirkby mit meinen Plänen einverstanden wäre und sie gar noch unterstützen würde, aber ich hatte mir nicht überlegt, was ich tun wollte, wenn er sich irrte.

»Arbeiten«, wiederholte Benedict Kirkby. »Das ist wohl kaum angemessen für eine junge Dame in deiner Stellung. Überdies besteht ja auch gar keine Möglichkeit. Welche Art Arbeit könntest du denn verrichten?«

Einen Augenblick lang wußte ich nicht, was ich antworten sollte, doch dann hatte ich mich wieder gefangen. Ich blickte zu dem grauen Mann hinter dem Schreibtisch und sagte mit fester Stimme: »Wenn es nötig ist, könnte ich Arbeit bei einem Wanderzirkus in England finden, der im Frühjahr wieder auf die Reise geht. Ich würde nicht soviel verdienen wie bisher, wo ich eine Nummer am fliegenden Trapez mit Maria und Leo hatte. Wenn ich allein bin, muß ich an einem einzelnen Trapez arbeiten, und könnte mich deshalb sowieso nur bei einem kleineren Zirkus bewerben. Aber ich bin eine ganz gute Trapezkünstlerin, und die Tatsache, daß ich von Mr. Galletti ausgebildet wurde, fällt sehr stark ins Gewicht, und deshalb bin ich sicher, daß ich ohne allzu große Schwierigkeiten Arbeit finden kann.«

Ich schwieg. Benedict Kirkby starrte mich finster an. Sein Gesicht schien von einer grauen Paste überzogen. In der Folge sollte ich lernen, daß er so nur aussah, wenn er böse war, was eigentlich nur selten geschah. In diesem Augenblick erkannte ich es jedoch noch nicht, denn seine Stimme klang keineswegs zornig: »Ist das dein Ernst?«

»Ja . . . sicher«, antwortete ich verwirrt. »Das ist alles gar nicht so schwierig, Onkel Benedict, wirklich.«

»So, so.« Er klappte die Mappe zu. »Ich hatte eigentlich angenommen, daß es dir etwas mehr bedeuten würde, wieder bei deiner Familie zu sein.«

Ich sah auf meine im Schoß zusammengekrampften Hände. Es war aussichtslos, ihm erklären zu wollen, wie ich es gemeint hatte. »Es tut mir leid. Sicher scheine ich dir sehr undankbar, aber ich bin es bestimmt nicht. Ich kann dir gar nicht sagen, wie schön ich es finde, daß du keine Mühe gescheut hast, mich aufspüren zu lassen und . . .«, das Wort wollte mir nicht recht über die Lippen, » . . . und mich nach Hause zu holen.«

»Aber du hältst nach wie vor an deiner ursprünglichen Absicht fest?«

»Was soll ich denn sonst tun?« erwiderte ich hilflos. »Es tut mir leid, wenn es dich kränkt, aber ich weiß wirklich nicht, was aus mir werden soll, wenn ich nicht etwas habe, wofür ich . . . wofür ich kämpfen kann. Der Gedanke, daß ich wieder so werde wie früher, ist mir unerträglich.«

»Du brauchst nicht so niedergeschlagen zu sein.«

Als ich überrascht aufblickte, sah ich, daß er sogar ein wenig lächelte. Es war ein sonderbares Lächeln, bei dem sich die Lippen wie Gummistreifen nach beiden Seiten verzogen, ohne die Zähne freizugeben.

»Ich habe viel Verständnis für deine Pläne, Chantal, und obwohl ich glaube, daß du viel zu hohe Anforderungen an dich stellst, werde ich dir nicht im Wege stehen. Als erstes mußt du dir darüber klar sein, daß du dir keine Arbeit im Zirkus suchen mußt. Wie Gideon Sumner schon angedeutet hat, werde ich dir die nötigen Mittel zur Verfügung stellen.«

»Danke – ich danke dir vielmals, Onkel Benedict.«

Er winkte ab. »Ich schlage folgendes vor: Laß dir zuerst einmal Zeit, um dich in Ruhe wieder in England einzuleben. Wir werden bis kurz vor Weihnachten in Wildings bleiben und ziehen dann in unser Haus in London, wo wir den Winter verbringen. Da kannst du Feste, Bälle, Theaterbesuche und alles, was jungen Damen eben Spaß macht, genießen – die Wochenenden verbringen wir meist bei Freunden in Kent auf der Jagd. Wenn du bis zum Frühjahr deine Absicht nicht geändert hast, werde ich tun, was ich kann, um dir bei der Durchführung deiner Pläne zu helfen.

Sicherlich mußt du eine Zulassungsprüfung ablegen, um überhaupt mit dem Studium anfangen zu können, aber das ist dann natürlich dein Problem.«

Ich fühlte mich erschöpft, aber erleichtert, und zugleich konnte ich es kaum glauben, daß dieser graue, unbewegliche Mann plötzlich meine innersten Gefühle erfaßt zu haben schien. Mühsam drängte ich die Tränen zurück, als ich mich stockend bedankte.

»Es ist schon gut, Kind«, sagte er freundlich. »Wir leben im zwanzigsten Jahrhundert, in einer neuen Zeit; und wahrscheinlich wächst eine neue Generation von Frauen heran, an die wir Älteren uns erst gewöhnen müssen. Ich schlage vor, daß wir all diese Dinge noch eine Weile für uns behalten. Deine Tante Prudence und die meisten von unseren Freunden hier am Ort fänden es zweifellos ungewöhnlich, wenn nicht unpassend, und deshalb ist es vielleicht klug, wenn wir ihnen Zeit lassen, sich – äh, sich ein bißchen an dich zu gewöhnen, Chantal. Dann sind sie vielleicht später nicht mehr so überrascht von deinen Absichten.« Wieder verzog er das Gesicht zu einem Gummilächeln. »Ich selbst mußte mich ziemlich schnell an dich gewöhnen.«

»Das tut mir leid, Onkel Benedict. Ich weiß, daß ich dir manchmal etwas eigenwillig vorkommen muß. Es ist sehr nett von dir, daß du nicht böse mit mir bist.«

»Aber keineswegs. Ich glaube, wir haben für den Augenblick alles Wesentliche geklärt. Du gehst jetzt am besten und suchst Theresa. Ach, und übrigens hat mir Tante Prudence aufgetragen, dir zu sagen, du solltest dir die Haare wachsen lassen.«

»Ja, gewiß. Ich trug sie nur so kurz, weil sie mich sonst bei meiner Arbeit am Trapez störten. Vielen Dank nochmals, Onkel Benedict.«

Die nächsten anderthalb Stunden verbrachte ich mit Theresa im Salon bei einer endlosen Partie Mühle. Ich hörte nur mit halbem Ohr auf ihr ununterbrochenes Gerede über Pferde, über die Schule, die sie bis vor kurzem besucht hatte, die Freundinnen, die sie dort gehabt hatte, allen möglichen Klatsch aus dem Ort, und wie sehr sie sich auf die Jagdsaison freute. Nach meiner schwierigen Unterhaltung mit Benedict Kirkby bedeutete dies eine angenehme Abwechslung, denn bei Theresa brauchte man überhaupt nicht zu denken. Es genügte, hin und wieder ein Wort einzuwerfen, um zu zeigen, daß man noch zuhörte. Ich mochte Theresa gerne, ja ich beneidete sie geradezu, weil sie so wenig brauchte, um offensichtlich glücklich und zufrieden zu sein. Vor dem Abendessen gingen wir auf unsere Zimmer und kleideten uns um. Ich zog das letzte der drei Kleider an, die ich mitgebracht hatte. Es war aus hellgrüner Seide mit einem bauschigen Oberteil und einem Glockenrock. Ich konnte mich nicht entsinnen, wann ich zuletzt drei Kleider an einem einzigen Tag getragen hatte. Benedict Kirkby hatte recht gehabt, als er meinte, daß meine Garderobe für das Leben in Wildings nicht ausreiche.

Wir waren alle im Salon versammelt, als Gideon und Belinda Sumner eintrafen. Sie trug ein Kleid aus dunkelblauem Samt und sah einfach wunderschön aus. Offensichtlich war sie bester Laune und unterhielt sich ungezwungen und schlagfertig mit jedem. Wiederum empfand ich so etwas wie Neid, als ich mir vorstellte, wie herrlich es sein mußte, so selbstsicher und anziehend zu sein.

Als wir ins Speisezimmer traten, fühlte ich beim Anblick der langen Tafel, auf der das Silber und die Gläser blitzten, eine plötzliche Freude in mir aufsteigen. Die Jahre bei Kaysers Riesenzirkus waren die glücklichsten meines Lebens gewesen, aber dennoch gab es Dinge, die ich dort vermißt hatte. Es war schön, wieder die gelassene Vornehmheit eines englischen Speisezimmers zu genießen, meinen Platz bei Tisch einzunehmen und eine schneeweiße Serviette aus einem silbernen Serviettenring zu ziehen. Ein heimeliges Gefühl stieg in mir auf, während ich das leise Klappern von Schüsseln auf der Anrichte hörte, wo Dixon und Alfred alles vorbereiteten, um ein köstliches Mahl mit fünf Gängen zu servieren, bei dem wir nacheinander Consommé, Räucherlachs, Hammelrücken, gebratene Ente und Aprikosen in Likör verspeisten.

Ich dachte an das Eßzelt in Kaysers Riesenzirkus und

an Sammys Eintopf, und ich wünschte, Maria hätte in diesem Augenblick bei mir sein können. Sie wäre beim Anblick all dieser Herrlichkeiten so begeistert gewesen, daß es ihr die Sprache verschlagen hätte. Ich nahm von allem nur wenig, denn ich wußte, daß ich nie so viel essen konnte wie die andern. Ich war es nicht mehr gewohnt, zum Vergnügen zu essen, sondern aß nur, um meinen Hunger zu stillen.

Die Unterhaltung wurde im wesentlichen von Benedict Kirkby, Gideon und Belinda bestritten. Theresa hielt sich sehr zurück, wie auch schon zuvor im Salon, sobald Benedict Kirkby dagewesen war. Onkel Arthur gab einige unklare Bemerkungen von sich, die von Tante Prudence für die Allgemeinheit übersetzt wurden. Tante Prudence konnte vor Nervosität kaum stillsitzen und war die meiste Zeit damit beschäftigt, völlig überflüssigerweise nach den Dienern zu sehen, die sich ihrer Aufgaben mit unauffälliger Selbstverständlichkeit entledigten.

Ich selbst sprach nur, wenn ich dazu aufgefordert wurde, und war erleichtert, daß ich keine Fragen über mein Leben im Zirkus beantworten mußte. Ein gewöhnlicher Mensch konnte diesen Teil meines Lebens sicher nicht verstehen, und deshalb wollte ich ihn für mich behalten.

Meine Vergangenheit kam während des ganzen Essens nicht zur Sprache, bis wir nach dem Dessert auf den Kaffee warteten. Adrian saß mir gegenüber und hatte die meiste Zeit über eine träumerisch verlorene Miene zur Schau getragen. Jetzt schien er jedoch seine Umgebung wahrzunehmen und blickte mich an. Nach ein paar Minuten begann er zu lachen. Es war ein albernes, näselndes Lachen. Die Unterhaltung stockte, und alle schauten ihn an. »Was gibt es zu lachen, Adrian?«

fragte sein Onkel, der am Kopfende des Tisches saß. »Ist dir soeben ein Gedicht eingefallen? Eine brillante Ode, die in ihrem Witz die Stümpereien eines Horaz weit hinter sich läßt?«

»Wie bitte? Nein, nein, Onkel Benedict«, kicherte er. »Ich habe mir nur gerade überlegt, wie komisch das ist, weißt du – im Grunde ist es einfach zum Lachen.«

Ich sah, wie Gideon Belinda ansah, die ihm gegenübersaß und die Augen verdrehte. Benedict Kirkby sagte: »Zum Lachen? Ich bin sicher, lieber Adrian, daß du das gut beurteilen kannst – aber spanne uns nicht auf die Folter. Was findest du denn so zum Lachen?«

»Ja«, schloß sich Tante Prudence an. »Bitte, sag es uns, mein Lieber.«

»Ja, seht ihr, da sitzt Chantal bei uns am Tisch, hat ein hübsches Kleid an und sieht völlig normal aus – wie eine junge Dame aussieht, wenn man einmal davon absieht, daß ihr Haar etwas kurz ist, und daß sie ein bißchen braun ist.« Wieder ein näselndes Kichern. Ich fragte mich, was nun wohl kommen mochte, und den andern ging es vermutlich genauso – abgesehen von Onkel Arthur, der mal wieder geistesabwesend war. Adrian fuhr fort: »Und dann fiel mir plötzlich ein, daß sie noch vor ein oder zwei Tagen ganz oben in einem der großen Zirkuszelte stand, oder vielmehr auf einem Trapez durch die Kuppel flog und dabei ein flitterbesetztes Kleidungsstück trug, und . . . es ist doch einfach zu komisch, oder nicht?« Kicher, kicher, kicher.

Erstaunlicherweise wurde ich nicht wütend. Adrian hätte sich kaum taktloser ausdrücken können, aber ich verstand, was er meinte. Bevor die andern ihre Sprache wiedergefunden hatten, empörte sich Theresa: »Ich finde es nicht schön, so etwas zu sagen, Adrian. Es ist einfach ekelhaft von dir, zu behaupten, daß Chantal zum Lachen sei.«

»Was? Das habe ich ja auch gar nicht gemeint. Ich wollte nur sagen, daß ich den Gedanken zum Lachen fand. Ich meine, sie ist aus guter Familie, und es gibt doch ziemlich wenige junge Damen aus guter Familie, die mit einem Haufen ungewaschener Zigeuner im Zirkus gelebt und am fliegenden Trapez gearbeitet haben. Das ist doch einfach nicht möglich!«

Erst jetzt überkam mich die Wut. Ich fühlte, wie mir die Röte in die Wangen stieg, und ich muß wirklich ausgesehen haben wie die rote Füchsin, als die mich Martin einmal bezeichnet hatte, als ich ihn anfauchte: »Wenn ich das getan habe, muß es ja wohl doch möglich sein, Adrian. Es waren allerdings keine ungewaschenen Zigeuner, sondern gute, saubere und anständige Leute, die überdies meine Freunde waren. Maria war einfach bezaubernd, und Mr. Galletti war der gebildetste Mensch, dem ich je begegnet bin.« Ich bekam mich wieder in die Gewalt und wandte mich etwas unsicher zu Benedict Kirkby: »Es tut mir leid, Onkel Benedict, ich bitte um Verzeihung.«

»Aber keineswegs, meine Liebe.« Wieder war dieses Gummilächeln zu sehen.

»Auf Unverschämtheit muß man in einer deutlichen Sprache antworten.«

»Aber ich . . .«, begann Adrian zu protestieren, doch Gideon Sumner unterbrach ihn mit einem Lachen, in dem Versuch, die Situation zu retten.

»Adrian, wenn Sie das Glück gehabt hätten, Chantal bei ihrer Vorführung zu sehen, wie es Lindy und mir vergönnt war, dann wären Sie ganz von Bewunderung und Achtung erfüllt.«

»Das glaube ich sicher, und ich wollte auch keineswegs . . .«

»Ich stimme völlig mit Ihnen überein«, fuhr Gideon fort, »daß Chantal Ungewöhnliches geleistet hat, für ein

Mädchen ihrer Herkunft wahrscheinlich sogar Einmaliges, wodurch sie noch mehr Hochachtung verdient. Die heutige Gesellschaft mag so etwas als unpassend und nicht damenhaft ablehnen. Das liegt jedoch nur daran, daß unsere Gesellschaft selbst ein durch und durch lächerliches und heuchlerisches Gebilde ist.«

Adrian sagte etwas unbestimmt: »Gewiß doch«, und versank dann mit der gekränkten Miene des Unverstandenen wieder in Schweigen.

Onkel Arthur schüttelte finster den Kopf. »Radikaler. Untergang.«

Belinda wandte sich mit blitzenden Augen zu ihm: »Aber Mr. Kirkby, wie können Sie meinen Bruder einen Radikalen nennen – er hat sich voll und ganz der Anarchie in die Arme geworfen! Das stimmt doch, Gideon?«

»Nicht ganz, meine Liebe«, gab Gideon freundlich zur Antwort.

»Meine Güte, ich hoffe doch nicht!« Tante Prudences Stimme zitterte. »Sie werfen doch gewiß keine Bomben auf Ihre Mitmenschen, Mr. Sumner!«

»Nur in Ausnahmefällen, Mrs. Kirkby«, gab er mit ernster Miene zurück. »Und niemals auf Freunde.«

Gideon hatte den peinlichen Augenblick geschickt überspielt. Ich warf ihm einen dankbaren Blick zu und beschloß, den Mund zu halten. Doch ließ sich dieser Vorsatz nicht lange verwirklichen, denn Theresa fragte:

»Hast du eigentlich nie einen Unfall am Trapez gehabt, Chantal? Ich meine, bist du während der Vorstellung nicht einmal heruntergefallen?«

»Ich fiel ein paarmal während des Trainings ins Netz, aber während der Vorstellung bin ich nur ein einziges Mal abgestürzt, und das lag daran, daß das Trapez brach.« Ich brachte es nicht über mich, zu erzählen, daß jemand die Stange angesägt hatte, denn das hätte zu unwahrscheinlich geklungen. Ich konnte es mir selber kaum noch vorstellen.

»Oh, wie entsetzlich!« stöhnte Theresa. »Hast du dich verletzt?«

»Nein, ich habe großes Glück gehabt. Es ist mir gelungen, noch innerhalb des Netzes aufzuschlagen.« Die Kirkbys schauten mich mit unterschiedlichen Graden von Verwunderung an, selbst Onkel Arthur schien einen Augenblick mit seinen Gedanken in der Gegenwart zu sein, und während er mir mit offenem Mund ins Gesicht starrte, wurde mir von neuem klar, wie treffend Adrians taktlose Bemerkung doch eigentlich gewesen war. Für alle in diesem Raum war es fast unvorstellbar, daß diese junge Dame an ihrem Tisch als Artistin auf einem Trapez geschwebt hatte. Ich fragte mich im stillen, was sie wohl sagen würden, wenn ich ihnen erzählte, daß der Zirkus sogar einmal von einer Meute Aufständischer angegriffen worden war, und daß man auch den Frauen Knüppel in die Hand gedrückt hatte, damit sie sich verteidigen konnten, falls die Männer, die in der ersten Linie standen, überwältigt würden.

Benedict Kirkby sagte: »Waren denn noch andere Engländer im Zirkus, Chantal?«

»Nur sehr wenige, Onkel Benedict. Außer Sammy, dem Koch, und Mr. McLeod mit seiner Zugmaschine gab es nur noch ein paar Zeltleute und Wärter – ach, und kurz bevor ich wegging, war Martin eine Weile bei uns.«

Belinda, die auf der andern Seite des Tisches saß und gerade ihre Kaffeetasse zum Mund führte, hielt in der Bewegung inne und wiederholte:

»Martin?«

Im gleichen Augenblick rief Theresa: »Martin finde ich einen sehr hübschen Namen. Der Sohn von Dennisons heißt doch auch Martin, nicht wahr, Mama? Es ist ein

Jammer, daß sie wegziehen. Wie hieß denn dein Martin weiter, Chantal?«

Ich hatte nicht die Absicht gehabt, von Martin zu erzählen, und nachdem ich versehentlich den Namen erwähnt hatte, hoffte ich, daß Theresa wie gewöhnlich weiterschwatzen würde, bis das Thema in Vergessenheit geraten war. Widerstrebend sagte ich: »Ich weiß nicht, wie er weiter hieß.«

Belinda lachte leise auf. »Das klingt aber sehr eigenartig. Was hatte er denn im Zirkus zu schaffen?«

»Eigentlich gehörte er nicht zum Zirkus. Eines Tages in Szigvàr kam er zu uns und half ein paar Wochen im Stall aus.«

»Es wird immer geheimnisvoller«, sagte Gideon lächelnd, wobei er lässig seinen Tee umrührte. »Man vermutet wirklich nicht, einen herumstreunenden englischen Hilfsarbeiter in Ungarn zu finden.«

Ich schwieg, um so zu tun, als ob ich der Frage keine Bedeutung beimesse. Als aber niemand etwas sagte, erkannte ich, daß es aussehen mußte, als ob ich ein Geheimnis aus der Sache machen wollte, und fügte schließlich hinzu: »Er war kein Hilfsarbeiter. Ich glaube, daß er aus einer guten Familie stammte. Ich fand ihn eines Tages im Wald, und er sagte, daß er infolge eines Unfalls sein Gedächtnis verloren habe. Er konnte sich nicht einmal genau an seinen Namen erinnern, glaubte aber, daß es vielleicht Martin gewesen sei.«

»Aber wie wahnsinnig aufregend, Chantal!« rief Theresa aus. »Was hast du dann getan?«

»Ich nahm ihn mit zu unserem Zeltplatz, damit er etwas zu essen bekam, und dann sagte Mr. Kayser, daß er in den Ställen arbeiten könne.«

»Hatte er denn keine Papiere bei sich?« erkundigte sich Benedict Kirkby.

»Nein, Onkel Benedict, es gab überhaupt keinen Anhaltspunkt, um festzustellen, wer er war.«

»Das ist seltsam. Hat er sein Gedächtnis wiedergefunden?«

»Während er bei uns war, nicht. Eines Tages, als wir in Regensburg arbeiteten, ging er in die Stadt und kam nicht wieder. Vielleicht hat er sein Gedächtnis wiedergefunden und er vergaß dafür die Zeit beim Zirkus. Ich weiß es nicht.«

Während meiner Erzählung hatte ich niemanden angeschaut, aber jetzt sah ich, daß Belinda ihre Kaffeetasse unberührt auf den Tisch zurückgestellt hatte und über den Tisch hinweg Gideon anblickte. Vielleicht war es nur das Gaslicht, aber ich hatte den Eindruck, daß sich ihr Gesicht verfärbt hatte. Ihre Augen strahlten nicht mehr. Ich warf einen raschen Blick zu Gideon, der neben mir saß. Er hielt noch immer den silbernen Kaffeelöffel in der Tasse und schien das Umrühren vergessen zu haben. Er blickte seine Schwester mit zusammengepreßten Lippen eindringlich an, als ob er ihr einschärfen wollte, den Mund zu halten.

»Eine phantastische Geschichte«, staunte Benedict Kirkby. »Aber wie schade, daß wir nie erfahren werden, wie sie ausgeht. Vielleicht könnte Adrian den Stoff zu einem hervorragenden erzählenden Gedicht verarbeiten. Meinst du, du schaffst die erste Zeile bis Weihnachten, mein Junge?«

Er blickte ans andere Ende der Tafel.

»Prudence?«

Tante Prudence blickte verschreckt hoch und erhob sich geräuschvoll mit raschelnden Seidenröcken: »Ja, natürlich, Benedict. Wollen wir die Herren allein lassen, meine Damen? Ach, Sie haben Ihren Kaffee noch nicht ausgetrunken, Miß Sumner. Lassen Sie nur, Dixon wird ihn in den Salon hinüberbringen.«

Portwein und Zigarren. Daran hatte ich gar nicht mehr gedacht. Wehmütig erinnerte ich mich an Sammys Eßzelt, wo sich die Damen nicht zurückzogen, um die Herren dem Genuß von Portwein und Zigarren zu überlassen.

Ich war erleichtert, als Benedict Kirkby eine Stunde später vorschlug, daß Theresa und ich auf unsere Zimmer gehen sollten. Plötzlich war ich müde, die Augen fielen mir zu, was nicht erstaunlich war, denn ich hatte einen anstrengenden Tag hinter mir. Es war kaum zu glauben, daß noch keine zwölf Stunden vergangen waren, seit ich in England gelandet war.

Nachdem ich jahrelang das kleine Schlafzimmer mit Maria geteilt hatte, kam es mir komisch vor, mich in einem derartig geräumigen Zimmer auszukleiden. Das Bett war weich und warm. Das Gaslicht hatte ich schon abgedreht, und nun drückte ich mit zwei Fingern die Flamme der Kerze aus, die neben meinem Bett stand. Dankbar ließ ich meinen Kopf in das Kissen sinken. Ich konnte nicht sofort einschlafen. Ich versuchte, mich an den Augenblick nach dem Essen zu erinnern, als ich Zeugin eines stummen Wortwechsels zwischen Belinda und Gideon Sumner geworden war. Es schien, als hätte die Sache mit Martin eine besondere Bedeutung für sie, und ich fühlte, daß sie Belinda beunruhigte, wenn nicht sogar in einen Zustand von Angst versetzt hatte. Aber warum? Warum hatten sie nichts gesagt, wenn sie wußten, wer Martin war? Martin war nicht mehr als ein Name, und ich hatte meinen Martin noch nicht einmal beschrieben, so daß sie ihn kaum kennen konnten. Je länger ich darüber nachdachte, desto unwahrscheinlicher erschien es mir ... Vielleicht ... vielleicht hatten mir nach dem langen, anstrengenden Tag meine überreizten Nerven einen Streich gespielt, und ich bildete mir alles nur ein. Normalerweise hatte ich einen festen Schlaf, aber an diesem Abend in Wildings war er unruhig und beklemmend. Einmal erwachte ich, weil mir heiß war, und schob ein paar Decken vom Bett. Zweimal wachte ich aus wirren Träumen halb auf, und einmal schreckte mich eine entsetzliche Vorstellung von Martin, den ich tot im Sägemehl der Arena liegen sah, mit dem verflochtenen schwarzen Band am Handgelenk. Um sechs Uhr war ich hellwach. Um diese Zeit stand ich für gewöhnlich auf, und nun lag ich da und überlegte mir, was ich wohl tun sollte. Frühstück gab es erst um neun. Vereinzelte schwache Geräusche drangen vom unteren Stockwerk herauf. Die Dienerschaft war schon eifrig damit beschäftigt, die Kamine auszukehren, neue Holzscheite aufzuschichten und alles zu putzen und auf Hochglanz zu polieren.

Nach einer Weile stand ich auf und zog an der Klingelschnur. Zwei Minuten später pochte Molly behutsam an die Tür und trat mit besorgter Miene ein. »Ja bitte, Miß Chantal. Fehlt Ihnen etwas?«

»Nein, es ist alles in Ordnung, ich möchte nur gerne baden.«

»Aber es ist noch nicht mal sechs Uhr, Miß! Ich glaube nicht, daß das Wasser schon warm ist!«

»Das macht nichts. Alfred soll es heraufbringen, so wie es ist.«

»Aber – das dürfen Sie nicht, Miß Chantal! Sie holen sich ja den Tod!«

»Nein, bestimmt nicht, Molly, Sie können ganz beruhigt sein.« Plötzlich erinnerte ich mich daran, wie übel ich in Farleigh Hall mit den Dienstboten umgesprungen war. »Aber wenn es Ihre Arbeit durcheinanderbringt, warte ich lieber.«

»Nein, nein, das macht überhaupt nichts, Miß. Wenn Sie wirklich jetzt baden wollen, lasse ich Ihnen das Wasser heraufbringen.«

Eine Viertelstunde später saß ich in der Badewanne und wusch mich mit dem lauwarmen Wasser. Es war lange her, seit ich mich im Sitzen gebadet hatte. Die Schüssel in unserem Wohnwagen war zu klein gewesen. Ich würde mich erst wieder daran gewöhnen müssen.

Während des Ankleidens nahm ich mir vor, die Zeit zwischen Aufwachen und Frühstück immer zum Studium meiner medizinischen Lehrbücher zu verwenden. Doch an diesem Morgen hatte ich große Schwierigkeiten, mich zu konzentrieren. Dauernd versuchte ich mir vorzustellen, was Maria gerade tun mochte, und dazwischen mußte ich immer wieder an Martin denken. Ich war froh, als endlich die Zeit für das Frühstück gekommen war. Die Kirkbys begrüßten mich freundlich, als ich herunterkam, aber es war eine recht schweigsame Mahlzeit, weil Onkel Benedict seine ganze Aufmerksamkeit der Zeitung widmete, und die anderen ängstlich darauf bedacht waren, ihn nicht zu stören.

Ich hätte es nicht für möglich gehalten, daß ich drei Stunden mit Tante Prudence und Theresa darauf verwenden könnte, eine Liste für meine neue Garderobe zusammenzustellen, aber wir verbrachten tatsächlich den ganzen Vormittag damit. Nach dem Mittagessen machte ich mit Theresa einen Spaziergang ins Dorf, um mich mit einigen der dortigen Ladenbesitzer bekannt machen zu lassen; bei unserer Rückkehr stellten wir fest, daß Gideon und Belinda Sumner zum Tee gekommen waren.

Es war einer dieser bezaubernden Herbsttage, an denen die Sonne fast so stark wie im Hochsommer scheint, und Benedict Kirkby beschloß, den Tee draußen im Garten servieren zu lassen. Es war das gleiche Ritual wie am Vortag. Anschließend spielten wir Krocket. Das Spiel war mir neu, und ich fand es schrecklich langweilig, vermutlich, weil ich es nicht gut konnte, oder weil Adrian überraschend gut spielte. Wir waren jeweils zu zweit, und einmal mußten Adrian und sein Vater gegen Gideon und Theresa spielen. Tante Prudence sah zu, und Onkel Benedict hatte sich in sein Arbeitszimmer zurückgezogen. Als Belinda sagte, sie hätte Lust, zu den Ställen hinüberzugehen, um das neue Fohlen anzusehen, fragte ich, ob ich sie begleiten dürfe. Schon während ich die Frage aussprach, hatte ich das Gefühl, daß sie lieber allein gewesen wäre. Sie ließ es sich aber nicht anmerken und erwiderte: »Aber ja doch! Haben Sie die Pferde noch nicht gesehen?«

»Nein, aber ich hätte große Lust dazu.«

»Dann kommen Sie doch mit. Wollen Sie uns bitte entschuldigen, Mrs. Kirkby?«

»Gewiß, meine Liebe. Bleiben Sie aber nicht zu lange, es könnte kühl werden.« Da man bis zu den Ställen nur etwa drei oder vier Minuten zu gehen hatte, schien mir diese Bemerkung völlig überflüssig, aber Tante Prudence machte sich immer über etwas Sorgen.

Die Ställe waren prächtig. Sie waren um eine rechteckige Koppel herum angelegt, und offensichtlich hatte man keine Mittel gescheut, um sie vorbildlich auszustatten. Boxen und Stände, Putzplatz, Sattelraum, Remise, Kornspeicher und Strohscheune waren in tadellosem Zustand, und der Anblick der Pferde selbst war eine reine Freude. Die Pflege von acht Pferden, zwei Stuten und dem neuen Fohlen lag in den Händen von zwei Stallknechten und einem Burschen. Belinda stellte mir den Stallmeister vor, einen stämmigen, wortkargen Mann namens Harridge. Ich hatte während meiner Zeit im Zirkus viel über Pferde gelernt und freute mich über die Gelegenheit, mich mit einem Fachmann zu unterhalten. Harridge war zunächst nicht besonders redselig, aber nach ein paar Minuten hatte er gemerkt, daß ich doch einige Erfahrung hatte, und taute auf.

»Das ist richtig, Miß. Wir waschen sie nie, nicht einmal die Beine. Früher, als ich ein kleiner Junge war, da hat man das noch gemacht, aber wenn Sie mich fragen – ich glaube, davon bekommen sie Schlammfieber. Nein, wir reiben sie nur gut ab, und wenn die Beine angelaufen sind, werden sie in Tücher gewickelt.«

Ich nickte. »Wir haben die Tücher in Essig und Wasser getaucht, wenn sie angelaufene Beine hatten.«

»Genauso mach' ich's auch, Miß.«

Ich hätte stundenlang im Stall bleiben können, aber nach einer guten Viertelstunde meinte Belinda: »Ich glaube, wir sollten wieder zurückgehen, Chantal. Mrs. Kirkby wird sich Sorgen machen.«

Ich verabschiedete mich von Harridge, und wir gingen langsam zum Haus zurück. Belinda schwieg und schien mit ihren Gedanken woanders zu sein. Ohne recht zu überlegen, sagte ich: »Belinda, als ich gestern von diesem Martin erzählte, der sein Gedächtnis verloren hat, hatte ich das Gefühl . . . ich hatte fast den Eindruck, als ob Sie und Gideon etwas über ihn wüßten. Ich glaube kaum, daß das möglich ist, aber wenn es doch so ist, dann . . . dann würde ich gerne erfahren, was Sie über ihn wissen.«

Sie antwortete nicht gleich, sondern verlangsamte nur ihren Schritt. Schließlich blieb sie stehen und stocherte unschlüssig mit der Spitze ihres Sonnenschirms im welken Laub herum. Nur zögernd antwortete sie: »Wir kannten einmal einen Mann namens Martin Verne.« Sie hielt inne, als ob damit alles gesagt wäre. »Ah«, erwiderte ich etwas ratlos. »Aber wie kommen Sie darauf, daß es sich um denselben Martin handelt?«

Sie zuckte die Achseln und dabei lächelte sie merkwürdig. »Das ist schwer zu erklären. Es gibt nicht so viele Engländer, die durch Ungarn reisen, und sicherlich noch weniger, die dort in einen Unfall verwickelt werden. Martin Verne kommt in der ganzen Welt herum, und er ist ein Typ, der ... der das Unglück anzieht.«

Ich hatte nie erwähnt, daß Martin das Opfer eines Mordversuchs gewesen war, aber Belinda schien wie selbstverständlich anzunehmen, daß es sich nicht um einen gewöhnlichen Unfall handelte. »Aber man zieht doch kein Unglück an – so etwas gibt es doch nicht«, protestierte ich.

»Leute wie Martin Verne tun es ganz bestimmt.« Sie hob den Kopf und blickte mir in die Augen. »Erzählen Sie mir von ihm.«

Ich war mit meiner Beschreibung noch nicht zu Ende, da nickte Belinda. »Ja. Das muß Martin Verne gewesen sein.«

Ich schüttelte ungläubig den Kopf. »Was für ein seltsames Zusammentreffen, Belinda! Haben Sie gewußt, daß er in Ungarn war?«

Sie zögerte. Schließlich gab sie zur Antwort: »Gideon meinte, daß er vielleicht dort sei.«

»Ich verstehe das nicht. Sie sagten, Sie *haben* ihn einmal gekannt – kennen Sie ihn denn jetzt nicht mehr?«

Sie seufzte und schaute mich beinahe mitleidig an: »Soll ich Ihnen die Wahrheit über Martin Verne erzählen?«

»Ja ... natürlich. Für mich war er ein Rätsel, und ich möchte gerne mehr über ihn erfahren.«

»Haben Sie sich in ihn verliebt?«

»O nein«, sagte ich entrüstet. »So war das nicht.«

»Dann haben Sie Glück. Er ist ein sehr anziehender Mann. Ich war selbst einmal in ihn verliebt und er in mich. Aber das ist sehr lange her, und ich wußte damals noch nicht, was er für ein Mensch ist.«

»Was ist er denn für ein Mensch?« Sie ging langsam weiter.

»Vor drei Jahren habe ich ihn zum ersten Mal gesehen. In der Saison in London. Niemand konnte genau sagen, wo er herkam. Die Damen der Gesellschaft rissen sich um ihn, aber achteten zugleich darauf, daß ihre Töchter nicht in seine Nähe kamen.« Sie zuckte die Achseln. »Die Gesellschaft braucht ein oder zwei Männer mit schlechtem Ruf, um über jemanden klatschen zu können. Aber Martin war meines Wissens der einzige, dessen schlechter Ruf zu Recht bestand.«

»Meinen Sie, daß er ein schlechter Umgang für Frauen war? Ein Verführer?«

Belinda war entsetzt. »Ich rate Ihnen dringend, solche Worte nicht in Gegenwart Ihrer Familie zu gebrauchen.«

Ich konnte nur mühsam meinen Ärger verbergen. Ich war kein wohlbehütetes Schulkind, sondern hatte in einem Wanderzirkus gelebt, wo man offen über alles mögliche sprach.

Maria und ich kannten aus eigener Anschauung Männer, die einen gern verführen wollten, und wir hatten uns nicht darüber entsetzt. Wir hatten zusammen eine Stute beruhigt, die gerade gedeckt wurde, und hatten zugeschaut, wie Löwenjunge auf die Welt kamen. Ich hatte Solange geholfen, Rama Singhs Frau von ihrem ersten Baby zu entbinden, das zu früh auf die Welt kam, und ich hatte kranke Männer im Zirkus gepflegt. Die Vorstellung, daß ich von jetzt an meine Zunge im Zaum zu halten hatte und so tun mußte, als ob es all diese Dinge nicht gäbe, war deprimierend.

Als ich keine Antwort gab, zuckte Belinda die Achseln und meinte: »Ich nehme an, daß Martin ein Frauenheld ist, aber das habe ich nicht gemeint, als ich sagte, er sei gefährlich. Ich wollte damit nur sagen, daß er schlecht ist.«

»Schlecht? In welcher Hinsicht?«

Sie starrte gedankenverloren vor sich hin und sagte müde: »Martin Verne ist ein Mann ohne Gewissen. Ein Abenteurer. Ein Schwindler, ein Dieb, ein Gauner: ein Mann, der sich für alles und jedes kaufen läßt, wenn nur der Preis hoch genug ist.«

9

WENN ICH JEMALS einem Menschen geglaubt habe, daß er die Wahrheit sprach, dann war es Belinda in diesem Augenblick. Dennoch klang meine Stimme leicht gereizt, als ich heftig fragte: »Wie wollen Sie das wissen?«

»Weil Gideon es mir gesagt hat«, gab sie ruhig zur Antwort, indem sie sich umwandte und mich anblickte. »Mein Bruder ist selbst ein Abenteurer, aber auf eine ganz andere Weise. Es gibt Männer, die die unentdeckten Teile der Welt erforschen, andere gehen auf Großwildjagd, wieder andere suchen das Abenteuer als Soldaten oder Seeleute. Gideon macht es Spaß, sich in Abenteuer einzulassen, die ihn interessieren und ihn herausfordern. Bei seinem letzten Unternehmen hatte er sich die Aufgabe gestellt, Sie zu finden, Chantal, aber es gab auch schon gefährlichere Probleme zu lösen. Gideon geht für gewöhnlich auf Verbrecherjagd.«

»Wollen Sie damit sagen, daß er für die Polizei arbeitet?«

»Nein, das nicht ... wenngleich unter seinen Freunden auch einige hohe Beamte sind, die seine Arbeit schätzen. Bei den meisten Verbrechern handelt es sich um bedauernswerte, dumme Menschen. Es gibt jedoch einige, die raffiniert und gebildet sind und aus den besten Kreisen stammen. Häufig ist das Gesetz ihnen gegenüber machtlos, weil es an Beweisen mangelt, solche Fälle reizen Gideon.«

Belinda schüttelte den Kopf und ging weiter. »Er erzählt mir nur wenig, aber ich weiß, daß er sich schon zerlumpt und unrasiert in den übelsten Spelunken von London herumgetrieben hat, um eine Spur zu entdecken, die zu seiner Beute führen könnte. Ja . . . mein Bruder ist ein Abenteurer, der die dunkle Welt des Verbrechens kennt. Das ist sein Jagdrevier. Und wenn er sagt, daß Martin Verne ein Schurke von der schlimmsten Sorte ist, dann dürfen Sie überzeugt sein, daß es stimmt.«

Ich war fassungslos. Es fiel mir schwer zu glauben, daß der Martin, den ich gekannt hatte, ein Verbrecher sein sollte. Eine Welle von Traurigkeit überkam mich, doch plötzlich schreckte ich auf: »Ist Gideon auf der Jagd nach Martin?«

Belinda schüttelte den Kopf. »Nein«, sagte sie abrupt. Ich hätte sie gern gefragt, ob er auf ihren Wunsch von ihm abgelassen hatte, wagte es jedoch nicht. Nach langem Schweigen murmelte sie: »Wenn Sie Martin jemals wiedersehen sollten, Chantal, dann nehmen Sie sich in acht, daß Sie sich nicht in ihn verlieben.«

»Ich?« Verblüfft schaute ich sie an.

»Ganz bestimmt nicht. Wie kommen Sie darauf? Ich meine, ich habe mich ja auch beim ersten Mal nicht in ihn verliebt. Und außerdem . . . ich . . . ich weiß nicht, wie das ist, wenn man sich verliebt, aber in einen schlechten Menschen kann ich mich bestimmt nicht verlieben.«

»Doch, das kann man, und es ist sehr schwer, einen Mann nicht mehr zu lieben, auch wenn man erkannt hat, daß er schlecht ist. Frauen sind so töricht.«

Endlich fiel mir wieder ein, was ich Belinda die ganze

Zeit fragen wollte: »Belinda, warum glaubte Gideon, daß sich Martin zu der Zeit, als ich mit ihm zusammentraf, in Ungarn aufhielt?«

»Ich weiß nicht«, murmelte sie. Es war eindeutig, daß sie jetzt nicht die Wahrheit sagte. »Ich will nicht darüber sprechen. « Sie beschleunigte ihre Schritte, und im gleichen Augenblick tauchte Theresa in der Entfernung auf. Sie rannte schwerfällig auf uns zu, rief und winkte mit ihrem Krocketschläger. Ihr Anblick bedeutete für mich eine ebenso große Erleichterung wie wahrscheinlich für Belinda, denn plötzlich wollte auch ich nicht mehr über Martin sprechen und bereute bitterlich, daß ich überhaupt angefangen hatte, Belinda über ihn auszufragen.

Obwohl ich versuchte, den Gedanken beiseite zu drängen, erinnerte ich mich daran, daß Martin weder den Arzt noch die Polizei aufgesucht hatte, weil ihn eine innere Stimme gewarnt hatte, er solle sich verborgen halten. Ich erinnerte mich, wie Mr. Galletti wenige Tage, bevor ich Martin auffand, einen Zeitungsbericht über die Ermordung des österreichischen Gesandten von Dreyer vorgelesen hatte. Die Behörden hatten Anlaß zu der Vermutung, daß die Tat von einem gedungenen ausländischen Verbrecher ausgeführt worden war. Und gerade eben hatte mir Belinda gesagt, daß Martin Verne käuflich sei – daß er für alles und jedes zu kaufen sei, vorausgesetzt, der Preis sei hoch genug.

»Sagt mal, ich dachte schon, ihr würdet gar nicht wiederkommen!« schrie Theresa. »Wie haben dir die Pferde gefallen, Chantal? Jericho gehört mir, der Braune mit den schwarzen Flecken. Onkel Benedict wird dich sicher auf Tamarisk reiten lassen. Sie springt sehr gut, du mußt sie nur vor dem Zaun am langen Zügel lassen und am Wasser zurückhalten. Mama sagt, es wird kühl und ihr solltet ins Haus kommen.«

Sie plapperte weiter, während wir den Hang bis zum Rasen hinter dem Haus hinaufschritten. Als wir oben ankamen, stand es für mich fest, daß ich weder mit Belinda noch mit Gideon jemals wieder über Martin sprechen würde. Ich hoffte inständig, ihn nie wiederzusehen. Ich wollte ihn ganz aus meinem Gedächtnis verbannen. Während der Tage im Zirkus hatte er sich nicht an seine Vergangenheit erinnern können, und so konnte er mich eigentlich nicht absichtlich getäuscht haben. Aber es schmerzte doch, daß Mr. Galletti seine Freundschaft einem Mann geschenkt hatte, der ein übler Schurke war, wenn nicht gar etwas viel Schlimmeres.

Zu meiner großen Erleichterung erwähnten weder Belinda noch Gideon Martin Verne in den folgenden Wochen. Ich war vor allem damit beschäftigt, mich in Wildings einzugewöhnen. Während der ersten Woche hatte ich schreckliches Heimweh, obwohl ich in einem langen Brief an Maria nichts davon erwähnte. Ich besaß eine Liste all jener Orte, in denen der Zirkus bis zum Ende der Saison gastieren würde, und so konnte ich postlagernd schreiben, bis sie ihr Winterquartier aufgeschlagen hatten. Im Februar würde mir Maria die Reiseroute für die nächste Saison schikken.

Es fiel mir nicht leicht, mich wieder in eine junge Dame zu verwandeln. Allerdings hätte ich mich der Aufgabe mit mehr Freude gewidmet, wenn Theresa nicht die einzige in der Familie gewesen wäre, in deren Gesellschaft ich mich wohlfühlte.

Leider hatte ich keinerlei Grund, mein erstes Urteil über die anderen Familienmitglieder zu revidieren, und wieder wunderte ich mich, wieso sie sich eigentlich die Mühe gemacht hatten, mich zu suchen und nach Hause zu holen. Eine besonders herzliche Familienzuneigung konnte jedenfalls nicht der Grund gewesen sein. Mit den Dienstboten kam ich so gut aus, daß Tante Prudence es sogar für nötig erachtete, mir zu sagen, daß ich nicht zu freundlich im Umgang mit ihnen sein dürfe. Selbst Dixon, der Butler, legte seine anfängliche Zurückhaltung mir gegenüber ab und wandelte sein Verhalten von arroganter Höflichkeit in liebenswürdige Zuvorkommenheit.

Jeden Tag nach dem Aufstehen machte ich eine Viertelstunde meine Bodenübungen und beschäftigte mich anschließend entweder mit meinen medizinischen Büchern oder mit einem Buch aus Benedict Kirkbys Bibliothek, bis es Zeit war für mein Bad.

Dann folgte das Frühstück, und danach lag ein langer Tag voll Müßiggang vor mir. Es schien unglaublich, daß man so viel Zeit mit einer solchen Menge unwichtiger Dinge vertun konnte. Abgesehen von den Sonntagen, an denen wir zur Kirche gingen, waren die Vormittage endlos, besonders nach den ersten beiden Wochen, in denen ich häufig mit Tante Prudence und Theresa nach Dorchester gefahren war, um meine Garderobe zu vervollständigen.

Die Nachmittage verbrachten wir meist damit, Besuche abzustatten oder zu Hause zu sitzen, um selbst welche zu empfangen. Dafür gab es äußerst komplizierte Vorschriften. Im Bezirk lebten mehrere Damen, deren gesellschaftlicher Rang geringer war als der von Tante Prudence; eine oder zwei waren ihr gleichgestellt, und nur die Frau des Großgrundbesitzers, Mrs. Mortinger, war ihr übergeordnet. Benedict Kirkby und John Mortinger leiteten zusammen die Jagd in Osburne, und somit statteten sich Tante Prudence und Mrs. Mortinger gegenseitig Besuche ab, was bedeutete, daß wir nicht nur unsere Karten abgaben, wenn wir sie besuchten. Wir ließen vielmehr fragen, ob Mrs. Mortinger zu Hause sei, obwohl wir genau wußten, daß sie da war, und wurden dann von ihr zum Tee empfangen.

Es gab andere Damen, die wir nicht besuchten, sondern bei denen wir nur Karten abgaben – eine für Tante Prudence und eine für Onkel Arthur, der nie mitkam. Das hieß, daß man von der Dame die Erwiderung dieser höflichen Geste erwartete – nicht aber etwa, daß sie nun einen Besuch machte. Auf das Abgeben einer Karte mit einem Besuch zu antworten, war ein schwerer Faux-pas, es sei denn, die Dame hatte einen gesellschaftlich höheren Rang.

Wenn wir »zu Hause waren«, erwartete man von Damen, die Besuch machten, daß sie eine Ecke der Karte umbogen, die sie beim Weggehen auf einem Silbertablett in der Eingangshalle liegen ließen, um zu zeigen, daß der Besuch auch Theresa und mir gegolten hatte. Früher, in Farleigh Hall, war ich von meinen Erzieherinnen sorgfältig in all diese Regeln eingeweiht worden. Damals war ich aber noch nicht alt genug gewesen, um sie in der Praxis anzuwenden. Jetzt fand ich alles sehr verwirrend.

Die Besuche selbst waren mir eine Qual. Man nippte an einer Tasse Tee und knabberte an einem Gurkenbrötchen, während sich die Damen höflich über das Wetter und allerlei Vorkommnisse in der Grafschaft unterhielten. Manchmal wurde die Sache dadurch etwas interessanter, daß ein junger Mann zugegen war – sei es, daß er zur Familie gehörte, sei es, daß er selbst den Besuch abstattete. Es wurde erwartet, daß er mit den jungen Damen plauderte.

Zu meiner Erleichterung erwähnte nie jemand meine Zirkusvergangenheit. Man wollte sie ganz offensichtlich stillschweigend in Vergessenheit geraten lassen, obwohl ich mehrmals bemerkte, daß mich einige Leute, insbesondere junge Herren, sehr eingehend betrachteten, so, als ob sie sich davon überzeugen wollten, daß ich tatsächlich einmal in einem Flitterkostüm hoch oben am Trapez durch die Zirkuskuppel geflogen war. Die Abende verbrachten wir mit Gesellschaftsspielen, Handarbeiten, Lesen, dem Einkleben von Alben und Konversation. Gideon und Belinda Sumner kamen häufig zu Besuch, worüber ich froh war, denn sie waren weniger steif als die Bewohner von Wildings. Manchmal machten Theresa und ich einen Spaziergang über den Hügel ins Tal hinunter, um die Sumners in ihrem hübschen Häuschen zu besuchen, das sie gemietet hatten.

Im Lauf der Zeit konnte ich nicht umhin zu bemerken, daß Gideon Sumner angefangen hatte, mir unaufdringlich den Hof zu machen. Zwar hatte er Onkel Benedict nicht offiziell um Erlaubnis gebeten, mir Besuche abstatten zu dürfen, aber viele kleine Anzeichen, ein Blick, ein Wort, ein Lächeln, taten sein Interesse mit selbstverständlicher Offenheit kund. Belinda schien es als einzige zu bemerken, und ich konnte mich des Eindrucks nicht erwehren, daß sie mit ihrem Bruder in dieser Sache nicht einer Meinung war.

Was mich betraf, so fiel es mir schwer, Klarheit über meine Gefühle zu gewinnen. Gideon war zwar ein sehr interessanter Mann, über den ich häufig nachdachte, besonders, wenn ich mir alles in Erinnerung rief, was Belinda über ihn erzählt hatte. Ich konnte mir nur schwer vorstellen, wie er zerlumpt in einer Londoner Spelunke herumstreunte, ebenso wie es für Adrian Kirkby schwer war, sich vorzustellen, wie ich an einem Trapez durch die Luft flog.

Er war ein ausgezeichneter Unterhalter, der nie langweilig war, und zugegebenermaßen schmeichelte mir seine Aufmerksamkeit. Ich genoß sie, konnte mir aber nicht darüber klar werden, ob es daran lag, weil ich ihm ähnliche Gefühle entgegenbrachte, oder weil sie den öden Tagesablauf in Wildings erträglicher machte.

Im Laufe der Zeit erfuhr ich nur wenig Neues über Onkel Arthur, Tante Prudence und Adrian, was vielleicht daran lag, daß es nichts gab, was ich noch hätte erfahren können. Hingegen entdeckte ich, daß Benedict Kirkby von zwei Leidenschaften besessen war: von der Jagd und dem Geld. Er teilte seine Zeit zwischen den Ställen, dem Hundezwinger bei den Mortingers und seinem Arbeitszimmer auf.

In seinem Zimmer verschlang er den Wirtschaftsteil englischer und ausländischer Zeitungen, las Geschäftsberichte, Aktienkurse und alle möglichen Dinge, die mir völlig unverständlich waren. Er telefonierte häufig mit seinem Börsenmakler und hielt manchmal beim Abendessen einen Vortrag über seine jüngsten finanziellen Transaktionen, den bestimmt niemand verstand, außer vielleicht Gideon, wenn er gerade da war. Ich schloß daraus, daß seine Leidenschaft für Geld sich aus der Leidenschaft für die Jagd ergab, die ein äußerst kostspieliges Hobby zu sein schien. Belinda hatte mir einmal erzählt, daß einen Zwinger zu unterhalten und während der Jagdsaison drei Tage in der Woche auf die Jagd zu reiten, mehrere 1000 Pfund im Jahr kostete. Als ich das hörte, hatte ich weniger Bedenken, Onkel Benedicts Beitrag zu den Kosten meiner medizinischen Ausbildung anzunehmen – da handelte es sich nur um ein paar hundert Pfund.

Die Pferde waren meine Rettung, und ich verbrachte sogar noch mehr Zeit dort als Theresa. Ich erfuhr, daß die Jagd auf die Jungfüchse schon begonnen hatte und noch bis zum Beginn der richtigen Fuchsjagd am ersten November andauern würde.

»Siehst du, die jungen Füchse sind nun alt genug, von

ihrer Mutter getrennt zu werden. Das ist ein Grund. Außerdem will man auch die Welpen Blut riechen lassen.«

»Was sind denn Welpen?«

Sie sah mich verblüfft an. »Junge Jagdhunde natürlich. Mit etwa achtzehn Monaten müssen sie lernen, was sie zu tun haben. Und die jungen Füchse natürlich auch. Sie lernen von den Füchsinnen viele Schliche, bevor sie von ihnen getrennt werden und ihren eigenen Bau machen. Onkel Benedict und ich gehen nicht auf die Jungfuchsjagd, weil sie schon furchtbar früh am Morgen beginnt, ungefähr um sieben, und ich mag sie auch nicht besonders. Chantal, ist es *wirklich* wahr, daß du gar nichts darüber weißt?«

Je näher der November rückte, desto ausschließlicher drehte sich die Unterhaltung beim Abendessen zwischen Theresa und Onkel Benedict um dieses eine Thema. Onkel Arthur, Adrian und Tante Prudence zogen sich in ihre Sphären von Musik, Dichtkunst und Besorgnis zurück. Ich hörte zu und versuchte angestrengt, etwas zu verstehen. Wenn Onkel Benedict und Theresa sich über den Ablauf der Jungfuchsjagd unterhielten oder Erinnerungen an die vorjährige Jagdsaison austauschten, kam ich mir vor wie seinerzeit, als ich nur ein paar Brocken italienisch verstand und Maria unentwegt in dieser Sprache auf mich einredete.

Wenn Gideon und Belinda mit uns zu Abend aßen, war es etwas besser. Gideon ritt zwar auch auf die Fuchsjagd, aber er war nicht gerade fanatisch darauf versessen und versuchte im allgemeinen nach einer gewissen Zeit, das Gespräch in andere Bahnen zu lenken.

Meine Jagdausrüstung war nun fertig. Sie war von einer Schneiderin in Dorchester angefertigt worden. Ich besaß zwei Jacken, zwei Paar Reithosen, ein Paar Stiefel, einen Hut, eine Gerte und zwei Paar Handschuhe. Die

Jacken waren schwarz, denn das typische Rot der Jagdkostüme durften nur die Herren tragen. Die Hosen stellten einen seltenen Triumph meiner Überredungsgabe dar. Ich war nie im Damensattel geritten und war fest entschlossen, es auch in Zukunft nicht zu tun, denn außer beim Traben hielt ich es für sehr gefährlich. Theresa war derselben Meinung. Sie war immer im Herrensattel geritten, nachdem die Einwände ihrer Mutter von Benedict Kirkby beiseite gewischt worden waren, der gesagt hatte, daß es in der Zeit des Fahrrads und des Damenschlüpfers zwar selten, doch in keiner Weise unannehmbar erscheine, wenn eine Dame bei sportlichen Anlässen Knickerbocker trug. Ich hatte eine heimliche Abneigung gegen Knickerbocker, weil ich sie einfach komisch fand, und bat darum, mir richtige Reithosen machen lassen zu dürfen. Tante Prudence war entsetzt, aber Theresa erwies sich als unerwartete Verbündete, – sie schien ihre Knickerbocker auch nicht zu mögen. Tante Prudence schwankte und überlegte, was wohl die Nachbarn sagen würden, sprach ein unerbittliches Nein, wurde wieder schwankend und schlug dann vor, daß wir wadenlange Mäntel darüber tragen sollten, was bei Theresa einen ganz untypischen Anfall von schlechter Laune hervorrief. Schließlich hatte sie Benedict Kirkby aufgefordert, in dieser Angelegenheit zu entscheiden, und der hatte ihr schlicht gesagt, sie solle unseren Anweisungen folgen.

»Aber Benedict – man sieht ja die ... die Beine so deutlich!«

»Unsinn. Schließlich tragen die Mädchen diese Hosen nicht zu einem Ball. Und Männer auf einer Fuchsjagd haben Besseres zu tun, als auf Frauenbeine zu schauen.«

»Benedict! Ich bitte dich!«

Schließlich bekamen wir beide unsere Reithosen. Ich erhielt auch eine Jacke, die ich beim Üben oder auch zum

Ausreiten trug. Ich konnte nicht erwarten, auf die Jagd mitgenommen zu werden, bevor ich mich nicht in Onkel Benedicts Augen als würdig erwiesen hatte. Während meiner Jahre beim Zirkus war ich nur wenig gesprungen. Theresa war eine ausgezeichnete Lehrerin und verfügte über bewundernswerte Geduld. Während der letzten Oktoberwochen verbrachten wir fast jeden Tag auf der Koppel oder ritten aus. Tamarisk, die Stute, die Onkel Benedict mir zugeteilt hatte, war ein wunderschönes Pferd, temperamentvoll, aber gehorsam, wenn man sie sicher führte.

Manchmal ritt Benedict Kirkby mit uns aus und beobachtete mich mit seinen flinken grauen Augen, und ab und zu kam auch Gideon mit. Gideon ritt sehr gut, aber Benedict Kirkby war einfach ein hervorragender Reiter. Als er mich eines Tages nach einem Sprung lobte, errötete ich vor Stolz. Seine Anerkennung bedeutete mir wirklich etwas. Theresa war wie umgewandelt, wenn sie auf einem Pferd saß. Ihre ganze Unbeholfenheit war verflogen, und sie und das Tier schienen eine Einheit zu bilden. Niemals würde ich so gut reiten wie sie, aber dennoch versuchte ich mit aller Kraft, mein Bestes zu geben. Ein bißchen unglücklich dachte ich, daß es genauso war wie mit mir und Maria am Trapez.

Ich hatte einen großen Vorteil, für den mich Theresa bewunderte, und den ich vorführen mußte, als Onkel Benedict und Gideon eines Tages zusahen, wie wir uns auf der Koppel im Springen übten. Harridge hatte ein ziemlich hohes Hindernis aufgebaut, und ich schätzte es nicht ganz richtig ein. Tamarisk verweigerte im letzten Augenblick, und da ich meinen ganzen Körper schon auf den Sprung eingestellt hatte, flog ich in hohem Bogen allein über den Zaun.

Ich hörte mit halbem Ohr, wie Theresa rief: »Da! Jetzt schaut mal her!«

Sobald meine Hände den Boden berührten, zog ich den Kopf ein, rollte meinen Körper zusammen, machte einen Salto vorwärts und landete mit Schwung leicht auf meinen Füßen. Ich hatte das schon tausendmal bei meinen Bodenübungen gemacht und für mich war es ebenso normal wie Atmen, Theresa schien es immer von neuem als Zauberei anzusehen.

»Seht ihr?« kreischte sie. »Hab ich's nicht gesagt! Ist es nicht phantastisch, wie sie nach einem Sturz auf die Beine kommt, Onkel Benedict?«

Gideon, der auf einem großen Fuchs saß, mußte lachen, und selbst in Onkel Benedicts Zügen konnte ich eine Spur von überraschter Anerkennung ablesen, als ich um den Zaun lief, um wieder auf mein Pferd zu steigen. Gideon sah mich bewundernd an. »Wenn Sie nur den Jägern auch diesen Trick beibringen könnten! Dann hätten wir bestimmt weniger blaue Flecken und Beinbrüche am Ende der Saison zu verzeichnen, Chantal!«

»Als sie kürzlich abgeworfen wurde, machte sie in der Luft einen Salto und landete auf den Füßen!« schrie Theresa voll Stolz. »Weiter, Chantal, zeig, was du kannst,« Onkel Benedict warf ihr einen frostigen Blick zu.

»Uns geht es hier um die Jagd und nicht um Akrobatenstückchen«, sagte er tadelnd. »Ich möchte nicht sehen, wie geschickt Chantal beim Stürzen auf den Beinen landet. Sie soll auf ihrem Pferd bleiben. So, jetzt noch einmal bitte, Chantal, und bereite dein Pferd ordentlich auf den Sprung vor, wenn es ans Hindernis kommt.«

Dies sollten meine schönsten Tage in Wildings sein. Das Heimweh, das mir anfänglich die Tage zur Qual gemacht hatte, war fast vergangen. Ich hatte das Gefühl, wieder Grund unter den Füßen zu haben, und begann wieder in die Zukunft zu blicken anstatt in die Vergangenheit. Es gab viel, worauf ich mich freuen konnte. Die Jagdzeit lag vor uns, und danach kamen Weihnachten und der Winter in London, mit Festen, Bällen, Theaterbesuchen und neuen Gesichtern. Ich nahm mir fest vor, alles in vollen Zügen zu genießen und mir erst im Frühjahr wieder Gedanken über meine Zukunft zu machen.

Diese schönen Tage sollten leider nicht lange anhalten. An einem frischen Novembermorgen ritt ich zum erstenmal auf die Fuchsjagd ... und zugleich zum letztenmal.

Ich kam mir in meiner Reitjacke und meinen schönen neuen Hosen sehr chic vor und ritt neben Theresa, Benedict Kirkby und Gideon, um die andern an der »Glocke« zu treffen, einem Gasthaus an der Landstraße, die vom Dorf aus nach Westen führte. Ich sah die Meute nicht zum ersten Mal, denn ich hatte mir den Zwinger bei Mortinger angesehen. Heute waren zehn Paare da, und die Szene auf dem kleinen Rasenstück vor dem alten Gasthaus, mit den Pikören, den Treibern und den über dreißig Reitern, gab ein farbenfrohes Bild ab. Ich kannte inzwischen schon fast alle Gesichter. Mit Theresa und mir waren wir fünf Damen. Eine der Reiterinnen ritt im Damensitz, die beiden übrigen trugen lange, hochgeschlitzte Röcke. Entgegen Benedict Kirkbys Ansicht brachten die Hosen, die Theresa und ich trugen, uns manchen neugierigen Blick der anwesenden Herren ein.

Es herrschte allseits freudige Erwartung. Man rief sich Grüße zu, die Pferde stampften und schnaubten, die Hunde sprangen aufgeregt umher. Alle freuten sich, daß es noch keinen Frost gegeben hatte, denn das war offenbar der Feind der guten Fährte. Die Aufregung war ansteckend, und mein Herz schlug schneller, als ich mir vornahm, zur selben Zeit wie die Hunde am Ziel einzutreffen. Um elf Uhr blies einer der Piköre in sein Horn und preschte mit der Meute los, überquerte die Straße und zog über eine große Weide den Hang hinauf zu einem Wäldchen an der Spitze des Hügels.

»Sie hoffen, daß sie in *Gullets* welche finden«, rief Theresa, während wir in einen leichten Galopp fielen. »Biggs war in aller Frühe draußen.« Ich hatte inzwischen schon genug Jägerlatein gehört, um zu verstehen, was gemeint war. Biggs war vor dem Morgengrauen hinausgegangen, um die Fuchslöcher in Gullets Wood zu stopfen, so daß die Tiere sich nicht mehr in der Erde verstecken konnten.

Als wir das Dickicht erreichten, hatte der Pikör die Meute bereits auf die Fährte angesetzt und auf beiden Seiten einen Treiber aufgestellt. Sobald die Hunde eine Spur fanden und hervorbrachen, mußte der eine Treiber ihnen folgen, während der zweite »Raus!« rief, um die im Dikkicht zurückgebliebenen Hunde aufzuscheuchen.

Wir verhielten unsere Pferde in einer kleinen Entfernung. Gideon lächelte mich an, aber ich sagte nichts. Ich erkannte, daß dieser Spott ein richtiges Ritual war und seine eigene komplizierte Etikette hatte. Die Regeln waren mir noch nicht alle vertraut, und ich wollte jegliche Fehler meinerseits vermeiden. Plötzlich hörten wir das Horn des Pikörs und lautes Geschrei von einem der Treiber.

Onkel Benedict rief: »Sachte, meine Herrschaften, sachte. Hetzen Sie die Meute nicht, bitte. Wir wollen abwarten, welchen Weg sie einschlägt.« Ich sah die Hunde am anderen Ende des Dickichts hervorkeuchen und den Hang hinunter auf ein paar Felder zujagen. »Auf diesem Weg haben wir genug Hindernisse, Kirkby«, knurrte Mr. Mortinger zufrieden und gab seinem Pferd die Sporen. Wir flogen im gestreckten Galopp davon, und ich heftete mich an Theresas Fersen, denn sie kannte jeden Zentimeter des Geländes und würde mit Sicherheit die Stellen finden, an denen es sich am leichtesten springen ließ.

Die nächste Viertelstunde war die aufregendste seit meiner allerersten Vorstellung in Kaysers Riesenzirkus. Um mich her das Stampfen der Hufe, das wilde Schnauben der Pferde im Galopp und die Rufe der Jagdgesellschaft. Der Wind blies mir entgegen, und ich war vollgespritzt mit Schlamm, den die Hufe von Theresas Pferd emporschleuderten. Vor uns das Blasen des Horns und überall um mich herum das kräftige Rot, Braun, Grün und Weiß der Tiere, Reiter und Wälder. Ich preschte hinter Theresa durch ein offenes Gatter, setzte über eine niedrige Hecke und einen schmalen Pfad, und weiter ging es durch eine Baumgruppe, vor deren wippenden Ästen ich mein Gesicht nur schützen konnte, indem ich mich tief über den Sattel beugte. Ich war über und über mit Schlamm bespritzt, denn wir hatten gerade ein sumpfiges Stück durchquert.

Nun galoppierten wir einen langgezogenen Hang hinauf; die Meute keuchte ein paar hundert Meter vor mir. Ich drehte mich flüchtig um und sah, daß das Feld jetzt gut verteilt war. Vor mir waren nur acht Reiter, unter ihnen Gideon und Onkel Benedict. Als ich den Kamm des Hügels erreichte, hörte ich das Hornsignal und lautes Geschrei. Der Fuchs war in Sicht.

Ich konzentrierte mich auf das Feld vor mir, und während ich den Hügel hinabritt, versuchte ich, den Fuchs auszumachen. Aber ich konnte nur die Hunde und die Reiter vor mir erkennen. Theresa blieb keuchend zurück.

»Unten ist ein Fluß. Der Fuchs setzt über das Wasser. Vorsichtig. Es ist über einen Meter tief und schlammig. Laß uns die Furt nehmen.«

Sie berührte ihr Pferd mit der Gerte, und schon war sie wieder verschwunden.

Als ich am Fuße des Hügels ankam, fand ich die anderen Reiter in einiger Verwirrung. Der Fluß machte hier eine scharfe Biegung, und man hatte den Fuchs aus dem Blick verloren. Es war nicht sicher, ob der Fuchs zum andern Ufer geschwommen oder hier an der steilen Böschung entlanggelaufen war. Mehrere Hunde hatten sich von der Meute getrennt und versuchten, eine neue Fährte zu finden. Die Treiber hielten sich bereit, alle Tiere wieder zusammenzubringen, sobald die neue Spur gefunden war. Während wir in einiger Entfernung von den Hunden warteten, begannen auch die langsameren Reiter einzutreffen.

Ich hatte das Gefühl, daß ich etwas nachgurten sollte, und glitt aus dem Sattel. Noch ehe ich den Boden berührt hatte, ertönte ein Ruf von irgendwo am Ufer. Als ich aufblickte, sah ich gerade noch die Meute an der Flußbiegung entlangjagen und aus meinem Blickfeld verschwinden. Im nächsten Augenblick war das Feld hinter ihnen. Ich hörte Theresa kreischen: »Beeil dich, Chantal!« Ihre Stimme wurde fast verdeckt von den Rufen der andern und vom Lärm der Hufe. Innerhalb weniger Sekunden war das ganze Feld um die Flußbiegung verschwunden, und ich war allein.

Ich hatte mir offenbar nur eingebildet, daß der Sattelgurt locker sei, denn ich mußte feststellen, daß er gar nicht mehr fester angezogen werden konnte. Ich war wütend auf mich selbst und setzte gerade einen Fuß in den Steigbügel, als ich den Fuchs am andern Ufer aus einigen niedrigen Büschen, die ihm Deckung geboten hatten, hervorbrechen sah. Er kam aus der Richtung, in der das Feld gerade verschwunden war, und lief am Wasser entlang, nicht mehr als einen Steinwurf von mir entfernt. Er kam rasch näher, während er weiterrannte und dabei immer der äußersten Kante der Böschung folgte. Ich stand noch immer mit einem Fuß im Steigbügel und war wie erstarrt.

Der Fuchs rannte mit unverminderter Schnelligkeit tief

auf den Boden geduckt. Seine Zunge hing heraus, und er schien offenbar mühelos zu laufen und kam schnell vorwärts. Er wandte sich in meine Richtung, und ich nahm an, daß er durch die Furt hinübergelangt war und nun die Absicht hatte, auf seiner eigenen Spur zurückzukommen. Theresa hatte mir gesagt, daß sich ein Fuchs im Wasser ebenso zu Hause fühle wie ein Otter. Aber jetzt hatte er mich gesehen und hielt mitten in der Bewegung inne. Ich war der Feind, der ihm im Wege stand, oder mußte ich sagen, der *ihr* im Wege stand? Theresa hatte mir gesagt, daß nur die männlichen Tiere einen Backenbart haben, und an diesem Tier konnte ich keinen entdecken. Die Augen in der spitzen Maske zeigten keine Furcht. Einen Augenblick lang starrte mich die Füchsin an, dann machte sie kehrt und jagte wie ein Blitz schräg über den steilen Hang am andern Ufer hinauf.

Ich nahm den Fuß aus dem Steigbügel. Das Herz klopfte mir bis zum Hals. Ich war erschüttert und völlig durcheinander. Der Augenblick, als unsere Blicke sich gekreuzt hatten, hatte mich verändert, und mir war, als sei das Tier ein Teil von mir. Ein Wort aus der Vergangenheit fiel mir ein. »Rote Füchsin« hatte mich Martin genannt, und für den Bruchteil einer Sekunde war ich selbst dieses kleine rote Lebewesen, das auf der Flucht war vor den Reißzähnen von zwanzig Hunden.

Am andern Ufer tauchte die Meute auf, gefolgt vom Pikör und dem restlichen Feld. Ich hörte ein wildes Durcheinander von Lauten, das Bellen der Hunde, das Tönen des Horns, die Rufe der Reiter. Theresa wandte mir ein verstörtes Gesicht zu und bewegte die Lippen, ohne daß ich jedoch hören konnte, was sie sagte. Dann folgte das Feld der Meute in wilder Jagd. Immer noch kamen Nachzügler um die Biegung des Flusses aus der Richtung, wo sie die Furt durchquert hatten.

hatte sie von ihrer Beute abgelenkt. Gleich darauf kam der Pikör, hochrot im Gesicht, mit funkelnden Augen und versuchte, die Tiere mit anfeuernden Rufen wieder auf die Fährte zu setzen.

Einen Moment lang herrschte völlige Verwirrung. Die Hunde zerstreuten sich. Plötzlich fand einer von ihnen eine Fährte, und wieder brachte ein Ruf des Pikörs den Rest der Meute dazu, sich anzuschließen. Mit donnernden Hufen kamen die Anführer des Feldes herangeprescht. Ausrufe von Entrüstung und Empörung wurden laut, als sie zum Stehen kamen, und bei der Feindseligkeit, die plötzlich von ihnen ausging, überkam mich ein Gefühl unbestimmten Entsetzens. Plötzlich stand mir Benedict Kirkby gegenüber. Er atmete schwer und war schweißgebadet. Seine Augen sprühten vor Zorn, und sein Gesicht war aschfahl.

»Du bist dem Fuchs in die Quere gekommen!« schrie er mich an, als ob ich einen Mord begangen hätte. Ich sah Gideon, der mit unbewegter Miene auf seiner Stute saß, und Theresa, die mich fassungslos anblickte.

»Du bist dem Fuchs in die Quere gekommen!« wiederholte sie ungläubig.

Von den Bäumen herüber ertönte das Jagdhorn, und in einem großen Keuchen und Hufetrappeln, Rufen und Fluchen waren die Reiter wieder verschwunden. Benedict Kirkby zögerte, aber nur für einen Augenblick.

»Zurück ins Haus, aber marsch!« Seine Stimme hatte einen drohenden Unterton. Er riß sein Pferd herum und jagte in wildem Galopp hinter dem Feld her. Ich saß wie betäubt da, als wäre der Himmel plötzlich über mir zusammengebrochen. Ohne mein Zutun hatte ich in den Augen der Jäger eine entsetzliche Sünde begangen. Hinter mir vernahm ich Gideon:

»Ich werde mit Ihnen zurückreiten, Chantal.«

Ich wandte mich um und sah, wie er, wenige Schritte von mir entfernt, mich mitfühlend anblickte.

»Was habe ich getan?« rief ich verzweifelt.

»Sie sind dem Fuchs in die Quere gekommen und haben ihn dadurch von seiner Fluchtlinie abgebracht. Das verwirrt die Hunde, und vermutlich wird es ihm jetzt gelingen, zu entkommen.«

Ich wandte das Gesicht ab, um meine plötzlich aufsteigende Freude zu verbergen, und erwiderte: »Aber es war nicht beabsichtigt. Ich . . . ich stand ganz zufällig da.«

»Meine Liebe, Sie hätten mit dem Feld reiten müssen. Wie dem auch sei – ein Reiter, der dem Fuchs in die Quere kommt, kann weder Gerechtigkeit noch Erbarmen erwarten.« Er verzog das Gesicht zu einem Grinsen. »Der edle Lord Scamperdale sagte einmal, daß für so jemanden selbst der Galgen noch zu gut ist.«

Ich hatte nie von Lord Scamperdale gehört, und seine Ansichten interessierten mich nicht im geringsten. Offenbar schien Benedict Kirkby Lord Scamperdales Meinung zu teilen. Als wir im Schritt den Hügel hinaufritten, fragte ich: »Glauben Sie, daß mir Onkel Benedict jetzt das Reiten überhaupt verbieten wird?«

»Er ist sehr aufgebracht. Ich bezweifle sehr, daß Sie in Zukunft an der Jagd teilnehmen dürfen.«

»Ah.« Ich hatte nicht die leiseste Absicht, noch einmal mit auf die Jagd zu reiten, und tröstete mich mit dem Gedanken, daß ich jetzt nicht mehr zu erklären brauchte, warum. Es war ein schwacher Trost, aber doch besser als gar keiner, denn mir war angst und bange vor dem nächsten Zusammentreffen mit Benedict Kirkby, und ich befürchtete, daß meine nächste Zukunft in Wildings nicht gerade unter einem guten Stern stehen würde. In Gedanken versunken ritt ich langsam neben Gideon den Hügel hinauf und schreckte auf, als er sich herüberbeugte und sanft meine Hand nahm.

»Es tut mir leid, Chantal, es ist ein ganz alberner Sport, aber Ihr Onkel Benedict ist nun einmal davon besessen.«

»Ich weiß. Da kann man nichts machen.«

Er behielt meine Hand in der seinen und fügte nach kurzem Zögern hinzu: »Ich wollte ihn gerade heute fragen, ob er mir erlauben würde, Ihnen Besuche abzustatten.«

Ich ärgerte mich, daß ich errötete, und erwiderte lustlos: »Ach . . . wirklich?«

Er lächelte. »In solchen Augenblicken erwartet man von einer jungen Dame, daß sie antwortet: ›Oh, Mr. Sumner, welch eine Überraschung‹, oder etwas in der Art.«

»Es tut mir leid. Erstens ist es eigentlich gar keine solche Überraschung – und zweitens fürchte ich, daß ich keine besonders wohlerzogene junge Dame bin.«

»Wollen Sie denn, daß ich Ihnen Besuche abstatte?«

Ich zögerte und erwiderte schließlich unglücklich: »Ich weiß es nicht, Gideon.«

Er schien verblüfft, dann lachte er laut heraus. »Man kann Ihnen wirklich nicht zum Vorwurf machen, daß Sie eine Schmeichlerin seien; Sie drücken sich ziemlich direkt aus, nicht wahr?«

Martin hatte dasselbe gesagt, damals, als ich ihn am Fluß gefunden hatte. Warum fiel mir das gerade jetzt ein?

»Chantal?«

Langsam fand ich wieder in die Gegenwart zurück.

»Ich wollte Sie nicht verletzen.«

»Das haben Sie auch nicht.« Er drückte meine Hand und ließ sie erst los, als wir aus dem Wald herausritten.

»Ich glaube, ich warte lieber ein bißchen, bevor ich mit Ihrem Onkel spreche. Wenn er schlechter Laune ist, ist er nicht besonders zuvorkommend, und ich bin ziemlich sicher, daß er jetzt eine ganze Weile schlechte Laune haben wird!«

Daran zweifelte ich auch nicht.

10

ALS ONKEL BENEDICT und Theresa in Wildings ankamen, hatte ich bereits ein Bad genommen und mich umgezogen. Theresa klopfte mit ihrer Gerte an meine Zimmertür und kam dann in ihrer schmutzbespritzten Jacke und Reithose hereingestapft, das Gesicht ein einziger Ausdruck des Jammers.

»Wir haben ihn verloren. Er muß irgendwo bei Cranwood in einen Bau gekrochen sein. Die Hunde fanden eine andere Fährte, aber sie hörte in der Nähe des Bauernhofs von Beecher wieder auf.« Sie warf die Arme in die Luft und blickte mich mit verständnislosem Mitleid an. »Warum hast du das nur getan, Chantal? Ich kann das einfach nicht verstehen.«

»Es war ein unglücklicher Zufall«, erwiderte ich müde. »Ich weiß, daß es dafür keine Entschuldigung gibt. Gideon hat es mir schon erklärt. Ich hoffe nur, daß sie mich nicht gleich hängen.«

»Meine Güte, so ist es ja auch wieder nicht!« rief Theresa aus und schüttelte heftig den Kopf. »Ich fürchte nur, daß Onkel Benedict sehr böse ist. Es fällt auf ihn zurück, verstehst du? Ich soll dir ausrichten, daß bei Tisch über das Thema nicht gesprochen wird, und daß er dich vor dem Tee, um dreiviertel vier, in seinem Arbeitszimmer zu sehen wünscht.«

Der einzige, der beim Mittagessen mit mir sprach, war Onkel Arthur, der aus unerklärlichen Gründen ein strahlendes Lächeln zur Schau trug, als er sagte: »Neuling. Katze unter Tauben, was?« Tante Prudence übersetzte heute nicht, und so hatte ich keine Ahnung, was er sagen wollte und nickte nur mit einem schwachen Lächeln. Es war offensichtlich, daß außer ihm jeder gemerkt hatte, daß ich in Ungnade gefallen war. Wenn Benedict Kirkby seine kühlen, grauen Augen überhaupt einmal in meine Richtung wandte, sah er durch mich durch, und an diesem Tag drehte sich die Unterhaltung ausnahmsweise auch nicht um die Jagd, was zur Folge hatte, daß wir eine ungewöhnlich schweigsame Mahlzeit verbrachten. Ich zog mich in mich selbst zurück und begann, im Geiste die Bezeichnung für die Handknochen aufzuzählen.

». . . die menschliche Hand besteht aus siebenundzwanzig Knochen, nämlich den acht Knochen des Carpus oder Handgelenks, den fünf Knochen des Metacarpus, der die Handfläche bildet, und den vierzehn Fingergliedern. Die Knochen des Carpus sind die folgenden . . .«

Ich beschloß, diese Aufzählung sechsmal zu wiederholen, was mich während des größten Teils der Mahlzeit beschäftigt hielt, und nahm dabei nur undeutlich wahr, daß Adrian wieder einmal den Sarkasmus seines Onkels herausgefordert hatte, und daß Tante Prudence in heller Aufregung war, weil es hieß, daß der neue Bewohner von White Lodge bereits in Kürze einziehen werde. Das Haus, das bis vor kurzem von den Dennisons bewohnt worden war, lag nur eine Meile entfernt, und der zugehörige Grund grenzte an Wildings an.

Als ich die Handknochen zum sechsten Mal durch hatte, sagte Tante Prudence: »Es ist natürlich nur Klatsch, aber die Köchin von Mrs. Denby sagte, sie habe über ihre Tochter, die in Dorchester in Stellung ist, gehört, daß

White Lodge für ein paar Monate an einen Herrn von Adel vermietet worden sei.«

»Vielleicht kannst du mir auch sagen, wie es kommt, daß ein Küchenmädchen in Dorchester so gut über die Vermietung eines Gutes informiert ist, das über dreißig Meilen entfernt in Osburne liegt?«

»Aber es stimmt, Benedict. Ich bin ganz sicher. Das Mädchen arbeitet im Hause des Maklers, der das Gut für Hubert Dennison vermietet hat. Vielleicht vermietet er es für kurze Zeit, bis er einen Käufer gefunden hat. Ich muß mich wirklich mit Josie Mortinger darüber unterhalten, wie wir es in einem solchen Fall mit Karten und Besuchen handhaben sollen. Wenn er von Adel ist, müßte er, oder vielmehr seine Frau zuerst eine Karte abgeben, selbst wenn sie die Neuankömmlinge sind ...«

Ich schaltete wieder ab und begann, mir ein Kapitel aufzusagen, das ich samt der Einleitung fast auswendig kannte:

»Verschiedene Arten des Abklopfens: Erkennen eines gesunden Lungentons. Arten der Geräusche, Dauer, Höhe und Umfang ...«

Eine plötzliche Traurigkeit stieg in mir auf, als mir bewußt wurde, daß ich keinem Menschen mehr die Brust abgeklopft hatte, seit ich vom Zirkus weggegangen war. Dort hatte ich es so häufig geübt, daß es schon ein Witz geworden war. Ich erinnerte mich, wie einer der kleinen Khalafbuben vorwurfsvoll sagte: »Man braucht nur einmal aus Versehen einen Augenblick stillzustehen, dann fängt Chantal schon an, einem die Brust abzuhorchen.« In Wildings konnte so etwas bestimmt nicht passieren.

Nach dem Mittagessen ging ich auf mein Zimmer, um zu lesen, bis es Zeit war, mich in Benedict Kirkbys Arbeitszimmer einzufinden. Unsere Unterhaltung war sehr kurz. Er hatte sich längst wieder in der Gewalt und war so kühl und distanziert wie immer, als er sagte: »Ich bin zu dem Entschluß gekommen, daß du noch eine Menge lernen mußt, bevor man dich wieder auf die Fuchsjagd mitnehmen kann, Chantal. Vielleicht – wohlgemerkt: vielleicht – werde ich, wenn ich Anzeichen dafür erkenne, daß du dich unserer Lebensart besser angepaßt hast, die Angelegenheit nächstes Jahr noch einmal überdenken.«

»Ja, Onkel Benedict.«

Ich hatte die Absicht, nächstes Jahr um diese Zeit bereits auf der Universität zu sein, und zwar mit oder ohne seine Hilfe. Doch schien es mir nicht angebracht, dieses Thema jetzt anzuschneiden.

»Ist das alles, was du dazu zu sagen hast?«

»Es tut mir leid, daß ich die Jagd gestört habe.«

Er schwieg und schien offenbar darauf zu warten, daß ich ihn fragte, ob ich denn überhaupt noch reiten dürfe. Mein Stolz ließ dies nicht zu, doch war ich klug genug, ihn nicht zu reizen und blickte ihn abwartend an. In seinen Augen war eine Unsicherheit, die schlecht zu ihm zu passen schien. Es war fast, als ob er Ursache hätte, mich zu fürchten.

Er wandte den Blick ab. »Gut. Hoffen wir, daß die ganze unglückliche Angelegenheit schnell in Vergessenheit gerät. Du kannst jetzt gehen.«

In dieser Nacht träumte ich, daß ich wieder in der Zirkuskuppel sei und mit Maria und Leo hoch oben über der Arena schwebte. Mein Körper war völlig schwerelos, und ich flog wie eine Feder. Danach war das Erwachen in Wildings wie eine kalte Dusche und brachte mich den Tränen nahe. Wieder ging ich mit mir ins Gericht, weil ich so töricht war, mich nach meinem früheren Leben und nach meinen Freunden zu sehnen.

Der Tag war kalt und unfreundlich. Ich verbrachte viele Stunden mit Harridge bei den Pferden. Zu gerne hätte ich ihm bei den Stallarbeiten geholfen, um mich durch die Bewegung ein wenig aufzuwärmen. Aber natürlich war es unvorstellbar, daß sich eine junge Dame die Finger bei einer solchen Tätigkeit beschmutzte, und so konnte ich nur zusehen und mit den Pferden reden. Beim Mittagessen war die Atmosphäre am Tisch wieder normal, was bedeutete, daß die Unterhaltung im wesentlichen aus Onkel Benedicts und Theresas Gesprächen über die Jagd bestand. Ich beschäftigte mich damit, den Stoff zu wiederholen, den ich vor dem Frühstück gelernt hatte. Es handelte sich um die Physiologie der weiblichen Geschlechtsorgane während der Schwangerschaft. Maria hatte mich über dieses Kapitel schon manchmal abgehört. Ich überlegte mir, was wohl Tante Prudence sagen würde, wenn ich sie bäte, mich darüber abzufragen, und bezweifelte, daß sie den Schock jemals überleben würde.

An diesem Nachmittag um Viertel nach vier, als wir unseren Tee im Salon einnahmen, erschien Dixon mit einem Silbertablett, auf dem eine Visitenkarte lag. Erst vor wenigen Minuten hatte Tante Prudence gesagt, daß sie heute keine Besuche erwarte. Verärgert schaute sie vom Teetisch auf.

»Wer kommt denn, Dixon?«

»Oberst Sir Robert Wayman läßt fragen, ob Sie zu Hause sind, gnädige Frau.«

Eine Tasse landete klirrend auf dem Unterteller, und Tante Prudence sprang wie von der Tarantel gestochen auf. »Oberst? Sir Robert?«

»Er wohnt in White Lodge, gnädige Frau.«

Mit zitternder Hand nahm sie die Karte auf. »Oh – es hat also doch gestimmt! Aber ... aber er ist doch gewiß noch nicht eingezogen?«

»Soviel ich von Molly weiß, ist der Herr gestern eingezogen, gnädige Frau. Wenn man dem Klatsch im Dorf glauben darf, lebt er allein und hat kaum Personal – einen Diener und eine Haushälterin, die auch die Küche versorgt.« Dixon war hin- und hergerissen zwischen dem Respekt, den ihm der Titel des Besuchers einflößte, und der Verachtung, die er für die unangemessene Ausstattung seines Haushaltes empfand.

»Und er läßt fragen, ob wir zu Hause sind?« fragte Tante Prudence atemlos. »Er hat nicht einfach seine Karte abgegeben?«

»Er wartet im Wagen an der Auffahrt, gnädige Frau.«

»Führen Sie ihn sogleich herein, Dixon!« Tante Prudence preßte die Hände auf ihre Brust. »Arthur! Wach auf! Theresa, lauf zum Sprechrohr und ruf Onkel Benedict. Sag ihm, daß unser neuer Nachbar einen Besuch macht.« – Wieder blickte sie auf die Karte in ihrer Hand. »Baron Sir Robert Wayman! Chantal – was immer du tust, ich flehe dich an, gähne nicht so wie letzte Woche bei den Pooleys. Wenn du es wirklich nicht unterdrücken kannst, dann tu so, als ob du fröhlich lachst. Arthur, hörst du mich? Ich glaube, du solltest lieber aufstehen, Liebster, im Stehen verkraftest du alles viel besser!«

Tante Prudence tat mir leid in ihrer Aufregung. Theresa hatte gerade ihre Botschaft in das Sprechrohr gebrüllt und wartete auf weitere Instruktionen. Onkel Arthur erhob sich. »Neuer Mensch, was? Etwas plötzlich.«

»White Lodge wurde möbliert vermietet, Arthur. Er brauchte also nur mit seiner persönlichen Habe anzukommen. Ach du meine Güte, hätten wir es doch vorher gewußt! Ach, da bist du ja, Benedict – ist das nicht außergewöhnlich? Man hätte doch angenommen, daß er zuerst den Mortingers einen Besuch abstatten würde. Ich frage mich . . .«

»Hör auf, dich zu fragen und fasse dich etwas, Prudence«, sagte Benedict Kirkby scharf. Er rieb sich das Kinn.

»Wayman ...? Ich kann mich nicht erinnern, den Namen jemals im Jagdmagazin gesehen zu haben.«

In diesem Augenblick geschah zweierlei. Dixon öffnete die Tür und verkündete: »Sir Robert Wayman.« Und Theresa, die mit der ihr eigenen Ungeschicklichkeit zu ihrem Stuhl zurückkehrte, streifte mit ihrem Rock eine wertvolle Cloisonné-Vase, die auf einem niedrigen Sockel stand. Ich sah die Vase kippen, sprang instinktiv aus meinem Stuhl auf und streckte mich fast der Länge nach über den Boden, um sie aufzufangen. Wäre ich eine wohlerzogene junge Dame gewesen, so wäre ich still sitzen geblieben und hätte einen kleinen Schrei ausgestoßen. Aber ich kam vom Zirkus, wo mir blitzschnelles Handeln zur zweiten Natur geworden war. Für unsereinen war es etwas ganz Alltägliches, sich durch die Luft zu werfen. Im nächsten Augenblick lag ich mit ausgestrecktem Oberkörper auf den Knien und stützte mich mit der einen Hand ab, während ich mit der andern die kostbare Vase wenige Zentimeter über dem Boden zu fassen bekam. An dieser Stelle lag kein Teppich, und so wäre sie sicher in tausend Stücke zerschellt. Hinter mir ertönte die Stimme von Sir Robert Wayman. »Guten Tag, Mrs. Kirkby, wie reizend von Ihnen, mich zu empfangen!«

Entsetzt hob ich den Kopf. Tante Prudence hielt die Augen fest geschlossen. Benedict Kirkbys Gesicht war fahl. Adrian kicherte näselnd vor sich hin. Theresa hielt beide Hände vor den Mund gepreßt und hatte die Augen vor Entsetzen weit aufgerissen. Voll Bitterkeit erkannte ich, daß ich mich wieder in Ungnade gebracht hatte. Ich stand auf, stellte die Vase vorsichtig an ihren Platz, strich meinen Rock glatt und wandte mich unserem Besuch zu. Der Mann mußte um die Fünfzig oder etwas darüber sein, hatte ein glattrasiertes, kantiges Gesicht, das von dichtem, angegrautem Haar umrahmt wurde, und war braungebrannt wie ein Bauer. Er trug einen Cut und hielt Hut, Handschuhe und Stock in der linken Hand. Er hinkte, und sein rechtes Bein schwang bei jedem Schritt steif zur Seite, als er auf Tante Prudence zuging, um ihr die Hand zu reichen. Sie lächelte schwach und sagte, wobei sie mit der Linken unbestimmt in meine Richtung wies: »Sir Robert, wie liebenswürdig. Wollen Sie bitte verzeihen ... äh ...«

»Ich bin es, der um Verzeihung bitten muß, verehrte Mrs. Kirkby, daß ich Sie so überfalle, aber da wir in Zukunft Nachbarn sein werden, dachte ich, es sei das beste, wenn ich Ihnen gleich meine Aufwartung mache.«

»Wir sind hoch erfreut, Sir Robert«, unterbrach ihn Benedict Kirkby lächelnd. Der Zorn, der in seiner Stimme mitschwang, entging mir jedoch nicht, und während er dem Besucher die einzelnen Familienmitglieder der Reihe nach vorstellte, fragte ich mich, wie viele Mißgeschicke mir wohl noch widerfahren mochten.

» ... und das ist Chantal, eine junge Verwandte, die wir bei uns aufgenommen haben.«

Als ich Sir Roberts Hand ergriff und dabei einen kurzen Knicks machte, warf er einen Blick auf die Cloisonné-Vase und grinste: »Das war ausgezeichnet gefangen, junges Fräulein. Schade, daß Sie im Dezember nicht beim Testmatch in Sydney sind. Plum Warner würde Sie als Tormann aufstellen, und wir würden sicher unsere Niederlage gegen Australien wettmachen.«

Ich lächelte nervös. Ich verstand nichts von dem, was Sir Robert sagte. Dann erinnerte ich mich, wie Mr. Galletti eines Tages einen langen Artikel aus der *Times* vorgelesen hatte, in dem es um Kricket ging. Er hatte mich gebeten, ihm die Fachausdrücke zu erklären, die darin vorkamen, doch ich war völlig außerstande dazu gewesen. Aber zumindest erkannte ich jetzt, daß unser Besucher einen Scherz über Kricket gemacht hatte. Er war so herzlich zu mir, daß ich den Eindruck gewann, der Raum sei heller geworden. Er muß wohl meine Dankbarkeit gespürt haben, denn er nickte mir freundlich zu, bevor er sich zu Tante Prudence wandte: »Erlauben Sie, daß ich mich setze, gnädige Frau? Ich habe ein steifes Bein, das mir dann und wann zu schaffen macht.«

»Aber bitte, Sir Robert! Wo wollen Sie Platz nehmen? Das Sofa ist sicher am bequemsten. Bitte, nehmen Sie doch etwas Tee!« Die Hände von Tante Prudence flatterten, während sie ängstlich lächelte.

»Danke sehr.« Sir Robert ließ sich auf dem Sofa nieder, wobei er ein Bein ausgestreckt hielt und Hut, Handschuhe und Stock vor sich auf den Boden legte. »Ich habe die Fahrt von White Lodge herüber sehr genossen. Ich bin durch das Dorf gefahren, aber ich nehme doch an, daß es einen Fußweg gibt, der über den Hügel führt und den Fluß überquert?«

Benedict Kirkby nickte bestätigend: »Gewiß, den gibt es, es ist ein hübscher Spaziergang. Werden Sie sich hier in Osburne niederlassen, Sir Robert?«

»Im Augenblick habe ich noch keine endgültigen Pläne. Es ist jetzt zehn Jahre her, seit ich mich aus dem aktiven Dienst zurückgezogen habe.« Sir Robert schlug auf sein steifes Bein. »Das hier zwang mich, aus der Marine auszuscheiden, und seitdem habe ich hauptsächlich in London gelebt. Aber ich wollte einmal den Reiz des Landlebens kennenlernen, und so habe ich White Lodge für eine Weile gemietet. Sie sind ein großer Jäger, wie ich höre, Mr. Kirkby?«

»Ja, ich leite zusammen mit Mr. Mortinger die Jagd in Osburne.« Benedict Kirkby lächelte. »Ich sehe, Sie sind schon gut unterrichtet, dafür daß Sie erst vor kurzem angekommen sind, Sir Robert.«

»Nicht besonders. Mein Diener saß gestern abend eine

Stunde im Gasthaus und hat ein bißchen Klatsch aufgeschnappt.« Sir Robert wandte sich zu mir. »Sie sind wohl die junge Dame, die beim Zirkus war, was?«

»Ja, Sir Robert, ein paar Jahre.« Ich beließ es dabei, denn ich wußte, daß die Kirkbys nicht wünschten, daß dieser Teil meiner Vergangenheit erwähnt wurde. Sir Robert mußte es gefühlt haben, denn er nickte nur und wandte sich Theresa zu, um sie zu fragen, wie alt sie sei, und ob sie noch zur Schule ginge.

Etwa zehn Minuten lang plätscherte die Unterhaltung so dahin. Sir Robert versuchte zuerst, uns alle in das Gespräch mit einzubeziehen, ließ aber bald von dem Versuch ab. Tante Prudence konnte zwar ganz gut mit andern Damen plaudern, aber hier fühlte sie sich offensichtlich überfordert. Adrian und Onkel Arthur hatten genausowenig zu sagen wie immer, und Theresa fühlte sich nur wohl, wenn sie ihrer Zunge ungehemmt freien Lauf lassen konnte, und hielt sich in Gegenwart von Onkel Benedict immer sehr zurück. Was mich betraf, so war ich ausnahmsweise einmal auf der Hut.

»Ich vermute«, sagte Benedict Kirkby, »daß Ihr Bein Sie daran hindert, bei der Fuchsjagd mitzureiten, Sir Robert?«

»Oh, es hält mich nicht vom Reiten ab, aber ich habe nie etwas von der Fuchsjagd gehalten.«

Ich sah Benedict Kirkby erstarren, doch faßte er sich schnell, und unbegreiflicherweise lächelte er sogar: »Nun, jeder nach seinem Geschmack, nicht wahr?«

»Ganz wie Sie sagen, Wertester. Wenn ich einmal auf die Jagd gegangen bin, zog ich immer eine gefährlichere Beute vor.«

»Ah. Großwild etwa?«

»Gewissermaßen«, sagte Sir Robert vage. »Sozusagen.«

»Die Passion eines weitgereisten Mannes. Afrika vielleicht oder Indien. Gewiß ein ungewöhnlicher Sport. Ich nehme an, daß Sie im Dschungel anstelle der Hunde eher Menschen als Spurenfinder verwenden?«

»Das kommt ganz auf die Art des Dschungels an«, Sir Roberts Mund verzog sich zu einem flüchtigen Lächeln. »Ich persönlich bevorzuge Wolfshunde.« Ich hatte den Eindruck, daß seine Worte eine doppelte Bedeutung hatten, als ob er einen Witz gemacht hätte, den nur er selbst verstehen konnte. Benedict Kirkbys Gesichtsausdruck ließ erkennen, daß er dasselbe empfand.

Bevor ich jedoch etwas sagen konnte, fuhr Sir Robert fort: »Und was ist mit Ihnen, Chantal? Gehen Sie gern auf die Jagd?«

Betretenes Schweigen machte sich breit. Es war wohl kaum der richtige Moment, um zu erzählen, daß ich gerade in Ungnade gefallen war und nicht mehr an der Jagd teilnehmen durfte. Dann erkannte ich, daß dies eine einmalige Gelegenheit war, die Wahrheit zu sagen, weil die Kirkbys annehmen würden, es sei eine diplomatische Ausrede, und so erwiderte ich: »Nein, ich fürchte, dieser Sport liegt mir nicht besonders, Sir Robert. Gestern bin ich zum ersten Mal mitgeritten, und ich werde wohl in Zukunft darauf verzichten.«

Benedict Kirkby sah erleichtert aus, und ich wußte, daß ich einen Punkt gewonnen hatte. Sir Robert ließ das Thema fallen und wandte sich wieder allgemeineren Dingen zu, bis er seine Uhr aus der Tasche zog.

»Jetzt muß ich aber wirklich gehen. Ich hoffe, Sie alle werden mir die Ehre Ihres Besuches erweisen, sobald ich mich in White Lodge eingerichtet habe? Außerdem werden wir uns sowieso die ganze Zeit treffen, denn wir sind ja Nachbarn. Haben Sie nichts dagegen einzuwenden, daß ich über Ihr Gelände gehe, Mr. Kirkby? Ich bin nämlich ein begeisterter Spaziergänger, wenn ich nicht gerade mit diesem verdammten Bein zu schaffen habe – um Vergebung, meine Damen! Ich bin ein alter Seebär, aber dennoch ist eine derartige Ausdrucksweise wohl kaum zu entschuldigen. Dürfte ich jemanden bitten, mir die Hand zu reichen, um mir beim Aufstehen behilflich zu sein?«

Wahrscheinlich hatte ich im Zirkus rascher reagieren gelernt als die andern, denn während sie noch über die Frage nachzudenken schienen, stand ich schon vor Sir Richard und hielt ihm meine Hände entgegen.

»Aber nicht Sie, mein Kind! Na gut, versuchen wir's einmal. Also los!« Er zog sich hoch und blickte mich erstaunt an, ohne meine Hände loszulassen. »Heiliger Strohsack, das ist nicht schlecht! Ich nehme an, daß Sie solche Muskeln nicht vom Bewegen eines Fächers bekommen haben! Tapfer, tapfer. Zirkus, was?«

Adrian kicherte vor sich hin: »Chantals Hände fühlen sich wirklich an wie Leder, Sir Robert.«

»Ja, junger Mann, sie fühlen sich durchaus verläßlich an.« Sir Robert warf ihm einen kühlen Blick zu und wandte sich mir wieder zu: »Wären Sie wohl so liebenswürdig, mir Hut und Handschuhe aufzuheben, mein Kind?«

Nachdem er sich verabschiedet hatte, drehte er sich an der Türe noch einmal um und sagte mit einer Miene, die verriet, daß er sich keine allzu großen Hoffnungen machte: »Sie spielen nicht zufällig Schach, Mr. Kirkby?«

»Schach?« Benedict Kirkby gab sich redliche Mühe, sein Erstaunen darüber zu verbergen, daß ein Mann sich mit so etwas Läppischem beschäftigen konnte, während man doch auf die Jagd gehen oder mit Aktien spekulieren konnte. »Nein, leider nicht, Sir Robert.« »Gar niemand von Ihnen? Und Sie kennen auch niemanden in der Gegend?«

»Ich fürchte, nein«, meinte Benedict Kirkby zweifelnd.

»Prudence, meine Liebe, gehe ich richtig in der Annahme, daß die Frau des Pfarrers und Mrs. Clayton manchmal eine Partie zusammen spielen?«

Sir Robert schnaubte verächtlich. »Die Frau des Pfarrers? Gott behüte! Nun ja, dann kann man eben nichts machen.«

Ich sagte schüchtern: »Ich habe ziemlich viel gespielt, Onkel Benedict. Wenn wir unterwegs waren, spielte ich fast jeden Abend mit Mr. Galletti, aber ich war nicht besonders gut.«

»Ich glaube kaum, daß es Sir Robert Spaß machen würde, mit einer Anfängerin zu spielen, Chantal.«

»Langsam, Kirkby, langsam. Hat denn dieser Galletti gut gespielt, Kind?«

»Oh, ja! Ich glaube, er hat ausgezeichnet gespielt. Er hat oft nebenher ein Buch gelesen und nur auf das Brett geschaut, wenn er am Zug war. Ich konnte ihm manchmal Schach bieten, aber gewonnen habe ich nie.«

Sir Roberts Augen funkelten. »Das klingt ja nach einem ausgezeichneten Spieler. Nehmen wir einmal an, Sie hätten die schwarzen Figuren, und Ihr Gegner beginnt mit einer King's Paw-Eröffnung – was würden Sie dann tun?«

»Nun, Sir, für diesen Fall gibt es viele Verteidigungsmöglichkeiten . . .«

»Gewiß, gewiß, aber ich möchte hören, was Sie tun würden.«

»Ich würde die sizilianische Verteidigung spielen.«

Wieder zeigte er sein plötzliches Grinsen. Es war verblüffend, wie es sein eher strenges Gesicht aufheiterte und verjüngte. »Sie spielen recht offensiv meine Liebe. Das erstaunt mich allerdings nicht.« Sein Gesichtsausdruck wurde wieder höflich-nichtssagend, als er sich Onkel Benedict und Tante Prudence zuwandte: »Ich würde es als ein großes Entgegenkommen Ihrerseits zu schätzen wissen, wenn Sie Chantal erlauben würden, hin und wieder am Nachmittag nach White Lodge hinüberzukommen und eine Weile mit mir Schach zu spielen. Natürlich nur, wenn sie es wünscht. Selbstverständlich wären alle Formen gewahrt, indem meine Haushälterin, Mrs. Lane, immer zugegen sein wird.« Er lächelte Theresa an. »Vielleicht hat auch diese junge Dame hier den Wunsch, Chantal zu begleiten, um das Spiel zu erlernen.«

Theresa stand regungslos da. Wie immer blickte Tante Prudence hilfesuchend das Familienoberhaupt an. Benedict Kirkby zupfte sich am Kinn, doch ich war sicher, daß sich hinter seiner ausdruckslosen Miene die Gedanken jagten. Bis heute hatte ich ihn immer für eine starke Persönlichkeit gehalten, aber in der letzten halben Stunde war mir langsam die Erkenntnis gedämmert, daß er nur im Vergleich mit den übrigen Familienmitgliedern so erschien. Sogar bei mir hatte er sich seit dem Tage meiner Ankunft nicht mehr getraut, von seinem üblichen Sarkasmus Gebrauch zu machen, den er über die andern ausgoß, und das Benehmen, das er gegenüber Sir Robert an den Tag legte, war nahezu unterwürfig.

Er war jemand, der in seiner kalten, unbeweglichen Art die schikanierte, die unter ihm standen, der aber mit Leuten, die ihm überlegen waren, wie etwa Sir Robert, sehr vorsichtig war.

Im Augenblick wog er die gesellschaftlichen Vorteile ab, die sich ergeben würden, wenn er Sir Roberts Bitte erfüllte. Derartige Besuche waren zwar für eine junge Dame ungewöhnlich, aber wenn die Haushälterin zugegen war, konnte man sie nicht als unkorrekt bezeichnen. Theresa fuhr dreimal in der Woche mit dem Einspänner nach Pellridge zu ihrem Musiklehrer, ohne daß jemals die Rede von einer Anstandsdame gewesen wäre. Außerdem war Sir Robert Baron . . .

»Ich bin sicher, daß Chantal begeistert wäre«, sagte Benedict Kirkby. »Sie können ganz über sie verfügen, Sir Robert.«

»Sehr liebenswürdig von Ihnen«, entgegnete Sir Robert erfreut. »Aber hören wir doch, was das Kind selbst dazu zu sagen hat.«

Ich zögerte keinen Augenblick. »Es würde mir viel Spaß machen, mit Ihnen Schach zu spielen, Sir, aber bitte erwarten Sie nicht zu viel von mir!«

»Keine Angst, Kind. Ich bin sicher, daß Ihr Lehrer ein besserer Schachspieler war, als ich es jemals sein werde, und habe den Eindruck, daß Sie alles, womit Sie sich beschäftigen, rasch und gut lernen.« Er sah Benedict Kirkby an. »Ich werde in ein oder zwei Tagen meinen Diener mit einer Nachricht herüberschicken, um Ihnen einen Zeitpunkt für unsere erste Schachschlacht vorzuschlagen.«

»Ausgezeichnet, Sir Robert. Wir werden Ihre Nachricht erwarten.«

Der restliche Tag verlief sehr viel glücklicher, als er begonnen hatte. Mein Benehmen auf der Jagd war vergessen, und Benedict Kirkby war so liebenswürdig zu mir, daß ich ihn kaum wiedererkannte.

Theresa war zunächst noch etwas ängstlich. »Onkel Benedict, ich muß doch nicht Schachspielen lernen, oder? Ich habe einmal ein Schachbrett gesehen, und da gibt es alle möglichen Figuren. Ich meine, es ist doch nicht so wie Mühle, Chantal, oder?«

Ich schüttelte den Kopf. »Nein, ich fürchte, es ist wirklich ziemlich anders.«

Benedict Kirkby wurde ungeduldig: »Natürlich gehst du nicht hin, Theresa. Du würdest den Mann ja schon nach zehn Minuten zum Wahnsinn treiben.« Dann blickte er mich an. »Wenn du entdecken solltest, daß du besser spielst als Sir Robert, würde ich dir vorschlagen, ihn trotzdem nicht verlieren zu lassen, Chantal. Das wäre äußerst ungehörig.«

Ich antwortete nicht, sondern wunderte mich nur, wie man so etwas Albernes sagen konnte.

Tante Prudence saß mit geschlossenen Augen da und hielt die Hände auf die Brust gepreßt. »Stellt euch doch nur vor!« brachte sie schwer atmend heraus. »Chantal soll mit Sir Robert Wayman Schach spielen!« Sie öffnete die Augen und lächelte träumerisch. »Ich fürchte, Josie Mortinger wird nicht recht wissen, was sie dazu sagen soll!«

Am nächsten Tage machte ich mir die Tatsache zunutze, daß ich im Augenblick wieder in Gunst stand, und tat so, als ob es gar keine Frage sei, daß ich weiterhin ausreiten dürfe. Ich kehrte gerade von einem halbstündigen Ritt auf Tamarisk zurück, als Gideon eintraf. Er begrüßte mich lächelnd, als ich abstieg.

»Nun, mein Fräulein, wie ich höre, haben Sie einen neuen Verehrer!«

»Ich! . . . Ach, Sie meinen wohl Sir Robert? Wie haben Sie das denn erfahren?«

»Das ganze Dorf weiß schon, daß das Zirkusmädchen eine Schachmeisterin ist und gegen den Herrn Grafen persönlich in White Lodge antreten wird.«

»Hören Sie auf, sich über mich lustig zu machen!«

»Aber das macht mir Spaß! Warten Sie, ich nehme Ihren Sattel vom Pferd.«

Während er in die Sattelkammer ging, fragte er: »Haben Sie noch einmal über das nachgedacht, was ich Ihnen neulich sagte, Chantal?«

»Daß Sie offiziell um Erlaubnis nachfragen wollen, mich besuchen zu dürfen? Nein. Ich . . . ich fürchte, ich habe nicht mehr darüber nachgedacht, Gideon. Bitte, halten Sie mich nicht für unhöflich, aber es kommt mir einfach so . . . so unwirklich vor.«

»Ich kann Ihnen versichern, daß es in keiner Weise unwirklich ist.«

»Wollen Sie damit sagen ... ich meine, glauben Sie denn, daß Sie in mich verliebt sind?«

»Ja, natürlich. Überdies habe ich ernsthafte Absichten, wie es Ihre Tante Prudence nennen würde. Warum sollte ich sonst um die Erlaubnis bitten, Sie besuchen zu dürfen?«

»Ich nehme an, es gibt keine andere Erklärung. Aber eben das finde ich ja so unwirklich. Ich meine, der Gedanke, daß mich jemand heiraten will.«

Er lachte. »Meine arme Chantal, Sie sind ja ganz durcheinander!«

»Ich kann es nicht ändern!«

»Seien Sie nicht böse auf mich. Darf ich Sie fragen, was Sie mir gegenüber empfinden?«

»Oh ... ich meine, ich mag Sie sehr gerne, Gideon. Sie waren sehr nett zu mir.«

»Darum geht es nicht, Chantal. Aber lassen wir das. Ich fahre in Kürze für ein paar Tage nach Weymouth, wo ich geschäftlich zu tun habe, und nehme Belinda mit. Wenn ich zurückkomme, werde ich Sie wieder fragen.«

»Gideon, ich fürchte, so schnell werde ich mich nicht in Sie verlieben«, sagte ich entschuldigend.

»Sie sind so unverblümt wie immer«, lachte er. »Aber Sie versuchen die Götter, wenn Sie so etwas sagen!« Einen Augenblick schien er nachzudenken, dann funkelten seine Augen herausfordernd. »Nehmen Sie doch einmal an, Sie fühlten genau wie ich, Chantal. Was würden Sie tun, wenn Ihr Onkel Benedict fände, ich sei keine gute Partie, und Ihnen sagen würde, daß Sie mich nicht mehr sehen dürfen?« Er nahm meine Hand und drückte sie sanft. Immer noch war dieser Funke in seinen Augen. »Würden Sie mit mir weglaufen?«

Ich schaute ihn verblüfft an. »Wieso sollte denn Onkel Benedict das finden? Sie verstehen sich doch sehr gut mit ihm?«

»Ja.« Er ließ meine Hand los. »Aber nehmen wir doch nur einmal an.«

Ich versuchte, mir das alles vorzustellen. Wenn es wirklich so käme und ich mich Onkel Benedicts Wünschen entgegenstellte, blieb mir nur die Möglichkeit, mit Gideon Sumner davonzulaufen. Ich war schon einmal ausgerissen, aber das war nicht dasselbe.

Schließlich schüttelte ich den Kopf. »Ich weiß nicht, Gideon. Ich bin wirklich nicht in der Lage, etwas zu entscheiden, was vielleicht in der Zukunft eintrifft.«

»Fühlen Sie sich gegenüber Benedict Kirkby sehr verpflichtet?«

»Nein . . . eigentlich nicht. Er bietet mir ein angenehmes Zuhause, aber daran liegt mir nicht viel. Wahrscheinlich klingt das sehr undankbar, aber ich habe das Gefühl, daß ich ihm nur die Kosten schulde, die ihm daraus erwachsen, daß ich hier lebe, und die könnte ich ihm nötigenfalls zurückzahlen. Wenn ich also wirklich davonlaufen wollte, dann würde ich das wahrscheinlich auch tun.«

Er nickte begeistert und wollte gerade etwas sagen, als Harridge und Theresa in den Sattelraum traten. Ich war erleichtert, daß ich auf diese Weise der Notwendigkeit enthoben war, mich weiter zu dem Thema zu äußern, das Gideon so überraschend angeschnitten hatte. Es machte mich nervös und brachte mich durcheinander.

Zwei Tage später machte ich meinen ersten Besuch bei Sir Robert. In einem Brief an Benedict Kirkby hatte er geschrieben, daß er den Wagen herüberschicken wolle, um mich abholen zu lassen. Doch Benedict Kirkby hatte geantwortet, er solle sich nicht die Mühe machen, Harridge werde mich selbstverständlich bringen. Schließlich hatte ich mich auf meinen Wunsch hin zu Fuß auf den Weg gemacht. Es gab eine Abkürzung, wodurch man es in einer halben Stunde schaffen konnte, und da wir Nachbarn waren, gehörte das Gelände um mich herum sowieso entweder zu Wildings oder zu White Lodge. Das Wetter war frisch, aber sehr schön, und ich freute mich über die Gelegenheit, mich einmal richtig auszulaufen, denn seitdem ich nach England gekommen war, hatte ich nur einen Bruchteil der körperlichen Bewegung gehabt, an die ich vom Zirkus her gewöhnt war.

White Lodge war kleiner als Wildings und erst zweihundert Jahre alt, aber es war ein warmes, gemütliches Haus mit einer anheimelnden Atmosphäre, die ich sehr friedlich fand. Sir Robert begrüßte mich herzlich, und einen kurzen Augenblick war ich den Tränen nahe, weil ich plötzlich realisierte, daß sich seit dem Tag, an dem ich den Zirkus verlassen hatte, niemand mehr aufrichtig gefreut hatte, mich zu sehen – mit Ausnahme von Gideon, den allerdings die Gegenwart der andern hinderte, seine Gefühle zu zeigen.

Ich wurde mit Sir Roberts Diener und der Haushälterin bekannt gemacht. Catling war ein ruhiger, zurückhaltender Mann, den sein Herr aus der Marine mitgebracht hatte. Er strahlte ein Selbstvertrauen aus, das mir großen Eindruck machte. Er war ganz anders als die Diener, die ich bisher kennengelernt hatte. Mrs. Lane war eine eher schwerfällige, mütterliche Frau mit ergrauendem Haar und bäuerlichem Aussehen.

»Schön, Sie hier zu sehen, Miß Chantal«, begrüßte sie mich, während sie mir Hut und Mantel abnahm. »Das wird schön für Sir Robert sein, daß er jemand hat, mit dem er sein Schach spielen kann, sonst sitzt er nur da und raucht und redet mit sich selber und versucht, beide Seiten zugleich zu spielen, ohne zu beschummeln.«

»Sie halten Ihren Mund, Alte«, knurrte Sir Robert, nahm mich beim Arm und führte mich zu einem hübschen Schachtisch, wo die Figuren schon aufgestellt waren. »Setzen Sie sich ans Feuer und schauen Sie, daß Sie mit Ihrer Strickerei vorwärtskommen, Mrs. Lane. Und klappern Sie nicht mit den verdammten Nadeln, wenn wir versuchen, uns zu konzentrieren!«

»Ihre Sprache, Sir Robert«, entgegnete sie ruhig und ohne eine Spur von Empörung. »Denken Sie doch daran, daß eine junge Dame zugegen ist, und benehmen Sie sich jetzt anständig.«

Sir Robert schnaubte und warf mir einen Vergebung heischenden Blick zu. »Entschuldigen Sie, liebes Kind. Diese Person fordert wirklich all meine schlechten Eigenschaften heraus. Weiß der Himmel, warum ich mich überhaupt noch mit ihr herumschlage. Demnächst setze ich sie an die Luft, darauf gebe ich mein Wort!«

»Das sagen Sie jetzt schon seit zehn Jahren, Sir Robert«, gab Mrs. Lane freundlich zu bedenken. »Sie haben Glück, daß ich nicht darauf achte!«

Es war klar, daß diese Art von Wortwechsel eine langgeübte Gewohnheit zwischen den beiden war. Es erinnerte mich an meine täglichen Streitereien mit Leo, und plötzlich fühlte ich mich zu Hause. Trotzdem war ich sehr aufgeregt, als wir anfingen zu spielen, und es vergingen keine dreißig Minuten, bis ich die erste Partie in nur vierzehn Zügen verloren hatte. »Es tut mir leid«, sagte ich zerknirscht. »Ich bin wirklich kein guter Gegner für Sie, Sir.«

Er lächelte. »Das sind nur die Nerven. Nehmen Sie noch einmal die Weißen und versuchen Sie, Ihre Angriffslust etwas zu zügeln, Kind. Sie sind zu rasch.«

Das nächste Spiel dauerte eine volle Stunde, und in seinem Verlauf stellte sich heraus, daß Sir Robert zwar gut spielte, aber doch nicht das Niveau von Mr. Galletti hatte.

Ich konzentrierte mich darauf, meine Züge aufzubauen und drängte die Lust zum Angriff dauernd zurück, weil ich versuchte, mir eine starke Position in der Mitte des Feldes zu verschaffen. Diesmal war ich viel schwerer zu schlagen, und als er mich schließlich schachmatt setzte, lehnte sich Sir Robert mit einem anerkennenden Lächeln in seinem Stuhl zurück. »Ausgezeichnetes Spiel, meine Liebe! Vielen Dank! Ich glaube, wenn Sie die Königin ausgetauscht hätten, als sich vor zehn Minuten die Gelegenheit dazu bot, hätten Sie mich in ziemliche Schwierigkeiten gebracht.«

»Ich habe daran gedacht, Sir, aber ich konnte nicht genau überblicken, was nach den nächsten drei Zügen kommen würde, und deshalb hielt ich es für besser, der Versuchung zu widerstehen.«

Er lachte in sich hinein. »Wir müssen versuchen, zwischen Ihrem natürlichen Impuls zum Angriff und der Gefahr, übervorsichtig zu sein, den Mittelweg zu finden.« Er schaute auf die Uhr und sah dann zu Mrs. Lane hinüber. »Lieber Gott, Alte, es ist schon halb vier! Warum haben Sie uns denn noch keinen Tee gebracht?«

»Weil Sie den Tee immer um vier Uhr haben wollen, wenn Sie es genau wissen wollen!«

»So ein Geschwätz! Miß Chantal muß um vier Uhr gehen.«

»Aber nicht alleine, Sir Robert. Bis dahin ist es ja dunkel!«

»Sicher ist es bis dahin dunkel, liebe Frau! Schließlich sind wir im November. Demnächst werden Sie mir noch eröffnen, daß die Tage anfangen, kürzer zu werden, was? Ich werde Miß Chantal persönlich nach Hause begleiten. Und jetzt seien Sie bitte so freundlich und holen Sie uns den Tee!«

»Mit Vergnügen, Sir Robert, da brauchen Sie mich gar

nicht so anzuschreien. Schließlich bin ich kein vorbeiziehendes Schiff!«

Ich kicherte. Als sie hinausgegangen war, grinste Sir Robert und zwinkerte mir zu. »Eine fabelhafte Frau. Ich weiß nicht, was ich ohne sie täte. Nun haben wir nicht mehr genug Zeit, um ein neues Spiel anzufangen – reden wir einfach ein bißchen miteinander. Stört es Sie, wenn ich rauche?«

»O nein, bestimmt nicht, Sir.«

»Mein Bein ist vom Sitzen etwas steif. Wären Sie wohl so freundlich, mir die Tabaksdose herüberzureichen, mein Kind? Und eine Pfeife – warten Sie, die dort – die kleinere am Ende des Pfeifenständers . . .«

Als ich die Pfeife aus dem Ständer nahm, erinnerte ich mich der Zeiten, in denen ich die von Mr. Galletti gestopft hatte, und schlug spontan vor: »Soll ich sie Ihnen stopfen?«

»Sie?«

Er sah mich zweifelnd an.

»Das habe ich für Mr. Galletti oft getan. Er sagte immer, daß ich eine besondere Begabung zum Pfeifenstopfen habe.«

»Na, das wollen wir doch mal sehen. War das der Freund, mit dem Sie im Zirkus Schach gespielt haben?«

»Ja, aber er war viel mehr als ein Freund. Er hat mich in seine Familie aufgenommen, und ich habe fünf Jahre lang in seinem Wagen gelebt.«

Er blickte mich verwundert an. »Ich würde sehr gerne etwas über diese Zeit von Ihnen erfahren, Chantal.«

Ich zögerte, während ich den Tabak zwischen den Handflächen rieb. »Das ist alles ein bißchen schwierig, Sir. Ich . . . ich habe meine Familie verloren und lief fort, weil ich nicht in ein Heim kommen wollte. Mr. Galletti nahm mich auf, und nach vielen Jahren entdeckte Mr.

Kirkby, daß ich entfernt mit ihm verwandt bin, und machte sich die Mühe, mich suchen zu lassen und hierher zu holen. Aber er hat mir bereits mehrmals gesagt, daß er nicht wünscht, daß ich über meine Vergangenheit rede.«

»Wir müssen seinen Wunsch natürlich respektieren«, erwiderte Sir Robert langsam. »Ich will gewiß nicht in Ihre Familiengeheimnisse eindringen, aber er hätte doch bestimmt nichts dagegen, daß Sie mir etwas über das Leben im Zirkus erzählen?«

Da war ich zwar nicht so sicher, aber da man es mir auch nicht ausdrücklich verboten hatte, fragte ich: »Was möchten Sie denn gerne wissen, Sir?«

Er machte eine weit ausholende Geste. »Alles, mein Kind. Es ist eine Welt, die mir völlig fremd ist, aber sie muß faszinierend sein. Hatten Sie denn dort eine bestimmte Aufgabe?«

»Ich gehörte zu den Fliegenden Gallettis!« Ich brachte ihm die Pfeife hinüber, die jetzt ordentlich gestopft war. »Wir haben am fliegenden Trapez gearbeitet.«

»Das ist doch nicht die Möglichkeit!« Für einen Augenblick blieb ihm der Mund vor Staunen offen, dann blinzelte er, schaute mich von oben bis unten an und warf schließlich mit einem lauten, begeisterten Gelächter den Kopf zurück. »Sie sind ja unbezahlbar, mein Kind. Kommen Sie, setzen Sie sich und erzählen Sie mir alles darüber. Weiß Gott, ich habe seit Jahren keinen so unterhaltsamen Nachmittag mehr verbracht!« Er jagte Mrs. Lane hinaus, sobald sie die Teekanne auf den Tisch gestellt hatte, und ich goß unsere Tassen ein, während ich eine Frage nach der andern beantwortete. Als es vier Uhr war, klingelte er widerstrebend nach Catling, der unsere Hüte und Mäntel brachte.

Später, als ich in der zunehmenden Dunkelheit an seinem Arm nach Wildings zurückging, sagte er abwesend, als ob er laut dächte: »Diese Pfeife hat ganz ausgezeichnet geschmeckt. Seit mir Jessica vor langen Jahren die Pfeife stopfte, hat es niemand mehr so gut gekonnt.« Er seufzte. »Sie erinnern mich sehr an sie . . .«

»Wer war Jessica, Sir?« Er erwähnte den Namen zum ersten Mal.

»Sie war meine Frau.«

»Oh. Ich . . . ich wußte nicht . . .«

»Die meisten Leute halten mich für einen Junggesellen, aber in Wirklichkeit bin ich seit zwanzig Jahren verwitwet. Ich habe meine Frau sehr geliebt. Sie starb mit fünfundzwanzig Jahren . . . in Port Said, als ich ein Jahr dort stationiert war. Sie haben viel, was mich an sie erinnert, Chantal. Sie hatte einen sehr schönen, freien Geist . . .«

Nach einer kleinen Weile sagte ich: »Es tut mir sehr leid, daß Sie sie verlieren mußten.«

»Zeit heilt Wunden, Gott sei Dank, und was bleibt, das sind die glücklichen Erinnerungen. Aber lassen Sie uns nicht von Dingen sprechen, die so lange zurückliegen! Wie finden Sie sich denn in Ihrem neuen Leben zurecht?«

»Nun . . . ziemlich langsam, fürchte ich.«

»Sie kennen doch das junge Paar, das in Hatch Cottage wohnt, oder?«

»Gideon Sumner und seine Schwester? Ja, die kenne ich. Sie waren es, die mich im Auftrag von Mr. Kirkby suchten und mit nach England brachten.«

»Eigenartig. Ist der junge Sumner so eine Art Sherlock Holmes?«

»Nein, eigentlich nicht. Oder jedenfalls nicht genau. Er ist . . . wie soll ich sagen? Ich glaube, sein Hobby sind Abenteuer, das hat mir zumindest seine Schwester erzählt. Manchmal sind es ziemlich gefährliche Abenteuer.«

»Was tut er denn hier in Osburne?«

»Ich glaube, die beiden machen hier einfach Ferien.«

»Er war doch derjenige, der neulich mit Ihnen zurückgeritten ist, nachdem Sie dem Fuchs in die Quere gekommen waren, nicht wahr?«

»Ach . . . woher wissen Sie denn das, Sir?«

»Catling hat im Gasthaus davon gehört. Sie haben die Meute durcheinandergebracht. An Ihrer Stelle würde ich es als eine Ehre betrachten, bei diesen Leuten in Ungnade gefallen zu sein. Immerhin war der junge Sumner anständig genug, Sie nach Hause zu begleiten. Er interessiert sich für Sie, icht wahr?«

Bei einem anderen wäre mir diese Frage bestimmt peinlich gewesen, und ich hätte mich über ihn geärgert, aber bei Sir Robert machte es mir nichts aus, denn ihm fühlte ich mich irgendwie näher als irgend jemandem sonst, seit ich den Zirkus verlassen hatte. »Ja, er interessiert sich für mich. Er will mir offiziell den Hof machen.«

»Und was halten Sie davon?«

»Nun . . . ich weiß nicht. Mir kommt das alles recht unwirklich vor, und das habe ich ihm auch gesagt. Ich wünschte, ich wüßte, was ich für ihn empfinde.«

»Das werden Sie schon noch wissen, wenn die Zeit dafür kommt, meine Liebe.« Er schwieg einen Augenblick. Dann fuhr er fort: »Wollen Sie mir etwas versprechen?«

»Ja, Sir . . . vorausgesetzt, daß ich es halten kann.« Mr. Galletti hatte mich gelehrt, niemals leichtfertige Versprechungen zu machen.

Sir Robert sah mich eindringlich an: »Wenn Sie jemals das Gefühl haben, daß Sie sich in diesen jungen Mann verlieben – werden Sie es mir sagen?«

Diese sonderbare Bitte verwirrte mich und ich zögerte einen Augenblick. »Nun . . . ja. Aber ich verstehe nicht, warum Sie das wissen wollen, Sir.«

Er lachte. »Ich weiß, es ist eine Unverschämtheit, liebes Kind, aber ich möchte doch gerne eine Vorwarnung haben, wenn die Gefahr besteht, daß ich meinen neuen Schachpartner verliere.«

Als uns Dixon die Tür in Wildings öffnete, kam uns Benedict Kirkby durch die Halle entgegen. »Guten Tag, Sir Robert. Trinken Sie einen Sherry mit mir?«

»Danke, mein Bester, aber ich habe in White Lodge noch so viel zu tun, daß ich leider keine Zeit habe. Herzlichen Dank für die Einladung. Und vielen Dank auch für das Vergnügen von Chantals Gesellschaft. Sie hat mir einen höchst unterhaltsamen Nachmittag bereitet.«

»Das freut mich zu hören.«

Sir Robert schaute mich an. »Darf ich Ihre Liebenswürdigkeit so weit ausnutzen, daß ich Sie für Donnerstag wieder zu ein oder zwei Partien bitte, wenn es Ihnen paßt?«

»Aber gewiß«, erwiderte Benedict Kirkby rasch. »Chantal wird nur zu glücklich darüber sein.«

Sir Robert wandte die Augen nicht von mir und wartete auf meine Antwort. Ich sagte: »Ja, ich freue mich wirklich darauf, Sir.«

Im Laufe der nächsten drei Wochen bürgerte es sich ein, daß ich Sir Robert dienstags, donnerstags und samstags besuchen ging – an den Tagen, an denen Onkel Benedict und Theresa zur Jagd ritten. Mein Aufenthalt in Wildings gefiel mir viel besser, denn nun mußte ich Tante Prudence und Theresa nicht mehr zu so vielen Besuchen begleiten; außerdem war ich auch an den Tagen entschuldigt, an denen wir normalerweise für Besuche »zu Hause« waren.

Vielleicht lag es daran, daß Sir Roberts Freundschaft mit mir auch etwas Glanz auf die übrige Familie warf – jedenfalls wurden keine Einwände dagegen erhoben, daß ich weiterhin ausritt, trotz meines Versagens als Jägerin. Ich verbrachte für gewöhnlich jeden Tag ein paar Stunden mit Harridge im Stall und konnte ausreiten, sooft ich wollte. Meistens ritt ich alleine, manchmal aber auch mit Gideon oder Theresa oder beiden zusammen. Zweimal, als Gideon gerade da war, ritt Sir Robert auf einem der drei Pferde, die er von den Dennisons übernommen hatte, mit uns. Er war ein guter Reiter, und sein steifes Bein schien ihn in keiner Weise zu behindern. Er lehnte jedoch alle Einladungen ab, an der Jagd teilzunehmen. Ich freute mich jedesmal auf meinen Besuch in White Lodge. Jetzt, wo meine Aufregung gewichen war, spielte ich immer besser Schach, und manchmal gelang es mir auch, Sir Robert zu schlagen. Wir hörten immer mindestens eine halbe Stunde, bevor ich gehen mußte, auf, selbst wenn unser Spiel noch nicht beendet war. Dann stopfte ich seine Pfeife, und wir saßen beim Tee und unterhielten uns. Ich genoß das fast noch mehr als das Schachspiel. Sir Robert wußte viele atemberaubende Geschichten aus seiner Zeit bei der Marine, und oft mußte ich von jener kleinen, abgeschlossenen Welt erzählen, in der ich fünf Jahre lang gelebt hatte.

Ich hatte mich auf den Tag gefreut, an dem die Kirkbys nach London übersiedeln würden, um dort den Winter zu verbringen. Aber jetzt würde mir der Abschied schwerfallen. Eines Nachmittags sprach ich in White Lodge mit Sir Robert darüber. Er sah mich überrascht an: »Aber Unsinn, Kind, Sie werden sich in London blendend amüsieren. Feste, Bälle, schöne Kleider, hübsche junge Männer. Sie sollten sich darauf freuen!«

Ich reichte ihm seine Pfeife und sagte: »Zuerst war ich in Wildings sehr einsam, aber das hat sich inzwischen geändert. Wenn ich nach London gehe, werde ich Sie erst im Herbst wiedersehen.«

Er hatte ein Streichholz angezündet und schaute mich unverwandt an, bis es ganz heruntergebrannt war und er es mit einem unterdrückten Fluch fallen ließ. Mrs. Lane, die am Kamin saß, sah ihn vorwurfsvoll an: »Ihre Sprache, Sir Robert!«

»Halten Sie den Mund, Alte!« Er war lange damit beschäftigt, seine Pfeife anzuzünden, wobei er mir hin und wieder unter gesenkten Brauen einen Blick zuwarf. »In meinem ganzen Leben habe ich nur ein anderes Mädchen gekannt, das so etwas sagen konnte, ohne daß es albern und schmeichlerisch klang . . . und das ist lange her. Sie bringen einen schon ganz schön durcheinander, Kind.«

Ich mußte lächeln bei dem Gedanken, daß man Sir Robert durcheinanderbringen konnte. »Es ist aber ganz unbeabsichtigt. Ich habe eben geredet, ohne nachzudenken. In Wildings muß ich alles zwei- oder dreimal überlegen, bevor ich es ausspreche, aber hier ist es anders.« Meine Worte warfen vermutlich kein vorteilhaftes Licht auf meine Familie und daher fügte ich rasch hinzu: »Das ist übrigens meine eigene Schuld. Ich habe mich immer noch nicht daran gewöhnt, unter gewöhnlichen Menschen zu leben.«

Er lachte in sich hinein. »Eines Tages müssen Sie aufhören, die Menschen in Zirkusleute und gewöhnliche Leute einzuteilen, Chantal!«

Anfang Dezember erfuhr ich, daß Theresa und ich Tanzstunden bekommen sollten. Tante Prudence hatte mit einer jungen Frau aus Dorchester ausgemacht, daß sie während der nächsten vierzehn Tage dreimal in der Woche herüberkommen würde, um uns zu unterrichten.

Die Stunden wurden im Musikzimmer abgehalten, und Onkel Arthur begleitete uns mit schmerzlich resignierter Miene auf dem Klavier.

Miß Fisk übernahm abwechselnd die Rolle unserer Tanzpartner. Sie war eine gute Lehrerin. Ich war noch nie auf einem Ball gewesen und war dankbar für die Gelegenheit zu üben, bevor wir nach London fuhren. Ich erlernte die Schritte Gott sei Dank recht schnell, mit Theresa hatte Miß Fisk jedoch allerhand Schwierigkeiten. Einmal kam Benedict Kirkby für ein paar Minuten herein, um uns zuzusehen, und fällte anschließend das harte, aber nicht ganz unzutreffende Urteil, daß Theresa aussähe, als versuche sie, ein Pferd zuzureiten.

Nach unserer letzten Stunde hatte ich das Gefühl, daß ich zumindest nicht das allgemeine Gelächter herausfordern würde, wenn ich zum erstenmal auf die Tanzfläche geführt wurde. Ich hätte den Erfolg meiner Stunden gerne geprüft und mit einem Mann getanzt. Vielleicht hätte sich Gideon Sumner dazu bereit erklärt, überlegte ich mir, einmal mit mir durch das Musikzimmer zu tanzen, aber er war mit seiner Schwester in Weymouth, als unsere Stunden zu Ende gingen, und ich brachte es nicht über mich, den armen Onkel Arthur zu quälen, indem ich ihn bat, noch einmal für uns zu spielen.

Eines Morgens Mitte Dezember ritt ich allein aus. Ich hatte gerade einen Brief von Maria erhalten und wollte ungestört sein. Ich freute mich über ihre Briefe, jedoch war ich jedesmal ein paar Tage ganz durcheinander, denn ich hing noch immer sehr an ihr.

Auf dem Rückweg hatte ich plötzlich das Bedürfnis zu galoppieren, und lenkte Tamarisk zum langgezogenen Abhang eines mit dichtem Gras bewachsenen Hügels. Sie flog nur so dahin und schien es genauso zu genießen wie ich selbst. Es war, als ob der Wind die Schatten des Heimwehs aus meinem Gesicht blies.

Das Gelände neigte sich sanft bis zu einer Hecke, die einen steinigen, wenig begangenen Feldweg säumte, der in einer tiefen Mulde lag. Ich verlangsamte die Gangart meines Pferdes und wollte es gerade wenden, um es am langen Zügel wieder den Berg hinaufgehen zu lassen, als ich im Gras dicht neben der Hecke einen metallisch glänzenden Gegenstand wahrnahm. Ich dachte, daß es eine Schlinge sei, die für Hasen ausgelegt worden war, und schwang mich aus dem Sattel. Diese Schlingen waren grausam. Zweimal hatte ich Hasen gefunden, die in die Falle gegangen waren, und ich schauderte in Gedanken an die Qual der armen Tiere.

Ich ging an der Hecke entlang und war fest entschlossen, die Schlinge zu entfernen. Ich mußte über mich lächeln, als sich herausstellte, daß es nur der harmlose Drahthenkel eines alten Eimers war. Im nächsten Augenblick schrak ich zusammen, denn ich hörte deutlich eine Stimme, die von unten zu kommen schien.

»Sei kein Idiot, Junge!« Es war Sir Roberts Stimme, die vor Zorn bebte.

Noch während mir klar wurde, daß er unten im Hohlweg stehen mußte, vernahm ich eine andere Stimme:

»Ich habe genug.«

Mir stockte der Atem. War das nicht Martin? Seine Stimme war härter und kälter, als ich sie in Erinnerung hatte, und dennoch war ich sicher, daß es Martin war.

»Du bist ein undankbarer Wolf. Laß sie gehen!«

»Nein.« Dieses eine Wort war ganz ruhig gesprochen, aber mir schien es zu klirren wie Stahl.

»Du läßt mich wegen einer Frau im Stich?«

»Wegen einer Dame.«

»Oh, Verzeihung! Und wo ist diese unvergleichliche Dame jetzt?«

»In einem andern Land.«

»Und was hält sie davon ab, hierherzukommen, wenn sie will?«

»Dicke Mauern und Gitter.«

»Was?« Sir Robert schnaubte voll Verachtung. »Ein weiblicher Galgenvogel?«

»Nein.«

»Dann sprichst du in Rätseln.«

»Vielleicht habe ich das von Ihnen gelernt, Sir!«

»Du hast alles von mir gelernt, mein Junge. Wirst du mich jetzt im Stich lassen, wo unsere größte Beute in greifbare Nähe gerückt ist?«

»Ja. Ich bin lange genug Ihr Jagdhund gewesen.«

»Und bis jetzt ist es dir dabei auch sehr gut ergangen! Wer ist die Frau?«

Die Stimme des andern klang zum ersten Mal etwas weicher. »Eines Tages werde ich sie zu Ihnen bringen, Sir, und dann werden Sie mich verstehen. Sie werden ihr zu Füßen liegen.«

»Großer Gott, werd' nicht sentimental! Es gibt nur ein Spiel, das wert ist, gespielt zu werden, und das wird hier gespielt, mein Junge! Ist der Wolf ein Schoßhündchen geworden?«

»Meine Zähne sind immer noch scharf. Ich gehe am Freitag. Bis dahin können Sie auf mich zählen.«

»Das nützt mir nichts! Wir können den Schlag nur im richtigen Augenblick ausführen!«

»Der richtige Augenblick kann jeden Tag kommen!«

Es herrschte Schweigen, und schließlich sagte Sir Robert mit nachdenklicher Stimme: »Könnte er das jetzt wirklich? Du bist ein kräftiger junger Hund, aber du sagst nicht viel. Du erzählst nie, was du im Sinn hast.«

»Auch das habe ich von Ihnen gelernt, Sir.«

Sir Robert knurrte: »Nun gut. Dann gehst du jetzt am besten. Und laß mich nicht im Stich, verdammter Kerl!«

»Ich kann nichts versprechen.«

Ich hörte das Klirren von Wagengeschirr, und im nächsten Augenblick tauchte ein kleiner, von einem Esel gezogener Kesselflickerkarren auf dem schmalen Pfad auf. Der Mann, der ihn lenkte, trug zerlumpte Sachen und einen fleckigen Hut, dessen breite Krempe sein Gesicht verdeckte. Ich konnte nicht erkennen, ob es Martin war. Der Karren zuckelte den Weg entlang und entschwand meinen Blicken. Ich hörte Sir Roberts Schritte und sah ihn kurz darauf in der entgegengesetzten Richtung davonhinken.

Wie betäubt wandte ich mich um und ging langsam zu Tamarisk zurück, die große Grasbüschel abriß. Kaum fünf Minuten waren vergangen, aber in dieser Zeit war eine Welt für mich zusammengestürzt. Ich zitterte am ganzen Leib. Bis zu diesem Augenblick hätte ich Sir Robert blind vertraut, aber der Mann, dessen Stimme ich aus dem Hohlweg vernommen hatte, war nicht der liebenswürdige Gastgeber, den ich von White Lodge kannte.

Und dann . . . Martin. War er es gewesen, als Kesselflikker verkleidet, oder hatte ich mir diese Stimme nur eingebildet? In meinen Gesprächen mit Sir Robert hatte ich Martin Verne nie erwähnt. Ich hatte mit niemandem mehr über ihn gesprochen, seitdem mir Belinda gesagt hatte, was er für ein Mann war.

Meine Gedanken jagten wild durcheinander, als ich in den Sattel stieg. Es war unmöglich, in der geheimnisvollen Unterhaltung einen Sinn zu erkennen. »Wir können den Schlag nur im richtigen Augenblick ausführen«, hatte Sir Robert gesagt. Diese Worte konnten vieles bedeuten, aber ich schauderte, als ich sie mir in Erinnerung rief. Und was war . . . »das einzige Spiel, das es wert ist, gespielt zu werden«? Das kam mir irgendwie vertraut vor. »Ich bin lange genug Ihr Jagdhund gewesen«, hatte der zweite Mann gesagt, – ob es nun Martin gewesen war oder nicht. Das bedeutete sicher, daß er der Wolfshund war, von dem Sir Robert bei seinem ersten Besuch in Wildings gesprochen hatte. Ein menschlicher Jagdhund, und sicher jagten sie eine menschliche Beute. Aber wen? Und zu welchem Zweck? Es war klar, daß sie schon lange zusammenarbeiteten, aber offenbar sollte das nun bald ein Ende haben, und Sir Robert schien darüber sehr böse zu sein. Wer mochte wohl die Frau sein, von der Martin gesprochen hatte? Irgend etwas in mir tat weh, als ich mir diese Frage stellte. Ich trieb Tamarisk an und sagte mir dabei, daß ich ja nicht sicher sein konnte, ob es sich bei dem zweiten Mann tatsächlich um Martin gehandelt hatte. Eines aber wußte ich mit Bestimmtheit: Wer immer es war, ein Kesselflicker war er nicht.

An diesem Abend lag ich lange wach und fühlte mich fast so einsam wie in der ersten Nacht in Wildings. Ich wünschte, ich hätte jemanden gehabt, mit dem ich hätte reden können. Am nächsten Tag war ich schlecht gelaunt und fuhr Harridge heftig an, als ich mein Kopftuch nicht finden konnte, das ich immer im Stall ließ.

Ich war nervös, weil ich immer noch nicht entschieden hatte, ob ich tags darauf wie üblich meinen Besuch bei Sir Robert machen oder unter irgendeinem Vorwand wegbleiben sollte.

Ich konnte nicht glauben, daß seine herzliche Freundschaft mir gegenüber nur vorgetäuscht war, aber ebensowenig konnte ich die beunruhigende Unterhaltung vergessen, deren unfreiwillige Zeugin ich geworden war. Schließlich fiel mir Mrs. Lane, die Haushälterin, ein, die schon seit über zehn Jahren bei ihm war. Ich überlegte mir, daß eine so freundliche und liebenswerte Frau unmöglich bei einem Mann bleiben würde, der finstere Geheimnisse zu verbergen hatte. Ich beschloß, meine gestrige Beobachtung zu vergessen und wie üblich zu Sir Robert zu gehen. Vielleicht war es keine sehr logische Entscheidung, aber als ich sie getroffen hatte, fühlte ich mich wesentlich besser. Ich ging sogleich in den Stall, um mich bei Harridge zu entschuldigen, daß ich wegen des Kopftuches solch ein Aufhebens gemacht hatte.

Am nächsten Tag nach dem Mittagessen zog ich meinen grauen Mantel an, setzte einen Strohhut auf und machte mich auf den Weg nach White Lodge. Tante Prudence hatte mir vor kurzem einen Pelzmuff gekauft, aber ich brauchte ihn jetzt noch nicht. Für einen englischen Dezembertag war das Wetter noch immer ungewöhnlich mild. Ich ging ziemlich schnell. Der Weg führte zuerst bergab, dann den Hügel hinauf und schließlich wieder zum Fluß hinunter. Eine lange, breite Eichenplanke über dem Wasser diente dazu, den Umweg bis zur Furt zu ersparen. Als ich mich dem Steg näherte, vernahm ich weit hinter mir einen schrillen Pfiff. Ich wandte mich um, konnte aber niemanden sehen. Dann löste sich in etwa hundert Meter Entfernung ein dunkler Schatten aus den Bäumen und bewegte sich rasch auf mich zu. Es war ein riesiger Hund. Noch bevor ich ihn sehen konnte, fühlte ich, wie sich instinktiv die Haare in meinem Nacken sträubten und mein ganzer Körper vor Angst erstarrte.

Einen Augenblick blieb ich stehen und ärgerte mich über mich selbst. Schließlich war ich an alle möglichen Tiere gewöhnt und fürchtete mich nicht vor Hunden. Dennoch klopfte mein Herz wie rasend. Die gestutzten Ohren gaben dem Tier ein bedrohliches Aussehen, und die Art, in der es geradewegs auf mich zurannte, hatte etwas grauenhaft Zielstrebiges. Im nächsten Augenblick hatte ich mich auch schon umgedreht und rannte, von wilder Angst gejagt, davon, denn ich wußte mit jeder Faser meines Wesens, daß ich die Beute der gräßlichen Bestie war.

11

ICH RANNTE ÜBER den Steg, doch meine Kleider hinderten mich beim Laufen. Dann wandte ich mich um. Der Hund war nicht mehr als fünfzig Schritt entfernt. Ich beugte mich vor, zwängte meine Finger unter die Planke und versuchte angestrengt, sie hochzuheben. Aber sie war wie eingemauert in dem getrockneten Schlamm. Ich holte tief Luft, raffte alle Kraft zusammen und versuchte es noch einmal. Die Angst mußte mir neue Kräfte verliehen haben, denn jetzt hob sich das schwere Brett. Ich taumelte unter der Last, als ich das Ende des Stegs von mir weg ins Wasser stieß. Zitternd stand ich da, mein Mund war völlig ausgetrocknet, und ich wartete, ob die schwarze Bestie ins Wasser gehen würde oder nicht.

Sie blieb am anderen Ufer stehen und schien die Entfernung für einen Sprung abzuschätzen. Der Bach war hier kaum mehr als einen Meter tief, doch konnte ich es mit dem bloßen Auge nicht genau erkennen, weil das Wasser so trübe war. Das Tier hob seinen gewaltigen Kopf. Sein Maul stand offen und gab die Zunge zwischen riesigen gelben Reißzähnen frei. Ich blickte in die Augen einer mordlüsternen Bestie. Auf dem schwarzen Fell zeichneten sich die dunkelbraunen Flecken der Rottweiler Zucht, wie ich sie aus Deutschland kannte, ab. Nur der Schwanz war nicht gestutzt, und überhaupt erinnerten mich Kopf und Größe des Tieres eher an eine Dogge. Es war so riesig, daß es mir vermutlich bis zur Hüfte reichte.

Die spitzen Ohren stellten sich wartend auf. Von weit her kam wieder ein kurzer, scharfer Pfiff, dann ein Trillern und danach ein dunklerer Ton. Wie ein Schäferhund, der einem Zeichen folgt, wandte sich das Tier um und begann, am Ufer entlang in Richtung auf die Furt zu rasen. Ich schrie vor Angst auf. Im nächsten Augenblick würde es sich auf mich stürzen. Plötzlich sah ich die rote Füchsin vor mir, die von den Hunden gehetzt wurde, klein, aber entschlossen, mit all ihrer Schläue und Gewandtheit bis zum letzten zu kämpfen. Jetzt war ich selbst die rote Füchsin, und auf geheimnisvolle Weise half mir diese Vorstellung, der wilden Angst Herr zu werden, die mich zu lähmen begann. Ich war immer noch entsetzt, aber jetzt fiel die Erstarrung von mir ab. Ich handelte instinktiv, ohne zu überlegen, und riß Mantel und Hut herunter und ließ sie auf den Boden fallen, während der schwarze Hund durch die Furt watete und auf mich zurannte. Dann raffte ich meine Röcke bis zur Hüfte hoch und ließ mich ins Wasser gleiten. Ohne Wissen von Tante Prudence trug ich niemals die langen Unterhosen, die sie für mich besorgt hatte, sondern benutzte nach wie vor die *petits caleçons,* die ich aus dem Zirkus mitgebracht hatte und jeden Abend in meinem Zimmer auswusch und über Nacht auf dem Heizkörper trocknen ließ. Ich war heilfroh darüber, als ich jetzt bis zur Hüfte im Wasser stand und durch den Strom watete. Schwere nasse Unterwäsche hätte mich dabei gefährlich behindert.

Ich blickte flüchtig zurück, als ich die Böschung erklomm. Mein Verfolger auf der andern Seite hielt an und schnüffelte an meinem Mantel herum. Ich fing an zu laufen. Der Fußweg auf dieser Seite des Flusses war von mehreren Bäumen gesäumt, und meine einzige Hoffnung war, rechtzeitig einen Stamm zu erreichen, auf den ich schnell hinaufklettern und mich so in Sicherheit bringen konnte.

Ich war etwa dreißig Meter gelaufen, als ich denselben Pfiff hörte, zwei kurz aufeinanderfolgende schrille Töne. Sekunden später vernahm ich hinter mir ein lautes Platschen, und ich erkannte verzweifelt, daß der Hund den Befehl erhalten hatte, das Wasser zu durchqueren. Vergebens suchte ich nach einem Baum mit niedrigen Ästen, aber da war keiner, den ich rechtzeitig erreichen konnte. Dann sah ich eine hohe Esche. Zwar hatte sie keine niedrigen Äste, aber von einem höheren Ast hing ein kleinerer Zweig herunter. Er war nicht besonders kräftig und etwa drei Meter über dem Boden – zu hoch für mich.

Plötzlich fiel alle Angst von mir ab, und ich spürte nur noch rasenden Zorn, eine unbändige Wut auf die mörderische Bestie und ihren kaltblütigen Besitzer, der aus seiner Deckung in den Bäumen zusah. Der Zweig war zu hoch, als daß ich ihn beim Hochspringen hätte erreichen können, aber ...

Ich lief darunter durch, rannte zehn Schritte weiter, hielt inne und wandte mich plötzlich um. Ich raffte meine Röcke hoch und begann zurückzulaufen. Der schwarze Hund war ans Ufer geklettert und raste auf mich zu. Mit einem Blick übersah ich, daß der Weg vor mir eben war, und ich konzentrierte mich ganz auf den Zweig vor mir. Ich schickte ein verzweifeltes Stoßgebet zum Himmel, ließ meine Röcke los, nahm Anlauf und machte einen großen Satz vorwärts, wobei ich verzweifelt die Arme ausstreckte ... Meine Hände umklammerten den Zweig. Vor mir sah ich den Hund, der einen Satz nach oben machte. Meine Füße schwangen sich empor. Etwas Hartes schürfte mir den Rücken auf. Dann lehnte ich den Kopf zurück und schwang die Beine über den Zweig. Rock und Unterrock fielen über meine Schultern. Ich hing quer über dem Ast und hielt mich krampfhaft daran fest. Die schwarze Bestie sprang hoch und ließ ihre geifernden riesigen Kiefer dicht vor mir zusammenschnappen.

Ich war gerettet. Ich begann wie wahnsinnig zu zittern. Ich blickte hoch und rutschte ein Stück am Ast entlang. Dann stützte ich mich mit einem Fuß ab und stand rasch auf, wobei ich mit den Händen einen anderen Ast packte.

Der Hund sprang immer wieder in die Höhe. Haßerfüllt starrte ich auf ihn hinab.

Er hockte auf seinen mächtigen Hinterbeinen und knurrte mich böse an. Ich fragte mich, wie lange ich wohl an dieser Stelle ausharren mußte. Wenn ich nicht in White Lodge ankam, würde Sir Robert vermutlich Catling mit einer Nachricht nach Wildings schicken, um sich nach mir zu erkundigen. Vielleicht würde auch Theresa beim Ausreiten hier vorbeikommen. Wieder packte mich die Angst, und ich hielt nach allen Seiten Ausschau, damit ich jedem, der näherkam, rechtzeitig eine Warnung zurufen konnte. Plötzlich fiel mir ein, daß der Mensch, dem der Hund gehorchte, sich noch im Walde verborgen halten mußte. Was sollte ich tun, wenn er hervortrat und mir nachkletterte oder einen schweren Stein nach mir schleuderte, damit ich das Gleichgewicht verlor?

Ich wollte mich gerade daranmachen, ganz in die Krone der hohen Esche hinaufzuklettern, als ich in der Ferne einen Reiter auftauchen sah, der aus Wildings kam. Am Jackett und an der roten Krawatte erkannte ich Gideon Sumner und begann sofort zu rufen, so laut ich konnte.

»Gideon! Bleiben Sie weg! Hier ist ein gefährlicher Hund. Holen Sie Harridge, er hat ein Gewehr!«

Ich sah, wie Gideon seinem Pferd die Sporen gab und über die Wiese auf mich zugeritten kam. Im gleichen Augenblick hörte ich einen langgezogenen Pfiff aus dem Wald. Der Hund sprang auf und raste schnurstracks in die Richtung, aus der der Pfiff gekommen war. Als er zwischen den Bäumen verschwand, hörte ich Gideons Stimme von unten herauf:

»Chantal! Hat dieser Köter Sie angegriffen?« Nachdenklich starrte er in die Richtung, in der der Hund verschwunden war.

Meine Zähne schlugen aufeinander, und ich stammelte:

»Er war auf mich angesetzt, Gideon! Jemand im Wald hat ihn auf mich gehetzt!«

»Was sagen Sie?« Er starrte zu mir hoch, und nie vorher hatte ich ihn so zornig und entsetzt gesehen. »Wer um Gottes willen tut denn sowas?«

»Ich weiß es nicht! Niemand! Aber trotzdem hat es jemand getan.« Ich wußte nicht mehr recht, was ich sagte, und versuchte, mich wieder in die Gewalt zu bekommen. »Entschuldigen Sie – ich wollte Sie nicht anschreien, ich hatte nur so entsetzliche Angst. Gideon, ich klettere jetzt herunter.«

»Warten Sie, Chantal!«

Er brachte sein Pferd direkt unter mich und sagte: »So, kommen Sie!« Ich beugte mich herab, ergriff den Ast, schwang mich herunter und ließ mich hinter ihm in den Sattel gleiten.

»Haben Sie gesehen, wo die Bestie im Wald verschwunden ist?« fragte er haßerfüllt.

»Ja. Direkt neben dem vertrockneten Busch an der Eiche.«

»Sehen wir einmal nach.«

»Einverstanden – aber passen Sie auf, der Hund ist sehr gefährlich, Gideon!«

»Ich kenne diese Sorte.« Seine Stimme war grimmig. »Sie beißen einem, bevor man sich versieht, die Kehle durch.«

Er drehte an dem dicken Stock, den er beim Reiten immer an einer Lederschlaufe um sein Handgelenk trug, und zog eine dünne lange Klinge hervor. Er wandte sich im Sattel um und zeigte sie mir. »Ich habe selbst eine recht wirksame Waffe. Oder wollen Sie lieber im Baum warten?«

»Nein. Ich hab keine Angst mehr.«

»Das ist gut. Halten Sie sich fest!«

Wir ritten im kurzen Galopp über die Wiese zum Waldrand hinüber und verlangsamten unser Tempo, als wir uns dem Busch näherten.

»Ich nehme an, sie haben sich aus dem Staub gemacht.« Gideons Stimme klang enttäuscht. »Nehmen Sie die Zügel und warten Sie hier, Chantal.«

Er gab mir die Zügel, schwang sich vom Pferd und näherte sich der Eiche. Dabei hielt er den dicken Stock so, daß er jederzeit die Klinge hervorziehen konnte. Er ging um den Busch herum, blickte sich um, und schließlich sagte er: »Sie sind fort. Aber ich bin sicher, daß jemand hier war. Hier, sehen Sie selbst.«

Ich saß ab und zog das Pferd am Zügel hinter mir her. Gideon kauerte auf dem Boden und hob mit der Spitze seiner Klinge ein blau-weißes Baumwollkopftuch auf. Ich fuhr zurück, und Gideon sagte gespannt: »Es gehört Ihnen, nicht wahr? Er muß es benutzt haben, um den Hund Ihre Witterung nehmen zu lassen. Aber wie, zum Teufel, ist er an das Tuch gekommen?«

Meine Stimme zitterte. »Für gewöhnlich lasse ich es im Stall, aber vielleicht habe ich es verloren.«

Er stopfte das Tuch in seine Tasche, beugte sich hinunter und deutete auf etwas, das am Boden schwelte.

»Tabak. Das Schwein hat hier seine Pfeife ausgeklopft.«

Er hob ein Stück gelbliches Papier auf. »Französischer Tabak«, murmelte er, wie zu sich selbst. »Ich habe Seeleute in Weymouth mit Päckchen aus diesem Papier gesehen.«

»Ein französischer Seemann?« wiederholte ich ungläubig. »Aber . . . wieso sollte denn ein französischer Seemann hierherkommen und seinen Hund auf mich hetzen?«

Gideon war aufgestanden und betrachtete das Papier mit steinernem Gesichtsausdruck von allen Seiten: »Das ist heller Wahnsinn. Sind Sie zufällig irgendwo jemandem auf einem Spaziergang begegnet? Vielleicht einem Bettler, dem Sie nichts gegeben haben?«

»Nein!« erwiderte ich gereizt. »Erstens würde ich einem Bettler immer etwas geben, und wenn nicht, wäre es auch kein Grund, einen Hund auf mich zu hetzen. Außerdem verstehe ich nicht, wozu ein Seemann einen Hund haben sollte.«

»Auf manchen Schiffen gibt es Wachhunde, um Diebe abzuhalten, solange sie in einem Hafen liegen. Ich habe sie selbst gesehen.« Er schüttelte den Kopf und warf das Papier fort. »Er muß betrunken gewesen sein, anders kann ich's mir nicht erklären.«

Obwohl ich Gideons Erklärung nicht für wahrscheinlich hielt, fühlte ich mich plötzlich erleichtert. Ich wollte nicht länger nach der Lösung dieses Rätsels suchen. Plötzlich war mir kalt. Ich hatte keinen Mantel an, meine Strümpfe waren durchweicht, und aus meinen Schuhen lief das Wasser.

Gideon mußte gesehen haben, wie ich zitterte, denn er fragte: »Wo haben Sie denn Hut und Mantel gelassen?«

»Am anderen Ufer. Nachdem ich die Planke ins Wasser geworfen hatte, mußte ich hinüberwaten, weil der Hund durch die Furt kam.« Er zog seine Jacke aus und half mir hinein. Dann drehte er mich zu sich um und legte beide Hände auf meine Schultern, während er mich bewundernd ansah: »Wie haben Sie bloß die Planke heben können!«

»Ich weiß auch nicht. Es ging irgendwie. Aber ich bin ja auch ziemlich kräftig.«

»Und wie Sie auf diesen Ast gekommen sind . . . Gott sei Dank sind Sie Chantal!« Er legte eine Hand unter mein Kinn, hob meinen Kopf und küßte mich sanft auf die Lippen. Es war ein angenehmes Gefühl, aber ich hatte keine Zeit, ihm nachzuhängen, denn er sagte lächelnd:

»Sie müssen jetzt nach Hause. Schaffen Sie's alleine in den Sattel?«

»Ja, schon, Gideon, aber ich halte lieber einen Steigbügel und laufe nebenher, damit ich mich nicht erkälte. Außerdem – wenn mich Tante Prudence in einem Rock reiten sähe, würde sie der Schlag treffen.«

»Ich fürchte, der trifft sie sowieso, wenn sie erfährt, was geschehen ist.«

Zehn Minuten später kamen wir in Wildings an. Zu meiner Überraschung war Benedict Kirkby derjenige, der sich am meisten über die Geschichte aufregte. Seine übliche Gelassenheit verließ ihn vollständig, wohingegen Tante Prudence, was ich nicht weniger erstaunlich fand, sich der Situation ziemlich gewachsen zeigte und durchaus die Fassung bewahrte. Unverzüglich schickte sie Harridge im Einspänner los, um Sergeant Price von der Polizei zu holen und Doktor Mansfield zu bitten, sofort herüberzukommen. Der Diener Alfred wurde mit einer Nachricht nach White Lodge geschickt, und dann durfte ich in dem schönen Badezimmer, das sonst nur von den erwachsenen Kirkbys benutzt wurde, ein herrliches warmes Bad nehmen. Tante Prudence brachte mir ein vorgewärmtes Nachthemd und schickte mich zu Bett. Wenn ich daran dachte, wie oft ich während meiner Tage im Zirkus bis auf die Haut durchnäßt war, schien mir das alles viel Lärm um nichts, aber ich war ihr dankbar, daß sie sich so um mich sorgte. Dr. Mansfield kam und stellte fest, daß mir gar nichts fehlte und ich kerngesund sei. Auch auf Tante Prudences dringendes Bitten war er nicht bereit, mir eine Arznei zu verschreiben.

Dann empfahl er sich wieder. Als ich schließlich fest in meinen Morgenrock gepackt im Bett saß, wurde Sergeant Price hereingeführt. Er schien sich nicht wohl in seiner Haut zu fühlen und schaute kein einziges Mal von seinem

Notizbuch auf, während ich die ganze Geschichte noch einmal erzählte. Dann stellte er mir einige Fragen, von denen ich die meisten nicht beantworten konnte, und schien erleichtert, wieder gehen zu dürfen.

Sir Robert kam gleich, nachdem er die Nachricht von Tante Prudence erhalten hatte, von White Lodge herübergeritten, um sich nach meinem Befinden zu erkundigen und die besten Wünsche für eine rasche Erholung ausrichten zu lassen. Molly brachte mir eine Tasse heiße Suppe und ein Hühnerbein, dazu Brot und Butter, mit den besten Wünschen der Dienerschaft. Nachdem ich gegessen hatte, kam Theresa und plapperte so lange, bis ich vorgab, müde zu sein. Endlich war ich allein. Ich lag mit geschlossenen Augen da und zwang mich widerstrebend dazu, mir alles ins Gedächtnis zurückzurufen, was ich bisher immer verdrängt hatte. Vor Monaten in Regensburg hatte jemand versucht, mich zu töten, indem er die Stange an meinem Trapez ansägte. Heute war ich dem Tode wieder nur knapp entronnen, und diesmal konnte ich einfach nicht glauben, daß ein betrunkener Seemann dafür verantwortlich sein sollte. Ich wagte nicht, mir auszudenken, warum jemand meinen Tod wünschte. Schon einmal hatte ich mir vergeblich den Kopf darüber zerbrochen. Und doch – so fiel mir auf – gab es einen Menschen, der beide Male in der Nähe gewesen war – Martin.

Eine Träne quoll unter meinen Lidern hervor und rann langsam über mein Gesicht. Heller Wahnsinn, hatte Gideon gesagt. Vielleicht war es das wirklich. Martins Gehirn hatte durch den Schlag, der ihm das Gedächtnis geraubt hatte, schweren Schaden gelitten. Aber als er vor ein paar Tagen mit Sir Robert gesprochen hatte, hatte er ganz vernünftig geklungen, und die beiden arbeiteten irgendwie zusammen. Sie konnten doch schließlich nicht alle beide verrückt sein?

Ich ging immer davon aus, daß die Stimme, die ich aus dem Hohlweg gehört hatte, tatsächlich die von Martin war. Aber ich konnte mich irren. Ich versuchte, mir den Klang dieser Stimme in Erinnerung zu rufen, und mich an die einzelnen Worte zu erinnern. Plötzlich erschien mir dieser ganze Vorfall so unwirklich, als ob es ein Traum gewesen wäre. Vielleicht war es das tatsächlich – vielleicht spielte mir meine Einbildung einen Streich. Wie sollte man das schließlich von der Wirklichkeit unterscheiden können? Die Sache mit dem Trapez war sicher das Werk irgendeines verrückten jungen Kerls gewesen, der einfach einmal sehen wollte, wie es ist, wenn jemand vom Trapez stürzt. Schließlich wurde der Zirkus ja nur deshalb bei Nacht bewacht, weil es derartige Leute tatsächlich gab. Und vielleicht hatte Gideon ja auch recht mit seiner Erklärung für das heutige Ereignis . . . der gefährliche Streich eines Mannes, der zu betrunken war, um zu wissen, was er tat.

Immer wieder sagte ich mir, daß niemand meinen Tod wünschen konnte, und daß es vermutlich eine ganz einfache Erklärung für die beiden Vorfälle gab. Allmählich verschwammen meine Gedanken, mein müder Kopf beruhigte sich und ich fiel in einen tiefen Schlaf.

Am nächsten Morgen stand ich zeitig auf und war als erste beim Frühstück. Tante Prudence regte sich auf, weil sie fand, ich hätte ein oder zwei Tage im Bett bleiben müssen. Ich dankte ihr herzlich dafür, daß sie sich so um mich gekümmert hatte, und versicherte, daß es mir ausgezeichnet ginge.

Benedict Kirkby hatte sich gefangen und war kühl und distanziert wie immer. Er verkündete, daß nun genug über die Angelegenheit geredet worden sei und man das Thema nicht mehr erwähnen solle, bis die Polizei den Verantwortlichen gefunden habe, was er persönlich allerdings für höchst unwahrscheinlich halte. Ich war nur zu froh darüber, denn ich hatte schon befürchtet, daß ich die ganze Geschichte wieder und wieder erzählen müsse ...

An diesem Vormittag traf man sich in Osburne wieder zur Jagd – es war für die Kirkbys das vorletzte Mal, denn am Wochenende wollten wir nach London fahren. Als Benedict Kirkby und Theresa fortgeritten waren, machte ich mich zu Fuß auf den Weg nach Hatch Cottage, um Gideon für seine Hilfe zu danken. Erst als ich dort ankam, fiel mir plötzlich ein, daß er mich ja geküßt hatte. Ich fühlte mich etwas befangen und hoffte insgeheim, daß er mit auf die Jagd geritten war, so daß ich ihm durch Belinda Grüße ausrichten lassen konnte.

Zu meiner Überraschung war die Eingangstür nur angelehnt und ging von selbst auf, als ich anklopfte. Als ich keine Antwort erhielt, stieß ich die Tür weit auf und trat zögernd ein. Gerade wollte ich nach Belinda rufen, da hörte ich ein unterdrücktes Schluchzen. »Belinda?« rief ich zögernd. Keine Antwort. Ich ging auf die Tür zu, die zum Salon führte. Sie stand weit offen, und ich erkannte eine Gestalt, die mit dem Gesicht nach unten auf dem Sofa lag, den Kopf in den Händen vergraben.

Die Vorhänge waren nicht aufgezogen, und es herrschte fast völlige Dunkelheit im Zimmer. Ich erkannte Belinda an ihrem Kleid. Wieder ein tiefes Schluchzen. Beunruhigt trat ich näher.

»Ich bin es, Belinda. Ist Ihnen nicht gut?« Sie schnellte empor und starrte mich an.

»Wie sind Sie hereingekommen?« Ihre Stimme war nur ein Flüstern, aber der wütende Unterton war nicht zu überhören.

»Die Tür war nur angelehnt. Verzeihung – ich wollte nicht hereinkommen, aber dann hörte ich Sie ... ich meine, ich hörte ein komisches Geräusch und dachte, Sie sind vielleicht krank.«

»Mir fehlt gar nichts.« Sie stand auf, ging zum Fenster und zog die Vorhänge zurück.

Unbeholfen stammelte ich: »Ich will Sie nicht stören. Ist Gideon hier?«

»Nein. Er ist gestern abend wieder nach Weymouth gefahren. E glaubt, er kann den Besitzer des Hundes ausfindig machen, der Sie angefallen hat.« Sie drehte mir den Rücken zu, während sie sprach.

Ich sagte: »Das ist sehr nett von ihm, aber er sollte Sie in diesem Zustand nicht allein lassen.«

»Und warum nicht?« Ihre Stimme war jetzt wieder normal. »Mein Bruder behandelt mich nicht als eine schwache Frau, und ich bin froh darüber.«

»Nun . . . ich finde, er sollte zumindest die Türe richtig zumachen, wenn er geht.«

Sie lachte bitter. »Oh, das war nicht Gideon. Es muß der Besuch gewesen sein, den ich heute morgen hatte.«

Plötzlich wandte sie sich um, und mir stockte der Atem. Die eine Hälfte ihres Gesichts war rot und verquollen, aber es kam nicht vom Weinen. Ich selbst hatte genauso ausgesehen, nachdem mich Strabo verprügelt hatte.

»Belinda! Wer war das?«

Sie kniff die Lippen zusammen. »Ihr Freund Martin Verne.«

»Martin?« Meine Stimme zitterte. »O nein!«

»Er war heute früh hier.«

»Aber . . . was wollte er denn?«

»Er wollte, daß ich ihm Geld leihe. Und zwar eine sehr große Summe. Er weiß, daß ich über eigenes Geld verfüge, und dachte, daß er mich um den Finger wickeln könnte wie früher. Als ich mich weigerte . . .« Sie zuckte die

Achseln und legte vorsichtig eine Hand auf die Wange. »Ich glaube, er ist verrückt geworden.«

Bestürzt stammelte ich: »Oh, Belinda, das tut mir leid. Es ist . . . ist furchtbar, so etwas zu tun.«

Wieder zuckte sie die Achseln. »Er ist jetzt fort und wird auch nicht wiederkommen. Bitte, erzählen Sie Gideon nichts davon.«

»Was? Aber Sie müssen es ihm sagen, Belinda!«

»Das werde ich bestimmt nicht tun. Er würde nicht ruhen, bis er Martin gefunden hat, und dann . . . ich weiß nicht, was dann geschehen würde. Es sind beides gefährliche Männer.«

»Aber Gideon wird doch auf den ersten Blick sehen, was mit Ihnen passiert ist!«

»Er kommt erst morgen zurück, und bis dahin kann ich die Schwellung wegbekommen.«

»Wenn . . . wenn Sie das wollen, werde ich jetzt etwas Eis für Sie besorgen. Kalte Kompressen sind das beste. Und dann hole ich in der Apotheke noch eine Salbe, die wir immer im Zirkus verwendet haben.«

Sie wandte sich rasch ab und stand einen langen Augenblick mit gesenktem Kopf, ohne zu sprechen. Dann sagte sie schließlich leise: »Das ist sehr lieb von Ihnen, Chantal. Ja, wollen Sie das für mich tun? Warten Sie, ich gebe Ihnen Geld mit.«

»Nein, nein. Ich habe selbst welches dabei.« Ich wandte mich zur Tür. »Ich bin gleich wieder zurück und werde dann bis zum Mittagessen bei Ihnen bleiben und Ihnen mit den kalten Umschlägen helfen.«

Ich war froh, im Freien zu sein, wo niemand sehen konnte, wie verzweifelt ich war. Nun wußte ich mit Gewißheit, daß Martin zumindest heute in Osburne gewesen war, und das machte es fast unmöglich, noch daran zu zweifeln, daß er auch der Mann gewesen war, den ich vor zwei Tagen in jenem Hohlweg mit Sir Robert hatte sprechen hören. Ich versuchte, den Martin, so wie ich mich an ihn erinnerte, in Einklang zu bringen mit der Person, die es fertigbrachte, eine Frau ins Gesicht zu schlagen und einen Hund auf einen Freund zu hetzen. Aber es paßte einfach nicht zusammen. Ich tröstete mich, daß der Martin, den ich gekannt hatte, nicht er selbst gewesen war – nicht Martin Verne, sondern einfach Martin.

Während der nächsten Tage konnte ich es kaum erwarten, von Osburne wegzukommen. Ich kam mir vor wie eine Fliege, die in einem unsichtbaren Netz gefangen ist, so, als ob ich in mysteriöse Vorgänge verwickelt sei, die nichts mit mir zu tun hatten. Vor unserer Abreise besuchte ich noch einmal Sir Robert, aber obwohl er in seiner poltrigen Art sehr liebenswürdig war, fühlte ich mich befangen, spielte zwei sehr schlechte Partien Schach und atmete auf, als die Zeit zum Aufbruch kam. Belinda und Gideon sah ich nicht wieder. Zwei Tage nach meinem Besuch in dem Häuschen erhielt Benedict Kirkby eine Karte von Gideon, auf der dieser schrieb, daß er sich wegen dringender Geschäfte ins Ausland begeben müsse und schon am nächsten Tag in Begleitung von Belinda abreise. Er ließ der ganzen Familie die herzlichsten Grüße übermitteln und bedauerte es sehr, daß er uns während der Weihnachtsfeiertage mit seiner Schwester nicht besuchen könne, hoffe aber, gegen Ende des Winters wieder in London zu sein.

»Höchst merkwürdig«, wunderte sich Tante Prudence. »Ich finde, sie hätten eigentlich einen Abschiedsbesuch machen müssen.«

»Wenn sie morgen auf dem Schiff sein wollen, haben sie alle Hände voll zu tun«, gab Benedict Kirkby zu bedenken. Er war bester Laune, und ich konnte mich des Eindrucks nicht erwehren, daß er über die Abreise der Sumners froh war, obwohl ich mir keinen Grund dafür denken konnte.

»Was für ein eigenartiges Paar.« Tante Prudence schüttelte nachdenklich den Kopf.

»Reizend, natürlich, aber doch im höchsten Maße ungewöhnlich. Ich glaube nicht, daß Gideon richtig handelt, wenn er seine Schwester auf diese Reisen mitnimmt. Schließlich weiß man ja, was einem mit diesen Ausländern alles passieren kann.«

»Er wird sie wohl kaum mit zu den Wilden in Afrika nehmen, meine liebe Prudence. Und selbst da würde sie höchstwahrscheinlich keine Angst haben. Sie gehört zur neuen Frauengeneration. Die wird jeden Tag unabhängiger.«

»Wo wird das bloß alles hinführen?« Tante Prudence seufzte und schüttelte mißbilligend den Kopf. »Neulich bekam ich einen Brief von Lottie Cranmer. Ihre älteste Tochter arbeitet doch tatsächlich als Schreibfräulein in einer Londoner Bank.«

Ich selbst fand Gideons Verhalten sehr verwunderlich. Er hatte mir offiziell den Hof machen wollen, hatte sogar gesagt, daß er in mich verliebt sei, und mich erst vor ein oder zwei Tagen geküßt. Und nun war er abgereist, ohne sich persönlich von mir zu verabschieden. Ich war gekränkt. Aber bald lächelte ich über meine eigene Dummheit, denn ich wußte ja immer noch nicht, ob ich überhaupt wollte, daß Gideon mir den Hof machte.

Drei Tage später kamen wir bei Schneesturm in London an. Pferde und Wagen rutschten wie über einen weißen Teppich, als wir von Waterloo Station zum Haus der Kirkbys am Cranmore Square fuhren. Ich war erst einmal in London gewesen und hatte damals kaum etwas von der Stadt gesehen. Das war anläßlich des Besuchs im Anwaltsbüro von Mr. Blythe gewesen. Jetzt war ich voller

Vorfreude, denn trotz des heftigen Schneefalls herrschte überall in der Stadt reges Leben.

Als wir über die Waterloo Bridge und hinunter zum Trafalgar Square fuhren, wischte ich andauernd die beschlagenen Scheiben frei, um so viel wie möglich zu sehen. Der Weg führte uns über eine Prachtstraße, die Mall, zum Buckingham Palace, durch das Wagengedränge an Hyde Park Corner und schließlich in die schönen, ruhigeren Alleen von Belgravia.

Das Haus am Cranmore Square war viel kleiner als Wildings, aber sehr hübsch. Dixon war mit drei Bediensteten vorausgefahren, um alles für unsere Ankunft vorzubereiten. Meine Aufregung rührte nicht nur daher, daß ich jetzt in London war. Ich hatte vielmehr das Gefühl, daß ich alle Schwierigkeiten hinter mir gelassen hatte und einen neuen Anfang machte. Die ganze Familie war bester Laune, und Theresa und ich verbrachten die ersten zwei Tage damit, zusammen mit Tante Prudence Weihnachtsgeschenke einzukaufen, während die Dienerschaft die Empfangshalle und den Salon festlich schmückte. Wir wickelten unsere Geschenke in Weihnachtspapier, schrieben zu jedem eine Karte und legten sie unter den Weihnachtsbaum, der mitten in der Halle stand. Unter den vielen Glückwünschen, die schon eingetroffen waren, entdeckte ich auch einen Brief, der Marias Handschrift trug. Ich hatte vor drei Wochen an die Gallettis geschrieben und ihnen meine Londoner Adresse mitgeteilt und hatte auch jedem von ihnen ein kleines Weihnachtsgeschenk geschickt. Eine Brosche für Maria, ein Taschenmesser mit vielen nützlichen Werkzeugen für Leo, und für Mr. Galletti ein Buch über verschiedene Religionen, von dem ich wußte, daß er es gerne haben wollte, denn er hatte mir einmal einen Artikel darüber aus der Zeitung vorgelesen und dabei gesagt, daß es gewiß interessant sei.

In dem Brief hatte mir jeder einzelne ein paar Zeilen geschrieben, und Maria hatte auf einem Stück Goldkarton mit buntem Seidengarn eine Weihnachtsszene gestickt. Eine einfache, aber sehr schöne Arbeit. Sobald ich den Brief geöffnet hatte, ging ich auf mein Zimmer und weinte leise vor mich hin, während ich auf die Karte blickte und an die Weihnachtsfeste dachte, die wir zusammen in unserem Wagen im Winterquartier verbracht hatten.

Benedict Kirkby und Tante Prudence schmiedeten schon Pläne für das Neujahrsfest. Wir hatten mehrere Einladungen zu Jagdwochenenden erhalten, und nach Weihnachten würde die Ballsaison erst richtig anfangen. Wir mußten die Tage bestimmen, an denen wir selbst Einladungen gaben, die Gästeliste aufstellen und die Einladungskarten drucken lassen.

Weihnachten war für mich fröhlich und traurig zugleich. Doch ließ ich niemanden meine Tränen sehen. Der Heilige Abend fiel auf einen Donnerstag. Wir gingen zur Mitternachtsmesse, schliefen am nächsten Morgen aus und fuhren nach dem Frühstück zum Hyde Park, wo wir einen Spaziergang machten. Der Schnee war ein paar Tage vorher wieder geschmolzen, und das Wetter war nun trübe und bewölkt, was Theresa und Benedict Kirkby sehr freute. Sie hofften, daß dies auf einen milden Winter deutete, und das war besser für die Fuchsjagd.

Das Weihnachtsessen war ein voller Erfolg für Mrs. Foster, unsere Köchin, und ich hatte die ganze Familie noch nie so vergnügt gesehen. Benedict Kirkby machte keine einzige sarkastische Bemerkung, und selbst Adrian schien seine erhabene poetische Sendung für eine Weile vergessen zu haben und wurde auf diese Weise ganz menschlich. Sobald der Tisch abgeräumt war, versammelte sich alles zur Bescherung unter dem Weihnachtsbaum. Auch die Dienerschaft war da, und nachdem sie ihre Geschenke erhalten hatten, waren sie ihrer Pflichten für den weiteren Tag enthoben und durften sich ihrem eigenen Weihnachtsessen im Untergeschoß widmen. Wir verzehrten an diesem Tag ein kaltes Abendessen, das vorher zubereitet worden war, und bei dem wir uns selbst bedienten.

Unter meinen Geschenken befand sich auch eines von Sir Robert. Es war ein besonders schönes Schachbrett, und auf der beigefügten Karte stand:

Meine liebe Chantal,

ich danke Ihnen für die vielen frohen Stunden, die mir Ihre Besuche beschert haben.

Herzlichst Ihr

Robert Wayman

Ich war froh, daß ich bei Mrs. Lane ein Buch über Probleme des Schachspiels für ihn abgegeben hatte, zusammen mit einem Pfeifenreiniger und einer Glückwunschkarte.

An diesem Abend vergnügten wir uns mit allerhand Spielen, und Onkel Arthur überraschte mich dadurch, daß er für kurze Zeit geistig unter uns weilte, Adrians Hut aufsetzte, der ihm viel zu klein war, und ein paar lustige Lieder auf dem Klavier zum besten gab. Aber oft dachte ich während dieses Weihnachtsfestes an meine Zirkusfamilie, und als ich mir ein paarmal die Augen rieb, behauptete ich einfach, daß mir vor lauter Entzükken die Tränen kämen.

Drei Tage nach Weihnachten kam noch ein Brief für mich. Er war von Mr. Galletti.

Meine liebe Chantal,

heute möchte ich Dir einmal selbst schreiben, obwohl ich weiß, daß Dich Maria über uns auf dem laufenden hält. Ich habe es bis jetzt hinausgeschoben, weil ich Dir zuerst Zeit lassen wollte, Dich einzuleben, bevor ich Dir das sage, was ich Dir schon lange sagen wollte.

Es ist sehr einfach. Ich weiß, daß Du uns ebensosehr vermißt, wir wir Dich vermissen, mein liebes Kind, aber Du handelst sehr unklug, wenn Du Dich an die Vergangenheit klammerst. Unsere Wege haben sich nun getrennt, und Du mußt in einer andern Richtung weitergehen und neue Freunde gewinnen. Das Leben bringt es manchmal mit sich, daß man alles, woran man hängt, hinter sich lassen muß, um einen neuen Weg zu finden, und das ist gewiß nicht leicht. Aber wenn Du weiterhin an uns festhältst, an den Zirkuserinnerungen, an der Vorstellung von Chantal, die auf dem Trapez durch die Zeltkuppel fliegt, dann wirst Du nicht weiterkommen und nichts erreichen.

Ich hoffe, daß Du uns nie vergessen wirst, meine liebste Chantal. Bitte schreib uns auch weiterhin – ebenso wie Maria und ich Dir weiterhin schreiben werden. Wir werden immer in Liebe an Dich denken. Und wenn Du einmal den neuen Weg eingeschlagen hast, den Du jetzt beginnen mußt, wirst Du uns eines Tages vielleicht besuchen und eine Weile bei uns bleiben, um die alte Freundschaft aufzufrischen. Du mußt Dir aber ein für allemal klarmachen, daß es keinen Weg zurück gibt. Wenn Maria ein bißchen älter ist, wird sie vielleicht heiraten. Leo auch. Dann gründet jeder der beiden eine eigene Familie. Vielleicht wirst auch Du heiraten, oder vielleicht wirst Du tatsächlich Ärztin. Was auch kommen mag – die Zeit unseres Zusammenlebens ist endgültig vorbei, mein liebes Kind, und Du mußt versuchen, Dir darüber klar zu werden, daß wir ein Kapitel Deines Lebens waren, das nun abgeschlossen ist. Denk immer in Liebe an uns, aber sehne Dich nicht zurück. Laß uns eine gute Erinnerung sein. Wenn wir nicht das Unmögliche wollen, sind unsere Erinnerungen ein kostbarer Schatz.

Damit habe ich Dir alles gesagt. Es ist zum ersten Mal, daß ich Dir einen Rat gebe, und ich werde es nicht wieder tun. Ich gebe ihn Dir mit meiner ganzen Liebe und bitte Gott darum, daß er Dich glücklich macht.

Arrivederci, mia cara Leonardo Galletti

Mit schwerem Herzen saß ich am Fenster meines Zimmers und las den Brief zum dritten Mal durch. Ich wußte, daß Mr. Galletti recht hatte, und daß er mir einen guten Rat gab. Ich klammerte mich noch immer an die Vergangenheit und hatte bisher noch nicht die Kraft gefunden, mich ohne Sehnsucht daran zurückzuerinnern. Ich würde meine Zirkusfamilie bis ans Ende meiner Tage lieben, aber unsere Wege konnten nicht mehr dieselben sein. Mr. Galletti hatte recht, wenn er sagte, daß ich mich in mein neues Leben eingewöhnen mußte und nicht mit Traurigkeit zurückblicken durfte. Und ich wußte im Innersten, daß ich mir noch nicht genug Mühe gegeben hatte.

12

WÄHREND DER NÄCHSTEN zwei Wochen war ich sehr niedergeschlagen. Ich hatte zu nichts Lust, wollte mit niemandem reden und war sogar unausstehlich zu Theresa. Dabei war ich offensichtlich nicht die einzige, der es so ging. Die gehobene Weihnachtsstimmung war schnell verflogen, und alle Mitglieder der Familie wurden wieder so wie vorher.

Ich fühlte eine völlige innere Leere, hatte keinen Funken Energie oder Ehrgeiz, war verdrossen und interesselos. Meine Stimmung änderte sich erst, als wir auf unseren ersten Ball gingen. Er wurde von den Morton-Coles gegeben, und ich hatte überhaupt keine Lust verspürt hinzug hen. Im Laufe des Abends jedoch besserte sich meine Stimmung, und ich fing an, mich zu amüsieren. Ich trug ein sehr hübsches hellblaues Satinkleid, in dem ich eleganter und größer wirkte, als ich in Wirklichkeit war, und da mein Haar nun etwas länger war, hatte mir Molly eine modische Frisur stecken können. Nach einer halben Stunde hatte ich schon alle Tänze vergeben, und nach den ersten beiden Walzern war meine Angst, ich könnte über die Beine meiner Partner stolpern, verflogen. Mir fiel ein, daß ich durch mein jahrelanges Training vermutlich ein besseres Gleichgewicht und bessere Körperbeherrschung hatte als die meisten anderen Mädchen. Meine Laune wurde im Laufe des Abends immer besser. Mir gefielen die jungen Männer, und ich begann aus Übermut, die anderen Mädchen nachzuahmen, indem ich verschämt die Augen niederschlug, wenn man mir Komplimente machte. Musik, Fröhlichkeit, Tanz und vergnügte Unterhaltung – alles trug dazu bei, mich in Hochstimmung zu versetzen. Als wir im Wagen nach Hause fuhren, war ich immer noch aufgedreht, schwatzte vor mich hin und war nicht im geringsten müde. Am nächsten Morgen erschien ich zum erstenmal seit meinem Eintreffen in England als letzte zum Frühstück.

Während der nächsten vierzehn Tage gingen wir ins Theater und in die Oper und besuchten noch drei weitere Bälle. Ich hatte viel Spaß an zwei Theaterstücken, konnte aber eine Verdi-Oper nicht recht genießen, weil sie auf italienisch gesungen wurde. Ebenso erging es mir an einem Pantomimenabend, der mich an den Zirkus erinnerte. Im Anschluß an diese Veranstaltungen war ich jeweils ein paar Tage sehr schlecht gelaunt. Am meisten genoß ich das Tanzen, besonders, wenn ich einen guten Partner hatte. Zwei- oder dreimal in der Woche durfte ich vormittags im Hyde Park mit Theresa und Benedict Kirkby ausreiten, und während des folgenden Monats verbrachten wir drei lange Wochenenden auf dem herrlichen Besitz der Templetons in Kent, wo Mr. Templeton Jagdführer von Cowbridge war. Dort ging ich auch zum ersten Mal auf einen Jagdball. Es war ein glänzendes, gesellschaftliches Ereignis, auf dem zwei junge Männer mir Zettel mit Liebeserklärungen in die Hand drückten.

Im Lauf der Zeit kam ich immer besser mit der Familie aus, besonders mit Benedict Kirkby. Ich war sicher, daß er mir erlaubt hätte, wieder mit auf die Jagd zu reiten, wenn ich darum gebeten hätte, aber ich hatte immer noch keine Lust dazu. Ich langweilte mich jedoch keineswegs während der Wochenenden in Landhäusern, da wir nie die einzigen Gäste waren. Ich freute mich über die neuen Bekanntschaften, genoß es, mit jungen Verehrern auszureiten, mit den anderen Mädchen zu schwatzen, die neuesten Modelle in den Damenjournalen zu studieren und mit Puder und Rouge auszuprobieren, wie ich am hübschesten aussah.

Ich liebte auch das Leben in London, das Theater, die Besuche, die Teestunde in den großen Hotels, oder Einkäufe in einem der riesigen Kaufhäuser, die mit Schätzen so vollgestopft schienen wie bei Ali Baba und den vierzig Räubern. Ich drückte mich nun nicht mehr so einfach und direkt aus wie früher, sondern erlernte rasch die Kunst der Konversation, wie sie in der Gesellschaft, zu der ich nun gehörte, üblich war.

Der Zirkus wurde zu einem halb vergessenen Traum, ebenso wie die ersten Wochen in Wildings. Ich konnte kaum glauben, daß ich einmal die Zeit zu lang gefunden hatte, denn jetzt reichte sie kaum aus, um alles zu erledigen, was ich vorhatte, zumal die Bediensteten langsamer, dümmer und unwilliger geworden zu sein schienen, seitdem wir nach London gekommen waren, so daß man des öfteren ein hartes Wort sprechen mußte. Zum ersten Mal seit meiner Ankunft in England hatte ich wieder gesundes Selbstvertrauen und war voller Zuversicht, denn ich war endlich ein Teil jener neuen Welt geworden, in die ich erst vor wenigen Monaten durch Zufall hineingeraten war.

In der letzten Februarwoche kam aus Rom ein Brief von Gideon Sumner, der schrieb, daß er mit seiner Schwester den Winter auf dem Kontinent verbracht habe, daß sie jedoch noch vor Ende der Saison in ihr Haus nach London zurückzukehren hofften. Benedict Kirkby rief mich anschließend in sein Arbeitszimmer, um mir zu sagen, daß in dem Brief noch etwas anderes gestanden habe. Gideon hatte geschrieben, daß er bei seiner Rückkehr um die Erlaubnis bitten wolle, mich offiziell zu besuchen.

Ich riß in gespielter Überraschung die Augen auf, während Benedict Kirkby den Brief auf seinen Tisch legte und mich fragend anblickte. »Nun, Chantal . . . was meinst du selbst dazu?«

Ich bemerkte, daß er unruhig, ja fast nervös war, und zögerte lange mit der Antwort, während ich versuchte, mir Klarheit über meine Gefühle zu verschaffen. »Ich weiß nicht recht, Onkel Benedict.«

»Hast du während des Winters hier keinen jungen

Mann kennengelernt, von dem du lieber offizielle Besuche erhalten würdest, als von Gideon Sumner?«

»Nein, eigentlich nicht. Es gibt zwar einige, die ich sehr gerne mag, aber . . . nein, jemand Bestimmten habe ich nicht.«

»Das ist recht bedauerlich.« Er nagte unruhig an seiner Unterlippe. »Da ich Elternstelle bei dir einnehme, könnte ich dem jungen Sumner natürlich ganz einfach sagen, daß ich ihm nicht die Erlaubnis erteile, dich offiziell zu besuchen, aber das möchte ich eigentlich nicht. Mir wäre sehr viel lieber, wenn ich ihm sagen könnte, daß du sein Ansinnen abgelehnt hast.«

»Oh! Heißt das, daß du dagegen bist, Onkel Benedict?«

»Um ehrlich zu sein – ja. Er ist ein sehr fähiger und anziehender junger Mann, aber nicht ganz zu durchschauen. Mit seiner Art zu leben fällt er ziemlich aus dem Rahmen.« Er tippte auf den Brief. »Dies hier bedeutet, daß er dich heiraten möchte, Chantal, und ich habe große Zweifel, daß er ein passender Ehemann für dich ist.«

Ich hatte eigentlich keine Lust, Gideon Sumner von vornherein zurückzuweisen. »Vielleicht kannst du ihm sagen, ich hätte mich noch nicht entschieden?«

»Mir wäre eine eindeutige Absage lieber, aber das macht nichts. Ich habe schon bemerkt, daß junge Damen ihre Verehrer gerne zappeln lassen, selbst wenn sie fest entschlossen sind, den Faden, an dem sie hängen, durchzuschneiden.« Sein Lächeln verschwand, und ich sah wieder Angst in seinem Blick aufflackern. »Sumner ist ein Mann, der sich holt, was er haben will. Du mußt mir versprechen, ihm keine Entscheidung mitzuteilen, bevor du nicht mit mir darüber gesprochen hast, Chantal.«

»Nein, natürlich nicht, Onkel Benedict.«

»Nun . . . dann wollen wir die Sache für heute auf sich beruhen lassen.« In der Woche darauf erhielten wir einen Brief von Sir Robert Wayman. Zu unserer Überraschung hielt er sich gerade in Paris auf, wo er einen alten Freund aus dem diplomatischen Dienst besucht hatte. Er schrieb, er werde in Kürze nach London zurückkehren und hoffe, uns dann besuchen zu dürfen. Tante Prudence schrieb sofort an seine Londoner Adresse und bat, daß er uns gleich nach seiner Rückkehr das Vergnügen seines Besuches mache. Außerdem lud sie ihn zu dem Ball ein, den sie zum Abschluß unseres Aufenthaltes in London gab, kurz bevor wir wieder nach Osburne zogen.

Die Narzissen blühten schon, und die zweite Märzwoche war angebrochen, als ein Gast vom Kontinent bei uns am Cranmore Square wohnte. Es war Baron Joseph Krenner. Ich hatte völlig vergessen, daß meine Familie Beziehungen zu Ungarn hatte. Gideon Sumner hatte es flüchtig erwähnt, als er mir zum ersten Mal von den Kirbkys erzählte. Nun erinnerte ich mich wieder, daß mein Großvater, James Kirkby, einen Bruder namens Rupert gehabt hatte, und erfuhr, daß Rupert vor über fünfzig Jahren die Schwester eines ungarischen Adligen geheiratet hatte, der damals an der Botschaft in London tätig war. Sie hieß Eva Krenner.

Zuerst berührte mich die Vorstellung eigenartig, daß Benedict und Arthur Kirkby eine ungarische Mutter gehabt haben sollten, aber dann erfuhr ich, daß Eva Krenner bereits mit zehn Jahren nach England ins Internat geschickt worden war und den Rest ihres Lebens in London verbracht hatte, so daß sie eigentlich mehr oder minder Engländerin war. Mir fiel bei diesem Anlaß auf, daß Benedict Kirkby seine Eltern nie erwähnte, und ich hatte das Gefühl, daß ihm gar nicht daran lag, allgemein bekannt zu machen, daß er teilweise ausländischer Ab-

diese Richtung und ritt quer über offenes Feld, das zu meiner Rechten von dickem Gestrüpp begrenzt war. Ich hatte kaum hundert Meter zurückgelegt, als ich weit hinter mir den schwachen Ton des Jagdhorns hörte. Ich hielt an und drehte mich um. Einen Augenblick lang sah ich gar nichts. Dann tauchte die bräunlichweiße Meute auf der grünen Hügelkuppe jenseits des Flusses auf, und ich hörte ihr lautes Bellen.

Meine Augen schweiften über den Abhang in der Ferne, und jetzt entdeckte ich auch den kleinen roten Punkt. Die Füchsin hielt wieder auf das Wasser zu. Mein Herz schlug ängstlich, während ich sie den Hang herabjagen sah. Der Fluß war an dieser Stelle zwar breiter, dafür aber ziemlich seicht. Als sie ins Wasser tauchte, verlor ich sie aus den Augen, konnte jedoch ihren Weg an der dünnen Spritzlinie erkennen, als sie zum diesseitigen Ufer herüberpaddelte. Diesmal brauchten Feld und Meute nicht innezuhalten, um die Spur wiederzufinden. Ich sah die roten Jacken vor dem grünen Hintergrund des Hanges herabstieben.

Als sie aus dem Fluß auftauchte, bemerkte ich, daß sie langsamer geworden war und den Kopf tiefer am Boden hielt. Die Hunde schienen ständig aufzuholen, und während die Füchsin sich die steile Böschung heraufmühte, platschten ihre Verfolger schon durch das seichte Wasser. Die Meute wurde nun ihrerseits von den Anführern des Feldes gehetzt, sie wollten das Ende der Füchsin miterleben. Ich saß ganz still, zu jeder Bewegung unfähig, und mein Hirn war leer vor Entsetzen.

Tamarisk wieherte. Ich sah die Maske der roten Füchsin auftauchen. Im gleichen Augenblick warf sie sich zur Seite, raste links an mir vorbei und lief auf den Waldrand zu. Das abschüssige Gelände entzog sie meinem Blick, und kaum zwanzig Sekunden später tobten die Hunde lechzend und keuchend um mich her. Meine Gegenwart

Ein Reiter zog die Zügel an. Es war Gideon, der seine Stute bis zur Uferböschung führte und herüberrief: »Fehlt Ihnen etwas, Chantal?«

»Nein, nein, es ist alles in Ordnung.«

Ich schwang mich in den Sattel. Einen Augenblick lang sah er noch herüber, dann rief er: »Wenn Sie beim Ende dabei sein wollen, müssen Sie sich beeilen.« Im nächsten Augenblick hatte er sein Pferd gewendet und setzte im Galopp dem Feld nach.

Ich schauderte. Nein, ich wollte nicht beim Ende dabei sein. Ich wollte nie wieder auf die Fuchsjagd gehen. Ich wußte, daß der Fuchs ein Räuber war, ein Zerstörer. Wenn es ihm gelang, in einen Hühnerstall einzudringen, hinterließ er mindestens zwölf blutige Opfer. Aber das war nicht der Grund, weshalb er hier mit Hunden zu Tode gehetzt wurde. Wenn ein Bauer einen Fuchs erschoß, so war das in den Augen derer, die auf die Fuchsjagd ritten, ein Verbrechen. Sie wollten, daß er lebte, sich vermehrte und auf seinen Raubzügen schlau und listig wurde, damit sie ihn dann zum Vergnügen töten konnten.

Armer roter Fuchs. Arme rote Füchsin.

Mein Mut sank, als ich mir überlegte, was ich zu Benedict Kirkby sagen sollte. Wenn ich ihm einfach erklärte, daß ich die Fuchsjagd widerlich fand, würde er glauben, ich hätte den Verstand verloren. Tamarisk wurde unruhig. Ich sah mich um und merkte, daß ich die Orientierung verloren hatte, war jedoch sicher, daß der Fluß ganz in der Nähe von Osburne vorbeiführte. Wenn ich ihm in östlicher Richtung folgte, würde ich bald am Ortsrand angelangt sein und von dort aus nach Hause finden. Ich schnalzte mit der Zunge, und Tamarisk setzte sich in Bewegung.

Kurz darauf sah ich zu meiner Linken hinter einer Anhöhe den Kirchturm auftauchen. Ich lenkte mein Pferd in stammung war. Auch Onkel Arthur sprach nie darüber, aber bei ihm vermutete ich keinen besonderen Grund dahinter, da er ohnehin selten über irgend etwas sprach.

Unser Gast war der Sohn von Evas Bruder, und dadurch ein Vetter ersten Grades von Benedict und Arthur Kirkby. Abgesehen von den Geschäftsreisen, die den Baron nach England führten, hatten sie sich im Lauf der Jahre nur selten gesehen. Baron Krenner hatte hier einige Gelder zu verwalten und erledigte auch Aufträge für Benedict Kirkby auf dem Kontinent, insbesondere auf dem Balkan, wo es gute Möglichkeiten zu geben schien, Geld zu verdienen, wenn man sich in der hochkomplizierten und ständig wechselnden politischen Situation auskannte. All das entnahm ich der Unterhaltung bei Tisch in den Tagen vor dem Eintreffen unseres Gastes. Ich hatte nur mit halbem Ohr zugehört, denn ich war mit viel wichtigeren Dingen beschäftigt, um solchen Gesprächen viel Aufmerksamkeit zu schenken. Mich interessierte nur die Tatsache, daß der Baron in einem Schloß über dem Dorf Szigvàr lebte, das nicht weit entfernt war von Kaposnika, einer Stadt, wo Kaysers Riesenzirkus jedes Jahr im Frühsommer eine Woche oder zehn Tage gastierte. Baron Krenner sprach sehr gutes Englisch, fast ohne Akzent. Er war Anfang Fünfzig, groß und schlank mit sehr kurzem, blondem Haar, lebhaften blauen Augen, einer breiten Stirn und einem spitz zulaufenden Kinn. Die meiste Zeit seines Besuches verbrachte er mit Benedict Kirkby entweder in dessen Arbeitszimmer oder in der Stadt, wo sie Bankiers, Händler und Kaufleute aufsuchten.

Er war mir sofort unsympathisch, und doch schmeichelte es mir, daß ich von der ganzen Familie diejenige war, die ihn am meisten zu interessieren schien. Man hatte ihm offenbar erzählt, daß ich Schach spielen konnte, denn er forderte mich auf, einige Partien mit ihm zu spielen. Er war nicht annähernd so gut wie Sir Robert oder gar Mr. Galletti, und ich hätte die meisten Spiele gewinnen können, war jedoch diplomatisch genug, das zu vermeiden. Auf einem Ball, den wir während seines Aufenthaltes besuchten, konnte ich feststellen, daß er ein ausgezeichneter Tänzer war, und daß es wirklich ein Vergnügen war, sich von ihm führen zu lassen.

»Vielen Dank, Chantal.« Er lächelte und führte mich an meinen Platz neben Tante Prudence zurück. »Ich darf Sie nicht noch einmal auffordern, weil ich sehe, daß alle jungen Männer mir bitterböse Blicke zuwerfen. Sie müssen mich einmal in Ungarn besuchen und lernen, wie wir dort tanzen. Vielleicht kommt mein Freund Benedict einmal mit der ganzen Familie? Das wäre doch reizend, nicht, Mrs. Kirkby?«

»Oh, ganz gewiß, Baron!« Tante Prudence bewegte heftig ihren Fächer. »Nur ist es eine schrecklich lange Reise. Es ist ganz besonders liebenswürdig von Ihnen, uns einzuladen, aber Sie dürfen nicht vergessen, daß wir Damen weniger ausdauernde Geschöpfe sind als ihr Männer.«

Er machte eine höfliche Verbeugung. »Gewiß, meine Liebe. Das Schöne ist im allgemeinen auch empfindlich. Doch ich glaube, daß Chantal vielleicht eine Ausnahme ist. Vielleicht kann Benedict sie einmal mitbringen, wenn sie Lust hat.«

»Ich hoffe sehr, daß er das tut, Baron«, erwiderte ich und schenkte ihm ein strahlendes Lächeln. »Ich bin sicher, daß es mir großen Spaß machen würde.« Ich wußte selbst nicht recht, ob ich wirklich meinte, was ich sagte, aber darüber machte ich mir keine Gedanken, denn ich hatte gelernt, daß es in einer höflichen Unterhaltung nur auf die Worte ankam, nicht auf den Inhalt.

Baron Krenner kehrte nach einer Woche wieder nach Ungarn zurück, und mein Leben ging vergnügt und ereignisreich weiter. Wenige Tage nach der Abreise des Barons kamen Gideon und Belinda Sumner nach London zurück und statteten uns einen Besuch ab. Ich betrachtete Gideon aufmerksam, während wir alle zusammen Tee tranken, und überlegte mir, wie er wohl reagieren würde, wenn Benedict Kirkby ihm eröffnete, daß ich noch nicht wünschte, offiziell Besuche von ihm zu empfangen. Die Antwort darauf sollte ich schon am nächsten Vormittag auf wenig erfreuliche Weise bekommen, als Theresa und ich mit Gideon ausritten. Theresa hatte ihrem Pferd gerade die Sporen gegeben, und ich konnte mir nicht verkneifen zu sagen: »Onkel Benedict hat mir von Ihrem Brief erzählt, Gideon. Haben Sie schon mit ihm gesprochen?« Er nickte lächelnd. »Ja, ich habe mich gleich nach meiner Ankunft im Club mit ihm unterhalten.« Er lächelte bedauernd. »Ich wünschte, er hätte Ihnen nichts von dem Brief erzählt, Chantal.«

»Oh? Aber warum denn nicht?«

Er ließ die Hand über den Hals seines Pferdes gleiten. »Weil . . . weil ich meinen Entschluß geändert habe. Ich weiß, daß dies im allgemeinen das Vorrecht der Damen ist, aber ich kann es nicht ändern.«

Dunkle Röte überzog meine Wangen, und ich brauchte einen Augenblick, bis ich die Sprache wiedergefunden hatte und wutentbrannt sagte: »Sie . . . Sie sitzen hier und sagen mir, Sie hätten Ihren Entschluß geändert? Das ist . . . das ist einfach unerhört! Sie könnten mir keine größere Beleidigung zufügen!«

»O doch, das könnte ich.« Gideons Stimme war unverändert freundlich. »Aber es ist gar keine Beleidigung, Chantal. Ich habe mir nur einfach das Ganze noch einmal überlegt und bin zu dem Schluß gekommen, daß ich nicht der richtige Mann für Sie bin. Ich bezweifle sogar sehr, daß es in ganz London ein Mädchen gibt, für das ich der richtige Mann bin, und Sie sind ganz sicher viel zu schade für einen ruhelosen Abenteurer wie mich. Es tut mir leid, wenn ich Sie gekränkt habe, aber Sie sollten die Änderung meines Entschlusses eher als ein Kompliment auffassen.«

»Sie glauben, daß Sie mich gekränkt haben?« Es gelang mir zu lachen. »Aber Gideon, wie lustig! Ich war nur verärgert, weil mir die Art, wie Sie das sagten, beleidigend vorkam, aber ich sehe jetzt, daß ich Sie mißverstanden hatte. Es ist im Gegenteil sehr angenehm für mich, daß ich mich mit der Sache nicht weiter zu befassen brauche.«

Er nickte und sah mich freundlich an. »Gut. Ich bin froh, daß Sie nicht mehr böse auf mich sind. Ach, da kommt Theresa zurück. Kommen Sie, wir reiten ihr entgegen!«

Für den Rest des Tages war ich besonders schlecht gelaunt. Schließlich war es etwas ganz anderes, ob ich Gideon Sumner an einem Faden zappeln ließ, oder ob er den Faden abriß, noch ehe er ganz festgemacht war.

Sir Robert kam erst zwei Tage vor unserem Ball nach London. Ich freute mich, als er uns zum Tee besuchte, fühlte mich aber in seiner Gesellschaft weniger wohl als seinerzeit in Osburne. Er hatte sich verändert, und ich bemerkte, wie er mich ein- oder zweimal mit einem eigenartigen Blick musterte. Den größten Teil des Tages, an dem der Ball stattfinden sollte, verbrachte ich mit Vorbereitungen. Molly war in letzter Zeit widerspenstig und schlecht gelaunt und frisierte mein Haar nicht mehr zu meiner Zufriedenheit. Ich hatte daher Tante Prudence von der Notwendigkeit überzeugt, einen Friseur ins

Haus kommen zu lassen. Mein Haar war nun lang genug, daß es auf der Kopfmitte zusammengefaßt werden konnte, und ich hatte das Gefühl, daß mich diese Frisur sehr damenhaft erscheinen ließ. Mein Kleid war aus hellgrünem Crépe de Chine und hatte einen gefältelten Rock und lange, geschlitzte Ärmel.

Theresa trug ein blaues Kleid, aber obwohl ihr diese Farbe am besten stand, sah sie eigentlich nur in Reitkleidern gut aus, und insgeheim freute ich mich über den Kontrast zwischen uns, als wir mit den anderen Familienmitgliedern in der Halle standen, um die Gäste zu empfangen.

Auf der Straße drängten sich die Wagen und warteten darauf, an den roten Teppich heranzufahren, der über das Pflaster und die Eingangsstufen bis zur Tür hinaufführte, über der ein Baldachin ausgespannt war.

Um neun Uhr stimmte das Orchester den ersten Walzer an, und schon bald war der Ballsaal voller Farbe und Bewegung. Das Stimmengewirr schien die Musik übertönen zu wollen, seidene Röcke raschelten und schwarze Frackenden wirbelten durch die Luft. Innerhalb weniger Minuten hatte ich all meine Tänze vergeben, obwohl ich die Aufforderungen einiger junger Männer, mit denen ich nicht besonders gern tanzte, abgelehnt hatte.

Gideon Sumner war einer der ersten gewesen, die mich um einen Tanz baten, aber ich hatte kühl lächelnd geantwortet:

»Tut mir leid, Gideon, Sie kommen zu spät.«

Er verzog sein Gesicht in gespieltem Bedauern und zwinkerte mir zu. »Wie schade! Das habe ich schon befürchtet. Darf ich Sie dann vielleicht zum Büfett führen?«

»Danke, aber Tim Forrester und Michael Dean haben schon darum gebeten.«

»Sie werden von den bestaussehenden jungen Männern umworben, Chantal. Kein Wunder.«

Ich suchte vergeblich nach einer Antwort, die zugleich bescheiden und witzig klingen sollte, und war froh, als wir von Tim Forrester unterbrochen wurden, der Gideon Sumner einen ziemlich feindseligen Blick zuwarf. Später traf ich Tante Prudence, die sich Sorgen machte, weil Sir Robert noch nicht eingetroffen war.

»Das ist wirklich eigenartig. Er hat doch die Einladung angenommen, nicht wahr, Chantal?«

»Ja, Tante Prudence, aber ich nehme an, daß er wegen seines steifen Beins nicht tanzen kann und erst später für ein oder zwei Stunden hereinschaut . . .«

»Ach ja, das kann natürlich sein. Jedenfalls hoffe ich, daß er nicht aus andern Gründen verhindert ist. Ich möchte ihm einige unserer Freunde vorstellen. Ah, da ist ja Michael! Hast du diesen Tanz für ihn reserviert? Dann will ich dich nicht aufhalten, Liebes!«

Ich tanzte, plauderte, flirtete, ließ mir von dem überladenen Büfett zu essen und zu trinken bringen und tanzte wieder. Es war elf Uhr, als ich auf der andern Seite des Raumes Sir Robert entdeckte, der sich mit Onkel Benedict und Tante Prudence unterhielt. Ich unterbrach den Walzer trotz eines flehenden Blicks von meinem Partner und bahnte mir einen Weg zu ihnen.

Sir Robert sagte gerade: »Ich hoffe, Sie finden es nicht ungehörig von mir, daß ich ihn mitgebracht habe, Mrs. Kirkby, aber . . .«

»Aber keineswegs, Sir Robert!« beschwichtigte ihn Tante Prudence liebenswürdig. »Ein Freund von Ihnen ist uns jederzeit willkommen, und er scheint überdies ein sehr wohlerzogener junger Mann zu sein.«

Ich sagte: »Guten Abend, Sir Robert. Wir dachten schon, Sie hätten uns vergessen!«

Er wandte sich zu mir und beugte sich über meine Hand. »Das würde mir nie passieren, meine Liebe. Ich erklärte Ihrer Tante gerade, daß ich leider durch dringliche Geschäfte aufgehalten wurde. Für einen alten Kauz, der nicht tanzen kann, sind ohnehin die letzten zwei Stunden eines Balles die interessantesten. Und jetzt lassen Sie sich durch mich nicht aufhalten! Ich sehe, wie Ihr Begleiter danach lechzt, Sie wieder zu entführen!«

Wir unterhielten uns noch einen Moment, dann kehrte ich zur Tanzfläche zurück. Kurz darauf war ich der Mittelpunkt einer Gruppe von jungen Männern und Mädchen, die ich damit zum Lachen brachte, daß ich erzählte, wie Theresa kürzlich in einem Kaufhaus ein Riesendurcheinander verursacht hatte, indem sie einen Kleiderständer umstieß. Gegen Schluß der Geschichte hatte ich das Gefühl, daß jemand hinter mir stand und mich beobachtete, und als ich fertig war, wandte ich mich um.

Martin stand nur wenige Schritte entfernt und hatte die Hände auf dem Rücken unter seinen Frackschößen verschränkt. Er sah mich mit undurchdringlichem Gesicht an. Mir stockte der Atem vor Überraschung. Doch schnell hatte ich mich wieder gefaßt und ging mit liebenswürdig ausgestreckten Händen auf ihn zu. »Martin! Welche Überraschung!«

»Guten Abend, Chantal.« Er nahm meine Hand, schenkte mir ein flüchtiges Lächeln und trat dann zurück, wobei er den Kopf etwas zur Seite neigte, als ob er noch nicht ganz sicher sei, mich wiederzuerkennen, und mich unter einem andern Blickwinkel betrachten wollte.

Innerlich war ich sehr verwirrt, aber ich hatte inzwischen gelernt, derartige Gefühle hinter einem höflichen und ruhigen Betragen zu verbergen. »Sie erinnern sich also an mich?« fragte ich. »Ja, ich erinnere mich. Als ich in Regensburg mein altes Gedächtnis wiedergefunden hatte, wußte ich vieles nicht mehr, aber inzwischen habe ich eine Lücke nach der andern aufgefüllt.«

Es gab so vieles, was ich hätte fragen mögen; was er in Ungarn gemacht hatte, bevor ich ihn damals am Fluß traf; ob er wußte, daß jemand am Abend, bevor er wegging, meine Trapezstange angesägt hatte; ob er wußte, daß ich von einem gefährlichen Hund angefallen worden war; ob es stimmte, daß er Belinda geschlagen hatte; um welches Spiel es in dem Gespräch gegangen war, das er mit Sir Robert im Hohlweg geführt hatte; und noch tausend Sachen mehr. Früher hätte ich ihn einfach gefragt, aber inzwischen hatte ich dazugelernt. Direkte Fragen zeugten von schlechter Erziehung, und gar auf einer Gesellschaft über ernsthafte Dinge zu reden . . . das tat man einfach nicht.

Ich lachte. »Sie haben also richtig geraten. Ihr Name war tatsächlich Martin.«

»Ja. Martin Verne.«

»Ich weiß. Eine alte Freundin von Ihnen hat es mir erzählt. Belinda Sumner.«

»Das dachte ich mir schon.«

»Haben Sie sie heute abend schon gesehen? Sie und Gideon sind hier.«

»Ich habe mir gedacht, daß sie hier sind, aber ich habe sie noch nicht gesehen.«

Seine Augen verengten sich, was ihm wieder das wolfsartige Aussehen verlieh, das ich von früher an ihm kannte. Ich fächelte mir zu: »Wie reizend, Sie wiederzusehen, Martin, und was für eine Überraschung! Ich hatte keine Ahnung, daß Sie auf der Gästeliste von Tante Prudence standen!«

»Ich stehe nicht auf der Gästeliste. Ich bin mehr oder weniger ungeladen hier«, entgegnete er ernst. »Sir Robert hat mich mitgebracht.«

»Ach was, Sie kennen Sir Robert?«

»Ja.«

Mehr war nicht aus ihm herauszukriegen. Ich verfolgte das Thema nicht weiter, sondern sah mich im Ballsaal um. »Dann kann ich nur hoffen, daß Sie sich gut unterhalten. Ich fürchte allerdings, daß nur die Mauerblümchen noch Tänze zu vergeben haben.«

Er schüttelte den Kopf, als sei er gerade zu einer bedauerlichen Erkenntnis gekommen. »Mauerblümchen? Ach ja, natürlich. Nun . . . das ist die gerechte Strafe für mein Zuspätkommen. Vermutlich haben alle hübschen Mädchen ihre Tänze schon vergeben.«

»So schlimm ist es auch wieder nicht«, erwiderte ich und blätterte in meinem Ballheft. »Ich könnte jemand für Sie versetzen.«

Nach kurzem Zögern meinte er: »Ja, das könnten Sie.« Zum ersten Mal an diesem Abend sah ich ihn lächeln, aber es war ein gezwungenes Lächeln. »Ich möchte mir aber den jungen Mann, den Sie für mich verschmähen würden, nicht zum Feind machen!«

Bevor ich entschieden hatte, ob ich mich ärgern sollte oder nicht, vernahm ich Gideon Sumners Stimme hinter mir. »Guten Abend, Verne!« Er hatte Belinda am Arm und trat auf uns zu. Martin blickte ihm ins Gesicht und sagte: »Guten Abend, Sumner.« Er machte eine kaum angedeutete Verbeugung vor Belinda: »Miss Sumner.«

Gideon lächelte zwar, doch war die Atmosphäre äußerst gespannt, während sich die beiden Männer zu messen schienen. Dann sagte Gideon: »Chantal hat uns erzählt, daß sie in Ungarn mit Ihnen zusammengetroffen ist. Darf ich annehmen, daß Ihr Gedächtnis inzwischen zurückgekehrt ist?«

»O ja . . .« Einen Augenblick lang blitzten Martins

Zähne zwischen den Lippen auf, doch blieb sein Gesichtsausdruck finster. »Ich erinnere mich jetzt wieder an alles.«

Belinda rief aus: »Wunderbar. Haben Sie viel zu tun?« Ihr Blick war mehr als kühl.

»Ich arbeite an ein oder zwei Projekten, Miss Sumner.« Martin wandte die Augen nicht von Gideon, während er antwortete.

»Die Geschäfte, die Sie betreiben, haben meist spekulativen Charakter«, bemerkte Gideon nachdenklich. »Ich hoffe, Sie werden keine unnötigen Risiken eingehen!«

»Danke, ich werde versuchen, Ihren Rat zu befolgen.« In diesem Augenblick begann der nächste Tanz, und Tim Forrester erschien, um mich aufzufordern. Ich hätte am liebsten abgelehnt, aber Martin machte eine knappe Verbeugung und sagte: »Wollen Sie mich bitte entschuldigen, Chantal? Miss Sumner?« und wandte sich ab.

Ich war verwirrt und wütend, ohne genau zu wissen weshalb. Möglicherweise ärgerte mich Martins gekünsteltes und distanziertes Verhalten. Ich fuhr Tim Forrester an, während wir uns auf der Tanzfläche drehten, warf ihm vor, daß er schlecht tanze, und ließ ihn stehen, sobald der Walzer vorüber war, um Martin zu suchen. Ich konnte ihn nirgends finden, entdeckte aber dafür Sir Robert, der in der Nähe des Büfetts mit einem Sektglas in der Hand an einer Säule lehnte. Er war allein, und ich stürzte auf ihn zu: »Sir Robert, wo ist der Freund, den Sie mitgebracht haben – ich meine Martin Verne? Wissen Sie, ich habe ihn letzten Sommer getroffen, als er gerade sein Gedächtnis verloren hatte – ich habe Ihnen bestimmt davon erzählt.« Während des Sprechens suchte ich den Ballsaal ungeduldig mit den

Blicken ab. »Ich habe vorhin nur ein paar Worte mit ihm gewechselt, dann wurden wir unterbrochene und ich kann ihn jetzt nicht mehr finden.«

Sir Robert sah mich genau wie Martin mit forschendem, etwas unsicherem Blick an und erwiderte: »Er ist gegangen, Chantal.«

»Gegangen? Aber er war doch gerade erst gekommen, und der Ball dauert noch bis ein Uhr früh!«

Sir Robert blickte in sein Glas und schwenkte den Sekt darin. Als er wieder sprach, klang seine Stimme müde.

»Er war nicht gekommen, um zu tanzen, liebes Kind.« Sir Robert zögerte, bevor er weitersprach. »Er kam, um jemanden zu suchen . . . aber sie war nicht da.«

Ich stand reglos da und ließ die einfachen Worte in mir nachklingen. Irgend etwas in mir krümmte sich vor Schmerz und schien zu zerbrechen. Der Ballsaal um mich herum begann, sich zu drehen wie damals die Zirkuskuppel, als ich mit einem Salto vom Trapez sprang. Der Lärm und die Musik waren plötzlich unerträglich laut. Ich preßte meine Hände an die Ohren und schloß die Augen. Sir Robert faßte mich am Arm und sagte leise: »Chantal! Fehlt Ihnen etwas?«

Ich öffnete die Augen, schüttelte seine Hand ab und trat einen Schritt zurück. Ich fühlte mich schwindlig und zitterte am ganzen Körper. Mit ungeheurer Anstrengung sagte ich: »Ich muß jetzt gehen. Entschuldigen Sie mich bitte.«

Ich konnte es nicht erwarten, allein zu sein, aber dann fiel mir ein, daß Theresa und Tante Prudence binnen weniger Minuten auf mein Zimmer kommen würden, um zu fragen, was geschehen sei, wenn ich ohne eine Erklärung verschwand. Irgendwie gelang es mir, Tante Prudence zu finden, und während es mich wieder ungeheure Kraft kostete, mich zusammenzunehmen, um sie nicht zu beunruhigen, sagte ich: »Tante Prudence, es tut mir sehr leid, aber mir ist gar nicht gut. Willst du mir bitte erlauben, ins Bett zu gehen?«

»Mein Gott, Chantal! Wie siehst du aus! Soll ich einen Arzt rufen?«

»Nein, bitte, mach dir keine Sorgen. Ich glaube, der Sekt ist mir nicht bekommen. Ich muß nur ins Bett und mich ausschlafen, dann geht's mir wieder gut, Tante Prudence. Bitte sorg' dafür, daß mich niemand stört, ich meine, Theresa oder jemand vom Personal.«

»Aber Unsinn, Chantal, ich komme mit und bringe dich zu Bett, und dann sage ich Molly, daß sie . . .«

Sie wurde von Benedict Kirkby unterbrochen, der während unserer Unterhaltung nähergetreten war. Er blickte mich durchdringend an, dann lächelte er und sagte: »Sei ruhig und mach dir keine Sorgen, Prudence. Der Sekt ist ihr zu Kopf gestiegen, und das beste, was sie tun kann, ist, ihn auszuschlafen. Aber laß es dir eine Lehre sein, junges Fräulein!«

»Ja, Onkel Benedict.«

Ich weiß nicht mehr, wie ich auf mein Zimmer gekommen bin, aber sobald ich das Licht angezündet hatte, verschloß ich die Tür und setzte mich vor meine Frisierkommode, legte die Hände in den Schoß und wünschte, es wäre wirklich nur der Sekt, von dem mir so übel war. In Wirklichkeit war es etwas viel Schlimmeres.

Lange, lange blickte ich mich im Spiegel an. Mir war, als erkenne ich mich selbst nicht mehr. Und es war ja tatsächlich eine Fremde, die mich ansah, während Sir Roberts Worte mir immer wieder in den Ohren klangen. *»Er kam, um nach jemand zu suchen . . . aber sie war nicht da.«*

Diese Worte waren wie ein Blitz gewesen, der mein Innerstes durchleuchtete und mit unerbittlicher Härte enthüllte, was aus mir geworden war. Martin Verne war heute abend hergekommen, um nach Chantal zu suchen, das wußte ich mit jeder Faser meines Wesens. Ich wußte nicht, ob er in guter oder böser Absicht gekommen war, aber das spielte im Augenblick auch keine Rolle. Wichtig war nur, daß er Chantal nicht gefunden hatte. Er hatte statt dessen ein anderes Wesen gefunden, ein Mädchen, das ihren Namen trug. Es war eine Fremde, die mich jetzt aus dem Spiegel anblickte. Es war nicht die Chantal, die er gekannt hatte. Und auch für Sir Robert war es nicht die Chantal, die er in Osburne gekannt hatte. Plötzlich verstand ich den forschenden, unsicheren Blick, mit dem beide mich angesehen hatten.

Betrübt blickte ich auf die vergangenen Monate zurück und zwang mich, die Veränderungen zu sehen, die unmerklich mit mir vorgegangen waren. Als Martin mich einmal eine rote Füchsin genannt hatte, sollte es ein Kompliment sein, aber jetzt hatte ich nur noch die übelsten Eigenschaften der Füchsin. Noch vor weniger als einer Stunde hatte ich die Leute auf Kosten von Theresa zum Lachen gebracht, indem ich schadenfroh die Geschichte ihres Mißgeschicks im Kaufhaus erzählte. Jetzt fielen mir viele ähnliche kleine Bosheiten ein, und ich schauderte in Erinnerung daran.

Seit Weihnachten war es mir so vorgekommen, als würden die Dienstboten immer unzuverlässiger, langsamer und dümmer. Nun erkannte ich, daß ich diejenige war, die sich geändert hatte, die jeden Tag anspruchsvoller, reizbarer und auffahrender geworden war. Seitdem wir nach London gekommen waren, hatte ich meine morgendlichen Übungen nicht mehr gemacht und hatte kein einziges Mal meine medizinischen Bücher aufgeschlagen. Selbst meine zunehmende Sympathie für Benedict Kirkby war ein schlimmes Zeichen. Ich fand den Sarkasmus, mit dem er die übrige Familie bedachte, amüsant und ahmte seine Art sogar nach.

Ich erinnerte mich, wie ich bereit gewesen war, Gideon Sumner wegen der Frage, ob er mich besuchen dürfe oder nicht, auf die Folter zu spannen, und wie wütend ich darüber war, daß er mir zuvorgekommen war. Aber das waren nur einige der beschämenden Erinnerungen. Wenn ich in den Spiegel blickte, sah ich eine geschminkte, faule, selbstsüchtige und eitle Puppe, die an nichts anderes dachte als an ihr eigenes Vergnügen und doch nicht glücklich war. Eine oberflächliche Klatschtante, die sich einbildete, eine geistreiche Unterhalterin zu sein. Ich konnte mich nicht erinnern, wann ich zuletzt etwas von mir gegeben hatte, das nicht hohl und unaufrichtig war.

Ich muß ziemlich lange angeekelt und entsetzt in den Spiegel geblickt haben. Im Unterbewußtsein nahm ich wahr, daß die Ballgeräusche verebbten und das Haus still wurde. Einmal klopfte es leise an meine Tür, aber ich rührte mich nicht. Sicher war es Tante Prudence, die wohl glaubte, daß ich schon schlief, und nicht noch einmal klopfte. Mir war inzwischen sehr kalt geworden, aber das machte nichts. Schließlich erhob ich mich, goß kaltes Wasser in die Waschschüssel und wusch mein Gesicht. Ich zog mein Kleid aus, meinen Unterrock, meine Schuhe und Strümpfe und räumte alles zum ersten Mal seit vielen Wochen wieder säuberlich weg. Nun trug ich nur noch mein *petit caleçon* . . . das einzige, was von Chantal übriggeblieben war. Ich stand vor dem großen Spiegel, der an der Innenseite der Schranktür angebracht war, und während ich mein Haar ausbürstete, betrachtete ich mich eingehend. Mein Blick war geübt zu erkennen, ob ein Körper gesund und durchtrainiert war.

Meine Arme, die Beine und besonders die Taille waren schwammig geworden. Ich konnte nicht erwarten, noch immer so schlank und sehnig zu sein wie im Zirkus, denn dort hatte ich täglich trainiert. Aber das bequeme Leben und die Nachsicht mit mir hatten meinen Körper schwammig werden lassen. Maria wäre entsetzt gewesen, wenn sie mich so gesehen hätte, und es wäre kein Witz mehr gewesen, wenn Leo mich eine dicke Engländerin genannt hätte.

Ich beugte mich vor und betrachtete mein Gesicht. Dick, käsig und pickelig . . . das Echo jener Worte kam von weit her.

Chantal lebte nicht mehr, und ich war jenem verhaßten Geschöpf ähnlich geworden, jener Roberta, die ich aus meiner Kindheit kannte.

Ich schloß den Schrank und legte meine Haarbürste auf die Frisierkommode. Dann zog ich das *petit caleçon* aus, streifte das Nachthemd über und schlüpfte ins Bett, nachdem ich das Licht gelöscht hatte. Ich konnte nicht einschlafen, aber ich hatte auch gar nicht die Absicht. Während ich in die Dunkelheit starrte, verscheuchte ich die trüben Gedanken und Vorwürfe, denn mittlerweile sah ich, daß ich so nicht weiterkam. Mich beschäftigte vielmehr, wie ich die alte Chantal wieder zum Leben erwecken könnte. An meinem ersten Tag in Wildings hatte ich Benedict Kirkby erklärt, daß ich unglücklich und ziemlich ungenießbar sei, wenn ich nichts zu arbeiten und keine schwierige Arbeit zu bewältigen hatte. Wie eine Törin hatte ich diesen Grundsatz mißachtet. Dafür war ich nun bestraft worden. Ich durfte diesen Grundsatz nie mehr vergessen, und ich durfte mich nie mehr gehenlassen. Nie mehr.

Morgen würde ich ein neues Leben beginnen. Ich würde jeden Tag früh aufstehen und in der Stunde, bevor ich badete und zum Frühstück hinunterging, meine Übungen machen. Ich würde wieder bescheiden und freundlich zu den Dienstboten sein. Sie würden sich erst an mein neues Verhalten gewöhnen müssen, aber das machte nichts. Wichtig war, daß ich mich änderte. Nie wieder würde ich über Benedict Kirkbys sarkastische Bemerkungen lachen, und – ich mußte in der Dunkelheit leise über mich selbst lächeln – ich würde sogar mit Theresa Mühle spielen, wenn sie mich darum bat.

Vor allem aber würde ich mich wieder mit meinen medizinischen Büchern befassen, denn ich war sicher, daß ich an den Schwierigkeiten, denen ich ins Auge sehen mußte, wenn ich Ärztin werden wollte, nur wachsen konnte. Der Aufenthalt in London war nun vorüber, und wir würden in wenigen Tagen nach Osburne zurückkehren. Benedict Kirkby hatte damals gesagt, daß dies der Zeitpunkt sei, zu dem er mir bei der Durchführung meines Entschlusses helfen würde, wenn ich bis dahin meine Meinung nicht geändert hätte. Damals hatte ich ihm geglaubt, aber jetzt war ich nicht mehr so sicher, ob er sein Versprechen halten würde. Vermutlich hatte er damit gerechnet, daß ich bis zum Frühjahr von einem völlig neuen Leben aufgesogen sei und die törichten Vorsätze vergessen hätte, mit denen ich nach England gekommen war.

Gleich am nächsten Tag würde ich prüfen, wie es sich damit verhielt. Und wenn Benedict Kirkby Einwände erheben oder versuchen würde, die endgültige Entscheidung hinauszuschieben, wußte ich, was ich zu tun hatte. Ich hatte einen felsenfesten Entschluß gefaßt –, genau wie damals, als ein dickes, schwächliches und ungeschicktes Mädchen sich geschworen hatte, daß sie es dem Affengesicht schon zeigen und eines Tages am fliegenden Trapez arbeiten würde.

In Wirklichkeit brauchte ich Benedict Kirkby nicht. An meinem ersten Tag in Wildings hatte ich ihm gesagt, daß ich nötigenfalls das Geld für mein Medizinstudium selbst verdienen konnte. Nun mußte ich anfangen, mich auf diese Aufgabe vorzubereiten.

Von irgendwoher hörte ich eine Kirchenturmuhr drei schlagen. Ich nahm mir vor, pünktlich um sieben Uhr aufzuwachen und hoffte, daß ich wenigstens das noch nicht verlernt hatte. Dann schloß ich endlich die Augen und fiel in einen tiefen Schlaf.

13

AN EINEM TAG im Mai brachte ich Tamarisk vor der großen, verlassenen Scheune zum Halten, die inmitten von Bäumen an der Grenze zwischen dem Gelände von Wildings und dem von White Lodge lag. Vorsichtig blickte ich mich um, glitt aus dem Sattel, öffnete das große Tor und zog Tamarisk ins Innere, wo ich sie lose an einer Latte festband. Aus einem Haufen staubigen Strohs zog ich eine lange Stange hervor, an deren einem Ende ein Haken befestigt war.

Es herrschte Dämmerlicht in der Scheune. Das Licht drang durch eine große, viereckige Öffnung hoch oben in der gegenüberliegenden Wand, wo noch die Überreste eines alten Flaschenzuges hingen. Auf der Seite, wo ich stand, befand sich ein offener Heuboden. Ich kletterte die wackelige Leiter hoch, die dagegengelehnt war, zog die Stange nach und versuchte in der Dunkelheit, den großen, mittleren Querbalken zu finden. Im nächsten Augenblick fiel das Trapez, das unter dem Balken festgehakt war, an seinen beiden Halteseilen herab. Der Stiel einer Schaufel diente mir als Trapezstange, die an Stahlkabeln hing.

Gleich nach unserer Rückkehr aus London hatte ich Theresa einmal zu ihrer Klavierstunde nach Pellridge begleitet, und während der zwei Stunden, die ich allein war, hatte ich in einem kleinen Laden am Stadtrand alles Nötige besorgt, hatte den Stiel von der Schaufel absägen lassen, war nach Wildings gefahren, um meine Einkäufe in der Scheune zu verstecken, und traf gerade rechtzeitig wieder in Pellridge ein, um Theresa am Ende ihrer Stunde abzuholen. Am nächsten Tag hatte ich Kerben in die Enden der Stange gefeilt und die Seile aufgespleißt, damit sie sich eng in die Kerben legten. Es war ein ziemlich primitives Trapez, aber mir genügte es. Als ich die ersten Male übte, hatte ich noch Angst, daß jemand zufällig in die Scheune kommen und mich dort entdecken könnte, aber im Laufe der Wochen hatte ich diese Befürchtung verloren.

Nun zog ich schnell Stiefel und Strümpfe aus, legte Hosen, Jacke und Bluse ab und stand barfuß in einem meiner Trikots. Ich wand mein Haar zu einem kleinen Knoten im Nacken zusammen und steckte es in einem kleinen Netz fest, das ich mir für diesen Zweck gehäkelt hatte. Das Trapez hing fünf Meter über dem Boden. Ich warf ein Seil darüber und zog das lose Ende zu mir herab. Dann drehte ich die beiden Seilenden ein paarmal in meiner Hand und kletterte hinauf, bis ich die Stange mit den Händen fassen konnte. Ich warf das Seil beiseite, schwang mich auf das Trapez und begann mit ein paar einfachen Übungen, meine Muskeln zu lockern.

Ich hoffte, bis Mitte Juli wieder in Form zu sein und bis dahin auch eine gute Einzelnummer ausgearbeitet zu haben. Sie konnte natürlich niemals so eindrucksvoll sein, wie eine fliegende Doppelnummer und stellte in mancher Hinsicht andere Anforderungen. Hier waren Eleganz und Ausgewogenheit wichtiger als Geschwindigkeit und Akrobatik, aber ich war sicher, daß meine Darbietung gut genug sein würde, um mir eine Anstellung in einem kleinen Wanderzirkus zu verschaffen.

Ich zweifelte nicht mehr daran, daß ich diesen Weg einschlagen mußte, denn ich hatte noch vor unserer Abreise aus London mit Benedict Kirkby gesprochen. Er war ziemlich entsetzt gewesen und hatte schließlich gesagt, daß wir uns zu einem späteren Zeitpunkt noch einmal über die Sache unterhalten müßten, wenn wir uns wieder in Wildings eingerichtet hätten. Ich war nicht besonders überrascht gewesen und hatte sofort beschlossen, daß ich so bald wie möglich wieder anfangen mußte zu üben.

An mindestens drei Tagen in der Woche ritt ich mit Tamarisk gleich nach dem Mittagessen los. Ich aß an diesen Tagen nur sehr wenig und ritt eine halbe Stunde lang, um das Essen zu verdauen. Anschließend übte ich eine Stunde in der Scheune am Trapez, zog mich wieder an und brachte Tamarisk in den Stall zurück.

Ich wußte noch nicht, wie ich an eine Trapezausrüstung kommen sollte, wenn es einmal soweit war, aber ich hatte an Mr. Galletti geschrieben, um ihm meine Pläne mitzuteilen und ihn um seinen Rat gebeten. Ich wußte, daß er nicht versuchen würde, mich abzuhalten, denn das war gegen seine Philosophie: selbst als ich mit dreizehn Jahren weggelaufen war, hatte er nicht versucht, mich umzustimmen, nachdem er einmal erkannt hatte, daß es keine brauchbare Alternative für mich gab. Ich hatte ihn auch gefragt, ob Mr. Kayser über seinen Pariser Agenten herausfinden könne, welche Zirkusunternehmen in diesem Sommer durch England reisten, und ob ich wohl Empfehlungsschreiben von ihm selbst und von Mr. Kayser bekommen könne. Jetzt wartete ich gespannt auf die Antwort, denn ich wußte, daß Briefe, die man an einen Wanderzirkus schickt, ihren Empfänger nicht besonders schnell erreichen.

Nach dem Leben in London war Osburne sehr ruhig. Ich war froh darüber, weil es mir mehr Zeit zum Studium und zum Üben gab. Ich hatte weder von Gideon und Belinda Sumner gehört, noch von Martin Verne. Sir Roberts Mietvertrag für White Lodge war abgelaufen, und soviel ich wußte, war er in London geblieben. Ich hätte ihn gewiß mehr vermißt, wenn ich nicht so beschäftigt gewesen wäre. Es wäre schön gewesen, sich nach einer Partie Schach beim Tee mit ihm zu unterhalten und ihm seine Pfeife zu stopfen. Und vor allem wünschte ich, er hätte mich zumindest kurz gesehen, um zu entdecken, daß ich wieder Chantal war und nicht die gekünstelte, widerliche Person, die er in London getroffen hatte.

Die Tage wurden länger, und die letzten Frühlingsblüten fielen ab. Ich erhielt einen Brief von Mr. Galletti, in dem er schrieb, daß er mir ein passendes Trapez besorgen würde, wenn es einmal soweit sei, und es nach London zu einem Agenten schicken würde, der ihm von Mr. Kaysers Agentur in Paris empfohlen worden sei. Dieser Mann arbeite für eine Reihe von Operetten- und Zirkuskünstlern und könne mir am besten helfen, ein Engagement zu finden. Mr. Galletti hatte zwei überschwengliche Empfehlungsschreiben beigefügt, eines von ihm selbst und eines von Mr. Kayser. Er riet mir, viel Bodenakrobatik in mein Training aufzunehmen, für den Fall, daß mich der Agent doch in einer Trapeznummer unterbringen könne, wie ich sie seinerzeit mit Maria und Leo gehabt hatte. Von diesem Augenblick an wuchs meine Zuversicht. Wenn irgend möglich, wollte ich versuchen, ein Engagement bei einem Zirkus vom Kontinent zu finden, der England im Spätsommer verlassen und dann wegen des kürzeren Winters nach Südeuropa reisen würde. Mit einem Engagement für ein Jahr und nur kurzem Aufenthalt im Winterquartier, wo nur der halbe Lohn bezahlt wurde, konnte ich meine Ersparnisse genügend aufstocken, um mich während des Medizinstudiums durchzubringen.

An einem Nachmittag Mitte Juni trainierte ich wie immer in der alten Scheune. Ich verwandte jetzt die erste Viertelstunde immer auf Bodenakrobatik. Während der folgenden zehn Minuten sprang ich immer wieder vom Heuboden auf das leerschwingende Trapez hinunter, um mich in der Zeiteinschätzung zu üben. Ich hatte diesen Teil des Trainings gerade abgeschlossen und führte nun das Programm durch, das ich für eine Einzelnummer am Trapez zusammengestellt hatte. Dabei zählte ich im Takt die Trapezschwünge mit, während ich die verschiedenen Bewegungen ausführte.

Eins, zwei, drei, Aufschwung. Schwalbenstellung, mit ausgestreckten Armen quer über dem Trapez liegen ... vier Schwünge. Stange fassen, herabschwingen, wieder hinauf, oben herüber und sitzen. Acht, neun, zehn, elf ... eine Kußhand ins Publikum, graziöse Armbewegungen ... jetzt zurückfallen und an den Knien hängen. Siebzehn, achtzehn, neunzehn, zwanzig ... durchrutschen, mit den Füßen an den Seilen hängen bleiben ... einundzwanzig, zweiundzwanzig, dreiundzwanzig ...

Mein Herz blieb stehen, denn ich sah, daß sich das Scheunentor geöffnet hatte, und erkannte im hellen Sonnenlicht, das durch die Öffnung hereindrang, den Umriß eines Mannes in verschossenem grünem Hemd, braunem Wams und braunen Kordsamthosen. Ein Feldstecher hing um seinen Hals. Er trug keinen Hut, und sein Kinn war voller Bartstoppeln. Für mich stand er auf dem Kopf, und im starken Gegenlicht konnte ich sein Gesicht nicht klar erkennen. Ich schwang mich vorwärts, ergriff die Stange und löste meine Füße. Dann schwang ich wieder zurück, sprang ab und drehte mich im Flug, so daß ich vor ihm auf dem Boden landete. Mißtrauisch um mich blickend und am Boden kauernd, muß ich ausgesehen haben wie ein Tier in der Falle. Der Mann zog die Tür hinter sich zu und kam näher.

Martin Verne!

Wäre mir in diesem Augenblick das angesägte Trapez eingefallen oder der schreckliche Hund, der mich um ein Haar zerrissen hätte, so hätte ich mich vielleicht gefürchtet. Statt dessen überkam mich ein unwahrscheinliches Gefühl der Freude. Ein paar Sekunden lang starrte er mich entgeistert an, dann erhellte ein plötzliches, strahlendes Lächeln sein Gesicht.

Er öffnete die Arme. »Chantal!«

»Martin! Oh, Martin!« Es war, als hätte uns nie etwas getrennt, so, als ob uns ein fliegender Teppich zu dem Tag zurückgebracht hätte, an dem wir unter der Brücke zusammen gegen die Strömung ankämpften. Ohne zu überlegen, rannte ich auf ihn zu und im nächsten Augenblick lag ich in seinen Armen. Wir umschlangen uns fest, genau wie damals am Ufer, und ich hörte ihn lachen.

Er trat einen Schritt zurück, legte die Hände auf meine Schultern und betrachtete mich mit glänzenden Augen.

»Du bist es, du bist es wirklich, Chantal!«

»Oh, Martin, ich hoffe so sehr, daß ich es wirklich bin!« rief ich unter Tränen. »Ich war schrecklich, als du mich damals in London gesehen hast. Mein ganzes Leben werde ich daran arbeiten, Chantal zu sein.«

Er schien mich zuerst gar nicht gehört zu haben. Er

hob mein Kinn sanft hoch, wandte meinen Kopf nach rechts, dann nach links, während er mich aufmerksam betrachtete. Schließlich seufzte er erleichtert auf, als ob er entdeckt hätte, was er suchte. »Es wird sich lohnen, meine kleine ›rote Füchsin‹!«

Ich wurde mir plötzlich bewußt, daß ich nur ein Trikot anhatte, und lachte nervös. Aber bei Martin war das egal, er hatte mich ja täglich in diesem Aufzug gesehen. »Gottlob, daß du es warst, Martin! Wenn mich die anderen gefunden hätten, würden sie mich für verrückt halten und einsperren.«

Er blickte zum Trapez hinauf. »Chantal, was zum Teufel, tust du da – oder besser: warum?«

»Das erzähle ich dir gleich, aber zuerst muß ich mich anziehen. Oh, und du mußt dein Pferd hereinholen.«

»Ich bin zu Fuß. Das fällt weniger auf. Ich komme gerade von Marling herüber.«

Ich zog das Netz von meinem Haar, schlüpfte in meine Reithosen, setzte mich hin, um die Socken anzuziehen, und fragte: »Warum, Martin? Ich meine, warum mußt du darauf achten, nicht aufzufallen?«

Er zuckte die Achseln. »Das ist so eine Angewohnheit von mir.«

»Ja.« Ich sah ihn durchdringend an und erinnerte mich an den ärmlich gekleideten Mann auf dem Kesselflickerkarren. »Warum bist du hierhergekommen?«

»Du erinnerst mich an ein Mädchen, das ich einmal an einem Flußufer in Ungarn traf. Sie stellte auch sehr direkte Fragen.«

»Damals konntest du sie nicht beantworten, weil du dein Gedächtnis verloren hattest, aber jetzt kannst du mir antworten.«

Er reichte mir meine Bluse. »Ich bin gekommen, weil ich ein letztes Mal versuchen wollte, Chantal zu finden und nicht das gekünstelte Geschöpf, das ich in London sah.« Er drehte mich zu sich um. »Ich habe zugeschaut, wie du dein Pferd hier hereingeführt hast«, dabei deutete er auf seinen Feldstecher. »Und als du nach einer Viertelstunde nicht wieder herausgekommen bist, machte ich mich auf den Weg zu dir.«

Schweigend knöpfte ich meine Bluse zu und zog meine Jacke an. Dann kletterte ich die Leiter hinauf und hakte das Trapez mit Hilfe der langen Stange wieder hoch oben am Querbalken fest. Dabei dachte ich angestrengt nach, und als ich herunterstieg, seufzte ich: »Ich bin so froh, daß du mich gefunden hast, ich muß mit dir reden, Martin. Komm, setz dich!« Er folgte mir zu einem alten, umgestürzten Holztrog in einer Ecke der Scheune und setzte sich neben mich. Ich drehte mich so, daß ich ihm ins Gesicht sehen konnte und fragte: »Warum bist du damals in Regensburg so plötzlich verschwunden?«

Er lächelte. »Als ich in der Stadt war, sah ich etwas, das mich wie ein Blitz traf, und plötzlich war mein Gedächtnis wieder da. Ich konnte mich an alles erinnern, was vor dem Unfall geschehen war, und alles, was danach kam, versank in Dunkelheit.«

»Was hast du denn gesehen, Martin?«

Er zuckte mit den Schultern. »Ich wußte es damals nicht so genau, und es ist ja auch nicht wichtig. Plötzlich wußte ich, wer ich war, hatte aber weder eine Ahnung, wo ich mich befand, noch wie ich an die Sachen gekommen war, die ich anhatte. Das einzige, woran ich mich erinnerte, war das, was ich getan hatte, bevor ich einen Schlag auf den Kopf bekam und in den Fluß geworfen wurde.«

»Und was war das? Als ich dich fand, dachtest du, es sei etwas Unrechtmäßiges gewesen.«

Er schien einen Augenblick nachzudenken, bevor er

erwiderte: »Ja, das war es wohl auch. Doch laß uns darüber jetzt nicht sprechen.«

»Wann hast du dich wieder an den Zirkus erinnert, Martin?«

»Erst sehr viel später. Im März. Etwas hat mich an dich erinnert. Und dann fiel mir alles wieder ein, aber nicht auf einmal, sondern Stück für Stück.«

»Aber du warst schon lange vorher einmal in Osburne, sogar vor Weihnachten! Ich habe gehört, wie du im Hohlweg mit Sir Robert geredet hast, und sah, daß du als Kesselflicker verkleidet warst.«

Erschrocken sah er mich an. »Was? Und warum hast du mich nicht angesprochen?«

»Es war unmöglich. Ich hatte ganz zufällig mitgehört, und außerdem . . .«, ich zuckte ungeduldig die Achseln. »Das ist ja jetzt auch gleichgültig. Aber du mußt gewußt haben, daß ich in Osburne war. Sir Robert hat dir doch bestimmt von einem Mädchen namens Chantal erzählt, mit dem er Schach spielte, und da muß es dir doch eingefallen sein!«

Er lächelte gezwungen und schüttelte den Kopf. »Sir Robert hat dich nicht erwähnt. Ich kam auch nicht, um mich mit ihm über Gesellschaftsklatsch zu unterhalten. Ich war es, der deinen Namen als erster erwähnte, und zwar am Tag vor jenem Ball, den die Kirkbys gaben, als ich nach London zurückkehrte. Zu diesem Zeitpunkt konnte ich mich wieder an dich erinnern, und ich erzählte ihm von meinem Aufenthalt beim Zirkus und von Chantal. Da sagte er mir dann, daß du den ganzen Winter über seine Nachbarin in Osburne gewesen seiest.«

Meine Augen waren vor Erstaunen weit aufgerissen. »Aber . . . aber das ist ja wirklich ein ungewöhnlicher Zufall!«

»So scheint es, Chantal.« Martin rieb sich sein stoppeliges Kinn. »Aber es ist kein richtiger Zufall!«

»Was willst du damit sagen?«

Er machte eine unbestimmte Geste. »Ich glaube, es gibt Fäden, die das alles zusammenhalten.«

»Was für Fäden denn?«

»Nun, das ist ein gefährliches Thema. Ich möchte mich jetzt lieber nicht dazu äußern.«

»Ist es für dich gefährlich?«

»Vielleicht.«

Nach einem kurzen Schweigen fragte ich: »Martin, damals in dem Hohlweg hast du Sir Robert über . . . über eine Dame in einem anderen Land erzählt. Eine Gefangene, wenn ich richtig verstanden habe. Sie schien dir sehr wichtig zu sein. Wer ist es?«

Wachsamkeit, ja fast Angst flackerte in seinem Blick auf. Doch dann war es wieder vorbei und er lächelte. »Ich habe damals in einer Geheimsprache geredet. Es handelt sich um eine sehr kostbare Statue in einem Museum.« Seine sonderbare Antwort erweckte einen Verdacht in mir, den ich rasch beiseite schob. Ich sah ihn unglücklich an. »Diese ganze Geheimnistuerei ist mir zuwider. Ich weiß nicht, was ich denken oder glauben soll und wem ich trauen kann. Martin, hast du gewußt, daß an dem Abend, bevor du in Regensburg verschwunden bist, jemand die Stange an meinem Trapez angesägt hatte, so daß sie während der Vorstellung brach?«

Er sah mich entsetzt an. Dann faßte er sich wieder und schien durch mich hindurchzublicken. Minuten verstrichen, ehe er leise fragte: »Und was ist geschehen?«

»Ich habe Glück gehabt. Ich wurde seitlich hinausgeschleudert, als das Trapez brach, aber ich habe es gerade noch geschafft, ins Netz zu fallen.«

»Weißt du, wer es getan hat?«

»Nein, Martin. Wir haben es nie herausgefunden. Wer sollte mir denn etwas Böses antun wollen?«

Wieder herrschte Schweigen. Dann blickte er mir fest in die Augen und fragte mit der gleichen leisen Stimme: »Glaubst du, daß ich es war, Chantal?«

Ich wandte den Blick ab. »Jemand hat mir dieselbe Frage gestellt, weil du ausgerechnet an diesem Tage verschwunden warst. Aber ich konnte nicht glauben, daß du mir etwas antun wolltest, es sei denn . . .«, ich zögerte.

»Es sei denn?«

Ich wandte mich um und nahm seine Hand. »Es sei denn, du hättest es getan, ohne es selber zu wissen, denn damals standest du noch unter der Einwirkung des Schlages, den man dir versetzt hatte.«

Seine Augen weiteten sich, dann verengten sie sich zu schmalen Schlitzen. Bevor er etwas sagen konnte, fuhr ich fort: »Und gerade vor Weihnachten, bald nachdem ich deine Unterhaltung mit Sir Robert belauscht hatte, geschah noch etwas. Jemand hat einen riesigen Hund auf mich gehetzt, eine richtige Bestie. Ich rettete mich mit knapper Mühe dadurch, daß ich mich auf einen Baum schwang.«

Seine Hand schloß sich fest um meine Finger. »Jemand?«

»Ich weiß nicht, wer es war. Er hielt sich im Wald verborgen und dirigierte den Hund mit Pfiffen.«

»Und du hast geglaubt, daß ich das sein könnte, in einem neuerlichen Anfall von Wahnsinn?« Seine Stimme war ganz eigenartig sanft, und plötzlich war ich verwirrt.

»Es . . . ich habe zumindest die Möglichkeit erwogen«, antwortete ich beschämt. »Oh, Martin, ich weiß überhaupt nicht mehr, was ich denken soll. Ich weiß, daß du ein Abenteurer bist und schon früher Verbrechen begangen hast. Belinda hat mir alles erzählt. Ich habe versucht, nicht dran zu denken, weil mir die Vorstellung einfach unerträglich ist. Ich wollte dich so in Erinnerung behalten, wie du damals warst, als wir zusammen den Baumstamm von der Brücke weggezerrt haben.«

»Belinda hat dir alles erzählt?«

»Ja. Und am Tag, nachdem der Hund versucht hatte, mich zu töten, sah ich, daß sie ein ganz verquollenes Gesicht hatte, und sie sagte mir, daß du dir Geld von ihr ausleihen wolltest und sie geschlagen hast, als sie es dir verweigerte.«

Er anwortete nicht gleich. Wieder erschien dieser Ausdruck von Konzentration in seinem Gesicht. Er sah aus wie jemand, der eine schwierige Zahlenreihe im Kopf addieren muß. Er sah mich ernst an:

»Und das war am Tag nach der Sache mit dem Hund?«

»Ja, am nächsten Morgen.«

»Aha.«

Wieder herrschte Schweigen, das ich schließlich unterbrach: »Bitte sag mir doch, daß es nicht so war, Martin!«

Einen Augenblick dachte er nach. Dann schüttelte er den Kopf. »Nein, ich werde es nicht abstreiten.« Mein Herz krampfte sich zusammen, und ich fühlte, wie mir Tränen in die Augen traten. Martin holte tief Luft, sein angespannter Blick verschwand, und er schenkte mir ein eigenartiges Lächeln. »Soll ich dir etwas verraten, Chantal? Du glaubst, zumindest ein bißchen, daß ich versucht habe, dir Böses zuzufügen, daß ich dir sogar nach dem Leben getrachtet habe – weil ich entweder ein Verbrecher oder ein Wahnsinniger bin. Und doch bist du mir heute in die Arme geflogen, sobald du mich erblickt hast, und nun sitzt du hier ganz allein mit mir in dieser verlassenen Scheune und hältst meine Hand. Kein

Mensch weiß, daß du hier bist, und trotzdem scheinst du überhaupt keine Angst zu haben.«

Einen Augenblick war ich erschrocken. Was Martin sagte, war richtig, und dennoch war es mir bisher noch nicht in den Sinn gekommen. Ich sah ihn an: »Ich habe auch keine Angst vor dir, Martin. Wahrscheinlich ist das dumm von mir.«

Er lachte traurig auf. »Nein. Ob ich gut oder schlecht bin, Chantal, ein Verbrecher oder ein Wahnsinniger – merke dir, daß ich dir nie etwas Böses antun würde. Dein Gefühl sagt dir das, obwohl dein Verstand sich nicht sicher ist.«

Er drückte meine Hand. Dann stand er auf und begann, in der Scheune auf und ab zu gehen. Er hatte die Hände auf dem Rücken verschränkt und den Kopf nachdenklich geneigt.

Ich saß müde und wie ausgelaugt da. Er sah mich fragend an: »Ist dir sonst noch etwas passiert, Chantal? Ich meine, etwas Gefährliches?«

In Gedanken ließ ich die vergangenen Monate an mir vorbeiziehen und schüttelte müde den Kopf. »Nein.«

Er ging wieder ein paar Schritte und blieb dann vor mir stehen. Er faßte mich an den Händen, zog mich hoch und blickte mir in die Augen. »Ich muß für eine Weile verreisen. Ich weiß nicht genau, wie lange es sein wird, vielleicht ein paar Wochen. Aber wenn ich zurückkomme, werden wir wieder miteinander reden.«

»Reden? Was gibt es denn da noch zu reden?« erwiderte ich mutlos.

Er lächelte: »Oh, vieles. Ich glaube, mit etwas Glück könntest du mich vielleicht sogar ändern. Du möchtest doch bestimmt nicht, daß ich mein ganzes Leben lang ein Verbrecher bleibe, oder?«

»Bitte, mach' dich nicht über mich lustig, Martin!«

»Wenn es überhaupt jemanden gibt, über den ich mich lustig mache, dann über mich selbst.« Er schaute zur Decke hinauf, wo das Trapez versteckt war. »Du hast mir immer noch nicht gesagt, warum du trainierst.«

»Ich möchte Arbeit in einem kleinen Zirkus finden. Ich muß noch etwas Geld verdienen, bevor ich mit dem Medizinstudium anfangen kann.«

Er nickte nur, als ob er diese Antwort erwartet hätte, und fragte: »Wann wirst du soweit sein?«

»Ich brauche noch etwa einen Monat . . . In London ist ein Agent, der versuchen wird, mich unterzubringen. Mr. Galletti meint, es könne nicht so schwer sein.«

»Da hat er bestimmt recht. Aber willst du mir eine Bitte erfüllen, Chantal?«

»Und was wäre das?«

»Geh nicht von Osburne weg, bevor ich zurückkomme.«

»Aber . . . warum?«

»Das kann ich dir heute noch nicht sagen.«

»Oh, Martin, so etwas kann ich dir nicht versprechen. Ich muß meine Pläne durchführen. Ich fürchte, wenn ich damit aufhöre, dann . . . dann werde ich vielleicht wieder ganz anders . . .«

Er umschloß meine Hände. »Willst du mir vier Wochen Zeit geben? Wirst du heute in vier Wochen an dieser Stelle auf mich warten?«

Das würde meine Pläne nicht verzögern, denn ich hatte ohnehin nicht die Absicht gehabt, Wildings schon früher zu verlassen. »Gut, Martin. In vier Wochen.« Dann nahm ich meine Armbanduhr aus der Tasche, warf einen Blick darauf und machte sie an meinem Handgelenk fest. »Ich muß jetzt gehen. Ich habe mich schon verspätet.«

»Es ist besser, wenn wir die Scheune nicht zusammen verlassen. Ich bleibe noch ein paar Minuten hier. Warte, ich sehe nach, ob die Luft rein ist.« Er ging zum Scheunentor, stieß es einen Spalt auf, schaute dann vorsichtig hinaus und winkte mich zu sich. Er hielt die Tür auf, damit ich mit Tamarisk hinausgehen konnte.

Ich blieb stehen und sah ihn an. »Ich wünschte, du könntest mir sagen, wohin du gehst, und warum.«

Er blickte mich ruhig an. »Diesmal ist es kein Verbrechen, Chantal, glaube mir.« Er nahm meine Hand und führte sie leicht an die Lippen. Dann zog ich Tamarisk ins helle Sonnenlicht hinaus, und das Scheunentor schloß sich hinter mir. Alles war ganz still, und weit und breit war niemand zu sehen, als ich mich in den Sattel schwang und auf dem schmalen Pfad entlangritt, der durch die Wiese führte. Vielleicht waren in der letzten halben Stunde zu viele verschiedene Gefühle auf mich eingestürmt, jedenfalls fühlte ich mich auf einmal ganz erschöpft.

Vier Wochen. Ob Martin wirklich zurückkommen würde, und was hätte er mir dann zu sagen? Ich wußte noch nicht, daß ich in etwa vierzehn Tagen das Versprechen brechen sollte, das ich ihm gerade gegeben hatte.

Während der nächsten zehn Tage störte nichts den regelmäßigen Lebensrhythmus, den ich seit unserer Rückkehr aus London einhielt. Jeden Morgen brachte ich in aller Frühe eine Stunde mit meinen Übungen zu, bevor ich nach meinem Bad klingelte. Nur die Angst, durch den Lärm auf mich aufmerksam zu machen, hinderte mich daran, auch Bodenakrobatik in mein morgendliches Programm aufzunehmen. An jedem freien Nachmittag ging ich heimlich in die Scheune, um meine Nummer zu vervollkommnen.

Am elften Tag hatte ich gerade die Scheune verlassen und ritt langsam heimwärts, als ich Harridge auf mich zugaloppieren sah. Er zügelte sein Pferd und tippte mit dem Finger an seine Mütze. »Ich habe Sie gerade gesucht, Miss Chantal. Der Herr möchte Sie sprechen.«

Ich war Harridge dankbar, daß er nicht früher gekommen war, und erwiderte: »Das muß ja etwas sehr Dringendes sein. Hat er Ihnen gesagt, worum es geht, Harridge?«

»Nein, Miss Chantal. Aber Albert hat gesagt, daß Mr. Sumner bei ihm im Arbeitszimmer sitzt.«

»Oh – und Miss Sumner?«

»Sie ist auch da und spricht mit Mrs. Kirkby.«

»Dann sollten wir uns beeilen.«

Zehn Minuten später klopfte ich an die Tür zu Benedict Kirkbys Arbeitszimmer. Gideon, der bequem in einen Stuhl gelehnt saß, stand lächelnd auf und zog überrascht die Augenbrauen hoch, als er mich begrüßte:

»Guten Tag, Chantal – Sie sehen aber ziemlich anders aus als bei unserem letzten Zusammentreffen!«

Ich lächelte ihn zerknirscht an, während ich daran dachte, wie schlecht ich mich betragen hatte. »Ich hoffe es, Gideon. Wie geht es Ihnen? Ich freue mich, Sie wiederzusehen!«

Benedict Kirkby deutete auf einen Stuhl. »Setz dich, Chantal. Ich habe dir etwas sehr Wichtiges mitzuteilen.« Ich setzte mich und versuchte, meine Nervosität zu verbergen, die mich bei der Vorstellung, daß man vielleicht meine heimliche Betätigung entdeckt hatte, überkam. Aber er fuhr fort: »Was ich dir zu sagen habe, wird zweifellos ein ziemlicher Schock für dich sein, aber ich bin sicher, daß du die Sache gefaßt aufnehmen wirst. Du weißt, daß der Name deiner Mutter in der Vermißtenliste aufgeführt war, die 1897 nach dem Untergang der Tiberia im Ionischen Meer veröffentlicht wurde?«

Ich hatte nicht gedacht, daß dieses Thema jemals wieder zur Sprache kommen würde, und krampfte die Hände im Schoß zusammen, damit sie nicht anfingen zu zittern.

»Ich wußte keine Einzelheiten, Onkel Benedict. Ich wußte nur, daß sie beim Untergang eines Schiffes ums Leben gekommen ist. Es ist möglich, daß mir der Anwalt, Mr. Blythe, seinerzeit eine Vermißtenliste gezeigt hat, aber ... ich ... ich war an diesem Tag wie betäubt und kann mich an fast nichts erinnern.«

»Das ist völlig natürlich. Es verhielt sich jedenfalls so, wie ich es dir eben gesagt habe.« Er öffnete einen Aktendeckel auf seinem Schreibtisch und nahm einen Zeitungsausschnitt heraus. »Dieser Artikel stammt aus der *Times*, und wie du siehst, ist er vom 15. Mai 1897 datiert. Willst du bitte den Absatz rechts lesen, den ich angekreuzt habe?«

Ich nahm das Blatt zur Hand und entdeckte gleich das schwarze Tintenkreuz, das eine mehrere Zentimeter lange Spalte kennzeichnete.

UNGEWÖHNLICHE RETTUNG VON ÜBERLEBENDEN DER TIBERIA:

Wie unser Korrespondent aus Rom berichtet, wurde am 9. Mai ein Rettungsboot des gekenterten Passagierschiffes Tiberia in der Nähe von Augusta an der Ostküste Siziliens von Fischern gesichtet. Auf dem Schiff befanden sich zwei völlig erschöpfte Passagiere, die zuvor als vermißt gemeldet worden waren, nämlich ein Mr. John Furnival und eine Frau Dr. Elizabeth Martin. Sie waren halb verhungert und verdurstet, da sie zwölf Tage auf dem Wasser getrieben hatten.

Die Worte verschwammen vor meinen Augen. Als ich den Kopf hob, schien Benedict Kirby weit weg zu sein, als ob ich das verkehrte Ende eines Teleskops auf ihn gerichtet hätte. Meine Ohren dröhnten. Ich schüttelte den Kopf und seufzte tief.

»Meine Mutter?« flüsterte ich. »Elizabeth Martin?«

»Sie hat natürlich unter ihrem Mädchennamen gearbeitet«, erklärte Benedict Kirkby.

»Und sie heißt Frau Doktor Elizabeth Martin?«

Er lächelte. »Sie ist Ärztin. Das scheint in der Familie zu liegen – aber bitte lies den Artikel zu Ende, mein Kind.«

Ich blickte auf das Papier, aber meine Augen schwammen in Tränen. »Ich . . . ich kann nicht richtig sehen.«

»Du kannst es ja auch später noch lesen. Kurzum, deine Mutter und dieser Mr. Furnival trieben zwölf Tage lang, ohne etwas zu essen und mit nur sehr wenig Wasser, im Mittelmeer herum, und daß sie schließlich doch noch gerettet wurden, war wirklich ein Wunder. Man brachte sie ins Krankenhaus von Syrakus, und als sie der Korrespondent der *Times* fünf Tage später besuchte, schienen sie sich gerade von den Strapazen zu erholen. Sie hatten offenbar nur wenig zu sagen, außer, daß der Untergang der Tiberia durch eine Flutwelle gigantischen Ausmaßes verursacht worden war. Das hatte man bereits von andern Überlebenden erfahren, denen es gelungen war, in Rettungsbooten zu entkommen, und die später von anderen Schiffen an Bord genommen wurden.«

Benedict Kirkby redete weiter, aber ich hörte gar nicht mehr zu. Mein Kopf schien sich mit sprühenden Lichtfunken zu füllen. Fünf Jahre lang hatte ich meiner Mutter in Gedanken Unrecht getan, schreckliches Unrecht. Und als ich schließlich die Wahrheit über ihre Heirat und meine Geburt erfuhr, hielt ich sie für tot, so daß ich keine Hoffnung mehr hegen konnte, sie zu finden und um Verzeihung zu bitten. Aber nun . . .

Ich unterbrach Benedict Kirkbys Redeschwall, indem

ich plötzlich ausrief: »Oh – es ist zu schön, um wahr zu sein! Wann hast du das herausgefunden, Onkel Benedict?«

»Schon vor mehreren Monaten. Es war . . .«

»Vor mehreren Monaten?« Ich starrte ihn entgeistert an.

Gideon lachte. »Es wäre unklug gewesen, Ihnen gleich davon zu erzählen, Chantal. Zuerst wußten wir nämlich nur, daß eine Elizabeth Martin den Untergang der Tiberia überlebt hatte, aber das war vor sieben Jahren. So schien es uns vernünftig, erst einmal sicherzugehen, bevor wir mit Ihnen darüber sprachen und vielleicht falsche Hoffnungen erweckten. Sie stimmen doch sicher darin mit mir überein, daß Geduld nicht gerade Ihre größte Stärke ist!«

»Ja, ich weiß. Aber Gideon, sagen Sie mir bitte, wo sie jetzt ist!«

»Sie ist nicht in England, aber Sie werden sie bald sehen. So, und jetzt sind Sie ganz brav, putzen Sie Ihre Nase, trocknen Sie Ihre Augen und hören Sie Ihrem Onkel Benedict zu.«

»Ja. Entschuldigen Sie.« Ich machte eine ungeheure Anstrengung, um mich zu beruhigen.

Benedict Kirkby lehnte sich in seinem Stuhl zurück. »Wir haben Gideon für diese Entdeckung zu danken«, fuhr er fort. »Als er Anfang des Jahres in Rom war, machte er unter anderem die Bekanntschaft des Korrespondenten der *Times*. Im Verlauf der Unterhaltung war auch vom Untergang der Tiberia die Rede, und da ergab sich diese erstaunliche Entdeckung.« Er deutete auf den Zeitungsausschnitt und hob die Schultern. »Vielleicht habe ich den Artikel seinerzeit sogar gelesen, aber der Name Elizabeth Martin sagte mir nichts, daher hatte ich auch keinen Anlaß, ihn im Gedächtnis zu behalten.«

Mir war völlig egal, wie die Entdeckung gemacht worden war. Ich mußte immer nur daran denken, daß meine Mutter noch am Leben war und ich sie bald sehen würde. Mit unsicherer Stimme fragte ich: »Weiß meine Mutter denn über mich Bescheid? Ich meine, weiß sie, daß ich nicht gestorben bin, sondern das andere Baby?«

»Jetzt weiß sie es«, sagte Gideon. »Ich habe es ihr natürlich gesagt.«

»Sie haben sie gesehen? Sie selbst haben Sie gesehen?«

»Ja. Ich habe sie vor ein paar Tagen in Ungarn getroffen.«

»In Ungarn? Aber wie . . .? Ach, das ist ja auch ganz gleichgültig Erzählen Sie mir von ihr, Gideon! Was hat sie gesagt, als Sie ihr von mir erzählt haben? Glauben Sie, daß sie glücklich darüber war? Hätten Sie sie denn nicht gleich mit hierherbringen können?«

»Bitte, Chantal, eins nach dem andern!« Gideon hob beschwichtigend die Hand.

»Es tut mir leid. Ich bin nur so schrecklich aufgeregt!« Ich stotterte schon fast. »Es ist so eigenartig. Ich glaube, ich werde ein bißchen Bammel vor dem Zusammentreffen mit ihr haben, schließlich . . . schließlich kann es ja sein, daß sie enttäuscht von mir ist.«

»Lassen Sie mich einige Ihrer Fragen beantworten, Chantal«, unterbrach mich Gideon ruhig. »Ihre Mutter ist eine sehr gut aussehende Frau, und ich bin sicher, daß Sie stolz auf sie sein werden. Sie sehen ihr nicht besonders ähnlich, aber Sie sind durchaus wesensverwandt. Als sie erfuhr, daß ihr Baby überlebt hatte, und ich ihr alles erzählte, was ich über Sie weiß, weinte sie vor Freude. Und ich glaube sagen zu können, daß sie eine Frau ist, die schon lange nicht mehr geweint hat. Merkwürdigerweise hat sie dieselbe Befürchtung geäußert, von der Sie selbst auch gerade sprachen ... nämlich daß Sie vielleicht von ihr enttäuscht sein könnten.«

Benedict Kirkby räusperte sich. »Du wirst dich vielleicht wundern, warum es so lange gedauert hat, bis wir sie gefunden haben, Chantal. Die einfache Erklärung dafür liegt in der Tatsache, daß deine Mutter sich, seitdem sie sieben Jahre nach deiner Geburt ihr Medizinstudium abgeschlossen hatte, ärztlichen Aufgaben in unterentwickelten Ländern widmete. Sie hat in Missionskrankenhäusern in Ostafrika und Ägypten gearbeitet, ging während des Krieges mit dem Roten Kreuz nach Südafrika und mit verschiedenen Schwesternorden nach Jordanien, Griechenland und in die Elendsviertel von Neapel. So jemand ist nicht leicht zu finden.«

Ich sah durch einen Tränenschleier zu Gideon hinüber und flüsterte: »Ich bin Ihnen so dankbar!«

Er hob seine Hände in einer abwehrenden Geste und lächelte müde. »Aber ich habe sie doch gar nicht gefunden, Chantal! Ich habe es wochenlang versucht, über Ärztevereinigungen und dergleichen mehr, aber ich hatte keinen Erfolg. Erinnern Sie sich an Baron Krenner, den ungarischen Vetter Ihres Onkels? Er hat sie gefunden.«

Benedict Kirkby bemerkte: »Ich habe ihm während seines Aufenthaltes in London von unserer Suche erzählt und erhielt vor zehn Tagen diesen Brief von ihm.« Er nahm drei dicke, gelbliche Bogen Briefpapier aus seiner Mappe, und als er sie mir herüberreichte, sah ich, daß auf dem obersten Blatt ein Wappen eingeprägt war. Der Brief begann ganz ohne Einleitung:

Mein lieber Benedict!

Ich habe Elizabeth Martin gefunden! Ist es nicht sonderbar, daß Sie trotz all Ihres Eifers erfolglos blieben, während ich ganz zufällig auf sie stieß? Wie Sie wissen, habe ich vor zwei Jahren für meine Pächter und deren Familien ein kleines Krankenhaus in Szigvàr eingerichtet. Wir haben dort nur einen einzigen Arzt, und obwohl er sehr fähig und fleißig ist, muß ich doch hin und wieder einen der Patienten für eine größere Operation nach Budapest schicken. Letzte Woche begleitete Dr. Brandt ein junges Mädchen dorthin ins Krankenhaus. Bei der Rückkehr erzählte er mir, daß auf der Station eine Engländerin gelegen habe, der ein schwerer Wagen über den Fuß gerollt sei. Die beiden hatten sich auf Deutsch miteinander unterhalten, und Brandt erfuhr, daß sie mit dem Roten Kreuz in der Türkei gewesen war, um dort nach der Erdbebenkatastrophe von Karakose Hilfe zu leisten. Auf der Rückkehr zum Hauptquartier des Roten Kreuzes in der Schweiz hatte sie in Budapest haltgemacht, und hier hatte sie den Unfall gehabt.

Brandt hatte zunächst angenommen, sie sei Krankenschwester, aber bald stellte sich heraus, daß sie Ärztin war. Als ich nach ihrem Namen fragte, sagte er, daß der gar nicht erwähnt worden sei. Er hatte sie einfach mit Frau Doktor angeredet. Er schätzte sie jedoch auf Anfang Vierzig, was etwa dem Alter von Elizabeth Martin entsprach, und da ich mir dachte, daß es nicht viele englische Ärztinnen auf der Welt gibt, fuhr ich am nächsten Tag mit dem Zug nach Budapest.

Und so, mein lieber Benedict, fand ich Elizabeth Martin! Ich beeile mich, hinzuzufügen, daß ich ihr noch nichts gesagt habe, und zwar aus gutem Grund. Es wird noch mehrere Wochen dauern, bis sie eine längere Reise unternehmen kann, und ich hätte es herzlos gefunden, ihr von ihrer Tochter Chantal zu erzählen, bevor Sie nicht die Maßnahmen getroffen haben, die Ihnen angemessen erscheinen, um die beiden so bald wie möglich zusammenzuführen.

Bitte, antworten Sie mir umgehend und sagen Sie, was ich tun kann. Natürlich stehe ich ganz zu Ihren Diensten.

Ihr getreuer
Joseph Krenner.

Als ich von dem Brief aufschaute, fuhr Benedict Kirkby erklärend fort: »Ich hielt es für das beste, Gideons Dienste noch einmal in Anspruch zu nehmen. Eine Frau in der Lage deiner Mutter, die entdeckt, daß ihr Kind, von dem sie annahm, es sei bei der Geburt gestorben, noch am Leben ist und inzwischen fast neunzehn Jahre alt wurde . . .«, er lächelte und schüttelte den Kopf. »Sie würde mit Sicherheit viele Fragen stellen, und ich dachte mir, daß es niemanden gibt, der dich und deine Geschichte besser kennt als Gideon. Außerdem war er gerade sowieso in Wien, und so schickte ich ihm ein langes Telegramm. Er fuhr sofort nach Szigvàr und begleitete Baron Krenner ins Krankenhaus nach Budapest.«

Ängstlich fragte ich Gideon: »Ist die Verletzung ernst?«

Er lächelte mich beruhigend an. »Soviel ich weiß, war es recht ernst, aber es scheint gut zu verheilen. Wir haben veranlaßt, daß sie aus dem Krankenhaus entlassen wurde, und jetzt befindet sie sich in der Obhut von Dr. Brandt in Schloß Szigvàr. Ich habe mich erst vor zwei Tagen von ihr verabschiedet.«

Benedict Kirkby nahm mir den Brief aus der Hand und legte ihn sorgfältig in die Mappe zurück. »Gideon ist gestern spät abends in London angekommen und hat sich sofort telefonisch mit mir in Verbindung gesetzt. Nachdem ich die Angelegenheit mit ihm durchgesprochen hatte, fand ich, daß wir dir die gute Nachricht jetzt mitteilen sollten.«

Mir war fast schlecht vor Aufregung, und ich holte tief Luft, um mich zu beruhigen. »Onkel Benedict, meinst du, ich kann sie bald besuchen?«

Er lächelte flüchtig. »Meine Liebe, wir haben uns schon gedacht, daß du es mehr als eilig haben würdest. Eben deshalb haben wir ja dieses Gespräch bis heute hinausgeschoben. Ich bin sicher, du freust dich zu hören, daß die nötigen Vorbereitungen bereits getroffen sind, und daß du morgen reisen kannst. Für den Orient-Expreß ist dies zwar nicht der richtige Wochentag, und du wirst daher in Stuttgart und Wien die Reise unterbrechen müssen, um zu übernachten. Doch ich hoffe, daß die lange Fahrt dadurch weniger ermüdend wird. Gideon und Belinda haben sich liebenswürdigerweise bereit erklärt, dich auf deiner Reise zu begleiten.«

Ich war überwältigt vor Glück und Überraschung. Dennoch wagte ich nicht, ihm zu danken. Ich konnte nicht sprechen, ohne in Tränen auszubrechen. Ich hoffte, daß er mir die Dankbarkeit im Gesicht ablesen konnte, aber er saß da und starrte mit eigenartig blasser Miene auf seinen Arbeitstisch, während sich winzige Schweißperlen auf seiner Stirn sammelten. Einen Augenblick lang hatte ich das törichte Gefühl, daß er es nicht über sich bringen konnte, mir in die Augen zu sehen.

Gideon erhob sich und ging langsam auf die Regale mit der Raritätensammlung zu. »Ich glaube, wir sollten Chantal jetzt gehen lassen«, schlug er vor. »Sie muß sich überlegen, was sie alles mit auf die Reise nehmen will, und wir können uns ja später noch einmal unterhalten, wenn sie sich von dem Schock erholt hat und wieder etwas gefaßter ist.«

Benedict Kirkby rührte sich nicht. Ich schaute zu Gideon hinüber, der das schwarze Armband von seinem Platz genommen hatte und lässig damit spielte, während er es aufmerksam betrachtete. Seit Monaten hatte ich an diesen eigenartigen, unheilverkündenden Gegenstand nicht mehr gedacht, aber jetzt brachte mir sein Anblick die alte Solange und ihre undeutlichen Prophezeiungen in Erinnerung.

»*... der Tag, an dem die Verlorenen sich von Angesicht zu Angesicht gegenüberstehen, wird schwer sein vor Angst.*«

Meine Mutter und ich würden uns bald gegenüberstehen, und wir waren während meines ganzen Lebens füreinander verloren gewesen. Einen Augenblick schauderte ich wie in Vorahnung von etwas Bösem, doch dann schob ich das Gefühl ärgerlich beiseite. Ich wollte mir meine Freude nicht durch das Geschwätz einer Wahrsagerin verderben lassen.

Benedict Kirkby warf Gideon unter gesenkten Lidern einen raschen Blick zu, dann schreckte er hoch. Sein Gesicht verzerrte sich auf seltsame Weise, bevor er sich wieder über den Tisch neigte.

»Ja, natürlich!« sagte er schließlich leise. »Laß uns jetzt allein, Chantal.«

14

ES BERÜHRTE MICH eigenartig, auf derselben Route quer durch Europa zurückzureisen, auf der ich vor einem knappen Jahr gekommen war. Ich bemühte mich, äußerlich ruhig zu wirken, aber meine erste freudige Erregung hatte inzwischen einem wilden Aufruhr von Gefühlen Platz gemacht. Vor allem war ich sehr nervös.

Bis jetzt war meine Mutter nur eine schemenhafte Gestalt gewesen, an die ich keine Erinnerung hatte, und die ich nie sehen würde. Jetzt aber konnte ich an sie denken als einen lebendigen Menschen aus Fleisch und Blut. Ich wollte, daß sie mich liebte, und doch hatte ich große Angst, daß die langen Jahre eine unüberbrückbare Kluft zwischen uns bildeten, und daß ich für sie eine Fremde sein würde, was ich im Grunde genommen ja auch war. Zwar sagte ich mir ständig, daß die Bande des Blutes stärker sein würden, aber ich wußte, daß ich mir das nur einredete. Ich hätte Mr. Galletti, Maria und Leo nicht mehr lieben können, wenn wir blutsverwandt gewesen waren. Dagegen hatte ich für die Kirkbys, die ein Teil meiner richtigen Familie waren, nie echte Zuneigung empfunden.

Wenn es nach mir gegangen wäre, hätte ich diese Reise lieber ohne Begleitung gemacht, denn ich konnte über all das, was auf mich einstürmte, weder sprechen, noch war ich fähig, meine Aufmerksamkeit auf etwas anderes zu richten, und so war ich meist sehr schweigsam. Das war natürlich nicht sehr höflich, aber Gideon und Belinda Sumner schienen Verständnis für meine Verfassung zu haben und überließen mich meinen Grübeleien. Wir waren bereits in Stuttgart angelangt, wo wir zum ersten Mal übernachten wollten, als mir schuldbewußt einfiel, daß ich ihnen noch nicht einmal dafür gedankt hatte, daß sie so liebenswürdig waren, mich zu begleiten.

Als ich mich deshalb entschuldigte, wischte Gideon die Sache mit einer Handbewegung beiseite. »Das machen wir doch gerne, Chantal. Außerdem geht alles auf Kosten Ihres Onkels Benedict.«

»Ja, ich weiß, und ich bin ihm sehr dankbar dafür.

Aber Sie waren doch eben erst in Ungarn, und nun müssen Sie schon wieder hinfahren. Sie hatten ja gar keine Zeit zum Ausruhen!«

Belinda lachte. »Gideon macht das Reisen großen Spaß. Und auf jeden Fall führt er eine Sache, die er einmal angefangen hat, immer gern zu Ende.«

Als ich an diesem Abend allein auf meinem Zimmer war und zu Bett gehen wollte, fand ich einen Brief von Maria in meiner Handtasche. Er war mit der Morgenpost gekommen, doch im Durcheinander unserer Abreise hatte ich ihn ganz vergessen. Nun entdeckte ich zu meiner Überraschung, daß er vor zwei Wochen in Rumänien aufgegeben worden war. Was mich erstaunte, war nicht die lange Zeit, denn ich wußte, daß die Post in vielen Balkanländern sehr langsam arbeitete, sondern die Tatsache, daß Kaysers Riesenzirkus schon so früh im Jahr durch diese Gegend zog. Sie mußten ihre Reiseroute geändert haben. Maria schrieb meistens mehrere Tage an ihren Briefen, und auch dieser war sieben Seiten lang und enthielt den ganzen Zirkusklatsch, den ich so gerne hörte. So wußte ich Bescheid über alles, was geschah und was meine Freunde taten. Gegen Ende erfuhr ich, daß Mr. Kayser nun einen Geschäftspartner hatte, und es schien, daß dadurch seine finanzielle Situation weniger angespannt war. Man hatte auch die Route abgeändert, um weniger kurze Gastspiele in kleinen Städtchen zu geben, wo das Zelt immer nur wenige Tage ausverkauft war. Als sie den Brief schrieb, wußte sie noch nicht genau, wie die Route für den Sommer aussehen würde, hatte mir aber eine provisorische Liste der Orte aufgestellt, in denen sie voraussichtlich haltmachen würden. Sie schrieb außerdem, daß ich hart trainieren müsse, denn wenn der Zirkus auf Grund der neuen Geschäftsbasis finanziell besser dastehe, hoffe ihr Großvater, Mr. Kayser zu überreden, daß er mich noch einmal für ein Jahr bei den Fliegenden Gallettis beschäftigte, damit ich das Geld verdienen könne, das ich zum Studium brauchte. Meine Freude über diese Aussichten waren nur durch die Tatsache gemäßigt, daß jetzt gerade all meine Pläne völlig durcheinander waren, und ich vorerst nicht über den Augenblick hinausdenken konnte, in dem ich mit meiner Mutter zusammentreffen sollte.

Ich sah die vorläufige Reiseroute durch, und mein Herz hüpfte vor Freude, als ich feststellte, daß der Zirkus sich zwei Wochen lang in der Nähe von Kaposnika aufhalten würde, wie er es immer auf dem Wege nach Budapest tat. Kaposnika war nur wenige Meilen von Szigvàr entfernt, und wenn der Plan eingehalten wurde, waren meine Freunde bereits seit drei Tagen dort. Mir wurde ganz schwach vor Aufregung; denn die Vorstellung, daß ich die Gallettis, die fünf Jahre lang meine Familie gewesen waren, mit meiner Mutter zusammenbringen konnte, schien fast zu schön, um wahr zu sein. Wenn es überhaupt jemanden gab, der Gutes über mich sagen würde, dann war das Mr. Galletti, und das würde es meiner Mutter sicherlich leichter machen, mich zu mögen.

Ich hätte vor Freude tanzen mögen und war froh, daß Belinda ein Zimmer für sich hatte, denn sie hätte mich bestimmt für verrückt gehalten, wenn sie gesehen hätte, wie ich meinen Gefühlen freien Lauf ließ. Ich war schon halb ausgezogen und trug nur noch mein *petit caleçon* und ein Hemd. Ich zog das Hemd aus und machte mitten im Zimmer vor lauter Freude zwei Saltos rückwärts. Dabei versuchte ich, ebenso leicht auf dem Boden zu landen wie Maria. Dann sprang ich mit einem Satz ins Bett, drückte mein Kissen an mich und wußte überhaupt nicht mehr, ob ich lachte oder weinte. Mein Leben war plötzlich märchenhaft schön geworden.

Die nächste Nacht verbrachten wir in Wien und erreichten am folgenden Tag um die Mittagszeit Budapest, wo wir nur kurzen Aufenthalt hatten, bevor wir in den Zug stiegen, der uns nach Kaposnika brachte, der Bahnstation, die Szigvàr am nächsten lag. Als wir um drei Uhr dort ankamen, erwartete uns eine große, prächtig verzierte Kutsche mit zwei Dienern, die sich unseres Gepäcks annahmen. Und gleich vor dem Bahnhof entdeckte ich auch das Zirkusplakat.

Seitdem ich Marias Brief erhalten hatte, hatte ich den Zirkus nicht erwähnt, weil ich nicht sicher sein konnte, ob der Reiseplan so bliebe, wie sie mir geschrieben hatte. Und jetzt konnte ich auch nicht darüber reden, weil ich ohnehin kaum einen Ton herausbrachte. Mein Mund war ausgetrocknet, und in meiner Kehle steckte ein dikker Kloß. Ich sah beiläufig, wie sich Gideon und Belinda einen Blick zuwarfen, als sie die Zirkusplakate entdeckten, doch er zuckte nur die Achseln und sagte nichts.

Die Fahrt nach Szigvàr dauerte eine gute Stunde, denn bald nachdem wir Kaposnika hinter uns gelassen hatten, wurde der Weg schmaler und wand sich zwischen Nadelwäldern steil bergan. Wir kamen durch drei kleine Dörfer und erreichten schließlich Szigvàr, das etwas größer war. Es wurde vom Schloß überragt, zu dem ein etwa zwei Kilometer langer Weg durch den Wald führte.

Vom Dorf aus konnte man nur die Türme erkennen, und wir mußten erst einen breiten, steinigen Pfad befahren, bevor Baron Krenners Schloß zum ersten Mal offen vor uns lag.

Es war nicht das große, mittelalterliche Schloß, das ich mir vorgestellt hatte, sondern eher ein Miniaturpalast aus grauem, im Laufe der Jahrhunderte verwittertem Stein. Zwei elegante Türme rahmten die Front des Schlosses ein, in der drei Reihen schön eingefaßter Fenster die Nachmittagssonne widerspiegelten. Das Ganze wurde von einem ziemlich niedrigen Schieferdach abgeschlossen.

Wir rollten durch die Einfahrt in der hohen Außenmauer, und ich sah im Vorüberfahren einen Mann, der uns durch das kleine Fenster des Wachhäuschens anstarrte. Eine gepflasterte Auffahrt führte zu einem Perron aus großen Steinplatten, der unter einem von vier Säulen getragenen Vordach lag. Als unser Wagen vor den breiten Steinstufen zum Stehen kam, sah ich, daß uns zwei livrierte Diener erwarteten. Die Tür stand offen, und Baron Krenner trat persönlich heraus, um uns zu begrüßen. Meine Zähne schlugen aufeinander, als mir einer der Diener aus dem Wagen half. Jetzt, in diesem langersehnten Augenblick, fürchtete ich mich fast.

»Gut gemacht, Mr. Sumner«, sagte der Baron und schüttelte Gideon die Hand. »Ich nehme an, daß alles geklappt hat?«

»Tadellos.« Gideon lächelte, und deutete mit seinem Stöckchen, das er wie üblich an einer Schlaufe um das Handgelenk trug, auf mich. »Hier ist sie, lieber Baron, gesund und munter. Elizabeth Martins Tochter – oder vielmehr, Elizabeth Kirkbys Tochter.«

Baron Krenner sah mich an. »Guten Tag, Chantal.«

Er beugte sich über Belindas Hand. »Miß Sumner! Welche Freude, Sie wiederzusehen. Bitte, kommen Sie doch herein – Sie sind sicher müde von der langen Reise!«

Ich fühlte mich irgendwie ausgeschlossen, so als ob ich plötzlich eine Fremde wäre. Die drei anderen gingen mir in die getäfelte Halle voraus, während der Baron beiläufig erwähnte, daß das übliche Zimmer hergerichtet sei, falls sie sich ausruhen wollten. Mit ein paar Schritten hatte ich sie eingeholt und fragte beunruhigt: »Bitte, Baron – wo ist meine Mutter?«

Der Baron lächelte. »Sie werden sie in einer Stunde sehen, mein Kind, wenn sie aus dem Krankenhaus in Szigvàr zurückkommt.« Er schnippte mit den Fingern, und ein blondes Mädchen in perlenbesetzter Bluse, besticktem Rock und weißer Schürze trat herbei. »Anna wird Sie auf Ihr Zimmer begleiten. Sie wollen sich sicher frisch machen, damit Ihre Mutter den besten Eindruck von Ihnen gewinnt.«

Ich nickte abwesend und versuchte, meine Enttäuschung über diese Verzögerung zu verbergen. Insgeheim schämte ich mich, weil ich vergessen hatte, daß meine Mutter wegen ihres verletzten Fußes noch immer zur Behandlung ins Krankenhaus fahren mußte. Mein Zimmer lag im zweiten Stock des Schlosses und ging nach Osten. Kurz darauf war ich schon damit beschäftigt, meinen Koffer auszupacken, und versuchte, mich mit Anna zu unterhalten, die überhaupt kein Englisch und nur wenig Deutsch verstand. Nach langem Gestikulieren fand ich endlich heraus, daß die »Gnädige Frau Doktor« ein Zimmer im selben Stockwerk hatte, allerdings nach Westen, und daß sie bald zurückkommen werde. Anna schien ein freundliches Mädchen zu sein, aber mir fiel auf, daß sie mich andauernd mit einer Art verhohlener Ehrfurcht ansah, so als sei ich eine ungewöhnliche Erscheinung, die ihr Mitgefühl hervorrief. Ich bedeutete ihr, daß ich mich selbst um das Auspakken kümmern wolle. Sobald ich jedoch allein war, wünschte ich, ich hätte sie nicht weggeschickt, denn plötzlich fühlte ich mich merkwürdig beklommen, wofür ich keine vernünftige Erklärung finden konnte. Baron Krenners Begrüßung war vielleicht weniger herzlich gewesen, als ich erwartet hatte, und ich hatte den Eindruck, daß Gideon und Belinda mich seit unserer Ankunft wie Luft behandelt hatten, aber vielleicht war es in Ungarn ungehörig, in Gegenwart des Personals Gefühle zu zeigen.

Ich versuchte, das ungute Gefühl zu verdrängen, und konzentrierte mich auf das Auspacken. Ich hatte nur zwei Kleider für abends und zwei weitere für tagsüber mitgebracht, außerdem einen Rock und mehrere Blusen. Ich hatte nicht die Absicht, mich vor meiner Mutter aufzuführen wie ein Pfau, wie ich es während der beschämenden Monate in London getan hatte. Niemand konnte ein solches Geschöpf lieben, und ich hoffte inständig, daß meine Mutter mich als Chantal lieben würde. Ich hatte meine Reitkleider mitgebracht und alle meine Besitztümer aus dem Zirkus einschließlich meiner Mokassins. Wahrscheinlich konnte niemand das verstehen, aber für mich waren die Zirkuskleider ein Symbol dafür, daß ich entweder die mit spärlichen Tugenden bedachte Chantal sein konnte oder aber jenes dicke, ekelhafte Geschöpf, dem jeglicher Vorzug fehlte.

Während ich meine Kleider aufhängte, kam Anna mit einem großen Krug heißen Wassers. Als sie das Zimmer wieder verlassen hatte, zog ich mich aus, tauchte Gesicht und Hände ins Wasser und wusch mich am ganzen Körper, bevor ich frische Unterwäsche anlegte und ein einfaches, cremefarbenes Tageskleid mit einem hellbraunen Jabot darüberzog.

Während ich mein Haar bürstete, rannte ich immer wieder vom Spiegel zum Fenster, weil ich hoffte, wenigstens das Geräusch des Wagens zu hören, mit dem meine Mutter zurückkam, denn selbst wenn ich das Fenster öffnete und mich so weit wie möglich hinausbeugte, konnte ich nicht auf den Vorhof des Schlosses sehen. Nachdem ich meine Toilette beendet hatte, versuchte ich, meiner Ratlosigkeit Herr zu werden, indem ich mein Schlafzimmer einer eingehenden Betrachtung unterzog.

Das war schnell geschehen. Es war ein hohes Zimmer mit einem großen Himmelbett; die übrige Möblierung war jedoch im Vergleich zu einem englischen Schlafzimmer recht spärlich.

Mir fiel ein, daß ich Maria einen kurzen Brief schreiben und ihn durch Boten überbringen lassen könnte, aber ich fand nirgends Tinte und Feder. Ich versuchte, mich zu beruhigen und sah zum Fenster hinaus, auf ein kleines Rasenstück und einige Blumenbeete, die noch innerhalb der großen Außenmauer lagen. Erst jetzt fiel mir wieder das Versprechen ein, das ich Martin Verne gegeben hatte. Ich hatte gesagt, daß ich Wildings frühestens in vier Wochen verlassen würde, und nun saß ich hier in Ungarn, tausend Meilen entfernt. Aber selbst wenn ich daran gedacht hätte, wäre das Versprechen nicht zu halten gewesen. Martin würde es bestimmt verstehen . . . falls er überhaupt jemals erfuhr, was geschehen war. Mir fiel ein, daß ja auch nicht sicher war, ob er unsere Verabredung einhalten würde, und langsam dämmerte mir die Erkenntnis, daß wir uns mit großer Wahrscheinlichkeit niemals wiedersehen würden. Ein eigenartiger Schmerz durchfuhr mich bei dem Gedanken.

Es klopfte an die Tür, und ich rannte fast durchs Zimmer, während ich »Herein!« rief.

Es war Baron Krenner. Einen Augenblick lang musterte er mich von oben bis unten, dann sagte er: »Ihre Mutter ist zurückgekommen und erwartet Sie, Chantal. Sie hat ihren eigenen Salon. Ich bin sicher, daß Sie beide es vorziehen, bei diesem ersten Treffen allein zu sein.«

»Ja, ja. Danke.« Mehr brachte ich nicht heraus. Wie im Traum ging ich neben ihm her den Gang entlang, zwei Treppen hinab und dann durch eine kleine Halle in einen breiteren Flur, an dessen Ende sich eine Tür befand. Er klopfte, öffnete die Tür, ohne auf eine Antwort zu warten, und trat zur Seite, um mich vorbeigehen zu lassen. Ich hörte ihn noch sagen: »Wir sehen Sie beim Abendessen. Bis dahin wird Ihnen Ihre Mutter alles Nötige gesagt haben.«

Erst viel später sollte ich die Bedeutung dieser Worte begreifen. Mit pochendem Herzen und einem Gefühl, als ob meine Beine jeden Augenblick unter mir nachgeben könnten, trat ich langsam ein und hörte, wie sich die Türe hinter mir schloß. Das Zimmer war kleiner als meins und, mit englischen Maßstäben gemessen, ebenfalls spärlich eingerichtet, aber allerhand Kleinigkeiten verrieten die Gegenwart einer Frau – eine Blumenvase, einige hübsche Kissenbezüge, ein Nähkästchen und ein gestickter Wandschirm vor dem Kamin.

Sie trug ein graues Kleid und stand am Fenster, die Hände über der Brust gefaltet, und sah mich an. Zuerst nahm ich ihre Züge nur verschwommen wahr. Als allererstes sah ich das dunkelbraune Haar, das im Nacken locker zu einem Zopf zusammengefaßt war. Sie schien sehr groß, doch erkannte ich rasch, daß sie nur so wirkte, weil sie schlank war und sich sehr aufrecht hielt.

Ich hatte mir verschiedene Sätze für die Begrüßung ausgedacht, aber jetzt wußte ich nicht, was ich sagen sollte. Ich trat näher, und noch immer sprachen wir beide kein Wort. Langsam erkannte ich sie deutlicher und sah ihr Gesicht. Es paßte nicht zu dem Bild, das ich mir in den letzten Tagen von ihr gemacht hatte, denn sie war nicht so schön wie in meinen Tagträumereien. Aber es war ein lebendiges Gesicht, während das meiner Tagträumereien unwirklich wie im Märchen gewesen war.

Dicke Brauen über großen, grauen Augen. Ohren und Nase waren klein, der Mund sehr breit. Ihr Teint war von Luft und Sonne zu sehr gebräunt, um vornehm zu sein. Zwischen den Brauen zeigten sich einige tiefe Falten. In den Augenwinkeln erkannte ich Krähenfüße. Das runde Kinn wirkte sehr entschlossen. Doch all dies sagt noch nichts über ihren Charakter und die Persönlichkeit aus. Das Gesicht verriet Stärke, und die ruhigen Augen waren die eines Menschen, der durch viele dunkle Täler gegangen war, ohne sich zu fürchten.

Und trotzdem entdeckte ich jetzt einen Anflug von Furcht in ihrem Blick und sah, daß ihre Hände so fest ineinander verkrampft waren, daß die Knöchel weiß hervortraten.

Langsam erkannte ich in meiner Betäubung, daß sie in diesem Augenblick ebenso aufgeregt war wie ich. Sie lächelte zögernd. »Ich habe solche Angst, daß du mich nicht magst, Chantal.« Ihre Stimme war leise und zitterte ein bißchen, aber sie hatte einen weichen Klang, der mich an Maria erinnerte, wenn sie italienisch sprach.

Ich sagte in einem heiseren Flüstern: »Ich hatte auch Angst.« Meine Finger schmerzten, und ich merkte, daß auch ich die Hände ineinander verkrampft hatte. Ich wollte tausend Dinge auf einmal sagen, aber das einzige, was mir einfiel, war: »Macht es dir etwas aus, daß ich jetzt anders heiße?«

»Chantal? Es ist ein wunderschöner Name.« Sie holte tief Luft. »Ich hatte dir keinen Namen gegeben. Ich meine, ich habe dem Baby, von dem ich glaubte, daß du es seist, keinen Namen gegeben. Es ging mir schlecht, und alles war vorüber, bevor . . .« Sie machte eine kleine, hilflose Bewegung. »Kannst du mir verzeihen?«

»Ich dir verzeihen?« Bittere Reue stieg in mir auf, und ich stieß hervor: »Nein, bitte sag so etwas nicht. Wenn jemand verzeihen muß, dann bist du es, denn ich habe schreckliche Dinge über dich gedacht.« Sie streckte die Hände aus, und ich umschloß sie fest. Es waren kleine, kräftige Hände, den meinen sehr ähnlich. Mein erster

Eindruck war falsch gewesen. Sie war schön, viel schöner als in meinen Märchenvorstellungen, denn jetzt war sie lebendig. Ihre Augen waren klug und erfahren, aber noch immer jung, und obwohl die Sonne südlicher Länder ihr Gesicht mit winzigen Linien überzogen hatte, war es noch immer straff.

Ich fand mich vor eine Schwierigkeit gestellt, über die ich vorher noch nicht nachgedacht hatte, und fragte schüchtern: »Wie soll ich dich nennen? Ich weiß, daß man normalerweise Mama sagt, aber ... ich weiß nicht so recht.«

Sie betrachtete mich aufmerksam. Sie war immer noch nervös, doch lächelte sie jetzt ein wenig. »Ja. Ich glaube, Mama paßt nicht zu dir. Möchtest du mich Mutter nennen?«

»Ja. Ja, bitte.«

Jetzt sah ich, daß der Stoff ihres Kleides an vielen Stellen schadhaft und schon oft gestopft war, aber bevor ich mich darüber wundern konnte, sagte sie: »Wir werden eine Weile brauchen, bis wir uns kennengelernt haben, Chantal. Wir müssen viel Geduld miteinander haben.«

»Ja. Aber wie gedankenlos ich bin! Du darfst mit deinem verletzten Fuß nicht so lange stehen!« Behutsam geleitete ich sie zu einem geschwungenen, mit dunkelblauem Samt überzogenen Sofa.

»Mein Fuß?« fragte sie verständnislos.

»Man hat mir erzählt, daß dir ein Wagen über den Fuß gerollt ist. Geht es jetzt schon besser ... Mutter?« Ich gebrauchte das Wort zum ersten Mal, und ein Glücksgefühl durchströmte mich, während wir uns auf dem Sofa niederließen, ohne unsere Hände loszulassen, und ohne den Blick voneinander zu wenden.

Einen Moment lang schien Zorn in ihren Augen aufzuflammen und war sofort wieder verschwunden. »Ja«, gab sie ruhig zur Antwort. »Mein Fuß macht mir nicht zu schaffen. Aber über all das werden wir später sprechen. Jetzt muß ich dich erst einmal anschauen.«

Sie nahm mein Gesicht in ihre Hände und wandte es hin und her, wie Martin es erst vor kurzem in der Scheune getan hatte. Eine Hand berührte mein Haar. »Mein Gott!« seufzte sie schließlich leise. »Du siehst meinem John so ähnlich!«

In diesem Augenblick, als ich gerade dachte, ich hätte alles ohne Tränen überstanden, fing ich an zu weinen. Sie zog mich an sich. Ich lag an ihrer Brust und weinte vor Glück über unser Wiedersehen und vor Trauer über all die verlorenen Jahre.

»Weine nur, mein Liebling, laß deinen Tränen freien Lauf!« flüsterte sie, und ich fühlte ihre Tränen auf meine Schläfe fallen. Ich weiß nicht, wie lange ich weinte, aber als es schließlich vorbei war, hatte ich das Gefühl, als ob tausend Ängste von mir genommen seien. Traumverloren, vollkommen glücklich . . . als nächstes erinnere ich mich daran, daß ich, noch immer in ihren Armen liegend, aus dem Schlaf erwachte.

Langsam richtete ich mich auf und versuchte, meine Gedanken zu sammeln. »O . . . verzeih, Mutter! Habe ich lange geschlafen?«

»Nur zehn Minuten. Es waren die glücklichsten zehn Minuten, die ich seit deiner Geburt erlebt habe.« Sie lächelte, als sie das sagte, und auch von ihr schien die Spannung der ersten Augenblicke gewichen. Dennoch schien noch eine Sorge auf ihr zu lasten.

»Ich möchte dich so vieles fragen! Ich weiß gar nicht, wo ich anfangen soll«, sprudelte ich hervor.

»Wir haben beide viel zu fragen, liebes Kind . . . alles, was uns in neunzehn langen Jahren widerfahren ist. Ich weiß, daß es nicht in einer Stunde, und nicht einmal in einem Monat erzählt werden kann, aber ich hoffe, daß du mit deinen Fragen noch ein bißchen warten kannst und mir zuerst etwas über dich erzählst. Ich weiß so wenig von dir!« Sie beugte sich vor und legte ihre Wange an die meine. Als sie sich wieder zurücklehnte, lachten ihre Augen. »Stimmt es, daß du mit dreizehn weggelaufen bist und Arbeit in einem Zirkus gefunden hast?«

Ich nickte und lächelte zurück. »Ja. Das war, nachdem ich entdeckt hatte, daß ich nicht Roberta Armitage war. Oh, ich bin so froh, daß du mich damals nicht gekannt hast, Mutter! Ich war dick und häßlich und in jeder Hinsicht grauenhaft . . .«

Fast eine Stunde lang redeten wir fast ununterbrochen, und ich erzählte meiner Mutter von meiner Kindheit, von dem Tag, an dem ich erfahren hatte, daß ich ein untergeschobenes Kind war, und von meinen Jahren mit Mr. Galletti, Maria und Leo im Zirkus. Bei der Schilderung der letzten Monate versuchte ich, mein Verhalten nicht zu beschönigen, sondern offen zu bekennen, daß ich in London eine Zeitlang wieder in das frühere selbstsüchtige und abscheuliche Betragen verfallen war, ohne es selbst zu bemerken, bis mir eines Tages plötzlich die Augen geöffnet worden waren. Noch nie hatte mir jemand so aufmerksam zugehört. Meine Mutter wandte kaum einen Blick von meinem Gesicht, und während der Erzählung spiegelten sich Lachen und Trauer, Aufregung und Mitleid, Übermut und Besorgnis in ihren Augen. Als schließlich meine Kehle ganz ausgetrocknet vom vielen Reden war, erhob sie sich und goß mir ein Glas Wasser ein.

»Trink langsam, und lutsch dieses Bonbon«, forderte sie mich auf, und sah mich dabei unentwegt an. Sie hielt die Hände nun locker ineinander verschränkt und seufzte: »Wie hätte John dich geliebt!«

Ich schüttelte den Kopf: »Dann habe ich wahrscheinlich alles falsch erzählt, Mutter. Ich bin keine liebenswerte Person.«

»Haben Mr. Galletti und seine Familie dich denn nicht geliebt?«

»O doch, die schon. Aber das war was anderes, denn im Zirkus leistete ich etwas, was sie für gut hielten. Das ist eigentlich das einzige, worauf ich ein bißchen stolz sein kann. Außerdem waren das keine gewöhnlichen Menschen.«

»Das war dein Vater auch nicht, meine liebe Chantal!« Für ein paar Augenblicke sah sie wehmütig ins Leere, dann sammelte sie sich wieder und warf einen Blick auf ihre Uhr.

»Solltest du nicht dein Bein hochlegen, Mutter? Gideon meinte, daß die Verletzung ziemlich ernst gewesen sei.«

Sie setzte sich wieder und faßte meine Hand, während sie stirnrunzelnd vor sich hinsah. Langsam wichen Sanftmut und Fröhlichkeit aus ihrem Gesicht, und ich sah die Muskeln an ihren Kiefern hervortreten.

»Ich fürchte, jetzt muß ich dir etwas erzählen«, es kam stockend heraus. »Ich habe es so lange wie möglich aufgeschoben, weil ich den Augenblick unseres Wiederfindens nicht verderben wollte. Aber was ich dir zu sagen habe, ist schlimmer, als es Worte ausdrücken können.« Sie hob den Kopf und sah mir fest in die Augen. »Gottlob bist du Chantal, die Tochter deines Vaters.«

Ich starrte sie verwirrt und erschrocken an. »Was ist denn, Mutter?«

Sie schöpfte tief Luft und faßte meine Hand fester. »Ich habe nie eine Verletzung am Fuß gehabt«, fuhr sie mit tonloser Stimme fort. »Das war nur der Vorwand, unter dem man dich hierhergeholt hat. Ich war nie im Krankenhaus in Budapest. Ich bin seit mehr als einem Jahr hier im Schloß von Joseph Krenner, genauer gesagt, seit Benedict Kirkby und Gideon Sumner herausgefunden haben, daß John Kirkby und ich gesetzlich verheiratet waren. Ich bin gefangen, Chantal, und auch du wirst von jetzt ab hier gefangen sein.«

Sie hielt inne und Schweigen lastete auf dem Raum. Einen schrecklichen Augenblick lang fragte ich mich, ob sie vielleicht den Verstand verloren hatte, aber ihr trauriger Blick strafte diese Vermutung Lügen. Es war, als hätte mir jemand einen Schlag versetzt, wie an jenem Tag, an dem mein Trapez gebrochen war und ich aus dem Netz auf den festgestampften Boden der Arena sprang. Es kostete mich ungeheure Anstrengung, meine Gedanken zu sammeln und die Ruhe zu bewahren, obwohl es in meinem Innern brodelte.

»Gefangen? Aber warum denn, Mutter?«

Sie lächelte mich traurig an, dann blitzte Zorn in ihren Augen auf. »Du bist also auch nicht darauf gekommen. Wir scheinen uns sehr ähnlich zu sein.«

»Worauf bin ich nicht gekommen?«

»Daß mein John, dein Vater, der Sohn und direkte Erbe von James Kirkby war. Als das Testament eröffnet wurde, wußte niemand, daß John Frau und Kind hinterlassen hatte.« Ich versuchte einen klaren Gedanken zu fassen, konnte mich jedoch kaum an das erinnern, was mir Gideon damals in Regensburg über die Kirkbysche Verwandtschaft erzählt hatte. »John hatte das gesamte Kirkby-Vermögen geerbt«, fuhr meine Mutter fort. »Und für den Fall, daß er vor seinem Vater sterben sollte, galten seine Frau und Kinder als die nächsten Erben. Das sind wir beide, Chantal.« Sie schüttelte ungeduldig den

Kopf. »Ich hatte das nie gewußt, und es war mir auch völlig gleichgültig, denn ich wußte nicht, daß mein Kind am Leben war, und für mich selbst wollte ich nichts haben.«

Erstaunt fragte ich: »Soll das heißen ... daß es *nicht* Benedict und Arthur Kirkby gehörte?«

»Oh, sie nahmen an, daß es ihnen gehöre. Der alte James hatte kein neues Testament gemacht, nachdem John gestorben war. Vielleicht hatte es ihm das Herz gebrochen, denn er überlebte ihn nur um wenige Monate. Und da das Testament keine weiteren Bestimmungen enthielt, ging das Erbe an seine Neffen, Benedict und Arthur über.«

»Das waren ... laß mich überlegen. Das waren die Söhne seines Bruders Rupert?«

»Ja. Die Söhne von Eva, der Schwester von Baron Krenners Vater.«

»Du meinst, Benedict und Arthur nahmen damals an, daß sie die rechtmäßigen Erben seien?«

Meine Mutter nickte. »Davon gingen auch die Anwälte aus, die die Sache abwickelten. Verstehst du, mein Kind, niemand wußte, daß John mich geheiratet hatte, nur seine zwei Freunde bei der Marine, die unsere Trauzeugen waren. Nachdem er gestorben war, und ich dachte, daß auch mein Baby tot sei, wollte ich ein ganz neues Leben anfangen und schrieb diesen Freunden, daß sie unsere Ehe geheimhalten sollten.«

Viele Kleinigkeiten, die mir in der Vergangenheit aufgefallen waren, reimten sich auf einmal, und ich erschauerte. »Mutter ... soll das heißen, daß Benedict Kirkby, als er vor einem Jahr entdeckte, daß du noch lebst und richtig verheiratet warst, solche Angst bekommen hat, sein Vermögen zu verlieren, daß er ... daß er sichergehen wollte, daß du nie einen Anspruch darauf erhebst?«

»Ja, mein Kind«, erwiderte sie langsam. »Ich fürchte, darüber kann gar kein Zweifel bestehen. Ich nehme zumindest an, daß es Benedict war, und nicht sein Bruder. Ich habe keinen von beiden je getroffen.«

»Es muß Benedict gewesen sein«, flüsterte ich. »Onkel Arthur hat es bestimmt nicht einmal gewußt. Er ist ein Träumer. Aber Benedict liebt Geld mehr als alles außer der Jagd, und für die Jagd braucht er viel Geld.« Ich versuchte, zu überlegen und meine verwirrten Gedanken zu ordnen. »Dann . . . dann sind Baron Krenner und Gideon Sumner mit Benedict Kirkby im Bunde?«

»O ja.« Die Stimme meiner Mutter war hart. »Gideon Sumner mit den fröhlichen Augen und dem unwiderstehlichen Charme . . . er hat von Anfang an mitgespielt.« Sie sah mich mit einem schmerzlichen Ausdruck in den schönen grauen Augen an.

»Ich habe in meinem Leben viel Bosheit gesehen, Chantal, aber ich glaube, daß Gideon Sumner der schlechteste Mensch ist, dem ich je begegnet bin . . . obwohl zwischen ihm und Joseph Krenner kein großer Unterschied besteht.«

Alles in mir krampfte sich bei dieser schrecklichen Mitteilung zusammen. Ich stand auf und ging zum Fenster. Draußen schien noch immer die Abendsonne, der Himmel war blau, und die Bäume standen in frischem Grün. Doch hier im Raum wurden die Schatten länger und schwerer, je klarer ich die grauenhafte Geschichte erkannte, die mir meine Mutter erzählte. Noch wußte ich kaum etwas und suchte noch immer nach den Enden der losen Fäden, um sie miteinander zu verknüpfen. Doch ein ungeheurer Zorn begann sich in mir zu regen, als ich daran dachte, was man meiner Mutter angetan hatte. Ich bezwang mich und sagte müde: »Was weißt du über Gideon, Mutter?«

Sie verzog angeekelt das Gesicht. »Eine ganze Menge. Er unterhält sich ganz ungeniert mit Krenner bei Tisch, selbst wenn ich dabeisitze. Ich weiß, daß er es war, der letzten Sommer einen Mann namens von Dreyer mit einer Bombe ermordet hat.« Ihre Stimme zitterte plötzlich und wurde fast häßlich vor Zorn. »Ich weiß auch, daß er es war, der wenige Wochen später versuchte, dich zu töten, mein Kind.«

»Mich?« Ich fuhr herum und starrte sie an. »Du meinst, als das Trapez brach? Aber das war in Regensburg, und er hat mich erst zwei Wochen später in Ingolstadt entdeckt! Außerdem wäre es ihm unmöglich gewesen, an den Wachleuten vorbeizukommen und in der Dunkelheit zum Trapez hinaufzuklettern . . .«

»Er hat dich in Regensburg entdeckt«, unterbrach mich meine Mutter sanft. »Erinnerst du dich daran, daß dort eines Tages ein ertrunkener Mann aufgefunden wurde?«

»Hans? Ja, aber . . . mein Gott! Hat er es getan?«

»Gideon hat ihn dafür bezahlt, daß er an diesem Abend dein Trapez ansägte. Und als er es getan hatte, wurde er mit einem Schlag bewußtlos gemacht und in einem Trog ertränkt. Krenner erzählte mir die Geschichte erst vor wenigen Tagen wie einen guten Witz.«

»Das ist doch nicht möglich«, flüsterte ich. »Wenn Gideon das getan hat, warum hat er es dann später nicht noch einmal versucht?«

»Weil er zu der Erkenntnis gekommen war, daß du ihm vielleicht mehr Geld einbrächtest, wenn er dich lebendig bekäme.« Wieder zitterte ihre Stimme vor Zorn.

»Aber wie denn? Meinst du, indem er mich heiratet? Aber das kann doch nicht sein, Mutter! Belinda würde doch wissen, wenn er ein Mörder und Verbrecher wäre, und sie würde ihren Bruder nicht lieben, wenn er zu solch schrecklichen Dingen fähig wäre!«

Meine Mutter seufzte. »Sie ist nicht seine Schwester, mein Kind, und sie liebt ihn auch nicht. Belinda ist sein Geschöpf, seine Geliebte, und sie hat das Unglück, diesem Mann ganz verfallen zu sein.« Sie hob traurig die Schultern. »Oder vielleicht kann sie auch seiner Schlechtigkeit nicht widerstehen. Es gibt solche Frauen.«

Ich blickte um mich und versuchte zu verstehen, was ich gerade erfahren hatte. Mir schien, daß ich ein Jahr lang in einem Netz von Lüge und Täuschung gelebt hatte. In einem Netz, das darüber hinaus voller Gefahren für mich gewesen war, denn jetzt erkannte ich, daß es Menschen gab, die allen Grund hatten, meinen Tod zu wünschen. Noch konnte ich es nicht ganz begreifen, denn vieles blieb immer noch unklar.

Ich ging zum Sofa und setzte mich wieder. Die Stimme meiner Mutter klang unsicher, als sie sagte: »Liebe Chantal, es tut mir so leid, daß ich dir all diese furchtbaren Dinge nicht ersparen kann!«

»Sei ganz ruhig, Mutter, ich will alles wissen.« Ich nahm ihre Hand fest in die meine. »Außerdem sind wir jetzt zusammen, und das ist das Wichtigste.« Es gelang mir, ein Lächeln zustande zu bringen. »Ich wollte dich so vieles fragen, besonders über deine Arbeit, und wie du Ärztin geworden bist, aber zuerst müssen wir uns Gedanken darüber machen, wie wir fliehen können. Ich bin sicher, daß wir es leicht schaffen.«

Sie blickte zu Boden. »Ich bin den ganzen Tag über bewacht, Chantal, ebenso wie du den ganzen Tag über bewacht sein wirst. Selbst auf meinem täglichen Weg zu dem kleinen Krankenhaus werde ich von zwei Männern begleitet.«

»Gibt es das Krankenhaus tatsächlich?«

»Ja. Es ist im Dorf.«

»Könntest du nicht einem der Patienten heimlich einen Brief zustecken? Einen Brief an den britischen Botschafter zum Beispiel?«

»Du verstehst nicht, Liebes. Krenners Wort ist hier Befehl, und seine Pächter sind ihm treu ergeben. Er behandelt sie im großen und ganzen auch gut. Für einen ungarischen Bauern wäre es einfach unvorstellbar, gegen den Befehl seines Herrn etwas für einen Fremden zu tun. Außerdem hat das Krankenhaus nur zwanzig Betten, und die Patienten sind fast alles Kinder.«

»Aber der andere Arzt – Dr. Brandt?«

»Wer? Ach, aus der Geschichte, die sie für dich erfunden haben? Den gibt es nicht.« Sie lächelte müde. »Letztes Jahr habe ich einmal nachts zu fliehen versucht, indem ich an zusammengeknoteten Bettüchern aus dem Fenster geklettert bin . . .«

»Aber Mutter, du hättest ja zu Tode stürzen können!«

»Nein, mein Kind!« Ihre Augen funkelten amüsiert. »Ich habe zwar nicht am Trapez gearbeitet, aber ich habe in fremden Ländern ein sehr tätiges Leben geführt. Es gab eine Zeit, in der ich monatelang zehn Meilen täglich in einem Kanu gerudert bin, um meine Patienten zu versorgen. Ich bin also recht wendig.« Das Lächeln verschwand. »Aber sie haben mich trotzdem wieder gefangen. Jede Stunde macht ein Wächter mit einer Laterne die Runde um das Schloß, und er sah die Bettücher herabhängen. Ich wäre ohnehin nicht weit gekommen. Krenners Besitz ist riesig, und selbst wenn ich es bis zu einer Polizeistation geschafft hätte, hätte es nichts genutzt – er hat in Umlauf gebracht, daß die bedauernswerte englische Ärztin, die so nett zu den Kindern im Krankenhaus ist, manchmal nicht ganz richtig im Kopf ist und sich dann einbildet, sie sei eine Gefangene, die gegen ihren Willen hier festgehalten werde.«

Im Lauf der letzten halben Stunde hatte ich viel Schlimmes gehört, aber in meinem Unterbewußtsein hatte ich immer geglaubt, daß wir nicht lange auf Schloß Szigvàr gefangen bleiben könnten.

Erst jetzt begann ich mit wachsender Angst zu erkennen, daß der eiserne Griff, mit dem uns der Baron festhielt, weit über die Schloßmauern hinausreichte. Ein neuer und noch erschreckenderer Gedanke kam mir in den Sinn. »Es wäre doch für sie alle viel besser, wenn wir – wenn wir beide tot wären.«

»Ja«, entgegnete meine Mutter ruhig. – »Und das wären wir sicher auch schon, wenn es unter Dieben so etwas wie Ehre gäbe. Du mußt verstehen, daß jeder dieser Männer nur für seinen eigenen Vorteil gearbeitet hat. Benedict Kirkby hatte Angst, sein Vermögen zu verlieren. Baron Krenner hatte spekuliert und seinen ganzen Besitz verschuldet und suchte nach einer Möglichkeit, von seinem englischen Cousin höhere Darlehen zu erhalten. Und Gideon Sumner hatte sich ein noch höheres Ziel gesteckt.«

Ich schüttelte verständnislos den Kopf, und sie fuhr fort. »Es ist am besten, wenn ich dir alles erzähle, mein liebes Kind. Das ist weiß Gott eine schreckliche Art und Weise, unsere ersten gemeinsamen Stunden zu verbringen, aber ich kann es nicht ändern.«

Ich kauerte mich auf den Boden und lehnte meinen Kopf an ihre Knie. Dann nahm ich ihre Hand und legte sie auf meine Schultern. »Ja, bitte, sag mir alles.« Meine Mutter begann, rasch und tonlos zu sprechen, so als würde sie eine Geschichte aufsagen, die sie auswendig gelernt hatte.

»Es begann damit, daß Benedict entdeckte, daß John

gesetzlich verheiratet gewesen war. Er erzählte es seinem Vetter, Baron Krenner, der empfahl, Gideon Sumner mit der Erkundung der Lage zu beauftragen. Krenner hatte Sumners Dienste schon mehrmals in Anspruch genommen und wußte, was er für ein Mann war . . .«

Es war nicht schwierig gewesen, den Namen von Elizabeth Martin herauszufinden, aber sie selbst aufzuspüren, war schon etwas problematischer. Eine Zeitlang schien es, daß sie beim Untergang der Tiberia ums Leben gekommen war, aber als man von der Schiffahrtsgesellschaft eine Bestätigung zu bekommen suchte, erhielt man die Auskunft, daß sie einem Zeitungsbericht zufolge zusammen mit einem andern Passagier das Unglück überlebt habe, und so ging die Jagd weiter. Meine Mutter arbeitete gerade in einem Ordenskrankenhaus in Neapel, als Gideon und Belinda Sumner sie entdeckten. Gideon hatte nichts über die Vergangenheit gesagt, sondern gab vor, im Auftrag von Baron Krenner vom Roten Kreuz geschickt zu sein, weil man dringend eine Ärztin suche, die sich um die Kinder in einem kleinen Krankenhaus kümmern konnte, das dieser erst vor kurzem in Szigvàr eingerichtet hatte. Als sie ankam, stellte sie fest, daß sie in eine Falle gegangen war.

»Dann erst erfuhr ich die Wahrheit«, fuhr meine Mutter ruhig fort. »Und diese schlechten Menschen waren nicht etwa beschämt, sondern auch noch stolz darauf. Zuerst konnte ich es kaum glauben, doch bald begann ich mich zu fragen, warum sie mich nicht einfach beiseite geschafft hatten. Ich weiß keine andere Antwort als die, die mir Gideon Sumner darauf gab. Er sagte, daß Benedict Kirkby ein schwacher Mensch ist, der ihn einfach angewiesen hatte, die erforderlichen

Schritte zu unternehmen, um sicherzugehen, daß ich niemals Ansprüche auf das Kirkby-Vermögen geltend machen könne.«

Ich hob den Kopf. »Aber Mutter . . . das konnte ja alles bedeuten!«

»Ja. Sogar mein Ende. Aber manche Leute machen sich nichts aus dem Tod eines Menschen, den sie nicht kennen. Vielleicht hoffte Benedict Kirkby, dieses Ziel zu erreichen, ohne es benennen zu müssen. Aber Krenner wollte mich lebendig, um Benedict erpressen zu können, und Gideon Sumner war völlig damit einverstanden, denn so wurde er von allen beiden bezahlt und konnte sie gegeneinander ausspielen.« Sie schloß die Augen. »Seine nächste Aufgabe bestand darin, dich zu finden, Chantal, falls du noch am Leben sein solltest, und sicherzugehen, daß auch du niemals Ansprüche auf das Erbe deines Vaters geltend machen kannst.«

»War das, als er versuchte, mich in Ingolstadt aus dem Wege zu schaffen?« Mein Entsetzen hatte sich gelegt, und ich brachte es fertig, ebenso gefaßt zu sprechen wie meine Mutter.

»Ja, aber es gelang ihm nicht, gottlob. Und dann hatte er eine neue Idee. Er wollte dich nach Hause zu den Kirkbys bringen. Benedict muß außer sich gewesen sein, als er das Telegramm erhielt, das deine Ankunft ankündigte, aber er konnte kaum etwas dagegen unternehmen, weil er befürchten mußte, daß Gideon die Beweise für deine Herkunft und dein Anrecht auf das Vermögen einem Anwalt übergab.«

»Wie eigenartig«, sagte ich langsam. »Und dabei schienen sie immer gute Freunde zu sein.«

»Diese Männer tragen Masken, mein Liebling.«

»Ja.« Plötzlich erinnerte ich mich an die Worte der alten Solange: *Sie tragen Masken.*

»Gideon Sumner hatte im Sinn, daß du dich zuerst einleben solltest, damit er dir dann den Hof machen und dich heiraten könnte. So wäre es ihm möglich gewesen, selbst an das Vermögen heranzukommen, indem er die Ansprüche seiner Frau geltend machte.«

»Ja«, erinnerte ich mich, »er fragte mich einmal, ob ich mit ihm davonlaufen würde, wenn Benedict ihm nicht gestatten würde, mir den Hof zu machen. Aber später sagte er, daß er es sich anders überlegt habe.«

»Das war das Werk von Belinda. Sie wollte nicht, daß er dich heiratet.«

Ich erinnerte mich an den Tag, an dem ich mit Belinda aus dem Stall gekommen war und sie davon gesprochen hatte, wie schrecklich es sei, einen Mann ohne Gewissen zu lieben, einen Dieb, einen Schurken ... Sie hatte Martin gemeint, aber jetzt wußte ich, daß sie gelogen hatte – denn nicht ihn liebte sie. Mein Herz schlug ein bißchen rascher ... vielleicht war alles nicht wahr, was sie mir über ihn erzählt hatte! Vielleicht traf alles nur auf Gideon Sumner zu!

Meine Mutter legte mir eine Hand auf die Wange: »Ich glaube, sein Plan, dich zu heiraten, wäre ohnehin mißlungen. Vielleicht erkannte er das selbst, und auf jeden Fall wagte er nicht, sich Belinda zur Feindin zu machen. Schließlich holte er das Beste aus der Situation heraus, indem er Benedict Kirkby teuer dafür bezahlen ließ, daß er dich von England hierher nach Szigvàr brachte, um mit mir zusammen als Gefangene zu leben.«

Lange Zeit sprachen wir beide kein Wort. Ich konnte nicht glauben, daß die Geschichte damit zu Ende war, denn man konnte uns doch nicht für alle Zeiten hier gefangenhalten; doch erschien es ebenso unwahrscheinlich, daß Joseph Krenner uns jemals freilassen würde.

»Was wäre denn, wenn du ein Dokument unterzeichnen würdest, in dem du auf alle Erbansprüche verzichtest«, überlegte ich laut.

»Mein Schatz, ich habe dieses Vermögen nie gewollt und habe schon lange angeboten, auf meine Ansprüche zu verzichten. Aber diese Männer sind nicht fähig zu glauben, daß jemand solchen Reichtum aufgeben würde.«

Schreckliche Ahnungen erfüllten mich. Die Dinge konnten nicht lange so bleiben, wie sie jetzt waren. Joseph Krenner und Gideon Sumner würden versuchen, sich gegenseitig zu überlisten, wenn es sich nur lohnte. Als könnte sie meine Gedanken lesen, sagte meine Mutter flüsternd: »Ich wollte es dir eigentlich noch nicht sagen, Chantal, aber du bist sehr stark und gibst auch mir wieder etwas Kraft. Ich glaube, daß Krenner dich benutzen will, um mich dazu zu bringen, daß ich ihn heirate.«

Ich erstarrte bis ins Mark, und das Zimmer verschwamm vor meinem Blick. Obgleich ich wie ein Kind zu den Füßen meiner Mutter kauerte, durchfuhren mich ganz andere Empfindungen. Ein wilder Drang, sie zu beschützen, überkam mich. Die rote Füchsin . . .

Die Gedanken jagten sich in meinem Kopf. Halbvergessene Szenen drehten sich wie in einem Kaleidoskop und setzten sich zu einem neuen Bild zusammen: Martin Verne. Er war aus dem Osten gekommen, als ich ihn damals am Fluß fand, und das bedeutete, daß er irgendwo in der Gegend um Kaposnika gewesen sein mußte. Und das Wort »Ärztin« hatte eine Saite in seinem verlorenen Gedächtnis angerührt. Ich erinnerte mich auch an die Worte, die ich in dem Hohlweg in Wildings gehört hatte, wo von einer Frau in einem andern Land die Rede war, die durch dicke Mauern und Gitter am Kommen gehindert wurde.

Wie viele Frauen wurden hinter dicken Mauern und

Gittern festgehalten? Ich wandte mich um und blickte in die kummervollen, grauen Augen. »Mutter, kennst du einen Mann namens Martin Verne?«

Ich sah, wie sie den Atem anhielt und sich dann erstaunt vorbeugte. »Martin? Das kann nicht wahr sein! Du kennst meinen guten Martin?«

Bevor ich noch antworten konnte, klopfte es an die Tür. Während ich aufstand, flüsterte mir meine Mutter zu: »Das ist Krenner. Wir reden später weiter. Mach alles genauso wie ich, Liebling.« Sie erhob sich und wandte ihr Gesicht zur Tür. Sie hielt die Hände vor der Brust gefaltet und stand sehr gerade, mit kalter, undurchdringlicher Miene. Ich stellte mich in derselben Haltung neben sie, während sie kurz »Ja?« rief.

Die Tür öffnete sich. Joseph Krenner betrachtete uns einen Augenblick, bevor er sagte: »Wir wollen zu Abend essen, Elizabeth. Ich darf wohl davon ausgehen, daß Sie Ihrer Tochter gewisse Dinge erklärt haben?«

Meine Mutter neigte stumm den Kopf. Der Baron zuckte die Schultern.

»Ich hoffe, daß es Ihnen in Chantals Gesellschaft leichter fallen wird, Ihre verstockte und feindselige Haltung aufzugeben.«

Meine Mutter schwieg. Ich konnte ihr Gesicht nicht sehen, aber ich fühlte, daß sie durch ihn hindurchblickte, als existiere er nicht. Ich versuchte, sie nachzuahmen. Er wartete ein paar Sekunden, während seine Augen zwischen uns beiden hin- und herwanderten. Dann lachte er verärgert auf, trat beiseite und forderte uns mit einer Handbewegung auf, ihm vorauszugehen.

15

IM ESSZIMMER WAREN die Kerzen angezündet. In der Mitte des Raumes stand ein langer Tisch mit geschwungenen Beinen. Der Boden war mit Teppichen bedeckt, und an den getäfelten Wänden hingen Bilder, alte Waffen und Jagdtrophäen. Über dem Kamin grinste ein ausgestopfter Wolfskopf in den Saal hinab.

Gideon Sumner und Belinda saßen sich am Ende des Tisches gegenüber und unterhielten sich vergnügt. Als wir eintraten, erhob sich Gideon lächelnd: »Guten Abend, Frau Doktor. Guten Abend, Chantal.« Belinda legte den Kopf zur Seite und warf uns einen eigenartigen Blick zu. Meine Mutter schenkte ihnen keine Beachtung, ging zu einem Platz am entgegengesetzten Ende des Tisches und wies mir einen Stuhl an ihrer Seite an. Joseph Krenner setzte sich zwischen Gideon und Belinda.

»Elizabeth spricht nur dann mit mir, wenn es sich nicht vermeiden läßt«, bemerkte er belustigt, »und diese Gelegenheiten ergeben sich im allgemeinen im Zusammenhang mit Fragen, die das Krankenhaus betreffen. Hoffen wir, daß sie jetzt vernünftiger wird, wo wir sie mit ihrer Tochter vereinigt haben, mein lieber Gideon.«

»Chantal wird eine große Hilfe sein«, meinte Gideon lachend. »Sie ist schwer von Begriff und leicht zu erzürnen. Aber sie wird schnell merken, daß sie es nicht mehr mit einem Schaf im Wolfspelz wie Benedict zu tun hat.«

Ich konnte mir nicht verkneifen, ihm einen Blick zuzuwerfen. Es war ein kurzer Blick, doch er genügte, um ein Bild in mein Gedächtnis einzuprägen, das ich lange nicht vergessen sollte. Er lächelte, und seine Augen blitzten ebenso vergnügt wie damals, als ich ihn zum ersten Mal in Regensburg gesehen hatte. Aber etwas war anders.

Vielleicht lag es an mir, aber er schien mir ebenso verändert wie ein Stück Moiréseide, das die Farbe wechselt, wenn man es aus einem andern Blickwinkel betrachtet. Das Lächeln und seine Fröhlichkeit waren echt, aber jetzt erschreckten sie mich. In einem Museum in Florenz hatte ich einmal ein Bild gesehen, das eine Höllenszene darstellte. Lächelnde Kobolde und Teufel fügten den Verdammten gräßliche Qualen zu, und das Schrecklichste daran war, daß ihr Vergnügen dabei keinerlei Anzeichen von Haß oder Bosheit erkennen ließ. Vor ihrer seelenlosen Unmenschlichkeit war ich ebenso erschaudert wie jetzt.

Ich hörte, wie Belinda ein Kichern unterdrückte, als er geendigt hatte und wandte rasch den Blick ab. Ich setzte mich, faltete die Hände im Schoß und blickte auf meinen Teller, wie es meine Mutter auch tat. Die nächste Stunde war die sonderbarste, die ich je bei Tisch verbracht hatte. Wir wurden von zwei Männern bedient, die alles auf einem großen Wagen zu uns herschoben. Ein dritter Diener füllte unsere Gläser. Baron Krenner, Gideon und Belinda unterhielten sich entweder über politische Parteien und Gruppierungen in Österreich-Ungarn oder über geschäftliche Angelegenheiten, von denen ich nichts verstand. Ihr Gespräch war mir zum größten Teil ein Rätsel, doch ich erfuhr, daß sich der Baron darüber beunruhigte, daß die österreichischen Behörden langsam die Macht der alten ungarischen Feudalherren brachen, und daß er ungehalten war, weil die Ermordung von Dreyers offenbar nicht das Ergebnis gezeitigt hatte, das er angestrebt hatte.

Ich hörte nur mit halbem Ohr zu, denn ich fragte mich, was wohl aus Martin Verne geworden war, und überlegte dabei dauernd, wie wir wohl fliehen könnten. Langsam überkam mich eine große Müdigkeit, und es kostete mich immer mehr Anstrengung, meine Mutter zu beobachten, um mich genauso zu verhalten wie sie. Sie aß alles, was uns vorgesetzt wurde, und obwohl ich nur wenig Hunger verspürte, zwang ich mich, dasselbe zu tun. Ihr Weinglas blieb unberührt. Manchmal kreuzten sich unsere Blicke. Dann lächelte sie unmerklich, jedoch ohne etwas zu sagen. Als der Kaffee serviert wurde, blickte Baron Krenner zu uns herunter und hob sein Glas.

»Wollen wir auf Ihre Wiedervereinigung mit der verlorenen Tochter trinken, meine liebe Elizabeth?«

Meine Mutter rührte ihren Kaffee um, als ob sie seine Gegenwart nicht bemerkt hätte, und wieder stieß er ein verärgertes Lachen aus, wie schon zuvor. »Sie muß noch lernen, an meinem Tisch Wein zu trinken und die schönen Kleider zu tragen, die ich ihr gekauft habe, Gideon.«

Gideon Sumner lächelte. »Sie dürfen nicht aufgeben, Baron.« Dann sah er mich an. »Selbst die verstockteste Frau hat irgendwo einen schwachen Punkt.« Fünf Minuten später erhob sich meine Mutter, und ich tat dasselbe. Sie blickte zum andern Ende des Tisches und fragte:

»Dürfen wir uns zurückziehen?«

Baron Krenner winkte lässig mit der Hand: »Ganz wie Sie belieben.«

»Darf mich meine Tochter morgen bei der Erledigung meiner Aufgaben im Krankenhaus begleiten?«

Er zuckte die Schultern. »Haben Sie ihr erklärt, daß jeder Versuch, uns ihrer Gesellschaft zu berauben, mich tief kränken würde und überdies völlig aussichtslos ist?«

»Ja.«

»Dann habe ich keine Einwände, meine liebe Elizabeth. Anna wird in einer Stunde kommen, um sie auf ihr Zimmer zu begleiten.«

Meine Mutter nahm meinen Arm, und wir gingen nebeneinander aus dem Eßzimmer. Wir schwiegen, bis wir wieder auf ihrem Zimmer waren und die Tür hinter uns geschlossen hatten. Dann legte sie eine Hand an die Stirn und seufzte erleichtert auf. Sie lächelte mich bedauernd an. »Welch eine Strapaze für dich, mein Liebes, es tut mir so leid.«

Ich bemühte mich, die Tränen zurückzuhalten. »Hast du das wirklich über ein Jahr allein ausgehalten?«

»Ich bin es gewohnt, allein zu sein.« Es klang wie eine Feststellung. Dann hellte sich ihr Gesicht wieder auf, und sie nahm mich bei der Hand. »Komm, setz dich, ich will hören, was du mir über Martin erzählen kannst.«

»Alles, was ich über ihn weiß oder über ihn gehört habe, ist ein Geheimnis. Kennst du ihn gut?«

Sie lehnte sich in das Sofa zurück, und ein warmer Glanz trat in ihre Augen. »Als wir uns vor sieben Jahren zum ersten Mal trafen, war er kaum über zwanzig. Seitdem habe ich ihn nur fünf - oder sechsmal gesehen, aber wenn zwei Menschen zwölf Tage lang zusammen in einem winzigen Rettungsboot auf dem Meer treiben, lernen sie sich ganz gut kennen.«

»Auf einem Rettungsboot? . . . Aber das war doch jemand anders?«

Ich erinnerte mich an den Namen aus dem Zeitungsartikel.

»Furnival. John Furnival.«

»Ja. Soviel ich weiß, ist das einer der Namen, die er manchmal benutzt.« Sie schüttelte den Kopf. »Ich mache mir Sorgen um diesen Jungen.«

Meine Müdigkeit war verflogen. »Erzähl mir über die Tage auf dem Rettungsboot!«

Sie verschränkte die Hände über ihren Knien und schaute gedankenverloren in den Kamin. »Das Unglück geschah bei Nacht«, fuhr sie ruhig fort. »Und das Schiff sank sehr rasch. Später entdeckte ich, daß es einigen Passagieren gelungen war, in Rettungsboote zu klettern, aber ich selbst trieb allein in meiner Schwimmweste auf dem Wasser. Ich war am Kopf verletzt und hatte Angst, ich könnte ohnmächtig werden und mit dem Gesicht ins Wasser kommen.«

Sie hielt inne, um sich zu erinnern. »Dann tauchte dieser junge Mann neben mir auf. Er war ein guter Schwimmer und hielt mich so, daß ich auf dem Rücken lag. Später stießen wir in der Dunkelheit auf ein leeres Rettungsboot . . .«

Es war Tag, als sie schließlich aus ihrer Betäubung erwachte, und sie trieben allein in dichtem Nebel. Erst da entdeckte sie, daß der junge Mann in ihrer Begleitung zwei Rippen gebrochen hatte. Sie riß Streifen von ihrem Rock, um ihn zu bandagieren, und fand eine Wasserflasche, die an der Innenwand des Bootes festgemacht war. Dann begann der mühevolle Kampf ums Überleben.

»Es war seltsam . . . er war mir schon auf dem Schiff aufgefallen. Er reiste ganz allein, ein ruhiger junger Mann, ziemlich reif für seine Jahre, der immer auf der Hut zu sein schien. Ich hielt ihn für unfreundlich, aber auf dem Boot war er wie umgewandelt, weil er so dankbar war, daß ich ihn pflegte. Er war unglaublich aufmerksam und rücksichtsvoll. Tagsüber trieb uns die Hitze Blasen auf die Haut, und nachts kauerten wir uns eng aneinander, um uns gegen den kalten Wind zu schützen. Ich hörte kein einziges Wort der Klage von ihm. Er nutzte seine tägliche Wasserration nie ganz aus, damit ich etwas mehr bekam. In der Nacht und morgens breitete ich unsere Kleider auf dem Boot aus, um den Tau aufzufangen und ein paar Tropfen schmutziges Wasser herauswringen zu können. Einmal hat es geregnet . . . an diesem Tag fingen wir fast eine halbe Flasche Wasser auf.« Ihr Blick verfinsterte sich. »Wir wären gestorben, wenn wir nicht zusammen gewesen wären. Er sagte immer, ich hätte ihm das Leben gerettet, aber das trifft umgekehrt ebenso zu. Er hatte immer ein kleines Lächeln oder einen Scherz parat. Er war so jung . . . und doch seinen Jahren schon weit voraus. Ich nannte ihn schon bald bei seinem Vornamen«, sie lächelte, »und er nannte mich Doktor Elizabeth, weil er sagte, es sei zu verwirrend, einen Martin und eine Frau Doktor Martin an Bord zu haben.«

Am neunten Tag hatten sie beide die Hoffnung aufgegeben, obwohl es keiner dem andern eingestehen wollte. Im Morgengrauen des zwölften Tages entdeckten sie, daß sie bis auf wenige Meilen ans Ufer herangeschwemmt worden waren, und zwei Stunden später wurden sie von einem sizilianischen Fischerboot aufgenommen. Sie waren völlig entkräftet und ihre Haut war mit Schwären bedeckt, aber sie lebten.

Nachdem meine Mutter geendigt hatte, saß ich lange Zeit schweigend da und versuchte, mir die Schrecken dieser endlosen Tage vorzustellen, während derer sie ihr Ende erwartet hatten. Es war nicht erstaunlich, daß sich in dieser Zeit ein unverbrüchliches Band zwischen ihnen geknüpft hatte. Ich sah sie fragend an. »Hat er dir während der Tage auf dem Rettungsboot etwas über sich selbst erzählt?«

»Ja, so nach und nach. Später erfuhr ich dann mehr.« Sie sah mich an. »Weißt du etwas über seinen Vormund?« Ich schüttelte den Kopf. »Ich habe nie seinen Namen erfahren, aber Martin verlor schon als kleiner Junge in Hongkong seine Eltern, und ein Marineoffizier nahm sich seiner an und erzog ihn. Er schickte ihn in England auf ein Internat und . . .«

»Ein Marineoffizier!« rief ich aus. »War das etwa Sir Robert Wayman?«

»Ich weiß nicht, Liebling. Wer ist das?«

»Ich . . . ich weiß, daß er in irgendeiner Beziehung zu Martin steht. Ich werde es dir später erklären, Mutter. Aber was geschah, nachdem ihr von den Fischern gerettet worden seid?«

»Da gibt es nicht mehr viel zu erzählen. Als wir aus dem Krankenhaus entlassen wurden, trennten sich unsere Wege, aber Martin bat mich, ihm ab und zu nach London zu schreiben und ihn wissen zu lassen, wie es mir geht und wo ich bin. Ich denke, wir haben uns etwa zweimal im Jahr geschrieben, aber manchmal tauchte er urplötzlich und völlig unerwartet auf. Er war vielleicht tausend Meilen gereist, nur um mich ein oder zwei Tage zu besuchen. Das geschah einmal in Asmara und einmal in Nairobi, in Wien und Neapel . . . es war jedesmal eine wunderbare Überraschung.«

»Weißt du, was er für einen Beruf hat, Mutter, und was er tut?« Ich war mir der Antwort fast sicher, denn ich war überzeugt, daß Belinda die wahren Rollen von Gideon Sumner und Martin Verne einfach vertauscht hatte.

Meine Mutter runzelte die Stirn. »Sein Vormund sollte sich schämen. Er scheint besessen von der Idee, Verbrecher zu jagen, die schlau genug sind, durch die Maschen des Gesetzes zu schlüpfen, und er hat diesen Jungen dazu erzogen, ein richtiger . . .« sie suchte nach einem passenden Wort.

»Ein Jagdhund zu sein?«

Überrascht blickte sie auf. »Ja. Ich glaube, das ist es. Martin schien es als ein aufregendes Spiel zu betrachten, irgendwelche gefährlichen Verbrecher aufzuspüren und Beweisstücke zu sammeln, um sie zur Strecke zu bringen.« Ihr Gesicht hatte einen besorgten Ausdruck angenommen. »Der Gedanke an all die Gefahren, in die er sich begibt, ist mir schrecklich.«

Ich sah sie nachdenklich an. »Ich glaube, daß sich das vielleicht geändert hat. Hast du ihn das letzte Mal in Neapel gesehen, Mutter?«

»Nein, ich habe ihn letztes Jahr hier auf Schloß Szigvàr gesehen, wenige Stunden bevor Gideon Sumner von seinem Anschlag auf von Dreyer zurückkehrte.«

»Ah. Ich habe mir schon gedacht, daß Martin irgendwie weiß, daß du hier gefangen bist. Hast du mit ihm gesprochen?«

»Nein.« Sie sah mich zweifelnd an. »Er hat mich nicht gesehen, und ich halte es für ausgeschlossen, daß er weiß, daß ich hier bin, Liebes.«

»Erzähl mir, was geschehen ist!«

»Eines Tages wurde mir gesagt, daß Baron Krenner einen Geschäftsfreund aus Rumänien zum Essen eingeladen habe und man mir deshalb an diesem Abend das Essen auf mein Zimmer bringen werde. Ich darf natürlich nie mit jemandem von draußen sprechen«, sie deutete auf die Fenster, deren Vorhänge nun zugezogen waren. »Später saß ich auf der kleinen Terrasse und sah sie unten vorbeigehen. Der Besucher war niemand anderes als Martin, und er sprach Deutsch. Ich nehme an, daß er sich als Rumäne ausgab, um seinen fremdländischen Akzent zu erklären.« Sie biß sich auf die Lippen und zog die Brauen zusammen, wie sie es schon mehrmals im Verlauf unseres Gesprächs getan hatte. »Ich wollte ihn gerade rufen, aber dann erkannte ich, daß ich ihn auf diese Weise bloßstellen und in eine sehr gefährliche Lage bringen würde.«

»Hast du dir damals nicht gedacht, daß er auf einer Fährte war, und daß diesmal Baron Krenner seine Beute war?«

»Doch. Ich wußte, daß Krenner für die Ermordung von Dreyers verantwortlich war.«

»Ich glaube eher, daß er hinter Gideon Sumner her war, aber das ist gleichgültig.«

»Während sie beim Essen saßen, ging ich in die Remise und legte einen zusammengefalteten Zettel auf den Sitz des Wagens, in dem er zum Bahnhof zurückgebracht werden sollte. Auf dem Zettel stand, daß ich hier als Gefangene festgehalten werde. Ich wußte, daß er meine Handschrift erkennen würde und hoffte, daß er den Zettel finden würde.« Sie lächelte traurig. »Ich habe Wochen gebraucht, um einzusehen, daß meine Hoffnung vergebens war. Er hätte sicher eine Möglichkeit gefunden, mir zu helfen.«

»Er hat den Zettel gefunden, Mutter, daran kann überhaupt kein Zweifel bestehen. Er wußte, daß du hier gefangen bist, und ich bin fast sicher, daß er noch in derselben Nacht zurückkam. Ich weiß nicht genau, was geschehen ist, aber vielleicht war er so aufgeregt, daß er sich nicht genügend in acht genommen hat, oder vielleicht wurde er von Gideon Sumner entdeckt . . . ich glaube, sie sind seit langem verfeindet. Aber ich bin ganz sicher, daß Martin beim Versuch überrascht wurde, dich zu befreien, . . . und daß diejenigen, die ihn überraschten, später glaubten, sie hätten ihn umgebracht.«

»Großer Gott, nein!« Sie starrte mich entsetzt an.

»Er bekam einen Schlag über den Kopf und wurde ohne Kleider in einen Fluß geworfen, wo er ertrinken sollte«, sagte ich ruhig, während ich ihre Hand festhielt. »Sie schlangen ein schwarzes Armband um sein Handgelenk, zum Zeichen, daß er ein Opfer der Bruderschaft der Wölfe war.«

»Du weißt davon?«

»Ein Mann im Zirkus hat es mir erzählt. Er kam aus einem ungarischen Dorf. Ist Baron Krenner einer der Anführer?«

Meine Mutter nickte langsam. »Ja. Ich nahm an, daß Martin aus diesem Grunde hinter ihm her war. Aber Chantal, woher willst du das alles wissen?«

»Weil ich Martin wenige Tage später gefunden habe. Er war zu Fuß unterwegs, in gestohlenen Kleidern wie ein Landstreicher, und hatte sein Gedächtnis verloren.«

Sie barg den Kopf in ihren Händen und fing leise an zu weinen. »Es ist meine Schuld . . . meine Schuld! Der arme Junge.«

Ich legte einen Arm um ihre Schultern. »Mutter, es ist ja alles gut. Er hat sich wieder völlig erholt, und auch sein Gedächtnis ist zurückgekehrt. Ich habe ihn vor zwei Wochen in England gesehen und bin sicher, daß er vorhat, dich zu retten!«

Sie hob langsam den Kopf und sah mich verwirrt an. »Weiß er denn, daß du meine Tochter bist?«

»Ich bin nicht sicher, aber ich nehme es an. Und ich glaube, daß er mir nichts über dich erzählt hat, weil er weiß, wie unüberlegt ich bin, und befürchtete, daß ich etwas Dummes anstellen würde, wenn ich die Wahrheit erführe. Als ich ihn einmal nach der Erklärung für einige Worte fragte, die ich zufällig mitgehört hatte, und in denen es um eine Dame ging, die in einem fremden Land gefangen war, war er ganz beunruhigt und behauptete dann, er habe von einer Statue in einem Museum gesprochen.«

Meine Mutter zog ein Taschentuch aus ihrem Ärmel und tupfte sich die Augen ab. Ein Lächeln spielte um ihre Lippen. »Ich glaube, er muß dich sehr gut kennen, mein Kind. Du wärst vermutlich weggelaufen, um mich auf eigene Faust zu suchen. Aber erzähl mir, wie du ihn gefunden hast, als er mit seiner Amnesie durch die Gegend lief.«

Ich erzählte ihr von unserem Zusammentreffen am Fluß und von den Wochen, die Martin beim Zirkus verbracht hatte, bevor er in Regensburg verschwunden war. Ich hielt es jetzt für möglich, daß er Gideon und Belinda dort gesehen hatte, und daß ihm dabei sein Gedächtnis zurückkam. Ich erzählte auch, wie ich sein Gespräch mit Sir Robert im Hohlweg mitangehört hatte, und wie er auf dem Ball der Kirkbys in London auftauchte. »Er kam, um nach mir zu suchen, aber ... ich war nicht mehr das Mädchen, das er gekannt hatte. Dann ging er fort, und ich sah ihn erst vor zwei Wochen wieder.« Und ich berichtete, wie mich Martin beim Training in der Scheune überrascht hatte.

Meine Mutter fragte: »Warum glaubst du, daß er zweimal gekommen ist, um dich zu suchen?«

»Ich weiß nicht, Mutter. Er hat es mir nicht gesagt.«

Sie lächelte. »Vielleicht hatte er sich in dich verliebt, Chantal?«

»Oh!« Daran hatte ich nie gedacht. »Das glaube ich aber nicht.«

Sie betrachtete mich aufmerksam. »Hast du ihn denn gerne?«

»Ja.« Ich erinnerte mich, wie glücklich ich während der Wochen gewesen war, die er mit uns im Zirkus verbracht hatte. »Ja, ich mag ihn sehr gerne. Ich habe lange versucht, nicht an ihn zu denken, weil ich ihn nach allem, was mir Belinda über ihn erzählt hatte, für einen schlechten Menschen hielt.«

Meine Mutter lächelte immer noch. »Denk einmal an all die andern jungen Männer, die du kennengelernt hast. Versuche, sie dir ins Gedächtnis zu rufen!« Sie schwieg einen Moment lang. »Und jetzt denk an Martin. Empfindest du da etwas anderes?« Ich schloß die Augen und versuchte, an Martin zu denken. Ein unbeschreiblich schönes Gefühl verdrängte plötzlich alles andere.

Ich flüsterte: »Oh, Mutter ... wie hast du das erraten, ich habe es ja selbst nicht einmal gewußt!«

»Wenn du von ihm sprichst, haben deine Augen einen ganz besonderen Ausdruck, mein Kleines!«

Es klopfte leise. Dann rief eine Stimme auf deutsch: »Ich bin es – Anna. Frau Doktor, ich soll das Fräulein jetzt auf ihr Zimmer bringen.«

Meine Mutter erhob sich und rief: »Komm herein, Anna!«

Während das Mädchen eintrat, ging sie zu einer abgenutzten Ledertasche, die auf einem kleinen Tisch stand. »Du hast die Gefühle eines ganzen Jahres auf wenige Stunden zusammengedrängt, mein armes Kind, und wirst viel zu übermüdet sein, um schlafen zu können.« Sie drückte mir ein Fläschchen in die Hand. »Nimm davon zehn Tropfen in etwas Wasser, kurz bevor du zu Bett gehst, dann wirst du ruhig schlafen.«

»Nimmst du auch etwas?«

»Ja. Ich verspreche es.« Sie streckte ihre Arme aus. »Gute Nacht . . .«, ihre Stimme brach, und sie umschlang mich heftig. Während ich sie an mich drückte, flüsterte ich: »Gute Nacht, Mutter. Sei ganz ruhig. Jetzt, wo wir zusammen sind, wird alles gut.« Wenig später lag ich im Bett und starrte in die Finsternis über mir. In ein paar Stunden war fast alles erklärt worden, was mir im vergangenen Jahr rätselhaft gewesen war, und die Bruchstücke einer bösen und schändlichen Geschichte hatten sich zu einem Bild gefügt. In der gleichen Zeit hatte ich meine Mutter wiedergefunden und entdeckt, daß ich Martin Verne liebte. Mein Körper war erschöpft, und meine Seele war von all den bösen Überraschungen ganz erschüttert. Ich zweifelte nicht daran, daß sich meine Mutter und ich früher oder später in Lebensgefahr befinden würden, aber das beschäftigte mich im Augenblick noch wenig, vielleicht weil ich fühlte, daß die Gefahr noch nicht unmittelbar bevorstand. Der Gedanke an Martin war mir immer gegenwärtig, und ein warmes, prickelndes Gefühl durchfuhr mich – etwas, das noch in einem verborgenen Winkel meines Wesens verschlossen bleiben mußte, um zur rechten Zeit zu erwachen. Ich dachte mit einer Begeisterung, die durch keine Angst beeinträchtigt werden konnte, an meine Mutter. Ich stellte sie mir vor, wie sie am Tisch gesessen hatte. Die schäbige Kleidung hatte ihrer Erscheinung keinen Abbruch getan. Sie hatte sich nicht einschüchtern lassen. Sie wirkte auf mich wie ein Juwel in einem Schweinestall, denn ihre Gegenwart ließ Gideon Sumner und Joseph Krenner erst als die Tiere erscheinen, die sie wirklich waren.

Ich war so stolz auf meine Mutter, daß mir die Tränen in die Augen traten. All die Ängste, die ich vor der Begegnung mit ihr gehabt hatte, waren zerstreut, denn nun wußte ich, daß sie mich liebte. Nach den ersten Minuten hatten wir aufgehört, Fremde zu sein, und am Ende des Abends standen wir uns näher als viele Mütter und Töchter, die zwanzig Jahre unter dem gleichen Dach gelebt hatten, denn gerade unser besonderes Schicksal hatte Bande von seltener Stärke zwischen uns geknüpft.

Ich war froh, daß sie kaum geweint und mich nicht mit Gefühlsausbrüchen überschüttet hatte. Ich schlief schon halb, als mir bewußt wurde, daß wir beide unseren eigenen Kopf hatten. Sie konnte sich zwar besser beherrschen als ich, aber es war gut möglich, daß wir wegen irgendwelcher Meinungsverschiedenheiten auch einmal Streit miteinander bekommen würden. Ich lächelte im Dunkeln. Das würde nichts schaden. Ich hatte auch mit Maria manchmal heftige Auseinandersetzungen gehabt, aber deshalb hatten wir doch nie aufgehört, einander zu lieben.

Ich versuchte, mich auf die Frage zu konzentrieren, wie wir wohl aus unserem Gefängnis entkommen könnten.

Doch da begannen die Tropfen zu wirken, die ich eingenommen hatte, und ich fiel in einen tiefen, traumlosen Schlaf.

Am nächsten Morgen um sieben erwachte ich ausgeruht und eigenartig ruhig. Ich lehnte mich über den breiten Fenstersims in meinem Zimmer, um die Außenmauer und den Innenhof genauer anzusehen. Ich hatte bereits entdeckt, daß meine Tür von außen verschlossen oder verriegelt war. Mein Fenster war vom Wachhäuschen aus nicht zu sehen, und während ich hinabspähte, erkannte ich tiefe Rinnen, wo der alte Mörtel zwischen den großen Steinblöcken verwittert war. Selbst bei Dunkelheit wäre es verhältnismäßig leicht für mich, an dieser Wand hinunterzuklettern, ohne ein verräterisches Seil aus zusammengeknoteten Laken zu hinterlassen.

Meine Mutter hatte gesagt, daß es nicht damit getan sei, aus dem Schloß zu entkommen. Baron Krenners Einfluß reichte weit. In jedem Dorf würde es zwei oder drei Männer geben, die der Bruderschaft der Wölfe angehörten, und es war fraglich, ob wir überhaupt irgendwo in Ungarn vor ihm sicher sein konnten.

Ich hatte das ungute Gefühl, daß die britische Botschaft im österreichisch-ungarischen Kaiserreich weit weg in Wien saß. Vielleicht gab es ein Konsulat in Budapest, aber ich wußte nicht wo und bezweifelte auch, daß wir es bis Budapest schaffen konnten, ohne wieder gefangen zu werden. Es gab nur einen sicheren Hafen, der im Augenblick ganz in unsrer Nähe war. Kaysers Riesenzirkus hatte seine Zelte nur wenige Meilen entfernt außerhalb von Kaposnika aufgeschlagen, und dort würden wir unter Freunden sein. Mein größtes Problem war, meiner Mutter dabei zu helfen, aus ihrem Zimmer zu entkommen, ohne eine Spur zu hinterlassen, durch die sie sich wie beim ersten Mal verriet.

Eine halbe Stunde später hatte ich das Problem immer noch nicht gelöst. Ich zog an der Klingelschnur. Fünf Minuten vergingen, bevor ich die Stimme eines Mannes hörte. Dann drehte sich der Schlüssel in meiner Tür, und gleich darauf betrat ein Mädchen, das ich bisher noch nicht gesehen hatte, den Raum. Sie sprach besser Deutsch als Anna, und ich hatte keine Schwierigkeiten, ihr klarzumachen, daß ich heißes Wasser für mein Bad brauchte und dann zusammen mit meiner Mutter das Frühstück einnehmen wollte, bevor wir ins Krankenhaus fuhren. Es war wundervoll, meine Mutter wiederzusehen, als ich eine Stunde später ins Frühstückszimmer trat. Sie trug einen dunklen Rock und eine weiße, kurzärmelige Bluse. Beide Kleidungsstücke waren an zahlreichen Stellen geflickt. Wir saßen allein am Tisch, denn Baron Krenner und seine Gäste waren noch nicht aufgestanden. Obwohl wir wegen der Dienstboten nur sehr wenig sprachen, empfand ich ein Gefühl der Wärme und Zugehörigkeit, das mich sehr glücklich machte.

Zwei Männer ritten neben dem Wagen her, der uns ins Krankenhaus brachte. Der eine wünschte uns freundlich einen guten Morgen, der andere dagegen war ein mürrischer Kerl, der uns mißtrauisch beobachtete. Als er aufs Pferd stieg, glitt ein Ärmel seiner Jacke zurück und gab das verflochtene schwarze Lederband frei, das ich kennen und fürchten gelernt hatte.

Das Krankenhaus war in einem kleinen, einstöckigen Gebäude am Rande des Dorfes untergebracht. Es hatte zwei Stationen, eine Waschküche, ein Büro, ein Sprechzimmer und einen Operationsraum. Nur wenige Betten waren mit Matratzen ausgestattet. Wasser mußte von einer Pumpe geholt werden, und die Toiletten bestanden aus Eimern, die zweimal täglich geleert wurden. Die gesamte Krankenpflege lag in den Händen zweier Dorfmädchen, und der Medikamentenvorrat war spärlich.

Auf meine Frage, wie man an einem solchen Ort überhaupt Menschen heilen könne, meinte meine Mutter lächelnd: »Ich habe meinen Beruf meist in Zelten oder Eingeborenenhütten ausgeübt, Liebes. Dies hier ist geradezu luxuriös. Ich habe herausgefunden, daß die Natur für einen Patienten, den man ruhig und sauber in ein Bett legt, oft mehr tut, als die ärztliche Kunst vermag.« Sie verzog ihr Gesicht.

»Ich versuche, Operationen nach Möglichkeit zu vermeiden, weil die Einrichtung hier so mangelhaft ist, aber ich habe schon unter viel schlechteren Bedingungen operiert, und wenn es also einmal unumgänglich ist, schicke ich ein Stoßgebet zum Himmel und tue mein Bestes.«

Während der kurzen Fahrt im Wagen hatte ich von meiner eigenen Absicht gesprochen, Medizin zu studieren, und davon, daß ich durch meine medizinischen Bücher und Anschauungsunterricht bei Mr. Brunner versucht hatte, mich darauf vorzubereiten. Meine Mutter hatte vor Begeisterung gestrahlt und meinen Arm ganz fest gedrückt. Sie sagte, sie wolle gleich anfangen, mich zu unterrichten.

An diesem Vormittag im Krankenhaus sah ich sie in einem anderen Licht. Die Bewunderung, die ich für sie empfand, wuchs noch mehr, während ich sie bei ihrer Arbeit beobachtete. Sie hatte genug Ungarisch gelernt, um mit den Kindern zu sprechen, und verbrachte damit mehr Zeit als mit der ärztlichen Untersuchung und Behandlung. Dieser eigentlichen medizinischen Aufgaben entledigte sie sich mit großem Geschick und raschen, bestimmten Bewegungen. Ich trug einen Kittel, den sie mir gegeben hatte, und half ihr mit Kleinigkeiten – hielt Nierenschalen, mischte nach ihren Anweisungen eine Medizin oder lenkte ein Kind ab, während sie den Verband auf seiner Wunde erneuerte. Es faszinierte mich, sie zu beobachten. Ich hatte nie zuvor so geschickte Hände gesehen.

Ich erfuhr, daß ihre beiden Eltern kurz nach meiner Geburt während einer Grippeepidemie gestorben waren. Sie hatte ihr kleines Erbteil benutzt, um den Weg einzuschlagen, den auch ihr Vater schon gegangen war, nämlich Medizin zu studieren. Die Tatsache, daß ihr Vater praktischer Arzt gewesen war, half ihr ein wenig. Dennoch mußte sie viele Schwierigkeiten überwinden, bis sie einen Platz an der medizinischen Fakultät der Universität London erhielt.

1892 hatte sie ihr Studium abgeschlossen. Bis dahin jedoch waren ihre finanziellen Mittel völlig erschöpft, und da sie es sich nicht leisten konnte, in England eine Praxis zu eröffnen, hatte sie ihre Laufbahn damit begonnen, daß sie in Indien eine Stelle an einem Krankenhaus annahm, das von einem Maharadscha gestiftet worden war. Von da an war sie durch die ganze Welt gereist und immer dorthin gegangen, wo ihre Hilfe am nötigsten schien, ohne jedoch länger als sechs Monate an einem Ort zu bleiben.

»Ich bin ein ruheloser Mensch«, bemerkte sie, als wir uns für ein paar Minuten in ihrem Büro niederließen, um eine Tasse schwarzen, süßen Kaffee zu trinken. »Wenn ich nicht arbeite, fühle ich mich einsam, und selbst dann brauche ich offenbar immer wieder eine neue Aufgabe. Wenn John nicht gestorben wäre, wäre das alles anders gewesen, aber . . .« Sie schenkte mir ein rasches, warmes Lächeln. »Vielleicht wird es jetzt anders, wo ich dich habe.«

»Wenn wir frei sind, Mutter«, ich dämpfte meine Stimme, »dann wird alles anders.«

Sie warf einen raschen Blick zur offenen Tür und schüttelte warnend den Kopf. »Nicht jetzt, Liebes«, flüsterte sie. »Sprich nicht von Flucht, außer wenn wir wirklich ganz alleine sind.«

Zum Mittagessen kehrten wir ins Schloß zurück, um festzustellen, daß die Atmosphäre bei Tisch sehr gespannt war. Gideon Sumner und Joseph Krenner hatten sich offensichtlich gestritten. Doch während sich Gideon darüber zu amüsieren schien, war der Baron böse und schweigsam und reagierte kaum auf Belindas Versuche, eine oberflächliche Unterhaltung in Gang zu bringen. Ich konnte insgeheim meine Freude über den verängstigten Blick in ihren Augen nicht unterdrücken, obwohl ich das unangenehme Gefühl hatte, daß die Meinungsverschiedenheit, welcher Art sie auch sein mochte, für uns nichts Gutes bedeuten würde.

Wir verbrachten den Nachmittag im Krankenhaus. Dann tranken wir im Zimmer meiner Mutter Tee und gingen eine Weile im Schloßgarten spazieren. Dabei füllten wir im Gespräch einige der zahlreichen Lücken aus unserer Vergangenheit auf. Während wir auf und ab gingen, prägte ich mir jedoch alles genauestens ein, das Schloß, das Wachhäuschen und die Außenmauer. Als wir auf der Westseite angelangt waren, unterbrach ich meine Mutter und flüsterte rasch: »Welches ist dein Fenster, Mutter? Deute nicht darauf, sondern sag es mir nur.«

»Im zweiten Stock, das fünfte von rechts.« Ihre Stimme wurde ängstlich. »Chantal, woran denkst du?«

»Bitte, mach dir keine Sorgen. Ich werde es dir heute abend nach dem Essen sagen, wenn wir auf deinem Zimmer sind.«

Als wir uns umwandten, warf ich einen Blick nach oben, um mir die Lage des Fensters, links neben einem Eckturm, einzuprägen.

Als wir eine Stunde später zum Abendessen hinuntergingen, hatte sich die Atmosphäre erstaunlich verändert. Baron Krenner und seine Gäste waren bester Laune und schienen sich wieder ausgezeichnet zu vertragen. Das gefiel mir nicht, und ich fühlte, daß es meiner Mutter genauso unbehaglich war. Wir saßen aber während des ganzen Essens mit versteinerten Gesichtern da. Ich hatte nur selten unter Kopfschmerzen zu leiden, doch jetzt hatte ich ein Gefühl, als ob mein Gehirn von einem engen Band eingeschnürt würde. Der Raum schien mich zu erdrücken, und ich merkte, wie ich tief durchatmete, als ob meine Lungen nicht genug Sauerstoff bekommen könnten.

Nach dem Kaffee erhob sich meine Mutter, wie schon am Abend zuvor und sagte mit der tonlosen Stimme, die sie im Umgang mit Baron Krenner gebrauchte: »Dürfen wir uns zurückziehen?«

Er grinste: »Aber gewiß, meine Liebe. Ach, wir wollten Ihnen aber vorher noch eine Neuigkeit mitteilen, die Sie sicherlich interessieren wird. Ein junger Mann namens Martin Verne treibt sich irgendwo hier in der Gegend herum. Wir wissen zwar nicht genau wo, aber wir wissen mit Bestimmtheit, daß er sorgfältige Pläne ausgearbeitet hat, um mich Ihrer angenehmen Gesellschaft zu berauben.«

Ich stand ganz still. Mein Herz klopfte zum Zerspringen. Meine Mutter war kaum merklich blasser geworden, aber sie blickte immer noch über Baron Krenners Kopf ins Leere. »Wir dachten, wir hätten Martin Verne letztes Jahr erledigt, aber er hat es offenbar überlebt. Nun plant er eine hochdramatische Rettungsaktion, indem er übermorgen Ihren Wagen auf der Rückfahrt vom Krankenhaus überfällt. Er hat ein paar anständige Burschen bestochen, damit sie ihm dabei helfen.«

Belinda beobachtete mich haßerfüllt und zischte: »Er ist ein Idiot. Sie nahmen sein Geld und kamen mit der ganzen Geschichte geradewegs zu Baron Krenner!«

Gideon Sumner lehnte sich in seinem Stuhl zurück und lachte. »Verne weiß noch nicht, daß Chantal hier ist. Ich freue mich schon darauf, ihm das zu sagen, wenn wir ihn schnappen. Kannst du dich erinnern, wie er aussah, als er auf dem Ball nach ihr suchte, Lindy? Ich glaube, der arme Martin ist richtig verschossen in Kirkbys Wechselbalg.« Er lachte noch immer, als er sich in seinem Stuhl vorbeugte und mit der flachen Hand auf den Tisch schlug, so, als ob er eine Fliege zerquetschen wollte. »Bei Gott, die Gelegenheit ist günstig! Der Kerl hängt mir schon zu lange an den Fersen!«

Mir war, als müsse mein Herz zerspringen, und der Raum um mich her begann zu schwanken. Ich hörte meine Mutter mit der gleichen, tonlosen Stimme sagen: »Dürfen wir uns zurückziehen?« Sie faßte meinen Arm, und ich zwang mich, mit ruhigen Schritten neben ihr her zu Tür zu gehen. Sobald wir in ihrem Zimmer angekommen waren, wandte sie sich mit kreidebleichem Gesicht zu mir. »Mein Gott, sie werden ihn umbringen!«

»Ja.« Ich legte die Hände an meine Schläfen. »Aber wenn wir vorher entkommen, wenn wir noch heute nacht fliehen, wird man überall nach uns suchen, und er muß einfach davon erfahren, wo immer er sich versteckt halten mag!«

Ein Hoffnungsfunke blitzte in ihren Augen auf und erstarb wieder. Sie schüttelte den Kopf. Dann hielt sie wieder inne und betrachtete mich einige Sekunden zweifelnd. Schließlich nickte sie kurz und entschlossen und zog mich zum Kamin am andern Ende des Zimmers. Dort sah sie mich wieder lang an, und in ihrem Blick begannen Zuversicht und Vertrauen die Angst zu verdrängen.

»Wie sollen wir es anstellen?« flüsterte sie.

Ich wußte, daß sie nun ihre ganze Hoffnung auf mich setzte, und es war, als ob man mir einen wertvollen Schatz anvertraut hätte. Die Verwirrung, die mich überkommen hatte, schwand. »Mutter, du bist einmal an einem Seil aus zusammengeknüpften Bettüchern aus deinem Fenster geklettert. Schaffst du das noch einmal?«

»Ja.« Sie lachte nervös. »Diesmal werde ich es besser machen.«

Obwohl mein Kopf noch immer dröhnte, konnte ich jetzt wieder klar denken. Ich sagte rasch: »Drehe die Tücher zu einem festen Strang zusammen und mach etwa alle dreißig Zentimeter einen Knoten hinein. Um die Tücher aneinanderzuknüpfen, machst du Knoten wie für eine Armschlinge oder eine Bandage. Es kann sein, daß du sie der Länge nach durchreißen mußt, damit das Seil lang genug wird. Öffne dein Fenster um Mitternacht und gib acht, wann die Wache vorbeigeht. Dann laß noch fünf Minuten verstreichen, bevor du herauskletterst. Ich werde unten auf dich warten.«

Leichter Zweifel spiegelte sich in ihrem Blick. »Aber Chantal, er wird eine Stunde später bei seiner nächsten Runde die Tücher entdecken. Und deine ebenfalls.«

»Nein. Ich brauche keine Tücher, und sobald du unten angelangt bist, werde ich hinaufklettern und deine hereinholen.«

Ihre Augen weiteten sich. »Kannst du so etwas? Kannst du das wirklich?«

»Ja, ganz sicher.«

Sie lachte nervös, dann nickte sie wieder kurz und entschlossen. »Was soll ich sonst tun?«

»Bist du das erste Mal am Wachhäuschen vorbeigegangen oder durch die kleine Seitentür geschlüpft?«

»Ich bin am Wachhäuschen vorbei. Die Seitentür ist verschlossen, und am Häuschen kann man nur gesehen werden, wenn der Mann zufällig gerade herausschaut.«

Sie zögerte. »Chantal . . . Liebes . . . Was dann? Wir wissen doch gar nicht, wo wir hin sollen?«

»Doch, Mutter – zum Zirkus! Er gastiert zur Zeit in Kaposnika, und das können wir noch vor Tagesanbruch zu Fuß schaffen.«

Sie hielt den Atem an. »Der Zirkus? Deine Freunde?«

»Ja, Mutter, ja!«

Einen Augenblick schien es, als könne sie es nicht fassen, doch dann leuchtete ihr Gesicht plötzlich vor Freude und Hoffnung. Sie drehte sich rasch um, ging zu ihrem Nähkästchen und nahm eine Schere. Ich sah, wie sie den dunklen Rock, den sie zum Stopfen mitgebracht hatte, in der Mitte aufschlitzte.

»Mutter, was . . .«

»Ich mache mir einen Hosenrock – der ist praktischer zum Klettern!« Ihr Flüstern klang aufgeregt, und sie sah noch jünger aus, als bei unserem ersten Zusammentreffen. »Hilf mir, Chantal. Du kannst die eine Seite umsäumen, während ich mit der andern anfange.«

Ich achtete nicht mehr auf meine Kopfschmerzen. Ich war nahe daran, in nervöses Kichern oder kindische Tränen auszubrechen, während ich versuchte, eine Nadel einzufädeln. »Ich kann furchtbar schlecht nähen, du wirst dich für mich schämen. Maria hat mich wegen meiner großen Stiche immer ausgeschimpft.«

»Es ist ganz egal, wie es aussieht. Setz dich hierher, Liebling, dann können wir zusammen arbeiten. Und jetzt erzähl mir von Maria!«

16

DAS GEWITTER BRACH um elf Uhr los. Durch die dicken, bleigefaßten Butzenscheiben sah ich den ersten Blitz im Osten aufzucken, und bald darauf krachte der erste Donnerschlag über Szigvàr. Dann begann es zu regnen. Ich hatte das Fenster einen Spalt geöffnet und konnte hören, wie die ersten schweren Tropfen auf dem Pflaster im Hof aufschlugen. Minuten später goß es in Strömen.

Wieder und wieder wurde der Himmel von Blitzen zerrissen, und der Donner war nur noch ein einziges, ununterbrochenes Grollen. Das Wasser schoß in Bächen aus den steinernen Wasserspeiern. Während ich zusah, löste sich allmählich der Druck in meinem Kopf, der den ganzen Abend über unerträglich gewesen war, und meine Kopfschmerzen ließen nach. Ich wußte nun, daß sie von dem heraufziehenden Gewitter hergerührt hatten. Zehn Minuten lang stand ich da und schaute durch den engen Spalt hinaus. Dann sah ich den schwachen Schein einer Sturmlaterne auf dem Pfad zwischen den Blumenbeeten. Trotz des Unwetters drehte der Wächter seine stündliche Runde.

Ich schloß das Fenster, setzte mich aufs Bett und wußte nicht recht, ob ich mich über das Gewitter ärgern sollte, oder ob es günstig für uns war. Es bedeutete sicherlich, daß der Wachmann kaum auf den Gedanken kommen würde, aus dem Fenster zu schauen. Außerdem würden uns der strömende Regen und die pechschwarze Dunkelheit schützen, wenn wir am Häuschen vorbeigingen. Aber dafür erschwerten die nassen Steine das Herabklettern an der Mauer, vor allem für meine Mutter. Ich tröstete mich mit dem Gedanken, daß ja noch eine Stunde Zeit war. Vielleicht würde der Regen bis dahin nachlassen, und zumindest ging kein Wind, der ihn uns ins Gesicht schlagen würde oder während des Abstiegs an uns zerren konnte. Ich hatte meine Reithosen und ein Hemd von Leo angezogen, das ich aus dem Zirkus mitgebracht und seitdem nie mehr getragen hatte. Ich war barfuß. Mein Haar hatte ich zurückgekämmt und zu einem festen Knoten im Nacken gebunden. Neben mir auf dem Bett lagen meine Mokassins und meine Jacke. Ich war bereit. Jetzt konnte ich nur noch warten.

Das Gewitter schien sich im Kreis zu bewegen. Langsam kam der Donner näher und entfernte sich wieder. Ich dachte an den Zirkus. In einer Nacht wie heute würden nur wenige schlafen. Strabo, Rama Singh und die andern Tierwärter waren gewiß bei ihren Schützlingen, um sie zu beruhigen. Die Zeltleute hatten alle Hände voll zu tun, um die dicken Taue festzuzurren. Andere mußten Gräben schaufeln, damit das Wasser abfließen konnte und keine Überschwemmung verursachte. Mr. McLeod deckte seine Zugmaschine ab, Mr. Albertini und die Stallknechte waren bei den Pferden. Ich konnte kaum glauben, daß all meine Zirkusfreunde so nahe waren, nur wenige Meilen entfernt ...

Die Stunde zog sich endlos hin. Erst als ich das fünfte Streichholz anzündete, um auf die Uhr zu sehen, standen die Zeiger auf Mitternacht. Ich zog meine Jacke an, hängte mir die Mokassins um den Hals und öffnete das Fenster wieder einen Spalt breit. Der Regen strömte noch immer herab, aber der Wind hatte sich ein bißchen gelegt. In Abständen von etwa einer Minute erhellte ein Wetterleuchten den Himmel, aber ich sah nun keine Blitze mehr. In der Ferne ließ sich noch ein finsteres Grollen hören.

Zehn Minuten vergingen, und ich zitterte schon vor Ungeduld, als ich endlich das Leuchten der Sturmlaterne wiedersah. Es kam langsam an der östlichen Außenmauer entlang, und einen Moment lang sah ich deutlich den Wächter, eine dunkle Gestalt in einem langen Umhang, mit einem breitkrempigen Hut, der tief in die Stirn gezogen war. Daran, wie unerschüttert der Mann in solch einer Nacht seine Pflicht erfüllte, erkannte ich die Macht, die Baron Krenner über seine Gefolgsleute ausübte.

Sobald die Laterne um die Ecke verschwunden war kletterte ich auf den breiten Sims und zog das Fenster hinter mir zu. Vorsichtig tastete ich über den Stein, um zu sehen, ob er glitschig war, und stellte erleichtert fest, daß es weniger schlimm war, als ich befürchtet hatte. Ich drehte mich um und ließ mich über die Kante gleiten. Dabei suchte ich mit den Zehen nach einer Rille zwischen den Steinen. Inzwischen klebte mir das Haar am Kopf, und meine Jacke und Hose waren vollständig durchnäßt. Zu meiner Rechten stürzte eine Fontäne aus einem der Wasserspeier. Ich mußte mich beim Klettern allein auf mein Gefühl verlassen, denn ich konnte nichts sehen. Aber das machte mir nichts aus. Jahrelang hatte ich mich auf die Kraft meiner Hände verlassen müssen und empfand schon seit langem keine Furcht mehr vor der Höhe.

Ich hielt mich seitwärts, um zwischen zwei Fenstern des ersten Stockwerks durchzufinden. Einmal zuckte ein Blitz auf, und ich blieb vor Entsetzen einige Sekunden an die Mauer gepreßt, bevor ich mich wieder bewegte. Mit dem Fuß nach unten tasten . . . eine Lücke finden . . . die Hand über die Mauer gleiten lassen . . . eine schmale Ritze . . . gerade genug, um sich mit einer Fingerspitze festzuhalten. Vorsichtig prüfen. Jetzt den anderen Fuß . . . und die andere Hand.

Ich hatte jegliches Zeitgefühl verloren, aber der Abstieg kann mich kaum mehr als drei Minuten gekostet haben, denn als ich in meine Mokassins geschlüpft war und an der Mauer zur nordwestlichen Ecke hinüberhastete, verschwand der Wächter mit seiner Laterne gerade um den Turm.

Dann rannte ich unter das Fenster meiner Mutter. Ich

hatte mich in der Zeit verschätzt; denn wenn sie sich an meine Anweisungen hielt, würde sie erst in fünf Minuten aus dem Fenster steigen. Ich zögerte, dann kehrte ich mich zur Wand, schleuderte die Schuhe von mir und begann hinaufzuklettern. So würden wir wenigstens ein paar Minuten sparen. Ich war schneller oben, als ich gedacht hatte, denn es war einfacher, mit der Hand einen Halt zu finden, als mit dem Fuß, wie ich es beim Abstieg hatte tun müssen. Zwei Minuten später kauerte ich auf dem breiten äußeren Fenstersims und klopfte ans Fenster. Es öffnete sich, und ich sah den blassen Umriß ihres Gesichts in der Dunkelheit. »Gott im Himmel!« rief sie aus.

»Ich will dir helfen, aus dem Fenster zu steigen, Mutter. Das ist nämlich am schwierigsten.« Ich mußte ziemlich laut flüstern, um meine Stimme im prasselnden Regen vernehmlich zu machen. »Bist du soweit?«

»Ja. Hier sind die zusammengeknüpften Laken. Ich habe das Ganze fest ans Bett gebunden.« Sie schob etwas Unförmiges durch das Fenster. Es war ihre Medikamententasche, die mit dem Henkel am Ende der Laken festgemacht war.

»Die kannst du aber nicht mitnehmen, Mutter!«

»Doch, Liebes, diese Tasche nehme ich überall mit!«

»Aber wir müssen meilenweit laufen!«

»Ich schaffe es schon, wirklich!«

Ich unterdrückte einen Lachanfall, als mir die Komik der Situation bewußt wurde. Ich kauerte, bis auf die Haut durchnäßt, zwölf Meter über dem Boden und hatte die erste Meinungsverschiedenheit mit meiner wiedergefundenen Mutter. Ohne ein weiteres Wort nahm ich die Tasche und begann, sie langsam nach unten zu lassen. Als die Tücher nachließen, kletterte ich ins Zimmer hinein. »Es ist soweit. Versuche, mit den Füßen so oft wie möglich an einem Knoten Halt zu finden!«

»Ja, Liebes. Sei mir nicht böse wegen der Tasche.«

»Nein, bestimmt nicht. Beeil dich jetzt.«

Mit erstaunlicher Behendigkeit schlug sie ihren Umhang zurück, schwang sich auf den Sims und machte sich daran, hinabzuklettern. Ich flüsterte: »Quetsch deine Finger nicht ein! Warte, gib mir die Hand, bis du mit der andern etwas tiefer gefaßt hast! Jetzt halt dich mit den Füßen fest! Fertig?«

Ich lehnte mich aus dem Fenster und sah mit klopfendem Herzen zu, wie sie im Regen nach unten kletterte. Sie verschwand in der Finsternis, und es erschien mir wie eine Ewigkeit, bis ich fühlte, daß das Seil nicht mehr gespannt war. Ich wartete ein bißchen, damit sie auch ihre Tasche losbinden konnte, und begann dann, die zusammengeknüpften Tücher heraufzuziehen. Danach kletterte ich auf den Sims, zog das Fenster hinter mir zu und begann wieder, mich vorsichtig an der Mauer hinabzutasten, während ich fühlte, daß ich mir an den harten Steinen die Zehen aufrieb.

Fünf Minuten später kauerten wir unter dem Fenster des Wachhäuschens, aus dem ein gelblicher Lichtschein drang. Das große hölzerne Schloßtor war nur wenige Schritte entfernt. Es war jetzt geschlossen, aber in der einen Hälfte befand sich eine kleine Tür, in deren Schloß ein schwerer Schlüssel stak. Wir mußten ungesehen durch diese Tür gelangen, und ich hätte gar zu gerne einen Blick durch das Fenster geworfen, bevor wir das gefährliche Stück zwischen Wachhaus und Tor überquerten, um zu sehen, ob der Wächter ein Nickerchen machte. Aber ich wagte es nicht.

Der Regen hatte plötzlich nachgelassen und inzwischen fast völlig aufgehört, wie es bei Gewitterregen häufig der Fall ist. Unsere Umgebung schien nun ein wenig heller als zuvor. Als ich den Kopf hob, tauchte hinter der großen Wolke, die nun nur noch den halben Himmel bedeckte, ein silberner Streifen auf, und im Süden schienen die Sterne hell. Wenn die Wolken weiterzogen, würde wahrscheinlich bald der Mond hervorkommen. Wir hatten keine Zeit zu verlieren.

Ich flüsterte meiner Mutter ins Ohr: »Warte hier, bis ich die Tür geöffnet habe, und komm dann nach, so leise du kannst!«

Ich sah sie nicken und ging auf Zehenspitzen zur Tür. Vorsichtig versuchte ich, den Schlüssel im Schloß zu drehen, aber er bewegte sich kaum. Panische Angst erfaßte mich. Ich biß mich auf die Lippen und versuchte es noch einmal, aber ohne Erfolg. Dann zog ich . . . und die Tür ging auf. Sie war nicht verschlossen.

Ich wandte mich um und winkte meiner Mutter. Mit ihrer Arzttasche in der einen Hand kam sie näher. Ich schob sie eilig durch die Tür, die ich sac te hinter mir zuzog, nachdem auch ich durchgeschlüpft war. Wir standen in einem vier Meter hohen steinernen Torbogen, von dessen Spitze eine Laterne herabhing. Hatten wir ihren Lichtkreis erst einmal verlassen, so würden wir schnell von der Dunkelheit des Weges verschluckt sein, der uns in den Wald führte.

Ich wollte meiner Mutter ihre Tasche abnehmen, aber sie schüttelte den Kopf. Ich dachte mir, daß wir später noch Zeit hätten, darüber zu streiten, und wollte sie gerade an einem Arm weiterziehen, als mich ein eisiger Schreck durchfuhr. Ein großer Mann in einem Umhang, einen breitkrempigen Hut tief in die Stirn gezogen, bog eben um die Ecke und starrte uns mit offenem Mund an. Ich erkannte den mürrischen Kerl mit dem schwarzen Armband, der einer unserer Begleiter auf dem Weg zum

Krankenhaus war. Halb gelähmt vor Verzweiflung erkannte ich, daß er in dieser Nacht Wache hatte und aus irgendeinem Grund hinausgegangen sein mußte. Deshalb war auch die Tür nicht verschlossen gewesen.

Einen Augenblick standen wir alle drei wie angewurzelt da. Vielleicht war es die rasche Reaktionsfähigkeit, die ich im Zirkus trainiert hatte, die mir half, als erste wieder zur Besinnung zu kommen. Ich flüsterte: »Lauf, Mutter, lauf! Ich hole dich ein.« Noch während ich sprach, sprang ich mit zwei Sätzen gegen die Beine des Mannes und versuchte verzweifelt, ihn zu Fall zu bringen.

Ich hoffte, ihn auf den Rücken zu werfen, so daß ihm für einige Augenblicke die Luft wegbleiben würde; aber obwohl er schwankte und taumelte, fiel er nicht um. Ich fühlte, wie mich eine kräftige Hand im Nacken packte, und versuchte, meine Zähne in seine Knie zu bohren, aber mein Kopf wurde zurückgerissen. Als ich gerade alle Hoffnung aufgegeben hatte, hörte ich einen scharfen Aufprall, dann ein Stöhnen, und der harte Griff in meinem Nacken lockerte sich plötzlich, während der Mann nach vorne sackte und sich der Länge nach auf dem Boden ausstreckte.

Ich lag auf dem Rücken und stieß eines seiner Beine zur Seite, das auf meinem Gesicht lag. Ich sah, wie meine Mutter dastand und ihre Arzttasche mit beiden Händen hoch über ihren Kopf geschwungen hatte, als ob sie zum Schlag ausholen wollte. Aber sie stand wie versteinert und starrte ungläubig auf das, was sie sah. Meine Augen folgten ihrem Blick, und ich entdeckte über mir den Kopf eines Mannes, der halb im Schatten war, so daß ich nur den oberen Teil seines Gesichts erkennen konnte. Er hatte die Brauen zusammengezogen und hielt den Kopf schräg, wie ein lauschender Wolf, und hinter ihm erkannte ich das Sternbild des Orion, wie ich es mit einem eigenartigen Vorgefühl an jenem Sommerabend vor einem Jahr gesehen hatte.

»Martin!« flüsterte ich heiser. Er wandte den Kopf, warf mir einen raschen Blick zu und beugte sich nieder, um mir aufzuhelfen. Nun sah ich, daß er grobe Bauernkleider trug und unrasiert war. Er schaute mich fast zornig an und flüsterte: »Mein Gott, ich dachte, du bist in England!«

»Nein, das bin ich nicht.« Etwas Besseres fiel mir im Moment nicht ein.

Meine Mutter ließ ihre Tasche sinken und sagte mit zitternder Stimme: »Martin, Sie sind betrogen worden, und wir hatten solche Angst um Sie!«

»Den Betrug habe ich selbst angezettelt.« Er grinste zufrieden. Mit zwei Schritten war er bei ihr. »Dr. Elizabeth, es tut mir leid, daß es so lang gedauert hat.« Dann kniete er sich neben den bewußtlosen Wächter, drehte ihn mit dem Gesicht nach oben und bog seinen Kopf zurück. »Halt ihn so fest, Chantal!« Ich kniete nieder und gehorchte. Martin zog ein Fläschchen aus der Tasche seiner zerlumpten Jacke und schraubte es auf. Dann schob er seinen Finger zwischen die Lippen des Mannes, um sie zu öffnen.

Meine Mutter kauerte sich neben ihn. »Geben Sie es mir!« Sie nahm die Flasche, bog den Kopf des Mannes etwas weiter nach hinten und goß den Inhalt der Flasche in eines seiner Nasenlöcher. »So. Auf diese Weise kann er sich nicht verschlucken und es ausspucken.« Martin nickte langsam.

»Das nächste Mal werde ich daran denken.«

Ich nahm einen starken Geruch wahr, ähnlich wie Knoblauch, und meine Mutter fragte Martin: »Ist das Paraldehyd?«

»Ja. Zwei Drachmen.«

»Damit wird er stundenlang schlafen. Sie müssen ihn ins Wachhäuschen tragen, er kann bei dem Wetter nicht im Freien bleiben.« Martin wollte etwas sagen, doch dann zuckte er die Schultern und schnitt eine Grimasse. Er zog den Mann auf die Knie, hob ihn dann mit einem Ruck ganz hoch und bückte sich rasch, um die schwankende Gestalt mit seinen Schultern aufzufangen. »Mach die Tür auf, Chantal. Dann wartet beide hier.«

Jetzt verstand ich, warum der Wächter sein Häuschen verlassen hatte. Martin hatte ihn wahrscheinlich durch irgendein verdächtiges Geräusch herausgelockt. So war die Tür offen, und der Mann für ein paar Stunden aus dem Weg geräumt. Eine Minute später kam Martin zurück, nahm uns beide beim Arm und murmelte: »Jetzt gehen wir.«

Als wir aus dem Torbogen hervortraten, sah ich einen Rucksack gegen einen der Mauerpfeiler lehnen und machte Martin flüsternd darauf aufmerksam. »Das sind Seile und Steigeisen. Ich brauche sie jetzt nicht mehr. Geben Sie mir Ihre Tasche, Doktor Elizabeth, und jetzt wird eine Weile nicht mehr geredet.«

Als wir den Weg, der den Waldgürtel des Schlosses durchzog, halb zurückgelegt hatten, wandte er sich um und geleitete uns ins Gebüsch. Dort stand ein Pony vor einem zweirädrigen Karren, auf dem ein Haufen Reisig und alte Säcke aufgetürmt waren. »Der Platz wird wohl auch für zwei reichen«, erklärte er kurz angebunden. »Legen Sie sich auf die Matratze im Wagen, und ich werde Sie mit Reisig und Säcken zudecken.«

Während er meiner Mutter in den Wagen half, sah ich ihn fragend an. »Fährst du jetzt zum Zirkus, Martin?«

»Ja. Das war ein ganz unvorhergesehener Glücksfall. Wir werden auch durch ein paar Dörfer kommen, aber du brauchst keine Angst zu haben, daß jemand neugierig wird. Man kennt mich hier meilenweit als Mondschein-Jan, den verrückten Kesselflicker.«

Tausend Fragen brannten auf meinen Lippen, aber ich hielt sie zurück und kuschelte mich auf der alten Matratze neben meiner Mutter zusammen. Bald rumpelten wir langsam über den Weg. Ich fühlte, wie sich meine Mutter bewegte und in ihrer Tasche herumkramte. Nach langem Rascheln drückte sie mir in der Dunkelheit eine kleine Flasche in die Hand. »Das ist Kognak, Liebes«, flüsterte sie. »Nimm ein paar kleine Schlucke gegen die Kälte. Deine Kleider sind völlig durchnäßt!«

Ich hatte Mühe, die Flasche aufzuschrauben und sie an die Lippen zu führen, ohne den Kognak zu vergießen, und wieder mußte ich gegen einen Lachanfall ankämpfen. Ich fror nicht, denn mich wärmte eine große innere Freude und Erleichterung. Martin war da und hatte die schwere Last der Verantwortung von meinen Schultern genommen. Ich hustete, als der Kognak in meine Kehle rann, dann setzte ich die Flasche nochmals etwas vorsichtiger an die Lippen und fühlte, wie ich von innen heraus wieder ganz warm wurde.

Das Gerumpel ließ nach, die Räder ratterten nicht mehr, und ich nahm an, daß wir die Straße verlassen hatten und durch den Wald fuhren. In der Dunkelheit zusammengekauert schwang ich mit der Bewegung des Wagens hin und her und glitt langsam in ein Traumland hinüber. Nichts schien wirklich zu sein. Der Gedanke, daß wir vor kaum zwanzig Minuten an einer regenüberströmten Schloßmauer herabgeklettert waren, oder daß wir in ein paar Stunden sicher im Zirkus angelangt sein würden – alles schien gleichermaßen märchenhaft. Ich lag nicht in dem kleinen Karren, den Martin, als Kesselflicker verkleidet, lenkte ... es war der Wohnwagen der

Gallettis, der dem nächsten Halteplatz entgegenrumpelte ... und ich döste in meiner schmalen Koje vor mich hin ...

Als ich erwachte, trug mich Martin gerade vom Karren zu einem kleinen Holzhaus auf einer Waldlichtung. Es war noch immer Nacht, aber in der Hütte brannte ein Kaminfeuer.

Ich sagte verschlafen: »Es ist alles in Ordnung, Martin. Wo sind wir? Wie lange habe ich geschlafen?«

Meine Mutter stand neben dem Feuer und lächelte mir zu, als Martin mich absetzte. »Nur eine Stunde.« Er wandte sich um, um die Tür zu schließen. »Dies hier ist eine verlassene Köhlerhütte. Ich hab' sie während der letzten sechs Monate dauernd bewohnt – abgesehen von meinen zwei kurzen Reisen nach England.« Ich blickte mich erstaunt um. »Aber . . . aber warum gehen wir denn nicht direkt zum Zirkus?«

»Der Fluß führt Hochwasser und hat eine Brücke mitgerissen. Wir müssen also einen großen Umweg machen.« Er legte seine Hände auf mein Haar, das noch immer feucht war, und strich über meine Wangen. Dann lächelte er. »Ich will nicht, daß du dort mit einer Lungenentzündung ankommst. Ich habe Wochen darauf verwendet, diese Flucht sorgfältig vorzubereiten. Du brauchst dir keine Sorgen zu machen. Hier sind wir sicher.« Ohne seine Augen von mir zu wenden, fuhr er fort: »Elizabeth, wollen Sie sie in eine Decke wickeln und ihre Kleider zum Trocknen aufhängen, während ich das Pony ausschirre?«

»Ja, sicher, Martin.«

»Sind Ihre Kleider auch naß?«

»Nur mein Umhang und der Rocksaum, aber das trocknet schnell.« Er nickte, während er mir immer noch in die Augen blickte. »Ich habe Brot gekauft und eine heiße Suppe vorbereitet. In einer halben Stunde fahren wir weiter. Dr. Elizabeth, wissen Sie, daß ich ihre Tochter mit den grünen Augen liebe?«

»Ich habe es gehofft, Martin, und jetzt sehe ich, daß es wirklich so ist.«

Er ließ seine Hände auf meine Schultern herabgleiten, zog mich an sich und küßte mich sanft auf die Lippen. Ich schlang die Arme um ihn und legte meine Wange an seine Brust. »Martin . . . Ich bin so glücklich.« Ich sagte es mit jeder Faser meines Wesens.

Er lachte fröhlich auf. »Ah, Chantal . . . ich glaube, jetzt weiß ich, wie es ist, wenn man am Trapez fliegt!« Fünf Minuten später kauerte ich, in eine Decke gehüllt, neben dem Kamin und aß einen Teller Suppe und ein Stück Bauernbrot. Meine Mutter saß neben Martin auf einer grobgezimmerten Bank, und während wir aßen, erzählte er uns seine Geschichte.

Meine Vermutung, daß sein verlorenes Gedächtnis wiedergekehrt sei, als er Gideon Sumner und Belinda in Regensburg auftauchen sah, war richtig gewesen. Aber im gleichen Augenblick waren seine Erinnerungen aus neuerer Zeit verschwunden, und die alten waren nicht wieder vollständig zurückgekehrt. Er hatte keine Erinnerung an die Zeit, bevor er nach Ungarn gereist war, um Gideon Sumner zu fassen, deshalb hatte er ein Zimmer in einem billigen Hotel genommen und ein Telegramm an Sir Robert geschickt. Fünf Tage später befand er sich in England unter ärztlicher Betreuung.

Als die Ärzte ihn für gesund erklärten und versicherten, daß sein Gedächtnis nach und nach zurückkehren werde, machte er sich daran, Gideons Spur wieder aufzunehmen. Er brauchte nur darauf zu warten, daß sein Gegner einen neuen Zug machte, aber da es so aussah, als ob dieser sich für eine Weile in Osburne niederlassen wollte, hatte Sir Robert selbst White Lodge gemietet und die Überwachung übernommen.

Es war Dezember, als sich Martin plötzlich wieder an meine Mutter erinnerte und zugleich an alles, was in Szigvàr geschehen war – wo er ihren Zettel gefunden hatte und beim Versuch, sie zu retten, beinahe von Baron Krenners Leuten erschlagen worden war. Dies alles veranlaßte ihn, schleunigst nach Osburne zu reisen, Sir Robert zu treffen und ihm zu sagen, daß er nicht länger sein Jagdhund sein wolle.

»Ich wußte wohl, daß Kernner viele wachsame Augen zu Dienste standen. Daher bin ich von Polen aus nach Ungarn eingereist, als Kesselflicker und Zigeuner, der die Landessprache nur schlecht beherrscht. Ich fuhr im Umkreis von zwanzig Meilen durch alle Dörfer um Szigvàr, um überall bekannt zu werden. Dann ließ ich mich hier nieder. Oft fuhr ich auch nachts mit meinem Karren durch ein Dorf und rief nach Messern zum Schleifen oder Kesseln zum Flicken.« Er lachte. »Ich habe mehr als einen verfaulten Kohlkopf abbekommen und noch einiges mehr, aber bald kannte mich jeder als Mondschein-Jan, den verrückten Kesselflicker.«

Auf diese Weise hatte er eine Person geschaffen, die kommen und gehen konnte, wie es ihr paßte, ohne Verdacht zu erregen. Die ganze Zeit über hatte er das Schloß im Auge, merkte sich, wie es bewacht wurde, saß scheinbar schlafend auf seinem Karren vor dem Krankenhaus und beobachtete dabei, wie meine Mutter vom Schloß her und wieder zurückgeleitet wurde. Er wußte wohl, daß es ihm zwar ohne weiteres gelingen konnte, sie aus dem Schloß zu entführen, daß es aber sehr viel schwieriger war, sie außer Landes und damit außerhalb des Machtbereichs von Baron Krenner zu bringen.

Schließlich hatte er beschlossen, mit ihr nach Osten, an die rumänische Grenze zu fahren, da dies der am wenigsten wahrscheinliche Fluchtweg war. Er hatte all seine Geduld zusammengenommen, um mit diesem Versuch bis zum Juni zu warten, wo das Wetter für die Reise durch Siebenbürgen am günstigsten war. Er hatte den Reiseweg befahren und die Orte ausfindig gemacht, an denen sie rasten und essen konnten – hier ein Keller, dort eine Berghütte oder ein Schuppen auf einem Bauernhof. Außerdem hatte er Bauernkleider für meine Mutter gekauft.

Eines Tages, Ende März, hatte er seinen Karren vor dem Krankenhaus aufgestellt und begonnen, die Töpfe zu flicken, die ihm die Dorfbewohner brachten. Unter seinem breitkrempigen Schlapphut beobachtete er, wie meine Mutter zum wartenden Wagen ging. Ein Kind war auf das Trittbrett geklettert, und einer von Baron Krenners Leuten hatte es deshalb geschlagen.

Ich sah meine Mutter bei der Erinnerung zusammenzucken.

Martin sagte ruhig: »Ich stand nur ein paar Schritte entfernt, als Sie auf den Mann losgegangen sind, Doktor Elizabeth . . . ich habe Ihr Gesicht gesehen . . . und da habe ich Chantal in Ihnen erkannt.«

Er sah von meiner Mutter zu mir herüber. »Sie sieht Ihnen zwar nicht ähnlich, aber in der Art der Bewegungen, dem Blitzen der Augen . . . all das war Chantal, genau wie ich sie eines Tages im Zirkus gesehen hatte, als sie ihre Freundin Maria beschützen wollte.«

Er lächelte und reichte mir die Hand. »Da schloß sich die Lücke endlich, mein Liebling. Ich erinnerte mich an Chantal, den Zirkus, den Tag, an dem wir den Baumstamm weggezogen hatten, an alles. Und ich stand wie vom Blitz gerührt. Ich erinnere mich kaum, wie ich zu dieser Hütte zurückfand, und während die Stunden vergingen, begann ich zu glauben, daß mir meine Phantasie einen Streich gespielt hatte . . .«

Bis zu seiner Rettungsaktion blieben ihm noch drei Wochen, und so verließ er Szigvàr, rasierte seinen Bart ab und machte sich auf die Suche nach mir. Er erfuhr von Mr. Kaysers Agenten in Paris, daß ich den Zirkus vor Monaten verlassen hatte und mich in England aufhielt. Er reiste nach London und suchte dort zuerst Sir Robert auf. Von ihm erfuhr er, daß wir in Osburne monatelang Nachbarn und gute Freunde gewesen waren, und daß Sir Robert am nächsten Abend auf einen Ball bei den Kirkbys gehen wollte. Bei der Erinnerung an den Ball zuckte ich zusammen. »Sprich nicht darüber, Martin. Ich mag gar nicht dran denken.«

Er lachte leise. »Das alles ist ja vorbei. Ich konnte an diesem Abend weder deine Mutter in dir erkennen, noch Chantal. Während ich also ein paar Tage wartete, um meinen Bart nachwachsen zu lassen, begann ich, Erkundigungen über Elizabeth Martin und die Kirkbys einzuholen und über das Zirkusmädchen, das plötzlich zur Familie gehörte.« Er verzog das Gesicht. »Nachdem ich ein paar Stunden damit zugebracht hatte, das Heirats- und Sterberegister in Somerset House zu studieren, dämmerte mir die Wahrheit. Ich fand heraus, daß Elizabeth Martin mit John Kirkby verheiratet gewesen war und ein Kind geboren hatte, das nach zwei Tagen starb. Aber ich wußte mit Sicherheit, daß sie selbst noch am Leben war.«

Martin zog seine Uhr aus der Tasche und blickte darauf. »Sir Robert hat eine Leidenschaft für Geheimnisse, und so überließ ich ihm die Angelegenheit, während ich selbst hierher zurückkehrte. Es gelang ihm, auf Grund der Adresse auf deiner Geburtsurkunde Albert Minchin ausfindig zu machen, und dann war ja alles klar ... oder zumindest fast alles. Ich kann mir immer noch nicht denken, wer diesen Hund auf dich gehetzt haben soll, denn Benedict Kirkby ist nicht der Mann für so was – und Gideon Sumner wollte dich lebendig.«

Meine Mutter fragte bestürzt: »Was war das mit dem Hund?«

Martin nickte grimmig: »Ja, man hat einen scharfen Hund auf sie gehetzt, aber das kann Ihnen Chantal ein andermal erzählen. Als ich hierher zurückkam, hatte ich die Absicht, Sie in einer mondlosen Nacht im Juni aus Szigvàr zu entführen. Alle Vorbereitungen waren getroffen. Ich kann zwar nicht an Mauern emporklettern, aber ich wäre mit Hilfe von Steigeisen auf das Dach gelangt und hätte mich von dort an einem Seil zu Ihrem Fenster hinabgelassen.«

Meine Mutter runzelte die Stirn. »War das damals, als ich krank wurde?«

»Ja. Ich hörte im Dorf davon und mußte meine Pläne verschieben, bis Sie wieder ganz auf der Höhe waren. Das Warten fiel mir sehr schwer, und so fuhr ich noch einmal nach England, um Chantal zu sehen. Mit dem Orientexpreß dauert die Reise nur vierzig Stunden.« Bei seinem Lächeln wurde mir vor lauter Liebe ganz schwach, und mein Herz begann wie rasend zu schlagen. Er sah mir tief in die Augen. »Und diesmal habe ich sie gefunden, meine Chantal!«

Ich erinnerte mich an unser Zusammentreffen in der Scheune und rief aus: »Aber du hast mich weiterhin im Glauben gelassen, daß du ein schlechter Mensch bist, Martin! Und über meine Mutter hast du mir auch nichts erzählt!«

»Mein Liebling, ich habe es einfach nicht gewagt. So wie die Dinge lagen, warst du in Sicherheit. Wenn du jedoch die Wahrheit erfahren hättest und ins Haus gerannt wärest, um sie Benedict Kirkby ins Gesicht zu schleudern ... dann weiß ich nicht, was passiert wäre. Es war also besser, daß du mich noch eine Weile für einen Schurken gehalten hast.«

Eine kurze Zeit herrschte Schweigen. Dann sagte meine Mutter: »Martin, wir dachten, daß man Sie in eine Falle gelockt hätte. Krenner sagte, Sie hätten einige Männer bestochen, um morgen einen Überfall auf meinen Wagen durchzuführen.«

Er grinste. »Das war nur eine Vorsichtsmaßnahme. Dieser Sumner hat eine feine Nase, und ich dachte mir, daß er sich Gedanken darüber macht, was ich wohl vorhabe. Und deshalb gab ich ihm etwas, worauf er seine Aufmerksamkeit konzentrieren konnte. Ich bestach einen Kerl aus Tomsar – einem zehn Meilen entfernten Dorf, – damit er Krenner diese Geschichte auftischte.«

Martin blickte wieder auf seine Uhr. »Es ist Zeit zu gehen. Ich werde das Pony anschirren, während Sie sich anziehen.«

Drei Stunden später, als ich warm und trocken neben meiner Mutter unter dem Reisig und den Säcken lag, spürte ich, wie der Karren zum Halten kam. Einen Augenblick später stand Martin daneben, und während er vorgab, seine Ladung mit einem Seil besser festzumachen, flüsterte er nahe an meinem Kopf: »Wir fahren jetzt nach Kaposnika hinein – es wird schon hell. Ich kann wegen des Hochwassers nicht um die Stadt herumfahren. Überall sind Leute, die versuchen, die Schäden auszubessern. In der Nähe des Bahnhofs lungern ein paar von Krenners Männern herum. Das heißt vermutlich, daß man eure Flucht entdeckt hat. Macht euch keine Sorgen, wenn Ihr mich rufen hört. Jeder hier kennt den verrückten Kesselflicker.«

Er nahm die Zügel wieder auf, und wir fuhren los. Bald hörte ich geschäftige Laute und Menschen, die sich bei der Arbeit gegenseitig zuriefen. Nach dem Platschen unter unseren Rädern zu urteilen, fuhren wir durch Wasser. Dann begann Martin zu rufen. Meine Mutter erklärte mir später, daß er in gebrochenem Ungarisch rief: »Flikke Kessel! Schleife Messer! Billig! Billig! Kommt zu Mondschein-Jan, dem Kesselflicker seiner österreichisch-ungarischen Majestät höchstselbst! Töpfe und Pfannen, Scheren und Messer!«

Die Leute von Kaposnika hatten keine Zeit für den verrückten Kesselflicker, der vor Sonnenaufgang sein Gewerbe feilbot, während die Stadt von einem Gewitter verwüstet war. Wir hörten zornige und spöttische Zurufe, und ein- oder zweimal vernahm ich einen gedämpften Aufprall an der Wand des Karrens. Ich war noch immer aufgeregt, aber meine Furcht war verschwunden, und meine Liebe für Martin wuchs mit jedem Augenblick, angefacht durch die erregende Unvorsichtigkeit des Theaters, das er vorführte.

Langsam schaukelten wir durch die halb überschwemmte Stadt, und alles wurde wieder ruhig, als wir auf der anderen Seite hinausfuhren. Nun ging es einen Hügel hinauf, und ich konnte den schweren Tritt von Martins Stiefeln hören. Er war abgestiegen und ging neben dem Pony her. Schließlich sanken die Räder in weichem Torfboden ein, und der Karren kam zum Stehen. Reisig und Säcke wurden vom Wagen gerissen. Martin sah im grauen Licht der Dämmerung lächelnd auf uns herab. »Wir sind zu Hause«, verkündete er.

Ich setzte mich auf und sah vor mir das altvertraute Bild. Vom großen Zelt waren einige Bahnen im Sturm losgerissen worden. Die Wagen waren in ihrer üblichen Anordnung aufgereiht, einige der kleineren Zelte waren beschädigt, und das Gras stand unter Wasser. Nur wenige Leute liefen herum, und ich wußte, daß die meisten versuchten, nach dem Kampf gegen das Unwetter ein paar Stunden Schlaf nachzuholen. Ich sah Hauptmann Lefevre, der ein paar Zeltleuten Anweisungen erteilte. Als ich zu meinem früheren Wohnwagen hinüberblickte, ging gerade die Tür auf, und Mr. Galletti trat heraus, zog sie seine Arbeitsjacke über und warf einen prüfenden Blick zum Himmel.

Erst da wurde mir bewußt, daß meine Mutter und ich jetzt in Freiheit waren. Ein Gefühl der Freude und Erleichterung durchströmte mich, und als Martin mich vom Wagen hob und auf den Boden stellte, liefen mir die Tränen über das Gesicht.

»Gerettet!« rief er triumphierend und half dann meiner Mutter aus dem Karren. Sie blickte sich erstaunt um, schloß die Augen und tat einen tiefen Atemzug in der frischen Morgenluft.

Ich schloß sie in die Arme und stammelte unzusammenhängend: »Es ist alles gut, Mutter, es ist vorbei, und das ist Mr. Galletti, du mußt ihn unbedingt kennenlernen, und Maria auch, sie ist so süß, und sie wird sich vor Überraschung gar nicht fassen können, wenn sie überhaupt schon auf ist . . .«

»Der grauhaarige Herr dort drüben beim Wagen schaut dich an«, unterbrach mich meine Mutter. »Ich glaube, du solltest ihn begrüßen, mein Kind.«

»Ja . . . ja. Martin, bring meine Mutter!« Ich wandte mich um und begann winkend und rufend auf den Wagen zuzulaufen. Ich lachte unter Tränen, als ich sah, wie Mr. Galletti eine Hand an die Schläfe legte, als ob er seinen Augen nicht trauen könne.

Mein Herz jubelte, während ich mir immer und immer wieder sagte, daß wir nun frei waren. Alle Gefahren lagen hinter uns, und der Alptraum war vorüber. Wir befanden uns zwar noch immer in Ungarn und noch immer auf den Ländereien von Baron Krenner, aber das machte nichts mehr aus, denn jetzt waren wir von hundert Freunden umgeben, und er würde es nicht wagen, Hand an uns zu legen.

Ich wußte noch nicht, wozu solch ein Mensch fähig ist, wenn er durch Angst, Wut und Ehrgeiz bis zum Rand des Wahnsinns getrieben wird.

17

ZWEI STUNDEN SPÄTER saßen Maria und ich eng umschlungen nebeneinander im Eßzelt. Mr. Kayser hatte am Tischende zwischen Martin und meiner Mutter Platz genommen, und Mr. Galletti saß mir gegenüber. Sammy hatte uns ein herrliches Frühstück zubereitet, und ich war sehr stolz, meine Mutter den Zirkusleuten vorstellen zu können.

Sie hatten nun alle wieder ihre Arbeit aufgenommen, und Mr. Kayser hatte sich vor zehn Minuten zu uns gesetzt und hörte aufmerksam zu, während ihm Martin eine kurze Zusammenfassung unserer Geschichte gab.

Maria richtete ihre blitzenden, dunklen Augen auf mich und flüsterte:

»Habe ich es dir nicht gleich gesagt, Chantal, daß Martin ein englischer Graf ist, der sich in dich verliebt hat!«

»Er ist gar kein Graf, *carissima,* und er hatte sich auch

nicht in mich verliebt. Das ist erst sehr viel später passiert.«

»Pah! Das ist doch gleich, ich habe es jedenfalls gewußt.«

»Scht! Ich will zuhören!«

Mr. Kayser sagte eben in seinem nicht ganz akzentfreien Englisch: ». . . und hier sind Sie sicher, Doktor Elizabeth, da brauchen Sie gar keine Sorge zu haben.« Sein Gesicht verfinsterte sich. »Wenn jemand Sie hier holen will, hat er Glück, wenn er die Peitsche nicht zu spüren bekommt – er mag Baron sein oder nicht. Meine Leute haben sehr viel Achtung vor Frauen und man würde Sie auch nicht wegschicken, wenn Sie eine Fremde wären. Das sind Sie aber nicht. Sie sind die Mutter von Chantal, und deshalb ist es uns ein Vergnügen, Sie hier aufzunehmen.«

Meine Mutter sagte: »Das ist sehr liebenswürdig von Ihnen, Mr. Kayser.«

Sie sah müde aus, aber ihre Augen glänzten, und ein warmer, glücklicher Klang schwang in ihrer Stimme mit.

»Wann ziehen Sie weiter, Mr. Kayser?« fragte Martin.

»Morgen. Nach dem Unwetter können wir sowieso kein Geschäft mehr machen. Heute flicken wir und lassen die Sachen trocknen. Morgen bauen wir das Zelt ab und fahren weiter.« Plötzlich lächelte er. »Sie müssen Ihre Geschichte meinem neuen Teilhaber erzählen, wenn er von Kaposnika zurückkommt.«

»Ihr . . .? Ach ja, Ihr neuer Teilhaber!« Martin schien etwas verblüfft, aber ich erinnerte mich, daß mir Maria geschrieben hatte, daß Mr. Kayser jetzt einen Teilhaber hatte.

»Er holt gerade einen Mann aus Wien ab, aber der Zug wird natürlich Verspätung haben.« Kaysers letzte Worte hörte ich kaum mehr, denn ich hatte mich fassungslos erhoben und blickte zum Zelteingang, wo die Segeltuchplane beiseite geschlagen wurde und zwei Männer eintraten. Den einen kannte ich nicht. Er hatte blondes Haar, trug einen Regenumhang über seinem gutgeschnittenen schwarzen Anzug und Überschuhe an den Füßen und hielt einen Aktenkoffer in der Hand. Der andere trug einen Fischerpullover unter einem zerbeulten blauen Jackett. Seine Hosen steckten in Gummistiefeln. Diesen Mann kannte ich allerdings sehr wohl. Es war Sir Robert Wayman.

»Kommen Sie herein, Hauptmann, kommen Sie, mein Freund.« Sir Robert machte eine einladende Geste. »Nach dem Unwetter ist hier alles etwas durcheinander, aber das werden Sie sicher verstehen. Ah, und da haben wir ja ganz unerwarteten Besuch bekommen! Leo hat es mir gerade erzählt. Entschuldigen Sie mich einen Augenblick!« Trotz seines steifen Beins kam er mit raschem Schritt auf uns zu. »Meine liebe Chantal – wie geht es Ihnen, Kind?« Er ergriff meine beiden Hände und beugte sich vor, um meine Wange zu küssen. »Lassen Sie sich mal ansehen. Etwas mitgenommen, aber quietschvergnügt wie immer!«

»Sir Robert . . . was tun Sie denn hier?« stammelte ich völlig verblüfft.

»Hat man Ihnen das noch nicht erzählt?« Sir Robert machte eine stolze Geste und lachte in sich hinein. »Ich bin seit Januar der Teilhaber von Mr. Kayser. Wie finden Sie denn das? Hm?«

»Sie sind das?«

»Warum denn nicht?« Er warf einen lauernden Blick zu Martin hinüber, der ebenso fassungslos dreinsah wie ich. »Als mich mein Wolfshund im Stich ließ, um seinen eigenen Spuren zu folgen, erinnerte ich mich an all die großartigen Geschichten, die Sie mir erzählt hatten. Ich besuchte Paul Kayser in seinem Winterquartier und kaufte den halben Anteil vom Zirkus. Ein Mann braucht etwas, wofür er sich einsetzen kann, sonst gehört er zum alten Eisen, verstehen Sie?«

Ich versuchte krampfhaft, mein Lachen zu unterdrükken. Sir Robert schaute mich wütend an. »Machen Sie sich nicht über mich lustig, junge Dame. Ich bin zwar ein ziemlich schweigender Teilhaber, aber in diesen letzten sechs Monaten habe ich eine ganz schöne Zeit unterwegs verbracht, und ich weiß langsam, wo die einzelnen Seile vertäut werden müssen.«

Mr. Kayser lächelte. »Er ist zu bescheiden. Wir haben sehr gute Geschäfte gemacht, weil wir seine Ratschläge befolgt haben.«

»Ich habe nie so viel Spaß gehabt.« Sir Robert sah seinen Teilhaber an.

»Paul, kannst du dich bitte an meiner Stelle um den Hauptmann kümmern? Er war die ganze Nacht unterwegs und ist völlig durchnäßt und ausgehungert. Vielleicht kann er etwas zu essen haben und ein Schläfchen machen, solange ich mich mit meinen Freunden unterhalte.«

»Natürlich.« Mr. Kayser stand auf und schüttelte dem Fremden die Hand. »Ich freue mich, Sie kennenzulernen, Herr Hauptmann. Wenn Sie bitte mitkommen wollen?«

Als die Segeltuchplane hinter ihnen zuklappte, wandte sich Sir Robert zu Martin und fuhr ihn an: »Warum, zum Teufel, hast du mir nicht sagen können, was du vorhattest?«

Martin hatte sich wieder gefaßt und lächelte unbeschwert. »Das ging Sie ja nichts an, Sir Robert. Es war eine ganz persönliche Angelegenheit. Ich war nicht hinter Sumner oder Krenner her. Worum es mir ging, war allein Doktor Elizabeth. Aber wie haben Sie es herausbekommen?«

»Indem ich zwei und zwei zusammengezählt habe«, brummte Sir Robert. »Ich habe die Kirkby-Geschichte für dich herausgefunden, und dann bist du plötzlich verschwunden, ohne ein Wort zu sagen. Unabhängiger junger Wolf. Aber es war nicht schwer herauszufinden, daß es sich bei Elizabeth Martin um deine Dr. Elizabeth Martin handeln mußte. Und da Benedict Kirkby seine Krallen auf ihrem Vermögen hatte, kombinierte ich, daß es sich bei dem Mann, der sie gefangenhielt, nur um seinen Cousin Krenner handeln konnte.« Er lächelte verschmitzt. »Und da hab' ich mir überlegt, daß es vielleicht gar nicht schlecht wäre, ein bißchen Zirkuszauber hier in Kaposnika zu machen.«

Er hatte eine Hand auf meinen Arm gelegt, und wir gingen zu meiner Mutter hinüber, die ihn mit jenem kühlen, abschätzenden Blick maß, den ich vom Krankenhaus an ihr kannte.

»Chantal, meine Liebe«, seine Stimme klang ruhig, fast scheu. »Wollen Sie mich bitte Ihrer Mutter vorstellen!«

Meine Mutter erhob sich und stand sehr aufrecht, während ich sagte: »Mutter, das ist Sir Robert Wayman.«

Sie zögerte, dann streckte sie die Hand aus. Sir Robert umschloß ihre Finger und beugte sich darüber. »Ergebenster Diener, Dr. Elizabeth. Ich habe schon vor Jahren von Martin über Sie gehört. Ich kenne Ihre Tochter und bringe ihr große Zuneigung entgegen. Ich kann mir keine größere Ehre vorstellen, als Ihre Bekanntschaft machen zu dürfen.«

»Ich kann Sie leider nicht mit ebenso herzlichen Worten begrüßen, Sir Robert«, erwiderte meine Mutter kühl.

»Wie konnten Sie den Jungen in der Weise benutzen, wie Sie es jahrelang getan haben, und ihn größter Gefahr aussetzen, um Ihrer Jagdleidenschaft zu frönen?«

Sir Robert zuckte unmerklich zusammen, doch er hielt immer noch die Hand meiner Mutter umschlossen. »Ich – ich wußte doch nicht, was ich sonst mit dem jungen Teufel tun sollte, Verehrteste. Er war ein unbändiger Bursche, und es schien mir nicht das Schlechteste, seinen Hang zum Abenteuer einem nützlichen Zweck zuzuleiten.«

»Unsinn! Sie haben ihn als – als Jagdhund mißbraucht!«

Sir Robert machte ein schuldbewußtes Gesicht. »In gewisser Weise, Verehrteste. Sie gebrauchen meine eigenen Worte, und das klingt sehr hart. Aber der Junge und ich haben einen sehr rauhen Umgangston gehabt, wie das unter Männern, die sich gerne mögen, häufig der Fall ist. Und wir mögen uns gerne, das kann ich ihnen versichern.«

Martin warf ein: »Das stimmt, Dr. Elizabeth!«

»Seien Sie ruhig, Martin!« Sie wandte die Augen nicht von Sir Robert. »Ihr Vormund sollte sich wirklich schämen.«

»Das tue ich ja auch, Verehrteste, ganz sicher, wenn Sie es für richtig halten.« Sir Roberts Stimme klang ganz sanft, obwohl ich den Schalk in seinen Augen aufblitzen sah. »Aber ich habe dabei auch die wichtigeren Dinge nicht ganz vernachlässigt. Ich habe den jungen Kerl eine Ausbildung als Bankkaufmann machen lassen. Sechs Monate im Jahr muß er ohne Erbarmen in einer Firma arbeiten, in der ich Teilhaber bin.«

»Dadurch wird Ihr Vergehen nicht wesentlich gemildert«, die Stimme meiner Mutter war noch immer sehr kühl, aber ich vermeinte nun eine Spur von Unsicherheit darin zu entdecken. Mein Blick kreuzte den von Martin, der mir zuzwinkerte. Er fand es offenbar sehr lustig, wie sein Vormund von meiner Mutter zurechtgewiesen wurde. Ich unterdrückte nur mühsam ein Prusten.

Obwohl meine Mutter noch immer Sir Robert anblickte, sagte sie scharf: »Hört auf zu kichern, Kinder!«

Martin legte sein Gesicht in strenge Falten, und ich versuchte, schuldbewußt auszusehen. Sir Robert schmunzelte. »Sehen Sie, wie schnell sie über die Stränge schlagen, sobald man ihnen die Zügel locker läßt? Ich kann nur hoffen, daß Sie sich überwinden können, mir meine Sünden zu vergeben.« Er hielt inne, und sein Gesicht wurde ganz ernst. »Aber eines muß ich Ihnen sagen. Vor nicht langer Zeit erzählte mir Martin, daß er mich Ihnen eines Tages vorstellen werde . . . und daß ich Ihnen zu Füßen liegen würde. Erlauben Sie mir zu sagen, daß er damit recht hatte, gnädige Frau.«

Meine Mutter errötete. Dann lachte sie nervös auf: »Ich glaube, Sie sind ein großer Schmeichler, Sir Robert.«

Er seufzte. Dann lächelte er. »Nein, Verehrteste. Ich bin von Natur aus ein recht borstiger Geselle, was Ihnen Ihre Tochter sicher bestätigen kann. Sie tun mir unrecht, wenn Sie mich einen Schmeichler nennen.«

»Dann bitte ich um Entschuldigung.«

Sir Robert trat zwei Schritte vor und nahm ihren Arm. »Sie haben ein gutes Herz, Verehrteste. Ich werde Sie jetzt zum Wagen der alten Solange bringen, wenn Sie erlauben. Dort steht ein leeres Bett, und ich bin sicher, daß Sie sehr müde sind.«

»Etwas schon. Aber Chantal und Martin gewiß auch!«

Sir Robert lachte: »Chantal können Sie ruhig in Marias Obhut lassen, die sie mit ihrem endlosen Geplapper wachhalten wird, und Martin kennt den Zirkus gut genug, um sein Bett selber zu finden. Kommen Sie, Doktor Elizabeth!«

Sobald sie gegangen waren, tanzte Maria ausgelassen im Raum herum. »Habt Ihr das gesehen? Er hat sich in sie verliebt, Chantal! Ist das nicht aufregend?« Ich lachte und zog sie an den Haaren. »Du mit deinen Phantasien hast dich noch immer nicht geändert!« Mr. Galletti klopfte an seine Brust. »Deine Mutter ist von innen her schön, Chantal.« Lächelnd nahm er seine Pfeife und den Pfeifenstopfer zur Hand. »Und bevor du verschwindest, könntest du mir eigentlich die Pfeife stopfen, wenn du nicht inzwischen vergessen hast, wie es geht.«

An diesem Vormittag schlief ich zwei Stunden, erwachte ganz erfrischt und begann dann, mich nützlich zu machen: Es war fast, als ob ich nie weggewesen wäre. Zirkusleute machen im allgemeinen kein großes Aufheben. Ich war weggegangen, und nun war ich eben wieder da. Sie begrüßten mich ohne Überschwang, stellten keine Fragen und nahmen mich einfach wieder in ihre Gemeinschaft auf als eine der Ihren.

Im Laufe des Vormittags traf ich sie alle, Strabo und Pepe, Gustave und Violette, Mr. Brunner, den alten Sven und die kleinen Khalafbuben. Ich trank eine Tasse Kaffee bei der alten Solange, und wir unterhielten uns flüsternd, um meine Mutter nicht zu stören. Später, als sie aufgestanden war, stellte ich ihr Mr. Brunner vor. Während des Gewitters waren verschiedene Leute verletzt worden, und er war mehr als dankbar, sich ihre Hilfe und Erfahrung in dem kleinen Krankenzelt zunutze machen zu können.

Ich war die ganze Zeit von einem so überströmenden Glücksgefühl durchdrungen, daß ich meinte, es müsse mich umstrahlen wie ein Heiligenschein. Martin und meine Mutter waren bei mir, und alles war wunderbar. Kurz nach ein Uhr setzte sich Mutter im Eßzelt neben uns, um einen Teller von Sammys Eintopf zu sich zu nehmen, und ich sah, daß auch sie vor Glück strahlte. Sie schien schon mit allen auf vertrautem Fuße zu stehen. Die Zirkusgesellschaft war ihr nicht fremder als viele andere Menschengruppen, unter denen sie bei der Ausübung ihres Berufes schon gelebt hatte.

Am Nachmittag wurde ich ins Büro von Mr. Kayser gerufen, wo ich Sir Robert und den Hauptmann vorfand. »Setzen Sie sich, meine Liebe«, forderte mich Sir Robert auf. »Wir wollen Sie nicht lange aufhalten, aber wir möchten, daß Sie eine schriftliche Aussage machen. Martin und Ihre Mutter haben das auch bereits getan.«

Ich war verwirrt. »Was denn für eine Aussage, Sir?«

»Nun – der Herr Hauptmann ist nicht nur ein Bekannter von mir – er ist zugleich ein hoher Polizeibeamter aus Wien. Seine Behörde versucht seit Jahren vergeblich, diese geheime Bruderschaft der Wölfe auszurotten, und jetzt können wir ihnen endlich die Beweisstücke liefern, die sie brauchen, um gegen Krenner vorzugehen.«

Der Hauptmann lächelte. »Der Bericht Ihrer Frau Mutter über alles, was sie während ihrer Gefangenschaft erfahren hat, ist wahrscheinlich schon mehr als genug, aber auch Ihre Beobachtungen während der letzten Tage könnten uns von Nutzen sein.«

Ich entledigte mich der Aufgabe ziemlich hastig. Mir schien es im Augenblick weit wichtiger, im Zirkus soweit Ordnung zu schaffen, daß wir morgen wie geplant abbauen konnten. Eine halbe Stunde später war ich schon wieder bei Martin im Stall. Er hatte sich inzwischen rasiert, und wir hielten gerade einen Augenblick in der Arbeit inne, um uns zu küssen, als Sir Robert hereingehinkt kam. Martin hielt seinen Arm um mich geschlungen und lachte: »Sie hätten sich diskret räuspern können, Sir . . .« Er stockte, als er den düsteren, fast entsetzten Ausdruck auf Sir Roberts Gesicht wahrnahm.

»Es gibt Schwierigkeiten«, bemerkte dieser unvermittelt. »Sumners Geliebte ist vor zehn Minuten hier angekommen. Sie ist in einem schrecklichen Zustand und behauptet, Sumner sei tot.«

»Tot?« Ich war erschrocken, fand es aber trotzdem seltsam, daß Sir Robert von dieser Nachricht so betroffen schien. »Wie ist denn das passiert?«

»Es hat offenbar heute früh, nachdem Ihre Flucht entdeckt wurde, Streit zwischen ihm und Krenner gegeben. Sumner wollte verschwinden. Das ganze Land hier untersteht aber Krenners Befehl, und so wußte er nicht, wohin er laufen sollte. Krenner nannte Sumner einen Verräter und bedrohte ihn.« Sir Robert schnaubte wütend. »Sumner ließ sich nicht einschüchtern. Er brachte irgendein Messer zum Vorschein und sagte, daß er es jedem in den Leib stoßen würde, der versuchte, ihn aufzuhalten. Krenner muß den Verstand verloren haben, und die beiden gerieten aneinander. Krenner bekam einen Kratzer im Gesicht ab.« Sir Robert hatte die Hände in den Hosentaschen vergraben und zuckte die Achseln. »Sumner und die Frau waren in der Remise und wollten gerade in einen Wagen steigen, als Krenner mit einer Doppelflinte auftauchte. Er hat aus wenigen Schritt Entfernung auf Sumner gefeuert.«

Ich schauderte. Martin fuhr sich langsam mit der Hand durch das Haar und sagte: »Wenn Verbrecher sich streiten, geht es selten ohne Blutvergießen ab. Ich habe keinen Grund, sein Ende zu betrauern.«

»Ich auch nicht«, konstatierte Sir Robert abrupt. »Aber die Frau sagt, daß Krenner eine Horde von Männern sammelt, um den Zirkus anzugreifen und ihn dem Erdboden gleichzumachen. Und er will sicherstellen, daß weder Doktor Elizabeth, noch Chantal oder du überleben, um die Geschichte weiterzuerzählen.«

Totenstille herrschte im Stall, und mir war plötzlich sehr kalt. »Aber . . . das kann er doch nicht tun!« flüsterte ich schließlich. »Wie kann er die Leute dazu bringen, so etwas zu tun!«

Sir Robert seufzte. »Das ist ganz einfach, meine Liebe. Er braucht nur ein paar Anführer, Leute die ihm durch den Eid der Bruderschaft Gefolgschaft schuldig sind. Sie gehen jetzt durch die umliegenden Dörfer und verbreiten wilde Gerüchte.«

Martin nickte grimmig.

»Aber ich verstehe das nicht. Was für Gerüchte denn?« stammelte ich.

»Alles, was den Mob gegen den Zirkus aufbringen kann.« Sir Roberts Stimme war schneidend. »Die Frau hörte, wie Krenner seinen Männern Anweisungen gab. Der Zirkuselefant sei während des Gewitters ausgebrochen und habe sechs Kinder in Kaposnika zu Tode getrampelt. Die Zirkusleute hätten den Fluß eingedämmt und dann das Hochwasser in die Stadt geleitet. Die Stützpfeiler des großen Zeltes hätten den Blitz angezogen, der die Kirche beschädigt hat. Männer aus dem Zirkus seien plündernd durch die Dörfer gezogen und hätten Frauen vergewaltigt . . .« Er zuckte die Schultern. »In einem Augenblick wie diesem, wo überall Durcheinander herrscht, sind die Leute bereit, selbst die unwahrscheinlichsten Gerüchte zu glauben; und selbst anständige Leute suchen ein Ventil für ihren Zorn.«

Ich war plötzlich mutlos, denn ich wußte, daß er die Wahrheit sprach. Ich erinnerte mich nur zu gut an jenen Abend in Sevilla, wo ich gesehen hatte, wie aus einer Ansammlung von Menschen ein wütender, gefährlicher Mob werden konnte, der von gedankenlosem Haß erfüllt war. In Sevilla hatten sie uns nur angegriffen, weil sie ihr eigentliches Ziel nicht erreicht hatten. Und hier würden sie von Krenners Männern und deren Schauermärchen dauernd in ihrem Haß angefeuert.

Martin sagte: »Wir müssen Frauen und Kinder in Sicherheit bringen, bevor sie kommen.«

Ich schüttelte den Kopf: »Sie werden nicht gehen, Martin, niemals.«

Er preßte die Lippen aufeinander. »Dann müssen wir drei oder vier Männer finden, die dich und deine Mutter wegbringen.«

»Diese Überlegungen kannst du dir sparen«, fuhr ihn Sir Robert an, bevor ich antworten konnte. »Mein Gott, Junge, kannst du dir denn vorstellen, daß Chantal Maria und all ihre andern Freunde im Stich läßt, oder daß Dr. Elizabeth sich von Chantal trennt? Sie ist schon dabei, das Eßzelt als Station für die Verletzten herzurichten.«

Martin legte den Kopf zur Seite, und ich sah wieder den Ausdruck des Wolfs auf seinem Gesicht.

»Wenn das so ist«, erwiderte er leise, »dann bleibt uns nur noch eine Wahl.«

»Ja.« Auch Sir Robert sprach nun ganz ruhig. »Von der Polizei in Kaposnika haben wir nichts zu hoffen. Das sind sowieso nur ein paar Leute, und sie haben mit den Gewitterschäden alle Hände voll zu tun. Der Hauptmann ist zum nächsten Armeequartier in Nagyeny geritten, aber es müßte schon mit viel Glück zugehen, wenn wir vor Einbruch der Dämmerung einen Soldaten sehen, und bis dahin wird schon alles vorüber sein.« Er wandte sich zu mir. »Ich glaube, Sie sollten mitkommen und sich dieses unglückselige Geschöpf ansehen, meine Liebe.«

Auf dem Weg zu Mr. Kaysers Büro hielt ich Martins

Hand fest in der meinen. Ich sah, wie die Zeltleute Pflöcke in den Boden rammten und einen Maschenzaun über das Feld zogen. Andere waren dabei, Pferde vor die Wagen zu spannen, um sie als Schutzmauer vor den Tiergehegen aufzustellen. Unser Zeltplatz war auf der einen Seite von einem Fluß begrenzt, der zwar nicht sehr breit war, aber durch das Gewitter Hochwasser führte, so daß hier nur wenige Männer zur Verteidigung nötig waren. Langsam blickte ich mich um und beklommen überlegte ich mir, was für eine Armee Baron Krenner wohl zusammenbringen würde.

Belinda kauerte auf einem Stuhl. Ihr Kleid war zerrissen, das Haar in Unordnung, und die Augen vom Weinen verquollen. Mr. Kayser saß hinter seinem Schreibtisch und hatte die Lippen aufeinandergepreßt. Als wir eintraten, zählte meine Mutter gerade ein paar Tropfen in ein halbes Glas Wasser. »Trinken Sie das, Belinda, dann wird Ihnen ein wenig besser!«

Belinda schnellte hoch, um ihr das Glas aus der Hand zu schlagen, und meine Mutter verschüttete etwas von der Flüssigkeit, als sie rasch den Arm zurückzog. Sie setzte das Glas auf dem Schreibtisch ab. »Ich werde wieder an meine Arbeit gehen, Mr. Kayser. Ich bedauere es zutiefst, daß ich Sie in diese schreckliche Lage gebracht habe.« Mr. Kayser schüttelte den Kopf: »Bitte, machen Sie sich keine Vorwürfe, Dr. Elizabeth!«

Als Belinda mich erblickte, weiteten sich ihre Augen in grenzenlosem Haß: »Sie ist an allem schuld!« rief sie mit schriller Stimme, wobei sie mit zitternder Hand auf mich zeigte. »Er ist tot! Und sie ist schuld daran!«

Martin trat ein paar Schritte vor und blickte auf sie hinab. Nach kurzem Schweigen sagte er kalt: »Sie haben von Krenner keine Gnade zu erwarten, Belinda; wenn Sie also seine Pläne kennen, tun Sie besser daran, uns alles zu sagen, was Sie wissen.«

Sie blickte zu ihm auf, und langsam schlich sich die Furcht in ihre rotgeäderten Augen. »Ich weiß nicht . . .«, murmelte sie heiser. »Warten Sie . . . er sagte, daß er zuerst mit wenigen Männern kommen werde, um Sie . . . nein, ich weiß nicht mehr.«

»Um uns herauszulocken?«

»Ja . . . ja, das war es. Und dann würde er erst den Hauptteil der Leute den Hang heraufschicken.«

Sir Robert sagte ruhig: »Gut, mein Junge.«

Ein Gedanke kam mir unvermittelt in den Sinn, und ich fragte: »Belinda – haben Sie mein Kopftuch gestohlen und einen Mann dafür bezahlt, daß er seinen Hund auf mich hetzte?«

Ihr Mund verzerrte sich, und Haß blitzte aus ihren Augen. »Gideon wußte es«, flüsterte sie. »Ich hatte ihm gesagt, daß ich Sie umbringen würde, bevor ich zuließ, daß er Sie heiratet. Er fand heraus, daß ich diesen Franzosen aus Weymouth bezahlt hatte, und deshalb hat er mich geschlagen.« Sie legte eine Hand auf ihre Wange. »Aber das war mir gleichgültig. Er hat Sie aufgegeben.« Ihre Stimme wurde wieder lauter. »Wenn Sie der Hund doch nur zerrissen hätte!«

Mr. Kayser rieb sich das Kinn und stand auf. »Ich werde diese Person in Strabos Obhut geben«, er deutete mit dem Daumen auf sie. »Von mir aus soll er sie in einen Käfig stecken. Und was tun wir jetzt, Sir Robert?«

Sir Robert verzog das Gesicht. »Bei einem Sturm auf hoher See würde ich mich wahrscheinlich wohler fühlen als hier, aber ich habe bei der Marine auch etwas gelernt.« Er blickte zu Martin hinüber: »Und der junge Kerl hier ist nicht ganz so unbedarft, wie er aussieht. Komm mit, Junge, wir wollen Hauptmann Lefevre suchen und Kriegsrat halten.«

Martin nickte. Er war sehr blaß und schien mit seinen Gedanken woanders zu sein. Er sah zuerst meine Mutter an und dann mich. Für einen Augenblick legte er mir leicht die Hand auf die Schulter, bevor er sich umwandte und Sir Robert folgte. Meine Mutter trat auf mich zu und schüttelte den Kopf, als ich etwas fragen wollte. »Laß nur, Liebes, mich brauchst du nicht zu beruhigen.« Sie brachte ein kleines Lächeln zustande. »Ich habe so etwas Ähnliches schon zweimal in Afrika durchgemacht.«

Ich fand keine Worte und nahm ihre Hände. Sie sah mich an. »Kannst du nun bitte Maria holen? Ich werde eure Hilfe im Zelt bei den Verletzten brauchen.«

Ich hatte Belinda ganz vergessen, und wir standen schon in der Tür, als ich Mr. Kaysers Stimme hörte: »Und bitte, sag Strabo, er soll sofort kommen!«

Kurz nach sechs Uhr sahen wir sie. Ein weit auseinandergezogener Haufen von etwa fünfzig Bauern kam unter wilden Schmährufen den Hang herauf. Sie schwangen Knüppel, lange Stangen und schwer beschlagene Gürtel. Wenn Belinda uns nicht belogen hatte, waren andere dabei, uns am Fluß und auf der Waldseite zu umzingeln, während die Hauptstreitmacht des Barons sich am Fuß des Hügels hinter der Flußbiegung verborgen hielt und abwartete.

Eine Stunde lang hatte unheimliches Schweigen über dem Zirkus gelastet. Wir hatten uns jetzt auf eine dreieckige Verteidigungslinie zurückgezogen und warteten. Zwei Seiten wurden vom Fluß und dem Maschenzaun gebildet – die dritte, kürzere Seite verlief am Waldsaum. Strabo bewachte den Fluß ganz allein, jedoch waren am Ufer in Abständen von zwanzig Schritt schwere Pflöcke in den Boden gehauen, und an jedem dieser Pflöcke war einer seiner Himalajabären an einer langen Kette festgemacht. Auch die Waldgrenze war von etwa einem Dutzend Männer mit langen Stöcken nur leicht bewacht. Zwischen den Bäumen hatten wir Drähte gespannt und sie mit Zweigen getarnt. Die Zugmaschine war vor unseren Wasserwagen gespannt, so daß kräftige Wasserstrahlen aus den drei Schläuchen auf jeden Angreifer gerichtet werden konnten, der versuchte, das Hindernis zu durchbrechen.

Am Maschenzaun waren vierzig Männer aufgestellt, die mit Eisenhaken oder Knüppeln bewaffnet waren. Der alte Sven und seine Leute hatten fieberhaft gearbeitet, und jeder der Männer war mit einem behelfsmäßigen Schild ausgerüstet, der aus den Planken zurechtgesägt war, auf denen sonst die Zirkussitze standen. Auch die Kinder waren nicht müßig gewesen: Sie hatten den Boden im Umkreis von hundert Metern abgesucht und alle Steine und Felsbrocken zusammengesucht, die man als Wurfgeschosse verwenden konnte. Sie waren nun hinter unserem zweiten Verteidigungswall aufgehäuft, der aus den übereinandergestapelten Sitzreihen des Zirkus bestand.

In der Mitte des Dreiecks stand das große Zelt. Die Tiergehege waren durch unsere Wagen abgeschirmt, ebenso wie das Eßzelt, das jetzt in eine Verletztenstation umgewandelt war. Hauptmann Lefevre befehligte eine Gruppe von jungen Männern, die Sir Robert mit grimmigem Humor unsere Reservedivision nannte. Unter ihnen war auch Leo. Sie konnten jederzeit überall aushelfen, wo Gefahr drohte. Frauen und Kinder waren neben dem Eingang im großen Zelt versammelt, wie seinerzeit in Sevilla. Sie hatten sich mit Pfosten und schweren Zeltpflöcken bewaffnet. Es wurde fast gar nichts gesprochen, selbst die Kinder verhielten sich still. Jeder wußte, daß der Mob, der auf uns angesetzt war, mit Feuer und Steinwürfen kommen würde, um zu brennen und zu morden, bis unsere kleine Zelt- und Wagenstadt in Schutt und Asche lag. Für sie stand alles auf dem Spiel – ihr Zuhause und ihr Leben, und so herrschte eine düstere, erbitterte Entschlossenheit.

Ich hatte meiner Mutter und Mr. Brunner bei den Vorbereitungen im Verletztenzelt geholfen, und nun stand ich mit Maria und Mr. Galletti am Eingang. Mein Herz begann wie rasend zu schlagen, als uns Leo zurief, daß die ersten Angreifer näherrückten. Durch eine Lücke in dem Wall aus Sitzreihen konnte ich einen Blick auf Martin und Sir Robert werfen, die die Linie der Verteidiger abschritten.

Ich war vor Angst fast erstarrt, doch hatte ich für so viele andere zu fürchten, daß ich gar nicht dazu kam, an mich selbst zu denken. Für Maria, die klein und zerbrechlich in Hemd und Arbeitshosen neben mir stand. Für Mr. Galletti, der heute mager und grau aussah und unruhig in seiner leeren Pfeife herumstocherte. Und für meine Mutter, meine wunderbare, eben erst wiedergefundene Mutter. Ich wandte mich um. Sie stand im Zelt, einen Finger an die Lippen gelegt, während sie die Instrumente und das Verbandszeug überprüfte und dann einen schnellen Blick auf die zwei großen Wasserkübel warf, die auf dem Ofen summten.

Ängstlich sah ich mich nach Maria um. »Bleib ganz nah bei mir, *piccina*, lauf bloß nicht weg. Bleib auf alle Fälle neben mir, egal was passiert.«

Ihre Augen blitzten gefährlich auf, und sie ließ den Zeltpflock in der Hand kreisen. »Glaubst du, ich lasse dich im Stich?«

Ich erinnerte mich, wie sie sich damals auf Strabo gestürzt hatte, und mein Magen krampfte sich vor Angst zusammen. Im nächsten Augenblick ertönte ein Aufschrei aus vielen Kehlen, und ich hörte das trockene Geräusch von Knüppeln und Pflöcken, die auf hölzerne Schilde niederkrachten. Hauptmann Lefevre stand an der Lücke im Schutzwall und rauchte eine dünne Zigarre. Leo war neben ihm. Er wandte den Kopf, um uns etwas zuzurufen, aber im zunehmenden Getöse konnten wir es nicht verstehen.

Maria hüpfte vor lauter Nervosität von einem Fuß auf den anderen. Ich merkte, wie ich vor Angst am ganzen Körper zitterte. Mr. Galletti schaute uns an: »Es ist besser, ihr geht und schaut, wie es läuft, Kinder, bis es hier etwas für euch zu tun gibt.«

Sekunden später kauerten Maria und ich neben Leo. Mir stockte der Atem, als ich die beiden Reihen von Männern vor dem Drahtzaun aufeinander einschlagen sah. Es war ein Anblick von erschreckender Brutalität. Ein Mann taumelte mit blutüberströmtem Gesicht zurück. Schreie und Flüche wurden laut, während die Knüppel immer wieder niedersausten. Über allem erhob sich das unheimliche Gebrüll der aufgebrachten Menge.

Ein anderer Mann wich vom Zaun zurück – sein Hemd war von einer Fackel in Brand gesetzt worden. Ich sah, wie Martin auf ihn zurannte, den Mann zu Boden warf und die Flammen mit seiner Jacke erstickte. Auf ein Zeichen von Hauptmann Lefevre rannte ein Trupp junger Leute hinaus, um die Verletzten zu bergen. Ich nahm Maria bei der Hand. Meine Zähne klapperten. »Wir müssen jetzt gehen und meiner Mutter helfen, Kleines.«

»Ja.«

Gerade als ich mich abwenden wollte, sah ich, wie der Zaun an einer Stelle nachgab, und im nächsten Augenblick jagte Hauptmann Lefevre seine Reservetruppe dorthin. Während wir zum Zelt zurückrannten, warf ich einen Blick über den Fluß. Eine Gruppe von Männern war am andern Ufer aufgetaucht, aber niemand hatte versucht, das Wasser zu durchqueren. Strabo hatte eine Hand auf den Kopf eines seiner Bären gelegt, während er mit der andern einen eisernen Haken schwang und drohende Schreie ausstieß.

Innerhalb der nächsten wenigen Minuten wurde ein halbes Dutzend Männer ins Verletztenzelt gebracht. Ich war zu sehr damit beschäftigt, meiner Mutter beim Auswaschen der Wunden, beim Nähen und Schienen zu helfen, als daß ich Zeit für einen andern Gedanken gehabt hätte. Dann erschien Martin, in Schweiß gebadet und mit entschlossenem Blick. Bis auf eine Schramme im Gesicht war er unverletzt.

»Im Moment ist es ruhiger«, sagte er knapp. »Im Wald haben sie es aufgegeben, und am Zaun haben wir sie zurückgeschlagen. Der Hauptangriff kommt erst. Dr. Elizabeth, können Sie auf Chantal verzichten?«

»Wozu brauchen Sie sie, Martin?« Meine Mutter war gerade dabei, einen Kopf zu bandagieren, und blickte nicht von ihrer Arbeit auf, während sie sprach.

»Weil sie sehr gute Augen hat. Ich bin sicher, daß Krenner irgendwo unter den Leuten ist, und ich möchte, daß mir Chantal hilft, ihn herauszufinden.« Er schob das Kinn vor und zog die Brauen zusammen. »Wenn wir im richtigen Moment einen Ausbruch machen und dabei Krenner gefangennehmen, hat der Mob seinen Anführer verloren und den Kampfgeist dazu.«

Meine Mutter nickte. »Also geh nur, Liebes. Maria, kannst du diese Schiene hier am Finger festhalten, gerade so? Mr. Galletti, ich glaube, Sie müssen noch ein Laken für Bandagen zerschneiden.«

Zwei Minuten später lag ich oben auf dem Wall aus

Sitzreihen neben Martin und starrte mit wachsendem Entsetzen den Hang hinab. Eine Menge von mindestens zweihundert Leuten bewegte sich langsam auf den schwankenden Zaun zu, wo nur etwa dreißig unserer Männer warteten. Sir Robert hinkte behende an der Linie auf und ab und rief dabei mit lauter, heiserer Stimme: »Ganz ruhig, Leute. Im Rücken ist alles in Ordnung, also haltet die Augen nach vorn gerichtet und kämpft, bis das Signal ertönt. Hauptmann Lefevre! Zwei Leute bitte, um die Lücke hier zu füllen !«

Martin sagte: »Wenn du eine Weile zugesehen hast, wirst du erkennen, daß sie von ein paar Anführern angetrieben werden. Ich kann Krenner nicht entdecken. Ich könnte schwören, daß er da ist, um sicherzugehen, daß die Sache klappt, aber . . .«

»Da, Martin, da!« Während ich rief, deutete ich auf einen Mann. »Ganz hinten, mit dem roten Tuch auf dem Kopf!«

»Bist du sicher? Sieht er so aus wie die anderen, bis auf das rote Tuch?«

»Das ist er, Martin, ich weiß es – ich erkenne ihn an der Art, wie er sich bewegt.«

»Ausgezeichnet.« Seine Stimme klang triumphierend. »An diesem Tuch können wir ihn leicht erkennen, wenn es soweit ist . . .«

Er brach ab. Die Menge stürzte mit einem Schrei vorwärts, der mein Blut gerinnen ließ. Es sah so aus, als ob sie unsere schwache Verteidigungslinie überrennen müßten wie ein paar Grashalme. Aber als die ersten Angreifer noch dreißig Schritt vom Zaun entfernt waren, gellte ein Pfiff. Von unserem hinteren Schutzwall schoß ein Steinhagel über die Köpfe unserer Verteidiger weg und landete in der anstürmenden Menge. Ihre Reihen gerieten durcheinander, und der Ansturm wurde langsamer. Doch sie wichen nicht zurück.

Sekunden später hörte ich, wie Angreifer und Verteidiger in einem splitternden Krachen aufeinanderprallten, und immer noch prasselten die Steine auf die hinteren Reihen von Krenners Gefolgschaft nieder. Ich sah, wie Sir Robert das Feld beobachtete. Mit jeder Minute wurde der Druck der Angreifer stärker, und der Zaun begann, gefährlich zu schwanken.

Martin berührte meinen Arm. »Runter, Liebling. Geh zurück zum Zelt!« Als wir herabkletterten, sah ich gerade noch, wie Sir Robert seine Pfeife an die Lippen führte. Sobald der Pfiff ertönte, lösten sich unsere Männer aus dem Kampf und rannten hinter den Schutzwall, wobei sie drei oder vier Verletzte mitnahmen. Auf halbem Weg zum Zelt blickte ich zurück. Während der Mob den aufgegebenen Zaun niedertrampelte, hatten sich unsere Männer schon hinter dem Wall gesammelt. Sir Robert stand an einer der Öffnungen und blickte hinaus. Martin und Hauptmann Lefevre verteilten die Männer an den aufgetürmten Sitzreihen entlang.

Sir Robert pfiff wieder, und alle Zirkusleute warfen sich mit aller Kraft gegen den Wall und schoben und stießen mit Stöcken und Knüppeln. Er schwankte, kippte und stürzte schließlich in seiner ganzen Länge mit lautem Krachen auf die ersten Reihen der Angreifer. Im nächsten Augenblick rannte Hauptmann Lefevres Reservetruppe auf der einen Seite hervor und stieß als spitzer Keil in das Durcheinander. Ein plötzlicher Aufschrei und ein klatschendes Geräusch rissen meinen Kopf herum. Der Löschwagen war vom Waldrand weggezogen worden und stand am andern Ende unserer Front. Aus drei Schläuchen krachte die volle Wasserladung auf den Mob herunter. Kreischen, Schreie, Stöhnen und das Getöse der Schlacht vereinigten sich zu einem grauenerregenden Crescendo.

Ich riß mich los und rannte ins Zelt. Dort lagen jetzt mehr als zwanzig Verletzte, von denen vier bewußtlos waren. Ein Mann krümmte sich vor Schmerzen, und Mr. Brunner hielt ihn fest, während meine Mutter eine Spritze vorbereitete. Mr. Galletti hatte gerade eine Schlinge um den zersplitterten Unterarm des alten Sven geknüpft. Kaum hatte er den Knoten festgezogen, nahm Sven seinen Knüppel wieder zur Hand, um in die Schlacht zurückzuhinken. Maria rief: »Chantal! Komm schnell!« Sie war mit rot bespritzten Armen über einen der Zeltleute gebeugt, und versuchte, die Blutung aus einer tiefen Wunde an seinem Schenkel zu stoppen.

Ich kniete mich neben sie und tastete nach der Schlagader. »Eine dicke Bandage auf die Wunde, Maria – so, und jetzt drück fest darauf!« Ich drehte mich um. »Mutter! Komm schnell!«

Maria hüpfte von einem Fuß auf den andern. »Wie geht es draußen?«

»Wir halten sie zurück. Es geht alles gut.« Ich wünschte, ich hätte meinen eigenen Worten glauben können. Der Lärm der Schlacht schien sehr nahe, und ich hatte den Eindruck, daß wir jeden Augenblick von unseren Feinden überrannt werden konnten.

Meine Mutter kniete sich neben uns hin. »Laß sehen, Maria. Ah, das ist keine Arterie. Heb sein Bein an . . . noch etwas höher, so.« Sie begann, eine feste Bandage um das Bein zu wickeln. »Wie heißt der Mann?«

»Marcel, *signora.*«

»Sie brauchen keine Angst zu haben, Marcel.« Meine Mutter lächelte ihn aufmunternd an. »Sie müssen ein paar Tage im Bett bleiben und werden ein oder zwei Wochen lang hinken, aber es ist nichts Ernstes.«

Sie warf mir einen raschen Blick zu. »Wissen die Frauen und Kinder, wie es steht? Man muß es ihnen sagen, Chantal. Es ist schrecklich, so im Ungewissen zu sein!«

»Mr. Kayser hat das selbst übernommen, Mutter. Er will darüber entscheiden, wann ... wann sie vorgeschickt werden.«

Ich sah, wie sie sich auf die Lippen biß, aber dann nickte sie und sagte: »Er hat recht. Aber gebe Gott, daß es nicht soweit kommt.«

Ich hob den Kopf, um zu lauschen. Der Lärm draußen schien etwas nachzulassen und sich zu entfernen. Zwei Minuten später erschien Mr. Kayser. »Wir haben sie zurückgeschlagen«, sagte er. »Für den Augenblick ist es vorüber.«

Maria und ich sahen uns an und blickten dann zu Mr. Kayser. Ich sagte: »Was heißt für den Augenblick?«

»Martin sagt, daß Krenner und seine Wolfsbrüder ihre Leute zu einem neuen Ansturm sammeln wollen.« Er hob müde die Schultern. »Wir sind in der Minderheit und haben keine Verteidigungslinie mehr. Ich weiß nicht, was geschehen wird.«

Meine Mutter machte die Bandage fest und legte Marcels Bein vorsichtig hin. »Was sagt denn Sir Robert?« fragte sie.

»Wir sollten uns jetzt vor dem großen Zelt versammeln. Jeder Mann, der noch stehen kann.«

»Und die Frauen?«

Er sah sie verzweifelt an. »Wenn es nötig ist, auch die Frauen. Entschuldigen Sie mich, Dr. Elizabeth. Ich muß jetzt zu ihnen gehen.«

Meine Mutter stand eine Weile schweigend da und blickte sich im Zelt um. Wir hatten alles getan, was wir im Augenblick tun konnten. Sie beugte sich nach dem eisernen Haken, der neben Marcel lag. Ihre Augen funkelten jetzt vor Zorn. »Ich werde meine Patienten verteidigen!« sagte sie heftig. Maria nahm ihren Zeltpflock wieder in die Hand, und ich ergriff eine Eisenstange, die einer der Verletzten mit hereingebracht hatte. Dann gingen wir hinaus und stellten uns vor dem Zelteingang auf. Wortlos gesellten sich Mr. Galletti und Mr. Brunner zu uns. Wieder herrschte unheilvolles Schweigen. Ich sah, wie sich die Menge am Fuße des Hügels von neuem zum Angriff sammelte und Baron Krenners Leute durch die Reihen gingen, um sie aufzuwiegeln.

Den Baron selbst erkannte ich an seinem roten Tuch. Ich hatte den Eindruck, daß die Schlacht schon seit Stunden wütete, und doch war die Sonne am Himmel kaum höher gestiegen. Rechts vor uns hatten sich die Zirkusleute in drei lichten Reihen aufgestellt. Auch Strabo war da und schwang eine schwere Kette in seiner Faust. Die Männer, die das Waldstück bewacht hatten, waren ebenfalls herübergeholt worden, um diesen letzten Angriff zurückzuschlagen.

Verzweifelt stellte ich fest, wie wenige es waren. Wir hätten viel mehr Leute gebraucht. Ich versuchte, Martin und Sir Robert zu entdecken, konnte sie aber nicht finden. Hinter den Zirkusleuten stand Mr. Kayser vor dem Eingang des großen Zeltes, wo sich die Frauen versammelt hatten. Ich sah Solange, die sich auf einen Knüppel stützte.

Ein Schrei von unten durchbrach das Schweigen, und der Mob setzte sich in Bewegung. Die dunkle Masse kam langsam den Hügel herauf, wie ein bösartiges, mißgestaltetes Tier. Immer näher und näher kamen sie. Ich zitterte vor Angst und preßte die Lippen zusammen.

Sie waren kaum dreißig Schritte von unserer Front entfernt, als ich zur Linken das Getrappel von Hufen vernahm. Mein Kopf fuhr herum, und die Luft blieb mir weg.

Ein eng gedrängter Keil von etwa zwanzig Reitern preschte aus dem Wald. Jeder von ihnen schwang einen Knüppel. Ich kannte die Männer und kannte die Pferde, denn die meisten Stallknechte aus dem ganzen Zirkus waren da und die Hälfte unserer Pferde. Mr. Albertini führte die Gruppe an, rechts und links gefolgt von Martin und Sir Robert. Hinter ihnen kamen die Stallknechte und noch ein paar andere Zirkusleute, die reiten konnten.

Der Keil traf den Mob in die Flanke und spaltete ihn wie eine Axt, die tief in einen Stamm dringt. Schreie und Flüche erfüllten die Luft. Über dem Lärm hörte ich Sir Roberts Stimme bellen: »Formation halten! Nicht aus dem Keil lösen!« Ich sah den Knüppel in seiner Hand herumwirbeln.

Noch während der Mob unter dem Ansturm zurückwich, hörte ich ein schreckliches durchdringendes Kreischen von rechts. Ich kannte den Laut – es war Sunbeam, die »sang«. Schwerfällig kam sie mit erhobenem Rüssel auf die andere Flanke der Angreifer zugelaufen und quiekte wie hundert Schweine. Jeder im Zirkus wußte, daß Sunbeam keinem Menschen etwas zuleide tun würde und daß das Singen ein Teil ihrer Darbietung war. Aber die Menge wußte es nicht.

Die Männer begannen kehrtzumachen und davonzulaufen. Die ganze Menschenmasse wich zurück und stob auseinander. Ich sah Mr. Albertini wenden und seine Leute zu einem neuen Ansturm sammeln. Diesmal hielten sie geradewegs auf die hintersten Reihen der Angreifer zu, wo man deutlich einen Mann mit einem roten Tuch erkennen konnte. Im gleichen Augenblick erhob sich großes Gebrüll unter den Zirkusleuten, die sich nach vorn warfen.

Eine Minute lang war alles in wilder Unordnung, aber

ich sah, daß immer mehr von Krenners Leuten sich umwandten, ihre Waffen wegwarfen und davonliefen. Plötzlich tauchte Martin auf. Er beugte sich seitlich vom Pferd herab und schleifte etwas hinter sich her. Es war ein Mann. Seine Absätze schleiften im Gras. Ein rotes Tuch umschlang seinen Kopf.

Halb erstickt und mit bläulichem Gesicht sackte er vor unseren Füßen zusammen. »Es war tatsächlich Krenner«, keuchte Martin. »Laßt ihn nicht entwischen!« Er riß sein Pferd herum und preschte wieder ins Getümmel. Krenner zerrte verzweifelt an seinem Kragen und begann sich aufzurichten. Bevor jemand sie zurückhalten konnte, war Maria auf ihn zugestürzt und ließ ihren Zeltpflock auf seinen Kopf niederkrachen. »So kann er uns nicht davonlaufen!« rief sie aus, als er bewußtlos zurückfiel.

Meine Mutter sah sie erschrocken an. »Du . . . das hättest du wirklich nicht tun sollen, Kind«, sagte sie etwas unsicher. »Mr. Brunner, wollen Sie uns helfen, ihn hineinzuschaffen?«

»Einen Augenblick«, sagte Mr. Brunner. »Sehen Sie!«

Wir wandten uns alle um und sahen, daß die schreckliche Schlacht vorüber war. Der Mob begann zu fliehen. Einzeln oder in unordentlichen Haufen liefen die Männer den Hang hinab, verschwanden zwischen den Bäumen, die die Straße säumten, und erwachten vielleicht endlich aus dem schrecklichen Wahn, von dem sie während der letzten Stunde besessen waren.

Es gab nur noch ein kurzes Nachgeplänkel. Niemand wurde verfolgt. Etwa zwei Dutzend Verletzte lagen auf dem Abhang, unter ihnen mehr Ungarn als Zirkusleute. Einige unserer Männer untersuchten ihre Schrammen und Wunden. Sie begriffen nur langsam, daß alles vorbei war. Die Frauen kamen aus dem großen Zelt gerannt, um ihnen zu helfen. Sir Robert hinkte auf uns zu und zog sein Pferd hinter sich her. Ein dünner Faden Blut rann über sein Gesicht. Er sah sehr müde aus, als er vor meiner Mutter stehenblieb und sagte: »Es scheint . . .«, er hielt inne, um nach Atem zu ringen. »Es scheint, daß wir es überlebt haben, gnädige Frau.«

»Ja.« Sie sah sich um und verzog das Gesicht. »Eine schlimme Sache, Robert.«

»Allerdings, meine Liebe. Die meisten von den armen Teufeln waren hinters Licht geführt worden. Aber Mob ist Mob. Sie hätten uns alle über den Haufen gerannt.«

»Ja.« Sie nahm sein Gesicht in ihre Hände, um die Wunde an seinem Kopf zu betrachten. »Vielleicht müssen wir das nähen. Würden Sie bitte den Männern sagen, daß sie alle Verwundeten hereinbringen? Ich meine – auch Krenners Leute?«

»Ja. Gewiß.«

Martin kam auf uns zugehumpelt, und ich stürzte ihm entgegen. »Martin, bist du verletzt?«

Er lachte. »Ein blauer Fleck, mehr nicht.« Sein Gesicht wurde wieder ernst. Langsam nahm er mich in die Arme und hielt mich fest, als ob er mich nie wieder loslassen wollte. »Wann wirst du mich endlich heiraten, Chantal?« flüsterte er. »Jetzt sind wir schon seit Stunden verlobt, und ich hasse lange Verlobungen.«

Ich fühlte, wie mir vor Glück die Tränen über die Wangen rannen und wandte ihm mein Gesicht zu, um ihn zu küssen. »Morgen. Übermorgen. Sobald wir können. Martin, du hast doch nichts dagegen, daß ich immer noch Medizin studieren will?«

»Nein – ich hätte etwas dagegen, wenn du es nicht mehr wolltest! Wir werden uns in London ein Haus in der Nähe der Universität suchen.«

Maria zupfte mich am Rock. »Chantal, deine Mutter

sagt, daß du jetzt aufhören mußt, ihn zu küssen, weil wir soviel Arbeit haben.«

»Gut, ich komme.«

Bei Einbruch der Dämmerung traf der Hauptmann mit einer Abteilung Soldaten und drei Polizisten ein. Nach einer Stunde fuhr er zusammen mit den Polizisten wieder ab. Sie nahmen Baron Krenner mit, die graugesichtige, leere Hülle eines Mannes. Die Soldaten blieben da, um den Zirkus während dieser Nacht und am folgenden Tag zu bewachen, wo wir abbauen und nach Budapest weiterziehen wollten. Die nächste Vorstellung sollte dort in drei Tagen stattfinden, und bis dahin hatten wir alle Hände voll zu tun. Vielleicht mußten wir wegen der Verletzungen einiger Artisten auch das Programm umstellen. Sicher war aber, daß Kaysers Riesenzirkus zum vorgesehenen Termin seine erste Vorstellung gab – etwas anderes kam gar nicht in Frage. Wir arbeiteten bis lange nach Mitternacht, räumten Überreste der Schlacht weg, besserten Schäden aus und pflegten die Verletzten. Erst als ich in meinem alten Bett neben Maria einschlief, fiel mir Belinda wieder ein.

Aber am nächsten Morgen war sie verschwunden, vielleicht weil sie fürchtete, der Polizei übergeben zu werden. Was immer der Grund für ihre Flucht gewesen sein mochte, ich war erleichtert, daß wir sie los waren. Ich sollte auch nie wieder etwas von ihr hören.

Wir blieben noch während des ganzen dreiwöchigen Gastspiels in Budapest bei Kaysers Riesenzirkus, denn wir hatten es nicht eilig, wegzukommen. Sir Robert wollte sicher sein, daß in seinem neuen Unternehmen alles in Ordnung war, bevor er nach England zurückkehrte, und außerdem hatte ich den Eindruck, daß er so lange wie möglich mit meiner Mutter zusammen sein wollte, die nicht abreisen konnte, bevor alle ihre Schützlinge wieder gesund waren. Diese Wochen waren die glücklichsten, die ich je erlebt hatte, denn ich war mit Martin zusammen, und wir wußten, daß wir uns liebten. Wir waren in der kleinen, überschaubaren Welt, wo wir uns das erste Mal gesehen hatten, unter meinen allerbesten Freunden, und bei uns war meine geliebte Mutter, die schon längst, bevor ich sie kennen- und liebenlernte, Martins Zuneigung gewonnen hatte.

Das Thema des Kirkbyschen Erbes wurde von meiner Mutter knapp abgetan. »Sie sollen es behalten. John hatte sowieso erwartet, daß er enterbt würde, wenn sein Vater etwas von unserer Heirat erführe, und es war ihm völlig gleichgültig. Außerdem habe ich besseres zu tun, als mich um Geld zu streiten.«

»Meine liebe Elizabeth«, sagte Sir Robert geduldig, »bitte, denken Sie auch an Chantal, und was ihr passiert wäre, wenn sich Benedicts Pläne verwirklicht hätten! Man muß ihn dafür bezahlen lassen. Ich selbst bin durchaus vermögend und würde natürlich gerne das Nötige zu Chantals Ausbildung beisteuern, aber . . .«

»Dafür werde ich schon selbst sorgen, Sir«, unterbrach ihn Martin kühl.

»Aber ich habe doch selbst Geld!« protestierte ich.

»Ruhe, Kinder!« Meine Mutter zwinkerte uns zu und wandte sich an Sir Robert. »Sehen Sie? Keiner ist mit Ihnen einverstanden, Robert!«

Er sah erwartungsvoll von einem zum andern und machte eine bittende Geste: »Bitte! Oh, bitte, laßt mich diesen käsegesichtigen Fuchsjäger ein bißchen quälen. Es geht mir um das Prinzip! Er muß jetzt schon so viel gehört haben, daß er vor Angst nicht mehr aus und ein weiß, und ich will es mir nicht entgehen lassen, ihn wie einen Affen auf heißen Kohlen herumtanzen zu sehen. Ich verspreche euch, daß ich Benedict Kirkby zehntausend Pfund für Chantal abnehme und er mir noch auf Knien dafür danken wird.« Er griff nach der Hand meiner Mutter. »Ich werde nie mehr auf Verbrecherjagd gehen, aber gestehen Sie mir diesen letzten Streich zu, Elizabeth! Ich verspreche Ihnen, daß ich ein neues Leben anfange!«

Meine Mutter begann zu lachen.

Am Abend vor unserer Abreise nach London legte ich noch einmal mein Flitterkostüm an. Martin hatte es sich ausdrücklich gewünscht, denn er wollte, daß mich meine Mutter und Sir Robert einmal so sähen, wie er mich kennengelernt hatte, als die Chantal der Fliegenden Gallettis.

Er brauchte mich nicht lange zu überreden. Schon seit zwei Wochen hatte ich unter Anleitung von Mr. Galletti mit Leo und Maria heimlich unsere alte Nummer geprobt. Endlich war der Augenblick gekommen. Martin hatte meine Mutter gebeten, ihn zu dieser letzten Vorstellung vor unserer Abreise zu begleiten. Sir Robert war auch zugegen, denn er verbrachte jeden freien Augenblick in ihrer Nähe.

Als Mr. Albertinis Pferde aus der Arena galoppiert kamen, grinste mich Leo an. »Reiß mich nicht vom Trapez, dicke Engländerin!«

»Paß lieber auf, daß du mich nicht fallen läßt, Affengesicht!«

»Sir Robert hat für den Herbst eine Tournee nach England gebucht«, frohlockte Maria und hüpfte dabei von einem Bein auf das andere. »Wir werden dich also bald wiedersehen, Chantal!«

»Ich weiß. Und er hat die Tournee so geplant, daß du bei der Hochzeit meine Brautjungfer werden kannst, *piccina!*«

Leo stöhnte in gespieltem Entsetzen, und Maria konnte sich nicht entscheiden, ob sie mir vor Begeisterung um den Hals fallen oder Leo vor Empörung auf den Fuß treten sollte, denn schon hörten wir, wie unsere Nummer angesagt wurde. Einen Augenblick später liefen wir lächelnd in die Arena, verbeugten uns und knicksten, bevor wir die Strickleitern hinaufkletterten.

Ich sah meine Mutter und Sir Robert in der ersten Reihe sitzen. Auf ihren Gesichtern spiegelte sich Verblüffung, als sie mich erkannten. Ich winkte und warf Martin eine Kußhand zu. Er saß neben meiner Mutter und strahlte vor Stolz.

Rasch kletterten wir auf unsere kleine Plattform. Ich hörte das Orchester schmettern und sah das vertraute Bild der nach oben gewandten Gesichter. Auf einmal wurde mir bewußt, daß dies für meine Mutter und Sir Robert, für Martin und mich ein Abschied war, der Schluß eines Kapitels. Sir Robert und Martin hatten ihr letztes Wild zur Strecke gebracht. Für meine Mutter war es das Ende ihres einsamen Wanderns, und für mich das letzte Mal, daß ich durch die Zirkuskuppel flog. Aber auf jeden einzelnen von uns wartete ein neuer Anfang, ein Anfang, der reich war an Liebe und Verheißung.

Grenzenlose Freude erfüllte mich, als ich mich auf die Vorführung konzentrierte, das Trapez fest in die Hände nahm und zu Maria hinüberblickte. Das Orchester spielte die Musik zu unserer »Zwillingsnummer«. Ich wollte, daß dieser letzte Auftritt besonders schön wurde.

Maria lächelte mir zu. Dann nickte sie kurz und wir stießen zusammen ab, um durch die große Zirkuskuppel zu fliegen.